L'île aux fées

Bernard Dupré

L'île aux fées

roman

Ramsay

L'Île aux fées
Première édition

À Elizabeth pour sa patience,

À Alain pour sa critique féroce, utile et amicale,

À tous ceux qui m'ont encouragé et aidé :
Jean, Annick, Pierre, Louis et les convives d'un certain dîner
à la Brasserie « La Lorraine » le 14 décembre 2012
devant lesquels j'ai pris l'engagement d'écrire un premier roman.

« Dans les monarchies extrêmement absolues, les historiens trahissent la vérité, parce qu'ils n'ont pas la liberté de la dire ; dans les états extrêmement libres, ils trahissent la vérité à cause de leur liberté même, qui produisant toujours des divisions, chacun devient aussi esclave de sa faction qu'il le serait d'un despote. »

Montesquieu : De l'Esprit des Lois.

Avertissement

Je me suis toujours intéressé à l'histoire. Pour autant, ce livre est un roman. Il se passe principalement dans la première moitié du 18e siècle : quand je me suis décidé à l'écrire, je ne savais pas grand-chose de cette période, notamment pour la partie postérieure à 1715 et la mort de Louis XIV. Je me suis documenté et j'ai pu apprécier la possibilité d'accéder à une multitude de sources natives par téléchargement gratuit : depuis mon bureau, les plus riches bibliothèques se sont ouvertes chaque jour, à toute heure. En fin de l'ouvrage, j'ai placé une bibliographie.

Dans ce roman, les actes et les sentiments des personnages ayant existé sont les parties reconnaissables et rassurantes d'un décor où se meuvent des héros imaginaires. Certaines histoires sont inventées, d'autres déplacées dans le temps. Toutes comportent une part de vraisemblance.

Affranchi de la contrainte de la vérité certes, mais en liberté surveillée : je me suis efforcé de maintenir dans une limite raisonnable anachronismes ou approximations.

Je n'ai pas cherché à reconstituer le parler du temps passé. J'ai renoncé à cette épreuve autant par paresse personnelle que pour épargner au lecteur une difficulté inutile. Et puis, ce roman serait-il plus vrai parce que chacun parlerait son patois ?

Il y a peu, on parlait un langage différent d'un village à un autre et bien entendu d'une province à une autre. Autres temps où la nation française était encore loin d'être un concept acquis ; la notion d'étranger elle-même était plus extensive et sans doute complètement différente de ce que l'on peut concevoir aujourd'hui. J'ai gommé cet aspect dans ce roman.

Le temps altère la signification des mots : dans les ouvrages du 18e siècle, un Noir originaire d'Afrique est un Nègre, le terme étant purement factuel ou descriptif, sans consonance péjorative. Par une perversion bizarre, on a remplacé le terme par Noir, par homme de couleur (à l'époque l'homme de couleur s'appelait un métis), ou que sais-je ? Nos sociétés soi-disant convenables et éclairées ont tellement peu de préjugés qu'elles en sont venues à considérer que le terme de Nègre salissait leur bouche. Il y a d'autres cas : l'Israélite a remplacé le Juif, la personne en situation de handicap l'estropié ou le non voyant l'aveugle… Le langage est devenu un moyen pour se donner bonne conscience à bon compte.

Si je ne tiens pas compte dans ce livre des patois et dialectes de l'époque, il aurait été incohérent de systématiquement maintenir le terme Nègre pour désigner le Noir. Et pourtant parfois il s'impose.

Une autre convention qui j'espère ne gênera pas la compréhension, est dans les noms : au commencement de mon histoire, les paysans sont une foule qui ont du mal à s'extirper de la glèbe et n'existent pas en tant qu'individus. Je les garde anonymes ou plutôt je leur donne le même nom. Des femmes s'appellent Solange (la patronne du Berry), vous rencontrerez aussi la lignée des Mauduit (cela aurait pu être Jacques Bonhomme) ou des Mouillebec.

J'ai tenté de conserver les idées préconçues du temps telles qu'elles étaient ou telles que je les comprends. Inutile de les critiquer ou d'ironiser. D'ailleurs dans deux cents ans, nos vertus actuelles seront sans doute à leur tour démodées, voire ridiculisées et honnies.

Je ne cherche pas à donner des leçons, à imposer mes vues. Qui suis-je pour oser porter un jugement ? Je ne suis pas un moraliste.

Mon seul but est d'emporter l'intérêt du lecteur, sans qu'il se sente blessé.

Prologue

La Vève

Aujourd'hui sous la voûte des arbres qui surplombent la rivière, le soleil est d'argent. Filtrés par les feuilles, ses rayons se réfractent sur l'eau mettant en relief les infimes aspérités de la surface : araignées d'eau, bulles, brindilles, et les transforment en autant de paillettes brillantes. Je devine que le soleil est encore haut dans le ciel, mais les arbres le cachent. La photo a été prise en début d'après-midi, dans les premiers jours de novembre ; l'automne est tardif et les frondaisons sont encore là, virant du vert au jaune pour les charmes et les aubépines, du vert au rouge pour les érables champêtres, du vert au marron pour les chênes. Les arbres et leurs branches s'entremêlent créant de doux dégradés de couleur : de plus près, on distingue les feuilles, pièces minuscules de ce puzzle bigarré.

L'ensemble se reflète sur l'eau dans un fondu d'or et de miel.

L'Arnon est peu profonde et paresse, basse dans son lit. Au premier plan, un banc de sable et de gravier. Plus loin la rivière disparaît, toujours surplombée d'arbres vers un bosquet de peupliers dont l'un est penché.

La photo est en page de présentation de mon ordinateur ; elle me met de bonne humeur quand je me mets au travail.

Tous ces détails ne correspondent pas à ce que je vois quand je suis sur place, les pieds dans l'eau. L'œil est alors en concurrence avec les autres sens : le très léger bruit du courant, le souffle du vent ou le roucoulement entêtant de la tourterelle. Il y a aussi l'odeur de l'eau de fin d'été à la saveur de salade cuite. Il y a les craquements du bois, le bruit sec des glands qui tombent dans la rivière. Le moustique aussi qui vient agacer ma peau et que je tente d'écraser.

À la perception des sens se mêlent d'autres impressions, les souvenirs s'étalant sur plusieurs années fondant en un éclair mille éléments impalpables. Cette fusion de jours s'apparente à la chimie du sommeil et son produit abouti : le rêve.

Voilà maintenant soixante ans que je me promène le long de l'Arnon. Il me semble que toute ma vie je me suis glissé sous les barbelés qui séparent les prés et les champs. Je me suis courbé dans les sous-bois pour éviter les branches basses, j'ai cueilli les mûres dont les grains s'incrustent dans les dents.

Un jour, trop vieux, comme hier mon père, je ne pourrai plus ramper sous les haies.

Pendant longtemps, la Vève a été pour moi synonyme de pêche. Depuis toujours, j'ai recherché les meilleurs postes pour pêcher : pêche au coup, surtout pêche au lancer. Une souche ici, un petit courant là : un brochet serait-il à l'affût de la cuiller ? La mémoire de la rivière est importante pour le pêcheur. Je me rappelle les places où le brochet ou une perche ont mordu. En général un brochet se met à la place de celui qui a été pêché.

Le moment où le fil se tend, où le cheminement du leurre se bloque, est une seconde d'émotion, de décharge d'adrénaline. Souvent il s'agit d'une fausse alerte : l'hameçon s'est accroché à une pierre ou une racine. Quand on sent le mouvement à travers la canne, alors quel plaisir ! Frétillement léger et colérique c'est une perche, coups violents et répétés, sans force suffisante pour résister au moulinet, c'est un chevesne ou un petit brochet. Le bonheur est quand le fil se tend et se déplace lentement de la trajectoire imposée par le pêcheur, bloque la course du moulinet. À cet instant, il faut desserrer le frein et rendre du fil à la grosse bête, au risque autrement de casser.

Cette émotion réveille les gênes assoupis de cueilleur et de chasseur. Ils vibrionnent à l'idée d'apporter la pitance à la tribu.

Attraper ou ne pas attraper. J'ai passé l'âge où le poisson pris est un poisson qui doit mourir, car même s'il n'est pas mangé, c'est un trophée. La perception du prix de la vie augmente avec les années et j'ai domestiqué mes instincts meurtriers. Remonter le poisson à la maison pour l'écailler, le vider et le rincer avant de le mettre dans un torchon dans le réfrigérateur est accessoire. Le vrai plaisir est celui de libérer son esprit dans la nature tranquille. La fierté de montrer la belle prise n'est pas négligeable, mais n'est pas essentielle ; être bredouille n'a rien d'une honte, c'est même la condition à répéter pour apprécier un jour la belle pêche !

Les jours sans prise s'oublient sans amertume ; le pêcheur n'a rien perdu de sa journée quand il revient le filet vide. La séance de pêche s'est résumée en une longue séance contemplative, elle glorifie les autres plus productives. Contrairement au joueur de casino, il n'a pas le vertige malsain et la rage morbide de gagner ou de perdre.

Mes souvenirs de pêche se compactent et s'accumulent, toujours plaisants, au bord d'une rivière qui ne paraît jamais changer, me donnant un sentiment d'immortalité. Le passé le plus lointain reste toujours hier. Hier, il y a plus de quarante ans, j'ai pris ma première carpe. J'en ai rêvé souvent de ce départ de carpe commencé par un imperceptible frémissement du fil ! Je revis souvent ce week-end de pêche miraculeuse au brochet dans cette mare où les poissons remontent au moment des crues, c'était il y a trente ans.

Il y a bientôt vingt ans, je demandai à ma fille de 5 ans si elle voulait prendre ma petite canne à coup. Avec un sourire décidé et arrogant, elle me dit : « oui ! J'en prends cinq et j'arrête ». Au bout de cinq minutes, elle avait capturé son quota et m'avait rendu la canne. Pêcher le goujon en remuant les pieds dans l'eau est un jeu d'enfant pour autant que les hameçons soient suffisamment fins : les goujons remontent vers la poussière de vase déplacée et mordent tout ce qu'ils voient.

Je suis persuadé avoir à peine changé depuis ce jour où, à quatre ans, j'ai failli me noyer. Mon oncle m'avait alors rattrapé par le fond de culotte. Je me sens toujours un et moi-même, mon cerveau séparé de mon corps qui, lui, vieillit. Pourvu que ça dure !

Je reviens à ma photo. Sous les ramures, une sorte de langue sombre évoque une caverne inquiétante. C'est la rive : le lit est encaissé et le pré surplombe la surface de l'eau de deux mètres. La végétation en est absente et quand, un temps, elle arrive à pousser, elle est très vite arrachée par les crues. Les arbres plantés à l'aplomb assombrissent l'ensemble des murs de la rive et l'entrelacs des racines qui retiennent la terre.

La rivière peut devenir bien différente de cet inoffensif gros ruisseau. En mauvaise saison elle peut grossir ; son doux bruissement se change en grondement ou un long sifflement que l'on entend avant d'arriver près d'elle. Elle peut déborder, inonder alors la plaine et venir lécher le vallonnement qui commence bien plus loin.

Et puis, elle retourne dans son lit et s'apaise. Les prés restent bourbeux et l'herbe sale. De grosses flaques marquent les anciens lits qu'elle a occupés jadis. Là, parfois, restent piégés à la fin de la crue, les poissons qui ont imprudemment emprunté ces cours ancestraux.

Les sous-bois inondables abritent des plantes de zones marécageuses comme la fragile fritillaire : au printemps elle arbore une gracile lanterne au damier rose et violâtre qui a tôt fait de tomber d'un long et fin pédoncule, ultime témoin d'une floraison éphémère.

L'Arnon est d'émeraude et morne en plein été. Dans les journées écrasées de chaleur, elle paraît sans vie du moins à sa surface. Par une chaude soirée, à la suite d'un mystérieux conclave, les larves accrochées au fond et jusque-là remarquables par leur apparente inexistence se décident toutes en même temps à se transformer en insectes parfaits. Alors l'envol des milliards d'éphémères libérés pour une nuit, crée une brume étrange et affole les ablettes et autres gardons.

Le lendemain, l'eau digère en silence son festin annuel. La sauterelle tombée à l'eau pourra regagner la berge sans être engloutie dans la gueule d'un prédateur. Mais ce jour-là, les poissons gavés de la manne ne moucheronnent plus : la surface de l'eau restera immobile au moins jusqu'au soir, avec peut-être le remous provoqué par la chasse d'un brochet qui a méprisé ces insectes et est resté sur sa faim.

La rivière n'est pas un paysage immuable : si l'histoire de ses changements de cours est à l'échelle des siècles voire des millénaires et n'est plus attestée que par ces lits comblés et redécouverts à l'occasion d'un débordement, son éternité apparente n'est même pas exacte à l'échelle d'une vie. Les arbres tombent dans la rivière et bloquent le passage de branches et d'alluvions emportées par le courant : une île se forme lentement sur laquelle se développera une nouvelle végétation : des parterres de myosotis, des petits saules. Les nouveaux courants que sa création entraîne, rongent la rive ici, apportent du sable ou des graviers là. Une crue un peu plus forte emporte le tout dix ans après.

Des joncs, des algues, des iris d'eau, des nénuphars apparaissent, prolifèrent et disparaissent : depuis quarante ans les ragondins ont tout faucardé. Un peuplier énorme que mon père a fait planter il y a cinquante ans est tombé, a barré la rivière et transformé le trou du « grand pacage[1] » en un gué boueux.

1 Le grand pré

Tout cela change à la lente vitesse décidée par la nature sans que l'homme intervienne vraiment. Depuis un siècle les chênes têteaux se développent librement et leurs branches ne sont plus coupées tous les cinq ou dix ans pour alimenter les âtres : ils digèrent lentement les fils de fer qu'on a cloués sur leur tronc pour barrer l'accès de la rivière aux bestiaux. Le curage de la rivière, décidé et réalisé par l'administration, a eu un effet principalement esthétique : vingt ans après il est oublié.

En trente ans, les refuges de brochets peuvent alors finalement changer.

Le héron est réapparu et, quand on passe près de la héronnière, trente couples s'envolent du vieux chêne. Les extrémités de ses branches sont cassées pour confectionner les nids et sa ramure est piteusement réduite. Il fait penser à un mouton fraîchement tondu. Cet envol de ptérodactyles modernes laisse des petits qui claquent du bec de manière sinistre. Leur repas quotidien est fait de grenouilles, de petits poissons. Ils harponnent aussi de gros poissons, mais ils les abandonnent, car ne peuvent pas les transporter. Ce massacre appauvrit la vie de la rivière.

Il y a très peu de photos de la Vève avant le remembrement. Mon souvenir est déjà lointain. Le fermier d'alors est parti et le nouveau qui n'est pas du pays n'a pas connu le domaine ou son voisinage. Il n'y a plus personne avec qui se souvenir des vastes et profonds chemins creux, bordés de grands chênes et d'ormes, de noisetiers, d'aubépines, de cormiers, de genévriers, d'épines et puis pleins d'orties : brûlures, griffures et piqûres sur mes jambes nues ! Dans les haies, il y avait aussi des arbres fruitiers mangés par le gui, des gourmands issus d'arbres anciennement greffés. Ils donnaient encore des pommes naines, des poires minuscules dures comme des cailloux et impossibles à manger.

Pour descendre à la rivière, plaisir d'été, nous n'étions pas gênés par le soleil !

Pour me rappeler ces souvenirs d'enfance, il subsiste quelques haies épargnées correspondant à une série de prés qui n'ont pas été touchés par les travaux. Pour faire court, lorsqu'on est au corps de ferme qui surplombe légèrement la vallée de l'Arnon, on voit maintenant jusqu'à la ligne d'arbres qui bordent la rivière un bon kilomètre plus loin. Au-delà, on ne voit qu'une forêt qui couvre tout le vallon de l'autre rive. Elle donne une impression de profondeur infinie et de monde mystérieux et désert. Elle se divise entre les domaines des Gours et du Moulin d'Orléans.

À droite, le Moulin d'Orléans. Son bief et ses canaux de dérivation entourent des îles abritant encore de grands ormes valides épargnés par la graphiose[2] *qui les a exterminés partout ailleurs dans la région.*

Plus loin encore à droite (en amont de l'Arnon) au pied du plateau qui mène au Cher et à Châteauneuf, il y a Saint-Baudel, un groupe de quelques dizaines de maisons rassemblées autour de son église.

À gauche et sur la même rive, la Forêt de Bois Fermier et son domaine que mon arrière-grand-mère avait convaincu son mari de ne pas acheter : le domaine portait malheur. C'est l'endroit maudit de l'« Œil du Sorcier » où un vétérinaire a vu fondre son troupeau de moutons, victime selon lui d'un mauvais sort. Sur l'autre rive, caché dans la forêt, le domaine des Gours. Plus loin encore, celui de Sermelles avec son manoir.

Plus loin encore en aval, il y a Mareuil.

Mareuil, comme toute cette région frontière entre l'Indre et le Cher, était un pays de cultures et de prés. Il y avait aussi des forges. La fumée de leurs hauts fourneaux devait emplir l'air une bonne partie de la journée. Les routes voyaient passer les charrois de bois ou de charbon de bois, le minerai de fer extrait dans des carrières, les livraisons de fonte. Une digue de plusieurs centaines de mètres retenait l'eau de l'Arnon qui actionnait un moulin. Les comptes de l'usine font état d'une production de 500 000 livres de fonte par an en 1717.

L'herbe a reconquis les tas de scories accumulées pendant des siècles aujourd'hui aplanis. Le martèlement des machines s'est tu depuis longtemps. Les ouvriers sont partis ailleurs. La parenthèse du travail du fer qui avait débuté dans l'antiquité s'est aujourd'hui refermée. Il reste une grande cheminée de briques datant du 19e siècle, ultime témoin de cette période avec le grand étang qui fait face aux restes du château et dont les eaux retenues et régularisées faisaient tourner les roues du moulin qui actionnait les machines.

Cette grande affaire de la métallurgie berrichonne et de ses forges est depuis longtemps oubliée. Je l'oublierai aussi dans ce roman. À part cette cheminée encore debout, il ne reste plus guère de traces de cette industrie, sauf peut-être des carrières dont on a oublié l'objet, des tas de cendres dans les forêts où l'on charbonnait. Personne n'a plus aujourd'hui la nostalgie de cette fumée qui concurrençait les brouillards de l'automne et des claquements des martinets qui effrayaient les vols de pigeons.

---

2 - Maladie fongique des ormes

En revenant à la ferme de la Vève elle-même et face à la rivière en contrebas, le champ de vision embrasse la plus grande partie du domaine de l'ouest à l'est. La Vève peut sembler alors une clairière au milieu de la forêt, ou une coquille Saint-Jacques dont la partie la plus évasée aurait pour frontière la rivière. À gauche (à l'ouest), les prés ont été épargnés par le remembrement et restent ceinturés par des haies. En se retournant vers le sud, côté plateau, la vue sur les champs et les prés est plus dégagée. Au-delà se situent le hameau de Beauvoir et la grande forêt de Chœur.

À partir des anciens plans cadastraux on lit le passé, on retrouve d'anciens chemins, des ruisseaux au cours aujourd'hui détourné. Ces grandes feuilles de papier témoignent d'une campagne beaucoup plus morcelée. Le Grand Champ d'aujourd'hui a absorbé une multitude d'autres petites pièces dont les noms ont disparu : le Chaumillon, les Gravauches, le Verger, L'Ourche Laurent.

Il y avait des prés également, essentiellement dans la vallée : le pré Colas, la Fosse au Diable, les prés du Bois de Morlac, le pré Mamin et le Jardin au Loup.

Trente ou quarante parcelles ayant chacune leur nom propre composaient le domaine actuel réparti alors entre plusieurs exploitants. On peut penser que les centaines de milliers de feuilles cadastrales répertoriées en France composent chacune un damier similaire.

Ces noms de parcelles témoignent de familles disparues, de joies, d'espoir, de drames et de passions oubliés. Ces marques associées à la structure des bocages se sont effacées avec la destruction des haies ; elles sont ignorées des mémoires jeunes qui ont pour horizon des plaines offertes aux vents comme le Grand Champ d'aujourd'hui.

Le Jardin au Loup est un pré situé contre la rivière. Je l'écris sans s ? Pourquoi un jardin ? S'agissait-il d'un pré Olouds dont le nom du propriétaire se serait dans ce cas perverti à la suite d'une faute d'orthographe d'un clerc de notaire négligent ou peu curieux ? Était-ce d'ailleurs son propriétaire ou un locataire qui aurait commis quelque infamie ou au contraire un fait remarquable dont la postérité aurait voulu garder le souvenir ? Ou alors, un loup, un grand loup, aurait été aperçu un soir de novembre au moment où le jour se confond avec la nuit, les chiens avec les loups ?

Et puis, dans la forêt de Bois-Fermier de sinistre réputation, il y a l'île aux fées. Les anciens du pays m'ont affirmé qu'on y cueillait du muguet rose. En vérité, je ne l'ai jamais trouvée. J'ai décidé qu'il y avait aussi dessus un dolmen.

Les campagnes étaient cinq fois à dix fois plus peuplées qu'aujourd'hui. Ce peuplement encore récent est attesté par les inscriptions sur les monuments aux morts de la Première Guerre mondiale. Tous ces jeunes morts des villages, leurs femmes et leurs enfants ne trouveraient plus leur place dans les fermes d'aujourd'hui.

Beaucoup de fermes et de locatures[3] *ont été détruites ou sont tombées en ruine. Le lierre étrangle lentement les murs de la maison abandonnée. Une première tuile ou une ardoise tombe un jour et cinq ans après, le toit est effondré. Puis les forces s'inversent et pendant longtemps, des moignons de murs s'agripperont au lierre. Enfin ultime humiliation, les pierres d'encadrement des portes et des fenêtres encore intactes seront récupérées par un maçon et les autres gravats seront éparpillés pour recouvrir les ornières des chemins. Pour les chaumières aux murs en torchis dont les toits étaient en chaume, la déchéance est encore plus rapide : elles retournent à la terre dès lors que le jardin est laissé aux orties et aux ronces. Épargnés au milieu d'un champ, un puits pas encore complètement comblé ou un unique noyer sont les reliques d'un hameau déserté de ces campagnes jadis populeuses.*

L'action des hommes a été la plus marquée dans les champs : le remembrement a regroupé les parcelles. Pour tirer tout le bénéfice de l'efficacité des machines agricoles modernes, les haies ont été abattues, les chemins creux remblayés et nivelés. Tout a été aplani pour permettre le passage du tracteur de 200 chevaux tirant une charrue à six socs qui laboure maintenant des champs beauceronnisés. Jusqu'à l'arrivée du tracteur, la journée de travail était mesurée à l'aune de l'arpent de terre qui mesurait environ un demi-hectare ; avec les techniques d'alors chaque parcelle avant d'être ensemencée devait être labourée plusieurs fois. La surface moyenne d'une exploitation agricole céréalière a pu être multipliée grâce au machinisme et au remembrement par un facteur 15 ou 20 en 100 ans.

Les bouchures[4] *ont disparu et le vent balaye les nouvelles étendues découvertes. Jadis, de la ferme, la vue s'arrêtait à cent mètres. Maintenant on peut voir tous les champs et les prés jusqu'à la rivière. Le domaine a rapetissé et ses secrets et les noms qui constituaient sa singularité se sont évanouis.*

J'avais quatorze ans quand j'ai découvert ce nouveau paysage ; j'ai été enthousiasmé par le triomphe de la rationalité moderne. Ma mère, elle, n'est

3 - Petite ferme tenue par un métayer.

4 - Des haies.

plus retournée à la Vève pendant trente ans. Elle avait perdu les témoins des précieux souvenirs de sa jeunesse : les arbres, bien sûr, et aussi tous les nids détruits, l'odeur de fruits sauvages pourris annonciatrice dans la chaleur et les bourdonnements ininterrompus d'insectes, de la fin de l'été.

Les bouleversements du remembrement ont été le dernier avatar du déclin de l'agriculture traditionnelle et de la civilisation qui l'accompagnait.

La campagne s'est vidée de ses habitants. La ville est désormais la seule vraie communauté. Elle n'a plus à mépriser les « bouseux » et au contraire ceux-ci constituent aujourd'hui une quasi-espèce protégée à réimplanter à l'instar du loup, de l'ours ou du lynx.

Il n'y a pas si longtemps, les campagnes dominaient, foisonnaient. Inspiratrices des religions et des paraboles, elles semblaient immuables et éternelles. C'était le cas vers 1700.

Hier en France

Il y a trois cents ans en France se terminaient mille ans d'histoire ou plus.

La société s'articulait autour de seigneuries, de paroisses, de terres, de familles et d'hommes de peine.

Depuis des siècles les terres étaient cultivées parmi les forêts.

Les règles de vie s'expliquaient par la Bible, par le Droit romain, par la Coutume.

Au moins une fois tous les cent ans, une troupe armée pillait, volait, massacrait, violait.

Au moins une fois tous les cent ans une épidémie rabattait les villages et les populations.

Au moins une fois tous les cent ans une série de catastrophes climatiques apportaient la famine et la misère.

Depuis mille ans des églises, des châteaux, des fermes se construisaient, tombaient en ruine, faisaient place à des herbes folles, des ronces, puis des arbres. Plus tard elles étaient reconstruites. Depuis mille ans les espoirs d'une amélioration durable des conditions de vie des paysans s'avéraient irrémédiablement une chimère.

Même si quelques vieillards remarquables semblaient défier le temps, l'espérance de vie restait celle d'une génération : trente ans.

Les rois succédaient aux rois ; deux races de rois ont gagné puis perdu le pouvoir ; lentement, la troisième s'est imposée et au début de notre histoire à la fin du règne de Louis XIV, elle gouverne sans partage.

Les disettes se sont substituées aux famines, et la pauvreté à la misère.

Plus de gens savent lire et même écrire.

Les sciences et les progrès techniques ont commencé à se développer et l'on est sorti lentement du monde gréco-romain. Le doute est apparu, terrible ennemi des religions et des croyances.

Un monde plus stable s'est imposé, on a pu prendre le temps de mieux l'observer. Les exigences ont augmenté : celui qui n'a rien est simplement satisfait de pouvoir manger. Affamé devant ses enfants au ventre ballonné, il reste souvent passif, incapable de révolte. En revanche celui qui a un petit quelque chose le défendra de toutes ses forces et avec violence. Les animaux n'admettent pas non plus de renoncer à un droit acquis.

De Richelieu à Louis XIV, un système politique solide s'est imposé. La France a gagné des frontières sûres et reconnues ; pays puissant, il pourrait renoncer à toute guerre offensive et personne ne se risquerait de l'attaquer.

Si le commerce, la navigation au long cours, les progrès techniques prennent une place croissante dans les villes prospères en expansion, les campagnes composent encore l'essentiel du Royaume. Leur vie était restée largement inchangée depuis des millénaires. Alors faut-il risquer la déstabilisation du régime pour s'adapter à des développements encore marginaux et dont on ne peut deviner s'ils dureront et s'amplifieront ?

Le roi ayant achevé au bout d'un millénaire la reconquête du pouvoir ne sentait aucune nécessité de modifier le centre de gravité de sa puissance. La question de l'évolution du régime, vers le despotisme (comme les puissances orientales ?) ou vers un partage du pouvoir (comme en Angleterre ?), n'a pas été tranchée.

Deux rois en cent ans font désespérer du changement. Leurs meilleurs serviteurs, les plus loyaux, ceux qui devinent les failles du système ne sauront pas les convaincre de la nécessité vitale d'entreprendre des réformes impopulaires aux promesses de résultats lointains et incertains. À leurs inquiétudes compliquées, les monarques impatients ont préféré les martingales gagnantes et gracieuses de courtisans souriants. Le régime s'est ossifié.

Pour autant, l'issue fatale que nous connaissons aujourd'hui n'est pas jouée et la révolution future n'est pas même imaginable.

À l'époque, le régime monarchique se croyait aussi immortel que la campagne d'alors était figée.

Les gouvernements devraient toujours se souvenir de l'histoire d'Adam et Eve : les peuples se lassent même du Paradis. Que ne peut-on craindre alors si les choses se gâtent ?

Le laboureur éternel

L'histoire s'intéresse aux chevauchées héroïques, aux épopées flamboyantes.

Les récits des grands vainqueurs comme Alexandre, Jules César, le Prince Eugène, Tamerlan, Aureng Zeb[5] *encombrent les rayons des bibliothèques. Il en est aussi des épopées des vaincus glorieux comme Hannibal ou Napoléon.*

Cette histoire grandiose ignore les mille et un faits héroïques qui composaient les batailles, les stratégies individuelles de survie, les sauvetages miraculeux. Qui relate les menus accidents pourtant fatals à des soldats qui s'affrontent au corps à corps ? L'entorse du combattant à pied, la luxation de l'épaule pour celui qui a une épée ; la grippe le matin du combat, le rhume de cerveau pour le chevalier qui abaisse son heaume. Au mieux le récit d'une bataille s'achèvera pour déplorer, voire parfois glorifier, les monceaux de cadavres et les blessés qui se traînent avant d'être achevés ou de mourir d'une septicémie. Lamentables victimes de guerres dont les causes et les résultats relèvent de l'orgueil et de la sottise. Sacrifice volontaire ou non de soldats pions d'un jeu d'échecs grandeur nature. Et pourquoi ? Deux générations à peine après des boucheries répugnantes, Français et Allemands traversent à leur gré le pont de Kehl sans papiers d'identité.

Très loin des feux d'artifice et des paillettes de l'histoire, le paysan est un animal terne de couleur fauve qui se confond avec la terre qu'il cultive, ennuyeux et sans relief. Il n'a pas de nom. L'écriture et les souvenirs ne sont pas pour lui. Façonner le paysage de manière imperceptible n'intéresse personne.

5 - Aureng Zeb est le dernier des grands empereurs mogols. A sa mort en 1707, après un interminable règne de près de cinquante ans, son empire tombe durablement dans l'anarchie, une aubaine pour les Français et surtout finalement pour les Anglais.

Les campagnes agricoles vivaient à un autre rythme que celles de nos héros martiaux, préoccupés, voire obsédés par un succès rapide, une reconnaissance personnelle à l'aune d'une génération, c'est-à-dire de leur vie fragile.

L'échelle de temps du paysan était collective et de l'ordre du millénaire. C'est d'abord un groupe d'hommes qui arrache le champ à la forêt, abat les arbres, brûle les branches, arrache les souches, épierre le terrain, le laboure et le découpe en soles.

Individus soumis aux servitudes et à la loi de leurs propriétaires et de leurs seigneurs. En même temps chacun aussi seigneur de sa cellule familiale depuis la mort de son père. Un tout petit seigneur. Maître de sa femme et de ses enfants. Membre de sa paroisse, à la fois communauté regroupée autour de l'église, et association paysanne qui décide de la succession et de la discipline des cultures : type de semence pour tel champ, date de début des récoltes, mode de prélèvement de la dîme.

Le plan établi, les différentes étapes de la culture jalonneront les semaines : les labours, les fumures, les semailles, les hersages, les sarclages, puis enfin la récolte. Au moins dix opérations physiques et techniques, dix passages dans les champs, aboutissent à remplir les greniers quand tout va bien.

Une guérilla quotidienne avec la nature : la sécheresse, le vent, la pluie, le gel, les moisissures, les pestes. Les victoires sont des récoltes correctes mises à l'abri. Le butin des triomphes reste maigre et suffit à peine en général à assurer la subsistance jusqu'à la récolte suivante. Chaque année renouvelle ce combat à l'issue toujours indécise.

Le passage du chef de guerre avec ses troupes est une catastrophe synonyme de massacre, de pillage, d'épidémies. Puis, comme la fourmilière se remet en ordre après avoir été mise sens dessus dessous par le coup de pied d'un gamin, le village se relèvera avec le temps et une démographie généreuse.

Les champs dévastés sont à nouveau labourés, les granges incendiées reconstruites. Les souffrances fulgurantes des paysans assassinés et les hurlements des femmes violées sont oubliés et remplacés par la peine perpétuelle des labeurs quotidiens, mais aussi les plaisirs et les ris à des fêtes périodiques réinvesties par l'Église.

Lents labours au pas des lourds bœufs,
Longs sillons face au vent,
Longs sillons face au soleil et dos au vent,
Grosses nuées à l'horizon, pluies au passage suivant,
Pluies glaciales qui fouettent maintenant visage et mains.

Le visage qui se protège en regardant le sol, les mains restant soudées au gouvernail de son équipage.
Mauduit ne sent plus ses mains ni ses bras qui s'agrippent à la charrue et maintiennent l'alignement.
La charrue blesse la terre et les bœufs avancent.
Inlassables et dociles comme le laboureur.

Les yeux de Mauduit se troublent.
L'Écriture console « Qui sème dans les larmes moissonne dans la joie ! ».
Le champ Collas fait un arpent, l'unité de travail journalier
Sa lourde terre grasse et pierreuse résiste.

Le léger rouge-gorge, éternel compagnon, suit inlassable la fente fraîche à la recherche de petits vers ou bestioles découverts par la charrue.
Son arrière-grand-père déterrait déjà furtivement les aïeux des vers actuels, il y a dix ans.
Son ancêtre de dix générations suivait l'attelage du grand-père de Mauduit.

Le soleil s'est levé, il a disparu derrière la pluie ; il est réapparu.
Les sabots des bœufs collent à la glèbe, ceux du laboureur emportent à chaque pas le double de leur poids d'argile.
Bœufs, charrue et laboureur ne font qu'un seul jouet articulé qui se meut à la même vitesse depuis mille ans.
Cent générations de rouges-gorges se sont repues des vers du champ Colas depuis trois cents ans que les Mauduit le labourent.

Mauduit a pris son casse-croûte et les bêtes ont été nourries et abreuvées.
Homme et bêtes ont pissé généreusement dans le sillon qui connaît cette odeur, comme celle de leur sueur.
La journée de labour a été habituelle : fastidieuse et harassante.
Tu te nourriras à la sueur de ton front !

Ce soir l'épaisse soupe au froment sera servie dans la salle commune de la locature enfumée et sombre. Le brouet collera à l'estomac de Mauduit, réchauffera sa carcasse fatiguée. Il provoquera pets et rots de rigueur. Ces bruits familiers se mêleront aux crépitements du feu de bois, dans l'indifférence générale. Les doigts gourds longtemps tétanisés se déplieront douloureusement et lentement, se réchauffant à l'âtre. Les écorchures de la journée s'éveilleront et commenceront à brûler. Il les frottera de suc de sureau.

Plus tard, sur sa couche, il se rapprochera de sa femme ou peut-être sera-t-il trop fatigué et il attendra dimanche. Sa femme qui ressemble à toutes les femmes du village habillées toutes pareil. Des femmes menues, comme calibrées, qui de l'enfance à la vieillesse opèrent une lente mue : le dos se courbe, la peau se parchemine. Cette similarité physique est plus marquée que chez leurs maris : que celui-ci soit artisan, laboureur ou commerçant. Au village, la femme va tirer l'eau au puits, rassemble les fagots, prépare les repas, porte puis éduque les enfants en bas âge. Les activités des hommes sont plus spécialisées et leur morphologie évolue en conséquence : le tailleur n'aura pas la même stature que le forgeron, ce dernier ne marchera pas non plus comme le laboureur. Les femmes ne vont pas au cabaret ; elles connaissent rarement la couperose propre aux ivrognes. Toutes les petites filles qui tirent des seaux d'eau à longueur de journée semblent sorties d'un même jeu de figurines identiques, comme toutes ces femmes qui grattent un potager, portent d'invraisemblables brassées de fagot, ou à genoux au lavoir battent le linge. Les différences se font sur l'âge, le degré de courbure du dos, l'état d'usure des vêtements, leurs pieds, certains nus, d'autres cachés dans des sabots. Des femmes soumises à leur mari, incapables de lire pour l'immense majorité d'entre elles. Elles restent debout quand les maris mangent assis.

Demain, un autre champ sera attaqué ; les Zyscottes au nom bizarre. Il est plus sablonneux ; le sillon ne se figera pas comme une vague en suspens attend de s'abattre. La fatigue sera moindre qu'au champ Collas. Le temps qui promet d'être encore pluvieux conviendra pour ce labour. En contrepartie le sol est plus pauvre et le produit espéré moindre. Et si le labour est plus rapide, le trajet pour les Zyscottes est également plus long.

Bien sûr, les Zyscottes sont loin de la locature. Mais pas de grêle dans ce champ-là de mémoire de Mauduit. Aussi il ne l'échangerait pas pour un autre plus près de son foyer : il ne convient pas de mettre tous ses œufs dans le même panier.

Mauduit ne pense plus à la ligne droite à respecter et que dix ans de métier font respecter. Il n'entend pas les jurons sacrilèges qu'il profère à l'encontre de son attelage quand celui-ci trébuche sur une grosse pierre ou une racine d'arbre près d'une haie. Dieu ne l'entend pas non plus d'ailleurs et s'il l'entendait, il lui pardonnerait. Mauduit ne s'entend pas non plus psalmodier en une langue inconnue, les chants d'encouragement éternels qui accompagnent les efforts réguliers de l'attelage.

Les bœufs ruminent, patients. Ils sont soumis, ils ont oublié depuis longtemps leur virilité volée. Ils mesurent précisément la tâche qui leur est demandée et l'effectuent consciencieusement. Ils n'en feront pas davantage. Ils sont bien soignés et bien nourris. Mauduit les respecte et ne les brutalise pas : ses coups de trique ne sont jamais haineux ou méchants, seulement utiles. Ils sont l'aiguillon nécessaire pour passer l'obstacle. Pas de sentiment du reste : quand les bœufs auront fait leur temps, ils seront vendus, abattus et mangés. La bête est soumise à l'homme.

Sous son large chapeau, Mauduit au front bas, a le regard fuyant quand il rencontre le seigneur. Il ne sait ni lire ni écrire. En revanche, c'est un excellent observateur. Ses allers et retours interminables dans le champ lui laissent aussi le temps de calculer.

Il reconnaît chaque pigeon du colombier avec ses parentés et ses cousinages ; enfant, il pouvait donner un nom à chaque bête du troupeau du village dont il était le bouvier.

À la foire il voit tout de suite les trésors cachés du cul d'un tout-jeune veau. Pour lui, pas besoin de balance pour peser une vache.

Tout le jour Mauduit passe et repasse avec ses bœufs. Un labeur ingrat à reproduire dans chaque champ quatre ou cinq fois dans la saison. Pendant ses travaux répétitifs qu'il effectue machinalement, Mauduit rumine inlassablement son idée fixe, l'achat du Jardin au Loup : ses économies seront bientôt suffisantes pour en payer le prix. Il pense à ses futurs plans de culture, à la vache supplémentaire (et son fumier à épandre !) que ce champ permettra d'entretenir.

L'ambition ultime de Mauduit, son rêve de réussite qui doit le marquer dans les annales de la famille, c'est l'acquisition de cette parcelle supplémentaire. Car malgré la taille, tous les impôts, malgré les mauvaises récoltes qui ruinent les efforts passés, Mauduit s'enrichit patiemment, et le petit pécule confidentiel et caché s'accroît chaque année.

Vient le jour où à la foire, il va oser timidement proposer un prix au noble propriétaire qui, il s'en est persuadé, n'a pas fait de bonnes affaires et a besoin de vendre.

Mais ce dernier ne le voit pas, n'entend pas le prix proposé. Mauduit insiste maladroitement ; il est renvoyé d'un revers de la main, méprisé devant les autres marchands, les autres paysans. Mauduit n'est pas un homme susceptible d'être reconnu propriétaire ; il peut garder son argent d'ailleurs. Trois mauvaises années d'affilée (une grêle, un fort gel à la sortie de l'hiver, et une année trop humide pour les grains) écorneront sérieusement ses économies.

Il ne s'agit pas non plus de trop insister, de montrer qu'il a de l'argent : le répartiteur de taille s'en apercevra bien assez tôt pour le tondre davantage. Ses habits, sa nourriture, son intérieur, sa crasse doivent dénoncer sa misère et lui épargner un surcroît d'impôt. Cependant quand il s'agit d'acheter une terre, n'est-on pas bien forcé de montrer ses écus ?

Il se remet au labour comme ses bœufs et recommence à économiser, à penser, à rêver. Ce noble est un mauvais diable, mais il n'est pas éternel, et puis il y aura d'autres champs à vendre.

Mauduit vieillit, devient Vieux Mauduit comme son père avant lui ; son fils, le Petit Mauduit reprend la charrue. À son tour sous la pluie ou le soleil, il peine, il pense et il espère.

Mauduit tiré de la terre qu'il a toujours cru combattre y est retourné. Vieux Mauduit est mort, Mauduit devient Vieux Mauduit et Petit Mauduit devient Mauduit.

On est aujourd'hui, il y a longtemps. Le roman commence.

1ère PARTIE :

SERMELLES ET BEAUVOIR

Les espoirs de Mauduit

Ce Mauduit entre dans l'histoire. Comme ses aïeux il ne prête plus attention à la douleur de ses doigts gonflés, trop secs et trop gercés, épaissis de cals nourris d'échardes, de terre, de pluie. Il ne se plaint pas de son dos, que le matin il met bien du temps à redresser. Il est seul dans son champ et son esprit vagabond tourne cent fois dans son cerveau étroit : on est en février et le grenier est rempli largement. C'est rassurant, sa famille peut être nourrie jusqu'à la prochaine moisson.

Il ne fait pas partie de ces malheureux qui sont dans la nécessité de semer de l'escourgeon (le « secours des gens »), cette orge d'automne récoltée dès le mois de juin, qui permet à la famille qui a épuisé ses réserves d'assurer la soudure avant la nouvelle récolte de grains.

Ses enfants et sa femme n'ont pas besoin de se louer misérablement pour sarcler les grains : un travail réservé aux mendiants dont le seul salaire est de garder les mauvaises herbes arrachées pour nourrir leurs maigres bêtes.

Sans surprise, ce Mauduit-là ne sait pas lire. Comme les autres, il compte en silence, compte secrètement. Quand on est pauvre, il est bon de paraître plus pauvre encore, autrement on paye plus d'impôts, même si le répartiteur de taille est honnête, surtout s'il est honnête.

Ce Mauduit a une petite famille : beaucoup des enfants de la Mauduite sont morts à la naissance. Alors oui on pleure bien sûr !

Cependant l'enfant baptisé à temps est déjà au ciel, heureux : il lui a été épargné les souffrances sur terre. Et puis bientôt, la Mauduite, qui est gaillarde, aura un nouveau petit : celui-ci vivra peut-être.

Ces enfants morts, cela fait moins de petites mains, de petits bergers, de petites servantes, mais en attendant moins de bouches à nourrir et la Mauduite peut s'embaucher comme nourrice. Voilà des pièces d'argent bienvenues quand les moissons sont mauvaises. Et si les moissons restent bonnes, il y a un champ que Mauduit lorgne et qu'il pourrait bien acheter.

C'est le Jardin au Loup, celui que rêvait déjà d'acheter son père et le père de son père ; cette fois, malgré les tailles, les dîmes, toutes les taxes qui écrasent les paysans, il a un beau petit tas de pièces, et on dit que le seigneur veut vendre ses terres. Lui, il ne travaille pas, vit au loin et il doit garder son rang ; cela finit par coûter cher, d'autant que son bien est géré par un régisseur. Celui-ci fait ses affaires selon ses propres lumières et il est assez malin pour s'enrichir aussi des erreurs nées des instructions de son maître auxquelles il est trop content d'obéir.

Sillon après sillon, Mauduit se fait plus courageux.

— C'est décidé, cette année à la quintaine, je demanderai au seigneur s'il veut vendre !

Mauduit a parlé tout seul comme pour se prouver sa détermination, pour exorciser sa peur. Mauduit pense maintenant à la manière dont il abordera Monsieur le Marquis ; il faut lui dire que sa terre ne vaut rien, sans le vexer. Il ne faut pas lui dire que cette terre le tient éveillé la nuit. L'esprit lent de Mauduit cherche les mots dans son patois imagé.

Mauduit a une autre obsession : celle d'être un jour garde-chasse. Tout jeune quand son père n'avait pas besoin de lui, il accompagnait Robert dans ses tournées. Il allait avec lui cueillir le gui qui servirait à faire la glu pour attraper les petits oiseaux. Maintenant, la glu il la ferait de bien meilleure qualité avec le houx ; c'est la Mauduite qui lui a appris. Elle en sait des choses la Mauduite, elle sait même lire. Comme nourrice, elle fréquente des gens d'un autre monde, des gens de la ville.

Il l'aime la Mauduite, ses yeux clairs pleins d'étoiles l'ont toujours charmé et intimidé ; c'est pour eux qu'il l'a épousée. On lui avait dit à l'époque qu'elle était un peu sorcière et qu'en tout cas, sa grand-mère l'était. Des balivernes ! Il avait vaguement compris que cette vieille, qui s'appelait aussi Denise comme la Mauduite, avait été brûlée le soir d'un grand orage qui avait dévasté le village. Ce passé, il voulait l'ignorer et même l'éviter : en parler ce serait salir la Mauduite et ses propres enfants ; y penser seulement, à coup sûr porterait malheur en réactivant des forces maléfiques endormies.

La Mauduite, il ne la bat pas. Les autres paysans battent leurs femmes.et son père battait sa mère. Lui n'a jamais battu son épouse. C'est contraire aux usages : autour de la locature, rares sont les semaines où l'on n'entend pas les hurlements des femelles. Cela détend les vieux taureaux qui rentrent à l'étable, affamés et fourbus. La Mauduite est plus savante que lui et ça lui vaut du respect. C'est vrai, il en a un peu peur de sa Mauduite.

Ah, s'il était, lui, garde-chasse du seigneur ! D'abord quelle reconnaissance ! Être le représentant du seigneur ! La charge n'est certes pas bien payée, mais elle présente des avantages. On sait tout ce qui se passe dans la campagne et les bois. Les gens ont intérêt à être bien avec vous. Il n'en profiterait pas, ou en tout cas sans abuser. Il pourrait parfois en tirer de menus bénéfices. Par exemple, la première fois qu'il surprendrait un braconnier sur le fait, il ne le verbaliserait pas s'il promettait de ne plus recommencer. En revanche, il confisquerait l'objet du délit. Cela allongerait le repas du soir et sans doute celui du lendemain. Et le coupable qu'il n'aurait pas dénoncé, deviendrait son obligé ; c'est toujours utile d'avoir des amis !

Cet emploi ne gênerait pas l'exploitation de ses terres. Son fils sera bientôt assez grand pour travailler à la charrue : dans ces conditions, il ferait son tour des bois et des champs pendant que le jeune labourerait. Un travail moins dur et plus varié que la charrue.

Une journée de colère

C'était un jour de foire aux bestiaux, bien avant que notre Mauduit soit né ; sous les vieux noyers, au pied du château, bœufs, vaches, taureaux, cochons, ouailles, poules, canards et lapins, plus ou moins entravés, plus ou moins encagés, se mêlaient à des centaines de paysans, de commerçants, d'enfants.

L'hiver et le printemps avaient été particulièrement secs. Les récoltes s'annonçaient déjà maigres. L'herbe dans les prés était chétive. Dans le pays on s'inquiétait de la capacité à pouvoir nourrir le cheptel. Le foin engrangé était très insuffisant. De tout temps, l'éleveur a toujours eu la hantise de ne pas disposer de fourrage suffisant pendant l'hiver et de voir ses bêtes maigrir.

C'était pour cela qu'il y avait autant de bestiaux présentés à la vente ce jour-là.

Le champ de foire était noir de gens et de bêtes, beaucoup plus de bêtes que l'aire ne pouvait en contenir. La prochaine foire aux alentours n'étant que dans six semaines, des paysans de villages et de hameaux éloignés avaient également apporté leurs animaux. La foule trop nombreuse avait du mal à se frayer un passage dans des allées étroites closes par des murs mouvants de bestiaux.

La nuit avait été chaude et le temps lourd dès le matin. Avant ce soir il y aurait de l'orage, c'était sûr, avec de l'eau peut-être, mais en quantité insuffisante, sans doute, pour permettre le regain. Il y avait aussi menace de grêle, faucheuse des grains avant l'heure. Dans la campagne sur la route de la foire, les oiseaux s'étaient arrêtés de chanter fort tôt. Au loin on entendait des grondements sourds et les nuages pesaient sur la campagne.

Dans l'aire de la foire, l'ambiance était nerveuse et les transactions pleines de sous-entendus. Les acheteurs de viande et les bouchers ayant le marché pour eux, faussement désolés et secrètement triomphants faisaient baisser les prix et tentaient d'affoler des éleveurs déjà exaspérés de devoir se débarrasser au plus vite de leurs bêtes.

— Ta bête, elle a déjà mangé plus de terre que d'herbe ; vois donc comme elle est amaigrie et malade ! Y a rien à en faire ! Elle vaut plus grand-chose à ct' heure. Et t'a l'heure ça va pas s'arranger !

Alors, les discussions montaient d'un ton, les phrases des vendeurs se faisaient plus saccadées, avec des expressions de rage. Les ânes, nombreux semblaient s'exciter les uns les autres et brayaient bruyamment, déments semblant rire avec leurs dents sorties de leurs mâchoires. Les bœufs piétinaient, les vaches meuglaient. Toute la basse-cour caquetait et les bêtes se trouvaient insoumises, voire rebelles. Les paysans rouges sous leurs larges chapeaux n'avaient pas le cœur à la patience : leurs furieux coups de bâton ne servaient même pas à les calmer eux, encore moins à restaurer l'obéissance.

Les hommes houspillaient les femmes dont certaines avaient déjà été rossées le matin. Les femmes battaient les enfants qui chialaient plus fort. Les chiens aboyaient sottement, recevaient en retour un coup de pied, allaient se cacher en gémissant sous une charrette d'où ils ressortaient quelques instants après pour essayer leurs dents sur la patte d'un jeune mouton et être récompensés d'une bordée de jurons et d'une nouvelle volée s'ils étaient attrapés.

Les piétinements plus prononcés, la sécheresse du sol faisaient monter la poussière. Celle-ci se collait sur la peau en sueur et faisait pleurer les yeux. Des nuées de mouches et de taons excitaient toutes ces créatures.

Au cabaret et aux étals où l'on servait à boire, les chopes étaient vidées à la va-vite après des transactions trop décevantes pour certains et trop avantageuses pour d'autres, tous se montrant acrimonieux du résultat.

À la fin de la matinée, la nuit sembla tomber sur la place. Le silence se fit. Pas longtemps. La foudre tomba sur un noyer. Le bruit fut fracassant et l'arbre se cassa en deux ; sur le coup on s'aperçut à peine qu'une branche était tombée sur une génisse et lui avait cassé les reins ; celle-ci se mit à beugler sous la douleur, mais son beuglement était déjà noyé dans le tumulte.

Au bruit terrible du tonnerre, les animaux sursautèrent et rompirent leurs attaches. La panique se mit parmi eux. Les paysans stupéfaits et pris par surprise ne réagirent pas dans un premier temps, puis chacun séparément essaya de calmer et juguler la peur des animaux effrayés. Ce faisant, leurs coups et leurs hurlements ne firent qu'amplifier le désordre. Les bêtes affolées aux yeux révulsés se mirent en mouvement dans un sens, puis dans l'autre, renversant les étals, piétinant les cages des poules, des dindons, des lapins. Des femmes, des enfants firent front devant les bêtes chassées par les éleveurs ; les merciers et d'autres marchands voulant protéger leurs marchandises se mirent dans le mouvement.

Des piles d'œufs furent fracassées, des jarres pleines de lait se renversèrent ; les fromages roulèrent par terre, aussitôt écrasés et piétinés.

Avec des piaillements affreux, les oies, les canards se mirent à pincer tout ce qui passait à leur portée.

Un taureau encorna un cheval ; celui-ci, comme fou, se mit à ruer dans tous les sens laissant sortir ses boyaux et assommant hommes et moutons autour de lui. La force déchaînée des animaux fut un temps invincible dans l'enclos du champ de foire. Les planches de certains étals furent soulevées et restèrent en l'air, portées par la foule des animaux affolés serrés les uns contre les autres. Du haut du clocher de l'église, on aurait cru voir les effets d'une tempête en mer où le flot apporté par le vent se jette par-dessus les rochers, est refoulé par la violence du ressac puis est à nouveau renvoyé par la nouvelle vague qui déferle, la poussière et les plumes des volailles tenant lieu d'écume et d'embruns.

Tout de suite après le coup de tonnerre arriva une nuée qui emporta le chaume et les toiles des huttes de marchands. Sa force fut telle que des paniers s'envolèrent, les torchons se mêlant aux chapeaux. Une pluie abondante tomba. De nouveaux éclairs strièrent le ciel. Le vacarme était à son comble.

La panique ne dura pas plus de dix minutes. Après avoir rompu les barrières de l'enclos de la foire, les gros animaux se retrouvèrent dans l'eau de retenue de la forge qui bordait le champ de foire. Là, elles se mirent à boire tout à fait tranquillement sous la pluie battante. Apaisées, rafraîchies, les plus furieuses oublieuses de leur folie meurtrière de la minute passée redevinrent les bêtes dociles et obéissantes de toujours.

Le foirail n'était plus qu'un champ de ruines. Dans la boue gisaient une dizaine de personnes inanimées, d'autres incapables de se lever. Étals, chaume, barrières étaient mélangés. Le cheval éventré bougeait encore, allongé sur le sol. Un court moment, la pluie continua à crépiter, puis les grosses gouttes se changèrent en une bruine inoffensive. Le vent se calma, un silence insolite s'établit, cette fois dans la clarté du soleil réapparu.

Pendant un instant à la fois court et interminable, on se regarda comme statufié. Un cheval hennit. Les blessés se mirent à gémir et à appeler à l'aide. Des animaux à l'agonie hurlèrent à la mort. Des bébés tombés par terre et abandonnés commencèrent à chouiner puis à pleurer bruyamment.

Le médecin, le barbier, le vétérinaire furent les premiers à se ressaisir. Ils comptèrent tout de suite cinq morts : deux enfants, une femme et deux vieillards. Ils se mirent à soigner les blessés, indistinctement hommes et animaux. Les victimes étaient nombreuses : pieds écrasés, contusions, hémorragies plus ou moins importantes. Il y avait du sang partout. Une foule d'animaux étaient morts ou en piteux état. Notamment de nombreux moutons, restés attachés, s'étaient fait piétiner par les bœufs et les vaches qu'aucun obstacle inerte ou vivant ne pouvait arrêter.

Pour ceux qui n'étaient pas blessés et dont la famille était épargnée, c'était déjà l'heure des comptes : certaines situations se trouvaient inversées et celui qui tout à l'heure avait mal vendu une vache ne se trouvait pas si malheureux, au contraire de son acheteur qui avant la panique jubilait, mais maintenant se trouvait propriétaire d'un cadavre à débiter au plus vite ou d'une bête dont une patte était cassée.

Le curé et le vicaire qui étaient dans l'église au moment du drame s'affairaient à donner viatique et extrême-onction.

La Denise était indemne. Elle était panseuse et connaissait les secrets pour soigner les entorses, les déboitements d'articulation.

Elle savait aussi remettre les os en place en cas de fracture. Elle était à la foire pour exercer son métier et c'est au moment où elle levait les mains au ciel pour constater qu'un de ses patients s'était à nouveau luxé l'épaule que le coup de tonnerre claqua.

Dès que le vacarme de l'orage et la déroute générale furent calmés, elle se mit à l'ouvrage, tâchant de réduire les fractures, d'atténuer les douleurs suivant son savoir et les dons dont elle avait hérité.

Il y avait un bébé qui manquait, dont la mère, une jeune femme, pouvait avoir quinze ans. Dans la cohue, elle avait laissé échapper son nourrisson qui alors était au sein. Hébétée, elle le cherchait partout en balbutiant des « Mon bébé, mon amour ! » ; les gens autour d'elle la remarquèrent. Certains blessés, oubliant leurs contusions, et leurs propres douleurs, se joignirent à elle ; le champ de foire avec l'orage et le piétinement des troupeaux s'était transformé en bourbier. On retrouva une petite main dépassant d'un amas de boue et d'herbe ; on dégagea le corps inerte ; la mère-enfant se précipita sur lui et l'arracha en hurlant des mains de celui qui l'avait ramassé. Sans apparemment s'intéresser à son état, elle le pressa contre sa poitrine ; elle s'assit à même le sol et se mit à sangloter.

Denise vint doucement vers elle et lui parla à l'oreille tout en la caressant tendrement : une douce mélopée harmonieuse se fit entendre. Au bout d'un moment dont personne ne put savoir s'il avait été long, l'esprit de la mère parut flotter dans un air plus serein et son visage horriblement grimaçant se détendit. Elle arrêta de s'agripper à la poupée de terre et d'habits qui tout à l'heure était son enfant babillant.

Denise prit l'enfant, alla à la fontaine et à l'abri des yeux de la mère, nettoya le corps. Ceux qui étaient présents virent la petite tête écrasée par un sabot, un œil pendant hors de son orbite. Une pomme pourrie ratatinée, voilà ce dont ils rêvèrent les nuits suivantes. Denise prit son fichu, en couvrit l'enfant et alla le porter près de la porte de l'église où les autres corps avaient déjà été déposés. Plus tard on mit les morts dans une grange.

Pour les hémorragies internes et les traumatismes crâniens, Denise était évidemment désarmée, mais pas plus que le médecin ou le barbier dont les remèdes n'étaient ni très différents, ni moins exotiques ou appétissants. À ce stade, la saignée opérée à tous les blessés pouvait indifféremment les soulager ou les achever. Cette dernière issue rapide pouvant d'ailleurs éviter au malheureux les souffrances ultérieures de la gangrène.

Les parents de certains blessés pressaient Denise de les visiter et visiblement la préféraient au corps médical officiel qui n'avait pas le temps d'en prendre ombrage, étant par ailleurs suffisamment occupé.

Pour chaque blessé, Denise marmonnait des mots que personne ne comprenait. À un moment elle disparut pour aller chercher à Fontaire des onguents et des remèdes.

Tous ceux qui le pouvaient se pressèrent pour aider et soulager, aussi vrai que la solidarité dans une communauté touchée par une catastrophe est un bon remède contre le désespoir : les charrons rafistolèrent autant que possible les carrioles abimées, les bouchers saignèrent les bêtes moribondes ; on découpa les cadavres d'animaux. On s'offrit à ramener les invalides chez eux après les avoir fait manger et boire.

Les jours suivants, il y eut beaucoup de viande à l'ordinaire du village et des hameaux avoisinants. Elle avait un goût amer : on la mangeait non pas pour accompagner un jour de fête, une occasion heureuse, mais pour l'empêcher de se perdre et elle conservait le fumet de la catastrophe. Surtout, cette nourriture trop abondante annonçait des jours moins glorieux où la viande serait absente des marmites.

Le seigneur de Mareuil ne fut pas en reste ; lui et sa femme dirigèrent les opérations avec leurs domestiques. On fit rentrer des blessés dans les écuries du château : là au moins ils seraient à l'abri. On fit préparer de la soupe et distribuer du pain. On mit de la paille sur le sol et on put allonger ceux qui ne pouvaient plus marcher. Des seaux furent tirés du puits pour laver les plaies. Le seigneur en voyant les linges ensanglantés se revit à la guerre, et ses ordres se firent plus secs et plus précis. Il dirigea l'ordre d'examen des blessés en confirmant d'une voix autoritaire et rassurante les choix du médecin ; il envoya des chevaux et une voiture pour quérir d'autres médecins ou barbiers d'Issoudun pour hâter les soins.

— Je paierai tout !, précisa-t-il.

Denise revint deux heures plus tard, chargée d'un sac contenant de la charpie, certaines pommades ou breuvages. Elle se remit aussitôt à panser ceux qui s'étaient confiés à elle : en général des journaliers et des petits métayers, et aussi quelques laboureurs, des femmes et leurs enfants. Pour les contusions, elle appliquait un remède qui sentait à la fois l'ammoniac, l'urine et le vin blanc. Sur les plaies qui saignaient, elle posait un cataplasme imbibé d'une mixture sortie d'un flacon sur lequel était inscrit « agaric du chêne ».

Lentement, le champ de foire se vidait. Quelques-uns persistaient à l'arpenter, espérant retrouver leurs biens disparus ; c'était le cas notamment de merciers dont le contenu des baluchons avait été renversé et éparpillé.

Des paysans indemnes ou légèrement blessés s'étaient retrouvés au cabaret autour d'une barrique que l'on avait mise en perce. Le cabaretier, dont l'échoppe était un peu à l'écart du champ de foire, fit ce jour-là de très bonnes affaires, même s'il ne s'en vanta pas. Les chopines de vin, après avoir rafraîchi les gorges et calmé les tremblements d'une pareille émotion, commencèrent aussi à échauffer les esprits.

— Quelle affaire ! on n'a jamais rien vu de tel !
— De mémoire d'habitant, on n'avait jamais entendu pareil coup de tonnerre.
— Pas naturel tout ça !
— Et les bœufs, mes bœufs, si placides d'ordinaire, comment ont-ils pu devenir si violents, de vrais démons ; on aurait dit qu'ils avaient le diable au cul !

Ils fixaient Denise. Celle-ci continuait à s'affairer au soulagement des blessés.

— Je serais bien surpris de savoir ce qu'il en pense notre curé !
— Il nous dira ce que je viens de dire : c'est le diable qui nous a fait ce tour.
— Et à ce que je crois, la Denise elle aurait bien été capable par ses manigances de nous apporter cette malédiction-là !
— Au moment où le tonnerre a craqué, je l'ai vu lever les bras au ciel. On aurait dit que c'était comme pour faire une incantation à Belzébuth, comme pour lui dire que le moment était venu.
— Moi je l'ai vue parler au taureau juste avant qu'il encorne le cheval du grand Louis !
— Vous avez vu ses remèdes ? Des médecines bizarres et peu chrétiennes à ce que je crois !

Le curé passait par là accompagné d'un enfant de chœur porteur d'une croix.

— N'est-ce pas Monsieur le Curé que ces évènements sont de la sorcellerie ?

— Allons mes enfants vos prières, nos prières sont beaucoup plus efficaces que la sorcellerie.

— Sauf que le diable, comme vous nous le dites à l'église, est parmi nous. Dieu, lui, est moins accessible ! À quoi a servi la procession de la semaine dernière pour exorciser la grêle ? Moi je vous le dis, nous avons dans le village une représentante du diable.

Le curé haussa les épaules et leur tourna le dos ; il avait des âmes à confesser, des paroissiens à rassurer ; il ne se sentait pas d'humeur à rentrer dans une discussion théologique avec des ignorants avinés. Cette non-réponse fut comprise comme un acquiescement et excita encore davantage les hommes faibles en colère qui voulaient passer leur hargne. Ce coup-là, il ne suffirait pas de donner une correction à un enfant geignard ou à une épouse qui aurait servi avec retard un plat trop froid. Il fallait en découdre, il fallait cogner et cette fois fort et dru !

C'est la Denise qui fit les frais de leur peur et de leur fureur. Il était commode de la prendre pour une sorcière. Étrangère, elle s'était fixée tardivement au village.

La Denise était une jeune fille d'Issoudun où ses parents huguenots avaient un nom et un beau commerce de grains. Pour être tranquilles, ils avaient abjuré et étaient « venus à la vraie foi ». Elle, jeune, avait été confiée à un homme d'Église. Elle avait été éduquée au couvent, comme pour témoigner du sérieux de la conversion de ses parents. Un jour, malade, elle fut soignée par un jeune médecin appelé Vadon de Charlieu qui tomba éperdument amoureux d'elle. Elle était à l'âge fragile des émois et des passions tragiques. Elle tomba d'une fièvre dans une autre. L'homme l'enleva de son couvent. On n'avait rien pu faire d'autre que les marier. Ils s'installèrent à Argenton au bord de la Creuse et formèrent un beau couple aimant. Lui, médecin, avait une bonne pratique et l'associa à son métier. Elle eut la charge du jardin où poussaient les plantes nécessaires à ses remèdes ; plus tard, il lui apprit à les préparer. Il lui montra ses livres de médecines, et elle lut avec application ceux qui étaient en français. Enfin, elle l'accompagna à chaque fois qu'il y avait à soigner une femme et notamment il lui apprit les gestes nécessaires pour accoucher. Douce et dévouée, elle se montrait douée pour les soins ; elle se fit sage-femme et les vieilles d'Argenton lui apprirent certains secrets de panseuses.

Hélas, certain jour, son mari attrapa une mauvaise maladie et mourut. Pas question pour Denise de poursuivre ses activités. Entretemps, ses parents avaient été contraints de s'enfuir en Hollande, leur conversion n'ayant pas été jugée sincère par des autorités ecclésiastiques convaincues par les manœuvres de concurrents malhonnêtes et jaloux de leur réussite.

Les parents et la famille de son mari qui ne l'avaient jamais acceptée l'envoyèrent promener et récupérèrent la maison. Elle dut donc partir d'Argenton. Elle fut alors aidée par Antoine Audenay, un paysan aisé et régisseur du duc de Charost. Quelques années auparavant, il avait été soigné par son mari et lui en était resté reconnaissant. Il lui permit de s'installer à Fontaire, une petite maison, une locature du hameau de la Vève en lisière du domaine de Bois Fermier. Là, moyennant un faible loyer, elle se remit à cultiver des légumes, des fleurs et des simples.

Il lui restait quelques biens et quelque argent. Toutefois, veuve, de surcroît enceinte, et déjà mère de Pierrette une petite fille de sept ans, elle était dans une situation très précaire. Ses mains n'avaient jamais été abimées par le travail et elle avait l'orgueil de ne pas s'employer à des tâches serviles. Du reste, aucun honnête catholique n'aurait voulu employer une femme éduquée qui, par la fuite de ses parents, restait teintée de protestantisme. Pour les sympathisants protestants, et il en restait dans la région d'Issoudun, cette bonne catholique n'était qu'une renégate.

Pour vivre, elle s'était mise à soigner les paysans des hameaux des environs. Bonne et douce, elle avait rapidement trouvé parmi ses voisins une clientèle prête à échanger des poulets, du froment ou des services contre des remèdes souvent efficaces et qui n'aggravaient jamais la santé du malade. Elle savait aussi réduire les fractures, enlever les échardes et apaiser le mal de dents. Sage-femme, elle était également appréciée à la fois pour son savoir-faire, mais aussi pour sa discrétion concernant tous les secrets d'alcôve et les grossesses irrégulières qu'elle était amenée à connaître. Le curé l'estimait aussi car elle savait faire appel à lui pour ondoyer ou baptiser au plus vite les nourrissons en danger de mort.

Elle avait accueilli chez elle une vieille femme qu'elle disait être une cousine éloignée, veuve également. Cette femme était du domaine de Bois Fermier et avait été mariée à un certain Mouillebec. Condamné avec son fils aux galères comme faux-saunier, il était mort à Saint-Domingue. Personne n'avait eu de nouvelles de son fils. Sans ressources, elle serait morte de faim si elle n'avait pas été recueillie par Denise. Sa mâchoire édentée et ses vêtements entièrement noirs auraient suffi à effrayer les petits enfants qu'elle croisait. De surcroît, elle était borgne et son œil mort et laiteux contrastait de manière inquiétante avec son œil vivant et brillant. Elle aussi était vaguement guérisseuse et préparait des tisanes et des onguents qui soulageaient les bêtes comme les hommes. Son aspect peu avenant et ses activités mêmes faisaient que l'on n'allait chez elle que lorsque le besoin était pressant.

À l'époque, venir de Bois Fermier apeurait, vous rendait louche. Bois Fermier, un domaine chargé d'histoires sinistres : les esprits des eaux de son étang noir attirent pour les noyer les jeunes enfants qui s'aventurent trop près de ses rives. Georgeon, le diable, a longtemps pris pension dans les granges du domaine sous forme d'une chauve-souris. Dans les étables, les animaux les mieux nourris et les mieux soignés meurent plus souvent qu'ailleurs. Ces maladies inexplicables sont, chacun le sait, le terrible résultat de sorts et d'ensorcellements.

Toutes ces raisons expliquaient que l'on préférait éviter sa présence, et surtout ne pas croiser son œil (n'importe lequel).

Pour Denise, la vieille Mouillebec était précieuse pour garder Geneviève, son petit bébé. Elle entretenait le feu pendant qu'elle partait chez ses malades et plus généralement chez des femmes qui allaient accoucher, accompagnée de Pierrette qui commençait à l'aider.

Même pour ceux qui la connaissaient, Denise restait un mystère. Oui, elle était reconnue comme douce, dévouée et compétente, ce qui n'était pas un mince compliment. Mais elle inquiétait par les fioles et les bouteilles en grand nombre et la vingtaine de livres qu'elle possédait : objets déjà insolites dans une métairie du Bas Berry et encore moins convenables dans une maison seulement habitée par des femmes. Denise ne semblait pas s'intéresser aux hommes depuis que son mari était mort. Elle était peu causante. Personne ne comprenait pourquoi et comment elle pouvait héberger chez elle la vieille en noir.

Les plus anciens enfin croyaient se souvenir qu'au temps des guerres entre catholiques et protestants, les aïeux de Denise avaient commis des horreurs contre des catholiques ; c'était un Mouillebec qui cent cinquante ans auparavant aurait conduit une troupe de lansquenets à Saint-Baudel. Ils auraient mis le feu à l'église, forçant un Monsieur de Foucaut et sa femme enceinte de jumeaux à sauter du clocher. Blessés après leur chute, les deux malheureux auraient été massacrés sans pitié.

Le temps fausse les souvenirs. Les mémoires simplifient, compactent, déforment la réalité. Elles perdent l'essentiel et en même temps s'excitent à partir d'anecdotes inexactes ou incomplètes retirées de leur contexte. Lentement au cours des générations s'alimentent des rancœurs, des besoins de vengeance fondés sur des faits erronés ou absurdes. Peu importe ; avec bonne foi et obstination, on va retisser une histoire et on trouvera les liens nécessaires pour régler ses comptes avec les vivants.

Si la plupart des villageois vantaient la générosité et le courage de Denise, sa singularité au sein d'une communauté ignorante rendait facilement crédibles les bruits les plus extravagants à son sujet. Ils partaient des gestes les plus anodins comme par exemple une manière de serrer un bras : pour toute autre que Denise, elle aurait été l'expression d'un sentiment ou d'une émotion, mais, dans son cas, c'était un moyen de lancer ou conjurer un sort. D'autres bruits étaient plus graves, voire délirants : elle avortait les filles qui avaient été violées ou même, les nuits de pleine lune, elle se rendait à des sabbats épouvantables où le blasphème dansait avec la luxure. Bref, malgré ses qualités par ailleurs reconnues, la Denise restait une étrangère dans la paroisse.

Les ivrognes de Mareuil s'échauffèrent tout l'après-midi, s'excitèrent de tous les ragots les plus invraisemblables. Leur hargne enfla avec leur ivresse. À la fin de l'après-midi, une petite troupe de braillards se décida à aller punir la sorcière. Ils ne rencontrèrent guère de contradicteurs.

Parmi ceux qui se disaient ses amis, il ne se trouva personne ce soir-là pour la défendre ou au moins la prévenir ; beaucoup étaient rentrés chez eux, parfois claudicants, épuisés de cette dure journée, éprouvés par leurs pertes, et pour certains, devant encore veiller des morts ou des blessés. D'autres, inquiets, étaient partis vérifier les dommages de la grêle qui serait tombée du côté de La Prée.

Enfin ceux qui rencontrèrent les excités sur leur route n'eurent pas le courage ou l'entrain de soutenir Denise ; certains même qui lui devaient la vie ou qu'elle avait soignés le jour même, effarouchés par ces énergumènes, trouvèrent prudent de taire leur reconnaissance ou même leur affection pour elle. Subitement, ils prétendirent à peine la connaître. C'est vrai, elle était bizarre. Était-elle sorcière ? Mon Dieu, ça les étonnerait, mais ça se pourrait, peut-on savoir ? Les brutes avinées retenaient ces seuls derniers mots, voyant une nouvelle confirmation à leurs soupçons et avivant encore leur détermination. Bien pire, certains pourtant demeurés sobres et imperméables à toute crainte de sorcellerie furent de la virée vers Fontaire sans autre explication que l'esprit moutonnier. La mauvaise troupe prit son temps pour arriver, s'arrêtant à chaque maison pour reprendre son souffle, se désaltérer bien sûr (ils avaient pris leurs précautions pour la route), et se remonter le moral : une croisade contre le diable qui commande aux éléments demande du courage !

Ils rabrouèrent les indécis, menacèrent ceux qui se risquaient à la dire incapable de faire le mal.

— Tu la défends toi, la Denise ? C'est vrai que tu as guère perdu ce matin ; peut-être bien qu'elle te protège, toi ! Ton sourire là, c'est peut-être que tu t'en réjouis de la calamité de ce matin. Tu ne l'accompagnerais pas la Denise à ses Sabbats ?

Alors prudents, baissant la tête, ils jurèrent bien sûr que non ils n'étaient pas sorciers et qu'ils n'avaient rien à faire avec la Denise. Certains apeurés se sentirent obligés de se joindre à la troupe pour prouver leur bonne foi. Ils noyèrent leur honte dans le vin qui leur était offert.

Quand plus tard, ils racontèrent leur lâcheté au curé en se confessant, le prêtre put les consoler : Simon Pierre avait renié son Maître trois fois et le Christ avait pardonné sa faiblesse ; il l'avait si bien pardonné qu'il fit de ce premier pécheur, le fondateur de l'Église catholique, le premier pape. L'important était la contrition.

Les volets des maisons des hameaux voisins de Fontaire furent fermés tôt ce soir-là.

Le lendemain une odeur de chaume brûlé accueillit ceux qui ayant été soignés par Denise la veille et ignorants des derniers évènements venaient la remercier. L'odeur était d'ailleurs accompagnée d'une odeur plus forte, écœurante et sinistre.

Peu de gens parlèrent de ce qui s'était passé : quand des langues se délièrent, on sut que Denise avait été brutalisée, battue, assommée, transportée dans la grange attenante à la locature et qu'ils y avaient mise le feu.

Audenay, en apprenant l'expédition punitive, était bien parti avec quelques gens à lui à Fontaire, mais trop tard, et quand il arriva, la grange était déjà complètement en cendres et les furieux tous partis.

La maison avait été saccagée et largement détruite par le feu qui s'y était propagé ; nombre de fioles, bouteilles et autres récipients étaient brisés ou gisaient renversés sur le sol en terre battue, les pauvres meubles étaient défoncés. Il flottait une sinistre et entêtante odeur de chair brûlée. Sous la bassie[6], il découvrit la Pierrette recroquevillée et endormie. Elle n'était pas blessée, mais était incapable de dire ce qui s'était passé. Nulle trace de sa petite sœur, de sa mère et de la vieille. Sous les décombres, on ne découvrit que le corps calciné de Denise ; on considéra que le corps sec de la vieille et celui, minuscule, de la petite avaient été entièrement consumés.

Également épargnés par les flammes, quelques livres de médecine et de recettes écrites à la main. Il y avait aussi un livre — les Secrets admirables du Grand Albert — qui fit un peu trembler Audenay. Le régisseur emporta le tout avec lui, y compris la petite fille.

6 - Un évier en pierre.

Hymne au Seigneur de l'orage (Psaume 29)

L'église de ce dimanche matin, lendemain du cataclysme, était pleine. Certains avaient le bras en écharpe ou un pansement sur la tête. D'autres s'appuyaient sur un gros bâton qui faisait office de béquille.

L'air semblait assaini ; il avait à nouveau plu dans la nuit et des nuages annonciateurs de pluies régulières étaient le signe du changement de temps que tous hier désespéraient de voir arriver. Dans l'église, il faisait frais. L'assemblée était beaucoup plus silencieuse que d'habitude ; les enfants étaient calmes, les sabots semblaient caresser le sol et non plus le marteler. Les têtes étaient baissées vers le sol ou fixaient le crucifix. Peu de discussions avant que le curé ne commence l'office.

— Hier, le troupeau de brebis a été dispersé par la tempête. Le Seigneur a voulu éprouver ses ouailles qui avaient péché et qui, trop intéressées par l'argent, avaient oublié sa bonté infinie et les devoirs qu'Il prescrit. De même, le Veau d'Or a fait le malheur des Israélites et a engendré la colère de Moïse et de Jéhovah.
La semaine dernière, il y avait procession après la grand-messe. J'avais mis une étole violette et après avoir confessé nos péchés, nous avions fait appel au Christ, à la Mère de Dieu et aux Saints pour préserver nos récoltes et nos herbages, alors que la sécheresse commençait à dessécher la terre. J'avais étendu mes mains sur les champs et vous avais envoyés dans la campagne avec une

provision d'eau bénite pour appeler les nuages sur les terres craquelées.
Hommes de peu de foi ! Impatients qui imaginiez imposer à Dieu vos volontés et le temps précis de Son action !
Moins d'une semaine après ces prières qui ont mis en marche des forces incroyables, vous les avez estimées inefficaces, et, incrédules et inconscients, vous avez tourné le dos à votre Seigneur, à votre pasteur. Considérant que la pluie ne viendrait pas à temps, vous avez voulu par vous-mêmes régler la question. Les uns désespérés étaient résignés à vendre leur cheptel à vil prix, les autres au cœur dur à l'acheter au plus bas. Malheureux que n'avez-vous fait ? La punition ne s'est pas fait attendre et le résultat, le voilà !

Il hurla :

Clameur de Yahvé, elle fracasse les arbres,
Clameur de Yahvé, elle taille des éclairs de feu [7]

— Mes frères, hier nous avons souffert la clameur de Yahvé décrite dans le Psaume de David. Notre paroisse est aujourd'hui endeuillée par les morts que nous enterrerons demain.

Le curé leva alors la tête et son regard dur balaya l'assistance, s'arrêtant à ceux qui montraient pansements ou béquilles. Tous baissaient les yeux. Il poursuivit d'une voix forte.

— Beaucoup de blessés dans leur chair ! Combien de bêtes mortes ou estropiées ?
Combien de ventes effectuées à la sauvette qui enrichiront des marchands étrangers ?
Le châtiment divin a frappé durement, trop rapidement diront certains ? Non mes frères, Dieu est lent à la colère ; le déchaînement de cette punition n'est pas uniquement la conséquence de cet affront récent que vous avez fait à l'Église, mais l'aboutissement de toutes vos désobéissances, de toutes vos infidélités que l'on observe depuis des années.
Beaucoup de blessés dans leur âme. Tous ces péchés que j'écoute avec honte et répugnance pendant vos confessions,

7 - Psaume 29 - 5 et 7

pour ceux qui ont le courage de les dénoncer ! Prenez garde ! La paix revenue dans les campagnes, puis quelques bonnes années favorables aux cultures, vous ont fait oublier la crainte de Dieu !

Il s'exclama à nouveau.

Le Dieu de gloire tonne.
Dans son palais tout crie : Gloire !
Yahvé a siégé pour le déluge, Yahvé siège en roi éternel.[8]

— Mais les péchés et les offenses à Dieu ne s'arrêtent pas là ! Certains, mus par des idées mauvaises et stupides ont pu imaginer que cette panique avait pour origine, je ne sais quel sortilège maléfique. Qu'ils oublient cette idée sacrilège selon laquelle je ne sais quel minuscule sorcier de village actionné par un diable de pacotille aurait pu être supérieur à la force décisive des prières et de la bénédiction que j'ai adressées à notre Seigneur Jésus Christ la semaine dernière. Leur colère misérable et aveugle a conduit par un crime odieux à encore endeuiller une communauté déjà assez éprouvée. Quelques folles brebis ont réussi à égarer une bonne partie du troupeau vers de mauvais chemins. Que les coupables se tournent vers Dieu et l'implorent de leur pardonner ce meurtre aussi vain qu'horrible. Soyez sûrs que s'ils n'en sont pas punis sur terre, ils auront à en rendre compte le jour du Jugement Dernier !

Le prêtre reprit son souffle : sa voix calmée reprit avec une grande lassitude :

— Mes frères demandons encore pardon au Très-Haut et par le rappel de notre foi, confirmons notre attachement à l'Église qui seule peut nous protéger.

Dans l'Église de Mareuil, les statues des saints paraissaient baisser la tête de contrition et le visage du Christ sur la Croix semblait plus triste. Un silence complet s'était fait dans l'assemblée et même les enfants restaient cois.

------

8 - Psaume 29 – 9 et s

Dans les quinze jours, quatre victimes supplémentaires moururent des suites de leurs blessures.

Le meurtre de Denise ne donna pas lieu à des poursuites ; le nombre de participants à ce crime était trop important et la communauté jugée suffisamment éprouvée pour ne pas la déstabiliser davantage. Denise était par ailleurs sans famille et sans soutien pour pouvoir prendre en main ses intérêts. La vieille avait disparu avec le plus jeune des enfants. Certains prétendaient qu'elles étaient mortes dans l'incendie de la ferme, d'autres qu'elles s'étaient enfuies chez les charbonniers dans la forêt.

La mort de Solange

C'était une soirée d'hiver. Il faisait froid et toute la famille après le souper tôt pris s'était retrouvée autour de la grande cheminée ouverte. Antoine Audenay lisait les Écritures. Sa femme, ses enfants et les domestiques écoutaient, chacun s'occupant : les uns cassant des noix, les autres cousant. Une femme fredonnait machinalement tout bas une vieille chanson.

La Solange brodait assise sur une chaise une épaule contre le mur, face à l'âtre dont les flammes renforçaient la lueur de deux chandelles allumées de part et d'autre du manteau de la cheminée.

Les vieilles mains aux veines proéminentes de la servante faisaient encore danser les aiguilles dont les mouvements apparemment désordonnés donnaient très lentement vie aux lettres initiales de ses patrons.

Peu à peu les uns et les autres allèrent se coucher ; Antoine referma son livre et à son tour se leva.

Les mains de Solange arrêtèrent leur manège ; elle bascula sans un mot en avant et sans que l'on put l'en empêcher, elle tomba la tête la première dans les braises.

Un moment de stupéfaction passée on se précipita sur elle et on la releva, inerte, du foyer. Une horrible odeur de cheveux calcinés et de chairs brûlées envahit la pièce. On déversa sur son visage une cruche d'eau. Elle resta sans réaction et on l'étendit par terre.

Pendant un temps, on la crut morte, et puis elle bougea, et elle cria. Ce cri était plus qu'un cri de douleur, celui qui était logiquement attendu du corps réagissant à la brûlure ; il s'agissait d'un hurlement, d'une plainte pathétique qui sortait du plus profond de sa gorge.

Jusqu'à 8 ou 9 ans, elle avait connu la misère, parfois la faim ; ensuite, elle avait subi la servitude, des humiliations, de la violence, non pas de ses maîtres, mais des autres domestiques qui s'estimaient au-dessus d'elle. Elle avait appris à ne jamais se plaindre. Elle se renferma sur elle-même. Plus besoin de lui parler ou de lui donner des ordres : elle savait ce qu'elle avait à faire et accomplissait ses tâches de manière mécanique, sans sourire et sans en faire plus que l'on attendait d'elle. Elle n'avait jamais su ce qu'était l'affection, l'amitié et encore moins l'amour. Des neveux rapaces venaient lui piller les rares pièces qu'elle gagnait en lui expliquant qu'à son âge elles ne lui étaient plus utiles. Elle les abandonnait sans mot dire. Sa silhouette rabougrie se déplaçait sans bruit. Les seules fois où on pouvait voir ses yeux briller étaient quand des marmots non effrayés par son visage sévère venaient se faire câliner.

Dans la maison, elle était un peu comme un meuble qui aurait marché. C'était au moment de sa mort que l'on découvrit qu'elle vivait encore. Pendant un temps et pour la première fois, elle fit savoir qu'elle existait : l'attaque avait libéré toutes les forces qu'elle tenait emprisonnées dans son cœur et elles sortaient tout à coup de ce corps torturé et inconscient. « Mauduit ! Mauduit ! ». Elle appelait le petit domestique qui l'avait soulevée des flammes. Et ses cris s'amplifiaient et redoublaient : « Mauduit ; Mauduit » entrecoupés de « Mon Dieu ! Mon Dieu ! ».

Tous étaient stupéfaits de la violence de ses cris et de leur puissance, venant de ce minuscule corps décharné et jusqu'à présent taiseux.

Antoine l'examina : « Je pense qu'elle a une crise d'apoplexie ; elle ne devrait pas durer longtemps. Il faut aller chercher le curé au plus vite ».

Les cris redoublaient et devenaient effrayants. Petit Mauduit ne supportant plus ces appels se proposa pour aller à l'Église. Il préférait encore la frayeur de la nuit et le froid aux appels entêtants et déments de Solange.

Cette fois-là, il ne devina aucun loup-garou, aucun feu-follet dans les fourrés et les brumes ne cachaient pas de fées malfaisantes. Il n'entendit pas le sinistre cri de la hulotte dans la pénombre hostile de la forêt. Il marcha vite et droit vers le presbytère.

La servante ouvrit la porte. Le curé était déjà couché ; il se leva sans difficulté et sans mot dire. Il prit avec lui les saintes huiles, un peu d'étoupe, une hostie consacrée et ordonna à Mauduit de porter l'eau bénite.

Quand ils arrivèrent dans la maison d'Antoine, Solange criait plus fort que jamais.

Le curé observa la malheureuse, constata qu'elle était inconsciente, dit les prières qui convenaient, découpa une miette de l'hostie et parvint à la lui glisser entre les dents ; un instant calmée et en reprenant son souffle, elle déglutit. Le curé avala le reste de pain sacré et repartit.

Toute la nuit, Solange hurla. Dans le manoir personne ne dormit.

Presser ses mains contre ses oreilles ne servait à rien. Mauduit, sur son galetas, entendait proférer sans cesse son nom. S'agissait-il d'un appel à l'aide ou d'un cri de colère exaspérée ? Et dans ce dernier cas, qu'avait-il fait ?

Au petit matin, on constata qu'elle avait arraché ses vêtements ; son corps nu, décharné, souillé d'excréments, sa bouche baveuse et pleine de ses cheveux fous pouvaient laisser penser à un ensorcellement. On rappela le curé. Pour lui il ne s'agissait pas d'un cas de possession, mais seulement des effets du délire dû à sa maladie. On fit venir le médecin.

Il ordonna qu'on la traite comme le méritait cette malheureuse qui avait toujours servi de manière consciencieuse. Qu'on la lave, qu'on l'habille et que l'on essaie de la restaurer ou tout au moins de lui donner à boire. Dans l'après-midi, il ferait apporter une tisane sédative à lui faire avaler toutes les trois heures.

Les soins n'eurent aucun effet et dans la soirée, ce petit corps grêle continuait à faire plus de raffut qu'un troupeau entier de mères vaches séparées de leurs veaux pour les sevrer. Tout le monde était à bout.

Solange fut transportée dans une bergerie éloignée. Dans le manoir on entendait encore ses cris, mais plus lointains, plus tolérables. Tout le monde dormit cette deuxième nuit, à l'exception du jeune Mauduit qui bouleversé se boucha les oreilles avec ses mains comme il put. À chaque fois qu'il commençait à s'endormir, la Solange s'approchait de lui et hurlait son nom. Il était terrifié.

Elle mourut trois jours après.

Audenay fit ce qu'il savait devoir faire. Le corps fut lavé, on l'habilla de vêtements propres ; on ferma sa bouche et ses yeux, on croisa ses bras. Le curé mit une petite croix en bois entre ses mains

Solange étant morte sans ressources, Audenay paya le médecin et les dépenses de sa sépulture et ajouta même deux cierges aux deux déjà prescrits qui seraient payés par la fabrique. Le curé de son côté renonça à ses honoraires. La cérémonie fut courte et digne.

Des profondeurs je crie vers toi, Yahvé :
Seigneur écoute mon appel !
Que ton oreille se fasse attentive
Au cri de ma prière.[9]

Certains domestiques ne purent s'empêcher de sourire : pour Solange en ses derniers jours, Dieu avait été un peu dur d'oreille. Pendant ce temps, le curé terminait son court discours.

— Seigneur, ta servante ne s'est pas gonflée d'orgueil et ses yeux ont toujours été baissés. Elle n'a pas pris un chemin de grandeurs ou de prodiges. Son âme est restée en paix et en silence comme une enfant contre sa mère. Accueille là au ciel et mets-la au plus haut de la joie !

Ces dernières phrases furent également l'occasion de quelques œillades appuyées : l'âme de Solange en ses derniers moments avait été tout sauf muette.

Après son inhumation et l'oraison du curé, si certains paroissiens rirent ensemble de ces évocations, d'autres restaient obstinément inquiets : peut-être n'était-elle pas ensorcelée, la Solange, mais à tout le moins en hurlant comme cela en rendant son âme à Dieu, elle laissait transparaître un bien mauvais fond et sa crainte du Jugement Suprême.

Pauvre Solange ! Pauvres et multiples Solanges aux destins piétinés, méprisés et oubliés dans le silence de l'histoire, dans le calme de la campagne endormie !

9 - Psaume 130 – 1 et s

L'enfance de Jean-Baptiste Audenay

Les Charost étaient une vieille noblesse dont les aïeux illustres étaient Charlemagne, Hugues Capet et Guillaume le Conquérant. Parmi les ancêtres plus récents il y avait Sully le ministre d'Henri IV. Paul-François était aussi l'arrière-petit-fils de Nicolas Fouquet dont l'ascension avait été brusquement stoppée par Louis XIV. La disgrâce définitive de ce dernier ne toucha pas éternellement sa famille restée puissante et surtout déjà bien alliée (dans un gouvernement despotique oriental, elle aurait été massacrée jusqu'au dernier nourrisson). Louis XV fera plus tard le maréchal de Belle-Isle (un petit fils de l'Écureuil[10]) ministre de ses armées.

Les Charost étaient fort riches et l'éclat de leur noblesse s'était récemment encore renforcé.

Parmi les pépites disséminées dans la montagne de ses Mémoires, Saint-Simon relate comment le père de Paul-François négocia l'abandon de sa charge de capitaine de la deuxième compagnie des gardes du corps du roi. En échange le roi lui payait un pont d'or, et lui promettait aussi (par écrit, ce que le roi normalement ne faisait jamais) le duché-pairie héréditaire soit un titre éminent de noblesse. Par la suite le roi se montra réticent à tenir son engagement, prétextant le nombre trop important de ducs et

10 - Nicolas Fouquay avait pris comme emblème l'écureuil.

pairs à la Cour. Il fit lanterner Charost. Mais l'astucieux duc avait sans doute eu l'intuition des atermoiements royaux. Son trait de génie à la cession de sa charge avait été de conserver en tout temps l'accès au roi. Il s'agissait d'une faveur, car l'accès au roi était attaché à son ancienne charge. Il put ainsi par sa présence tenace et son harcèlement poli (mais direct et répété) obtenir de Louis XIV la contrepartie attendue.

Plus tard, il parvint par son obstination de courtisan charmeur, à récupérer la charge de capitaine des gardes qu'il avait dû abandonner. Un coup magistral !

Quand il n'était pas à Versailles, le duc faisait la tournée de ses châteaux, de ses terres et de celles de sa femme, notamment à Mareuil.

Les qualités d'Antoine Audenay l'avaient fait reconnaître dans la paroisse, d'abord comme chef de la confrérie, puis comme répartiteur de la taille. Le duc de Charost l'avait fait régisseur d'une partie de ses domaines ; ceux-ci mieux gérés rapportèrent bien vite plus qu'ils ne l'avaient jamais fait sous une autre direction. Le duc finit par lui confier l'ensemble de ses biens autour de Mareuil, puis de Charost ; il ne le regretta pas. Le duc conscient de l'intérêt qu'il avait à garder cet homme travailleur, courageux et surtout honnête ne chercha pas à profiter de la situation. Sa rémunération bien augmentée s'ajouta au produit des terres qu'il cultivait en propre. L'aisance du ménage d'Antoine s'accrut encore.

Antoine Audenay était un paysan solide et trapu. Ses fortes mains n'avaient jamais eu peur de s'agripper à la charrue et par tous les temps. Honnête, le regard droit, il inspirait confiance. Il savait lire et le soir, il prenait le temps de partager avec sa famille et ses domestiques quelques versets de la Bible. Tout le monde (c'est-à-dire tous les hommes quelle que soit leur occupation dans le domaine) mangeait à la table commune. Antoine était respecté plus que craint, on lui était fidèle, car on le savait juste.

Quand Antoine ne dirigeait pas la charrue, il était souvent sur les chemins, s'assurant que les petits pâtres surveillaient bien leurs ouailles et que les autres laboureurs étaient bien au travail. Comme tous les paysans, il marchait avec un bâton. Son bâton à lui était en bois d'orme et avait appartenu à un de ses aïeux. Son extrémité curieuse était arrondie et présentait sur une face une tête de bouc et sur l'autre celle d'un vieillard ricanant.

Il avait près de trente ans quand il se maria avec Jeanne une fille de Saint Baudel, le pays voisin de Mareuil, Jeanne Bouziques dont la famille également aisée exploitait un domaine à la Vève. Le père Bouziques était d'une trempe identique à celle de son gendre : droit, voire raide et très pieux. Certains disaient que ses ancêtres auraient penché pour le parti huguenot du temps des guerres de religion ; ils se seraient même battus contre les forces catholiques lors de combats sanglants non loin de l'abbaye de la Prée. Plus tard, il est vrai, le grand-père de Bouziques avait été tué en tentant d'empêcher l'incendie de l'église de Ségry, un bourg proche de Mareuil, pendant la Fronde.

Antoine acheta le petit manoir de Sermelles qui était à l'abandon, avec le domaine des Gours. Avec Jeanne, ils eurent deux enfants : Jean-Baptiste et un frère trois ans plus âgé et déjà plein de promesses. Ce dernier tomba accidentellement dans un puits et se tua, un jour où les deux frères jouaient à faire la guerre. Évidemment, on ne put rien reprocher à Jean-Baptiste : il avait à peine six ans et n'avait pas poussé son frère. Cet épisode, il n'en avait que des souvenirs épars, cependant la simple idée d'avoir été présent au moment de l'accident donnait des frissons à Jean-Baptiste. Longtemps après que l'image de son visage se fut estompée de sa mémoire, son frère disparu lui occasionnait encore des cauchemars épouvantables.

Un an après la mort de son frère, Jean-Baptiste fut confronté à un autre malheur. À l'occasion de l'élagage d'un peuplier qui surplombait le château de Mareuil, une grosse branche se brisa soudain et tomba. En rebondissant, elle tua net Antoine qui surveillait les travaux.

Le duc de Charost se considéra responsable de cette famille désemparée ; de surcroît il était le parrain de Jean-Baptiste. Il demanda au père Bouziques de reprendre la charge de régisseur laissée par son gendre. Il se faisait tuteur du petit Jean-Baptiste et s'engageait à prendre en charge son éducation.

Celle-ci fut confiée à d'Entraigues son parent, alors seigneur de Mareuil qui avait un fils d'un an plus âgé que Jean-Baptiste. Ce dernier profita donc du précepteur du jeune d'Entraigues. Il apprit à lire et acquit des rudiments de latin. Les moments de loisir étaient occupés par des jeux dans les campagnes environnantes avec les petits paysans. Et puis sa mère et son grand-père complétèrent son éducation sur le plan religieux. Bouziques l'emmenait avec lui dans ses visites dans les champs, et lui faisait découvrir la nature et les principes de culture.

Curieux de tout, Jean-Baptiste était souvent félicité par son précepteur et apprécié par son grand-père.

Plus tard, le temps vint de poursuivre des études plus sérieuses. Le Duc proposa à Bouziques que Jean-Baptiste accompagne d'Entraigues à Paris. Bouziques était hostile à ce départ. Pourquoi aller se perdre à Paris ? Pour y apprendre quoi ? Jean-Baptiste était fils de laboureur, et serait à son tour laboureur. Charost fit valoir que Jean-Baptiste était un garçon vif et intelligent ; son intérêt, mais aussi celui de sa famille, nécessitait une éducation propre à mettre en valeur ses talents prometteurs. C'était une condition pour s'élever dans la société. Il lui était offert une chance extraordinaire d'aller dans le meilleur collège de France, et donc du monde. Il y apprendrait le latin, le grec, la rhétorique. Bouziques regarda Charost les yeux écarquillés.

— La rhétorique, le grec ?

— Oui ! écoutez Bouziques, je suis le tuteur de cet enfant et croyez-moi le collège sera une belle et bonne chose pour votre petit-fils ! Je paierai tous les frais de ses études, y compris ses vêtements et le prix du trajet. C'est une affaire entendue !

Monsieur le Duc prenait le petit sous sa coupe ; sa voix tranquille parlait avec autorité. Bouziques n'était pourtant pas convaincu. Il demanda conseil au curé qui, par raison et par prudence, confirma évidemment la bonne direction indiquée par Monsieur le Duc. Bouziques, soumis, n'insista pas. Jeanne était présente. Silencieuse, ses yeux hurlaient son chagrin. Après son mari, elle perdait le seul enfant qui lui restait.

Un matin très tôt, le jeune d'Entraigues et son petit acolyte Audenay montèrent dans la voiture de Charost pour attraper la poste à Bourges. Ils étaient accompagnés du précepteur. La route les fit passer par la Sologne, immense forêt marécageuse, pleine de bruyères ; puis ils traversèrent la forêt d'Orléans après avoir fait halte dans cette ville où ils virent la Loire après cinq jours de voyage. Le grand fleuve constituait une vraie frontière. À Paris, ils furent logés en l'hôtel du duc. C'était la première fois qu'Audenay quittait Mareuil. La ville de Paris l'émerveilla par la taille de ses bâtiments et le terrifia par son animation ; son premier contact avec la population fut un mendiant aux pieds nus noirs de crasse, en haillons, qui arbora un moignon tuméfié par la fenêtre de la voiture en demandant l'obole. Il reçut comme aumône un coup violent du précepteur, relayé par un coup de fouet du conducteur. Le malheureux partit en éclatant d'un rire effrayant.

Deux jours plus tard, à dix ans, Jean-Baptiste Audenay entrait au collège Louis le Grand, rue Saint-Jacques ; c'est dans cette institution tenue par des Jésuites qu'il passa six années de sa vie.

Deux enfants provinciaux au collège

L'inscription était rutilante, dorée et brillait au soleil : « Collegium Ludivici Magni ».

Elle avait éclipsé depuis bientôt trente ans une autre inscription : « Collegium Claramontanum Societatis Jesus » dont les lettres avaient été consciencieusement effacées et enduites.

Pour leurs détracteurs, les Jésuites sans scrupules et toujours opportunistes, étaient des sacrilèges. Ils avaient vendu le nom de Jésus contre celui de Louis leur nouveau protecteur terrestre : le roi avait fait du collège de Clermont son collège.

Le Père Buffier regardait, rêveur, cette inscription tout en surveillant le joyeux désordre dans la grande cour. Lui aussi faisait son entrée au collège ; il pensait au Père Supérieur qui venait de l'accueillir. Il lui avait prêché l'humilité. Pourtant lui était-il possible de réfréner cet immense sentiment de fierté qui l'habitait en ce jour ? Il allait enseigner, asservir la science à la théologie, évangéliser l'élite du pays, suivre ces jeunes âmes et leur donner une méthode de travail, les rendre capables d'intervenir en public. Quel accomplissement pour un fils de petit paysan repéré dans sa paroisse et qui, à force de travail, parvenait à ce triomphe inespéré !

Une consécration ! Comme cette inscription qu'il regardait avec admiration et fierté : le résultat de la stratégie opiniâtre et continue des

Jésuites depuis la création du collège de Clermont il y a plus de cent cinquante ans. Malgré le Parlement, malgré l'Université, le collège s'était développé au cours des ans. Il avait survécu à de grandes tempêtes, et d'abord son interdiction, il y a plus d'un siècle : selon leurs ennemis, les Jésuites admettaient et donc soutenaient l'idée du régicide dès lors que le souverain s'opposait au Pape. Toujours ces calomnies !

Le Parlement, toujours haineux, avait voulu alors se convaincre de la culpabilité du Père Guignard, accusé de soutenir la pensée purement spirituelle de Saint Thomas d'Aquin dans ce domaine. Comment avait-on pu imaginer que ce vieillard, professeur inoffensif, avait pu seulement inspirer le fou furieux qui avait tenté avant Ravaillac d'assassiner Henri IV ? Plus de cent ans plus tard, la mémoire du martyre du malheureux Père Guignard était encore douloureuse dans les esprits ! Heureusement, la vérité et le bon sens avaient fini par prévaloir. Le collège avait pu reprendre ses activités et malgré tous ses adversaires, il s'était lentement imposé comme le fleuron de l'enseignement en France. Après des décennies d'achats judicieux, il avait absorbé les collèges de Marmoutier, puis des Cholets et enfin du Mans. Après ces acquisitions méthodiques, le collège possédait tout le pâté de maisons et d'hôtels compris entre la rue Saint-Jacques, la rue de Reims, la rue Saint-Étienne des Grès et la rue des Cholets. L'emprise de la façade du collège Louis le Grand sur la rue Saint-Jacques avait été quadruplée.

De la patience, oui il en avait fallu : 120 ans de luttes courtoises, parfois violentes, le plus souvent sournoises, et ininterrompues pour arriver à cette ruche bien réglée au service du roi et d'abord de l'Église. Un triomphe confirmé chaque année le jour de l'installation des élèves par ces files interminables de carrosses immobilisés !

Le Père Buffier ne pouvait s'empêcher de sourire à cette inscription qui louait le Roi-Soleil Louis XIV et défiait la Sorbonne dont l'étoile pâlissait.

Désormais, l'éducation chrétienne des meilleurs enfants de France appartenait à la Société et pouvait être garantie. Sur le plan financier bien sûr, les dons et les legs foisonnaient et assuraient un revenu régulier autorisant la gratuité de l'enseignement (une concurrence déloyale selon l'Université prête à tout dénigrer !). Grâce à ses ressources et sa réputation, le collège narguait la Sorbonne en face de la rue. Le collège pouvait se passer de ses diplômes qu'elle s'obstinait à lui refuser. Et chaque année, impuissante et à sa grande fureur, trois mille élèves, la fleur de la jeunesse du pays préféraient le collège des Jésuites à son enseignement.

La faveur du roi protégeait le collège de l'hostilité persistante de l'Université. Plus question de soutenir au moins en public que le collège, peuplé de maîtres doucereux, inoculait dans les veines de ses élèves un enseignement tout dévoué au Pape et aux Espagnols. Louis XIV avait balayé ces fariboles quand, en 1682, il avait en quelque sorte refondé le collège.

Dans le vacarme général, l'attention de Buffier avait été retenue par deux petits qui, visiblement, faisaient comme lui leur rentrée, et qui semblaient désorientés. À leurs habits, à leur démarche, il vit immédiatement qu'ils étaient provinciaux et au mieux de petite noblesse.

Il n'aurait pas pu deviner qu'ils étaient sortis du carrosse richement armorié du duc de Charost. Leur voiture s'était retrouvée bloquée avec beaucoup d'autres loin de l'entrée, dans les embarras de la rue Saint-Jacques.

Beaucoup des autres carrosses étaient très chargés et même accompagnés d'une charrette pour les collégiens ayant réservé des appartements. Il s'agissait alors d'un vrai déménagement avec meubles et coffres pleins d'habits (l'espoir de sorties mondaines n'avait pas disparu chez certains adolescents). Ils garderaient, auprès d'eux, domestique et précepteur particulier.

D'Entraigues et Audenay, étaient montés dans leur chambrée. Leurs bagages, pour chacun d'entre eux, une seule malle avec leur trousseau, avaient été portés par un domestique du duc de Charost. D'Entraigues et Audenay s'étaient fait connaître, avaient revêtu la robe de classe des pensionnaires, avaient pris congé du domestique et du précepteur. Après avoir divagué dans les couloirs, ils étaient sortis dans une cour ne sachant plus du tout où ils étaient, assourdis par les hurlements d'enfants plus grands qui ne faisaient pas leur première entrée, éblouis par le passage de l'obscurité au soleil.

C'est là que Buffier les rencontra et leur conseilla de se retirer à la chapelle : même s'ils n'y allaient pas pour prier, au moins ils reprendraient leurs esprits. Là, leur dit-il, ils pourraient attendre tranquillement le souper qui ne serait pas servi avant six heures, c'est-à-dire une heure plus tard. À leur regard paniqué et perdu quand il parla de la chapelle, il comprit qu'il valait mieux les conduire. Tout timides et tremblants, emportés ou ballotés dans ce mouvement étourdissant, ils crurent voir des formes bouger à travers l'œil de bœuf qui surplombait l'horloge du porche.

Ils ignorèrent l'inscription marquée près de l'horloge : « Ut cuspis sic vita fluit, dum stare videtur ».[11]

Le lendemain, on commença la journée à quatre heures du matin par des ablutions et des prières. Le premier cours : un maître en chaire, s'exprimant exclusivement en latin à une classe de plus de trois cents élèves. Audenay, mal réveillé, ne comprenait rien : le latin était la langue du collège. À peine s'il était permis de s'exprimer en français pendant les récréations. Il fallait l'apprendre et il l'apprit à force de répétitions, de récitations, de traductions. Un exercice toujours laborieux, pénible avec des résultats médiocres. Jamais il ne put réussir à penser en latin, aussi, en poésie latine, l'inspiration lui manquait. À force de travail, bien sûr il progressa, mais en artisan, jamais en artiste.

D'autres avaient cette grâce.

Certains visages évoluent peu dans toute leur vie et sont reconnus sans hésitation des dizaines d'années après les avoir perdus de vue. C'était le cas de son voisin de banc. François Arouet, dès son plus jeune âge, avait ce visage amaigri et nerveux d'une fouine furtive : les yeux perçants, le cou mobile donnant des expressions saccadées, avec un débit de voix précis et ironique.

François les stupéfia tout de suite par sa vivacité, sa mémoire, son aisance à digérer les différents enseignements. Tous l'admiraient : il dégageait une telle supériorité intellectuelle que personne n'osait lui disputer son rang par son manque de naissance. Pas de jalousie à l'égard de cet enfant pour qui tout semblait facile sans donner l'air de travailler. Il amusait également par ses questions à double sens : elles ne le faisaient passer ni pour un flatteur pour ses condisciples, ni comme un provocateur pour ses maîtres.

Ses maîtres voyaient certes le jeune diable en lui, mais en même temps l'exceptionnel enfant doué, le marbre brut de qualité qui reste à transformer en statue remarquable.

L'un savait le juger pour ce qu'il était :

— Puer ingeniosus, sed insignis nebulo[12]

11 - « Comme l'ombre de mon aiguille, la vie passe ainsi tout en semblant immobile »

12 - « Un enfant brillant, mais un vrai vaurien »

Un autre pour ce qu'il serait :
— Malheureux enfant ! vous serez le Coryphée[13] du déisme !

Tous lui pardonnaient ses incartades et avaient un vrai plaisir à discuter avec lui pendant les récréations : Arouet était d'abord un élève brillant, le meilleur élève. Il remporta le premier prix de poésie latine, la récompense suprême au collège.

Entre Arouet et Audenay, au hasard de ce voisinage, une amitié naquit dès les premiers jours. Elle ne fut pas remise en cause quand ses mérites promurent Arouet vers les bancs d'honneur, loin d'Audenay.

Cette amitié s'élargit à une petite cohorte qui comprenait aussi les frères d'Argental, Cideville et le comte de Boufflers. Les frères d'Argenson arrivèrent quelques années après. C'est sur ces derniers que Voltaire plus tard s'appuya pour éviter les flèches de ses critiques les plus féroces.

Audenay partageait cette admiration pour le jeune Arouet, mais se sentait mal à l'aise avec lui. Aussi il se rassurait dans la compagnie de jeunes plus médiocres, plus proches de lui et qui lui donnaient confiance en lui.

Parmi ces élèves-là, il y avait Delort, un petit boursier destiné à entrer dans les ordres. Déjà tonsuré, portant un pauvre habit, il était astreint à de menus services et devait se contenter de rations plus petites au réfectoire. Son effacement et son caractère souple le firent adopter par la petite bande hétéroclite. Comme d'autres boursiers, il aurait pu devenir un souffre-douleur, car au demeurant il était syndic, c'est-à-dire qu'il devait rapporter aux préfets tout ce qu'il voyait.

Arouet se lia et resta fidèle à Audenay et Delort, roturiers aux résultats peu glorieux. Sinon il privilégiait la compagnie de ceux qui, à défaut de lui être supérieurs sur le plan de l'esprit, l'éblouissaient par leur naissance, leurs relations et leurs richesses. Arouet en effet était fasciné par les jeunes aristocrates ; il cherchait à se rapprocher des plus grands noms, dès lors que leurs jeunes représentants marquaient les signes d'une bonne capacité intellectuelle, les deux qualités, naissance et intelligence devant logiquement se conjuguer pour aboutir à de bonnes protections futures.

---

13 - Coryphée: chef de chœur dans le théâtre antique. Déisme : croyance en un Dieu sans s'appuyer sur des textes ou une religion.

Parmi ces grands noms, il y eut donc les deux frères d'Argenson et aussi Boufflers. En attendant une vie d'adulte prometteuse, ils se retrouvaient ensemble pour partager les repas communs, s'amuser pendant les récréations, et faire un certain nombre de bêtises. La moindre fut de mettre certains jours d'hiver des glaçons dans le bénitier de la chapelle : par grand froid, le gel de l'eau bénite autorisait les élèves à rester à l'intérieur pendant les récréations. Du reste la chaleur à l'intérieur était toute relative : dans ces années très froides comme en 1709, la chapelle et les salles de classe restaient non chauffées. Il fallait, disait-on, échauffer la vertu.

D'autres espiègleries eurent lieu dans l'« allée noire » : un boyau aveugle dans les combles du bâtiment principal que les enfants échappés pendant un bref moment de la surveillance de leurs maîtres, avaient découvert, non sans appréhension la première fois qu'ils s'y étaient introduits. Interminable, poussiéreux, et habité par d'énormes araignées dont les ombres devenaient démesurées et terrifiantes à la lueur des bougies. Dans cet endroit sinistre, jadis, à l'occasion d'un chahut, avait été tué accidentellement un neveu du cardinal de Mazarin.

Par la suite dans l'allée noire ils échangeraient dans des chuchotements et des rires étouffés leurs expériences du monde extérieur, les d'Argenson et autres racontant avec aplomb des histoires d'un monde dont ils se voyaient déjà les maîtres et dans lequel des jeunes femmes ou de moins jeunes femmes leur faisaient les yeux doux, Arouet n'étant pas en reste et enjolivant sa rencontre avec une certaine Ninon de Lenclos.

Malgré ses origines, Arouet était à son aise parmi les jeunes aristocrates. Avec quelle facilité il écrivait pour leur compte les mots charmants qui les feraient briller auprès de leurs amours naissantes ! Audenay qui n'avait rien à dire écoutait ébahi. Delort oubliait d'être présent quand le temps des bêtises arrivait : ne pas avoir à savoir pour ne rien avoir à dénoncer.

Dans le couloir sombre de l'Allée Noire,
Les jeunes amitiés nouent des alliances éternelles ;
Le fier Argenson, son cadet ambitieux, le vif Arouet,
Le modeste Delort et le fidèle Audenay,
Se promettent soutien, s'interdisent toutes querelles,
Ils invoquent le ciel comme protecteur de leurs espoirs.

S'il restait étranger à la langue latine, Jean-Baptiste parvint à ne jamais redoubler. Il s'était acquis l'affection des Pères, toujours prêt à rendre de petits services comme servir la messe quand ce n'était pas son tour, plier les aubes et ranger les cierges dans la sacristie. Là, le père officiant, pressé par le prochain cours disait le plus souvent (en latin) : « Audenay, tu souffleras les bougies ! » Alors dans la chapelle, l'obscurité se faisait et ne restait plus que la minuscule lampe à huile, témoin de la présence immanente de Dieu. Les bruits de chaises ayant cessé, les bruissements de voix s'étant tus, un silence inquiétant se faisait, rendu oppressant par les ombres mouvantes créées par la lampe. Audenay se dépêchait de terminer ses tâches et de regagner les salles communes où l'accueillaient discussions habituelles et lumières réconfortantes.

En dépit de son peu de naissance, et de sa médiocrité dans ses études, Audenay resta toujours bien admis dans ce groupe de jeunes aristocrates. D'Entraigues était le seul à tutoyer Audenay en français (en latin, c'est différent, on tutoie même Dieu). Plus tard et malgré le partage de cette vie d'enfants et tous leurs souvenirs communs, le vouvoiement resta de rigueur y compris dans leur correspondance privée.

D'Entraigues mourut d'une fluxion de poitrine au bout de deux ans. Le duc, ignorant les réticences de Bouziques, exigea que Jean-Baptiste poursuive ses études à Paris.

Ces six années furent douloureuses et bien longues pour le jeune Audenay. Séparé de sa mère, orphelin de père, le Berry était bien loin. Il était même inaccessible, le temps limité des vacances et le prix du trajet ne permettant pas le voyage. Il voyait le duc de Charost de manière très épisodique et jamais pendant l'été, son protecteur étant parti sur ses terres dès la fin du printemps. Les nuits, il lui arrivait de sangloter tout seul dans son lit. C'est alors qu'il pensait à sa mère, à son frère et à son père morts, imaginant dans ses rêves des promenades impossibles dans les chemins ensoleillés, entre des prés et des champs verdoyants avec sa famille au complet.

Il se rendit compte qu'il ne pouvait compter sur quiconque pour l'aider ou le conseiller. Il aurait eu honte de confier ses peines à ses jeunes amis. Les Jésuites délivraient à confession un discours convenu et banal de résignation face à la fatalité ; élève médiocre dans tous les sens du terme, il n'était guère pour eux un grand sujet d'intérêt. Pourtant, il tint bon et se forgea lentement une carapace qui lui permettait de dissimuler sa tristesse, ses ennuis et ses secrets. Une armure si épaisse qu'il parvint toujours à endurer les épreuves en les gardant pour lui. Il apprit aussi à ne pas rendre les difficultés plus grandes qu'elles ne devaient être, en sachant contourner l'obstacle quand celui-ci devenait insurmontable.

Pour Audenay et Delort, rester à leur place allait de soi. Pour d'autres, c'était une épreuve. Le jeune marquis d'Argenson avait dû se faire une raison de rendre son épée à l'entrée du collège. Les Pères n'avaient pas fléchi face à sa colère et, avec douceur et fermeté, lui avaient expliqué que l'épée ne lui serait d'aucune utilité en classe. L'exemple du collège de la Flèche où une dizaine d'enfants s'étaient massacrés avec des canifs les incitaient à être intraitables sur le point des armes. Cette concentration de petits maîtres arrogants et batailleurs ne rêvant que batailles, honneurs et héroïsme était déjà assez compliquée à maîtriser sans qu'ils soient armés.

Le marquis avait ressenti une véritable humiliation et avait fait un scandale quand il s'était agi de se revêtir de la blouse et de la toque du collégien. Quelle honte pour lui et pour son frère ! Ils allaient être la risée des jeunes femmes des salons qu'ils fréquentaient déjà ! Ses éclats de voix furent sans effet sur les patients Pères : le fils du lieutenant de police et garde des Sceaux devrait se plier à la discipline et à l'uniforme comme les autres. Il n'y avait aucun passe-droit et le fait que deux ans auparavant, un Père du collège avait dédié une de ses pièces au dit garde des Sceaux ne changeait rien.

Le comte de Boufflers était, lui, déjà gouverneur des Flandres. Comme pour beaucoup de ses condisciples, les couloirs des châteaux de sa famille étaient pleins de portraits de militaires sévères en armures d'apparats, de conseillers sérieux vêtus de riches étoffes, de femmes fières au sourire énigmatique. Son père, maréchal duc de Boufflers, était devenu pair ; il avait sauvé la situation à la bataille de Malplaquet, en évitant qu'une défaite ne se transforme en déroute et même si les récompenses matérielles de cette gloire relative lui avaient été volées par Villars, on lui en donnait le mérite. Sa fierté se satisfaisait de cette reconnaissance stérile.

Comme celle du jeune d'Entraigues, la destinée de Boufflers fut courte. Elle fut à la hauteur de son nom et proportionnée à son âge. Avec les d'Argenson, il avait conçu l'idée puérile de lancer des pois avec une sarbacane en plein cours sur la nuque du père Lejay. L'affaire fut très amusante au début, le malheureux jésuite ne comprenant pas ces bêtes qui l'attaquaient par des angles différents. Boufflers fut pris. Hautain et orgueilleux, trouvant des accents d'un chevalier des croisades ou d'un martyr antique, il ne voulut pas dénoncer ses complices (les Jésuites ne cherchèrent pas à les connaître, croyant savoir qui ils étaient, toutefois peu intéressés à amplifier le scandale). L'offense était publique et même si les principes des Pères étaient d'éviter les punitions, la sanction tomba et Boufflers fut fouetté en public. L'humiliation suprême pour Antoine Charles Comte de Boufflers, gouverneur des Flandres, ne put être évitée malgré un recours de son père auprès du roi lui-même. L'enfant fut retiré du collège. Il mourut l'année même : suivant les uns à la suite d'une petite vérole, suivant les autres après avoir mis fin à ses jours. Il avait quatorze ans. Sur son tombeau on peut lire cette épitaphe réconfortante pour sa famille :

« En jetant tes regards sur ces funestes lieux,
Passant, jette aussi quelques larmes,
Le seul aspect de tant de charmes,
Flétris par un revers subit et furieux,
Y doit forcer tes yeux.
De la mort cependant qui cause ces alarmes,
Excuse un peu les armes :
La cruelle qu'elle est, malgré sa dureté
Eût d'un objet si cher épargné la jeunesse :
Mais las ! Ce ne sont point les jours qu'elle a comptés,
Elle a vu les vertus dont il était orné,
Et croyant que cette sagesse
Venait du poids de la vieillesse,
L'implacable l'a moissonné. »

Pour les enfants du collège, Boufflers était mort de la petite vérole, fin triste, mais bien banale à l'époque.

Plusieurs années plus tard, la petite bande avait acquis l'assurance des aînés : désormais c'étaient eux qui bousculaient les nouveaux élèves.

Il y avait toujours moyen d'échapper à la surveillance du préfet et de ses sbires ; à ce jeu-là, le jour de la rentrée était bien propice.

Cet après-midi, ils guettaient l'arrivée au collège du haut de leur donjon, c'est-à-dire de l'œil de bœuf au-dessus de l'horloge du porche ; pendant les vacances, ceux qui ne pouvaient rentrer chez eux avaient eu le temps d'inventorier couloirs secrets et escaliers dérobés. Depuis longtemps, ils avaient surmonté leur peur de traverser l'« allée noire » et s'étaient appropriés les pièces qu'elle desservait.

Ils avaient découvert ce poste d'observation au-dessus de l'horloge. Du haut de cette tour de guet, la vue était imprenable et ils avaient un sentiment de puissance amplifié par le plaisir d'avoir investi ce lieu stratégique et interdit. Ils se régalaient de l'incroyable désordre dans la rue Saint-Jacques en dessous d'eux.

Des carrosses continuaient d'essayer de se frayer un passage pour déposer la précieuse cargaison de leurs élèves riches qui allaient passer l'année dans leurs appartements privés. Leur dignité et celle de leurs parents exigeaient qu'ils s'approchent le plus possible du porche d'entrée.

Les conducteurs des voitures qui pouvaient à peine se croiser s'invectivaient les uns les autres, prenant à cœur de prouver à leurs maîtres qu'ils étaient les plus zélés à défendre leurs blasons. La circulation était arrêtée ; en même temps, l'afflux des externes arrivant à pied, des badauds, des portefaix, des domestiques qui déjà déchargeaient des charrettes, tout cela donnait l'impression d'une fourmilière que l'on aurait renversée.

Si le spectacle était amusant, il devint alors hilarant quand une charrette contenant les boues de la rue (que faisait-elle en ce lieu ce jour-là ?) se rompit déversant son odorante cargaison devant le porche. Les hurlements s'amplifièrent à la grande joie de nos vigies. Des dames qui accompagnaient leurs enfants durent être portées pour que leur toilette ne soit pas souillée par la gadoue. Un porteur glissa et une dame se trouva les quatre fers en l'air dans le purin. Nouvel émoi, hurlements redoublés des serviteurs mêlés aux hennissements des chevaux, fous rires dans les combles du collège... .

Ce jour-là, on dit que l'engorgement intéressa plus de 2000 carrosses sur trois files.

Dans la cour, le Père Buffier lisait son bréviaire, indifférent aux bruits, sa robe noire le préservant des bousculades. Il avait toujours cette vocation d'enseigner.

En même temps, il s'inquiétait : ne se méfiait-on pas trop des sciences modernes comme la physique, l'astronomie ? Peu ou pas d'enseignement de la géographie, de l'histoire récente. Rien sur Descartes, Galilée et encore moins sur les récentes découvertes de Newton. L'attachement appuyé à la rhétorique ne conduisait-il pas à la reproduction de perroquets savants dont le seul talent serait de briller à la Cour. Ridiculiser son voisin, trouver une citation latine adaptée, rédiger une épigramme spirituelle, était-ce vraiment utile ?

— Je vais retrouver ce diable d'Arouet, un modèle du genre ! Il réussit partout, premier prix de version latine l'année dernière. Qu'en sortira-t-il de cet enfant si vif, si raisonneur ?
Et encore celui-ci par sa naissance n'est pas grand-chose, et nous l'avons eu dès la huitième, nous devrions pouvoir le façonner. Mais les autres ? Ces grands seigneurs qui nous arrivent déjà évêques ou grands prieurs à dix ans ? Ou pires encore qui nous sont confiés à quinze ans, qui sont déjà introduits dans les salons. Nous n'arrivons pas, malgré tous nos efforts, à leur faire ravaler leur orgueil, leur regard plein de morgue.
Impossible pour ceux qui retournent le soir chez leurs parents de renoncer à leur vie mondaine : la paresse, le libertinage, voire le jeu. Comment peut-on espérer contrebalancer le mauvais exemple des parents par nos discours ennuyeux sur la vertu ?
Notre seul apport consisterait alors à donner du lustre, du clinquant à ces jeunes âmes déjà perverties, à en faire des beaux parleurs frivoles, aptes à s'adonner, sous les applaudissements de la galerie, à la sensualité, au scepticisme railleur ? Servir de répétiteur à une jeunesse gâtée incapable d'employer ses talents et le privilège de sa naissance à faire progresser l'humanité et la gloire de Dieu ? La tentation est trop forte pour eux de glisser sur la pente agréable de la luxure et l'espoir frivole d'une richesse louche trop vite acquise.
Est-ce ma place Seigneur ? Suis-je vraiment utile ici ? Ne devrais-je pas chercher d'autres engagements ? Le Père Supérieur à qui j'ai parlé de mes doutes m'a conseillé de rester encore !
Et pourtant, il existe des terres où des âmes non encore salies par les faux semblants de la Cour et du plaisir de plaire à tout prix méritent d'être éclairées, d'être sauvées. Risquer ma vie pour amener au baptême des êtres humains qui n'ont jamais entendu le nom du Christ, ce serait beaucoup plus ma voie !

L'enfant roi à l'Église

— ... « Sire, vous que la main de Dieu, protectrice de cette monarchie, a comme retiré du milieu des ruines et des débris de la maison royale pour vous placer sur nos têtes ; vous qu'il a rallumé, comme une étincelle précieuse dans le sein même des ombres de la mort où il venait d'éteindre toute votre auguste race, et où vous étiez sur le point de vous éteindre vous-mêmes : oui, Sire, je le répète voilà les destinées que le ciel vous prépare « Ecce positus est hic in ruinam et in resurrectionem multorum in Israel[14]. »

L'homme providentiel auquel ce discours de prophète s'adressait était Louis XV, âgé de huit ans. Assis dans son fauteuil, son attention s'était échappée depuis longtemps. Certes, il se tenait droit et ne bougeait pas, mais ses yeux fixaient une mouche qui tournait autour d'un cierge allumé en dessous de la chaire où l'orateur égrenait son sermon pour la Fête de la Purification de la Vierge.

La voix de Massillon était douce et ferme ; il venait de se voir nommé évêque de Clermont. Il était chargé de dire au roi des sermons à la portée de son âge et de son état.

---

14 - Saint Luc c2, v34 : Vois ! Cet enfant doit amener la chute et le relèvement d'un grand nombre en Israël.

Massillon retraça la fin de la vie de Louis XIV, ses ultimes volontés, recommandant « votre enfance à la tendre et respectable dépositaire de votre première éducation ». L'intéressée était Madame de Ventadour ; elle avait quitté cette charge depuis peu. Elle se tourna vers l'enfant et lui adressa un sourire maternel.

Massillon poursuivit son rappel des derniers moments de Louis XIV «confiant le sacré dépôt de votre personne au pieux prince qui vous inspire des sentiments dignes de votre sang ». Cette évocation du Duc du Maine n'était pas vraiment habile. Ce bâtard boiteux, produit d'un double adultère, s'était vu rogner les ailes dès la mort de son royal père dont le testament avait été annulé : ses prétentions à entrer dans la ligne de succession étaient anéanties. En tout état de cause, Louis XV n'avait pas pu saisir l'allusion ; quant au Régent, qui avait provoqué l'annulation du dit testament, il était vautré dans son fauteuil, le teint couperosé, écrasé par une fatigue provoquée par des nuits successives de débauche effrénée. Il ne sourcilla pas et d'ailleurs ses paupières étaient fermées.

La mouche s'était déplacée et son vol agaçant tournoyait au-dessus de la perruque du duc d'Orléans. Louis XV était comme hypnotisé : allait-elle se poser sur son nez ? Sur son oreille ?

— ... « ... à l'illustre maréchal qui a reçu comme une vertu héréditaire la science d'élever les rois » (comprendre le maréchal de Villeroy, gouverneur du roi) ; « au fidèle prélat qui après avoir gouverné sagement l'Église, lui formera en vous son plus zélé protecteur... » (il s'agit de Fleury, évêque de Fréjus et précepteur du roi).

La mouche avait changé d'aire d'atterrissage présumée et faisait des ronds autour de la coiffe de Madame de Ventadour que ce bruit incessant énervait ; elle faisait des petits gestes brusques, mais discrets pour écarter l'insecte.

— ... « Il vous avertit de craindre le Seigneur : marchez devant lui dans l'innocence ; vous ne régnerez heureusement qu'autant que vous régnerez saintement."

— ... « Ainsi soit-il ».

Il était temps que le sermon s'arrête : le roi commençait à se tortiller.

Pendant le temps du Carême de l'année 1718, le jeune souverain aurait droit à une dizaine de sermons visant à son éducation chrétienne, l'encourageant à la vertu, au respect de la religion, ou encore à refuser le plaisir, à se méfier de l'adulation qui conduit à l'ambition : un grand danger pour un souverain et une catastrophe pour son peuple.

Les saints conseils de Massillon lui seraient rappelés périodiquement : « Plus vous avez reçu de Dieu, plus il attend de vous ».

Un certain dimanche matin, la paupière du Régent se souleva légèrement à la condamnation de la débauche et de la dissolution. Ce même dimanche, l'enfant demanda à Madame de Ventadour ce qu'était la débauche. Celle-ci ne put s'empêcher de jeter un œil éperdu vers Villeroy, dont on dit qu'il avait été son amant. Cette femme, aussi bonne et douce qu'elle manquait d'esprit, bredouilla que c'était faire de mauvaises actions pour une grande personne. Que pouvaient être de mauvaises actions pour un adulte ? L'enfant fut rassuré dans son besoin de rester pur : le sujet inconnu (la débauche) propre à un état étranger (celui d'adulte) ne le concernait pas.

D'autres dimanches, la mouche ou une de ses sœurs, était toujours là à virevolter. Et parfois le petit roi était dignement endormi avant la fin de la deuxième partie du sermon, qui en comptait trois en général.

Si l'enfant dort, le Roi est toujours présent, et nul n'aurait pensé troubler le sommeil de Sa Majesté. Massillon baissait alors légèrement de ton.

À son réveil, et jusqu'à la fin de l'office, le petit ange cherchait des yeux les mouches qui avaient émigré vers une autre partie de la chapelle.

Comme chaque dimanche, tous applaudirent à la simplicité du prêche, à la beauté de sa forme, à la diction. Parmi les compliments, le moindre ne fut pas qu'il avait su mettre son discours à la portée de l'esprit du jeune souverain. Massillon était décidément le meilleur des prédicateurs, plus éloquent que Bourdaloue, et même que Bossuet.

Philippe d'Orléans lui-même montra son enthousiasme : les bons préceptes n'étaient pas pour lui ! Ils étaient adressés au Roi.

Le Massillon était-il plus profond que Bourdaloue ? La question le faisait se tordre de rire : pour lui comme pour d'autres mauvais esprits, les bourdaloues étaient des vases d'aisance en forme de saucière que les belles dames passaient sous leur robe pour se soulager à l'occasion des prêches trop longs de l'illustre Jésuite berrichon. L'ustensile avait pris le nom du célèbre prédicateur du siècle précédent. Massillon était également bien long !

On relut plus tard ces sermons au Roi ; il put les écouter d'une oreille distraite. La réminiscence périodique de bribes de ces discours put parfois lui laisser penser qu'il les avait retenus.

Lettre de Voltaire à Delort, Vicaire à Saint-Christophe en Boucherie

Mon cher ami vous voilà jeune vicaire, vous que j'ai connu collégien !

Je comprends vos doutes et vos scrupules, mais je vous ai toujours connu ainsi et c'est justement eux qui font ce que vous êtes : un honnête homme.

À Paris, les spéculations sur les actions de la Louisiane se poursuivent de plus belle. Je n'entends plus parler que de millions ; on dit que tout ce qui était à son aise est dans la misère, et que tout ce qui était dans la mendicité nage dans l'opulence. Est-ce une réalité ? Est-ce une chimère ? Law est-il un dieu, un fripon ou un charlatan qui s'empoisonne de la drogue qu'il distribue à tout le monde ? Se contente-t-on de richesses imaginaires ? Je ne puis débrouiller ce chaos.

J'imagine que vos préoccupations sont loin de ces folies financières et de cette sorcellerie de Paris autour d'une pierre philosophale de papier. Pour moi je tente de ne me livrer à d'autres chimères qu'à celles de la poésie.

En tout cas notre ami Argenson, l'aîné, dont le père est surintendant des finances et donc, bien au fait de cette gigantesque table de jeu, m'a défendu de me mêler du papier de la Compagnie des Indes. J'obéis certains jours, notamment quand il pleut : mieux vaut perdre deux cents livres au pharaon et au biribi au chaud, en buvant du bon vin, et en étant entouré de jolies femmes, que d'agioter rue Quincampoix en plein vent.

Vous voyez, je me confesse et j'espère de votre part une pénitence bénigne et une absolution fraternelle.

Vous avez bien de la chance d'être loin du monde avec votre troupeau d'ouailles fidèles et simples. Il sera facile pour vous de vous imposer comme leur pasteur généreux et compatissant.

Vous avez choisi de soigner les âmes malades. Moi ici, pour vivre, sans nom et sans fortune, toujours menacé par mon père d'être déshérité, je m'efforce de distraire des esprits corrompus et dépravés. Pour cela, il me faut être audacieux et spirituel, mais aussi mesuré et prudent, car le moindre faux pas, le moindre mot de travers peut me faire à nouveau enfermer à la Bastille. Ironie amère, c'est le père de nos bons amis Argenson qui a procédé à ma première mise au purgatoire.

J'en ai été sorti grâce au duc de Brancas ; le Régent m'a pardonné et m'a même donné une pension. Je l'ai remercié de me nourrir et lui ai demandé désormais de surtout ne plus s'occuper de mon logis.

À la Cour, je distribue avec générosité et constance, bouts-rimés, distiques et épithalames[15]. Le duc de Richelieu m'a demandé d'agrémenter la galerie des tableaux de ses conquêtes féminines de dédicaces épicées : vous seriez stupéfait de visiter ce couloir des trophées illustres. Ce jeune Alcibiade ne connaît aucune constance dans ces amours, si l'on excepte sa malheureuse femme qu'il a fait vœu de garder vierge. Il n'a pas peur d'entretenir de front six intrigues amoureuses. C'est un guerrier insatiable qui aussitôt une victoire acquise s'en ennuie et cherche d'autres champs de bataille. Je préfère m'écarter de sa route et ne lui dispute pas les jupons qu'il a repérés.

Ne croyez pas que je ne sois qu'un poète mondain et libertin : j'ai eu le bonheur de pouvoir faire jouer une pièce de ma composition. Son sujet est Œdipe et elle est dédiée à la femme du Régent. J'en ai envoyé un exemplaire au roi d'Angleterre qui m'a répondu par une lettre et une très belle montre ; j'ai demandé à ce que cet envoi royal soit remis entre les mains de mon père. Ce dernier qui ne m'a jamais beaucoup considéré en sera peut-être touché.

15 - Poème lyrique

Je poursuis également un poème épique qui traite de la Ligue et de notre roi Henri IV. J'en ai imaginé les premiers vers alors que j'étais pensionnaire à la Bastille.

Étant passé comme vous par les mains de nos amis les Jésuites, je continue à m'intéresser à la religion. Monsieur le Vicaire, pourriez-vous m'éclairer sur ces sujets ? Un évêque prêche l'humilité, mais il vous refuse sa porte si vous ne l'appelez pas Monseigneur. Le roi donne des gages aux comédiens, mais le curé les excommunie. Mlle le Couvreur n'a pu être enterrée chrétiennement à Saint-Sulpice et cependant elle a donné mille livres à sa paroisse pour le salut de son âme. L'église méprise des polythéistes, mais elle martyrise ceux qui nient le trithéisme ou qui défendent de prier des centaines de saints.

La vie nous éloigne, mais je n'ai pas renoncé à vous taquiner, vous, qui avant même d'être mon ami, êtes d'abord mon bon exemple.

Ne soyez pas surpris de ma nouvelle signature ; j'ai décidé de changer de nom. Arouet aura toute sa vie la Bastille sur le cœur, et ce nom m'a toujours porté malheur. J'en ai choisi un plus ouvert, lumineux, solaire : Voltaire sonne mieux et j'ai toute la vie pour lui faire honneur.

J'espère que vos paroissiens sont dignes de votre foi et de votre bonté. Croyez que derrière mon nouveau masque, je resterai à jamais votre très fidèle et très dévoué François Arouet.

Le petit roi pleurait

— Sire, il faut signer, il s'agit de votre mariage avec l'infante. Voilà qui établira durablement la paix avec l'Espagne et assurera une puissance formidable à votre royaume qui nous épargnera la guerre avec nos autres voisins qui nous veulent du mal.

Le petit roi Louis pleurait en silence, il pleurait à grosses larmes, sans crier, calme. Les larmes coulaient. Un gros chagrin d'enfant fatigué à qui l'on demande plus qu'il ne peut comprendre ou donner.

Il pleurait et en avait honte : un roi ne pleure pas et cela désespérait encore plus sa peine profonde de roi tout puissant, mais impuissant à ce qu'on le laisse en paix. Toujours en exposition, jamais tranquille. Pas de jeux d'enfants, pas de chamailleries puériles possibles. Avoir toujours raison, se sentir toujours admiré et craint, et en même temps, toujours conduit avec douceur à faire ce qu'il ne comprend pas. Écouter de grandes personnes parler Affaires d'État. N'avoir pour seul entourage que des adultes qui vous traitent comme une grande personne, mais qui vous parlent comme à un bébé.

— Se moquent-ils de moi ?

Des Conseils interminables, durant lesquels, lui, le grand roi, choisi par Dieu pour gouverner ses sujets, successeur d'un souverain qui avait assuré la grandeur et la puissance de la France, regardait toujours vers le haut ses conseillers. Il leur arrivait à la ceinture et eux étaient grandis par ces perruques qui ajoutaient encore une demi-tête à leur taille.

— Me marier avec cette fillette de trois ans, laide et qui ne parle pas un mot de français, qu'est-ce que cela veut dire ?

Il y avait là son oncle le Régent, le cardinal Dubois, le Duc de Condé, et Villeroy ; Fleury aussi, son précepteur. Ils regardaient le petit roi avec tendresse. Qu'il était beau cet angelot triste dont toute la cour et tout le peuple s'étaient amourachés. Malléable et obéissant, aussi ! Certes, ils pouvaient s'apitoyer sur ce rescapé d'une dynastie éteinte tout entière en trois ans ! Un orphelin de parents et de grands-parents. Son grand-oncle était le Régent, premier sur la ligne de succession en cas de mort de ce petit innocent. Il était soupçonné par certains d'avoir empoisonné ses parents et c'était lui qui avait la charge de la France ! L'agneau dans l'antre du loup. Beaucoup étaient étonnés que l'enfant fût toujours en vie.

Ce petit garçon était entouré de grandes personnes. En sa présence, ils étaient tout sourire, montraient un respect mutuel affecté et des préventions. Lorsqu'ils se regardaient entre eux, c'étaient de longs regards muets. Lui ne comprenait jamais ces silences qui parlaient évidemment de lui.

Cette alliance de façade prenait un autre tour lorsque l'un d'entre eux manquait. Alors ils ne se gênaient pas pour en dire du mal. Et puis combien de paroles fielleuses sur tous les autres, quand l'un se trouvait seul avec lui ? Il avait compris qu'il était précieux et fragile, et que chacun séparément faisait tout pour lui plaire, car au fond il sentait bien qu'il leur faisait peur.

Dans cinq ans, il serait en mesure de gouverner tout seul. Il aurait quinze ans, l'âge auquel son bisaïeul avait pris le pouvoir et tout le pouvoir.

Tous avaient fini par le convaincre qu'il avait autour de lui une galerie de monstres. Le premier, son oncle le Régent toujours endormi : un danger mortel. Puis Monsieur le Duc, Louis IV Henri de Bourbon-Condé, Prince du sang, le Chef du Conseil de Régence : laid, borgne et de peu d'esprit. Le cardinal Dubois : un médiocre ambitieux. Son gouverneur Villeroy : une vieille ganache stupide.

Villeroy, il y a à peine quelques mois, à l'occasion de la guérison du jeune roi d'un gros accès de fièvre, lui présentait le peuple parisien en liesse assemblé place du Carroussel. Du haut du balcon, il lui disait : « Voyez donc mon maître, tout ce monde et tout ce peuple ; tout cela est à vous, tout cela vous appartient ; vous en êtes le maître. Regardez-les donc un peu pour les contenter ; car ils sont tout à vous et vous êtes maître de tout cela ! ». Avec un tel gouverneur, les discours de Massillon sur la nécessaire humilité des grands de ce monde pouvaient vite être oubliés ; avec un tel apôtre, Jésus-Christ n'aurait pas eu besoin de se retirer sur la montagne pour être tenté par le diable. Que tout est compliqué avec les grandes personnes !

Tous ces gens qui lui voulaient du bien, avaient commencé par lui arracher Madame de Ventadour, sa deuxième maman, pour entrer, si jeune, dans le monde des hommes. Madame de Ventadour, si douce, si bonne qui l'avait consolé dans ses chagrins d'enfant.

Le jeune roi regarda par la fenêtre du palais des Tuileries : un ciel tout bleu ne permettait pas de s'échapper en observant la lente déformation des nuages. Il regarda alors les plafonds et tenta de suivre des moulures et des couleurs. On était le 14 septembre, il entendit le tintement doré d'une pendule sonner quatre heures.

Ses larmes tombaient sur l'acte à parapher. Les membres du Conseil regardaient le petit roi avec inquiétude : allait-il se rebiffer ? Un caprice enfantin mettrait-il à néant les longues négociations qui avaient conduit à ce traité avantageux ? Interdirait-il au pays épuisé et au bord du gouffre d'avoir un répit, après tant de guerres ruineuses ?

Le petit garçon n'avait pas l'âme d'un révolté ; il n'était pas prêt à ruer dans les brancards. Son précepteur, Monsieur de Fréjus, l'abbé Fleury, était un homme habile et avait su le préparer en le flattant, en gagnant sa confiance, en devenant son nouveau père. Avec patience et douceur, il sut le convaincre.

— Dire non, Sire, créerait beaucoup d'ennuis, et surtout vous imposerait encore plus de fastidieux Conseils. Oui, il y avait mariage, mais celui-ci serait consommé beaucoup plus tard, dans plusieurs années !

Que c'est long une année à cet âge ; et entre-temps tout continuerait comme avant. Voilà, c'était rassurant (oui, au fait, que signifie consommer un mariage ? si rien ne se fait maintenant, pourquoi signer tout de suite ?).

Le petit roi pleurait d'une rage contenue. S'il était en théorie tout puissant, si tous lui parlaient avec respect et prudence, si sa situation était celle de mandataire de Dieu parmi les Français, finalement il y avait tromperie : en réalité, il n'avait aucun pouvoir. De grandes personnes se chargeaient de préparer ses décisions, sur lesquelles, il le sentait bien, il n'avait, malgré sa fonction (divine ?), aucune prise.

Dans son éducation pourtant très lâche, des précepteurs avaient commencé à lui enseigner l'importance du mariage, l'importance de son choix, le fait que le mariage devait permettre dès que possible d'assurer la pérennité de sa race.

Maintenant on lui fournissait par surprise un bébé, laid par surcroît. Lui onze ans, elle, trois ans, la belle union, la belle expression de son pouvoir ! L'héritier ne pourrait venir que dans douze ans au plus tôt.

Ce stupide Villeroy insiste encore lourdement sur la jeunesse de la fille. Avec des œillades grotesques.

— N'ayez pas peur sire, il y aura des compensations bien agréables et, avant que l'infante soit dans votre lit, vous aurez eu de nombreuses occasions d'apprendre votre métier d'époux.

Fleury a froncé les sourcils. Il est mécontent, se dit Louis XV.

Le silence se fait. L'enfant perplexe songe : Villeroy, un flatteur, qui lui fait reconnaître les portraits de ses ancêtres et leurs faits illustres. Quelles louanges sur les exploits de son arrière-grand-père, le Soleil éclatant et éternel ! Les conquêtes ! Le faste ! Le pouvoir ! Louis XV se remémore son aïeul, Louis XIV, dont il lui reste comme seul souvenir celui d'un vieillard malade et triste qui le tient dans ses bras en tremblant. Il pense à la lettre qu'il lui a écrite, juste avant de mourir, et qu'il tient rangée dans sa chambre. Rien d'un cri de victoire ou d'un témoignage triomphant, plutôt le constat désabusé d'un astre éteint : « *Vous allez être bientôt roi d'un grand royaume. Ce que je vous recommande plus fortement est de n'oublier jamais les obligations que vous avez à Dieu. Souvenez-vous que vous lui devez tout ce que vous êtes. Tâchez de conserver la paix avec vos voisins. J'ai trop aimé la guerre ; ne m'imitez pas en cela, non plus dans les trop grandes dépenses que j'ai faites. Prenez conseil en toutes choses et cherchez à connaître le meilleur pour le suivre toujours. Soulagez vos peuples le plus tôt que vous le pourrez, et faites ce que j'ai eu le malheur de ne pouvoir faire moi-même !* »

Une porte s'ouvre dans le cabinet du roi, le parquet craque. L'enfant tourne la tête : il poursuit en lui-même :

— « En voilà d'autres qui entrent. Saint-Simon, cet homme froid à la bouche en cul de poule. C'est le favori de mon oncle le Régent. Il est aussi blafard et droit que mon oncle est rouge et avachi. On a rarement vu un homme aussi intelligent être aussi fat et imbu de sa personne. C'est Villars qui m'a dit ça.

Justement, Villars est arrivé aussi. Avec d'Estrée et Huxelles nous voilà avec trois maréchaux ! Eux aussi, ils me font des courbettes et des sourires et veulent me voir marié. Huxelles m'a dit un jour que lorsqu'il était chef de guerre, Villeroy avait, en volant de défaite en défaite, permis à nos ennemis de menacer d'invasion la France alors que nous disposions des armées les plus fortes et les plus nombreuses. Il m'a fait rire en m'expliquant sa stratégie stupide pour perdre la bataille de Ramillies.

Oui, Villeroy est un chef de guerre hors du commun, et il en fallait un comme lui pour aboutir à ce désastre !, me disait Huxelles. Villars, lui, m'a expliqué combien Monsieur le Duc avait agioté et fait une fortune immense lors de la faillite de Law, contre les intérêts de l'État. Villars, qui occupe Vaux, le somptueux château construit par Fouquet, et qui s'est enrichi par ses exactions dans les pays occupés par son armée ; Villars, ce vain maréchal qui prétend posséder un château digne d'un roi.

Il faudrait me méfier de certains qui auraient intérêt à me voir mort. Mon oncle paraît tout de même bien inoffensif. Depuis la disparition de mes parents, soudaine et inexpliquée, il se trouve à une marche du trône. Cela veut dire que si je mourais, le régent deviendrait roi ? Plusieurs m'ont exhorté de ne jamais accepter de cadeaux et en particulier de friandises de mon oncle le Régent.

Oui sire, naturellement le Régent vous aime et ne vous veut que du bien, mais surtout n'acceptez rien de lui ! Qui m'a dit cela ? Ah oui, c'est Villeroy, ou alors c'est mon cousin le duc du Maine, ce boiteux dont d'autres prétendent qu'il complote aussi pour devenir roi. Et puis, quand j'ai eu cette fièvre, j'ai bien entendu cette folle de duchesse de la Ferté hurler dans ma chambre que j'étais empoisonné ! Je n'ai rien compris ! Ah ! Ces cris ! Qu'elle m'a fait peur !

Le Régent mon oncle serait ainsi le plus dangereux de tous pour moi ? Cet homme toujours fatigué, gros et gras. Son œil las ne commence à pétiller que lorsque rentre une jolie servante. Il paraît qu'il pense à une prochaine orgie autant qu'au prochain Conseil ! C'est ça, c'est Villeroy qui m'a soufflé cela en minaudant sans vouloir m'expliquer ce qu'est une orgie. Fleury, quand je lui ai demandé, m'a répondu que j'avais toute la vie pour apprendre, que ce n'était pas pressé. Débauches et orgies, voilà des péchés qui fatiguent l'homme. Qui en parlait encore ? Ah oui, Massillon, cet évêque de Clermont. Je m'étais endormi à ses sermons qu'il m'avait assénés pendant le Carême il y a maintenant longtemps. On me les ressert encore, mais je n'en comprends qu'une chose, c'est qu'ils sont toujours aussi assommants. Tous ces gens sont assommants !

Depuis tout à l'heure, Fleury me parle, mon bon Fleury, celui qui m'aide et me protège. À présent, j'écoute la mélodie de son discours à voix basse. Il me parle seul à seul. Le chuintement de sa voix est doux, rassurant. Ah ! lui aussi il veut que je me marie ? Soit, comment faire pour ne pas être d'accord ? Ils semblent tous ligués pour que je signe, tous disent que c'est bon pour la France ? On a toujours fait la guerre avec l'Espagne et tout à coup il faut faire la paix et pour cela, il faut que moi Louis, je me décide séance tenante à me marier !

J'ai peur de toutes ces grandes personnes. Elles mentent toutes ! Devant moi, elles prétendent vouloir mon bien et m'aimer. Je les hais toutes ! Plus tard nous verrons bien si je suis le roi ! Vous me verrez faire ce que je veux et non ce que vous voulez que je fasse !

Le petit roi continua à pleurer et il signa.

Plus tard, il comprit que cette alliance était aussi l'occasion pour son oncle de marier sa fille au Prince des Asturies, à Saint-Simon de faire une belle ambassade et flatter son orgueil en devenant Grand d'Espagne.

Mais le mariage ne se fera pas et sera dénoncé par Monsieur le Duc peu après la mort du Régent, du fait de la jeunesse de la princesse. Et Louis ne pardonnera à personne, ses pleurs publics inutiles.

En attendant, le Régent, les membres du Conseil et les autres dignitaires sortirent rassurés du Palais des Tuileries. Parmi eux, le maréchal d'Huxelles fit cette remarque saugrenue à son épouse le soir en lui contant cet épisode : « il est singulier dit-il que pour la première puissance de l'univers, la détermination des alliances entre les nations qui déterminent la paix ou la guerre dépende des décisions, voire des caprices d'un petit enfant de onze ans ».

Le retour au pays

À l'issue de la classe de rhétorique, Jean-Baptiste était revenu au pays. Après toutes ces années d'absence, il se trouvait déçu. Son paradis terrestre, ce monde idéalisé dont, enfant, il avait rêvé la nuit en sanglotant dans son lit, n'était plus celui qu'il avait quitté. Il était devenu un homme. Sa maison, les prés, les champs et les arbres, tout était plus petit. Sa mère aussi avait rapetissé ; à présent, il la regardait en baissant la tête. Elle avait vieilli, il l'avait à peine reconnue. Après des retrouvailles émouvantes et attendries, il s'était rendu compte du fossé qui s'était creusé entre eux. Ils n'avaient plus rien de commun, plus rien à se dire. Avec son aïeul Bouziques, il était également désenchanté : désormais un vieillard, son caractère rigide s'était accentué au point de paraître borné. La campagne ennuyait le jeune homme ; il ne s'y sentait pas le maître.

Audenay entra naturellement au service du duc de Charost. Paul-François de Béthune Charost, 4e duc de Charost avait épousé Julie Christine d'Entraigues en 1709. L'année suivante, le père de Christine acheta la seigneurie de Mareuil.

Si Jean-Baptiste n'était pas doué pour l'abstraction et la poésie éthérée, les chiffres et les éléments sonnants et trébuchants lui convenaient bien. À défaut du lustre latinisant, il avait acquis des Jésuites une méthode de travail et une bonne rigueur intellectuelle. Ces qualités, alliées à une solide capacité de travail et à une réelle honnêteté, ne pouvaient en faire qu'un collaborateur précieux. D'abord attaché à un de ses intendants dans un grand domaine, il avait vite fait ses preuves, pris des responsabilités dans les affaires du duc. Très vite, il repartit pour Paris.

Il fit la connaissance du flamboyant et inventif banquier Samuel Bernard. Natif comme lui du Berry, ce dernier se prit d'amitié pour le jeune homme et l'initia au domaine de la finance.

Au moment de la création de la Compagnie des Indes, Jean-Baptiste préconisa au duc d'acheter des actions et lui-même y plaça ses économies. Il en avait, le duc ayant été généreux avec lui en proportion des bénéfices qu'il avait déjà pu engranger pour son compte. En complément, il emprunta pour augmenter sa mise. Samuel Bernard l'aida dans ses entreprises.

Il fut assez astucieux et perspicace pour retirer son investissement avant l'effondrement ; le duc, qu'il avait continué de conseiller, était riche comme Crésus, et lui-même à la tête d'une belle fortune. Avec l'appui du duc et en utilisant une partie de l'argent qu'il avait gagné, il acheta une charge de secrétaire du roi. Pour se consoler du prix élevé de la charge, il se dit que l'argent qui la finançait (le gain de la spéculation) ne lui avait rien coûté.

À moins de trente ans, le fils de laboureur était devenu un homme riche établi et, au surplus, noble exempté de tailles et ayant droit de chasse sur son domaine qu'il continuait à arrondir. Le Seigneur de Sermelles était né.

Pour autant son ambition avait crû en même temps que sa fortune. Il s'était persuadé de sa valeur et attendait encore beaucoup de ses relations.

Toujours attaché au duc de Béthune Charost, pair de France, dignité la plus élevée après les princes du sang, il espérait se glisser dans le sillage de l'ascension de son maître. Et en effet Armand duc de Charost après avoir été nommé capitaine des gardes du corps du roi, avait remplacé Villeroy comme gouverneur du roi. Son épouse, Julie Christine d'Entraigues, faite dame du Palais. Tout cela en moins de quinze ans. Audenay, lui, s'il avait gagné beaucoup d'argent, s'il avait acheté un titre, n'arrivait pas à faire reconnaître ses capacités. Charost l'appréciait, mais le cantonnait à des tâches proches de celles de secrétaire, à peine au-dessus d'un domestique. Jean-Baptiste visait des emplois et des responsabilités plus à la hauteur de ce qu'il considérait sa valeur. Il s'impatientait devant le discours fuyant de son protecteur :

— « Comment, vous n'êtes pas bien avec moi ? disait ce dernier. Mon service ne vous convient pas ? » Ou des discours plus inquiétants : « Vous ne savez pas ce que sont ces gens de la Cour dont vous voulez vous approcher. Oui, vous avez l'esprit et les compétences en revanche il vous manque le doigté, la facilité ; vous êtes encore trop jeune et manquez d'expérience. Vous allez vous y brûler les ailes ! »

Ces propos ne le satisfaisaient pas : il constatait qu'autour de lui, d'autres, moins travailleurs, moins fidèles, souvent vains par leur arrogance et leur hâblerie, mais mieux nés, progressaient bien plus vite.

Progressivement aussi, Audenay se désenchanta de Charost : non seulement celui-ci ne l'aidait pas, mais plus le temps passait à travailler pour lui, plus il constatait sa méconnaissance des dossiers et même la médiocrité de son raisonnement. Il s'estimait maintenant supérieur à lui, sauf bien sûr, sur le plan des mondanités et de l'entregent, des discussions de salon. Pour ces derniers domaines, Audenay admettait sa durable infériorité.

Au fond, les seules qualités réelles de Charost se résumaient à sa loyauté et à sa fidélité vis-à-vis du roi. Un bon chien de garde ! Charost ne pouvait s'enorgueillir dans sa carrière d'aucun fait d'armes, d'aucune idée originale ou brillante, d'aucune profondeur d'analyse. Charost manquait de courage et en même temps, Audenay se rendait compte que ce manque de courage constituait précisément un des facteurs primordiaux de sa faveur.

Audenay avait pourtant honte de ses pensées et de ses intuitions, car il restait redevable à Charost de lui avoir permis d'aller au collège Louis le Grand.

Il travaillait dans l'ombre d'un homme mieux né que lui, fortuné, et qui appréciait trop son travail pour lui offrir autre chose que de continuer à le servir. Audenay lui appartenait, était son obligé et devait se montrer reconnaissant à son égard. Le quitter pour un autre aurait été vu comme de l'ingratitude, voire pourquoi pas, une trahison ? Charost avait les moyens de lui faire payer cher.

En même temps, il était lucide : son esprit ne lui permettait pas de briller, de distraire, d'amuser. Trop factuel, trop rationnel, il détestait les jeux de mots, les joutes d'esprit auxquels déjà il n'avait pas montré la moindre disposition au collège. Il lui manquait cette aisance qui permet tous les culots et évite d'être en toutes circonstances à court de répartie. En bref, il n'avait ni le don de l'acquisition aisée de la connaissance ni celui de l'élégance gracieuse du beau monde.

Trop campagnard et trop près de ses sous pour se jeter dans le jeu ou les frivolités. Ces femmes des salons, que l'on disait faciles et écervelées, lui faisaient peur et quand il s'attachait à une et commençait à vouloir lui faire une cour assidue et sérieuse, il était pris de vitesse par un godelureau qui, en allant à l'abordage avec ses beaux habits et trois mots bien troussés, emportait la fleur que lui avait contemplée trop longtemps sans oser la cueillir. Il restait empêtré dans cette carapace qu'il s'était fabriquée, qui le protégeait et en même temps le tenait prisonnier.

Pour ses anciens camarades du collège, tout paraissait facile. La progression fulgurante des frères d'Argenson, notamment, lui donnait un sentiment aigu de vertige et de jalousie : à moins de vingt-cinq ans, l'un était intendant du Hainaut et l'autre lieutenant de police !

Évidemment certains étaient moins heureux que lui. Si son outil de mesure était ses anciens collègues du collège Louis le Grand, il avait plutôt bien réussi. Beaucoup d'entre eux enviaient sa réussite matérielle, la protection de Charost.

Il pensait à Delort qui exerçait son sacerdoce comme petit vicaire dans un village reculé du Berry. Mais lui c'était différent : il était pauvre, sans relations, sans ambition et enfin, il hésitait à le dire, sans beaucoup de talents !

Parmi ceux qui n'avaient pas de naissance, Arouet, ou plutôt, Voltaire, maintenant qu'il avait changé de nom, réussissait ; pourquoi ce changement de nom ? Il était reçu partout, et venait d'obtenir 1500 livres de la jeune reine, rien de moins ! Il est vrai que Voltaire était unique : il avait du génie ! Compagnon de plaisir du duc de Richelieu, il changeait de maîtresse avec la même facilité qu'il écrivait une épigramme.

Voltaire ami de Richelieu ! Ce dernier était un charmeur mondain. Il n'avait pas été au collège et sa seule compétence reconnue, outre celle de grand débauché, était d'être né petit-neveu de feu le grand Cardinal : il était déjà élu à l'Académie Française et ambassadeur à Vienne.

Voltaire menait grand train avec ses atours et ses équipages. Il perdait beaucoup d'argent au jeu et savait en gagner encore davantage en agiotant. Les conseils d'Audenay sur les actions de la Compagnie des Indes lui avaient servi, même s'il s'en cachait. Voltaire pouvait s'épanouir dans un monde qui n'était pas le sien, où contrairement à Audenay, il était accueilli et même recherché. Audenay admirait toujours plus sa grâce de briller. Il ne le jalousait pas. Pour les autres c'était différent : leurs talents ne lui semblaient pas supérieurs au sien et il vivait leur plus grande réussite comme une injustice.

L'instinct d'Audenay lui soufflait que ses combinaisons financières restaient aléatoires. Elles étaient un peu comme les tables de jeu : plus on gagne, plus on cherche à gagner et plus on finit par perdre. Et comme pour une guerre, seule la dernière bataille compte. Samuel Bernard lui-même s'était laissé prendre dans le tourbillon de ses spéculations et s'il n'était pas ruiné, il avait perdu beaucoup d'argent, car dans l'ivresse de la gagne, il avait remis au pot des sommes invraisemblables. Audenay ferait comme Howell, cet officier aux gardes, frère désargenté de la dernière maîtresse du Régent, qui avait gagné une fortune au jeu avec pour seule mise de départ une orange et qui avait su s'arrêter à temps.

Audenay s'était décidé : il fallait trouver une charge digne de lui et rémunératrice, un établissement plus stable. Son objectif, bientôt une idée fixe, était d'être reconnu comme quelqu'un d'autre qu'un employé subalterne et qui plus est, un obligé de Charost. Cette réflexion aboutit de manière inattendue, à l'occasion d'une fête donnée dans les jardins du palais.

Entre deux salves de fusées qui illuminaient parterres et visages, on entendait jouer de petits ensembles à cordes cachés derrière des charmilles. Des sorbets étaient distribués par des valets en livrée. Il y avait beaucoup de monde dans le parc en cette nuit d'été très douce. Dans les bosquets parfumés, les fragrances entêtantes des troènes se mélangeaient à celles plus subtiles des tilleuls.

Le duc de Charost le présenta à sa demande au duc de Saint-Simon, pair de France, homme éminent sur lequel Audenay fondait des espoirs. Une fois la présentation faite, le duc de Charost s'éloigna, appelé par d'autres courtisans.

Le duc, homme assez âgé et hautain, dévisagea le jeune comte de Sermelles avec intérêt. Il lui sourit, patelin :

— Vous êtes domestique de Monsieur le Duc de Béthune Charost comme votre père n'est-ce pas ? On dit que tous les deux avez pris soin de sa fortune, votre père en gérant ses terres, vous en agiotant et en vendant à temps, ce qui lui a permis de tripler son patrimoine ? J'aurais préféré que vous me fassiez votre cour plus tôt.

Audenay avait rougi au mot « domestique ». Il ne se démonta pas, parla poliment et proposa des services : il pensait être averti des besoins du duc et de ses centres d'intérêt. Il lui donna des renseignements forts utiles qui auraient pu l'aider dans ses affaires à la fois concernant sa charge, mais aussi ses affaires personnelles.

Le duc le scruta sans mot dire ; Audenay se rendit compte que ces yeux le transperçaient ou plutôt le traversaient comme s'il était transparent. Il se dit aussi que Charost le fixait ainsi parfois. Le duc détourna son visage vers une jeune femme qui l'accompagnait et dit sans le regarder :

— Monsieur Audenay, vous fréquentez les salons de Samuel Bernard n'est-ce pas ? On le dit huguenot et certains avancent même qu'il serait enfant d'Israël. En tout cas, ses millions protègent sa tête. L'argent, la finance ne procureront jamais un nom de famille : celui des gens qui comptent ici, à Versailles, est façonné par des dizaines de générations de soldats, de chevaliers qui se sont illustrés pour leur roi, dont les meilleurs éléments ont donné leur vie pour lui, ou encore sont allés en Croisade conquérir et défendre le Saint Sépulcre.

Sans attendre une réponse, il ajouta :

— Monsieur le Comte de Sermelles, l'encre de votre nouveau nom est encore humide sur le papier, acheté à prix d'or, qui vous a anobli. Votre père était bien laboureur et votre mère paysanne ? Jeune homme, je vais vous donner un conseil : vous aurez du mal à faire fructifier ici votre mérite, car pour notre monde, votre naissance est nulle et vos fréquentations sont détestables. Par ailleurs et contrairement à Charost et à d'autres, les questions d'argent ne m'intéressent guère ; prenez contact avec mon secrétaire et expliquez-lui vos opérations plus en détail, tout le monde gagnera du temps.

Il se détourna ; à voix basse, toutefois suffisamment haute pour être entendu par Audenay il dit à la jeune femme qui l'accompagnait :

— Vous voyez, mon amie, voilà l'exemple d'un importun ambitieux, incapable de rester à sa place. Vous noterez ma courtoisie vis-à-vis de ce fâcheux : il ne la doit qu'à Charost. Je ne peux comprendre pourquoi ce dernier s'acoquine à un pareil quasi-roturier. Ce Monsieur Audenay est aussi un ami de ce débauché de Voltaire, ce pou qui voudrait s'accrocher aux perruques des rois et des pairs de France ! Sommes-nous condamnés à fréquenter ces jeunes sans naissance ? S'enrichir ne leur suffit pas ! Ils prétendent prendre la place des Grands. Une nouvelle perversion des esprits : cette prétention des esclaves et des ilotes ! Parce qu'aujourd'hui ils imaginent que leur simple valeur leur donne des droits aux charges ! Mais dans le temps, les rois et les seigneurs gouvernaient avec, agenouillés à leurs pieds, les scribes qu'ils avaient choisis justement pour leur valeur. Cette place leur suffisait et leur seule ambition était de rester des esclaves. Jamais l'idée ne leur serait venue de prétendre manger à la table de leur seigneur ! Il paraît qu'aujourd'hui, il faudrait que je pousse ce jeune, et qu'il prenne la place d'un vrai noble. Et quoi encore ? Que je l'aide à faire son entrée à la chambre du roi ?

Ces paroles et le gloussement stupide de son interlocutrice eurent pour notre ami l'effet d'un soufflet violent qui lui donna la nausée. Une fois de plus et sans surprise, la réplique ne lui vint pas à l'esprit. Plus tard l'ayant trouvée, il dut s'avouer qu'il n'aurait jamais eu le courage de l'exprimer. Humilié, la tête basse, il rentra chez lui.

C'en était trop. Le lendemain, Jean-Baptiste Audenay, premier comte de Sermelles partait de Paris pour toujours.

Il avait compris la leçon : mieux valait être le premier à Sermelles qu'un être quelconque, méprisé à la Cour. Il s'était à nouveau recroquevillé dans sa coquille.

Au préalable, il avait vu le duc de Charost ; prétextant la nécessité de mieux gérer ses affaires dérangées depuis la mort de Bouziques, son grand-père, il demandait la permission au duc de prendre congé. Bien sûr, si Monsieur le Duc le souhaitait, il pourrait être son intendant pour ses domaines autour de Mareuil et de Charost.

La non-résistance, voire l'indifférence du duc à le garder près de lui le convainquirent davantage encore que sa place n'était pas à Paris, pas à la Cour. Plus tard il se demanda si Charost, lassé de ses piaffements, et n'ayant pas le courage de faire lui-même la leçon à son filleul, n'avait pas soufflé sa réponse au duc de Saint-Simon. Cette pensée nourrit longtemps son amertume.

Il se retira à Sermelles où il s'attacha à faire fructifier son patrimoine terrien : il commença par faire défricher des landes laissées à l'abandon, construisit un nouveau manoir, et planta des forêts.

Sa mère mourut. À Sermelles il restait seul de sa famille. Là, il était bien le maître. Il prit femme.

Lettre de Voltaire à Jean-Baptiste Audenay

Mon cher Cassandre berrichon, il y a à peine deux ans, vous aviez la mine défaite près du Grand Canal, au pied de l'Orangerie. Vous étiez bien le seul dans cet état. C'était la nuit des fêtes qui marquaient le mariage du roi. Quelles illuminations ! «Amphitrion», « Le Médecin malgré lui » triomphaient à nouveau dans les théâtres de verdure. Le feu d'artifice fut éblouissant, éparpillant en étoiles filantes multicolores des milliers d'écus d'or. Dans un tumulte assourdissant, les fusées éclairaient le ciel de Versailles, étouffant la musique triomphante sortie des bosquets. Les grands jets d'eau éclaboussaient de lumière les visages joyeux des courtisans. Le jeune roi de quinze ans, l'orgueil et l'amour du royaume s'était éclipsé pour offrir un dauphin à la France. On s'amusait sans lui ; on a appris depuis qu'il avait proposé cette nuit-là sept sacrements à la reine.

Au cours de cette nuit glorieuse, dépité et attristé, vous m'avez dit renoncer pour toujours à vivre comme un courtisan. Vous annonciez votre départ précipité de Versailles et de Paris vers votre désert berrichon. Vous vous disiez convaincu que votre modeste naissance vous interdisait toute ascension et que la Cour n'était régie que par la méchanceté et le besoin de dénigrement.

Je vous regardais alors comme une bête curieuse. À l'époque jeune et frivole, tout me réussissait. Reçu par les Grands feignant la familiarité avec moi, j'imaginais que mon talent à versifier et mon esprit me suffiraient pour m'imposer dans cette société. La reine me donnait 1500 livres de rente. Je me croyais poète de cour.

En vérité, je n'étais qu'un bouffon écervelé et je suis furieux après moi.

Je pense bien à vous d'Angleterre, ma nouvelle patrie où je suis exilé peut-être pour toujours. Ma chute a été brutale et rude. Il a suffi pour cela d'une altercation avec un certain chevalier de Rohan, petit homme de médiocre esprit, mais de grande extraction.

Ce poltron m'a insulté, puis m'a envoyé ses laquais pour me bastonner. Chercher à régler notre différend sur le pré m'a valu l'embastillement puis l'exil. Je n'ai fait que tenter de rendre son honneur à cet indigne personnage, à ce lâche !

J'avais eu le loisir d'observer depuis longtemps la toute-puissance de la naissance dans notre société. Elle octroie des récompenses imméritées et permet aux fautes de ne pas être sanctionnées. Notre ami commun le marquis d'Argenson était à vingt-quatre ans chancelier de l'Ordre de Saint Louis, conseiller d'État et Intendant du Hainaut. Intendant du Hainaut, c'est-à-dire presque roi du Hainaut, un jeune homme sans expérience et avec pour seules compétences, nos versions latines et grecques du collège ! Heureusement, il n'a pas eu affaire à une guerre ou une famine. Personne ne lui a tenu rigueur d'arrêter Law à Maubeuge, soi-disant en fuite pour les Pays-Bas après sa faillite : notre ami trop zélé, un peu balourd, n'a pas réalisé que si le banquier déchu était dans le carrosse de Monsieur le Duc, c'était que son départ était organisé et voulu par le Conseil qui voulait le protéger !

Le Comte d'Argenson, encore plus jeune suit à grands pas les brisées de son frère : il a déjà obtenu de son père sa charge de lieutenant de police.

Certes, les deux frères ont des qualités l'un et l'autre, pourtant on n'a jamais vu d'aussi jeunes sujets obtenir des promotions aussi foudroyantes. En vérité tous leurs honneurs ne sont possibles que par la faveur de leur père ministre de la police et surintendant des finances.

Richelieu, notre autre jeune ami est, lui, ambassadeur à Vienne : son goût pour l'amour le fait appeler l'ambassadeur Fanfarinet. Sa science de la diplomatie se résume à avoir dépensé des sommes extravagantes pour le cortège de son entrée à Vienne. Soixante-neuf carrosses ! Il a fait mettre des fers en argent à ses chevaux et ordonner qu'ils soient mal fixés pour les perdre dans les rues de la ville. Tout cela pour flatter le peuple autrichien. Quelle folie ! Pour l'occasion, j'ai dû lui prêter de l'argent. Richelieu ambassadeur, et également élu à l'unanimité à l'Académie française alors que son seul mérite littéraire est d'être le petit-neveu du fondateur de l'institution ! Il a recopié, en l'accablant de fautes d'orthographe, le discours réécrit par son valet de chambre à partir des trois préparés par Fontenelle, Destombes et Campistron (s'il me l'eût demandé, je lui en aurais fourni un quatrième). Richelieu, toujours lui, a tué un faquin qui l'avait insulté et n'a pas été inquiété une seconde. Il peut s'enorgueillir de deux passages à la Bastille, mais dans des cellules dorées et aux verrous mal fermés. Le premier causé par une liaison amoureuse avec la dauphine ; à tout autre moins bien né, cette aventure aurait sans doute valu une mort discrète. Le second fut motivé par son implication dans un complot visant à vendre la France à l'Espagne ; ce crime de haute trahison, selon le Régent même, aurait dû lui valoir trois fois la potence et a d'ailleurs coûté la vie à quatre comparses.

Qu'importent ces passe-droits, ces privilèges ! Je n'en suis pas jaloux et d'une certaine manière, ils m'amusent. En revanche, ce qui me met en colère ou plutôt qui me désole le plus, c'est un sentiment de trahison : parmi ceux que je croyais mes protecteurs, mes nobles amis, mes amis nobles, aucun ne m'a aidé, tous se sont détournés de moi faisant semblant de ne plus me voir et de ne pas m'écouter. Dès lors qu'il s'agissait de défendre le droit d'un ami roturier contre la mauvaise action d'un des leurs, le choix a été immédiat. Voltaire ne peut faire partie de leur famille ; il ne peut prétendre qu'à une place d'histrion, reçu et apprécié, en réalité un laquais qui doit rester à sa place en toute circonstance.

Aujourd'hui je dois reconnaître combien vous avez été sage : sans établissement, il est inutile d'espérer réussir sans intrigue, et la réussite alors ne peut être que hasardeuse et surtout éphémère. Vous, vous avez fait le bon choix à temps et vous l'avez organisé. Moi, je dois tout quitter contraint et forcé : mes amis, dont vous bien sûr même si nous sommes déjà éloignés, et mes protecteurs illusoires ; enfin j'ai dû dire adieu à Madame Bernières que j'aimais tendrement.

Comme si tout cela ne suffisait pas, ma sœur Marie est morte, et je suis fâché avec ma famille (à l'exception de mes nièces).

En Angleterre, je suis recherché et accepté partout. Ici, le talent est un passeport assuré pour les charges et la réussite, un noble ne déroge pas s'il s'occupe de commerce, chacun peut penser ce qu'il veut ! Je m'apprête à publier la Henriade et j'ai dédicacé cette œuvre à la reine Caroline. Les femmes anglaises sont ravissantes et les habitants ont ici l'humeur enjouée, sauf quand le vent est à l'est (alors, curieusement certains ont la fâcheuse habitude de mettre fin à leurs jours). Je découvre la physique de Newton, la philosophie de Locke et la poésie de Milton, tous trois des génies.

Je suis maintenant comme vous, loin du monde. Votre désert à vous est tout relatif puisque vous recevez dans votre campagne le duc de Béthune Charost et son épouse. Quand vous verrez Madame d'Entraigues, la duchesse, rappelez-moi à son bon souvenir : en des temps plus heureux, je pouvais souffler à la ravissante Julie Christine de tendres vers :

Tu sortais des bras du Sommeil,
Et déjà l'œil du jour voyait briller tes charmes,
Lorsque le tendre Amour parut à ton réveil ;
Il te baisait les mains, qu'il baignait de ses larmes.
L'Ingrate, te dit-il, ne te souvient-il plus
Des bienfaits que sur toi l'Amour a répandus ?

Je vous fais grâce de la suite de ces misères rimées. Pourrez-vous me dire si la douce intéressée passe toujours ses belles journées à lire Massillon, Bourdaloue et La Rue ? Aurez-vous l'impertinence de lui demander comment elle occupe ses nuits ?

Soyez sûr que de l'autre côté de la Manche, je pense toujours à vous avec amitié et fidélité et avec plus d'admiration encore pour votre clairvoyance.

Lettre du Marquis d'Argenson à Jean-Baptiste Audenay

Cher ami,

Nous ne nous sommes pas vus depuis votre exil volontaire et votre adieu au moins provisoire aux périls de Versailles. En même temps, l'efficacité de notre poste nous permet de ne pas devenir étrangers l'un à l'autre : je réponds à votre lettre datée d'il y a seulement sept jours.

Vous me parlez de vos sorciers dans les campagnes du Berry. Mais dans les villes, la braise de la superstition couve encore, et beaucoup, supposés plus instruits que vos paysans illettrés, restent imprégnés des peurs ancestrales. Je n'ose évidemment pas mettre au rang des superstitions la guérison des écrouelles par notre roi.

Ainsi, il y a peu, a été enterré au cimetière de Saint Médard un saint homme, un diacre nommé Paris qui, avant de mourir, a donné tout son argent aux pauvres. Depuis, le cimetière est le théâtre de miracles. Il est devenu le lieu de rendez-vous d'une foule d'illuminés qui viennent se coucher sur sa tombe, ou qui emportent la terre du cimetière. Des femmes sont prises de convulsions et entrent en transe, profèrent des propos incohérents et sont découvertes parfois prostrées dans des attitudes indécentes.

Il y a bien d'autres exemples. On ne parle ici que de la mort de cette dame, intervenue à la date même qui lui avait été annoncée par son horoscope dix ans auparavant, ou au songe prémonitoire de cette autre, morte huit jours après avoir rêvé être invitée à le rejoindre par un ami mort de longues années auparavant.

Malgré tous les interdits, toutes nos villes comptent des officines qui offrent philtres d'amour et breuvages fatals : pour preuve, ce suicide épouvantable de Madame de Prie, l'ancienne maîtresse de Monsieur le Duc. Cette femme intelligente et énergique avait mené pendant des années son amant par le bout du nez. Après sa rupture, elle avait affreusement maigri ; à la fin, on aurait dit une tête de femme sur un corps d'araignée. Elle s'est suicidée fort maladroitement à vingt-neuf ans. Le poison utilisé a occasionné des souffrances telles que ses pointes de pieds étaient tournées du côté du talon ! Allez, le diable existe bien aussi dans nos villes ! Celui avec qui elle avait passé un pacte lui a finalement tordu le cou ou plutôt les jambes !

Dieu merci, la raison progresse aussi. Je fais partie depuis maintenant plusieurs années du Club de l'Entresol animé par l'abbé Allary que vous avez dû connaître. Il mène bien son affaire et nos conférences du samedi sont bien instructives. Ce club mêle des personnes de qualité, aux centres d'intérêt variés et aux expériences diverses. Il permet ainsi des réflexions éclairantes et originales sur la marche de l'État et l'économie.

Si vous étiez à Paris, nous pourrions bénéficier de vos lumières et de vos connaissances sur le développement agricole et forestier de nos campagnes.

Ces conférences sont bien utiles pour ceux destinés à se consacrer à l'administration de l'État. Elles arrivent à point pour pallier l'indigence persistante de l'enseignement de nos Jésuites dans ces matières. Et il est vrai, nous en avons déjà parlé entre nous, que le collège nous a fort mal préparés à notre vie d'adulte.

Le Club a accueilli récemment un nouveau membre remarquable. Il s'appelle Charles Louis de Secondat, baron de la Brède et de Montesquieu, et est originaire de Bordeaux. Il y a quelques années, il a publié avec un certain succès les « Lettres Persanes ». Vous en souvenez-vous ? Nous nous étions étonnés que l'ouvrage n'ait pas été interdit.

Il s'ennuyait à Bordeaux et il a vendu là-bas sa charge de Président à mortier[16] au Parlement. L'homme a l'esprit curieux, est galant avec les femmes. Il a aussi de l'ambition. Montesquieu a fréquenté les salons de Madame de Lambert que vous connaissez, ce me semble. Elle lui a ouvert rapidement les portes de l'Académie Française (je dois avouer avoir décliné, un peu auparavant, cette même offre de sa part).

Montesquieu est une connaissance de Monsieur Ramsay, gentilhomme écossais d'origine protestante, et devenu disciple de Fénelon après s'être converti. C'est par lui qu'il est entré au Club de l'Entresol.

Les membres de notre Club viennent d'horizons bien variés, et nos discussions et nos échanges se font sans la moindre retenue. Le cardinal Fleury est intéressé par les idées du Club et encourage même Allary.

Pour l'instant tout va bien, aussi longtemps que la contrepartie d'une telle liberté est la retenue. Allary n'est ni diplomate ni discret ; en outre, la naissance lui manque excessivement et il a peu de soutiens. Fleury, qui tire sa force de sa prudence, ne lèverait pas le petit doigt pour lui, si un courtisan s'avisait à vouloir attaquer auprès du roi, le Club et ses idées.

Monsieur le Duc, qui avait pris la place de Premier ministre à la mort du Régent, a été exilé à Chantilly où il pourra s'occuper de ses chevaux. Il avait cru pouvoir supplanter Fleury. Mal lui en a pris. Fleury, aussi médiocre soit-il, possède un avantage sur tous ces courtisans : il méprise l'argent et seule l'ambition le pousse. Monsieur le Duc s'était fait remarquer par sa spéculation éhontée au moment du système de Law. Il a su se faire rembourser en or ses avoirs papier quand le cours des actions était au plus haut, et il a précipité la dégringolade des cours. C'est lui aussi qui a failli ruiner la France en renchérissant le cours de l'argent : le marc qui valait 120 livres en en 1720, n'en vaut plus que 48. Il a su se rendre très impopulaire et n'a rien compris : en vérité, pour assurer la prospérité, il faut favoriser les emprunteurs !

Notre ami Voltaire a dû s'exiler. Son amour-propre l'a perdu et, pour avoir provoqué en duel un fils écervelé de grande famille, il s'est acquis l'inimitié du roi et d'une grande partie de la cour. Ni Richelieu ni moi-même ne pouvions le défendre. Voltaire confond rang et talents. Certes, ses talents peuvent lui apporter des marques d'amitié,

16 - Un haut magistrat sous l'Ancien Régime dont l'importance est marquée par son couvre-chef appelé le mortier : une toque de velours noir rehaussé de galons dorés.

de considération et de respect. Son génie peut lui donner des pensions, il ne lui donnera aucun droit de préséance et surtout pas celui de se mesurer à des familles nobles établies depuis des siècles. En contestant ce principe, par un scandale tapageur et bien maladroit, Voltaire s'est perdu tout seul.

Vous, cher ami, vous avez su maîtriser vos sentiments avec sagesse. Vous avez contourné avec adresse ce même obstacle rencontré par notre ami. Et si j'en crois vos lettres, la vie que vous avez choisie sur vos terres vous apporte à la fois richesse, réussite et bonheur. Beaucoup ici souhaiteraient goûter un tel résultat.

Recevez toute mon amitié et continuez, je vous prie, à me tenir au courant du succès de vos expériences agronomiques.

Madame Audenay et sa fille

Dans les couloirs du manoir de Sermelles, Madame Audenay était toujours accompagnée d'un bruissement métallique : celui du trousseau de clés qu'elle portait au côté, les clés des portes des chambres, des salons, des dépendances, des armoires, et des secrétaires. Des clés de toutes tailles, des clés en fer ouvragées ou non, des clés plus petites en laiton, de toutes petites clés pour remonter les horloges et les pendules.

Cette grosse paysanne avait eu l'habitude de vivre entourée de domestiques familiaux ; avec son mariage, elle avait été transportée dans un univers de serviteurs plus nombreux et mercenaires qui lui faisaient peur, dont elle n'aimait pas les regards par en dessous.

Un beau jour, elle s'était persuadée que certains biens introuvables avaient été volés, et depuis elle se méfiait de tous et de toutes. Elle avait institué la fermeture de toutes les pièces, toutes les dépendances et tous les placards qui n'avaient pas à être utilisés plusieurs fois par jour. À chaque fois qu'il fallait y accéder, on passait par elle et quand elle ouvrait, elle faisait un rapide inventaire mental de ce qu'il contenait. Inventaire répété quand, le soir venu, ou l'utilité de l'accès ayant disparu, elle refermait la porte.

Cette crainte du vol était une vraie idée fixe et Madame Audenay s'était muée au fil du temps en garde-magasin seigneurial. Toute la journée, elle était sollicitée par les gens du château pour ouvrir telle armoire, pour sortir tel linge, tel outil, telle vaisselle. Seuls les objets de la vie courante, sans valeur ou dont la place en évidence garantissait l'alerte immédiate en cas de disparition, échappaient à l'enfermement sous la garde de Madame.

Les domestiques s'amusaient d'elle et s'efforçaient de ne jamais demander en une fois ce dont ils auraient besoin dans la journée, mais au contraire répartissaient savamment les interruptions qu'ils sollicitaient auprès d'elle. Cela l'excédait, car elle se rendait bien compte qu'ils se moquaient d'elle et, tout en désorganisant sa propre activité, s'octroyaient des pauses imméritées.

Néanmoins elle devait se résoudre à ouvrir, et tout au long de la journée, dès l'aube, on pouvait voir sa silhouette cubique se promener dans les étages, les greniers et les caves, suivie d'un ou plusieurs domestiques au visage impassible et toujours accompagnée du cliquetis des clés qui annonçaient d'ailleurs aux autres domestiques, servantes et garçons de ferme, que la patronne n'était pas loin et qu'il était donc nécessaire de donner du zèle et de l'attention à la tâche en cours.

Madame était courte et épaisse ; son visage replet toujours sévère, parfois parcouru de tics nerveux.

Depuis longtemps, avec son mari, ils étaient devenus indifférents l'un à l'autre, et le matin il n'était pas question de batifolages. À partir de sa troisième grossesse terminée par une fausse couche, tout rapport lui faisait horreur : le corps de son mari se révélait moite, son souffle fétide, son sourire un rictus. Elle se sentait souillée par sa semence refroidie sur ses cuisses, et par cette odeur immonde.

C'est ainsi qu'elle chercha à s'échapper de sa présence au lit ; insensiblement, ses activités de maîtresse de maison lui donnèrent de bonnes raisons de se lever tôt le matin, moment préféré de lutinage pour son mari.

Celui-ci ne chercha pas à imposer son droit d'époux, de seigneur et maître. Il trouva dans les jeunes servantes du domaine des plats roboratifs propres à assouvir son appétit face au jeûne imposé par sa femme.

Le caractère peu exigeant et peu fidèle d'Audenay accentua encore l'horreur de Madame pour toute intimité physique avec son mari.

Elle ne chercha aucune consolation charnelle au désert amoureux de son mariage et au contraire de son mari, son attitude face au devoir conjugal lui parut un péché qu'elle confessa un temps, mais sans obtenir de réponses et de solutions.

Madame était malheureuse et mal aimée. Son honnêteté était scrupuleuse, son exigence tatillonne. Elle était vue comme méchante.

Ses enfants grands lui devenaient déjà plus étrangers : son fils Antoine avait décidé de se destiner au métier de négociant dans des provinces, puis dans des pays lointains. Il avait vite compris que ses quartiers de noblesse à la fois trop récents (par son père) et inexistants (par sa mère) ne lui permettaient d'espérer une carrière militaire seulement honorable qu'au prix de faits d'armes extraordinaires et après avoir mis sa vie cent fois en danger. Ce n'était pas son tempérament.

Sa fille Émilie était dans un couvent, avant de trouver un mari. Son éducation auprès de jeunes filles éthérées assurée par des sœurs très dévotes l'avait éloignée de sa mère. Cette dernière ne voyait pas cette jeune fille trop citadine, tenir comme elle, ses domaines d'une main de fer.

Madame Audenay se sentait terriblement seule. Elle trouvait une consolation dans la nourriture ; elle mangeait trop de plats en sauce et surtout de sucreries, pâtisseries et autres confitures, ce qui gâchait ses dents et son estomac. Pourtant, manger ne lui donnait aucun plaisir : plus elle mangeait, moins elle était rassasiée et chaque dernière bouchée accroissait encore son appétit. Elle se trouvait ainsi toujours lourde et fatiguée. Elle se sentait aussi épiée et savait qu'elle était haïe et ne faisait rien pour qu'autour d'elle les gens changent d'avis sur sa personne.

Elle avait son franc-parler, ne faisait pas de compliments, houspillait ses domestiques, était peu généreuse avec les pauvres qu'elle n'avait pas peur de traiter d'oisifs et de fainéants. Peu dévote, elle faisait le minimum requis et notamment, malgré les critiques du curé, s'en tenait à ne recevoir qu'une fois par an le sacrement de pénitence. Au confessionnal, elle parlait trop fort, ne montrait guère d'humilité ou de repentance, s'estimant moins pécheresse que victime de l'infidélité et de l'incompréhension de son mari, du manque de reconnaissance de ses enfants, de l'ingratitude de ses servantes et autres métayers qui cherchaient tous les moyens de la voler et de la tromper.

Elle était restée fermière dans ses veines et était sans cesse sur la brèche. Son mari lui avait délégué la gestion quotidienne des fermes et de la maison. Elle savait y faire et défendait ses intérêts avec une opiniâtreté et une violence dont il ne se croyait pas capable. En deux mots elle faisait le sale travail, en intendant peu aimable, mais fidèle et intéressé à la réussite du ménage. Elle lui laissait ainsi le loisir de réfléchir à des affaires de plus long cours et de s'adonner à ses études et à sa correspondance.

Audenay la voyait porter l'énorme trousseau de clés de la propriété avec plus d'admiration que d'amusement. Elle détenait toutes les clés, à l'exception de la clé de son cabinet et de la grande armoire qui abritait ses principaux livres, ses flacons et sa pharmacie. Lui seul en savait le contenu et l'usage. Cette cachotterie exaspérait Madame Audenay qui s'était persuadée que l'énorme armoire dissimulait un passage vers quelque cave oubliée de l'ancien château. Quand son mari s'enfermait au verrou à l'intérieur de son cabinet, elle l'imaginait s'introduire dans quelque réduit et accéder à un laboratoire secret pour s'adonner à des expériences peu avouables ou alors, en avare invétéré, pour aller contempler les richesses en pièces d'or qu'elle, Madame Audenay, lui avait apportées en dot et qu'elle s'échinait à faire fructifier, mais dont il lui refusait la vue même.

Emilie, la fille de ce couple peu uni, revenait chaque année de son collège d'Issoudun heureuse de retrouver la liberté des paysages, l'air de la campagne, l'affection respectueuse des vieux domestiques qui l'avaient toujours gâtée et d'autant plus qu'ils n'aimaient pas la mère. Sa présence pour eux était une sorte d'apaisement et de consolation, et aussi l'espérance d'avoir plus tard une maîtresse plus douce et plus humaine.

Elle commençait à comprendre l'éloignement entre son père et sa mère. Elle souffrait de la hargne de sa mère. Elle trouvait aussi son père trop gentil et trop compréhensif. Peu à peu elle commençait à deviner chez lui un manque de courage, pensée qu'elle s'interdisait. Elle s'énervait qu'il ne paraisse jamais la prendre au sérieux.

Son éducation très chrétienne et très surveillée ne lui donnait aucune idée de la vie réelle et sa vision de la société était bornée par la famille, les convenances et la religion. Ces trois piliers de sa vie se déclinant à travers les mots : obéissance et pureté.

Obéissance à ses parents, d'abord son père, plus tard son mari. Obéissance à l'ordre : les domestiques obéissent à leurs maîtres, les paysans travaillent pour le seigneur. Parmi les seigneurs, certains sont plus grands que d'autres. Enfin obéissance à Dieu et à son représentant sur la terre, le roi.

Pureté : un mot qui revient sans cesse sans véritable définition, expliqué par les exemples édifiants des vierges martyres de la « Légende Dorée », une base des lectures imposées dès le plus jeune âge par les bonnes sœurs. Et cela même si, paradoxe, les bonnes sœurs disaient préparer leurs élèves à un beau mariage chrétien et à la maternité. Pour ces enfants, l'idéal de pureté devient mystérieux et inaccessible. Les filles restent parfaitement ignorantes et ne cherchent pas à pécher, y compris en esprit : l'impureté, le contraire de la pureté ne peut alors être que plus abstraite encore. Jusqu'à un certain âge !

Pour ce qui est de la religion, une connaissance sommaire des Écritures, une messe chaque jour et un contrôle efficace de ses pensées et de sa conscience par un confesseur paisible et honnête. Des lectures sages. Une jeune et parfaite chrétienne.

Largement coupée du monde et ayant pour compagnes des petites comme elles, souvent encore plus niaises, le risque était pour elle de tomber éperdument amoureuse du premier bellâtre qui l'enlèverait et l'engrosserait ou alors de s'abandonner pour la vie au Christ dénudé et en Croix. Ses retours périodiques auprès de ses parents et de sa campagne étaient un moyen de reprendre contact avec la réalité des étables et des chemins creux, des fêtes et des drames locaux.

Les retours à Sermelles rééquilibraient donc Emilie. Si elle ne rejetait nullement l'enseignement prodigué à Issoudun, elle savait en faire la part. Elle était ravissante, le regard droit et intelligent, une belle silhouette. Fraîche, franche et joyeuse. Des formes modestement mises en valeur, des toilettes soignées sans audace ni afféterie.

Une fille sans histoire, attachante, qui savait rougir quand un homme la regardait trop fixement, toutefois sans cette timidité de la femme qui a trop peur des hommes et qui la rend hostile, inquiétante ou triste. L'homme, elle l'avait compris, faisait partie du cours de sa vie et il faudrait un jour arriver à le choisir avant qu'on le choisisse pour elle. En effet, derrière son caractère poli et apparemment soumis, malgré son éducation lamentable propre à préparer une fille à une vie de société légère (danse, toilettes, musique, langage galant) ou à un couvent (prières, prônes, ascèse, vertu) Emilie avait une idée précise de ce qu'elle ne voulait pas, mais, bien entendu, dans le cadre fixé par les règles.

Sa mère avait sans doute joué un rôle dans son approche de la vie : du bon sens, sans illusion ni vraie ambition personnelle. Son frère aîné aussi : quand ils se revoyaient, après les effusions et les embrassades, ils pouvaient rester des heures à discuter ensemble. Antoine complétait alors partiellement l'éducation d'Emilie.

La Pierrette et ses trois filles

Pierrette avait dix ans quand Audenay Père l'avait trouvée terrorisée, sous la bassie de la locature de Fontaire.

Tout de suite après elle fut placée auprès d'un brave paysan des environs de Mareuil, dont l'épouse se trouvait également être sage-femme, comme Denise. Quelques années après, elle fut mariée à leur fils. Il s'était épris d'elle, lui avait fait un enfant avant de réfléchir. Le père était strict, le garçon honnête, le curé efficace. On ne laissa pas Pierrette fille-mère.

Pierrette était une bonne affaire : belle, douce, discrète, obéissante et travailleuse. Elle eut trois filles. Marie s'employa comme servante du curé de Mareuil et resta vieille fille. Jeanne trop tôt veuve, sans enfant, était sage-femme. La plus jeune, une autre Denise, comme sa grand-mère, fut mariée à Mauduit, un laboureur de Saint-Baudel, qui cultivait une métairie près du domaine de la Vève.

Pierrette n'avait, semble-t-il, gardé aucun souvenir de la fin tragique de sa mère et de sa petite sœur disparue. En tout cas elle n'en parla jamais à ses parents adoptifs ni plus tard à son mari. Par pudeur, par gêne, ou par hasard parce que l'occasion ne se présenta pas, ceux-là ne cherchèrent pas non plus à aborder le sujet avec elle.

En vérité elle gardait toujours secrètement en mémoire l'horreur de l'assassinat de sa mère et de l'incendie de la ferme. L'instinct de conservation la poussa à tout faire pour ne pas se faire remarquer, ne pas se démarquer des autres. Elle chercha toujours à rester cette paysanne invisible au milieu du paysage campagnard. Elle refusa de succéder à sa mère adoptive dans sa pratique de sage-femme en invoquant mille prétextes fallacieux. La vraie raison cachée, était que cela aurait rappelé l'activité de sa propre mère et en même temps l'aurait mise en avant dans la communauté des femmes. Jamais elle ne parla de ses parents à ses enfants, ce qui fit d'ailleurs qu'elle n'eut aucun argument pour empêcher Jeanne, elle, d'exercer l'activité de sa grand-mère.

Ses trois enfants furent élevés parmi les garnements de la campagne, allèrent scrupuleusement suivre les offices, les sacrements et le catéchisme.

Cet instinct de conservation qui guidait la vie de la Pierrette lui ordonnait de se dissoudre dans ces familles immortelles attachées à la terre de Mareuil. Par son mari, elle était liée à toutes les autres familles du bourg et des métairies avoisinantes. Sa silhouette, son visage, la physionomie de ses enfants se retrouvaient reproduits en dégradé chez les autres villageois. Dans le champ de blé de sa communauté, Pierrette avait tout fait pour que ses trois filles poussent comme des épis et surtout pas comme des ivraies, des coquelicots ou des bleuets.

Dans le bourg, les trois sœurs avaient, comme tous leurs autres camarades, participé aux moqueries à l'égard des enfants trouvés ou adoptés et plus généralement de tous les nouveaux arrivants, tous ceux qui par un nez un peu voyant, une verrue mal placée ou une infirmité, ne correspondaient pas au modèle villageois. Pierrette ne faisait alors aucun reproche à ses filles, considérant inconsciemment que participer à ces jeux cruels était aussi une marque d'assimilation. Là aussi, inutile de se distinguer par une attitude de donneuse de leçons.

Personne ne faisait jamais devant elle une quelconque allusion à la journée de colère. Les villageois avaient oublié et voulaient oublier, du moins en public, leurs souvenirs lamentables. Pierrette, dans son for intérieur, était certaine que cette monstruosité ne s'oubliait pas. Elle se persuadait que certains regards croisés impassibles ou certaines paroles anodines avaient une signification cachée concernant l'incendie de sa maison et le meurtre de sa mère. Elle vivait en permanence avec à fleur de peau, l'angoisse du danger, de l'hostilité sourde de ses voisins et de la fausseté de leurs sentiments. Son instinct de survie se changeait alors, comme un poison, en sentiment de culpabilité et même en honte. Le seul remède étant encore de se fondre toujours davantage dans la population, quitte à déchoir dans la médiocrité en abandonnant sa vraie personnalité, sa singularité, sa valeur propre.

Et pourtant les deux filles aînées, Jeanne et Marie, malgré les conseils de leur mère, se distinguaient au sein du village.

Femme discrète et travailleuse, Marie récurait l'église de fond en comble chaque mois. Elle assurait le blanchiment et le repassage des vêtements et linges sacerdotaux. Elle faisait la cuisine du curé et plus généralement tenait le ménage de la cure.

Elle avait commencé son office en étant certainement fort loin de l'âge canonique requis par le Rituel. À la longue, on ne fit plus attention à cette femme qui se confondait avec les dalles ou les stalles du maître autel et les tomettes du presbytère qu'elle astiquait avec ferveur. Même au cabaret, les mauvaises langues s'étaient tues sur ce sujet.

Elle veillait et attendait le curé quand, appelé pour donner les derniers sacrements au milieu de la nuit dans un hameau éloigné, il revenait épuisé au petit matin. Elle lui servait alors une soupe chaude devant un feu généreux qui lui rendait le moral, avant d'aller se coucher quelques heures. Elle préparait des plats simples. Une bonne viande accommodée avec des légumes frais. Dans la dure vie de son maître, sa cuisine était un réconfort, presque une gourmandise.

Cette excellente femme s'était proposé de se substituer au diacre tombé malade pour effectuer certaines tâches ancillaires réservées aux hommes d'Église. Elle s'était tellement bien acquittée de cette mission que le diacre encore convalescent avait obtenu qu'elle continue à exercer ces travaux très matériels pour, disait-il, mieux s'occuper du spirituel ; on avait oublié, ou fait semblant d'oublier les règles.

C'était donc Marie qui nettoyait les vêtements sacerdotaux : amict[17], ceinture, manipule[18], étole, chasuble, aube, tunique et dalmatique[19], surplis, chape, voiles, devants et parements d'autel.

Les années passant, le curé en était venu à lui confier le nettoyage du linge lié aux sacrements comme la mise au rebut des étoupes servant à l'application des saintes huiles, des linges usés... etc. Une situation irrégulière, car le Rituel prévoit, avec précision, les dispositions pour se débarrasser des ornements, linges, vêtements, et toutes choses bénites qui, à un moment ont côtoyé le sacré, et plus tard, ont perdu

17 - Rectangle de toile fine que le clerc passe autour du cou avant de revêtir l'aube.

18 - Bande d'étoffe que porte à l'avant-bras gauche le prêtre pour la célébration de la messe.

19 - Chasuble réservée aux diacres.

leur bénédiction et ne peuvent plus servir : un homme d'Église, en personne, doit les brûler et en jeter la cendre dans la piscine (un bassin réservé à cet effet) ou les renfermer dans quelque concavité des murs ou sous le pavé de l'Église, en un lieu où personne ne passe. Marie progressivement avait pris en charge la responsabilité de la destruction de ces objets. Elle libérait le curé de tâches fastidieuses, lui permettant de mieux assurer, au sein de la population croissante de la paroisse, les missions relevant du cœur de son apostolat comme les confessions ou les visites aux familles. Mais là encore, en contrevenant aux prescriptions.

Jeanne, la sœur de Marie, avait appris son métier de sage-femme auprès de sa grand-mère adoptive. Aider les femmes en couche, voilà un métier de femme, un métier d'expérience et de savoir. Un métier de bonne chrétienne et de vertu. Savoir prodiguer l'ondoiement aux nouveau-nés moribonds, appeler le curé dès que la mère paraît en danger, faire appel aussi le cas échéant au médecin voire, dans les décisions désespérées, au chirurgien, s'il faut découper l'enfant mort dans le sein de sa mère.

La sage-femme traite la matière la plus délicate, la plus sainte : le nouveau-né qui vagit. La sage-femme côtoie la douleur atroce de l'enfantement (« tu enfanteras dans la douleur ») à laquelle succèdent ou la joie la plus intense ou l'immense peine du deuil. Toujours en relation étroite avec le curé : les jeunes ouailles doivent être baptisées au plus vite après la naissance. Surtout ne pas laisser ces âmes sans tache abandonnées dans le désert. On ne prend pas de risque, ou la punition peut être terrible ! Le nourrisson mort non baptisé est enterré hors le cimetière, hors la terre chrétienne et si sa mère meurt aussi, le corps de son enfant non baptisé ne sera pas inhumé avec elle.

Au-delà de son rôle d'auxiliaire médicale et sacramentelle, la sage-femme est aussi une confidente ; elle doit faire preuve de tact et de discrétion dans des secrets de femmes qui se confient plus facilement à elle qu'au curé. Elle doit rester prudente face aux folles hystériques prêtes à raconter n'importe quoi.

Au sein de la communauté, Jeanne était appréciée pour ses deux rôles. Elle avait aussi la pleine confiance du curé.

Denise était la benjamine des trois. Courageuse, intelligente, femme de caractère. Elle avait été tôt mariée au Mauduit, un grand gaillard travailleur lui aussi, mais pas très malin. Elle savait s'y prendre pour lui laisser l'impression d'être le chef et, tout en sauvegardant les apparences, c'est elle qui commandait. Elle avait rapidement eu la Solange et un nouveau Petit-Mauduit, et puis plus rien que des fausses couches. Certes, une tristesse les fausses couches, mais enfin pas le chagrin enduré par la perte de petits anges plus âgés. Pour ceux-là que l'on a pris le temps de nourrir, d'aimer, qui ont commencé à prendre leur place dans la famille, que l'on avait vus jouer et rire, que l'on a soignés et consolés, quel déchirement !

En attendant, avoir moins d'enfants présentait aussi de petites consolations et le Mauduit ne lui en voulait pas : la Mauduite pouvait se vendre comme nourrice. Sa parenté avec Jeanne et Marie constituait une référence et lui permettait d'être choisie par des mères de bonne condition et payant bien. La Mauduite apportait ainsi une certaine prospérité à son ménage, accompagnée d'aigreurs de voisins moins heureux, à la grande inquiétude de la Pierrette.

Le destin de Geneviève — Sa fille Anne — Naissance de Jean et Solange

La vieille Mouillebec n'était pas morte brûlée avec Denise. Elle n'était pas dans la maison à l'arrivée de la foule des ivrognes venus faire un mauvais sort à la Denise ; elle s'était enfuie avec Geneviève à Beauvoir.

Beauvoir : un village ou plutôt un hameau situé en lisière de la grande forêt de Chœur. Un lieu de mauvaise réputation et de dangereuses fréquentations, en tout cas, selon les habitants des villages alentour. Ils n'ont pas tort. Des familles sans terres, le refuge des laissés-pour-compte, des plus pauvres des pauvres, des réprouvés et des rejetés. Un hameau souvent déserté par ses hommes partis charbonner le jour, en maraude la nuit.

Charbonner, c'est fabriquer du charbon de bois en montant des pyramides de bûches de bois vert. On bourre le milieu de petit bois sec et après avoir tout recouvert de terre, on y met le feu. Au bout de trois jours, au moment voulu, on arrête la combustion en bouchant toutes les cheminées et on obtient le charbon de bois. Un métier dur où la perspective est de mourir boucané, en crachant le sang mêlé du goudron des fumées malsaines du charbon de bois. Les charbonniers dorment à même le sol dans des huttes éphémères dont les murs sont de branchages et le toit couvert de fougères. Un métier où il faut tricher pour subsister : élargir la zone de collecte du bois définie par le propriétaire, couper des arbres non autorisés, mêler du bois blanc de qualité inférieure au chêne ou au hêtre.

La maraude, si ce n'est pas le brigandage, c'est le passage nocturne en contrebande des sacs de sel des pays de petite gabelle vers les pays de grande gabelle comme le Berry, là où le sel est le plus taxé. Les transporteurs n'empochent pas la majeure partie de la marge, mais ils auront un salaire. Les faux-sauniers risquent gros s'ils sont pris : marquage au fer rouge et galères. Pendaison, s'il y a résistance à l'ordre public ou récidive. Punitions peu dissuasives ! Les travaux forcés sont-ils beaucoup plus durs que la vie libre du charbonnier ? Ne connaissent-ils pas tous au moins une fois par an des douleurs aussi intenses et plus longues que la morsure du fer rougi ? Ne se savent-ils pas déjà condamnés à mourir jeunes ?

Le risque de la potence est-il une raison de ne pas se défendre ? Au contraire, le châtiment incite à la violence extrême et à tuer pour ne pas laisser de témoins. Évidemment, le galérien ou le condamné à mort laisse une famille sans aucun soutien. À Beauvoir, elle rejoindra des veuves et des orphelins dont les maris ou les pères sont morts de maladie ou d'accident. Comme eux, ils vivront à la frontière de la déchéance et de la disette. Et puis, la communauté de ces brutes n'est pas sans solidarité : on sait partager la misère !

La vie des femmes et des filles est très dure. Outre les tâches quotidiennes au hameau, elles sont chargées d'apporter eau et ravitaillement au camp des charbonniers, souvent éloigné d'une source. Comme toutes les pauvresses, elles sarclent au printemps, glanent en été, cultivent des jardins, collectent le bois mort à l'automne et en hiver. Il leur arrive de mendier aussi.

Seul compte le rapport de force : on cède ou l'on s'enfuit devant plus costaud, et l'on s'approprie ce qu'un plus faible ne peut défendre. Il y a un chef à cette communauté, qui n'est pas forcément le plus intelligent, mais il est musclé et sait se servir d'un couteau ou d'un bâton. La vieille n'était pas allée à Beauvoir par hasard : elle savait que le chef de la communauté était un Mouillebec, et donc apparenté à son mari ; sans aucun doute il protégerait sa cousine.

À Beauvoir on accueille des huguenots de passage, des êtres étranges parlant des langues inconnues, des cheminots allant de foire en foire et ne pouvant décliner leur identité. On est rassuré de savoir le curé loin, à Mareuil, et l'on se méfie quand il fait ses rares visites au hameau, même si on lui rend tout le respect auquel il pense avoir droit. Si le clergé est vu comme le représentant d'une instance supérieure, il n'est pas certain qu'on ne lui préfère pas le sorcier qui peut être plus effrayant, à défaut d'être plus efficace. On pratique une sorte d'animisme débridé avec des signes de croix.

Dans la grande forêt de Chœur, même si le camp de charbonniers change de place au gré des emplacements où le bois se trouve disponible, tous ces gens sans aveu, peu ou pas chrétiens, errants, craints et haïs des villageois et des paysans, guidés par un sens mystérieux parviennent à se trouver les uns les autres.

On y voit passer des roulottes tirées par des ânes. Également des femmes courbées sous des charges monstrueuses font office de bêtes de somme : leurs maisons sont sur leur dos comme les escargots, riait-on. La misère attire la misère et ces gens à la peau tannée et comme cuivrée se retrouvaient plus facilement à l'écart des routes dans la forêt, qu'à proximité de Mareuil.

Ces gens-là font peur, et le garde-chasse ne se risquera pas à tenter d'attraper un charbonnier qui serait surpris à braconner à proximité de son camp. Audenay de son côté a négocié la tranquillité de ses bois en payant au chef de la communauté une sorte de petite redevance. Il n'était pas rassuré le jour où il avait topé avec Mouillebec pour déterminer la manière dont le charbon serait exploité dans la partie de la forêt qui lui appartenait.

À l'étranger qui veut dormir au camp, on ne demande rien et il n'a rien à craindre pour la nuit. Apporter une bouteille de vin ou d'eau-de-vie pour égayer la soirée lui garantit l'invitation au repas du soir.

Si les charbonniers de Beauvoir inquiètent, ils restent toutefois tolérés ou plutôt largement ignorés des villages alentour : c'est un moindre mal de savoir la misère la plus abjecte concentrée à l'écart des autres collectivités. Dès lors que ses habitants ne commettent pas d'infractions trop graves de manière trop voyante, que ses hôtes indésirables repartent le lendemain de leur arrivée, on préfère ne pas avoir à connaître les trafics du hameau.

Geneviève partagea la vie des enfants des charbonniers, sous la protection de la vieille.

À quatorze ans, elle rencontra un homme de passage ; c'était un étranger au curieux accent et aux yeux verts étonnants avec un grain de beauté dans le blanc de son œil gauche ; ses cheveux étaient longs et crépus et rouges comme le feu. Il avait amené sur ses épaules un faux-saunier du camp blessé par un gabelou. Il resta trois mois à Beauvoir, car il était tombé malade. Il refusait en souriant de manger de la viande (heureusement il n'y en avait pas souvent). On n'était pas sûr de la prononciation de son nom, et il se faisait appeler Moché ou Macho.

La nuit était douce ; on était au mois d'août ; le ciel était plein de petites lucioles immobiles qui scintillaient ; des étoiles filantes striaient le ciel et donnaient à l'obscurité une signification mystérieuse. Geneviève connut dans la magie de cette nuit-là son premier et dernier émoi amoureux ; au mois de mai suivant, elle mourut en couches d'une petite fille. L'enfant fut baptisé Anne. L'homme, une fois guéri, était reparti et on ne l'avait jamais revu. Sur le registre des naissances, son nom de père présumé avait été écrit Macheau et était désigné comme « Juif originaire dit-on d'Avignon ».

Anne fut à son tour élevée par la vieille, toujours à Beauvoir. Elle alla au catéchisme et même à la messe à Mareuil. La vieille avait oublié sa crainte des habitants de Mareuil : Anne avait absolument besoin de gagner tous ses galons de bonne catholique apostolique, et peut-être également, pensait-elle, Beauvoir n'était pas le lieu idéal pour une jeune fille. Plus tard elle pourrait s'établir ailleurs. Peine perdue, Anne préféra toujours la vie des charbonniers aux paysans ; à vingt ans, elle avait deux enfants — Jean et Solange — d'un charbonnier de Beauvoir, un Mouillebec. Jean avait les cheveux rouges comme le feu et Solange les yeux d'un profond vert clair avec une tache dans le blanc de l'œil gauche. Avant que le cadet Jean atteigne l'âge de trois ans, leurs deux parents moururent de la variole.

Une fois encore, la vieille se chargea des petits. Elle assurait aussi les accouchements au hameau comme dans certaines métairies éloignées de Mareuil. Quand on la voyait, on prétendait qu'elle était centenaire, mais elle trottait encore sur les chemins accompagnée de la petite Solange ; dans les chaumières ses mains si maigres étaient encore assez habiles pour aider à accompagner la naissance de la vie.

Elle vendait aussi des remèdes, des philtres, des herbes à porter en colliers, à la ceinture dans les vêtements, des cendres d'animaux. Elle connaissait les temps pour cueillir, les formules à employer, car elle avait étudié, disait-elle, le Grand Albert.

Face à ceux qui l'accusaient d'être une sorcière, elle haussait les épaules : « Je n'ai pas besoin d'invoquer le diable ! Les saints sont bien suffisants ! » S'ils n'étaient pas convaincus, ils avaient envie de la croire quand elle parlait de l'herbe de Vénus : celui qui portera cette verveine sera amoureux, si c'est un enfant, il sera élevé, instruit et jovial (à condition que la cueillette soit faite du 23e au 30e jour de la lune en commençant par Mercure). La plante elle-même est bénéfique à la maison, la terre ou la vigne où elle pousse.

Quand on lui disait de se méfier et qu'elle parlait trop fort, elle disait qu'elle avait été protégée toute sa vie, car elle portait depuis toujours l'œil droit d'un loup dans sa manche gauche.

Une réception à Aubigny-sur-Nère chez le duc de Richmond

C'est par une journée estivale que Charost et Audenay se rendirent à Aubigny. Audenay ne s'était pas fâché avec Charost et continuait à régir ses domaines dans la région de Mareuil. Ils étaient accompagnés de leurs épouses respectives. Émilie et un neveu de Charost, en route pour son régiment, étaient également du voyage.

— Vous allez faire la connaissance du duc de Richmond, dit Charost, un hôte délicieux et haut en couleur ; il est petit-fils du roi d'Angleterre Charles II ; certes, un bâtard adultérin, mais royal. Sa grand-mère, Louise de Kervalle, favorite du roi, avait été en même temps un agent de feu Sa Majesté Louis le Grand. Elle était, dit-on, d'une beauté comparable à la Montespan et son visage d'enfant l'a fait aimer jusqu'à la mort de son amant. Ce dernier certes peu fidèle lui est invariablement revenu et l'on peut dire que cette femme a toujours su le subjuguer. Elle a été assez intelligente pour ne pas se fâcher avec la reine Catherine de Bragrance dont elle était dame de compagnie. Les relations intimes entre les amants restaient discrètes. Aussi pas d'humiliation, pas de jalousie et par voie de conséquence,

> pas de hurlements et pas de haine. Louise réussit à convaincre Charles II d'abjurer le protestantisme. Elle en fut largement récompensée par Louis XIV : il lui a donné ce château d'Aubigny, d'ailleurs ancienne possession des Stuart, qu'il a élevé en duché-pairie. Comblée de rentes et de cadeaux, à la fois en Angleterre et en France, cette femme était pourtant si prodigue qu'elle serait morte ruinée, si le Régent ne lui avait consenti une confortable rente à la fin de sa vie. Elle est morte il y a peu, elle avait quatre-vingt-cinq ans. Évidemment son visage poupon, si charmant au temps de sa splendeur, avait un peu souffert avec l'âge, mais quelle vie ! Quelle femme c'était !

Le temps était magnifique ; après avoir franchi la porte du parc, ils furent éblouis par la double image du château dont les tours se reflétaient sur l'eau de l'étang qui le bordait.

— Monsieur le Duc, merci de nous accueillir dans votre superbe demeure !
— Tout le plaisir est pour moi, merci à vous Charost, et vous, délicieuse duchesse, d'avoir fait tout ce chemin pour me voir.
— Merci également au comte de Sermelles et à sa charmante épouse de vous accompagner.

Madame Audenay, qui avait abandonné avec regret ses poules et sa laiterie ne put s'empêcher de grimacer. Son mari, effrayé, avait obtenu d'elle qu'elle renonce à porter sur elle son volumineux et bruyant trousseau de clés en revanche il n'avait pu la résoudre à ne pas l'emporter dans ses malles. Seules les clés les plus essentielles à la marche de la maison en avaient été extraites et confiées à une servante de confiance, ou plutôt à celle dont elle se défiait le moins.

Elle se sentait mal à l'aise dans cette société de gens précieux dont elle ignorait les rites. Ses vêtements, sa contenance trahissaient ses origines. Audenay, qui savait combien la reconnaissance de sa noblesse récente était déjà fragile vis-à-vis des autres convives, ne pouvait s'empêcher de se trouver honteux de sa femme. Elle se réfugia dans un silence et un maintien qui passaient pour un détachement fort digne. En cela l'assistance ne chercha aucunement à la contrarier et elle rassurait son mari. Surtout que Madame Audenay reste à sa place !

Elle s'impatientait de ces visites ennuyeuses et coûteuses. Elle ruminait : pendant son absence, ses servantes se dissipaient, la laiterie n'était plus correctement nettoyée et l'on allait gâter le fromage.

Ils entrèrent dans le château. Au salon, d'autres convives attendaient.

— Je vous présente Monsieur Ramsay, gentilhomme irlandais : il nous instruira ce soir d'un sujet qui je l'espère vous intéressera : la reconstruction du Temple de Salomon.

Ramsay s'esclaffa, les autres invités se regardèrent incrédules. L'œil malicieux, Richmond poursuivit les présentations.

— Monsieur le Duc d'Epernon et Madame. Monseigneur Roye de La Rochefoucauld nous a fait également l'honneur de s'arrêter en route vers son évêché. Monsieur Désangliers, un pasteur anglican un peu en rupture de ban, ajouta-t-il en souriant à ce dernier un peu mystérieusement.

Puis se tournant vers un autre invité :

— Monsieur de la Brède de Montesquieu, ancien Président du Parlement de Bordeaux. Il est membre de l'Académie Française. J'ai eu le bonheur de le rencontrer lors de son séjour en Angleterre, il y a cinq ans.

— Monsieur le Duc, je vous remercie de cette invitation idéale comme étape dans mon voyage à la Brède. Et je suis charmé de vous revoir, Ramsay ; nous avons déjà échangé au Club de l'Entresol il y a quelques années avec l'abbé Allary et d'Argenson. Avez-vous des nouvelles de ces derniers ?

Audenay était ébloui et très excité. Charost lui avait fait très plaisir en l'associant à cette invitation, au demeurant il ne savait pas qu'il rencontrerait là des personnages aussi illustres. Charost voulait-il se faire pardonner ? Le récompenser, lui Audenay, de la bonne gestion de son patrimoine berrichon ? À vrai dire, jusqu'à présent, les convives ne l'avaient pas regardé comme s'ils l'avaient déjà jaugé et jugé immédiatement de race inférieure. Il se lança plein d'audace, avec une voix un peu précipitée.

— Je connais bien les frères d'Argenson, nous étions ensemble élèves au collège Louis le Grand, se risqua Audenay tout fier.

J'ai reçu dernièrement une lettre du marquis, l'aîné, c'est de lui dont vous parlez, je suppose. Il a été récemment élu à l'Académie des inscriptions et belles lettres. Il continue à étudier et à écrire, mais il aimerait se voir confier des missions en lien avec les connaissances qu'il a acquises justement au Club de l'Entresol. Il regrette vivement que Fleury n'ait plus souhaité la poursuite de ces réunions. L'abbé Allary a apparemment été trop bavard et n'a pas su rester à sa place !

Tous les visages se tournèrent vers lui. Il rêvait toujours de se faire admettre par ce milieu de gens plus nobles, plus importants que lui. Il se sentit content d'avoir montré en quelques mots que, de sa campagne, il restait en contact avec des personnes de qualité et était au courant des évènements à la Cour. A sa grande déception, personne ne lui demanda des précisions sur ces lettres d'Argenson. Il aurait aussi voulu parler de Voltaire et il se jura qu'il aurait l'occasion de mentionner qu'il le connaissait également.

Charost s'adressa à Montesquieu.

— J'ai beaucoup apprécié vos « Lettres Persanes ». Ce livre est léger et bien troussé.

— Car vous trouvez les « Lettres Persanes » un ouvrage léger ? interrompit Richmond. Relisez-le : la description des dissipations du harem d'Usbek est un plaidoyer féroce contre le despotisme et le fonctionnement de vos institutions. Je me suis toujours demandé pourquoi il n'avait pas été interdit et même brûlé !

Richmond poursuivit :

— Notre ami vient de publier un nouvel ouvrage sur les Romains, leur grandeur et leur décadence. Je viens de le terminer et si certains d'entre vous sont intéressés, il est à votre disposition : je l'ai posé sur la desserte. Aucun risque que celui-là vous le trouviez léger ! C'est un livre d'histoire et de philosophie, et de droit aussi : il montre comment le régime de Rome s'est perdu par son agrandissement même, et par l'incapacité de ses institutions à se corriger.

Sur d'autres sujets, je vous rassure, notre très sérieux ami Montesquieu sait montrer un visage plus souriant et plus frivole.

Le « Temple de Gnide » est un délicieux petit poème en prose. Voilà des pages aux couleurs joyeuses et fraîches, évocatrices d'amours adolescentes au pays du Temple de Vénus. J'espère que Monseigneur l'Archevêque voudra bien me pardonner !

Le visage de Richmond se tourna vers La Rochefoucauld. Son sourire un peu contrit était contredit par un œil tout à fait polisson.

— Les feuillets de cette œuvre charmante sont aussi à la disposition de ceux qui préfèrent la bagatelle à l'étude.

Montesquieu ne dit mot, semblant préoccupé d'être ainsi mis en avant par Richmond. Parmi tous ces convives qu'Audenay découvrait, c'était celui qui semblait le plus raide, le moins plaisant.

Epernon fut également présenté : pair de France, petit-fils du duc d'Antin, lui-même fils de la Montespan.

Richmond qui semblait passablement ivre en cette fin de matinée, ajouta dans un grand éclat de rire, « Le seul enfant de Madame de Montespan qui soit de son mari, ou en tout cas pas de Louis XIV ! ».

Epernon rit plus fort que les autres (d'ailleurs un peu gênés) ; il ne se formalisait plus depuis longtemps de ces saillies en matière de bâtardise. Venant de Richmond qui savait de quoi il parlait, cela ne portait pas à conséquence. Et à vrai dire son aïeul, le duc d'Antin n'avait jamais eu à se plaindre de celui qui avait fait cocu son père naturel. Louis XIV s'était comporté comme un père avec lui, longtemps même après que la faveur de sa mère se fut évanouie.

On passa bientôt à table.

— Quel délice, ces poissons ! et quelle simplicité dans leur apprêt !

— Les anguilles et le brochet ont été pêchés ce matin dans la Nère ; une sauce lourde et épicée conviendrait pour des chairs moins fraîches et plus odorantes. Ici, le beurre et le citron suffisent et rehaussent la finesse du goût. Voilà un plat frugal ! Il s'accorde bien avec un jour maigre.

— Frugalité et gourmandise : avec un plat comme celui-là, le Carême devient jour de fête et le jeûne une réjouissance pour les papilles. Mais est-ce bien cela Monseigneur, l'esprit d'ascèse et de pénitence ?

— La consolation de ce brochet est de se marier avec ce Quincy !

— Oui, une belle histoire d'amour !

— Un bon vin frais et franc. Foi de Richmond, ce vin me réchauffe moins que de vous savoir près de moi !

Richmond en buvait de grandes lampées, paraissant toujours assoiffé ; cela ne semblait avoir d'autres effets sur lui que rendre son teint couperosé encore plus vermeil et le fond de son œil un peu plus rouge.

— Buvons ensemble à l'amitié, à la campagne et au bonheur de notre réunion ! Félicitons-nous de la présence de Ramsay et de Désangliers. Ah pardon ! j'espère que ce grand Belzébuth ne vous fâche pas Monseigneur. Désangliers est un fort honnête homme.
Il faut avouer que la révocation de l'Édit de Nantes n'a pas grandi le règne glorieux de votre feu roi. Elle a ruiné des familles honnêtes, en a divisé d'autres, appauvri le royaume en chassant certains de vos meilleurs artisans et des plus fidèles serviteurs de l'État. Un million d'exilés ont enrichi et renforcé les pays du Nord, vos ennemis. Un beau résultat pour faire plaisir à un parti vendu à l'étranger et au pape !

Audenay resta coi devant cette déclaration. Il se tourna vers son voisin, curieux de sa réaction : Jérôme Roy de La Rochefoucauld, archevêque de Bourges, faisait semblant de regarder négligemment le portrait de Madame de Kervalle qui trônait dans la salle à manger du château. Richmond insista :

— Un gâchis et un fanatisme qui n'ont rien de divin. La religion est compliquée par l'imagination d'hommes mus par de basses passions d'hommes. Le Christ cloué sur la Croix n'avait pas en tête les interprétations infinies et les gloses à l'origine de toutes ces controverses et disputes mesquines. Il aurait même été furieux d'apprendre qu'en son nom, on avait refusé les derniers sacrements à de bons chrétiens sous prétexte qu'ils avaient refusé d'abjurer de prétendues erreurs, des erreurs tout à fait secondaires par rapport à son discours essentiel de miséricorde et d'amour.

— Je connais trop votre attachement à la foi catholique, Richmond, pour m'offusquer de vos idées. Sous votre toit, vous pouvez tout dire, je suis sourd, quant à vos hôtes, poursuivit l'archevêque, vous êtes chez vous et, à votre table, je dînerais avec un mahométan ou un hébreu. Je connais et j'apprécie par ailleurs la valeur de Désangliers. Il ne tentera pas de me convertir et même s'il essayait, je doute qu'il y parvienne !

Ces paroles de Mgr de La Rochefoucauld firent rire l'assemblée. Audenay était décontenancé et inquiet de la présence insolite de personnages aussi différents et, surtout, de leurs échanges très libres. Il fut soulagé de la réaction du prélat.

— En vérité, je suis bon catholique et crois rester bon catholique en respectant les jansénistes et les huguenots, dit le duc de Charost à son tour. Bienvenue à vous, Désangliers ! Faites-moi plaisir ! À l'occasion d'un prochain voyage vers les Cévennes, faites halte à Mareuil ! et je suis sûr qu'Audenay vous accueillera aussi à Sermelles.

Audenay acquiesça en souriant timidement. Montesquieu, Ramsay et Désangliers se regardèrent sans mot dire, puis fixèrent leur hôte ; Richmond avala rapidement sa salive et commença :

— Mes amis, j'étais sûr de votre hauteur d'esprit et votre tolérance, c'est d'ailleurs pour ces qualités que vous êtes aujourd'hui à Aubigny. Au-delà de l'amitié, c'est aussi dans le but de faire avancer de bonnes idées généreuses que je vous ai invités ici. Connaissez-vous les francs-maçons ?

Richmond ne leur laissa pas le temps de répondre :

— C'est une association de personnes croyantes, et fidèles au roi, qui veulent faire progresser l'intelligence humaine et la vertu. Ils se réunissent pour leurs mérites et leurs talents. Dans l'égalité partagée de réunions édifiantes, ils cherchent à honorer l'Être Suprême et reconstruire de manière idéale le Temple de Salomon. Chez les francs-maçons, la naissance ne compte pas. De manière pratique, cette société est régie par des principes très anciens redécouverts depuis maintenant quelques années en Angleterre, où notre ami Montesquieu a d'ailleurs déjà été initié. Ramsay et Désangliers sont en France notamment pour promouvoir la franc-maçonnerie. Nos fraternités s'appellent des loges qui se réunissent autour d'un bon repas où chacun peut exprimer librement sa pensée. Nos travaux sont organisés à partir d'un rituel secret que les membres des loges jurent de protéger. Nous souhaiterions vous initier vous tous, Epernon, Charost, Monseigneur et vous Audenay, car nous vous en croyons dignes. Des loges ont déjà été créées à Paris et nous faisons partie de la loge de Bussy.

Le silence se fit. Il fut interrompu par Epernon.

— Richmond, dit Epernon, je vous fais assez confiance. Ce que vous considérez bon pour nous ne peut être qu'excellent.

Audenay, très intéressé d'appartenir à une société de personnes illustres prêtes à ignorer son peu de naissance, opina en silence. Charost était acquis.

L'archevêque de Bourges parut plus prudent. Il craignait que sa prochaine ambassade à Rome, pour laquelle il était pressenti, ne lui permette pas de participer aux travaux d'une société non religieuse. De même, il se prétendait gêné par le secret exigé : ce n'était qu'après l'initiation faite qu'il pourrait s'assurer que rien n'était contraire aux canons de la foi chrétienne. Montesquieu le rassura :

— La franc-maçonnerie compte déjà beaucoup d'ecclésiastiques. À Rome, vous trouverez des loges.

Ramsay renchérit d'une voix convaincante :

— Rien dans la franc-maçonnerie n'est en opposition avec l'Église Catholique, d'ailleurs elle ne fait l'objet d'aucune condamnation du Vatican.

— Ce que dit Ramsay pour la religion catholique est vrai pour les autres religions chrétiennes.

Audenay pensa que cette précision de Désangliers n'était pas forcément utile pour convaincre Monseigneur.

— Voilà qui est parlé, continua Ramsay, sans porter attention à la remarque de son ami huguenot. Je propose donc que nous fassions loge demain pour le dîner.

— Pendant ce temps, Mesdames, dit Richmond, je vous propose une promenade le long de la Nère puis un déjeuner sous une tonnelle dans un endroit enchanteur dont nous vous ferons la surprise.

Madame Audenay demanda avec vivacité si cette association était accessible aux femmes.

— Non Madame, pour l'instant, les femmes sont exclues des loges. À vrai dire, nous craignons que leur légèreté trouble le sérieux de nos travaux.

Madame Audenay haussa les épaules en regardant sa fille.

Désangliers ajouta comme pour la consoler :

— Les loges ne sont pas non plus ouvertes aux Nègres ou aux Juifs. Les premiers sont voués à la servitude et les seconds ne sont pas baptisés ; dispersés dans le monde par châtiment divin, ils n'ont pas d'existence reconnue dans nos pays.

— Votre neveu pourrait-il accompagner ses dames ? demanda Richmond en se tournant vers Charost qui acquiesça.

— Je suppose être encore trop jeune pour accéder à vos rites, dit le jeune homme en souriant. Se tournant vers sa mère, il dit : Mesdames, je serai demain votre cicérone !

Après le souper, le même soir, entre hommes, Richmond commença l'initiation de ses futurs disciples.

— Mes amis, les progrès de la science depuis un siècle ont changé les perspectives de la connaissance. De multiples découvertes confirment chaque jour davantage la cohérence divine qui préside à l'organisation de l'univers et met en relation des phénomènes que jusqu'à présent on croyait parfaitement indépendants. Newton a par exemple expliqué l'attraction des corps et résolu la question des mouvements des corps célestes ; il a percé le secret de la composition de la lumière en sept rayons élémentaires, il a rendu possible le calcul intégral et donné les moyens de calculer l'infiniment grand et l'infiniment petit.

D'autres génies savants ont décrit la circulation du sang dans le corps des êtres vivants, de la sève dans les arbres et de l'eau entre les montagnes et la mer.

L'on commence ainsi à discerner certains des desseins que le grand Architecte de l'Univers a mis en œuvre dans la création du monde : beaucoup nous restent cachés.

Notre rôle à nous les francs-maçons, le vôtre si vous vous joignez à nous, c'est de favoriser la mise en lumière des desseins du

Créateur, y compris dans les relations entre les êtres humains. Notre mission est de conseiller, d'agir discrètement, d'instruire et, forts de la puissance grandissante de nos assemblées, d'attirer à nous de nouveaux représentants de la société aptes à faire progresser ces idées. Tout cela sans éclats, par petites touches, sans heurts, en ayant la certitude que nos échanges très libres resteront confinés dans le secret de nos loges.

Messieurs, je vous repose solennellement cette question : êtes-vous intéressés à nous rejoindre ? Tous nos frères doivent prêter serment du secret et se soumettre aux rites initiatiques de notre confrérie.

Epernon, Charost, votre présence parmi nous, nous flatterait et je dois l'avouer, serait très utile pour promouvoir nos idées à la Cour où déjà nous sommes bien représentés. Car c'est bien à la tête du gouvernement que notre action peut être la plus efficace. Toujours au service du Prince, dans la loyauté et l'obéissance, en utilisant la seule force de conviction, pour que lentement, de manière inexorable, la Raison et la Lumière puissent s'imposer.

Monseigneur, notre objectif est de mener des travaux qui jamais ne puissent nuire à la foi que vous professez. Votre présence parmi nous serait aussi un moyen de garantir que nous ne nous écartons pas du chemin tracé par Jésus-Christ dans la voie de la Sagesse. Elle rassurerait également ceux qui hésitent à entrer dans notre société. Je rappelle que le Temple de Salomon que nous voulons reconstruire (nous vous expliquerons tout cela) a été détruit par Titus, un empereur qui a persécuté les chrétiens.

Audenay ! Charost nous a parlé de votre esprit curieux et ouvert, de votre implication dans l'administration de vos terres. Comme je vous l'ai dit, nous nous intéressons à la valeur tout autant qu'à la naissance. Vous nous semblez digne de rejoindre nos rangs.

Ramsay, avez-vous quelque chose à ajouter ?

— Que nous ouvrirons notre loge d'apprenti demain en fin d'après-midi et que nous y accueillerons nos nouveaux frères. Auparavant nous aurons pris le temps de leur expliquer le détail de la cérémonie.

Ouverture d'une loge d'apprenti à Aubigny

La cérémonie avait été précédée d'une instruction.

Le chevalier Ramsay avait rappelé les origines de la franc-maçonnerie chez les grands hommes du Peuple élu : Noé, Abraham, Moïse, Salomon ; le livre de ce dernier, retrouvé pendant les croisades, les chevaliers de Saint-Jean trouvant asile auprès d'Henry III d'Angleterre, l'établissement de loges dans ce pays et leur essaimage depuis peu en France.

Il parla des fondements de la maçonnerie : la philanthropie, les beaux-arts et le secret.

Désangliers insista particulièrement sur ce dernier point concluant sobrement par l'extrait d'une Ode d'Horace, lui-même, paraît-il, ancien franc-maçon.

> « *Il est au silence fidèle une récompense assurée ;*
> *mais à celui qui aura divulgué les rites de la mystérieuse Cérès,*
> *j'interdirai qu'il vive sous mon toit,*
> *ou s'embarque avec moi sur un fragile esquif* ».

Audenay était ému et humble ; pendant tout l'après-midi, avec Epernon, Charost et Monseigneur de La Rochefoucauld, il avait dû apprendre des formules. Il était le dernier à être initié et il attendait son tour avec appréhension.

Audenay fut admis dans une antichambre. C'est les yeux bandés qu'il entra dans la chambre. Une fois libéré de son bandeau, il vit, assis sous un dais Ramsay, le Vénérable. Très digne, souriant, il demanda aux assistants de se placer sur deux lignes parallèles.

La Loge était déjà ouverte. Le Vénérable s'adressa alors à Audenay.

— Mon frère, d'où venez-vous ?

— Très Vénérable, de la Loge de Saint-Jean.

— Qu'y fait-on à la Loge de Saint-Jean ?

— On y élève des temples à la vertu, et l'on y creuse des cachots pour les vices.

— Qu'apportez-vous ?

— Salut, prospérité et bon accueil pour tous les frères.

— Que venez-vous faire ici ?

— Vaincre mes passions, soumettre ma volonté, et faire de nouveaux progrès dans la Maçonnerie.

— Qu'entendez-vous par Maçonnerie ?

— J'entends l'étude des sciences et la pratique des vertus.

— Dites-moi ce que c'est qu'un maçon ?

— C'est un homme libre, fidèle aux lois, le frère et l'ami des rois et des bergers, lorsqu'ils sont vertueux.

— À quoi connaîtrai-je que vous êtes maçon ?

— À mes signes, à mes marques et aux circonstances de ma réception fidèlement rendus.

— Quels sont les signes des maçons ?

— L'équerre, le niveau et le perpendiculaire.

La voix d'Audenay, au début un peu hésitante, devenait plus assurée. Très concentré, il fixait Ramsay en prononçant les phrases qu'il avait répétées. On poursuivit le catéchisme.

— Qui vous a préparé pour être reçu Maçon ?

— Un Expert, très Vénérable.

— Qu'a-t-il exigé de vous ?

— Que je l'instruise de mon âge, de ma religion et de mon zèle à me faire recevoir, après quoi, il m'a mis ni nu, ni vêtu, mais cependant d'une manière décente, et m'ayant dépourvu de tous métaux, il m'a conduit à la porte de la Loge à laquelle il a frappé trois grands coups.

— Pourquoi l'Expert vous mit-il ni nu, ni vêtu ?

— Pour me prouver que le luxe est un vice qui n'en impose qu'au vulgaire, et que l'homme qui veut être vertueux doit se placer au-dessus des préjugés.
— Pourquoi vous avait-il démuni de tous métaux ?
— Parce qu'ils sont le symbole des vices, et qu'un bon Maçon ne doit rien posséder en propre.
— Que signifient les trois coups de l'Expert ?
— Trois paroles de l'Écriture Sainte : Frappez, on vous ouvrira ; cherchez, vous trouverez ; demandez, vous recevrez.

Audenay narra le voyage qu'il avait fait, conduit par un Surveillant, les yeux bandés, passant trois fois de l'Occident à l'Orient par la route du Nord, puis de l'Occident à l'Orient en passant par la route du Midi. Il dit qu'une fois le bandeau retiré des yeux, il avait vu des Frères pointant vers lui un glaive, promesse de soutien indéfectible, menace aussi s'il venait à manquer à ses obligations.

Il expliqua d'autres symboles, dont celui du compas sur la poitrine, qui marque que le cœur d'un Maçon doit toujours être juste et à découvert.

Enfin il expliqua qu'une fois reçu Maçon, on lui avait donné un signe, un attouchement et deux paroles.

À la demande du Vénérable, il fit le signe, dit qu'il s'appelait le guttural, marque qu'il doit préférer d'avoir la gorge coupée plutôt que de révéler les secrets des Maçons aux Profanes.

On lui avait également donné un tablier et des gants d'homme et de femme de la même couleur.

Le Vénérable poursuivit :
— Où vous a-t-on placé après votre réception ?
— Au Septentrion.
— Et pourquoi ?
— Parce que c'est la partie la moins éclairée, et qu'un Apprenti qui n'a reçu qu'une faible lumière n'est pas en état de supporter un plus grand jour.

Audenay continua à égrener son catéchisme en expliquant que les Apprentis travaillaient à dégrossir et ébaucher la pierre brute, et que leurs plus grands devoirs étaient de remplir ceux où la Providence les a placés, à fuir le vice et pratiquer la vertu.

C'est ainsi qu'Audenay fut admis Apprenti Maçon et pu partager sa première Loge de Table.

Il était très fier d'avoir été accepté dans une si noble assemblée ; là on ignorait sa naissance. Pendant la tenue de la Loge, il pouvait parler d'égal à égal avec Charost, avec Epernon, tous deux ducs et pairs de France, et échanger sans timidité avec l'archevêque de Bourges.

À l'issue de la Loge de Table, la discussion se poursuivit et porta sur la difficulté de trouver des curés méritants. Charost évoqua la cure de Mareuil, vacante à la suite de la mort de son vieux curé. Audenay, délivré de l'angoisse de la cérémonie maintenant passée, enhardi par les effets des bonnes liqueurs englouties, se risqua à avancer le nom du vicaire Delort qui se morfondait auprès du curé de Saint-Christophe en Boucherie, sans espoir d'accéder un jour à une cure. Il expliqua comment ils s'étaient connus jadis au collège Louis le Grand ; il parla de sa foi simple et profonde, de son honnêteté et de sa grande bonté. Il rapporta des exemples de ses mérites et de son caractère doux et obéissant qu'il connaissait pour avoir maintenu le contact avec lui pendant toutes ces années.

Il fut frappé de constater combien Monseigneur de La Rochefoucauld le regardait maintenant différemment, non peut-être comme un égal, mais au moins comme un être humain pensant, dont l'avis mérite d'être pris en compte.

Audenay les joues rouges de plaisir se persuada qu'il avait gravi un échelon dans la société.

La franc-maçonnerie, la solution à son nom trop récent ! Très satisfait de lui, il fut rappelé à la réalité quotidienne quand, sur le chemin de retour, Madame Audenay, se mit à gloser sur la nouvelle perte de temps qu'allait lui occasionner cette prétendue loge, la puérilité de ces soi-disant secrets, le danger pour lui de frayer avec des personnes bien trop haut placées. Quel ridicule !

Audenay ne répondit pas. Décidément cette pauvre femme n'était pas digne de lui. Son seul souci était de savoir si son idiote de servante n'avait pas donné trop de grains à ses poules pendant son absence. Et puis, ces secrets, comment pouvait-elle prétendre qu'ils étaient stupides, puisqu'elle ne les connaissait pas !

Émilie aussi entre dans un autre monde

Pendant le temps de cette initiation, les dames et les jeunes personnes s'étaient occupées comme elles le pouvaient : des promenades dans les bois et les prairies voisines, des collations, une visite du jardin des simples, de la broderie. Des conversations légères sur les familles connues, sur les derniers colifichets à la mode, les mauvaises fréquentations de jeunes filles qui s'étaient perdues, des fortunes détruites, des aménagements apportés à des demeures luxueuses, la difficulté de trouver des domestiques dévoués et capables. Des relations avec des confesseurs ou des curés : on s'amuse de leurs petits travers, de leur bégaiement, pour certains de leurs habits mal entretenus et, « oserai-je vous le dire, qui sentent même le moisi ». On pouffe, on ricane, on cancane.

Émilie écoute, sans guère participer à ces badinages. Elle apprécie le temps, les paysages, la société. Elle est contente de ne pas être dans son couvent, avec les sœurs exigeantes et parfois bornées. Elle aime sa famille malgré ses travers, elle est contente de sa condition. L'ennui des jours qui passent, elle le supporte comme la contrepartie indispensable de sa naissance, de la position de ses parents. Elle est attirée par la religion, mais pas suffisamment pour en faire une vocation, et d'ailleurs ses parents ne sont pas d'une piété exemplaire. Ses amies au couvent sont des jeunes filles sages ; hors des cours et des prières, leurs conversations sont l'équivalent enfantin des discussions de leurs aînées, cet après-midi dans le parc du château d'Aubigny. Leurs lectures sont celles, édifiantes, qui sont permises à ces jeunes personnes promises à un mariage sérieux et intéressant pour le patrimoine familial. Le groupe des amies d'Émilie se trouve issu d'un milieu homogène : noblesse campagnarde, notable ou négociant de la ville, avec pour exigences les mots soumission et modestie. Émilie a compris que son éducation doit la préparer à un futur mariage, étape dans la poursuite de l'ascension sociale commencée par son père et son grand-père.

Émilie a un peu honte de sa mère, dont les habits, la contenance, le franc parler peu délicat trahissent ses origines, et par suite les siennes. Cela l'ennuie davantage que d'habitude, surtout en présence de ce jeune homme aux traits fins, au bel uniforme, à la contenance timide qui fait semblant de ne pas la voir, tout comme elle dérobe ses yeux aux siens. Il n'a pas osé lui parler. Elle s'ennuie, prétend avoir une migraine et s'échappe. Dans le vestibule, les ouvrages de Montesquieu sont posés sur une desserte.

Émilie a mis la main sur le « Temple de Gnide » et est montée dans sa chambre. Elle le lit. La jeune fille en est toute bouleversée, elle entre au paradis de l'amour où félicité et bonheur sont le pain quotidien des pâtres et des bergères, à l'ombre d'antiques sanctuaires païens. Soudain, à travers ces quelques lignes, la jeune fille entrevoit les premiers émois amoureux, bien différents des transports religieux qui lui ont été réservés au couvent.

Elle est loin de tout comprendre, elle saisit néanmoins que ce texte ne lui est pas destiné. Certaine que personne ne lui prêtera à nouveau l'ouvrage, et consciente d'aborder un monde merveilleux, elle se met en devoir de le recopier. Elle laisse tomber de l'encre sur une page imprimée. La honte s'empare d'elle ; elle se met à trembler, toute rouge et pleine de la sueur de la peur. Son cœur bat très fort. Elle essuie le pâté du mieux possible avec son mouchoir.

Elle continue sa lecture et son exercice d'écriture dure tout l'après-midi. À peine arrivée à bout des douze feuillets, elle entend les pas de sa mère dans le couloir et a tout juste le temps de cacher son travail. Madame Audenay s'étonne de voir sa fille assise au secrétaire et lisant le Temple de Gnide. Elle commence à lire le fascicule, ouvre de grands yeux, et sans un mot, sort de la pièce en l'emportant.

Le lendemain, le livre est retourné à sa place. Ramsay découvrira, longtemps après, une tache d'encre mal effacée sous le titre du cinquième chant. Un autre mystère domestique.

Plus tard dans la matinée, Madame Audenay parlera à sa fille :

— Ce livre n'est pas pour toi ma fille, il est plein de sornettes et de mauvais exemples ; il ne t'apportera que chagrins et malheurs. Ces relations idéales entre hommes et femmes n'existent que dans l'imagination de débauchés qui désirent pervertir les cœurs purs comme le tien. Méfie-toi des hommes, de leurs appétits de carnassiers, de leurs discours mensongers, de leurs flatteries qui montent la tête des jeunes oies blanches écervelées. Une fois qu'ils sont parvenus à leurs fins, les hommes ne cherchent alors qu'à se débarrasser de leur conquête, ou une fois mariés, ils n'ont pour objectif que prendre des maîtresses. La société leur donne raison sur tout, même quand ils sont les plus menteurs et les plus perfides. Notre société d'hommes a décrété la femme inférieure à l'homme : la femme lui est asservie et doit souffrir tous ses caprices. Je te le jure ma fille, une fois son but atteint par le mâle brutal, plus question de chevalier servant alangui !

Émilie fut surprise de la véhémence de sa mère. Mais que valent les conseils d'une mère grincheuse quand on a quatorze ans et que votre première jeunesse a été une prison étriquée ?

D'ailleurs Émilie écoute à peine sa mère. Ce matin-là, Émilie a l'esprit plein des restes délicieux d'un rêve de la nuit qui lui a apporté un plaisir indicible et qu'elle veut éviter de voir s'échapper comme les autres rêves ordinaires. Le jeune Charost, bien fait et providentiel apparaît tel un parfait prince antique dans une campagne heureuse. Ils échangent des regards enflammés dans des bosquets auprès de l'étang ; là, les fleurs de nénuphars aux douces teintes rosées servent de tremplins à de discrètes grenouilles. Il l'appelle sa belle nymphe des sources, prend sa main, la caresse et la baise chastement.

Dans ce rêve, ils oublient le monde qui les entoure, les hommes sérieux qui complotent entre eux, les femmes malheureuses accoutumées à être laissées à l'écart par leurs époux, et qui parlent de petits riens à tort et à travers.

Plus tard, les feuilles retranscrites seront, pour elle, un secret sacré qu'elle relira avec trouble et délectation dans la solitude de sa chambre : elle froissera sans se lasser ces quelques pages de petites histoires de jalousies et de raccommodements. Des sentiments précieux réservés au monde des jeunes gens d'où les grandes personnes sont exclues. Il est doux de rêver !

À partir de ce jour, elle fit face aux regards des garçons et des hommes d'une manière toute différente : elle eut à la fois envie de comprendre et peur de savoir. L'exercice de ce nouveau sens jusqu'alors inconnu faisait battre son cœur plus fort, empourprait ses joues, la rendait bégayante et tremblante. Désormais elle vit d'un autre œil les destins souvent tragiques des jeunes saintes de la Légende Dorée. Elle se dit que la pureté non mise à l'épreuve par la connaissance de la consistance de l'impureté et des plaisirs qui l'accompagnent n'était ni une vertu ni une qualité. Tout cela, elle le garda pour elle, n'en parlant ni à sa mère ni à ses confesseurs.

Lettre de Voltaire
à Jean-Baptiste Audenay

Mon aimable Audenay, les couilles vous occupent, je le crois bien. Vous êtes bien heureux de songer au plaisir au milieu de vos sacs de blé, de vos ouailles et de vos fruits et d'oublier vos soucis en compagnie de jeunes et jolies bergères.

Au milieu de tous mes maux que l'âge multiplie, je me souviens du temps où, jeune et insouciant, je rimais des guenilles légères pour le plaisir de mes amis. Si aujourd'hui je peux encore écrire de la rimaille, moi, je suis mort à l'amour.

Lassé d'avoir des états d'âme,
Très affamé de jeunes cons,
Et pour des seins fermes et ronds
Oubliant tout de votre femme,
Vous m'avouerez pour le certain
Que votre bonté passagère
Se saisira de la première
Honnête bégueule ou catin,
Sage ou folle, facile ou fière,
Qui vous tombera sous la main.

Je sais votre peu de goût pour la poésie (quel dommage !). Pardonnez-moi ces mauvais vers trop longs.

Soyons sérieux. Vous qui aimez la musique je veux vous faire regretter votre éloignement de Paris : elle vous a fait manquer la première représentation des Indes Galantes de Rameau. Il y a quelques années, je trouvais sa musique pédante : trop exacte et ennuyeuse, trop de doubles croches ! Aujourd'hui, mon oreille s'est faite à sa musique, et je la préfère à celle de Lulli. Ses opéras sont des fêtes avec beaucoup d'airs variés, peu de récitatifs, des actes courts. Savez-vous que je compose pour lui un Samson ? Mais Rameau a des exigences très personnelles et il n'est pas sûr qu'il agréera mettre en musique mes sottises philistines et hébraïques.

Je suis d'accord avec vous : quel dommage que les sciences ne nous aient pas davantage été enseignées rue Saint-Jacques ! Pour ma part, je m'efforce de rattraper le temps perdu. Maupertuis, le grand mathématicien, m'a converti au Newtonisme que je n'avais qu'effleuré en Angleterre. J'approfondis ses théories avec Madame du Châtelet. Cette dame charmante est un grand homme : elle se joue des problèmes d'attraction et de diffraction de la lumière. Elle est également capable de discourir sur la morale de Cicéron ou les écrits de Locke.

Je me trouve incapable de me séparer d'elle. Son génie me retient autant que ses larmes. Et pourtant le prince de Prusse me presse de le rejoindre, me promettant à Berlin une vie royale et la direction d'une académie.

Pourquoi diable d'ailleurs irai-je fonder une académie en Prusse alors que je ne veux pas être de celle de Paris ? Les académies étouffent toujours l'esprit au lieu de l'exciter. À Paris, sur nos quarante académiciens, il y a bientôt dix-huit religieux. Pour beaucoup d'entre eux, je sens trop le soufre et l'on m'impute tous les écrits odieux qui traînent dans Paris.

Je ne suis pas l'auteur du pamphlet concernant le discours prononcé à la réception des free-masons[20] par Monsieur Ramsay. Pour autant, même si certains de mes amis honorables en font partie (dont vous, semble-t-il) et me pressent d'entrer en loge, je suis très fâché de la manière dont cette nouvelle société protège Desfontaines, un de leurs membres éminents. Ce malheureux veut violer tous les petits garçons et offenser tous les gens raisonnables. Cet indécent personnage est en

20 - Free-masons : les francs-maçons en anglais (comme les appelait Voltaire).

plus une canaille qui écrivait sur moi des pamphlets et des mensonges pendant le temps même où, par pure humanité, je cherchais à l'arracher du bûcher. Moi qui lui ai sauvé la vie et l'honneur, il me récompense en continuant à me persécuter. Est-ce cela la vertu requise pour être franc-maçon ?

Les francs-maçons défendent Desfontaines contre moi uniquement parce qu'il fait partie de leur confrérie. Pour moi cela sent trop la secte et l'intolérance. Je ne serai jamais franc-maçon !

Mais cela ne m'empêche pas de vous considérer comme mon meilleur ami devant le Créateur du Monde, et votre serviteur affectionné.

Avant de fermer cette lettre, je vous demande de saluer également notre ami Delort qui est devenu votre voisin, et peut-être aussi votre confesseur ? Pourrez-vous lui soumettre cette question métaphysique : il est dit dans les archives de l'Arche trouvées sur le mont Ararat que le bonhomme Adam ne baisait point, et qu'il ne banda qu'après avoir été chassé du Paradis. Dans ces conditions, caressait-il sa femme au Paradis ?

Le Curé Delort sur la route de son presbytère

La voiture cahotait et le curé songeait. Depuis longtemps ses vertèbres avaient oublié l'inconfort du siège comme les à-coups provoqués par les ornières, et ses oreilles, le refrain du pas des chevaux et les jurons du patachon. Le curé était bercé par la lenteur du voyage et engourdi par le froid pénétrant du matin malgré ses vêtements épais et la couverture dans laquelle il était emmitouflé. Son esprit accompagnait ses yeux, puis entrant dans une vague rêverie, s'en détachait. Lentement la voiture dépassait des champs, des prés et des bois. Dans une partie dégagée, des nuages roses, presque rouges, posés les uns sur les autres, semblaient s'entre-dévorer. Après le long passage dans un bois où le ciel disparut de son angle de vision, tous ces roses s'étaient affadis en gris.

Des corbeaux, au vol décidé et sans discipline, se dirigeaient vers des affaires sûrement importantes, mais ignorées de lui. Le chant d'un merle se détacha du brouhaha de la route. Le voyage n'en finissait pas et plusieurs villages restaient encore à traverser avant d'atteindre son but, la paroisse de Mareuil.

Le curé Delort s'interrogeait sur le miracle à l'origine de ce déménagement. Le vicaire général l'avait convoqué à Bourges. Il lui avait annoncé qu'il était nommé curé à Mareuil. Il avait ajouté qu'il avait beaucoup de chance d'avoir des protections et qu'il ne fallait pas les décevoir.

Comment Monseigneur avait-il pu s'intéresser à un obscur vicaire d'une misérable paroisse ? Ce même vicaire général, quand il y a déjà longtemps il lui avait confirmé sa nomination auprès du curé de Saint-Christophe, n'avait pas levé les yeux du papier qu'il lisait sans entrain. Cette fois, il l'avait dévisagé avec curiosité, presque intérêt. Delort était passé devant d'autres, peut-être ou sûrement meilleurs, alors oui ! Il faudrait se montrer à la hauteur !

Cette cure permettrait à Delort de sortir de la pauvreté ; elle le mettait aussi en terre familière, le rapprochant de ses parents qui vivaient à Saint-Loup des Chaumes, un hameau de l'autre côté de Châteauneuf. Il devenait voisin de son ancien condisciple Audenay, maintenant Seigneur de Sermelles. Il ne l'avait pas vu depuis bien longtemps, mais se souvenait de lui : pas bien fort en latin, un peu effacé, il n'avait pas réussi à la Cour. En revanche, il avait, paraît-il, su gagner beaucoup d'argent. Ils avaient été amis au collège et après, ils avaient continué à s'écrire périodiquement. Il se demandait si c'était lui son soutien et dans l'affirmative, comment il avait fait pour l'aider.

Les pensées du curé Delort étaient passées à ses futures fonctions. Ses paroissiens, il les connaissait sans les avoir jamais vus : des paysans comme lui et ses parents, et les parents de ses parents. Des laboureurs, des pasteurs, des journaliers. Des travailleurs en général placides comme les bœufs qui tirent la charrue, ou semblables aux animaux qu'ils gardent, patients aux ordres de leurs maîtres, pour autant pas obéissants. Il y a bien parfois des colères, des hurlements, de graves fautes, de lourds péchés inexpiables. Et ces horreurs s'effacent, ou plutôt se dissolvent au sein de la communauté qui reste inaltérable face aux excès, aussi scandaleux soient-ils, de quelques-uns.

Âge après âge, le sillon est tracé, le blé semé, puis récolté, la vigne est travaillée et vendangée, les bois coupés, les moutons tondus.

Au loin dans un champ, l'attelage du laboureur et de la charrue semble un jouet oublié là par un enfant étourdi. En observant avec attention, on s'aperçoit, au changement de la couleur de la terre renversée par le soc de la charrue, que l'appareil n'est pas immobile. On se persuade alors du pas du laboureur, ou de celui des bœufs. Impossible de deviner les mouvements de tête et d'oreilles sous le joug, encore moins des mouches ou des taons qui commencent à agacer les bêtes sous le soleil qui monte. Plus près, si la voiture est sous le vent et emprunte une portion de chemin plus régulière, on peut percevoir la mélopée entêtante et mystérieuse du laboureur.

Les paroissiens naissent, se marient, se courbent sous le joug du travail imposé par Dieu et meurent. Leur vie, brève ou longue, se termine au cimetière après que les derniers devoirs ont été rendus : le mort s'est repenti de fautes ordinaires, a reçu l'extrême-onction. Sa famille a été consolée et lui a été rassuré : après un délai convenable au Purgatoire pour finir d'amender ses fautes pendant sa vie sur terre, il rejoindra le troupeau de ceux qui, sauvés, peuvent, pour l'éternité, glorifier Dieu au Paradis.

Le pasteur veille à cet ordre des choses. Il a été appelé dès son plus jeune âge. Après des années d'apprentissage, d'abord au collège, puis au Séminaire, il met en pratique les saintes leçons qu'il y a apprises. Il connaît sa place dans la communauté :

> *« La sagesse du scribe s'acquiert aux heures de loisir et celui qui est libre d'affaires devient sage.*
> *Comment deviendrait-il sage, celui qui tient la charrue, dont toute la gloire est de brandir l'aiguillon, qui mène des bœufs et ne les quitte pas au travail, et qui ne parle que bétail ? Son cœur est occupé des sillons qu'il trace et ses veilles se passent à engraisser des génisses. »*[21]

Lui Delort, saura-t-il être le sage qui pourra aider ces paysans ?

Saura-t-il ne pas entraver la suite immuable des générations, face à l'incertitude du jour ? Saura-t-il sauver des âmes du péché ? Aura-t-il la force de garder avec fermeté son troupeau sur le droit chemin ? Il sourit : dans les prés, le sentier des vaches n'est pas nécessairement droit, mais il est tracé et la mère vache mène le troupeau à l'abreuvoir par son chemin quotidien, sans abîmer l'herbe plus qu'il ne faut.

Il se sent bien préparé et confiant. Au-delà de la force que lui donnent ses résolutions et ses prières, il dispose des connaissances. Il est équipé de l'arsenal nécessaire pour affronter le démon dans toutes les circonstances : la Sainte Bible bien sûr, le Missel, et puis des ouvrages érudits des Pères de l'Église. Il ne redoute pas l'hérésie, jugulée depuis le concile de Trente, et d'ailleurs son troupeau sera essentiellement

21 - Ecclésiastique 38 – 24 et s

composé de gens simples qui ne sont pas de taille à l'affronter, lui, le soldat armé par Jésus-Christ.

Il ne craint pas non plus les sorciers ; il y en avait à Saint-Christophe et il sait qu'il y en a aussi à Mareuil. Ces misérables ne peuvent plus faire de mal qu'aux fous et aux ignorants crédules. Pour les fous, il avoue ne rien pouvoir faire. Pour les autres, l'exercice exemplaire de son sacerdoce et des sacrements et sa foi inébranlable remettront les plus fragiles dans le droit chemin.

La voiture s'est arrêtée ; une roue est coincée dans une ornière et le postillon a dû descendre pour mieux diriger la manœuvre. Delort n'entend pas ses jurons et ses blasphèmes épouvantables. Son attention est attirée par un autre attelage au loin. Lentement il est englouti dans un repli du terrain et ressort plus loin ; c'est comme la lune qui disparaît derrière un nuage pour réapparaître plus tard plus nette et plus brillante.

De l'autre côté du chemin, il remarque de hautes silhouettes grisâtres perchées sur de fines baguettes qui picorent leur nourriture dans l'herbe. Des grues en migration, se dit-il, elles remontent vers le nord ; mais voilà plusieurs semaines qu'elles ont pris pension par chez nous ; en général elles ne passent que quelques jours, parfois un seul. Il est difficile de comprendre ces animaux.

La voiture repart. Il serre contre lui le portefeuille qui contient les documents qui vont lui permettre de s'installer : la bulle de provision en Cour de Rome, le visa délivré par Monseigneur, les enregistrements au Parlement et envoi en possession, procès-verbal du bénéficier[22] entre les mains du Premier Président du Parlement. Ces formalités et ces documents avaient été obtenus en un temps record : « Monseigneur s'intéresse à vous », lui avait glissé le vicaire général. Dieu bénisse celui qui lui permettait d'être aujourd'hui dans cette voiture, celui qui l'avait sorti de cette misérable situation de vicaire congruent où il se morfondait depuis bientôt quinze ans. Merci mon Dieu !

Dorénavant, il n'aura plus de soucis matériels : Monsieur le duc de Charost, le seigneur de Mareuil lui garantit une rente de cinq cents livres par an, un montant largement suffisant, même si la cure ne lui procurait aucune autre ressource, ce qui ne sera pas le cas. Comme il est décidé à vivre modestement, il restera de l'argent à distribuer

22 - Bénéfice : ici, les revenus provenant de la cure qui permettront à Delort de vivre.

pour soulager la pauvreté et soutenir sa famille. Celle-ci attend ce jour depuis qu'elle a renoncé à le garder à la ferme et l'a laissé partir au séminaire.

Son service de tous les jours sera réglé par le Rituel du Diocèse qui donne la marche à suivre pour les sacrements et détaille tous les cas possibles ; un grand secours, pour lui, jeune curé inexpérimenté ! Et puis, dans le doute il sait qu'il peut faire appel à l'Évêque et à son Vicaire Général ; il ne s'en privera pas. Il se souvient aussi du vieux curé de Saint-Loup, un deuxième père pour lui : c'est lui qui l'avait remarqué, il y a maintenant plus de trente ans, et qui avait conseillé à ses parents d'encourager ce jeune enfant éveillé à suivre l'appel du Seigneur.

Sa famille était composée de laboureurs pauvres et bons chrétiens : il n'avait pas été difficile de les convaincre de ne pas contrarier sa vocation. Il avait alors deux frères aînés qui aidaient déjà à la charrue ! La promesse d'une cure, même dans un horizon lointain, c'est aussi pour la famille l'espoir d'aides pécuniaires, et même d'un héritage.

Le Collège Louis le Grand, puis le séminaire. Le collège, le modeste curé de Saint-Loup avait pu le faire accepter, car il y connaissait des Jésuites. Comment ? Il l'avait toujours ignoré. Nul ne lui a jamais parlé de Saint-Loup au collège. Là, minuscule créature parmi les grands, il a toujours su rester à sa place. Il a connu les humiliations d'un pauvre petit boursier mal habillé, devant parfois faire l'aumône d'un bout de pain ou de restes du réfectoire, demeurant au collège pendant les vacances. Le voyage était tellement cher pour aller à Saint-Loup !

Petit domestique qui sentait mauvais dans ses vêtements peu souvent lavés et changés dans lesquels il grandissait. Des vêtements heureusement cachés par la blouse universelle de l'uniforme et qui à un moment devenaient si ridicules (et si loqueteux) que les Pères honteux non pour lui, mais pour le collège se sentaient obligés de lui en procurer de nouveaux.

Lui ne ressentait aucune amertume, au contraire. Cette vie au collège, il la voyait somptueuse au regard de sa vie si misérable à Saint-Loup des Chaumes. Étudier à Paris, avoir accès à des maîtres exemplaires d'une grande douceur qui faisaient semblant de méconnaître ses faiblesses pour mieux encourager ses efforts, quel bonheur ! Sa foi était là, profonde, tranquille, joyeuse. Peut-on être triste d'être le dernier si l'on est au Paradis ? Toutes les petites mesquineries qu'il rencontrait, toutes les remarques perfides, il les prenait avec un sourire sincère. Ces riches enfants qui l'entouraient ne pouvaient deviner la vraie misère d'où il venait ni apprécier le luxe dans lequel il estimait vivre aujourd'hui.

À l'époque où il avait commencé à apprendre à lire avec un maître impatient et brutal dans le chahut de l'école de son village, ses futurs camarades de banc s'amusaient déjà à découvrir confortablement le latin et le grec avec un précepteur aux ordres de leurs parents. Ses parents à lui, morts aujourd'hui et que Dieu les garde en son amour infini, n'avaient pas su signer hier le registre de baptême qui traçait sa naissance.

Au collège, il avait été bien accueilli par une petite bande de condisciples. Eux ne lui reprochaient au moins jamais de vive voix son origine, sa pauvreté. Ils lui donnaient parfois des sucreries, ils l'aidaient aussi quand il était dépassé par les cours des Jésuites. Ils ne lui en voulaient pas d'être syndic, c'est-à-dire un des espions attitrés des Pères (une contrepartie de sa situation de boursier). Ils savaient qu'il n'était pas un de ces mouchards qui pourrait les mettre en difficulté. Quand ils préparaient un mauvais coup, ou tout au moins une bêtise, il s'éloignait d'eux pour être sûr de ne rien savoir et ne pas avoir à mentir à l'heure où il serait interrogé. Ce fut ainsi le jour où des pois furent lancés sur la joue du Père Lejay. Son témoignage ou plutôt son non-témoignage avait sauvé Arouet et d'Argenson qui n'avaient pas été pris. Il ne fut pas possible de disculper ce maladroit de Boufflers pris la sarbacane à la main et qui supporta très mal la « punition exemplaire » qui lui fut infligée : le fouet en public pour le fils d'un duc et maréchal de France ! C'est lui, le pauvre Delort qui avait eu le plus peur, lui qui n'avait pas dormi des nuits entières, se réveillant soupçonné. Il les avait vus tous les trois s'exercer avec des sarbacanes dans l'allée noire. Au demeurant, il craignit encore moins la nuit et les cauchemars des injustes accusations de cafardage de Boufflers, que le jour, les regards des Pères Jésuites, qui semblaient lui dire : «Delort vous manquez de loyauté et ne remplissez pas votre mission de maintenir la rigueur dans cette école où vous êtes accueilli par charité ! ».

Interrompant ses pensées, il entendit des cloches. Des sonneries à la volée, entrecoupées par un tintement plus discret : les obsèques d'un petit enfant baptisé n'ayant pas atteint l'âge de raison. Évidemment, la mère et les parents pleurent. Delort voudrait être là pour les consoler par des paroles d'espoir et même de joie : l'âme innocente et sainte est restée le temple vivant de l'Esprit Saint jusqu'au dernier moment. « Laudate pueri dominum ».

La foire de la Vieille

Le printemps pointait son nez. C'était le quatrième dimanche de Carême. Le jour de la foire de la Vieille. Les bourgeons gonflaient sur les branches dénudées depuis cinq mois. Les oiseaux survivants du froid de l'hiver chantaient l'espoir d'une nourriture redevenue abondante, des nids à construire et des accouplements à venir.

La repousse de l'herbe s'annonçait. Bientôt, les agneaux et les veaux nouveau-nés quitteront avec leurs mères les espaces confinés de l'étable. Leurs robes toutes blanches égayeront les prés de leurs courses encore maladroites et enfantines.

L'hiver était passé, le temps de la nuit interminable, des deuils, du ciel plombé, du silence de la campagne coupé par le souffle déplaisant du vent froid et par les jurons aigres des corneilles.

Bien sûr on continuerait à vivre sur les réserves de nourriture accumulées l'année passée. Les aliments frais étaient épuisés depuis longtemps ; mais l'allongement du jour, le soleil plus généreux et plus chaud rendaient le sourire aux plus malheureux.

La campagne passait de la Mort à la Vie.

La foire de la Vieille n'était pas la plus grande de l'année. Elle marquait, sous les grands noyers de l'esplanade du château, le retour des affaires et de l'activité.

C'était aussi le jour où les enfants, armés d'épées en bois, allaient faire la chasse à la Mort. Ce jour-là les vieilles femmes devaient éviter de sortir, ou alors elles étaient pourchassées par des garnements piaillant qui les rappelaient à leur triste condition. Veuves habillées de noir, voûtées, pleines de rhumatismes, elles seraient harcelées par ces bandes d'étourneaux qui feraient semblant de les estourbir. Hier pleurnichards, ils étaient venus se faire consoler dans leurs jupes, après une chute où ils s'étaient éraflé une main ou un genou. Aujourd'hui ces petits morveux agressifs les poursuivaient. Elles étaient sorties imprudemment et à leur vue, elles simulaient l'effroi et en riant, elles fuyaient pour se réfugier, au logis d'une autre qui avait eu la sagesse de rester chez elle.

Assourdies par les cris, essoufflées, elles étaient amusées, et attristées aussi d'avoir rejoint la troupe de celles qu'elles se souvenaient avoir regardées avec détachement, pitié ou mépris il y a longtemps : elles étaient parvenues elles aussi au bout du long chemin.

Ce soir les enfants confectionneraient une vague effigie d'une vieille repoussante et la tailleraient en pièces avec leurs épées de bois.

Demain, devenus à leur tour vieux, ils regarderont leurs petits-enfants massacrer la Mort, joyeux d'avoir échappé à l'hécatombe de l'hiver, pleins de tendresse pour leur jeunesse évanouie et se rappelant ces souvenirs lointains. Leurs proies d'alors seront mortes depuis longtemps et beaucoup de leurs petits compagnons de meute les auront également rejointes. Maintenant, à leur tour, la Mort était là, à les taquiner, à les inviter prochainement à sa fête unique.

Parmi les vieilles, une qu'on n'avait pas l'habitude de voir. On a du mal à croire qu'elle sourit et un de ses yeux est perdu. D'où vient-elle ?

— Ce serait-y pas la vieille à la Denise ? dit un ancien.
— Penses-tu, elle aurait plus de cent ans aujourd'hui ?
— Cent ans ?
— C'est pas sûr, en tout cas elle est courbée, comme elle, et son œil blanchâtre part dans tous les sens. Les petits ne s'approchent pas d'elle. C'est vrai qu'elle pue le feu et la charogne. Elle doit vivre vers Beauvoir, je l'ai vue par-là y a quéques années, j'pense qu'elle doit être avec les charbonniers de Bommiers.
— Que vient-elle faire par ici ?
— Elle avait un plein panier de morilles qu'elle a vendues !

Alors les vieux se souviennent de Denise. Certains se remémorent leur expédition punitive. L'odeur avait été un peu celle-là : charogne et feu. Ils ne pensaient pas à mal et d'ailleurs, même s'ils s'en sont confessés, ils n'ont jamais eu mauvaise conscience. Aujourd'hui, en voyant cette vieille, ce n'est pas le remords qui se rappelle à eux, c'est la mémoire de la catastrophe et ses suites et ils s'en souviennent plutôt avec le sourire. Leur larme à leur œil, c'est l'âge qui fait ça, même pas le souvenir amer de leur vigueur passée.

Elle passa près d'eux ; ils l'apostrophèrent.

— T'as donc pas été grillée l'autre jour avec la Denise et sa petite ? Et l'autre petite, qu'est-elle devenue ? Quel âge elle aurait donc la petite fille tout à l'heure ?

L'autre les regarda comme stupide, un œil, le valide sembla vaciller, l'autre restant perdu dans le vide. Elle leur tourna le dos et s'enfuit avec son panier.

— Et puis toi qui es si maligne, sais-tu pourquoi ce printemps les grues semblent avoir pris pension dans nos contrées ?

La vieille femme se retourna, fixa le vieillard d'un air glacial, et lui dit d'une bouche édentée.

— Peut-être bien que l'hiver n'est pas terminé et que les grues ne veulent pas remonter plus au nord ! Tu devrais faire attention toi aussi, ton hiver commence.

Trois jours après il était mort, endormi dans son sommeil.

— Pourquoi dans nos contrées la mort est-elle une femme ?

Une mauvaise journée pour Solange

C'était une des premières belles journées de printemps.

Mauduit partit tôt le matin avec ses enfants couper des pousses de houx en vue de préparer de la glu : Audenay, son propriétaire lui avait demandé pour la première fois de préparer la glu pour les futures chasses à la pipée de cet été. Les houx étaient dans un petit bois près des Zyscottes, un champ éloigné de Fontaire. À leur départ, la nuit était à peine achevée et des lambeaux de brouillard nappaient encore la campagne et les champs. Il faisait étonnamment doux et les enfants mal réveillés étaient ravis de quitter la maison où la fumée de l'âtre restait comme prisonnière de la pièce unique et piquait leurs yeux irrités.

À cette heure, les merles chantaient déjà leurs amours et leurs disputes. Une grive musicienne racontait les drames de la nuit : la chouette effraie avait vidé un nid de roitelets de ses œufs, le renard avait croqué un lapereau.

Petit Mauduit et Solange marchaient derrière leur père ou, plutôt, couraient derrière lui : il allait droit, d'un bon pas, avec la ferme intention de s'affranchir le plus vite possible de ce travail. Certes un menu travail, mais qui s'ajoutait à toutes les autres obligations pour le seigneur ou la communauté et qui restaient dues quand le loyer était payé. Une tâche qui mangeait du temps et ne rapportait rien directement au ménage.

Couper des branches de houx n'était ni difficile ni long. Hélas, il ne s'agissait pas que de cela. Après, il fallait retirer la première écorce du bois, une pellicule très fine qui, si elle n'était pas enlevée tout de suite, gâchait la glu. Après cette opération délicate, restait encore à longuement piler l'écorce retirée du bois, puis à la laver dans de l'eau froide pour la purifier. Plus l'eau est froide, plus la glu est compacte : on la façonne alors comme du beurre ; si l'eau est trop chaude, la glu devient huileuse et ne vaut rien. Mauduit ruminait en lui-même :

— « Une vraie corvée fastidieuse et non rémunérée, sauf si un jour, à force de rendre des petits services comme celui-là, Audenay me faisait son garde-chasse ! Mais le Robert, Audenay n'a pas l'air pressé de le remplacer, même s'il est vieux, trop vieux pour préparer la pipée ! Il est bien vrai que ce n'est plus à son âge qu'il pourrait grimper dans l'arbre ; et puis avec ses mauvais yeux, il ne saurait jamais dire quand la glu est pure. »

Mauduit était silencieux et n'était pas de bonne humeur ; les enfants le savaient et ne gazouillaient guère. Ils s'étaient bien gardés de se plaindre de la légèreté de la bouillie du matin. La récolte de l'année précédente avait été très moyenne. Ils savaient d'ailleurs avoir peu de raison de se plaindre, car leur famille était peu nombreuse, leur mère ayant eu peu d'enfants à la différence d'autres locatures du voisinage où après la prise en compte de la mortalité infantile, on trouvait là des nichées de huit ou dix marmots. Si aujourd'hui, ils avaient faim, beaucoup d'autres enfants avaient les joues creuses et le ventre bombé et oublieraient bientôt qu'ils avaient faim, tant ils étaient déjà faibles.

Le début du printemps est une saison où dans les prés, la nature n'offre rien à manger. Pourtant, dès avant que la végétation prenne son essor, c'est un moment d'inventaire et de promesses. Sous les aubépines taillées, on peut repérer les nouvelles petites pousses qui se dépêchent de verdir ou fleurir, avant de se voir voler le jour par d'autres plantes. On réapprend les endroits propices aux champignons, les bouquets de ronces où l'on pourra se gaver de mûres, et bien plus tôt, les fraisiers et les framboisiers dont il ne s'agira pas de manquer le fragile produit quand il sera rouge. Sur le sol nettoyé de ses mauvaises herbes par l'hiver, pointent déjà les pissenlits qui ne seront pas à négliger même si l'on n'a pas de lard pour les accommoder. On peut commencer à chercher les morilles que l'on pourra vendre au château ou au marché. Tout en marchant vite, les deux enfants regardaient à la dérobée pour découvrir tout ce qui pourrait un jour prochain se transformer en nourriture. Les fourmilières à fouiller et dont les œufs vendus nourriront les perdrix, les coulées discrètes où l'on posera le collet en cachette, mais là il faut y penser encore plus silencieusement. Et puis, il y a les arbres fruitiers des haies. Les prunes « sirots » dont la Mauduite fait des tartes ; elles ont si peu de chair qu'il faut en cracher les noyaux à la dizaine quand on en mange une bouchée. Il y a aussi les guignes ; dont on fait aussi des tartes, pour lesquelles après avoir bien roulé les fruits dans la bouche, on avale les minuscules noyaux. Mauduit passe devant un poirier de la Saint-Jean : ces petits fruits s'appellent des « treize en gueule » ; l'année dernière il n'a pu en enfourner que neuf à la fois ; il se souvient d'ailleurs qu'il a failli s'étouffer et qu'après il a attrapé une belle colique. Petit Mauduit, en pensant à ses festins futurs, oublia la mauvaise humeur du père et continua à reconnaître les autres ressources à visiter bientôt : pommiers, noisetiers, noyers et cormiers et tous les autres arbres fruitiers.

Il avait sept ans et commençait à suivre son père quand celui-ci labourait ; depuis longtemps il avait commencé à garder les moutons ou les cochons dans les prés.

Solange allait avoir douze ans ; elle aidait sa mère, gardait également les animaux dans la journée. Elle était travailleuse, pleine des idées sérieuses et enfantines d'une petite femme. Elle prenait l'initiative d'aller tirer de l'eau au puits, corvée bien pénible. L'eau servait bien sûr au ménage, mais les plus grandes quantités étaient tirées pour le bétail logé dans l'étable attenante à leur petite maison. Le curé avait remarqué la petite Solange : éveillée, elle avait déjà fait sa communion ; elle ferait une bonne servante à Sermelles ; d'ailleurs sa mère en avait déjà parlé avec la dame. Propre et disciplinée elle serait vite affectée à la laiterie.

Solange chantait, joyeuse derrière son père et pensait au travail qui l'attendait à son retour. Il y avait beaucoup de Solanges à cette époque en Berry : Solange en était la patronne. Elle priait souvent comme lui avait appris Monsieur le Curé, en admirant les petits oiseaux, le bleu du ciel et l'herbe verte sous le soleil. Elle avait des idées simples, une perspective tracée : servir à Sermelles et au bout de quelques années épouser un gentil gars, s'installer dans une petite locature et nourrir une volée de beaux enfants qui feraient sa fierté à la foire.

Ils eurent tôt fait d'arriver au bord des prés qui, moins de quinze jours auparavant, étaient complètement recouverts par la crue. Depuis, la rivière s'était lentement retirée dans ses anciens lits. De grandes mares peu profondes subsistaient et s'écoulaient lentement par de petits ruisseaux ou des raies creusées à l'automne par la charrue pour accélérer leur évacuation. Passer d'une partie émergée à une autre obligeait à des détours, le sol restait spongieux et les pieds s'enfonçaient en créant une onde inhabituelle dans l'herbe drue et détrempée. À un moment, il fallut se résoudre à se déchausser pour éviter de remplir les sabots.

L'eau était froide comme la rosée, mais l'air se réchauffait rapidement dans le soleil dont les rayons nimbaient l'eau et le sol découvert. Une sorte de vapeur montait de la terre. On était un de ces matins de printemps généreux où la nature promet des épis lourds et des foins abondants.

Devant eux un héron s'éleva tranquillement, et curieusement l'eau derrière lui continua à bouger là où l'œil s'était arrêté pour l'observer. Une sorte d'aspérité ridait la surface ; à contre-jour, on pouvait penser qu'il s'agissait de canards ou de poules d'eau. En se rapprochant, ils virent que ce n'était pas ça.

De grosses carpes déplacées par la crue avaient remonté ces cours anciens réactivés ; elles nageaient dans l'herbe des prés, laissant dépasser leurs nageoires dorsales. Et, prodige, ces paisibles poissons, d'ordinaire vifs à la fuite dès qu'on les approche pour les prendre, semblaient jouer entre eux, inconscients des dangers autour d'eux.

Mauduit réussit d'une simple pichenette du pied à en pousser une sur l'herbe, sans que les autres en paraissent affectées. Elles continuèrent à se frotter les unes contre les autres, sans essayer de quitter ces eaux sans profondeur.

Mauduit regarda rapidement autour de lui et vit qu'il n'y avait personne : d'un côté, ils étaient cachés des hameaux par une bouchure élevée, et de l'autre, par les arbres le long de la rivière. Les enfants commençaient à s'exciter. Sèchement, leur père leur fit faire silence. Alors sans autre bruit que celui des éclaboussements, ils réussirent à sortir de l'eau une petite dizaine de carpes.

Mauduit ordonna à son fils de remonter à la maison chercher un sac vide : il n'était pas possible de remonter devant tout le monde ces poissons. Il lui recommanda aussi la plus grande discrétion. Il n'eut pas besoin de lui répéter. Petit Mauduit partit en courant.

Mauduit et Solange restèrent alors ensemble. Ils étaient trempés et Mauduit vit que sa fille grelottait :

— Déshabille-toi et fais sécher tes vêtements au soleil, tu vas attraper le mal !

Après ces émotions matinales, Mauduit se sentit vague et réchauffé ; il fut surpris de voir sa petite fille si grande.

Quand Petit Mauduit revint, il trouva son père de fort mauvaise humeur :

— Tu en as mis du temps, je t'avais dit de faire vite !

Solange était allongée habillée et pleurait doucement sans rien dire. Elle regardait machinalement une coccinelle se promener sur son index ; elle enferma son doigt dans sa paume et serra ; en ouvrant sa main, un vague jus jaunâtre auréolait le corps de l'insecte fracassé. Elle pleura plus fort.

Sans rien dire, Mauduit enfourna les poissons dans le sac, puis le cacha dans un fourré après l'avoir recouvert de branches et de feuilles mortes : il irait le reprendre à la nuit.

Puis ils allèrent cueillir des branches de houx pour confectionner les gluaux.

La remontée vers la locature ne fut pas triomphale. Mauduit, toujours irascible, se sentait oppressé et coupable, Solange était triste et absente, ses yeux larmoyants et rouges. Petit Mauduit ne comprenait pas, mais restait prudemment silencieux.

La Mauduite attendait joyeuse le retour de sa famille, la promesse de repas inespérés l'ayant au contraire mise de bonne humeur. Quand elle vit le spectacle piteux de son mari et le désespoir de sa fille, l'instinct de la femelle la rendit à son tour mauvaise.

— Solange tu es trempée, viens par ici te sécher et puis avant, te nettoyer, tu es dégoûtante.

En l'aidant à se débarbouiller, les choses ne s'arrangèrent pas.

— Cet après-midi Solange je t'emmène au Château pour que tu prennes ton service ; tu as assez fainéanté ici ! J'ai vu Madame il y a un mois ; elle m'a dit qu'elle t'attendait et que je pouvais t'amener dès que je voulais.

Le baluchon fut vite fait, et la marche vers le manoir, si elle dura deux heures, se fit sans qu'un seul mot soit échangé. On ne parla pas de salaire avec Madame, les conditions des servantes débutantes étant connues d'avance.

Madame Audenay dévisagea la petite, la trouva modeste et timide ; elle lui plut, mais ne le montra pas et dit d'une voix sèche :

— Si tu es sage et propre, on fera de toi bien vite une servante à la laiterie.

— C'est un bon métier et je t'engage à contenter Madame et lui obéir, ajouta la Mauduite sans affection.

Solange regarda la petite femme ronde qui avait un air renfrogné et qui portait un énorme trousseau de clés. La Mauduite eut tôt fait de partir et les adieux furent courts. Madame confia Solange à une autre servante plus âgée :

— Jeannette, tu montreras à Marie où elle dormira.

Madame partit dans une autre direction accompagnée d'un bruissement métallique. Elle se retourna.

— Ah au fait Solange, à partir de maintenant tu t'appelleras Marie, ici les Solanges s'appellent Marie.

L'autre servante lui expliqua que Madame s'appelait Solange et pour éviter toute confusion, les autres Solanges au manoir s'appelaient Marie.

Avant de monter au grenier où était son galetas, Solange rencontra Monsieur. La frimousse de Solange lui plut. Son œil se mit à briller.

— Ah tiens ! Tu es nouvelle ? Comment t'appelles-tu donc ?

Solange rougit et ne répondit pas.

— Viens donc dans mon cabinet que nous fassions connaissance.

Quelques instants plus tard, Solange, les yeux gonflés, les cheveux défaits, sortait dans le couloir et tombait sur Madame.

— Eh bien dit-elle cruellement, tu vas vite en besogne ma petite fille ! Tu n'as guère retenu tes leçons de catéchisme sur le martyre de ta patronne ! Je pense que l'apprentissage à la porcherie te conviendra beaucoup mieux !

Solange pleura à l'évocation de cette petite bergère si pure, qui chantait et parlait à Jésus tous les jours ; si belle aussi qu'un jour elle fut enlevée de force par le méchant fils du seigneur ; cette Solange-là, elle ne s'était pas laissée faire (hélas, la pauvrette savait maintenant ce que cela voulait dire !), elle s'était débattue si bien que les deux étaient tombés de cheval. De dépit et de rage, le jeune homme l'avait transpercée de son épée et lui avait tranché la gorge. La tête coupée de Sainte-Solange avait alors invoqué encore trois fois le Christ.

Humiliée et honteuse, Solange monta l'escalier vers les greniers et, les yeux humides, rencontra les jeunes commis qui avaient terminé leur journée de travail : ils l'examinèrent avec gourmandise et sans pitié, comme une harde de jeunes loups contemplent une jeune brebis égarée dans la forêt. Ils lui proposèrent en riant de la consoler et l'entraînèrent dans la soupente où étaient leurs quartiers.

Pauvre Solange ! À partir de ce jour, cette Solange-là ne chanta plus. Elle se fondit dans le cortège des multiples autres Solanges aux destins insignifiants et dénués d'espoir !

La préparation de la pipée

Par sa naissance et par sa richesse, le Duc de Charost faisait de l'ombre à tous les autres nobles de la région. En sa présence, Audenay se devait de rester modeste et humble, d'autant qu'il lui était grandement redevable de sa position malgré tous les reproches qu'en secret il pouvait lui faire. Aussi Audenay n'était pas mécontent de son absentéisme qui lui permettait alors de prendre une nouvelle importance parmi les petits nobliaux campagnards des alentours, en général certes mieux nés, mais moins riches et moins éduqués. Sa supériorité était sans conteste parmi les commerçants et même les robins[23] d'Issoudun qu'il se plaisait d'inviter à Sermelles.

Montrer ses biens et ses réussites le remplissait de bonheur et le gonflait d'orgueil. Exercer le droit de chasse, qui marquait bien son passage dans un autre ordre, constituait pour lui une occasion de prouver qui il était.

Ce soir-là, à l'issue d'un bon repas, il proposa à ses invités de participer à une chasse à la pipée.

Leur air interrogatif à ce nom augmenta son plaisir et c'est sur un ton docte qu'il se mit à leur expliquer la signification et le déroulement de cette chasse :

23 - Nobles de robe.

— La pipée est une chasse originale où l'homme se sert de la guerre entre les animaux. Une belle leçon pour nous les êtres humains !

Audenay s'amusa de leur air incrédule.

— Comme vous le savez, les hiboux et les chouettes dévastent nids et nichées pendant la nuit, profitant du fait que leurs proies ne voient rien et ne peuvent ni s'enfuir ni se défendre. Au contraire, le jour, le hibou est à son tour en danger : aveuglé par la lumière, il ne sait plus voler. Aussi, il suffit qu'un oiseau entende, de jour, le cri d'un hibou ou d'une chouette, pour s'exciter aussitôt et appeler à la rescousse ses congénères. Alors tous accourent du plus petit au plus grand, espérant en découdre, et chasser de leur territoire le monstre à son tour impuissant. Comme on le dit justement, continua Audenay, la haine est mauvaise conseillère et à la pipée, les petits oiseaux vont payer un sévère tribut à cette passion néfaste. Leurrés par la promesse d'une victoire aisée, ils termineront capturés et frits dans nos assiettes.

Audenay sourit goulûment et les convives le regardèrent, interrogatifs, en attendant plus d'explications.

Delort, qui était du repas, pensa à l'Ecclésiastique :

> « *Rancune et colère, voilà encore des choses abominables*
> *qui sont le fait du pêcheur,*
> *Celui qui se venge éprouvera la vengeance du Seigneur...* . »[24]

Audenay poursuivit :

— Le principe de cette chasse est de tromper le petit oiseau, en imitant le cri de son prédateur. Furieux et n'écoutant que sa rage, il va se poser sur l'arbre d'où partent ces sons provocants. Là ses ailes et ses plumes s'empêtreront dans les gluaux placés par le chasseur, et il sera capturé. La chasse en soi est un jeu d'enfant, pourtant elle demande une préparation délicate. Je vais vous en expliquer le détail, car, demain, quand nous serons postés, nous devrons être le plus silencieux possible et je ne pourrai pas répondre à vos questions.

Audenay se sentait important et reconnu comme le chef.

24 - Ecclésiastique : 27 - 30

— Les gluaux sont des petits osiers couverts de glu de houx. Les rameaux doivent être fins et déliés pour être à la fois moins visibles et plus flexibles ; ils sont cueillis à la fin de l'été quand les extrémités sont dures. Le gros bout est recoupé et durci à la braise.

La qualité de la glu est essentielle. On peut l'acheter, mais il n'y en a pas de meilleure que celle que mon métayer fabrique et, ce qui ne gâte rien, elle est gratuite. Le secret de la bonne glu, c'est sa pureté et donc son lavage. On enduit de glu les osiers effeuillés, sauf le gros bout, autrement c'est le chasseur qui serait empêtré ! Pour éviter qu'ils se dessèchent, on enferme les gluaux bien serrés dans une toile cirée frottée d'huile et on met l'ensemble dans un endroit frais et humide.

L'arbre de la pipée doit être protégé du vent, dans un lieu bas en bordure de forêt, si possible près de haies d'épines, non loin d'un ruisseau ou d'une fontaine, en deux mots proche du gîte et du garde-manger des oiseaux. Un endroit calme et non passant pour ne pas les effaroucher. Demain vous verrez aussi que l'arbre choisi est isolé : les oiseaux attirés n'ont pas d'autres choix que de se poser dessus. Les gros bouts des osiers sont coincés dans de petites entailles faites sur les branches à une longueur de trois à quatre pieds du tronc. Si l'on veut capturer une buse, on aura aussi dégagé quelques branches au sommet de l'arbre, car c'est là qu'ordinairement elles se posent. Il faut préparer l'arbre de manière à éviter qu'un oiseau pris tombe sur la branche du dessous et emporte en pure perte de nouveaux gluaux.

La pipée se fait à partir de la fin du mois d'août tard le soir (quand les oiseaux rentrent au gîte ou tôt le matin quand ils sortent du bois pour manger). Si on la fait plus tôt dans la saison, on prend le risque de laisser mourir de faim au nid les jeunes oisillons dont les parents ont été capturés.

Delort se dit en lui-même qu'il s'agissait là d'un bel exemple d'humanité intéressée ou utilitaire : les oisillons morts ne pourraient alors pas être les invités de la pipée de l'année prochaine. Audenay poursuivit ses explications :

— Certains pipeurs posent des hiboux empaillés sur les arbres de pipée ; je dois admettre que cela ne m'a jamais réussi les rares fois où j'ai essayé.

Pour frouer[25] on peut se servir de différents appeaux : une feuille de lierre trouée et repliée, ou une lame de couteau appliquée sur les deux lèvres sont propres à attirer les petits oiseaux : rouges-gorges, moineaux, pinsons. Par leurs piaillements, les premiers oiseaux capturés, attireront encore d'autres congénères.

Et les cris des petits oiseaux en feront venir de plus gros : grives, merles et geais, puis des pies et des corbeaux. À la tombée de la nuit, cela sera le moment d'appeler aussi les hiboux ou chouettes : une feuille de chiendent, mise dans la bouche sans la tenir avec les dents, fait très bien l'affaire. Ne me demandez pas pourquoi ces oiseaux de nuit se font capturer, c'est ainsi ! Vous verrez, c'est une vraie folie !

Le temps idéal est un temps ensoleillé ni trop chaud (la glu devient trop fluide et tombe des gluaux), ni trop froid (alors, la glu ne colle plus), calme et sans vent. Le meilleur moment, c'est après une pluie légère et chaude avec l'inconvénient que les branches sont glissantes et dangereuses pour le pipeur. À part les ramiers, tourterelles, sansonnets, linottes et chardonnerets qui n'ont pas la haine des hiboux, tous les oiseaux peuvent être pris par la pipée.

Nous commencerons la chasse à cinq heures de l'après-midi. Nous partirons à pied du château de Sermelles vers quatre heures. Les gluaux seront posés ce soir sur le chêne par notre bon Mauduit. Il disposera à proximité immédiate de l'arbre des gaules avec d'autres gluaux. Quand vous entrerez dans la loge, restez silencieux et évitez de toucher les branches et faire bouger le toit : il ne faut pas effaroucher les oiseaux.

Après cette longue explication, les convives très excités posèrent de nombreuses questions à Audenay ravi de montrer sa science et impatient de passer aux travaux pratiques le lendemain.

25 - Imiter le cri de la chouette.

La pipée

Toute la journée de la veille avait été occupée par Mauduit, aidé de son fils et de jeunes commis d'Audenay à préparer la chasse. Ils avaient dressé des gaules et bâti plusieurs huttes en branchages. En fin d'après-midi, au moment où Audenay dînait avec ses amis, il avait passé un temps fou à faire le tour de l'arbre du haut en bas, à califourchon sur les branches, et y poser des centaines de gluaux. Il avait fini à la nuit, au moment même où Audenay expliquait à ses hôtes les principes de la chasse à la pipée.

— Pourras-tu me rendre le petit service d'organiser la pipée demain Mauduit ? avait dit Audenay.

Mauduit avait dissimulé sa grimace ; le petit service demandé s'apparentait à une nouvelle journée de corvée. Après avoir rentré les récoltes et avant d'entreprendre les premiers labours, Mauduit avait espéré un peu de répit. Il ne pouvait s'empêcher de remâcher sa rancœur.

Pendant que lui, Mauduit, manquait de se rompre le cou en tombant d'une branche glissante, Monsieur Audenay recevait au château. Il faudrait bien qu'un jour il reconnaisse ses mérites, et lui fasse remplacer le vieux Robert dont il faisait le travail.

Tous ceux qui étaient présents la veille au soir, étaient curieux d'assister à cette chasse ; d'autres s'étaient invités et avaient été volontiers reçus. Il y avait donc du monde : quelques gros laboureurs, le médecin, le vétérinaire, le notaire et le curé. Certains étaient venus avec leurs épouses et leur progéniture, dont de très petits enfants.

Robert le garde-chasse s'était permis de faire des remarques sur la longueur et la pose des gluaux. Mauduit s'était raidi, avait piqué un fard et répliqué peu aimablement. Audenay avait dû intervenir pour calmer les esprits.

Pour Audenay, le plaisir de cette chasse était un peu contrarié par la présence du jeune neveu de Charost qui se trouvait être à nouveau de passage à Mareuil et qui, bien sûr, avait été invité. Audenay ne pourrait plus plastronner à son aise.

Pour faire patienter tous les invités à l'intérieur des huttes, on avait placé des sièges et de petites tables sur lesquelles il y avait des confitures et des boissons désaltérantes. Les mères étaient chargées de surveiller leurs petits. Le silence était de rigueur et le parler bas accentuait la tension des petites assemblées.

On était en fin de journée, une pluie régulière était tombée dans la matinée et en début d'après-midi. Les branchages avaient assuré l'étanchéité du toit des huttes, même si de temps en temps, une grosse goutte s'écrasait sur un front ; alors les dames mettaient un doigt sur leur bouche pour éviter un éclat de rire malvenu.

Pour éviter que les enfants ne s'excitent davantage, Mauduit, pour appeler, s'était isolé avec son fils dans une toute petite hutte. Au début, rien ne se produisit, sauf que tous se firent alors immobiles, comme au garde-à-vous, chacun se concentrant pour écouter l'appeau dans le silence et le choc des gouttes sur les feuilles et sur le sol.

Pendant un temps qui parut une éternité, le silence se maintint ; on se regarda, les regards des jeunes étant rivés dans la direction d'où venait l'appel. Imperturbablement, Mauduit continuait à frouer avec sa feuille de lierre.

Soudain, un premier cri d'alarme d'un oiseau, un froufroutement d'ailes, un choc léger sur le sol. Et puis d'autres pépiements sur des fréquences différentes, des bruits de papiers que l'on chiffonne, qui enflent, qui se mélangent aux cris aigus des oiseaux cherchant à se débarrasser de la glu qui les fait tomber. Des oiseaux qui par terre sont d'abord étourdis et puis qui recommencent à vouloir se libérer, s'envoler. Désespérément.

Les chasseurs, les femmes et les enfants se regardent en souriant, d'abord silencieux ; les joues des enfants s'animent ; on rit maintenant et les petits piaffent. Bientôt on ne peut plus les retenir et d'ailleurs c'est le moment de commencer la collecte. Les hommes sortent et saisissent les oiseaux immobilisés avec délicatesse et leur tordent le cou pour les déposer dans des panières.

Les dames sortent aussi avec les enfants, le sol est jonché de petits oiseaux qui se débattent dans tous les sens.

Les petits ont pris des bâtons et tentent d'assommer les grives, merles et bruants. La plupart du temps, ils les ratent, ce qui accroît leur frénésie. L'un d'entre eux arrive à tuer une mésange ; l'enfant qui peut avoir six ou sept ans s'acharne sur la pauvre bestiole immobile. Il est triomphant et frappe le petit corps qui n'est plus qu'un mélange de plumes, de terre et de sang.

La veille, le même marmot s'émerveillait de tendresse devant un petit poussin jaune tout juste éclos. Aujourd'hui il se découvre monstre furieux, bourreau sans pitié. Ses joues sont rouges du bonheur de détruire, de tuer.

Les dames toujours assises dévorent du regard leurs petits ; comme ils sont mignons ! Attention, en voilà deux qui viennent de se blesser en voulant assommer une grive. L'un pleure, l'autre qui n'a rien vu, frappe toujours comme un dément l'oiseau qui continue à bouger.

Pendant ce temps, d'autres volatiles sont tombés, plus gros, plus dangereux aussi à attraper : des pies, des geais, des étourneaux. Mauduit sait les saisir et les tuer sans passion, sans sentiment, calmement.

Des oiseaux sont réservés et ne sont pas tués : le roitelet d'abord, ou le roibaud, que l'on retrouvera à la prochaine fête du village, et que les jeunes apporteront l'année prochaine en procession au seigneur.

Les pies qui ne sont pas trucidées sur le champ sont mises dans des cages. Certaines, les plus chanceuses seront domestiquées et apprendront à parler des mots choisis pour faire rire les convives dans une assemblée. Les autres seront torturées et on leur enfoncera une aiguille dans la tête en mémoire de leur perfide aïeule qui, jadis, a apporté les épines de la couronne infâme du Christ. La vengeance des paysans courageux est tenace et passe les siècles. Dans ces conditions, comment imaginer le pardon des offenses d'hier ?

Mauduit a également mis de côté d'autres oiseaux que sa femme lui a demandés.

Les appels ont maintenant cessé. La folie meurtrière s'est apaisée. La nuit tombe doucement ; il n'est pas exclu que des chouettes ou des hiboux se fassent prendre. On a demandé à tous de rentrer dans les huttes. Les yeux se font à ce début d'obscurité. Les femmes ont leurs escarpins pleins de boue ; les enfants sont ébouriffés, griffés, souillés, épuisés et ravis. D'excitation, certains des plus petits ont fait dans leur culotte.

Le bruit de la chasse a maintenant cessé. Les enfants sont hystériques, certains d'ailleurs brisent le silence par leurs hurlements, la journée ayant été trop longue pour eux.

Cinq corbeilles sont remplies d'oiseaux morts ; on fera le tri au château et, demain, on mangera des oisillons frits tandis que les cuisiniers enfourneront pâtés et farces.

Mauduit est rentré et a remis à la Mauduite deux chouettes et trois corbeaux. Il préfère ignorer ce que sa femme fera de ces créatures vivantes.

Les petits oiseaux ont payé un lourd tribut à leur haine du rapace nocturne ; et l'homme a massacré en une soirée plus de volatiles que tous les hiboux et chouettes des forêts alentour en une saison.

Pendant la chasse, Emilie et le neveu du Duc ont pu, dans la hutte, être plus près l'un de l'autre. Emilie sent qu'elle rougit à chaque fois que le jeune homme — il est plutôt bien fait, bien mis et poudré — la regarde. Il semble avoir de l'intérêt pour elle, est souriant et attentionné. Elle se dit : « Comme il est différent de nos petits paysans crasseux ! Que suis-je pour lui qui vit à Paris dans les salons ? Guère mieux qu'une paysanne qui tire de l'eau du puits. » En pensant qu'hier elle s'amusait à lancer des glands aux cochons, elle s'empourpre de honte : l'avait-il vu ? Mais aux jeux sacrés de l'Amour, les jeunes bergères ne sont-elles pas confondues avec les filles de roi quand se dispute le concours de beauté ?

Le jeune homme qui lui aussi découvre la vie, a remarqué Émilie comme une jeune rose au milieu du gazon ; il est ébloui.

Les deux jeunes gens, transis, communient en silence.

— Mon Dieu, puisque vous devez me rendre heureux, faites que ce soit avec cette jeune fille !

— Que puis-je lui dire pour l'intéresser ? Que puis — je faire pour qu'il me remarque ? pense-t-elle.

Pendant que les autres se ruent sur les oiseaux qui piaillent par terre, ils sont près l'un de l'autre, plus près l'un de l'autre. Une main en touche une autre, ils tressaillent, ne disent mot, sont bousculés dans le mouvement général. Une ivresse s'empare d'eux, ils n'entendent rien du charivari ; ils sont assis, tremblent un peu. Un enfant est piqué par le bec d'un oiseau tombé. Émilie en prend prétexte pour se lever et prendre le petit chialeur dans ses bras ; tout son amour naissant passe à le consoler. Le petit garçon prend pour lui la douceur et les caresses. Il se calme, comme enchanté, et se souviendra longtemps de cette jeune fille, pour lui une adulte, qui l'a ainsi réconforté et qu'il aura éternellement en adoration.

Le jeune homme, de son côté, éprouve une bouffée inconnue, symptôme de l'aimantation mystérieuse vers l'être désormais désiré.

Elle se rassoit ; ils se sourient. Leurs yeux ne se quittent pas. La pipée se termine et on va rentrer. Émilie a le feu aux joues ; le jeune duc se sent flou, comme en dehors de lui-même et son cœur bat très fort. Les deux se réjouissent de se revoir pour le souper. Leurs âmes encore neuves se sont grisées toutes deux à la lecture du « Temple de Gnide ».

Est-ce lui l'Amour ? Est-ce elle Thémire ?

Bien loin de ces questions, Petit Mauduit trie les oiseaux morts dans des corbeilles. Il est le seul à avoir remarqué comme ces deux se regardaient !

Demain, le jeune duc très sage sera reparti vers son régiment et Émilie retournera à Issoudun dans son couvent.

Lettre du Marquis d'Argenson à Jean-Baptiste Audenay

Cher ami, votre lettre donne une image terrible de nos campagnes, bien différente de celle proposée par les intendants. Pour eux, envoyer à Versailles de mauvaises nouvelles de leurs provinces, c'est hypothéquer leurs carrières en gâtant la digestion des ministres. Aussi pour la Cour, la campagne est prospère, verte et fleurie, même en hiver, et les pâtres joyeux, petits amours joufflus, y poursuivent les jeunes nymphes farouches et souriantes sous les frondaisons.

Quelle misère vous décrivez ! Ces gens réduits à brouter l'herbe, et qui meurent dru comme des mouches ! Il suffit d'un hiver prolongé ou deux, et les campagnes redeviennent un grand cimetière. Au moins, votre générosité et celle de Monsieur de Charost allègent les souffrances des paysans de vos seigneuries. Que de malheurs seraient évités si tous les seigneurs propriétaires montraient, ne serait-ce que le cinquième de votre dévouement ! Au préalable, il faudrait qu'ils acceptent de résider un peu plus sur leurs terres. Ici, il nous est impossible d'évaluer les conséquences des mauvaises récoltes et la difficulté d'assurer la soudure entre deux campagnes.

Notre pays est fort riche et ne devrait jamais connaître de famines ou même de disettes ! Il pourrait même aisément nourrir un quart de population en plus, selon les études faites au début du siècle par Vauban. Mais tout progrès durable est bloqué par des obstacles infranchissables aujourd'hui.

Le premier est la taille, et plus généralement la détermination et le mode de calcul des impôts : les nobles et les ecclésiastiques sont exemptés, en revanche pour tous les autres, l'impôt s'accroît de manière disproportionnée à l'augmentation des revenus. Dans ces conditions, les paysans sont dissuadés de chercher à produire plus.

Un autre obstacle réside dans les mille limitations et interdictions frappant le commerce des blés ; ces interventions maladroites de l'État expliquent les prix astronomiques une année, les cours trop déprimés une autre. Il s'en suit une augmentation ou une diminution à contretemps des surfaces cultivées accentuant, l'année suivante, les fluctuations des productions et des prix.

Les remèdes existent et demandent plus de courage que de perspicacité pour le ministre qui voudra les imposer.

D'abord un impôt juste et encourageant la production, à l'instar de celui imaginé jadis par Vauban : tout citoyen qu'il soit noble, ecclésiastique ou roturier devrait être imposé à raison d'un vingtième à un dixième de ses revenus annuels par exemple. Un tel impôt, simple, facilement recouvrable, ne variant pas d'une année sur l'autre au gré d'évaluations inéquitables, rapporterait infiniment plus que l'écheveau des taxes actuelles.

Il faut aussi permettre la libre circulation des grains, y compris leur exportation non seulement d'une province vers une autre, mais aussi du royaume vers une autre nation. Cette mesure si elle était généralisée et stabilisée dans le temps, équilibrerait les marchés et atténuerait la spéculation.

À Versailles, comme je vous l'ai dit, le mot famine n'est pas à la mode ! Il ennuie et fait bâiller. Non, ici on préfère parler tambours, fifres et revues militaires ! Le cardinal Fleury, jusqu'à présent si prudent, nous conduit à grands pas vers une nouvelle guerre sur toutes nos frontières.

À nouveau, nous allons trahir notre parole donnée. Cette fois, en dénonçant la « Pragmatique Sanction » qui garantissait la succession paisible de Charles VI empereur d'Autriche. La guerre avec l'Autriche, et aussi par voie de conséquence avec l'Allemagne, la Hollande et l'Angleterre, devient inévitable. Nous nous préparons à des combats inutiles et sanglants.

Nos adversaires sont redoutables et nos alliés douteux et peu loyaux. Le Prince de Savoie a choisi le parti de la France; il est certain qu'il nous abandonnerait, aussitôt proposée une meilleure offre de nos ennemis. Le jeune Roi de Prusse a déjà atteint son but de guerre en s'emparant de la Silésie et il n'a plus rien à attendre de cette guerre qu'à protéger sa conquête. Il essaiera au plus vite de négocier une paix contre la garantie de ses nouvelles frontières. Avec la Prusse d'ailleurs, une terrible puissance s'élève en Allemagne : Frédéric-Guillaume a laissé à son fils un royaume sans dette, une belle armée. Le nouveau roi est déterminé, intelligent et ambitieux. Voilà un allié bien dangereux !

Nos intelligences et nos ressources vont être une fois de plus distraites des vraies questions du royaume : soulager la misère du peuple, réformer l'État et reconstituer notre flotte. Il est loin le temps où nos escadres pouvaient tenir tête à celles coalisées de l'Angleterre et de la Hollande. Déjà nous commençons à sentir notre grande faiblesse maritime dans la protection insuffisante de nos convois vers les Indes. Le comble est que nous avons jeté la Hollande dans les bras de l'Angleterre, sa mortelle concurrente !

Il faut arrêter notre politique agressive ! Aujourd'hui nous sommes le dragon de l'Europe que toutes les autres nations apeurées veulent combattre. Pourtant nous pourrions aisément vivre en paix avec des régiments réduits : il suffirait de laisser l'Allemagne aux Allemands, l'Italie aux Italiens, et ne pas nous mêler aux querelles continentales des Espagnols.

Plutôt que de gâcher nos ressources et nos meilleurs esprits dans des guerres ruineuses, nous pourrions nous atteler aux réformes indispensables !

Pour assainir les finances du Royaume, il suffirait d'ajouter aux économies militaires celles obtenues par la limitation des dépenses de la Cour. Ces dernières viendraient, elles, du retour du roi à Paris et de la limitation du nombre des palais et châteaux royaux. Le royaume pourrait alors garantir la prospérité de ses sujets et reconstruire une marine apte à protéger notre commerce maritime.

Celui appelé à mener d'aussi grandes réformes devra montrer de la constance, de la rigueur et de l'autorité. Il devra se boucher les oreilles. Les oppositions ne manqueront pas en effet : et tel qui serait d'accord pour certaines mesures, voyant qu'une menace son intérêt personnel, se déclarera hostile à toutes et s'acoquinera avec d'autres partis concernés par d'autres sujets. Cette coalition hétéroclite fera alors front pour combattre toutes les tentatives de changement proposées au souverain.

Il n'est pas sûr que notre roi soit de taille à affronter pareille épreuve. Hélas, il faudrait qu'il se mette un jour au travail avec application. Il en a la capacité. Quand il le veut et quand le sujet l'intéresse, le roi peut travailler de manière intense et entrer dans le détail des questions de gouvernement.

Si seulement Sa Majesté s'occupait de son royaume comme elle s'occupe de ses chiens ! Car Sa Majesté fait réellement un travail de chien pour ses six équipages. Dès le début de l'année, elle fixe, elle-même, leurs jours de chasse, de repos et de marche. Je ne parle pas seulement du mélange et des ménagements des jeunes et vieux chiens, de leurs mœurs et qualités, que le roi possède mieux que personne ; mais il organise lui-même l'arrangement de toutes ces marches, suivant les voyages projetés ou à projeter, d'après des cartes et un calendrier combiné.

Mon frère, le Comte d'Argenson est toujours ministre de la Guerre. Vous vous doutez qu'il n'a guère cherché à éviter les prochaines hostilités. J'ai beaucoup d'affection pour mon cadet, et je lui souhaite la poursuite de sa haute fortune. Il est intelligent et sûr de sa supériorité. Hélas, il préfère les cabales de courtisans aux vues politiques à long terme. Il manque de génie, ce beau feu céleste, qui fait d'un savetier un poète. Il ne sait pas oublier son moi, faculté nécessaire pour être un homme d'État : sans elle, il n'y a que des serviteurs mercenaires, intelligents si vous voulez, mais toujours eux-mêmes le centre du cercle. Aussi, il sait éviter la disgrâce.

Et on ne se remet pas des disgrâces du cardinal Fleury ! J'en sais quelque chose et il ne me pardonne pas d'avoir refusé l'ambassade à Lisbonne. C'est comme ce pauvre Chauvelin, notre ancien garde des Sceaux et secrétaire d'État aux Affaires étrangères. Renvoyé et toujours exilé à Bourges, après toutes ces années il n'est toujours pas prêt de rentrer dans les faveurs du roi !

Savez-vous que le Pape Benoit XIV a confirmé l'excommunication des francs-maçons ? C'est leur pratique du secret qui le gêne. Sa Bulle n'aura pas d'effet en France, car le roi ne l'a pas ratifiée.

Voltaire, lui, parvient toujours à se maintenir dans l'intimité des plus grands : il vient de dédicacer sa nouvelle pièce, « Mahomet », au même Benoit XIV qui l'a acceptée avec grâce. Il va être difficile d'interdire la pièce en France ! Notre ami s'est rendu à l'invitation de Frédéric le nouveau roi de Prusse. Là, il s'est aperçu que son roi poète était Mars avant d'être Apollon : Frédéric a délaissé sa lyre et enfourché son cheval de bataille. Cependant Voltaire a su s'accommoder de cette double allégeance. Il continue, avec autant de succès, à composer odes et pièces de théâtre, essais et romans, en sacrifiant aux dieux de l'argent. Il a amassé une vraie fortune en continuant d'agioter et de participer au trafic des colonies.

Juste avant de cacheter cette lettre et de vous envoyer mes fraternelles amitiés, je viens d'apprendre qu'il était reparti de Berlin retrouver sa bonne amie et inspiratrice Madame du Châtelet.

Pénitence

Le curé Delort était à genoux devant l'autel et fixait le crucifix.

Il priait. Il priait déjà depuis longtemps, et des larmes couvraient ses yeux.

La lumière du soir auréolait le grand crucifix polychrome et du sang rougeoyait sur les membres du Sauveur.

— Seigneur voilà revenu le temps de Pâques, la plus belle fête de l'année, celle qui marque votre triomphe sur la mort et sur le péché. Pourtant il va falloir que pendant ce Carême j'entende les confessions de toutes vos brebis. Quelle épreuve, mon Dieu ! Écouter toutes ces horreurs, devoir les juger, les sanctionner, puis les pardonner.

En quarante jours, je vais visiter le cœur de mes paroissiens, et connaître les nouveaux épisodes de leurs turpitudes. Les femmes infidèles, les maris ivrognes et brutaux, les meuniers falsificateurs de poids, les menteurs, les perfides, les aigris ; je vais constater que des enfants, innocents l'année dernière, ont pris goût aux vices.

À quoi servent nos sacrements ? À quoi ont servi les pénitences de l'an dernier ? À quoi ont servi mes prônes ?

Quels progrès ont faits les hommes depuis que vous vous êtes immolé pour eux ? Comment penser que j'arriverai à modifier le cours de leur vie d'impiété, de vols, de paresse, de luxure, de crimes ; et les mauvaises pensées envieuses, mesquines, ignobles ! Heureux encore que faute d'éducation, il n'y ait pas de danger d'hérésie ; mais l'ignorance donne la tentation des superstitions et de la sorcellerie. Qu'entendrai-je encore ?

Le curé Delort pensa à ce corps déjà déchiré, lacéré par le fouet, à ce visage griffé par la couronne d'épines ; il regarda la main de Jésus clouée au bois brut de la Croix : il se représenta la douleur du premier coup de marteau, cette douleur fulgurante qui dut contracter tout le corps, le spasme de nausée qui n'a pas le temps de s'éteindre qu'un nouveau coup est porté, moins douloureux, car moins surprenant, mais plus insupportable, car l'esprit sait que l'autre main, puis les pieds, vont connaître le même sort. Une chair transpercée, tuméfiée, bleuie, et quelques gouttes de sang autour des clous.

Une douleur lancinante, les crampes des muscles maintenant tétanisés.

La fatigue, la soif, l'épuisement.

L'humiliation et la douleur, l'attente immobile sur la colline, l'attente de Dieu, l'attente du sauvetage qui n'est pas pour soi, mais pour les autres et tous ces disciples absents, apeurés, qui avaient imaginé un prodige immédiat, un coup de force du Dieu des Juifs, comme pour Moïse qui a fendu la Mer Rouge pour laisser passer le Peuple élu pourchassé par Pharaon.

Le prodige ultime est que justement il ne se passe rien, et les autres, les rares qui l'aiment encore et qui croient en lui, en sont désespérés.

— Est-ce cela mon Dieu que vous me demandez ? Chercher les brebis égarées qui aussitôt rentrées dans le troupeau n'auront de cesse de s'en écarter à nouveau ? L'échec n'est-il qu'apparent et y a-t-il un espoir de rédemption ? Bien sûr, ils ne sont pas plus mauvais dans cette paroisse que dans les autres.

Les hommes demeurent incorrigibles et je ne parviens pas à les rendre meilleurs.

Il est vrai que baptême et extrême-onction garantissent à l'enfant nouveau-né et au mourant d'être sauvés in extremis ; une grande partie de mon énergie vise d'ailleurs à garantir les derniers secours aux mourants, comme exiger un baptême quasi immédiat à tous les nouveau-nés.

Faut-il se satisfaire de repêcher une âme à l'occasion de la mort du corps ? Peut-on accepter que les autres Sacrements ne soient que des moments éphémères de grâce : l'âme un moment sortie de la bourbe du péché y retombe aussitôt ?
Ne peut-on vaincre Satan qu'à l'orée de la mort ? Dois-je me résoudre à ne pouvoir vous offrir, ô mon Dieu, que les âmes sans taches de nouveau-nés et de vieillards privés de conscience ?
Pourquoi la douce persuasion est-elle sans effet ? Pourquoi recourir à des arguments extrêmes ? Interdiction d'enterrement en Terre Consacrée aux pécheurs non repentis, menace des plus grands supplices en Enfer à ceux qui n'ont pas reçu l'extrême-onction, interdiction d'enterrement aux bébés non baptisés ?
Ne peut-on faire de notre peuple de paroissiens un troupeau de brebis vertueuses ? Ne suis-je pas un mauvais pasteur ?

Le curé Delort fixa le regard douloureux et apaisé du Christ, dont les yeux, touchés par un rayon de soleil diffracté par le vitrail, semblèrent alors s'animer.

Le pasteur se fondit dans le crucifix, dans cette nouvelle apparition d'un Sauveur triomphant. Son esprit s'échappait lentement des angoisses immédiates et s'apaisait dans le silence des pierres. Dans la nef, le silence de l'après-midi prit une qualité différente ; l'ouïe, devenue le sens dominant, capta soudain des bruits imperceptibles, que le cerveau du curé imagina d'abord insignifiants et qui tout à coup, magnifiés mystérieusement, se révélèrent un chuchotement divin. Les murs rendaient imperceptiblement les prières et les chants qu'ils avaient absorbés pendant des siècles.

— Humble Delort, ces sacrements que tu penses illusoires ou en tout cas, dont les effets te paraissent trop fugaces, sont des enseignements, des étapes dans une vie consacrée au péché, qui instruisent, avertissent et préparent l'âme au moment ultime. Celui du choix entre l'abysse définitif de la nuit et la douloureuse, mais glorieuse et lumineuse réconciliation avec Dieu qui donnera la clé du sauvetage de l'âme.

Les discours passés des pasteurs de la paroisse, figés dans le calcaire blanc de la petite église, soufflaient au curé Delort leurs encouragements et leur expérience de six cents ans de foi, de doutes, de désespérance, d'espoirs et d'imprécations. Les murmures silencieux et approbateurs des corps ensevelis sous les dalles de l'église, les vagissements des enfants baptisés, les paroles inaudibles des fidèles qui se confessent, les sonneries des cloches et sonnettes, lentes ou nerveuses, tous ces bruits évanouis accumulés dans la paix des murs tentaient de ressortir par les pores des pierres taillées. Le curé se sentit moins seul, rassuré par la foule des fantômes apaisés de la communauté, rassemblés ici depuis des siècles.

— Quel mystère merveilleux ! Mon Dieu, il n'est pas utile que je le comprenne et je poursuivrai ma mission en faisant de mon mieux : si mon action parvient à en sauver un seul, alors mon sacerdoce n'aura pas été inutile.

Maintenant le curé Delort souriait, comme continuait à s'éclairer le visage du Christ au-dessus du maître autel.

— Mon Dieu, donnez-moi la patience, la clairvoyance et le jugement : guidez mes paroles de consolation et mesurez ma colère, faites-moi persuasif dans mes exhortations. Pardonnez mes doutes comme vous avez vous-même pardonné à Saint Pierre de vous avoir renié trois fois !

Il entendit un discret toussotement derrière lui. Il se retourna : il y avait déjà une dizaine d'ouailles qui l'attendaient pour le sacrement de pénitence.

Plein de force et d'espoir, il se dirigea vers le confessionnal.

L'assemblée seigneuriale

Le jour de la Sainte Trinité était arrivé. Devant le château avaient été disposés des abris couverts de branches et de feuillage, permettant de s'abriter du soleil comme des averses en ces derniers jours du printemps.

Des fauteuils vides trônaient sous la ramée réservée au châtelain de Mareuil : le seigneur et la duchesse s'étaient attardés après la messe. Les domestiques eux, étaient allés à l'office de grand matin, et s'affairaient à disposer des tables, des bouquets et des corbeilles remplies de fleurs.

Les villageois des alentours, propres et aussi bien habillés que possible, avaient apporté des paniers avec du pain, du fromage et des fruits : les cerises étaient mûres. Ils déjeuneraient sous le mail. Les petits enfants encore un peu intimidés par cette première sortie en dehors de la métairie ouvraient de grands yeux vers les quelques belles façades des grandes maisons du bourg.

L'assemblée trouvait sa source dans la fin de la servitude des paysans. Il y a plusieurs centaines d'années, sous la pression des rois notamment, ils avaient pu racheter leurs conditions de serfs auprès du seigneur contre des droits. À côté de redevances classiques comme la taille, les droits de banalités, de péages, de banvin (monopole de vente du vin par le seigneur pendant une période fixée), de blairie (contrepartie du droit de pâture), coexistaient ou subsistaient des droits très variés, au nom parfois bizarre, dont les origines très locales correspondaient souvent au caprice d'un seigneur particulier. Pour certains comme les droits de pellage ou de xomage, les juristes les plus perspicaces perdaient leurs traces dans les vieux grimoires et étaient incapables de leur donner une signification. Ceux devenus désuets, non exercés, n'étaient plus exigibles. Enfin d'autres survivaient comme des dettes éternelles, toutefois leurs montants fixes, établis il y a si longtemps, ne pesaient plus guère sur les foyers du fait de la dévaluation de la monnaie.

Au-delà de ces droits, il restait aussi des usages très anciens de soumission dont le caractère s'était adouci au fil du temps. L'essentiel restait de continuer à rendre hommage au seigneur, et de rappeler symboliquement les anciennes servitudes personnelles, jadis rachetées. Vieilles coutumes amusantes et édulcorées qui ont succédé à d'autres traditions beaucoup plus explicites et humiliantes, quand, par exemple le seigneur pouvait prendre possession de la jeune épousée, qui était, alors, serve parmi les serves.

Une fois par an, à l'occasion de l'assemblée seigneuriale de Mareuil, les jeunes adultes et les nouveaux mariés ou remariés de l'année devaient participer à des jeux et des épreuves ; à défaut ils devaient payer une amende. En général tous se prêtaient de bon cœur à ces anciens rites. Le seigneur se faisait toujours un devoir d'être présent, et assurer à travers cette tradition le rappel de sa place prééminente dans la communauté.

L'assemblée était aussi une occasion de foire : des vaches et des veaux étaient présentés à la vente avec les animaux de la basse-cour. Cette assemblée était devenue une vraie fête, les jeux étant vus comme un divertissement, accompagnés de danses, de chants. Une bonne occasion de boire et bien manger.

Le soleil montait dans le ciel et la journée s'annonçait belle. Le bruit de fond de la foule toujours plus nombreuse croissait, parfois déchiré par un hurlement d'enfant, le beuglement d'une vache ou le juron d'un paysan déjà un peu éméché : sous d'autres ramées, des tonneaux étaient mis en perce et l'on pouvait déjà boire à cette heure encore relativement matinale.

Hier encore célibataire, il avait bien ri de ces couples de nouveaux mariés dont l'homme devait courir dans la prairie, se précipitant d'un piquet à un autre éloigné de cent cinquante pas, sans être atteint par l'éteuf.[26] Si hier il lançait l'éteuf, aujourd'hui son tour était venu de tenter de l'éviter, et c'était un peu moins drôle. La foule crie son nom, accompagné de remarques obscènes sur son adresse au lit. Quand on est touché, il y a les pénalités à payer à la bachellerie, la confrérie des célibataires. Pour finir, l'éteuf que l'on a fabriqué soi-même, est remis au seigneur. Un jeu intimidant, avec le risque d'être ridicule. Heureusement, il y a cette année une vingtaine de participants : « il y en aura toujours un plus maladroit que moi ! ».

Le seigneur certes ne profite pas de la situation, et fera semblant de ne pas prendre cet hommage au sérieux, mais il tient à imposer son droit : 60 sols d'amende à celui qui refusera de participer au jeu.

La communauté s'enthousiasme sans arrière-pensée pour cette assemblée, et tous les villages des environs s'y sont donné rendez-vous dans la bonne humeur. Les bacheliers encaissent les petites sommes récoltées des couples qui ont dû payer l'écot, quand l'éteuf les a atteints. Les mariés sont aujourd'hui reconnus comme entrant dans l'âge des familles : un honneur et un aboutissement de leur éducation. Les anciens se rappellent du vieux temps.

L'éteuf n'est pas la seule épreuve : il y a aussi la quintaine, une sorte de joute nautique où l'on doit toucher un écu accroché à un pieu fiché dans la rivière. Les jouteurs sur leurs barques sont quasiment nus. La règle est que le perdant doit se jeter à l'eau, et payer un gage, s'il échoue à atteindre la cible. Les quintaines se dérouleront tout l'après-midi.

Les nouveaux mariés de Villiers ont apporté en procession un roitelet vivant, harnaché et attaché à une perche posée sur les épaules de deux d'entre eux. Le « roibaud » est présenté et remis au seigneur sous les acclamations, et là aussi, les grosses plaisanteries fusent : « Alors le Mauduit, ton roibaud, combien de fois il a chanté cette nuit avec ta bien-aimée ? » Le seigneur imperturbable sourit dignement et accepte le roitelet avec grâce.

Assis non loin de lui, Jean-Baptiste Audenay, sa femme et ses enfants. Emilie est silencieuse et regarde les jouteurs avec un sourire figé. Emilie s'ennuie. Elle n'a plus le droit de courir pieds nus dans les prés ; ce jour elle a dû souffrir une toilette et se sent empêtrée dans ses habits corsetés. Elle a dû se poudrer et mettre des escarpins qui la font horriblement souffrir. Elle sent avec malaise les regards différents

26 - Eteuf : une sorte de balle formée de 32 carreaux de neuf couleurs.

des garçons. Tiens, elle n'a pas vu Petit Mauduit. Elle aimerait bien sa compagnie.

Petit Mauduit est assis sur un muret, un peu caché par le tronc d'un immense noyer. Il regarde vers la ramée et est comme subjugué par l'apparition d'Emilie qu'il n'avait pas reconnue du premier coup d'œil.

— Voilà bien un an que je ne l'ai pas vue, se dit-il. Emilie est devenue une demoiselle. Il est loin le temps où je lui ai appris à attraper les écrevisses dans l'Arnon sous les pierres. Elle avait peur de les prendre à la main, mais elle a vite pris le coup. Comme on s'est amusé ce jour-là !

Finis les jeux avec les petits paysans. Emilie est sortie de son monde. Il se dit avec dépit que la petite fille qui, il y a quelques années, fourrageait à pleines mains le tas de fumier pour chercher des vers en vue d'une partie de pêche, s'appelle désormais Mademoiselle Emilie.

Petit Mauduit a raison. Emilie vient de l'oublier en apercevant le neveu du duc de Charost. Elle n'a d'yeux que pour lui. Elle ne sait comment attirer son attention. Lui sent sur sa tête un regard lourd et tenace. Ses premiers séjours au régiment lui ont donné une certaine expérience des filles, enfin de filles différentes. Emilie a pour lui, et malgré son rang bien inférieur au sien, un caractère sacré. Il distille avec habileté les moments où son regard, toujours en mouvement, rencontrera « à l'improviste » les yeux fixés sur lui. À chacune de ces correspondances fugaces, le cœur d'Emilie se soulève. Psyché arrive à surprendre l'Amour par un regard ! Et alors ils se rapprochent, ou plutôt il se rapproche. Une parole anodine ; Émilie répond stupidement et rougit aussitôt ; le jeune comte la trouve toujours charmante et fraîche. Ici à Mareuil, il n'est pourtant pas un oiseau de proie et ne s'amusera pas avec cette petite colombe pour laquelle il a un respect religieux. Il sait que demain il repart pour Paris : aujourd'hui on parlera gentiment, et on ne s'écartera pas de l'assemblée.

Émilie a appris que le beau jeune homme part demain : est-elle condamnée à ne le voir qu'une fois par an ? Elle est triste. Sa contrariété se change en colère contre sa mère qui lui a fait une critique anodine.

Madame Audenay n'a pas perdu son air renfrogné. Elle a réussi à se fâcher avec cette fille qu'elle adore. Elle veut qu'Emilie tienne son rang et se comporte comme une future dame (« il faut quand même que ça serve d'aller au pensionnat, ça coûte assez cher ! »). En même temps, elle souffre de ne plus voir assez cette fille qu'elle chérit ; et puis elle est désolée qu'elle ait passé l'âge pour courir dans les prés comme l'année dernière, et revenir les joues rouges et en sueur se faire offrir des sucreries par les servantes qu'elle, Madame Audenay, faisait semblant de gronder.

Elle la voit manger des yeux ce jeune homme trop noble pour elle. Elle les surveille et est décidée à ne pas les laisser seuls. Elle est rassurée quand elle apprend que le jeune comte doit repartir le lendemain à l'armée. Il doit rejoindre le régiment du Bourbonnais dans l'armée commandée par le chevalier de Belle-Isle.

Le bruit de fond s'est accentué en cet après-midi, amplifié par les nouveaux arrivés. Avec le vin, on parle plus fort. Pour se faire comprendre, il faut hurler. A la rumeur de la foule s'ajoutent les chants et les musiques. Des enfants courent, piaillent, jouent, se disputent.

Parmi les jeunes gens à peine plus âgés, des regards se croisent, appuyés, brûlants.

— Celle-là je ne l'avais pas remarquée, comme elle est jolie !

— Celui-là est costaud et a un visage gentil.

On cherche à se connaître, à s'estimer. On se sourit, dansera-t-on encore ensemble dans deux jours à la chapelle de la forêt ?

On se renseigne, on échange les avis. Ceux-ci sont simples, coupants, définitifs. Ils détermineront dans la plupart des cas la décision familiale, pour une possible union. Oui c'est un brave petit, c'est du travailleur et du sérieux ; ou encore ça n'a pas beaucoup de bien. Son père est brutal. Il s'est déjà mis à boire. C'est une bonne petite, un peu maladive. Elle est solide comme un bœuf. Ça ne vaut rien cette famille, une engeance !

Suivant le cas, les regards restent énamourés ou au contraire se diluent dans des champs élargis : alors, on fait semblant de s'intéresser à nouveau à la course à l'éteuf ou aux joutes.

Les merciers pendant ce temps continuent à vendre leur camelote et allègent un peu leur grand sac, des faucheurs se présentent pour se louer, des bêtes changent de propriétaires après des discussions commencées, comme toujours, par les grimaces et critiques rituelles du futur acheteur.

Le curé s'est installé sur un tabouret auprès du seigneur. Il ne veut pas voir les débordements des danseurs, les chairs qui se serrent, les mains qui s'oublient en des endroits incorrects, les baisers appuyés et indécents, les couples qui en fin d'après-midi s'éloigneront parfois vers des emplacements plus tranquilles. Il ne veut pas penser que dans quelques mois, il devra prononcer quelques mariages déterminés par une naissance annoncée, des mariages qui eux aussi pourront être heureux. Il espère qu'il ne rencontrera pas les cas, à l'origine de sinistres disputes, où les parents du garçon refuseront la « réparation », ou encore celui bien pire de la découverte d'un enfant abandonné mort, une abomination, car sa petite âme, faute de baptême, n'aura pas droit d'être ensevelie en terre chrétienne.

Il a fermé l'église à clé, ce qui le rassure. En revanche, il tremble pour le cimetière. Les nuits de fête comme celle-là, il arrive trop souvent que des bandes de jeunes ivres et sacrilèges renversent des tombes ou les souillent.

Impassible, il essaie de penser à autre chose qu'à ces horreurs. Machinalement, en bon pasteur, il passe en revue son cheptel : celui-là je ne l'ai pas vu à la messe depuis longtemps ; celle-là, on m'en a parlé à confession, c'est celle qui couche avec le forgeron, le pauvre, comment peut-il tromper sa douce et belle épouse avec un sale et vieux laideron aussi vulgaire ? Les enfants de la Solange des Gours, ils m'ont l'air passablement mal élevés. Que voulez-vous, quand la mère donne l'exemple : elle est toujours en train de donner dans la débauche ; où est son mari d'ailleurs ? Pourquoi n'est-il pas auprès d'elle ? J'y pense, c'est étrange, mais ses enfants, ils paraissent si différents ; une vache couverte par un taureau limousin ne donne pas un veau d'une livrée identique à celle d'un charolais ! Mon Dieu, celle-ci ne m'a rien dit lors de sa confession : mes pensées ne sont-elles pas gratuitement mauvaises ? Si on l'avait observé alors, on aurait pu le voir rouge de honte.

Il entendit un murmure.

— Tiens les charbonniers de la Forêt de Chœur sont là. Je préfère les savoir dans leurs clairières qu'ici. Ils sont venus avec leurs familles de Beauvoir. Mon Dieu, quels sauvages et qu'ils sentent mauvais !

Une bande d'hommes hirsutes avaient fait irruption sur la place. Ils avaient le teint cuivré de ceux qui vivent toujours dehors et, il est vrai, exhalaient une odeur de viande fumée. Ils étaient accompagnés d'une petite troupe de femmes et d'enfants. Contrairement à tous les autres présents, aucun d'entre eux ne s'était donné la peine de mettre des vêtements de fêtes ou de se débarbouiller, ce qui leur donnait dans cette assemblée un air farouche et très singulier.

À l'instar du curé, le médecin ausculte en secret la population : le Père Auray, quelle couperose, il faudrait qu'il arrête le vin et la viande trop riche, il va bientôt nous faire une crise d'apoplexie. La Solange de Parassay, enceinte jusqu'aux yeux, il faudrait qu'elle cesse de danser ou le petit va s'échapper sous les noyers ; cela ne serait pas trop grave, il y a ici au moins une demi-douzaine de sages-femmes. Son regard se porta sur des enfants des charbonniers.

— Mon Dieu que ces petits sont sales, c'est effrayant. Tiens, celui-là je ne l'avais jamais vu, se dit-il en apercevant une sorte de grand haricot malingre aux cheveux roux. Il a l'air bizarre ce garçon.

L'intéressé avait l'air hagard et stupide, marchant au hasard dans la foule, tenu par la main par sa sœur.

— Alors Sancouille, tu cherches ta promise ? lui cria le fils du meunier Tabuteau, un méchant petit à la voix de fausset. Et si tu ne la trouves pas, tu te rabattras sur ta sœur ? Prends garde à ton frère, la Solange !

La Solange se retourna et le visage impassible, mais les yeux haineux, lui envoya une torgnole qui lui fit rougir la joue ; tout le monde rit.

Audenay, qui est lui aussi assis près du seigneur, a fait ses affaires : il a acheté à un prix convenable une vache qu'une veuve ne pouvait entretenir. Il a marchandé en bon chrétien : certes il a payé bien moins que la femme en voulait, pourtant il aurait pu lui en faire rabattre encore, tellement la pauvre était serrée. Et puis, il a embauché un de ses petits comme berger.

C'est à ce moment que, dans la foule, il distingua une silhouette qui lui rappela ce frère qui était mort il y a si longtemps. Les premières années, il croyait le reconnaître partout, et ses yeux semblaient nier ce que sa raison lui dictait. Avec les années, ces visions et ces espoirs tout de suite anéantis s'étaient espacés et avaient quasiment disparu. Une fois de plus, il n'essaierait pas de s'assurer de la réalité de cette apparition, surtout s'agissant de la forme furtive d'un enfant de dix ans alors qu'aujourd'hui son frère en aurait plus de cinquante, et il se hâta d'oublier et d'évacuer cette folie de le voir revivre.

La Solange des charbonniers avait remarqué le fils Audenay, qui pouvait avoir seize ans. Il restait étranger à ces jeux et semblait ne pas s'y intéresser ; au contraire des autres, il n'avait pas ri quand son frère s'était fait insulter. Il s'était interposé quand elle avait frappé le petit. Il avait ajouté :

— Tu as eu ce que tu méritais et si j'apprenais que tu t'étais vengé, je peux te garantir que tu aurais affaire à moi !

Tout cela dit avec une voix très calme, très basse.

Solange, qui n'avait pas l'habitude d'être aidée, fut touchée. Elle connaissait, sans pouvoir les définir avec des mots, la signification pratique des termes « brutalité », « méchanceté », « loi du plus fort », « cynisme ». Cette fois, elle découvrit le contenu des mots ignorés « protection généreuse, désintéressée ». Un petit rayon de soleil pour cette pauvrette.

Le jeune Audenay de son côté sembla ne pas avoir fait attention à cette petite souillon mal habillée. Il avait quand même eu le temps d'être surpris par ses yeux verts aux nuances variables et cette petite tache rouge dans le blanc de l'œil gauche. Ces yeux, il ne les oublierait pas.

Une bagarre s'est engagée entre deux garçons, l'un de Villiers, l'autre de Gouers. Aux premières invectives ont succédé les coups. Il faut savoir qui est le plus fort, le plus riche des deux bourgs. Qui sont les impuissants, quelles sont les filles les plus légères ? Qui elles préfèrent ? Le sergent bon enfant et rieur va mettre fin à ce qui pourrait devenir une bataille rangée ; on s'expliquera un autre jour. Allez donc ! On fait semblant de se haïr ; on aime se haïr, en même temps tout le monde se ressemble un peu. Dame, on est tous cousins. Mais le vin est lourd et c'est vrai, tôt ou tard, au moins une fois par génération le sang sera versé !

Vers le soir, les dernières quintaines et les dernières courses à l'éteuf ont ranimé la flamme des spectateurs enivrés et se sentant pour la plupart délivrés de toute la retenue née des sévères objurgations entendues au prône du matin. Les êtres humains, les familles sont devenues la foule, animal aux joies dangereuses et imprévisibles.

Les charbonniers ne sont pas restés longtemps : ils ont bu quelques chopines pendant que les femmes regardaient les étals des marchands ;

les enfants, eux, se sont assis près de la rive pour regarder les joutes. À un moment, un des hommes fit un geste prompt et un claquement sec de la langue et ils sont tous repartis. Les villageois ont fait semblant de ne pas les voir. Maintenant ils sont rassurés qu'ils ne se mêleront pas aux danses de ce soir.

La foule en sueur fait transpirer une sourde clameur, mélange de hurlements, de braillements, de rires hystériques, accompagnée par les tambourins, les hautbois, les vielles et les cornemuses qui se fondent dans un brouhaha général.

Le dernier hommage au seigneur est celui des filles qui cassent le pot aux roses. Les veuves remariées chantent dans l'hilarité générale.

> « *À l'âge de quinze ans, j'avais dans mon ménage*
> *Un pot aux roses par l'amour cultivé*
> *En bon français, c'était un pucelage*
> *Que le bouchon d'un moine n'aurait pas esquivé.*
> *Mais à présent qu'un veuvage cruel*
> *Sous ses lois me tient en langueur*
> *N'y prétendez plus Monseigneur*
> *Car le jeu ne vaut pas la chandelle.* »

Le seigneur sourit benoitement et se tourna vers le curé. « Un bel hommage, le curé n'est-ce pas ? ».

Le curé Delort n'avait pas entendu ou compris le détail des vers, mais il en avait saisi le sens général. Il sourit piteusement.

Cette fille, il l'avait vue il y a trois ans se mariant pour la première fois, pure, au visage presque angélique ; puis, il y a moins de deux ans, son mari était mort dans des souffrances atroces après que la plaie d'un coup de fourche s'était transformée en abcès, puis en gangrène. Son dernier souvenir de cette fille était son visage encore enfantin en larmes grimaçant de peine et de révolte. Il avait alors cherché les mots propres à la consoler et avait cité les versets simples et apaisants pour cette fille dans la douleur :

> « *Il y a le moment pour tout, et un temps pour tout faire sous le ciel :*
> *Un temps pour enfanter,*
> *Et un temps pour mourir,*
> *Un temps pour planter et un temps pour arracher le plant.* »[27]

27 - Ecclésiaste 3.1

Aujourd'hui, impudique, vulgaire comme une traînée, elle débitait au seigneur et en public ce chant répugnant avec un sourire malsain.

Fallait-il protester, s'enflammer sur l'indécence de la situation ? Oui, mais c'était aussi risquer d'encourir la risée générale, voire un certain mépris en jouant la vertu offensée ? Le temps d'y réfléchir, la réponse était donnée : la posture confortable du silence. Ainsi il serait lâche toute sa vie ? Une sensation horrible de mauvaise conscience l'envahit ; elle ressortirait dans ses insomnies : il avait une fois de plus renié sa mission de pasteur, une fois de plus ignoré sa place.

Suis-je un bon pasteur ? Suis-je capable de donner ma vie pour mes brebis ? Ne suis-je qu'un berger à gages qui se sauve à l'arrivée du loup et le laisse les emporter et les disperser ?

Le curé Delort se leva : il était temps qu'il retourne à son presbytère et à ses prières !

Des petits enfants, des bébés encore, mais qui marchent déjà, mettent la main à la bouche et dans leurs yeux. Leur visage est noir de la crasse de la poussière du mail. Ils ont couru, joué. Harassés de sommeil, ils pleurent sans savoir pourquoi ou s'endorment doucement, couchés à même le sol en regardant le ciel, les feuillages et ces géants d'adultes qui marchent autour d'eux. Ils n'entendent plus depuis longtemps cette rumeur qui les avait si fort surpris quand ils sont arrivés ce matin. Tout à l'heure, une mère impatiente, une grande sœur douce ou brutale, viendra les arracher à ce demi-sommeil pour retourner à la maison. Un long voyage qui se terminera dans le soleil couchant en dormant sur des épaules ou dans des bras plus au moins accueillants, domptés par les hurlements du moutard qui refusera de marcher. À un moment ou à un autre, les claques pleuvront. On est encore loin d'y penser.

Des rêves, la nuit de la quintaine

Parfois la mémoire d'un rêve se réveille.

Cette magie, ce mystère du rêve, nous conduit parfois à avoir la sensation confuse d'avoir déjà marché par ce chemin, d'avoir déjà senti ce parfum ou avoir entendu ces phrases, mais dans un monde différent, ouaté et incertain. Alors on peut imaginer avoir été transporté en un éclair dans une vie ancienne.

Les évènements vécus nourrissent les rêves de la nuit qui eux teintent des impressions de la journée. Certains rêves rares nous marquent autant que les souvenirs vivants et reviennent périodiquement à notre conscience, qui chaque fois, s'interroge sur leur signification.

Émilie cette nuit-là fit un rêve destructeur, Jean-Baptiste vit la mort et Mauduit passa à côté de l'amour.

Aux jeux sacrés organisés par Vénus, Emilie, belle sans ornements, avait des grâces au lieu de perles et de rubis. Comme on remarque une rose au milieu des fleurs qui naissent dans l'herbe, on distingua Emilie de tant de belles. Elles n'eurent pas le temps d'être ses rivales et furent vaincues avant de la craindre.

— Mais je vois le jeune comte dans cette assemblée ; il est caché derrière un bosquet. Aussitôt m'a-t-il souri qu'il me tourne le dos et s'éloigne ! Il disparaît dans une voiture qui part et qui n'est plus qu'un point à l'horizon. À quoi sert d'être la plus belle si l'objet de son amour n'est plus là ?

Emilie abandonnée, donne des coups furieux dans les murs du salon du manoir et démolit tableaux et brise porcelaine et assiettes. Elle défonce le plancher avec une pioche ; elle crache partout, souille les lits de ses excréments. Ses parents et les serviteurs la regardent faire d'un air navré sans intervenir. Elle continue son travail de destruction en labourant les parterres fleuris du jardin.

— On croyait notre fille sage, disent ses parents désolés.

— On croyait notre petite maîtresse douce et gentille, se confient les servantes qui l'ont connue charmante enfant.

— On croyait l'avoir bien élevée, disent confites en excuses, les sœurs et le confesseur de son école religieuse. Qu'elle est laide quand elle est furieuse !

Ses petites compagnes d'enfance ricanent :

— Nous on sait qu'elle ne vaut rien.

Elles répètent en chœur, et cette formule se répète et se répète encore, formant un brouhaha insupportable qui la rend encore plus folle, car elle se sent injustement découverte.

— Nous on sait qu'elle ne vaut rien !

Elle se réveille enfin avec une immense fatigue comme si elle avait passé toute la nuit à trimer comme un homme de peine.

Jean-Baptiste Audenay est assis dans le fond d'un petit cours d'eau qui s'écoule dans un puits ; il ne s'explique pas comment il peut être sous la terre. Au bord, il y a un monticule, mélange de feuilles mortes et de terre. Une tombe.

La terre bouge et fait légèrement crisser les feuilles (d'un chêne ou d'un hêtre, des feuilles qui restent sèches pendant tout l'hiver). Une tête sort de ce magma. La peau est encore attachée au crâne, les traits sont méconnaissables. C'est évidemment son frère.

Il veut lui parler cette fois, s'expliquer avec lui. Il ne l'a pas poussé, mais il aurait dû l'empêcher de monter sur la margelle. Quand, face à lui, il a sauté sur place, il avait oublié où il était. Lui, Jean-Baptiste, a voulu crier, il n'en a pas eu le temps. Le cri s'est arrêté dans la gorge, avec une horrible pression dans la poitrine : son frère a basculé. Son visage était comme surpris, il n'a pas eu le temps de montrer sa peur au moins tant qu'il fut visible. Une image fuyante que Jean-Baptiste garde gravée dans la mémoire.

Mais le cadavre ne le regardera même pas, car la vision aussi horrible de ce visage décomposé le réveillera aussitôt, en sueur et le cœur battant. Une angoisse indicible associée à un sentiment insupportable de culpabilité. Le reverrai-je quand je serai mort ? Que me reprochera-t-il ?

Suis-je condamné à rêver être le meurtrier de mon frère ?

Petit Mauduit voit apparaître dans un jardin, dans le léger brouillard de l'aube déjà envahi par le soleil, le visage doux, parfait et serein, d'une jeune femme. C'est Emilie qui le regarde avec malice. Il est nu et se prosterne devant elle. Elle lui sourit et il se sent envahi d'une bouffée de parfait bonheur et de joie ineffable.

Il est dans un parterre de fleurs et elle-même, est debout sous une glycine, couronnée de fleurs de roses blanches. Le temps semble éternel. Le rêve se termine, paraît alors infiniment trop court. À son réveil Mauduit est trempé sur le ventre et les cuisses.

Pendant toute sa vie, Mauduit cherchera en vain, un tel moment de plaisir, dans sa vie et dans ses rêves.

À partir de ce moment-là, il ne put plus voir Emilie sans éprouver de la gêne. De toute façon, ils n'étaient plus destinés à se parler et les regards de la jeune fille ignorèrent les siens.

-

Beaucoup d'autres rêvèrent cette nuit-là. Certains ne tombaient pas du bateau de la quintaine, ou laissaient échapper maladroitement le roibaud, d'autres évitaient l'éteuf, des enfants dévoraient le gâteau que leur mère leur avait refusé. Le matin, ils avaient tout oublié.

L'année d'après à l'assemblée seigneuriale, ils auraient, un instant, l'impression étrange de rentrer dans un monde où les souvenirs réels s'enchevêtrent avec l'imaginaire.

Une visite au hameau de Beauvoir

Le curé Delort avait décidé qu'il visiterait régulièrement toutes ses ouailles ; depuis son arrivée, deux fois par semaine, il s'invitait dans les maisons du village. Il voulait s'assurer que tous les habitants étaient bien baptisés, que les adultes allaient bien faire pénitence au moins au temps de Pâques, que les enfants étaient catéchisés.

Ses visites visaient aussi à empêcher que les grands enfants ne couchent pêle-mêle sur la même paillasse, que les bébés de moins de six mois ne dorment avec leurs parents, une recette hélas éprouvée pour se faire écraser pendant la nuit.

Elles lui permettaient aussi de rester imprégné du monde paysan, du caractère de ses brebis qu'il ne voyait autrement qu'à l'église le dimanche et les jours de fête.

Il avait un dernier motif : connaître les paroissiens les plus nécessiteux et remédier aux plus cruelles souffrances, aux détresses les plus criantes. Il avait encore peu fait la tournée des hameaux écartés comme Beauvoir.

La nuit de l'assemblée seigneuriale, il avait fort mal dormi, tenaillé par la honte de toutes les imperfections, indécences, dont il avait été spectateur passif, sans même avoir la force d'intervenir. Dans cette longue nuit de contrition et de remords, il s'était décidé à partir en mission chez les charbonniers, et ce malgré les conseils de prudence et les réticences des personnes à qui il en parla. Il voulait se prouver capable de courage, et dire la bonne parole dans les milieux mêmes hostiles.

Ce jour-là monté sur sa vieille jument, il arriva au hameau de Beauvoir après avoir traversé les Chétifs Bois. Un taillis beaucoup plus qu'une forêt, où les arbres mouraient jeune et ne poussaient jamais haut.

Ses réflexions furent interrompues par les piaillements d'enfants mêlés à celui d'un coq.

Une demi-douzaine de masures composaient le hameau.

Une petite nuée de filles et garçons crottés et poussiéreux jouaient dehors et se chamaillaient. Ils avaient peut-être entre sept et deux ans ; certains d'entre eux entièrement nus, les autres habillés de loques et tous, pieds nus et d'une maigreur saisissante.

Un cochon fouillait de vagues immondices ; il y avait aussi deux ou trois poules et deux moutons non encore tondus.

Deux enfants avaient l'air particulièrement languides et absents, une tête grosse et un ventre proéminent. Ils ont la chartre[28] se dit le curé ; parmi les autres et en se rapprochant, il vit qu'une fille avait des yeux purulents, qu'un autre enfant était estropié.

— Ceux-là n'étaient pas à la quintaine, se dit-il.

Un autre, plus grand vint vers lui l'œil stupide et bredouilla un vague son qui pouvait être « manger » ou « bonjour ». Il lui prit le pan de son manteau. À ses cheveux rouges, il reconnut celui qui s'était fait prendre à partie par le jeune Tabuteau.

Plus loin, un plus grand qui semblait déluré lui cria dans le patois du pays :

— Sancouille, laisse Monsieur le Curé tranquille et reste avec le cochon, celui qui t'aime tant !

Il éclata d'un grand rire repris, en écho hystérique et dément, par tout ce petit monde.

Sur le pas de la porte, une femme, qui donnait la tétée à un bébé mal emmailloté, sourit en laissant entrevoir une dentition en ruine.

28 - Maladie due à la malnutrition apparentée au rachitisme.

— Tu es la femme Benoite demanda le curé Delort ? Tous ces enfants sont les tiens ? La femme leva lentement la tête et fit non de la tête.

— Dis-moi, ils n'ont pas l'air bien nourris ces morveux ? Et puis ils sont drôlement sales. Je ne t'ai jamais vue à l'Église de la paroisse : avec ta couleur de peau, c'est-y donc que tu es seulement mal lavée ? es-tu sûre de ne pas être Sarrasine ?

D'autres femmes sortirent des deux autres maisons avec d'autres mioches. Toutes ces créatures étaient maigres et également repoussantes, et pour plus de la moitié d'entre elles, présentaient claudications, maladies de peau ou même tumeurs affreuses.

Un autre point le frappa, c'était la ressemblance de tous ces visages, comme s'ils étaient de la même famille. Mais peut-être n'était-ce que cette seconde peau de crasse qui donnait cette illusion de parenté.

La femme sur la chaise donna à un des enfants au gros ventre, un morceau noirâtre qui devait être du pain ; aussitôt, un plus grand s'approcha, le lui arracha des mains et le dévora. L'autre peut-être trop faible pour réagir ne protesta même pas.

« Sans doute trop heureux de ne pas avoir été battu ? C'est comme dans les nids des petits oiseaux, le plus faible de la portée n'arrive pas à manger », se dit le curé Delort. « Il ne durera pas longtemps. Mon Dieu quelle abomination ! »

Il s'approcha encore de la femme assise :

— Dis-moi quel est son nom à ce jeune innocent en désignant le petit qui tenait toujours son manteau.

— Lui, c'est Jean, c'est le frère à la Solange. On l'appelle Sancouille depuis qu'un cochon lui a attrapé les parties. Cà ne lui a pas d'ailleurs arrangé la tête ; et tout le monde se remit à rire.

L'intéressé partit d'un rire inquiétant à mi-chemin entre le hennissement d'un cheval et le chant du coq. Les chiens aux alentours se mirent à aboyer furieusement, des pigeons posés sur les toits s'envolèrent dans un bruissement général, les spectateurs rirent encore plus fort de la tête éberluée du curé.

— Mais dis-moi, pourquoi tu ne travailles pas ? Et toutes ces femmes et vos grands enfants, là ? Il n'y a pas de travail aux champs pour vous, que vous soyez ici à fainéanter ?

Il n'y eut pas de réponse. Il entra dans la masure : la pièce unique communiquait avec l'étable. Une odeur pestilentielle de fumier et de fumée lui prit les narines. Une poule, indignée par cette irruption soudaine dans la maison, s'enfuit à grand bruit d'ailes d'une paillasse non sans déféquer. Une marmite au fond incertain trônait près d'un foyer mourant infestant la pièce de la fumée d'un bois encore mouillé.

Sur le sol en terre couraient cloportes et araignées. Delort n'avait pas besoin d'un examen plus approfondi ; il était édifié.

« Êtes-vous sûrs d'être des chrétiens ? » s'apprêtait-il à dire, quand il se trouva nez à nez avec un autre visage connu. C'était celle qui tenait le dénommé Jean par la main à la quintaine. Elle portait une cruche d'eau sur la tête. Elle était un peu moins sale et ses habits paraissaient à peu près raccommodés. Surtout, ses yeux étaient vifs et intelligents.

— Comment t'appelles-tu ? Toi, je ne t'ai jamais vue au catéchisme ni même à la messe !

— Je m'appelle Solange, Monsieur le Curé, j'allais à l'église il y a deux ans, mais elle est bien loin pour moi et puis il n'y a bientôt plus personne pour veiller sur mon frère et faire à manger.

— Comment ! et tes parents ?

Elle leva les yeux vers lui, comme hésitante, le dévisagea.

— Je n'ai jamais connu mon père et ma mère est morte il y a plusieurs années.

— Quel âge as-tu ?

— J'aurai douze ans à la Pentecôte.

— Comment fais-tu pour vivre ?

— Mon frère et moi vivions avec ma vieille marraine. Elle est morte il y a deux jours et il va falloir que je me place avec mon frère.

— Comment ! Elle est morte ?

— Oui ! Dans son sommeil. Sans prévenir. Elle est encore à la maison.

— Mais il faut l'enterrer en terre chrétienne ! Et tes voisins, ils ne peuvent pas vous aider ? Personne n'est venu me prévenir !

— Croyez-vous que ces femmes au hameau puissent nous aider ? C'est notre marraine qui était le chef et qui les commandait. Elles disent qu'il faut attendre les hommes.

— Et les hommes alors, où sont-ils donc ?

— À la forêt, ils charbonnent.

— Montre-moi ta maison !

Dans la cabane, une vieille femme gisait sur sa paillasse ; les enfants dormaient avec un cadavre depuis deux jours. Ses yeux firent le tour de la pièce unique : ni croix ni crucifix. En revanche des amulettes, et une chauve-souris clouée à la porte.

Plus il l'observait, plus le prêtre était comme hypnotisé par les yeux extraordinaires de cette fille. Verts clairs avec des taches comme rousses, ils le fixaient et semblaient le traverser, le peser et le juger.

Aucune agressivité ou aucune provocation dans ce regard malgré son inquiétante profondeur. Une certitude inattendue de savoir ce qu'elle veut, une confiance en soi absolue sans aucun irrespect, un usage précis des mots et un patois édulcoré.

Pendant qu'il l'observait, il n'entendit pas d'abord un son continu, comme étouffé, aigu ; il s'aperçut qu'il venait de la gorge de Jean qui restait attaché aux basques de sa sœur comme un chien à son maître. Il lui demanda de se taire. La mélopée après s'être arrêtée quelques instants reprit, informe. Jean ne semblait même pas être conscient de son chant.

En partant, le curé Delort resta longtemps troublé par l'étrangeté de ces yeux découverts dans ce tréfonds de l'ordure humaine. Cette nuit même, il se réveilla après avoir rêvé qu'il marchait dans une tourbière nauséabonde et que du cloaque sortait parfois une bulle de gaz qui aussitôt s'enflammait ; le feu-follet avait les yeux de la fille.

Delort fit diligence pour que le corps soit transporté à Mareuil ; l'office des morts fut rapidement expédié. L'église était pleine et beaucoup semblaient connaître cette vieille femme que lui n'avait jamais vue. Des gens du village, mais aussi ceux de Beauvoir, venus en nombre. Des brutes crasseuses qui manifestaient leur chagrin devant le cercueil de la vieille femme : ils pleuraient comme des enfants et leurs larmes creusaient des sillons dans leurs joues, faisant apparaître, une chair curieusement blanche et rose.

Lorsque la vieille fut enterrée, Delort se trouva face à Solange : celle-ci lui dit d'une voix calme et assurée :

— Monsieur le curé : ce ne serait pas bien de nous laisser à Beauvoir. Aidez-nous !

Delort fut frappé de la simplicité de la demande et toujours troublé par ces yeux. Il pensa au Psaume :

« Un pauvre a crié, Yahvé écoute,
de toutes ses angoisses, il le sauve. »[29]

Il dit un peu confus qu'il verrait ce qu'il pouvait faire. En attendant, il avisa une des femmes de Beauvoir qui semblait la moins sotte et la moins arriérée. Il lui donna quelques pièces : « C'est pour que les enfants mangent ; gare à toi si j'apprends que tu as gardé cet argent pout toi ! »

Marie lui expliqua ce qu'elle savait de l'histoire de la vieille. Jadis elle avait été recueillie par la Denise, puis après la mort dramatique de cette dernière, avait pris en charge sa fille Geneviève et sa descendance, jusqu'aux enfants actuels. Cette vieille borgne aurait été une lointaine parente. Elle était la seule femme de tête à Beauvoir. Elle faisait peur aux charbonniers, alors pensez donc !

En entendant cette histoire décousue qui s'étalait sur autant d'années, Delort se demanda s'il s'agissait bien de la même vieille femme.

Le lendemain des obsèques, il décida que les enfants ne pouvaient pas rester dans ce hameau de perdition. Le mieux était de les placer chez Audenay : ce brave homme pourrait empêcher qu'ils ne se corrompent définitivement.

La semaine d'après, le curé Delort ayant vu Audenay et sa femme, alla chercher Jean et Solange à Beauvoir. Il dut négocier leur départ auprès des harpies qui étaient censées les nourrir ; cela lui coûta deux pièces d'or.

Jean et Solange partirent de Beauvoir avec pour seuls bagages, la crasse et les hardes déchirées qui collaient à leurs corps. Ils avaient faim. Solange, qui tenait Jean par la main, se retourna vers les chaumières misérables et contempla les animaux et les humains qui les peuplaient. Jean continuait comme absent à seriner son entêtante mélodie informe qu'il semblait pouvoir entonner des heures durant.

Solange pensa :

— Tout, mais ne pas revenir ici !

Elle interpela son frère qui sursauta à la voix rageuse et inhabituelle de sa sœur.

---

29 - Psaume 34, 7

— Jean, je t'interdis de regarder derrière toi !

Jean se redressa et obéit à sa sœur. Tout penaud, il s'arrêta de chanter un bon moment.

Delort n'entendit rien ; il était en avant, il les regarda, songeur, et pensa à la femme de Lot.

— Ne regardez pas en arrière, dépêchez-vous, je n'ai pas que ça à faire aujourd'hui.

Dégoûté, et en même temps plein de pitié pour cette faiblesse humaine qui faisait vendre les enfants, ses pensées furent détournées par la vue de corvoyeurs[30]. Ils refaisaient la route vers l'Arnon. Les pluies importantes de l'hiver l'avaient ravinée et défoncée. Parmi les travailleurs, il reconnut des métayers pauvres, pieds nus. Les uns cassaient des pierres, apportaient des charrois de terre et de gravats, d'autres tassaient l'ensemble avec des rouleaux qu'avec peine ils manipulaient dans la côte.

Un de ceux-ci s'adressa à Delort.

— Monsieur le curé, n'auriez-vous pas à boire par effet de votre bonté ? Nous avons fort soif. Nous n'avons ni nourriture ni rémunération pour les trente jours de corvée auxquels nous sommes astreints dans l'année.

— Mon ami, je suis désolé, je n'ai aucune provision avec moi. Quand votre journée de travail sera terminée, passez par Mareuil et arrêtez-vous au presbytère. Il vous sera donné à boire et à manger.

Sur le chemin du retour, il passa devant le cabaret. Le meunier Tabuteau l'apostropha :

— Tiens donc, Monsieur le Curé, vous avez un bel équipage : c'est donc vrai ! vous prenez avec vous la Solange et son imbécile de frère ? À ce qu'on dit, ce seraient les enfants de la Geneviève, la sœur de Pierrette. C'est leur arrière-grand-mère qui aurait été brûlée jadis pour sorcellerie. Leur mère et leur grand-mère vivaient chez les charbonniers. À ce qu'il paraît, elles se donnaient à qui se présentait. Ces enfants, personne n'est capable

30 - Paysans travaillant à la corvée.

de dire qui était leur père et si c'est le même. De bien mauvaises graines issues de bien mauvais plants !

Il cracha par terre et partit d'un gros rire vulgaire. Delort ne voulut pas entamer de discussions sur le sujet, voyant de plus que le meunier était, comme souvent, ivre. Pourtant il lui répondit.

— Je vais les faire employer chez Audenay ; là au moins ils seront nourris et pourront être éduqués convenablement.

— Dieu vous entende, Monsieur le Curé, dit Tabuteau d'un ton sentencieux. Ces enfants ne valent pas grand-chose ; de la racaille d'enfants trouvés je vous dis ; et puis le garçon que peut-on bien en faire ? il ne deviendra jamais un homme !

Delort ne voulut pas prolonger l'échange et poursuivit son chemin :

— Tabuteau, la prochaine fois quand tu viendras te confesser, n'oublie pas de me parler de ta méchanceté et de tes calomnies.

Quand Tabuteau avait parlé de sa mère, Solange avait esquissé un inquiétant rictus et marmonné des paroles incompréhensibles. Tabuteau n'eut pas l'occasion d'aller se confesser : deux jours après cette rencontre, encore ivre, il tomba de son échelle et se rompit le cou.

Lettre du Marquis d'Argenson à Jean-Baptiste Audenay

Cher ami, je vous remercie pour votre lettre chaleureuse et vos encouragements. Mais vos félicitations, aussi amicales soient-elles, sont prématurées. Ce n'est qu'à l'issue de ma mission, qu'il sera possible de juger de son succès.

Si mon nouvel emploi de ministre des Affaires étrangères est prestigieux, ma position est très précaire. Elle dépend du seul bon vouloir du roi et est exposée à la pression continuelle de la Cour. La Cour, quel danger pour la monarchie !

Louis XIV a renforcé son pouvoir en rassemblant les grands seigneurs à Versailles, en les couvrant d'honneurs et de pensions : il leur a limé les dents et raccourci les griffes. Avec le temps, la Cour s'est pervertie et, pour obtenir faveurs et pensions, des intrigues se nouent chaque jour. Aujourd'hui, la fonction de cette institution se résume à interdire tout changement.

La Cour est corrompue et la Cour corrompt. Votre ami Montesquieu définit bien le courtisan : celui qui met son espérance dans la faiblesse du prince. Si les courtisans se détestent entre eux, ils se retrouvent tous unis, pour flatter le souverain et anticiper ses caprices. Ils sont comme des maîtresses pour conquérir leur amant.

Alors, malheur à celui qui annonce une mauvaise nouvelle. Malheur aussi à celui qui proposera une réforme : aussi bonne soit-elle pour le Royaume, toute mesure nouvelle comprend toujours une part de désagrément. Aussi, soyez-sûr que tous les courtisans se ligueront pour ne mettre en avant que les côtés négatifs d'un projet et noircir son imprudent promoteur. Chacun se réjouit des échecs du gouvernement dont le remplacement peut permettre sa propre promotion ; on a même vu certains généraux préférer une défaite cuisante, plutôt que laisser les lauriers d'une victoire à un concurrent.

Pour un courtisan, tous les moyens sont bons pour gagner de l'influence auprès du roi. Aujourd'hui, les clans se disputent le contrôle de ses maîtresses et favorites. Certains l'encouragent dans ses tentations les plus coupables : surtout ne pas le contrarier en lui rappelant les péchés d'infidélité et d'inceste. Le parti dévot (la reine et le dauphin) avait pourtant semblé gagner la partie pendant la grave maladie du roi à Metz : ce dernier, désespéré à l'idée de mourir sans le pardon de l'Église, avait accepté de faire pénitence et de renoncer à ses débordements charnels. Aussitôt rétabli, et encouragé par Richelieu, son préposé aux plaisirs, il a cependant vite oublié ses serments de retour à la vertu.

Avec la mort de la duchesse de Châteauroux, la quatrième sœur de Nesle à passer dans la couche royale, on a pensé à Madame de Flavacourt, la cinquième et dernière sœur. Cette favorite pressentie ayant refusé les avances du roi, on cherche la nouvelle ravissante jeune femme à mettre dans son lit.

Dans ce jeu libertin, on parie de plus en plus sur la belle marquise d'Etiolles. Le roi avait été troublé quand il l'avait croisée en équipage léger, soi-disant à l'improviste (quand les petits complots organisent les rencontres fortuites !), à l'occasion d'une chasse dans la forêt de Sénart. À l'époque, il était resté fidèle à Madame de Châteauroux. Aujourd'hui, notre roi se souvient de son port de déesse. Si elle emportait le cœur du roi, ce serait alors un triomphe pour les frères Pâris [31].

Mon frère est beaucoup plus doué que moi pour durer ; il a su parfaitement naviguer dans ces eaux troubles pendant les premières années de son ministère.

---

31 - Une famille de richissimes négociants et banquiers qui poussaient Madame d'Etiolles, la future Pompadour.

Pour autant, le vrai génie pour se maintenir au pouvoir, c'est feu le cardinal Fleury. Sans briller, il a su rester véritable premier ministre, et conserver la confiance du roi pendant dix-huit ans. Il est vrai que comme précepteur, il avait modelé le caractère de son royal élève pour se faire aimer. Son éducation du jeune roi s'est résumée à toujours lui faire préférer le jeu à l'effort, le plaisir à la contrariété (qu'il ne supporte toujours pas). Dans notre monde corrompu et dirigé par les financiers, Fleury a toujours eu la force de sacrifier l'argent à son ambition. L'ambition, elle ne se voit pas, et Fleury est resté inattaquable sur le plan de la prévarication. Le cardinal avait du bon sens et était prudent. Le souverain est toujours demeuré un petit garçon devant lui. Plusieurs fois, il l'a rappelé alors que Fleury faisait semblant d'anticiper une disgrâce, et s'exilait volontairement. Ce chantage a toujours réussi à ce prélat rusé.

S'il a donné un répit de paix de quinze ans au royaume, il n'a pas pu s'empêcher de renier la parole de la France en dénonçant la Pragmatique Sanction[32]. Il a provoqué la ruineuse et inutile guerre actuelle où la France se trouve maintenant seule contre l'Europe coalisée et la reine d'Autriche. Marie-Thérèse veut se venger et nous abattre une fois pour toutes comme cela a failli se faire à la fin du règne de Louis XIV.

Il n'est pas bon de trop vieillir au pouvoir. Le grand âge lui a non seulement fait perdre sa prudence politique, mais a aussi exacerbé des prétentions extravagantes. À 89 ans, Fleury intriguait pour se faire élire pape. Quel orgueil ! Pour finir, il a pu se croire immortel en prenant le risque, à 92 ans, de dire la messe par grand froid, en plein air. La fièvre qu'il a alors prise l'a rappelé à l'humilité, et l'a amené à la tombe en quelques jours.

Depuis, le roi est son propre premier ministre et m'a choisi. Fleury vivant, cela aurait été impossible : cet homme ne m'aimait pas depuis que j'avais refusé l'ambassade du Portugal.

J'espère pouvoir pousser le roi à adopter des réformes indispensables. Certaines d'entre elles avaient déjà été discutées, il y a plus de dix ans au club de l'Entresol. Améliorer le fonctionnement du Conseil en rendant à chaque ministre la responsabilité de son domaine, rogner le train de la Cour, rapatrier le roi à Paris et réduire Versailles

32 - Edit autrichien de 1713 censé régler la succession de l'Empereur Charles VI d'Autriche et permettre dans le cas d'absence d'héritier mâle l'accession au trône d'une fille.

à une simple maison de campagne, rembourser les dettes en taxant les financiers, poursuivre l'impôt du dixième, voire du cinquième pour quelques années, rembourser les offices les plus onéreux et dont la vénalité est la plus dangereuse ; enfin instituer l'abolition et le remboursement de toute féodalité de terres.

La première mesure à prendre est de mon ressort : c'est assurer la paix et stabiliser durablement les frontières. La France a de grands avantages : la situation, le sol, l'honneur et l'intelligence des habitants. Nous n'avons pas, comme l'Empire romain, d'inondation de barbares à redouter. La religion, pour fleurir, ne demande au gouvernement que d'arrêter le fanatisme et la persécution en réprimant l'intrigue des hypocrites. Le gouvernement devrait être minimal et ne pas gêner les mouvements naturels qui tendent à assurer la prospérité.

Si j'arrivais seulement à faire avancer quelques-uns de ces projets, j'accueillerais alors vos félicitations avec une fierté sans nuance. Toutefois, je dois admettre que la réussite du passage de ces réformes est loin d'être assurée, vues les oppositions qu'elles suscitent et l'extrême fragilité de ma situation.

Avant de refermer cette lettre, je voulais vous indiquer que notre Frère le duc d'Antin (que vous avez connu duc d'Epernon), récemment décédé, avait été remplacé par le Comte de Clermont comme Grand-Maître : voilà un petit-fils de Louis XIV, abbé dévot et académicien, à la tête des francs-maçons !

De Beauvoir à Sermelles

De Sermelles à Mareuil

Ce jour-là, Solange et Jean entrèrent au service de Madame Audenay.

Sitôt arrivés, Madame Audenay avait ordonné à deux servantes qu'ils soient déshabillés et lavés des pieds à la tête.

On découvrit, cousus à l'intérieur de leurs vêtements, des petits sachets remplis d'herbes sèches ou de poudres plus ou moins odorantes. Ils avaient aussi des amulettes accrochées à des lacets qu'ils portaient à leur cou. On dut appeler des renforts pour les maîtriser et les débarrasser de ces attributs bizarres. Les domestiques furent, à vrai dire, un peu intimidés et hésitants à toucher ces objets, dont ils devinaient une origine malsaine, voire démoniaque.

— Ces petits drôles ne vont pas m'apporter ici leur gale, leurs poux, et leurs superstitions ! Brûlez tous leurs habits et tout ce qui va avec, sachets, amulettes ! La sorcellerie n'a pas cours ici ! Après, vous leur donnerez de nouvelles nippes !

Surtout, frottez et noyez-les, s'il le faut ! Après et après seulement, vous leur donnerez à manger.

Cet ordre plut bien aux servantes. La voix impérieuse de Madame Audenay eut raison de toutes leurs craintes diffuses. Elles eurent le courage de saisir les habits, et tout alla au feu.

L'eau de la bassine était glacée, Jean hurla, les yeux exorbités, mordit, frappa les femmes qui riaient de plus belle. On leur rasa les cheveux. Solange, nue, humiliée, ravala sa colère et serra les dents. Sa rage était en même temps mitigée par son inquiétude vis-à-vis de son frère qu'elle cherchait à calmer.

C'est à ce moment qu'Audenay passa la tête dans l'étable où on lavait les enfants. Il dévisagea la fille du haut en bas, un éclair qui parut une éternité à Solange. Ensuite il passa à Jean.

— Eh bien qu'est-ce qui t'est arrivé à toi, ce ne sont pas les filles qui t'ont mis dans cet état-là ?

Comme toute réponse, il eut un vagissement baveux ; il tourna les yeux vers la petite et fut frappé de la haine de ses yeux.

— En tout cas, vous faites trop de bruit ! Nous ne sommes pas à la saison où l'on tue les gorets ou même qu'on les châtre. Il partit en souriant, content de lui.

Les nouveaux habits, propres, sentant le savon, plus chauds, calmèrent Jean, qui, par principe, continua un moment à pleurnicher.

Enfin ils purent manger ; la soupe et le pain leur parurent un festin de roi.

À Madame Audenay qui lui indiquait son nouveau prénom, Solange lui demanda si la volonté du Bon Dieu avait bien été de l'appeler Solange à son baptême ; Madame Audenay, interloquée par cette remarque, ne sut que répondre. Solange donna elle-même la réponse.

— Dans ce cas, je crois, Madame, qu'il n'est pas possible d'aller à l'encontre de sa volonté.

Solange avait parlé sans malice et sans effronterie. Madame Audenay observa la petite, suffoquée, mais en même temps admirative.

— Ma petite, j'espère que tu es aussi travailleuse que tu as du toupet !

Plus tard, Monsieur Audenay, sous le prétexte de savoir ce que contenaient les petits sacs que portaient les enfants, et dont Madame

Audenay lui avait parlé, appela Solange dans son cabinet. Quelques instants plus tard, on entendit un rugissement de douleur et Solange sortit rapidement, l'air digne et le visage fermé.

Madame Audenay, qui n'était jamais très loin, accourut et vit son mari frotter sa main ensanglantée sur laquelle on distinguait les traces d'une mâchoire. Son visage marquait le dépit attristé d'un enfant qui a été piqué au doigt par une guêpe dissimulée dans le pot de confiture. Madame Audenay ne put s'empêcher de sourire. « Nous avons là un caractère trempé », se dit-elle.

Des domestiques peuvent se faire respecter par un maître juste, à la condition qu'ils travaillent et ne fassent pas d'histoires. Très vite, Madame Audenay avait jugé qu'elle pouvait se fier à Solange qui comprenait tout de suite ses instructions et les appliquait à la lettre. Elle savait s'y prendre avec son frère qui, avec elle, ne paraissait ni idiot ni fainéant. Madame Audenay appela Sancouille, « Jean », interdit qu'on le nomme autrement ; il pouvait aussi fredonner ses mélodies entêtantes tant qu'il voulait, aussi longtemps qu'il trimait. Les deux enfants ne se mêlaient pas aux autres petits pâtres ou porchers ; rapidement ceux-ci s'étaient désintéressés d'eux. Il est vrai qu'ils s'étaient fait remettre à leur place par des coups particulièrement vicieux et douloureux, après s'être montrés un peu trop familiers. Solange manifestait un caractère entier, une obéissance scrupuleuse, une fidélité à toute épreuve et jamais le moindre signe d'impatience, dès lors que le maître restait à sa place. C'était ce que Madame Audenay demandait. Elle soutenait donc les deux nouveaux arrivants ; il aurait été hasardeux de s'amuser avec eux. On les laissa.

Les enfants avaient eu de la chance : le séjour prolongé des grues annonçait bien le retour de l'hiver ; cette année-là le printemps fut exceptionnellement froid : fortes gelées et neige au quinze avril, la semaine après Pâques. Après des mois de février et de mars plutôt doux, les blés, qui avaient démarré, gelèrent ou pourrirent, les petits fruits à peine formés devinrent noirs et se ratatinèrent. À Beauvoir et ailleurs, malgré tous les actes de charité alentour, et particulièrement du curé et d'Audenay, cette année-là et la suivante, de nombreux enfants affaiblis moururent de maladie, de dénuement et même de faim : Dieu ne peut pas assurer la survie de toutes les nichées tous les ans ! On vit des femmes caresser les petits corps décharnés et maintenant froids, et tenter, dans un délire de chagrin et de bonté, de les allaiter avec leurs seins vides et parcheminés.

Solange travaillait à la laiterie. Qui savait d'où elle venait aurait pu être stupéfait de voir combien elle s'attachait à la propreté : elle passait des heures chaque jour à assurer que la pièce où se faisaient les fromages était immaculée. Ses vêtements et ceux de son frère étaient les plus propres et les moins déchirés de tous les serviteurs de la maison.

Six mois après leur arrivée à Sermelles, ils avaient échappé à la misère de leur vie précédente. Le curé Delort, qui s'intéressait toujours à eux, était ravi d'entendre les compliments de Madame Audenay, pourtant avare en bonnes paroles, à leur égard. Il était également très content de constater combien ils paraissaient en bonne santé. Ils avaient grandi et leurs joues s'étaient arrondies depuis qu'il les avait sortis du hameau de Beauvoir : propres et correctement habillés, ils étaient méconnaissables.

Madame Audenay, voyant combien Solange était vive et éveillée, accepta qu'elle et son frère (il était impossible que celui-ci se détache de celle-là) aillent de temps en temps à l'école pour apprendre à lire et à compter. Un peu éduquée, Solange, un jour, pourrait aider à tenir les comptes.

Il n'y eut pas que Madame Audenay qui regarda Solange avec intérêt. Le jeune Antoine Audenay était troublé par cette jeunesse. Solange semblait ne pas le remarquer.

Il avait presque dix-sept ans, était un honnête garçon. Il était porté sur les études. Bien sûr, il était aussi à l'âge où les jupons font frémir le cœur des adolescents.

— N'étais-tu pas à la dernière quintaine ? Il me semble que je t'ai vue avec ton frère.

— Oui je me souviens que vous m'avez défendue et je vous en remercie, dit-elle en ouvrant davantage ses yeux étoilés.

Il proposa à Solange de l'aider à apprendre à lire ; ses progrès furent rapides.

Le jeune Sermelles était ému par Solange. Pour autant il ne cherchait pas à prendre avantage de sa situation de fils du maître.

Il restait très appliqué et très chaste ; Jean était du reste toujours présent à ces séances où le jeune homme faisait déchiffrer un catéchisme à sa jeune élève. Solange était attentive et appliquée, docile et enfantine ;

elle avait confiance en lui et les deux jeunes gens semblaient se comprendre sans même parler.

Entretemps, le curé Delort avait à l'occasion de confessions, appris les débordements de Monsieur Audenay avec ses servantes. Tenu au secret, il se trouvait horriblement coupable d'avoir amené des brebis dans l'antre du loup. Il pouvait aussi s'inquiéter maintenant de l'honnêteté du fils. Il chercha un moyen discret de protéger Solange.

À l'occasion d'un repas à Mareuil avec les Audenay, il leur parla de Solange, de ses mérites du danger auquel on exposait le jeune homme et cette méritante jeune fille à rester dans une telle promiscuité qui, on ne pouvait en douter, finirait mal au moins pour la fille. Son argument permettait de ne pas parler de ce qu'il estimait être le principal danger : le père.

C'est curieusement Audenay qui fit le moins d'embarras à accepter la proposition de mettre Solange au service de Charost. L'affaire fut vite conclue ; le beau minois de la fille n'y fut pas étranger. Madame Audenay fut la plus désolée. Solange était une fille de ferme qui lui convenait : ses progrès, son application, son travail quotidien lui rappelaient sa propre enfance. Au fond, elle n'aurait pas été choquée si, un jour, son fils lui avait demandé la main de cette petite servante sortie de rien. Elle garda pour elle cette dernière réflexion.

En outre elle avait confiance en son fils qu'elle trouvait un peu en retard sur « la chose » et qu'elle voyait s'intéresser davantage aux études techniques ou agronomiques qu'à la chasse aux jupons. Enfin le danger, s'il y en avait un, ne devait pas durer longtemps, car le jeune Sermelles devait partir faire un tour dans des pays étrangers pour étudier d'autres méthodes de cultures et le négoce.

Solange, toujours accompagnée de son frère, entra donc au service du Duc de Charost en son château de Mareuil. On ne lui avait pas demandé son avis et, d'ailleurs, cette idée même n'avait effleuré personne. De gages, on n'avait dit mot. Elle n'était certes pas en position de discuter.

À Sermelles, les domestiques expérimentèrent la mauvaise humeur retrouvée de Madame Audenay.

Repas au château de Mareuil — Premier couvert

— Je suis heureux de vous accueillir à Mareuil. Quel plaisir de se retrouver dans ce désert berrichon, loin du bruit et des ambitions vaines de la cour !

Ils étaient onze autour de la table : le Duc, la Duchesse avec leurs invités. Parmi eux, il y avait Audenay et sa femme, le médecin Hecquet et son épouse, Renauldon un avocat d'Issoudun et sa femme, un autre bourgeois appelé Herbert également accompagné de sa femme et enfin le curé Delort. Ils étaient réunis dans une grande salle à manger qui donnait sur l'étang de Mareuil. Les fuseaux retombants des saules pleureurs filtraient la douce lumière du soleil couchant.

La chaleur du jour faisait tranquillement place à la tiédeur du soir. Les flambeaux seraient allumés plus tard. Les convives pouvaient profiter de l'embrasement naturel de la pièce d'eau par le ciel.

Cachés derrière un paravent, un clavecin et un violon jouaient un air discret, presque insignifiant.

Les convives craignant peut-être d'énerver le lent mouvement du soleil ou la musique paisible parlaient sur un ton étouffé.

Audenay s'adressa à Renauldon qui s'interrogeait sur la chevelure des curieux arbres bordant l'étang :

— Ce sont des saules pleureurs. C'est sur mes conseils que le Duc a fait venir des plants d'Angleterre il y a une dizaine d'années. Ils s'acclimatent remarquablement et prennent même une ampleur importante.

Il fut interrompu par le Duc.

— Messieurs, ce soir vous allez inaugurer la cuisine de mon nouveau cuisinier, frais débauché de la table de Monseigneur l'Archevêque de Bourges ; voilà des années que je cherchais ses services, ayant apprécié ses talents à la table de son maître. Depuis qu'il a obtenu son ambassade à Rome et son chapeau de cardinal, La Rochefoucauld est beaucoup moins présent en son diocèse, et Comus (c'est son nom) a jugé en dessous de son rang de cuisiner pour le seul vicaire général. L'archevêque de Bourges n'en décolère pas. En revanche vous bénéficierez ce soir de la meilleure table du Berry !

Il éleva la voix :

— Comus, dites-nous donc ce que vous allez nous proposer !

Une tête sortit alors de la porte qui menait aux cuisines. Celle d'un homme bien rond, aux joues écarlates et aux lèvres luisantes.

— Messeigneurs, je vous ai préparé une petite collation pour ce souper. Elle comprend quatre couverts.

D'abord un potage de santé garni de légumes de la marmite, puis quatre hors-d'œuvre : un jarret de veau au gros sel, des côtelettes de mouton grillées dans leur jus, un aileron de dindon à la sauce Chirac, des griblettes de filets de bœuf dans leur jus.

Rien qu'à entendre cette première liste, je suis rassasiée, minauda Madame Renauldon, une femme maigre vêtue sombrement (mais affublée d'un collier trop voyant qui attirait les regards sur son cou décharné).

Madame Audenay la regarda sans sourire. « On dirait une poule noire du Berry, elle s'est échappée du poulailler celle-là ! », pensa-t-elle.

— Eh bien il faudra qu'à ce stade vous soyez encore affamée, car le repas ne fera que commencer, mais je vous rassure : les plats sont très simples.

— Hélas, nous ne sommes pas des Panderée, ce glouton célèbre ayant reçu de Cérès le don de manger sans jamais avoir d'indigestion. Nous ne sommes pas non plus à Capoue où les Romains rassasiés retrouvaient leur appétit après un passage au vomitorium !

Renauldon se trouva très satisfait d'avoir pu faire preuve de sa culture et de son esprit devant Monsieur le Duc. Ce dernier se contenta de fixer sa femme sans mot dire : décidément, on avait l'esprit un peu lourd en province !

— Rassurez-vous, dit le cuisinier, vous apprécierez ma cuisine jusqu'au dernier plat, la dernière bouchée ; le tout est de prendre de chaque plat avec tempérance. Évitez de vous resservir, prenez votre temps. Pour le reste, confiez-vous à moi. Ma cuisine est une cuisine moderne, une chimie qui s'accorde avec la médecine.

Tous se tournèrent vers le médecin se demandant si celui-ci n'allait pas réagir à cette intrusion dans sa spécialité. Hecquet ne broncha pas. Comus poursuivit :

— Pardonnez-moi, je sais qu'il y a un célèbre médecin parmi vous et je ne prétendrai jamais disputer son domaine.

— Mais si ! osez, osez, au contraire ! Ainsi Monsieur Comus vous seriez un apothicaire autant qu'un cuisinier ? Comment cela ?

Comus ne releva pas l'ironie. Il se lança.

— Adam ne mangeait pas de viande et ce n'est qu'après le déluge que les hommes se sont mis à en manger. Et en effet, à l'origine l'homme n'est pas carnassier, son corps n'est pas équipé pour tuer le gibier : il n'a ni griffes, ni une gueule propre à égorger les animaux. Son estomac ne digère pas aisément ces nourritures. Si les hommes peuvent vivre plus longtemps que la plupart des autres animaux, ils sont aussi beaucoup plus souvent malades, et cela vient bien de leur régime alimentaire qui n'est pas adapté à leur nature : tous les autres animaux mangent sans apprêt.

Nous les bons cuisiniers devons donner du plaisir à nos convives, tout en rendant la nourriture plus inoffensive.
Le secret d'une cuisine saine est l'apprêt des plats, qui doit permettre de tirer de produits frais et sains des sucs nourrissants, et pourtant légers. Les plats de viandes servis ce soir sont exempts de jus ardents, mes ragoûts ne sont pas caustiques.
— Mais Monsieur Comus, à votre corpulence, on a du mal à croire que votre cuisine soit aussi légère que vous le prétendez.
— Détrompez-vous, mon apparence n'est pas la preuve que j'ai trop goûté les plats, mais plutôt que j'ai excessivement respiré leurs vapeurs nourrissantes. Les plats qui vous sont présentés ont été débarrassés de leurs graisses et de leurs liqueurs malsaines. Oui je n'ai pas peur de dire que ce sont de vrais remèdes ! D'ailleurs, ce soir vous dégusterez même une sauce inventée par Chirac, qui fut médecin du feu Roi.
— Votre métier est en quelque sorte un sacerdoce, et vous vous sacrifiez pour que nous puissions nous régaler.
— Vous faites concurrence à Hecquet notre médecin, et aussi à Delort, tout cela pour le bonheur de nos papilles.
— Grâce vous en soit rendue !

L'assemblée éclata de rire de bon cœur.
— Bon, j'espère que les plats tiendront les promesses de leur énoncé.
— Monseigneur peut me faire confiance et pour le garantir, je retourne au plus vite à mes fourneaux et à mes commis, en vous souhaitant un bon appétit et beaucoup de plaisir gustatif.

Le cuisinier retourna à ses casseroles. Le duc se leva :
— Avant de commencer ce repas, je voudrais porter santé au roi, à sa famille.

Tous boivent.
— Ah voilà les ailerons de dindon servis avec cette fameuse sauce Chirac !

Madame Audenay demanda la composition de cette « fameuse » sauce. Le duc rappela son cuisinier qui restait aux aguets derrière la porte de la cuisine :

— Comus ! Je sais que vous n'aimez pas détailler vos recettes, mais pour Madame Audenay, vous pourriez peut-être faire une exception ?

— Bien sûr ! répondit Comus, tout sourire. Cette sauce accompagne les viandes : poulet, poularde, cuisses, ailerons ou autres. Elle requiert de foncer dans une casserole quelques tranches d'oignons, des tranches de veau, de petites tranches de jambon et quelques bardes de lard. On met la viande dessus et on la recouvre de la même chose avec un bouquet de fines herbes, deux ou trois gousses d'ail ; on assaisonne. On fait suer le tout sur des cendres chaudes et on mouille avec du vin de Champagne et du consommé. On fait cuire à très petit feu bien couvert. On passe la sauce, on la dégraisse et on sert la viande avec du jus de citron.

— Oui, dit Hecquet, un plat évanescent !

Repas au château de Mareuil — Deuxième couvert

— Que pensez — vous de ce premier service Monsieur le médecin, demanda Charost ?

— Je commence à comprendre pourquoi vous avez débauché ce bon Comus ! Votre cuisinier s'y entend à soulager le travail de l'estomac. Ses sauces sont très subtiles et mêlent avec délicatesse sucs et parfums. Rien ne domine et tout se fait sentir. L'odorat et les papilles sont alors éveillés, comme les yeux devant les couleurs d'une peinture. Cependant le nombre des plats et la quantité de nourriture me semblent extravagants et nous mettent en risque d'attraper, au mieux, une bonne indigestion et au pire, de nous mener au tombeau. Une mort brusque par une apoplexie foudroyante, ou plus lente par la goutte indomptable.

— Ne soyez pas un rabat-joie. Les tristes jansénistes et les dévots austères nous suffisent !

Renauldon qui était janséniste tordit le nez et, silencieux, détourna la tête. Le Duc poursuivit :

— Nous ne faisons pas une orgie, mais de temps en temps, l'amitié et même le corps ne réclament-ils pas un peu de fantaisie et même d'excès, au cours gris de la vie ? Et puis, devant ces plats délectables, prêcher la tempérance, c'est comme prôner la continence à un homme transporté dans la foule des odalisques prenant leur bain au harem du sultan ! Nous sommes gens sérieux en général, trop sérieux. Ne méritons-nous pas d'être consolés parfois par un bon repas et par des vins qui rendent nos esprits vifs et pétillants ?

— En tout cas, demain matin, je pourrai enlever quelques palettes de sang à ceux qui le voudront.

Comus vint annoncer la suite :

— Je vous propose quatre entrées pour ce deuxième service : une poularde à l'oignon dans sa sauce, des têtes d'agneau au gros sel, pigeons à la crapaudine et langue de bœuf bouillie. Avec les vins qui accompagnent ces plats.

— Depuis combien d'années vous êtes-vous installés à Mareuil, demanda le Duc à Audenay ?

— Je suis retourné à Mareuil il y aura bientôt vingt-cinq ans.

— Et la capitale ne vous manque pas ?

— Et pourquoi donc ? Je me suis rendu compte que la ville pour moi, c'était l'orgueil et la ruine. Monseigneur, vous êtes le premier à savoir mes origines. Certes, j'ai, grâce à vous, bénéficié au collège Louis le Grand du meilleur enseignement sous la férule des meilleurs professeurs. J'ai eu la chance d'y côtoyer des collégiens brillants. Aujourd'hui devenus illustres, ils m'honorent encore de leur amitié et de leur correspondance. J'ai cru un temps pouvoir faire ma vie à Paris, et même à Versailles. J'y ai gagné beaucoup d'argent. Mais j'ai fini par comprendre mes faibles chances d'avancement dans la société parisienne : pas assez de naissance, peu d'entregent, et puis pour finir je vous l'avouerai, pas assez d'esprit pour rivaliser avec d'autres, beaucoup plus gracieux que moi. Le Père Poret, un de mes maîtres, m'a souvent dit : « Mon pauvre Audenay, vous parlez latin comme un barbare fraîchement conquis ».

Il faut deux générations pour perdre l'accent du terroir. Je laisse à mes enfants ou mes petits-enfants le soin d'ajouter de l'honneur à mon nom.

Audenay s'étonna lui-même de sa confession, mélange peu sincère de modestie et de flagornerie. Il savait qu'au château de Mareuil, c'étaient des paroles attendues et convenables. En revanche, pour un pareil discours la présence de son épouse le gênait. En poursuivant, Il fit bien attention de ne pas la regarder, mais ne put s'empêcher de loucher vers elle : elle était occupée à décortiquer une aile de pigeon :

— Depuis que je suis rentré à Sermelles, je ne regrette pas une seconde mon choix, et si je ne sais pas manier la charrue comme mon père, je suis très heureux de faire fructifier mon bien ; je suis en même temps fier et honoré que vous m'ayez fait régisseur de vos terres berrichonnes.

Le duc sourit :

— Régisseur ? Homme de confiance, ami plutôt ; je suis content que vous ayez repris les activités de feu votre beau-père ; si Bouziques était comme vous d'une honnêteté parfaite, une qualité bien rare, il était certainement moins efficace pour faire rendre les terres.

— Le passage au collège, à défaut de me transformer en Virgile, m'a appris la rigueur et m'a donné le goût de la lecture. Et même si les bons Pères nous cantonnaient dans des sphères très éloignées de la technique agricole, leurs exercices intellectuels nous donnaient envie d'apprendre. J'avoue que les années à la ville m'ont appris infiniment plus que si j'étais resté à Mareuil.

Être présent sur ses terres donne, au propriétaire instruit et curieux, la capacité d'apporter des améliorations souvent élémentaires, avec des résultats étonnants. L'étude de l'agriculture est vue comme inutile dans notre pays. Sous prétexte que la terre est riche et a toujours donné, on abandonne son exploitation aux paysans illettrés et aux rustres. Au mieux ils travaillent par habitude, quand ils ne profitent pas de l'absence de leur propriétaire pour piller son fonds.

Quelle crasse ces paysans ! Ma porcherie est plus propre que leur habitation : la table sur laquelle ils mangent sert de refuge à leurs poules qui y lâchent leur fiente à volonté. Seule l'odeur de la fumée parvient à cacher celles du bœuf et de l'âne qui partagent presque leurs couches. Parfois je me demande ce qu'ils viennent faire à l'église et ce qu'ils comprennent des paroles de l'officiant. Seule la terreur des feux de l'enfer peut les empêcher de se livrer à leurs rites immondes de sorcellerie.

— Si vous saviez ce que j'entends parfois au sacrement de pénitence ! renchérit Delort qui aussitôt se demanda pourquoi il avait dit cela.

Ceux qui écoutaient se tournèrent vers lui l'air intéressé par la fourniture de détails croustillants complémentaires ; ils furent déçus, car lui baissa la tête, se fit silencieux. On ne fut pas surpris. D'autres renchérirent.

— Il faut parfois avoir de l'imagination pour voir en eux des êtres humains ! Quand on distingue un laboureur de loin, il se confond tellement avec son champ que l'on croirait plutôt deviner un ver de terre ! Les sentiments de ces gens-là se distinguent à peine de l'instinct des animaux !

— Oui, et leurs filles Mon Dieu, les pauvresses se donnent à qui passe, comme des chattes en chaleur ; et les filles de ferme, nos servantes, malgré toutes les leçons, les menaces, sont si ardentes que rares sont celles qui, à peine femmes, ne se font pas engrosser en dehors du mariage !

Solange qui servait à table continua son service sans sourciller et avec un sourire figé comme on lui avait appris : les domestiques doivent être avec leurs maîtres comme des meubles qui absorbent les sons. Elle avait un cotillon bien propre qui mettait en valeur sa jeune gorge fraîche. En passant et en servant le plat, elle sentait parfois des yeux impudiques plonger dans son corsage ou caresser furtivement sa croupe. Pesanteur, sensualité des yeux ! Là encore, pas question de tressaillir. Il est vrai que si les avances allaient plus loin, par maladresse, la soupière brûlante pourrait bien ébouillanter le propriétaire d'une main indiscrète.

Audenay n'avait pas reconnu la Solange, grandie et en livrée de soubrette. Son décolleté dérivait les regards de son visage. Charost avait déjà oublié que c'était Audenay qui lui avait fourni ce couple bizarre, composé de cette jeune servante très rustique et plutôt brusque et de ce simplet qui vivait toujours avec elle et qui travaillait maintenant dans ses écuries.

Madame Audenay, elle, avait reconnu Solange. Cette dernière ne répondit pas à un imperceptible clignement d'yeux et d'ailleurs elle ne chercha jamais à croiser son regard.

Audenay reprit la parole :

— Nos campagnes sont sous-exploitées et méritent mieux que nos paysans. La Nature porte un potentiel de richesse inouï et il suffit d'un peu de savoir et de peine pour libérer une partie de la richesse contenue dans un grain de blé : des milliers de germes, voilà ce que contient un seul grain de blé ! Mais aujourd'hui l'espoir d'un paysan se borne à récolter six mesures de blé pour une mesure de semence, et encore, les bonnes années ! Moi j'ai vérifié qu'il est possible, à partir de pratiques très simples, de multiplier les grains de manière bien plus généreuse. En vérité, un grain de blé contient la même promesse que les cinq pains d'orge qui grâce à notre Seigneur Jésus-Christ, ont pu nourrir cinq mille personnes dans le désert.

— Monsieur le Curé, que pensez-vous de tout cela ? Que pensent les Écritures de tout cela ? demanda le Duc ?

— Mon fils, dit Delort en s'adressant à Audenay, je veux partager votre optimisme sur les possibilités d'épargner aux hommes des famines. J'ignorerai en passant le caractère un peu excessif de votre comparaison avec les miracles de notre Seigneur Jésus Christ. Toutefois, vous êtes-vous assuré que vos récoltes améliorées ne s'inscrivaient pas simplement dans un de ces cycles généreux permis par la Providence ? Et ne devrons-nous pas souffrir demain des périodes moins glorieuses ? En deux mots, êtes-vous en mesure de garantir la fin des années de vaches maigres ?

— Je suis d'accord avec vous. Audenay, êtes-vous si sûr de cette corne d'abondance que vous décrivez ? On a vu au microscope que la semence humaine contenait des milliers de germes et pourtant les femmes ne mettent au monde en général qu'un seul bébé.

— Monseigneur, les principes que j'expose sont ceux d'un livre d'agronomie très sérieux : la « Vie rustique, l'Encyclopédie du Gentilhomme Campagnard ». Cet ouvrage donne des recettes très simples pour valoriser les terres. Il n'est pas utile et même dangereux de forcer la Nature, néanmoins on peut l'aider à libérer des forces de fécondation. Il faut savoir restituer à la terre les nitres, les sels de fécondité contenus dans les fumiers, les raclures et tous les excréments du cycle de la culture et de sa consommation par les hommes et les animaux. Pardonnez-moi, Mesdames, ces détails. Ces nitres constituent le baume de vie qui entretient l'harmonie de la nature dans les trois familles des minéraux, des végétaux et des animaux. Ils incisent les enveloppes des grains favorisant leur germination. Ils servent d'aimant à chaque grain pour attirer plus de sels nourriciers.

— Mon ami, je vois que vous avez en agronomie, la passion et la poésie qui vous manquaient en latin !

Audenay ne détecta aucune ironie, ou aucun soupçon de mépris dans la remarque du duc qui cherchait à mettre un terme à ce sujet qui devenait trop fangeux à son goût pour sa réception ; au contraire il vit plutôt un compliment et un encouragement à poursuivre cet exposé pour lequel il était le seul à se passionner.

— C'est pourquoi, je veille sur place à ce que mes fermiers charrient bien les fumiers de mes étables, et qu'ils les épandent dans mes champs, et non dans les leurs, ce qu'ils font quand le propriétaire n'est pas là pour s'en assurer. Dans l'ouvrage que je citais tout à l'heure, il est proposé de faire macérer les semences un ou deux jours dans du jus de fumier avant de semer. J'ai moi-même pu vérifier qu'avec cette recette, les rendements étaient fortement accrus.

La duchesse ne put s'empêcher de lever les yeux au ciel. Le duc fit un nouvel essai pour faire taire Audenay.

— Certes dans un autre style qu'Ovide et ses Bucoliques, vous arrivez au même résultat : une campagne prospère, ornée de laboureurs et de pâtres bien nourris.

Audenay ne se contenta pas de ce qui aurait pu être une élégante conclusion du sujet. Au contraire, il persévéra :

— Cela va bien au-delà d'Ovide, Monsieur le Duc. L'agriculture ne doit plus être la répétition de gestes immémoriaux transmis du laboureur à son fils. Comme d'autres domaines, elle doit être considérée telle une vraie science, avec ses techniques propres. D'ailleurs il n'y a pas que la technique. Un changement radical dans l'organisation des campagnes est à envisager. Mon fils que j'ai envoyé en Angleterre me dit qu'en clôturant les parcelles et en interdisant la vaine pâture, en s'affranchissant des contraintes de cultures imposées par une communauté ignorante, les landlords anglais augmentent la production des céréales et du bétail et s'enrichissent merveilleusement.

— Diable ! Tout cela me paraît bien risqué et doit demander une mise de fonds importante. Et puis, que faites-vous de tous ces paysans privés de la liberté de nourrir leurs bêtes sur les champs moissonnés ou les prés fauchés ?

— C'est vrai ! tous ces quasi-mendiants que sont les glaneurs ou les petits éleveurs qui envahissent les champs dès la récolte moissonnée n'ont plus leur place dans les campagnes anglaises. C'est le prix à payer pour la prospérité des campagnes et les profits accrus des propriétaires ! D'ailleurs, toutes les bouches devenues inutiles peuvent aller en ville où d'autres activités peuvent les occuper, ou surtout ils peuvent aller défricher les terres vierges des colonies.

Le duc voulut ramener ses hôtes aux nourritures terrestres.

— Vous oubliez vos assiettes et vous allez me fâcher avec mon cuisinier conquis de haute lutte et qui croyez-le est très susceptible ! Dégustez cette poularde Audenay et vous aussi mon Père, avant que votre plat ne soit froid ! Herbert, mon ami que pensez-vous de tout cela ?

— Comme Audenay, j'attends beaucoup de la générosité de la nature. Et comme lui, je suis persuadé qu'une faible impulsion suffirait à libérer des forces étonnantes, chez les laboureurs bien sûr, mais aussi chez tous les négociants, meuniers, boulangers.

— Comment cela ?

— En vérité, le commerce des grains est emprisonné dans un carcan qui freine l'accroissement de la production. Je parle de l'interdiction faite aux laboureurs de stocker, aux négociants d'exporter, aux boulangers d'exercer ces mêmes activités. Toutes les réglementations compliquées, tatillonnes, soi-disant faites pour protéger le petit peuple d'une hausse du prix du pain aboutissent au résultat inverse : la production tend à baisser et le prix à croître.

Or, tous les agronomes un peu qualifiés confirment, comme Audenay, que le sol du royaume est très fécond et qu'à peu de

frais, il pourrait beaucoup plus produire. Donnons à tous la possibilité de vendre et d'acheter le grain, de l'emmagasiner, de l'envoyer à travers toutes les provinces, et aussi dans les pays étrangers et vous verrez qu'en peu d'années cesseront ces grandes fluctuations sur les prix du grain avec leurs effets désastreux, à la fois sur les producteurs et les habitants des villes.
La plus grande efficacité ne peut être le résultat du décret d'une administration, aussi zélée soit-elle pour le bien public. Malgré sa bonne volonté, elle sera toujours en retard dans sa réaction, et bridée par ses propres règles de vertu. Dans le meilleur des cas, elle est maladroite dans ses actions ; dans le pire, elle est désorganisée et réduite à l'anarchie par sa corruption. Prenez l'exemple des exportations des grains : elles sont en général interdites et les licences d'exportation sont réservées aux périodes de surabondance exceptionnelle. Elles sont octroyées très tardivement, quand le grain commence à se perdre, faute de stockage. Cette mesure, prise à la dernière extrémité qui de prime abord, peut paraître salutaire, n'aboutit qu'à déprimer encore les cours du blé. En vérité, c'est le signal de la curée pour les acheteurs étrangers potentiels : alertés par cette libéralisation extraordinaire, biens au fait de la surproduction, ils retardent le plus possible leurs ordres d'achat, espérant voir les cours encore baisser.
Confronté à ces prix de misère, l'agriculteur emblavera[33] moins la saison suivante. Il s'ensuit que si les conditions climatiques ou autres devenaient mauvaises, leurs conséquences seraient amplifiées et une récolte qui, à surface inchangée, aurait été simplement médiocre, se transformera en pénurie désastreuse.
Laissons les arbitrages multiples s'effectuer librement par les millions d'acteurs qui, à travers des raisonnements toujours différents, vont, chacun isolément, poursuivre un seul et unique but : augmenter leurs profits. Voilà la nature de l'économie, et il ne faut pas la brusquer ou la déranger dans ses fondements, il faut simplement l'aider un peu pour lui permettre de revenir à l'équilibre dans des cas de dérèglements importants : par exemple en augmentant légèrement les droits d'entrée ou de sortie des grains des ports vers l'étranger dans le cas d'une surabondance ou d'une disette, tout en garantissant la liberté du commerce.

33 - Ensemencer.

> Ainsi l'on verra, pour le plus grand profit du royaume, les surfaces cultivées agrandies, les sols mieux cultivés et, plus généralement, l'on tirera tous les bénéfices de ces multiplications évoquées par Monsieur Audenay !

Au nom de son mari, Madame Audenay interrompit ses calculs d'économie domestique qui occupaient son ennui de ce « discours interminable et pédant ». Le mois dernier, le nombre d'œufs ramassés au domaine était curieusement en baisse. Premiers symptômes d'une maladie, ou vol d'une servante ? Une nouvelle contrariété. Ici, on perdait son temps ! Elle ne put s'empêcher de bâiller. Elle avait déjà rencontré Herbert chez son mari ; à la suite de mauvaises affaires, il était venu à Sermelles dans l'idée d'emprunter de l'argent. Elle était présente et heureusement elle avait su l'en empêcher ! Aujourd'hui ce Monsieur « je sais tout » osait donner la leçon à la compagnie alors qu'il était en faillite ! Mais à voir la politesse de Herbert et de sa femme vis-à-vis d'Audenay, elle eut un doute : « ce beau-parleur n'avait-il pas en cachette obtenu ce qu'il voulait ? »

— Mesdames, j'espère que ces discours ne sont pas trop fastidieux ? se hasarda le duc, qui lui aussi ne voyait aucun intérêt à ces gloses.

Madame Renauldon avait été habituée par son mari à ce type de repas à Issoudun. Son esprit sans révolte s'était depuis longtemps dissipé dans d'autres pensées plus frivoles, relatives à des toilettes, à des mariages possibles ou impossibles. Elle se trémoussa sur sa chaise ; son menton, par un mouvement brusque, s'avança vers l'avant, et ses boucles d'oreilles s'agitèrent en brillant :

— Bien au contraire, vous êtes passionnants ; Madame Herbert quelle chance vous avez d'avoir un mari si savant !

« Tiens la poule parle », se dit Madame Audenay en se demandant comment elle s'y prendrait si elle devait tordre son cou de gallinacé. Ses interrogations secrètes furent interrompues par le duc.

— La circulation du sang est bien éloignée du commerce des grains, mais je suppose que notre médecin Monsieur Hecquet a un avis sur la question.

Le médecin et sa femme se ressemblaient étrangement, se dit Madame Audenay ; les deux étaient âgés, avaient du mal à marcher et curieusement montraient une maigreur impressionnante et surtout un teint jaunâtre peu appétissant : «ceux-là feraient bien de commencer par se soigner avant de prétendre guérir les autres ! ». « Je suis sûre hélas que ce jocrisse va avoir un avis sur la question ». Madame Audenay n'avait pas tort.

— Vos réflexions, Herbert, sont en parfaite adéquation avec les dernières découvertes de la science médicale. Aujourd'hui, il est prouvé que la santé est liée au bon équilibre des sucs produits par la digestion des aliments et transportés par le sang dans tous les organes du corps. Toute maladie a pour origine un frein ou un blocage au transport de ces fluides.
— Si je comprends bien, les péages sont à l'économie du pain, ce que les entraves à la circulation du sang sont à la santé humaine ? se risqua le duc.
— Oui tout à fait ! Soigner une maladie, c'est d'abord diagnostiquer l'organe touché par le ralentissement du cours du sang devenu trop couenneux, c'est-à-dire trop épais, puis donner au patient les émulsifiants adaptés. Des saignées précoces soigneront avec succès les premiers symptômes. Toutefois le premier remède, c'est être plus abstinent, manger moins, régulièrement, une nourriture légère à base de racines, de grains, de bouillons. Ce régime simple suffit pour maintenir la correcte fluidité du sang et il est préférable aux potions les plus compliquées et les plus chères.
— Racines, bouillon léger, fruits frais ! Cher ami, quel ennui vous nous proposez là ! Alors il faudrait renoncer à ces soupers amicaux ? Nous séparer de nos cuisiniers ? Attendez que le repas soit terminé ; une fois rassasiés nous adopterons de manière temporaire ce régime radical..., jusqu'au prochain repas amical. Faut-il manger seulement maigre ?
— Non il ne s'agit pas de cela et l'on peut se goinfrer en maigre.
— Vous avez tout à fait raison. D'ailleurs, Comus peut vous concocter un menu maigre qui vous ferait oublier les jours gras !
— Finalement, dit le duc, vous êtes tous d'accord : que ce soit pour la circulation du sang, la multiplication des germes ou le

commerce des marchandises, un principe universel de fluidité permettrait de sauvegarder la santé des hommes et assurer la prospérité des campagnes et plus généralement du pays. Les progrès de la science semblent fournir un cadre à l'organisation du monde telle que l'a imaginée notre Créateur. Qu'en pensez-vous Delort ?

Le curé :

— Je ne peux que souscrire avec vous à l'objectif d'améliorer durablement l'abondance des grains, la richesse du pays, la santé. Je ne suis pas compétent dans ces domaines où vous excellez. Pourtant, ma crainte est que les maux que vous voulez combattre pour atteindre cette fin ne soient d'abord voulus par Dieu. C'est Lui qui, ayant chassé l'homme du Paradis terrestre, l'a condamné à la Mort, mais aussi à travailler à la sueur de son front. Les frontières faisant obstacle aux échanges de grains sont la conséquence de l'éparpillement des peuples et des nations, une punition divine pour l'érection de la Tour de Babel.
Soyons humbles et prudents dans nos tentatives humaines de contourner ou de s'opposer à la volonté divine : si vos théories sont séduisantes et peuvent atténuer, soulager les souffrances humaines et même apporter le bien-être, ne leur donnez pas plus de valeur.
Si les Écritures disent que le Médecin doit être entendu, que le travail du laboureur est à respecter ou que la prospérité est accessible ; elles disent aussi que la maladie, la misère, le mauvais gouvernement et la Mort sont les rémunérations des torts de l'homme.
Pour améliorer des situations déficientes, j'entends vos propositions et vos explications : chacun propose une seule solution en général tentante, mise en avant au point de devenir un système, une panacée. Défendue par vous avec compétence et élégance, elle exclut toutes les autres. Elle marque le despotisme d'une idée sur le cerveau, l'étroitesse de notre intelligence. Malgré tous les progrès de la science, cette démarche humaine est vouée à l'échec. Face aux complexités de l'Univers, concevoir des systèmes harmonieux de solutions combinées ressortit au divin, et non à l'humain.

Replaçons toutes ces questions terrestres dans la Lumière de l'Évangile et dans la perspective de temps que Dieu nous accorde sur la terre : l'obéissance de chacun aux lois de Jésus-Christ et de l'Église, le respect des sacrements et tout particulièrement le baptême qui fait entrer l'enfant dans le peuple de Dieu, la pénitence qui le réconcilie périodiquement avec Lui pour toutes les fautes qu'il commet au cours de sa vie de péchés, et enfin le sacrement ultime de l'Extrême Onction, quand l'Âme va se séparer de son enveloppe corporelle précaire, et accéder au bonheur éternel.

Aussi pour améliorer le monde, je préfère la Charité à la science, par laquelle le riche soutient le pauvre, le père accueille avec joie son fils prodigue, l'homme ou la femme pardonne à l'époux adultère. J'en reste à l'humilité de celui qui accepte son destin bon ou mauvais, comme le mouton accepte la Loi de son berger. Les moyens que vous proposez sont, certes, intéressants et utiles, ils sont de l'ordre du terrestre et de l'éphémère ; ceux de l'Église sont dictés par le Très-Haut et sont seuls propres à garantir la vie et la félicité éternelles.

Delort se trouva très content de son discours : il apprécia l'utilité des lettres pastorales envoyées par l'évêque coadjuteur qui fournissaient au clergé des arguments face à des interlocuteurs éclairés. Le vin du début du repas avait également facilité son élocution.

« Gaieté du cœur et joie de l'âme, voilà le vin
Qu'on boit quand il faut et à sa suffisance »[34]

L'assemblée, peu habituée à entendre Delort aussi à l'aise dans ses discours en dehors de ceux qu'il proposait aux offices et qui étaient plutôt adaptés à l'esprit des paysans, le regardait un peu éberluée. La duchesse lui souriait doucement comme si elle venait de recevoir l'Esprit Saint. Son mari intervint :

— Halte-là, mon bon et respectable curé ! Reprenez donc un peu de cette tourte et surtout un nouveau verre de vin : j'avoue qu'il vous réussit et vous met en verve. Monsieur le curé, j'ai bien l'intention de vous taquiner et vous pousser plus loin dans vos dévots raisonnements.

34 - Ecclésiastique 31 28

Vous nous donnez la leçon, mais quand il le faut, vous savez aussi être ferme. Le jour de la collecte de vos dîmes, où est votre esprit de charité ? Où est votre pieux désintéressement ?

Là, Delort se laissa entraîner par son enthousiasme et son indignation. Peut-être aussi par le vin de Quincy. Il répondit avec vivacité au duc.

— Mais les dîmes sont une prescription du Seigneur ! Elles assurent sa subsistance au pasteur et le surplus est affecté au soulagement des pauvres. Elles seraient d'ailleurs réduites si les nobles rendaient les dîmes usurpées jadis avec la complicité de Charles Martel. Les souverains qui lui ont succédé étaient trop faibles ou trop lâches pour restituer au clergé les dîmes inféodées.

— Oh ! oh ! l'effet du vin ! Notre bon curé se déchaîne ! Notre doux agneau Delort est prêt à en découdre avec la noblesse. Encore un verre et il prêchera la croisade !

— Êtes-vous bien sûr de vous, Monsieur le Curé ? demanda Renauldon d'une voix lente et professorale. Il se trouve que j'ai un peu étudié la question. Certes le Concile du Latran en 1179 a prétendu que Dieu avait prescrit les dîmes au bénéfice du clergé ; cependant ses justifications n'étaient fondées que sur quelques passages de l'Ancien Testament interprétés tout à leur avantage par les canonistes.

S'il est vrai que dans le livre de Samuel on peut lire : « Sur vos cultures et vos vignes, il prélèvera la dîme», le « il » s'adresse au roi qui va venir ; il s'agit même d'un avertissement de Dieu à son peuple qui veut un roi : c'est le prix élevé à payer pour avoir un roi. Il n'est pas question de prêtres. Au demeurant, il n'est pas possible de comparer la situation des Lévites de l'Ancien Testament avec notre clergé actuel. Ceux-ci, pour l'ensemble de leurs charges spirituelles, ne disposaient pour revenus que des seules dîmes. Les ressources du clergé actuel sont bien plus larges et notamment comprennent les produits d'un patrimoine immense : les sept douzièmes de l'ensemble des immeubles et héritages détenus en France appartiendraient au 2e ordre ! Rien de moins ! Par ailleurs, Saint Jérôme écrit que de son temps, c'est-à-dire vers l'an 400, et donc bien avant Charles Martel, les seigneurs laïcs possédaient déjà des dîmes. Contrairement à d'autres droits féodaux, c'est une erreur de penser que les dîmes laïques auraient pour origine une usurpation violente. En vérité, à l'origine, il n'y avait que des dîmes laïques.

Renauldon s'exprimait en professeur patient, un peu las, qui aurait répété à un élève médiocre une leçon non apprise. Il avait gardé la tête basse et leva les yeux vers Delort, comme navré de le contredire, et surtout désolé d'avoir cité les Écritures devant lui.

Madame Audenay le contemplait : avec son habit tout noir et ses bajoues vermeilles, elle le voyait en vieux dindon. « Un dindon et une poule ! Drôle de couple ». Elle se demanda de quelle couleur étaient les plumes de leurs nichées.

Renauldon poursuivit sa glose d'un ton monocorde :

— Pour toutes ces raisons, le roi Philippe IV était fondé à ne pas appliquer en France le Canon du Concile de Latran : toutes les dîmes laïques, dont le titre justificatif est antérieur au dit Concile, ont alors été à bon droit, reconnues valables.

Philippe IV a été plus loin et a raboté les prétentions de certains canonistes à généraliser la dîme sur tous les revenus, quels qu'ils soient, y compris sur le loyer des femmes de mauvaise vie (il sourit tristement), et à partir de la quotité uniforme d'un pour dix. Pour cette dernière demande, la justification était que le chiffre dix aurait fait référence aux chiffres parfaits des dix commandements ou des dix juges. Une plaisanterie ! Aujourd'hui, comme vous le savez, les dîmes de lainage et charnage[35] sont respectivement quatorze l'un ou vingt l'un.

Renauldon ayant terminé son discours parcourut d'un regard modeste l'assemblée. Le duc s'était bien amusé de cet échange.

— Eh bien ! Après la menace de croisade, nous voilà arrivés à un cours de droit ! Renauldon, vos lumières me rassurent. Après une telle plaidoirie, Monsieur le Curé, où en sont vos prétentions à vouloir encore augmenter vos prélèvements ?

Delort bouillait ; il avait utilisé fidèlement les écrits en provenance de l'évêché. Ils étaient insuffisants pour affronter les arguments du

35 - Le charnage, ou la dîme des animaux vivants, était un droit féodal visant l'agrandissement d'un cheptel par les naissances des agneaux, porcs et volailles.

professeur de droit. Le pédant Renauldon l'exaspérait. Le vin, beaucoup plus fort qu'au presbytère, faisait maintenant tout son effet et ses idées se mélangeaient.

> « *L'ivresse excite la fureur de l'insensé pour sa perte,*
> *Elle diminue sa force et provoque les coups.* » [36]

Delort se demandait avec panique et confusion comment sortir de cette discussion mal engagée. La seule chose dont il était sûr est qu'à ce moment il n'avait aucune aménité vis-à-vis de ce misérable et antipathique avocat d'Issoudun. Il fut sauvé d'une réaction violente et peu chrétienne : Comus présentait le troisième couvert.

36 - Eccl 31 30

Repas au château de Mareuil —
Troisième et quatrième couvert

Le troisième service comportait trois plats de rôts (poulets, perdreaux et un héron) et deux salades.

Les convives reprenaient leur souffle. Ceux qui n'étaient pas habitués à ce type de dîner redoutaient de devoir affronter le quatrième couvert à venir.

Madame Audenay regardait Madame Hecquet continuer à prendre et reprendre de chaque plat comme pour les services précédents, imperturbable et appliquée, sans porter la moindre attention à la discussion. « Son mari ne doit la nourrir que de bouillon léger et de racines ; ce soir elle se rattrape. Comment ce corps aussi étroit peut-il ingurgiter toute cette nourriture sans se déformer ? » À côté d'elle, la duchesse mangeait à peine une bouchée de chaque plat, sans rien boire, mais semblait absorber chaque parole de chaque invité comme si ceux-ci, tour à tour, distillaient à travers leurs discours une promesse d'ivresse de savoir parfait.

Delort, dégoulinant de sueur, tentait de remettre de l'ordre dans ses idées. Une seule chose claire dans cet affolement intérieur : ne pas trop parler ! S'il était sûr d'avoir raison, il se sentait impuissant et maladroit face à cette canaille aguerrie de Renauldon. Il avala sa salive et fit une retraite prudente.

— Ces dîmes servent à payer ma nourriture et mon modeste entretien ! Le reste est redistribué au sein de la paroisse pour l'éducation des ignorants et le soulagement des pauvres. Quand je surveille les récoltes, c'est pour éviter que ceux qui doivent contribuer à la vie de l'Église et de son pasteur ne soient tentés d'en distraire une partie. Je suis peu regardant, au demeurant, sur la dîme due par les nécessiteux. Enfin, je m'efforce toujours de respecter la prescription de Saint Jean le Baptiste : je ne prends jamais plus que ce à quoi j'ai droit. Vous savez que je ne suis pas riche.

— Curé, ne prenez pas la mouche, je m'amusais à vous taquiner ; nous connaissons tous votre honnêteté comme vos ouailles d'ailleurs. Ces dernières vous aiment même quand vous les tondez. Sans jamais les écorcher ! ajouta le duc avec un sourire.

Mais Renauldon, tout émoustillé d'avoir pris l'ascendant sur Delort, voulut poursuivre son avantage et continuer à montrer sa science :

— Je dois vous donner raison, Monsieur le Curé. Au cours du temps, les monastères se sont accaparé la majeure partie des revenus ecclésiastiques. Et quand ils ont renoncé aux charges de curés des paroisses où ils officiaient, ils ont mis en place des vicaires à qui ils n'ont rendu qu'une part des revenus attachés au service de la cure et en leur laissant la portion congrue.
Mais ces revenus, comme les autres, ils n'en ont pas gardé longtemps la jouissance. La pratique de la commende[37] depuis un siècle permet à des ecclésiastiques non-moines ou même à des laïcs, de percevoir les revenus des monastères. Ces sommes, maintenant, engraissent les grandes villes et appauvrissent les campagnes ; le clergé local devient misérable et ne peut plus assurer comme par le passé ses œuvres charitables. L'abbaye de Notre Dame de la Prée, tout près d'ici, rapporte à l'abbé de Sourdeval qui réside à Rouen, un revenu de 4000 livres. Et je ne mentionne pas ici ce qui part à Rome.

Le curé reprit la parole :

37 - Concession d'un bénéfice ecclésiastique (une abbaye) à un ecclésiastique séculier ou à un laïc.

— Mais personne ne veut comprendre cela ! Et le clergé dans son ensemble est discrédité ! Les gens considèrent que les curés les pillent et, même s'ils sont honnêtes et dévoués, l'argent n'est plus là quand il s'agit de soulager les détresses. Nous voir pauvres alors que nous avons collecté la dîme nous rend méprisables à leurs yeux, comme les valets impuissants d'une organisation défectueuse.
Et pour les moines, c'est pire ! À la Prée, ils n'ont plus de quoi manger ; leur nombre diminue constamment, comme les vocations d'ailleurs.

— Mon pauvre Delort, ajouta Herbert qui piaffait d'intervenir, s'il n'y avait que la fiscalité ecclésiastique qui posait problème ! De fait c'est tout le système qui est cul par-dessus tête ! Des trois corps qui composent le royaume, un seul doit payer des impôts de façon obligatoire, et c'est le plus pauvre. Pour les deux autres, au mieux, on attend dans les temps extraordinaires qu'ils daignent voter une contribution volontaire. Aurait-on eu l'idée de prier le délicieux héron servi sur cette table de nous faire la grâce de donner une de ses cuisses ?

Delort soufflait : le débat commençait à s'éloigner de sa personne et de l'Église. En lui-même, il remercia Herbert. Ce dernier poursuivit :

— Pire encore, les plus riches du Tiers État peuvent racheter leur obligation de payer leurs impôts en devenant nobles à leur tour. Dans ces conditions, la part qu'ils ne payent plus est prise en charge par la masse des contributeurs restants. Je gage que toute personne débarquant d'une autre planète serait stupéfaite d'une situation aussi ridicule.

— Ridicule, comme vous y allez ! Ce droit de ne pas payer d'impôts, je l'ai acheté fort cher, s'exclama Audenay avec véhémence, et vous laissez entendre qu'on devrait me le reprendre ? Est-ce ma faute si cet argent est mal employé ?

— L'histoire justifie ce tableau que vous peignez, Herbert !, renchérit le duc. Le droit des gens, depuis un millénaire, a constitué un corps de règles structurées et homogènes qui s'imposent à tous.

— Elle l'explique sans doute, elle ne la justifie pas. Aujourd'hui, ce système n'est plus supportable ; les dépenses des armées, les dépenses somptuaires ont atteint des niveaux jamais vus, et l'on ne peut continuer à faire vivre ce système injuste qui conduit à un appauvrissement général. Voyez la dépopulation de nos campagnes, les pauvres gens saisis et réduits à la mendicité.

— Vous exagérez et d'ailleurs il est nécessaire que les pauvres restent pauvres ; donnez aux pauvres, ils s'arrêteront de travailler, car ils se suffisent de peu. C'est même dangereux de les laisser bien nourris trop longtemps : voyez les ruches, si vous ne les châtrez pas, les abeilles se gavent de miel à s'en rendre malades et à en mourir !

Audenay était content de son argument apicole.

— Les pauvres ne sont pas des mouches à miel ! Ils aspireraient bien au contraire à s'enrichir. Beaucoup seraient prêts à travailler davantage s'ils n'étaient certains que la récompense de leurs peines supplémentaires sera confisquée par le procureur fiscal.

Vauban a démontré que la généralisation d'une dîme laïque universelle portant sur tous les revenus et appliquée à tous les sujets assainirait les finances du roi et enrichirait le royaume en apportant une plus grande prospérité dans les campagnes et dans les villes.

— Cette folle utopie de Vauban a été rejetée !

— Pour le grand malheur du royaume ! Louis XIV a été mal conseillé par des courtisans intéressés ! Assurer la prospérité du pays peut contraindre à se résoudre à des concessions en vue de l'intérêt général ou, également, d'accepter des sacrifices immédiats dans l'attente d'un avantage futur.

Ce dernier échange entre Herbert et Audenay avait été plus sec. Le ton montait parmi les messieurs. Les dames restaient dans une torpeur silencieuse. Madame Audenay trouvait en général ces jactances incompréhensibles. Mais pour le coup, elle s'était indignée de cette possibilité d'avoir à payer à nouveau de l'impôt. Pour une fois elle était d'accord avec son mari.

Pendant que l'on parlait, de nouveaux plats avaient été présentés. On était arrivé au quatrième service, celui des entremets : asperges, cardes au bouillon, crêtes et queues d'écrevisses à l'huile, une crème à l'Allemande simple et des petits gâteaux.

Le silence se fit, ou plutôt on arrêta de parler. On s'aperçut que pendant tout ce temps, les musiciens avaient continué à jouer, toujours dissimulés. À vrai dire, cela faisait des heures qu'on ne leur prêtait plus attention.

Avant de se lever, on félicita le cuisinier pour sa cuisine décidément moderne. Le duc précisa que ce repas était un petit souper, et que Comus faisait couramment des soupers de huit ou neuf services, que sa spécialité était aussi de faire des repas de six services composés uniquement de viande de mouton, ou suivant le cas, de porc, de cochon ou d'agneau, voire d'œufs. On s'interrogea sur cette curiosité.

Tous les invités s'extasièrent et remercièrent le duc pour ce festin gargantuesque, et pourtant si fin. Ces agapes justifiaient bien une brouille avec le cardinal de La Rochefoucauld ! À ces mots, le curé Delort parut absent et ne pas écouter, « comme jadis au collège », pensa Audenay. Madame Audenay ne participa pas aux compliments et resta muette : pour elle, toutes les sauces avaient le même goût et on ne pouvait plus distinguer la chair des poissons de celle des viandes.

On sortit quelques instants sur la terrasse du château qui surplombait l'étang. La nuit était tombée depuis longtemps. Le coassement du peuple des grenouilles couvrait la musique. Cachées par l'obscurité, des carpes sautaient bruyamment dans l'étang.

Plus près de la terrasse, des pipistrelles au vol silencieux et chaotique décrivaient des trajectoires hachées.

Il faisait bon, et nos convives n'avaient plus faim.

À part Madame Audenay, impatientée de ces réceptions « où l'on perdait son temps en de vains discours » et le pauvre Delort, toujours mécontent de lui, tous étaient ravis à divers titres de cette soirée où ils s'étaient régalés de nourritures terrestres et spirituelles, comme le dit Renauldon d'un ton obséquieux.

Les convives prenaient congé et les domestiques desservaient ; dans la cuisine, ils s'affaireraient encore longtemps à récurer assiettes, plats, verres et couverts. Ils se coucheraient beaucoup plus tard et bien fatigués, mais heureux de ne pas avoir à trimer dans les champs le lendemain et de bénéficier de reliefs substantiels. Eux aussi s'endormiraient le ventre plein.

Dans leur chambre, le Duc et la Duchesse riaient ensemble de la soirée :

— Mon Dieu est-on vraiment obligé de s'ennuyer à recevoir ces prétendus nobliaux dans ce désert de Province ? Quels fats ! Quels rustres !

— Ma chère, une fois par an ! Je vous jure de ne pas vous imposer ce calvaire plus d'une fois par an ! Avouez quand même que vous vous êtes bien amusée et que vous aurez cet automne de belles anecdotes plaisantes à raconter à Versailles sur les petits maîtres berrichons !

De leur côté, Solange et Jean avaient appris qu'ils seraient du voyage du Duc de Charost qui rentrait à Paris la semaine suivante.

Lettre de Voltaire à Jean-Baptiste Audenay

Je vous fais des infidélités et voilà plusieurs années que je ne vous ai pas écrit. Ma santé en est la cause.

Je suis actuellement le courtisan de trois rois : le roi de France, mon maître, dont je suis l'historiographe avec deux mille livres de rentes, Stanislas roi de Pologne à Lunéville, dont l'apothicaire m'a sauvé la vie.

Frédéric de Prusse est le troisième. Il m'offre si je viens à Berlin une couronne nouvelle de lauriers, une fillette pucelle à mon usage, et des vers en mon honneur. Pour la pucelle, j'y renonce et un bon lit pour moi tout seul me suffirait.

Je suis aussi l'obligé du pape qui a accepté ma dédicace de « Mahomet ». Votre évêque, Monseigneur de La Rochefoucauld, ambassadeur de France à Rome, qui vient d'étrenner son chapeau de cardinal, m'a fait transmettre de la part de Sa Sainteté des livres à mon intention.

Je continue à beaucoup écrire : tragédies, romans, essais. J'ai également servi d'Argenson : je lui ai préparé un certain nombre de discours et ai accompli pour lui certaines missions secrètes à l'étranger.

J'ai aussi été élu à l'Académie française.

Mais tout cela allait trop bien ; avec son renvoi du ministère de notre ami commun, j'ai perdu un soutien essentiel. Un exemple de plus pour les historiens qui démontre combien la fortune a souvent tort, combien les mesures les plus justes, les meilleures intentions, les services les plus réels, ont souvent une destinée désagréable.

Avec la disgrâce d'Argenson, mes soucis avec la critique ne vont pas s'arranger et j'ai tant d'ennemis ! J'ai déjà dû solliciter, par l'entremise de son père, le soutien de la reine Marie Leczinska pour démontrer que ma nouvelle pièce Sémiramis est morale ! Je ne peux pas mendier à nouveau la protection du Pape comme pour Mahomet ! Et aujourd'hui, je ne peux faire publier Zadig sous mon nom. Ce roman tombe mal au milieu de la cabale organisée par ce serpent de Fréron. Hélas, Desfontaines avant de mourir a eu le temps de se trouver des disciples !

Comme Desfontaines, Fréron est franc-maçon. Cette secte reste très secrète et ses adeptes demeurent toujours masqués pour les profanes. Elle a des appuis dans la plus haute société, y compris parmi mes amis les plus chers dont certains, je le sens bien, deviennent tièdes pour me soutenir dès lors que je suis éreinté par un des leurs. Tout cela est extravagant. Comment peuvent-ils à la fois, être excommuniés par le Pape, et avoir à leur tête un homme tel que le comte de Clermont, un duc et pair de France, au surplus ayant reçu les Ordres ?

Pour aborder des sujets plus frivoles, j'ai appris qu'une demoiselle, servante chez notre ami Charost chez qui je dînais il y a deux jours, viendrait de vos terres et s'appellerait Solange. Ses yeux annoncent une nature enflammée et des transports brûlants. En même temps son port et sa tenue sont ceux d'une demoiselle sage et farouche.

Tous les vieux barbons tournent autour d'elle, comme des chiens autour d'une jeune chienne ; mais le temps des chaleurs n'est pas encore venu ; aussi elle aurait tendance à mordre. Ses petites dents sont bien charmantes. Beaucoup aimeraient se faire croquer. Comment avez-vous laissé partir ce petit trésor ? A-t-elle fait partie de vos bonnes fortunes ? Surtout, ne la reprenez pas et laissez-nous rêver.

En attendant, le peintre Boucher prétend s'intéresser à elle ; comme modèle, au moins pour commencer. Charost la lui cède deux matinées par semaine, à condition qu'elle soit accompagnée par son frère, un énergumène celui-là. On dirait un grand chien maigre au poil roux ; fidèle et féroce quand on s'approche trop de sa sœur, et plutôt bizarre, car ce grand échalas semble dénué d'esprit et a la voix d'un petit garçon.

On dit que Boucher avait commencé avec elle une scène de genre avec un jeune godelureau de seize ans qui s'enflamma un peu trop vite pour elle. La scène du tableau qui devait s'appeler « Le baiser partagé sous le rosier » fut rebaptisée « L'effronté indiscret souffleté ».

Toutes ces affaires à vrai dire m'intéressent fort modérément. Si je suis mieux depuis quinze jours, je reste toujours mort au plaisir.

J'ai perdu beaucoup d'argent sur des fonds placés sur un bateau en commerce avec Cadix qui a été pris par un navire anglais. J'aimerais à l'occasion m'entretenir ou au moins correspondre avec votre fils sur les possibilités de placements dans les îles où j'ai déjà quelques biens.

Madame du Châtelet me bat froid : elle est jalouse de mes absences et de ma correspondance avec Frédéric ; je crains qu'elle se lasse de mes maladies répétées. Que puis-je faire ? Il en est de la fortune comme de la nature : je fais l'impossible pour avoir la santé, et je ne puis en venir à bout. Faut-il mourir guéri ? Je vais essayer les pilules de Stahl, en craignant la colère de ma bien-aimée si elle apprend que c'est de Frédéric que je les tiens ?

De mon lit, cloué une fois de plus par une méchante colique, je vous transmets les sentiments de celui qui n'a pu vous voir trente jours depuis trente ans, et qui reste votre ami le plus fidèle.

Lettre du Marquis d'Argenson à Jean-Baptiste Audenay

Cher ami, je ne suis plus ministre. Le monarque m'a renvoyé sans explication, le soir même du mariage du dauphin avec la princesse de Saxe.

Il paraît que je suis puni de ce mariage que j'ai soutenu auprès du roi, en opposition avec la reine et le dauphin. Le choix du dauphin se portait sur la sœur de sa défunte épouse. Autrement dit, un inceste, encouragé par des courtisans pas du tout choqués, et toujours prêts à flatter. Il est vrai que pour de tels libertins pratiquant chaque jour des orgies scandaleuses, ce mariage aurait été une peccadille.

D'autres prétendent que c'est le parti de la guerre qui a ourdi ma disgrâce : les frères Pâris, qui bâtissent des fortunes énormes comme munitionnaires, auraient vu d'un mauvais œil mes efforts pour ramener la paix. Le comte d'Argenson n'a pas bougé le petit doigt pour moi ; il a trop intérêt à conserver l'appui de Madame de Pompadour, notre ancienne marquise d'Etiolles, pour rester ministre de la guerre. Tous recherchent l'appui de cette femme qui semble être durablement installée auprès du roi. Notre courageux ami Voltaire souhaiterait bien entendu aussi rester dans les bonnes grâces de celle que la reine et le dauphin appellent, sans s'en cacher, Maman Putain.

Personne n'a défendu ma cause et ceux que je croyais mes amis ont détourné leurs regards à mon départ. Dans son dernier roman dont il refuse d'ailleurs la paternité, Voltaire décrit parfaitement la situation, quand il fait dire à son héros Zadig : « Je n'ai jamais vu qu'un courtisan ait parlé avantageusement d'un ministre disgracié contre qui son souverain était en colère ».

Mon frère reste donc en poste. Il est beaucoup plus habile que moi : il est comme un gâte-enfant avec le roi, comme les nourrices et les précepteurs qui acquièrent, par des cajoleries et des bonbons, l'entière confiance de leurs élèves.

Louis XIV, notre grand roi, avait assuré, dès le début de son règne, la puissance du royaume par des victoires qui ont subjugué ses voisins. En fixant les grands nobles à Versailles, il a aussi fait triompher la paix civile à l'intérieur du royaume. Les rois de France de la troisième race[38] avaient enfin retrouvé le pouvoir, perdu jadis par les successeurs de Charlemagne au profit des grands seigneurs féodaux ! L'aboutissement de siècles de luttes.

Depuis presque cent ans, et avant même la révocation de l'Édit de Nantes, l'histoire semble s'être figée dans le Royaume. Depuis Colbert, aucune réforme d'envergure n'a été menée à bien.

Cette Cour est organisée autour d'une administration pléthorique, ruineuse en palais et en charges. Regardez « l'Almanach Royal » : des centaines de pages pour citer toutes les administrations et leurs directeurs. Cet Almanach s'engraisse chaque année des conséquences des innombrables réglementations à courte vue, ordonnances et édits tatillons dont l'effet est d'accroître sa taille : pour tout contrôler, on crée des postes de préposés de préposés !

Et si seulement cette administration était bien dirigée ! Mais, le recrutement de ses chefs, fondé sur l'achat de charges héréditaires, garantit au fils le plus médiocre de succéder à son père et barre tout espoir d'avancement à d'autres, plus compétents et plus imaginatifs.

Ce monstre insatiable dévore les richesses produites par la campagne ; une fois collectés cens et impôts, le paysan conserve juste ce qu'il faut pour survivre et encore, les bonnes années. Impossible d'espérer conserver un quelconque surplus, aussi, inutile d'améliorer les cultures, de faire des essais agricoles, d'investir dans des bâtiments

38 - Les Capétiens.

plus adaptés, des machines plus efficaces ou élever des animaux plus forts et en meilleure santé.

Tout cela pour financer cette administration improductive, les guerres ruineuses, les palais et les dépenses somptuaires de nos riches courtisans. Leurs achats de soieries, produits exotiques, pierres précieuses, épices rares et autres objets de luxe, sont payés en or et en argent à l'Inde et à la Chine et appauvrissent encore le royaume de ses espèces.

Fleury a été le véritable substitut des parents que le roi, en vérité, n'a pas connus. Il n'a pas préparé son élève à ses futures fonctions. Faute fatale ! Pour assurer sa confiance et obtenir tout le pouvoir de son royal disciple, il lui a appris à se méfier de tous les autres. Aujourd'hui, Fleury disparu, le roi prétend éviter que quiconque prenne sur lui un quelconque ascendant ; dans ces conditions, un ministre ne peut durer, l'oreille du roi est toujours prête à écouter l'intrigue visant à le déconsidérer.

Nous aurions besoin d'un roi nerveux, énergique, aiguillonné par le pressentiment du danger.

Car si la population est moins sujette aux grandes famines d'autrefois, elle accepte beaucoup moins les disettes et le retour à la misère. La science avance, le peuple devient plus lettré, même dans les campagnes. On devient plus exigeant vis-à-vis du monarque.

Notre roi préfère la confirmation quotidienne par mille courtisans que tout va bien, plutôt que s'atteler à la réforme du royaume. Dans ces conditions, qui aura le courage d'inciter le roi à modifier, même à petite dose, le système actuel ?

Les centres d'intérêt primordiaux du souverain du plus puissant royaume d'Europe sont la chasse en grand équipage et la satisfaction de ses besoins de maître d'un harem. Sa générosité, c'est attribuer à l'ébéniste Migeon 1000 écus de pension pour la belle chaise percée destinée à la marquise de Pompadour. Ses sacrifices, c'est de ne pas aller à Fontainebleau l'année prochaine : le roi veut faire un grand escalier à la tour ovale, une belle antichambre devant la galerie des réformes, et un passage plus commode à l'appartement de sa maîtresse ; le devis en est estimé à près de trois millions de livres.

En même temps, dans les campagnes, les corvées réduisent les gens à l'aumône ; ma visite récente en Touraine m'a permis de constater de mes yeux la misère et la dépopulation des campagnes (un cinquième en dix ans). La récolte cette année est moitié moindre que l'année passée. Le pays est moins riche et les campagnes moins peuplées qu'en 1709, année sinistre s'il en fut, mais pendant laquelle la guerre de course sur les mers avait rapporté cent millions de livres.

Le peuple des villes est mécontent lui aussi. Le feu d'artifice pour fêter la paix n'a été l'occasion d'aucune manifestation de joie ou de ferveur pour le roi. Elle est loin, l'image de l'angelot aux boucles blondes pour lequel la populace se serait fait couper en morceaux pour le protéger. Ils sont loin, les « vive le roi » de jadis. Cette fête a été endeuillée par une bousculade monstre ; on parle de deux cents morts ! Ce n'est pas tout, des bruits courent que de jeunes bourgeoises sont enlevées et violées par la police ; le peuple gronde.

Des libelles fleurissent, comme au temps de Mazarin. Le pouvoir s'exaspère et, récemment, a interdit des vers de Marmontel sous prétexte qu'ils auraient visé le roi :

> « *Tribut qu'au bien public consacraient nos ancêtres,*
> *Et qui ne servent plus qu'à l'orgueil de nos maîtres.* »

La Cour et le Parlement se déchirent dans des disputes religieuses ridicules, auxquelles personne ne comprend rien et que notre roi semble incapable de démêler. Il a peur de trancher la querelle des « billets de confession ». Toute l'Europe nous regarde stupéfaite : dans le plus grand pays du monde, un parti a décidé de refuser l'accès au Paradis aux mourants de l'autre parti, appartenant pourtant à la même Église, s'ils ne peuvent produire un billet attestant qu'ils ont bien été confessés par un prêtre agréé.

Notre roi est dans la force de l'âge et gouverne déjà depuis près de trente ans. Si Dieu le veut, il pourrait facilement régner encore trente ans. Après son arrière-grand-père, la France aurait alors eu deux souverains en 120 ans ? S'il ne se décide pas à se mettre au travail, le peuple attendra-t-il patiemment que son successeur le fasse enfin ? L'avenir du royaume est bien incertain.

Pour en revenir à moi, ma disgrâce, par bonheur, n'est pas complète et, contrairement à d'autres ministres remerciés, je n'ai pas été exilé en province. Je suis maintenant libre, comme avant mon entrée au ministère. Je compte poursuivre l'enrichissement de ma bibliothèque, profiter de ma campagne et participer de manière plus assidue aux travaux de l'Académie des Beaux-Arts dont je viens d'être élu Président. Je reste à la disposition du roi, si Sa Majesté daignait me rappeler.

J'attends de vos nouvelles en restant votre très ancien et fidèle ami.

La belette et le souriceau

Petit Mauduit gardait le troupeau de vaches du village, près de la mare où il y a une éternité, les carpes s'ébattaient insouciantes. La saison avait changé ; la pièce d'eau qui, alors, débordait de toutes parts de ses rives s'était rétrécie en un étroit abreuvoir pour les bêtes, avec une couleur peu appétissante où le vert se mêlait à l'ocre et aux gris.

La journée avait été longue et brûlante ; elle s'éternisait. Les arbres et la nature languissaient d'une sécheresse prolongée. Les autres enfants, des petits tous plus jeunes que lui, jouaient plus loin, apparemment infatigables. Il s'était isolé, assis sur une vieille souche à moitié pourrie et laissait ses pensées s'égarer en des volutes informes, ses sens étant tour à tour mollement sollicités : léger bruissement d'ailes d'un oiseau qui se déplace d'une branche à un jonc, aveuglants rayons du soleil qu'il atténue en fermant graduellement les yeux. Parfois, il tournait la tête pour vérifier l'imperceptible déplacement d'un troupeau de nuages. Dans le bois de l'autre côté de la rivière, une tourterelle au langage limité s'entêtait à roucouler. Un souffle d'air chaud achevait d'épuiser la nature déjà lasse. Les récoltes sont rentrées et l'on n'attend plus rien de la terre cette année, à part les fruits et les vignes, mais ces produits n'ont plus besoin de la sève féconde qui les a fait grossir. Le soleil est au travail. La terre dure et craquelée se repose.

Les bourrasques d'un orage n'étaient pas au programme de la journée. Des odeurs de chaumes, de bouses de vaches, de miasmes d'eau croupie se mélangeaient à l'odeur de la canicule, indéfinissable et pesante, et qui semblait changer la texture de l'air respiré.

Il entendit le cri aigre et sec d'une buse. Il n'avait pas le courage de bouger la tête pour la voir tournoyer lentement très haut dans le ciel, les ailes immobiles. À un cri un peu différent, il sut qu'elles étaient deux, maîtresses des cieux. Il ne leva pas les yeux, trop abruti de chaleur. Il devenait trop âgé et s'ennuyait à garder les bêtes dans la journée. Une occupation de petit. Il n'avait plus envie de passer tout ce temps à jouer, à arracher les ailes des petites sauterelles.

Dans le pré, les bêtes en général couchées semblaient également sommeiller tout en mâchant interminablement. Leurs oreilles battaient l'air pour tenter de chasser les nuées de petites mouches qui se fichaient dans leurs yeux et leurs naseaux. Leur éparpillement était ordonné et Mauduit constata comme toujours que toutes les mères vaches dans leur position immobile couvraient un angle de sorte que l'ensemble du troupeau voyait tout ce qui passait dans le pré et était prêt à se mettre en position de défense en cas de menace.

Il repéra de manière machinale la vieille Margot, le véritable chef du troupeau, beaucoup plus que le taureau, ce gros bourricot. C'était elle qui commandait les mouvements ; c'était à elle qu'il donnait le signal pour ramener les bêtes dans leurs étables respectives. C'est elle qui imposait le passage par la sente, qui au cours des âges, s'était formée dans le pré. Les vaches sont économes de leurs pas et protègent leur nourriture : elles n'aiment pas marcher dans leur écuelle, disait la vieille Solange (celle de Parassay).

Dans ce vague sommeil éveillé, son attention fut progressivement attirée par un bruit insolite, celui d'une sorte de sifflement répété. Il oublia les appels des buses. Il chercha tout d'abord l'oiseau inconnu qui pouvait appeler ainsi. Le bruit cessa et reprit. Il était aigu, presque strident, en succession rapide. Il releva la tête, examina les arbres environnants. L'origine de ce cri restait un mystère.

L'ouïe et les yeux maintenant bien aux aguets, il se redressa, tendant l'oreille et scrutant l'horizon. À ce moment, il entendit un premier chuintement léger, suivi d'un autre à peine plus sonore ; il s'agissait de frôlements d'herbes. Il baissa la tête. Le bruit inconnu reprit.

Mauduit vit alors à ses pieds le petit souriceau qui émettait ces appels, une petite boule de poils qui se déplaçait comme montée sur ressorts, sortait de la souche, y rentrait, se cachait derrière une petite branche, hésitait, revenait sur ses pas. Son corps minuscule tremblait de tous ses membres. L'expression même de la terreur.

À un pas de là, une belette avançait par à-coups, le poil fauve, le corps fuselé se mettant parfois debout, s'amusant visiblement à poursuivre sa petite proie. Le souriceau se réfugia sous le sabot de Mauduit qui ne bougea pas. Il resta là un long moment pendant lequel la belette continua à chercher et à virer. Ni la belette, passionnée par son jeu, ni la souris, dans sa peur éperdue, ne s'étaient souciées de la présence de Mauduit.

L'enfant regardait le spectacle, fasciné. Il se demandait s'il allait favoriser l'un ou l'autre des animaux. Il avait à la main un petit bâton ; très lentement, tandis que le manège se poursuivait, il tenta de dévier la route de la souris en l'incitant à aller dans la direction de la belette. La souris tétanisée ne bougea pas : le bâton qui la poussait imperceptiblement n'avait pour elle aucune existence réelle et elle resta prostrée là où elle était, résignée à son sort, tentant seulement par le poids de son corps de résister à la force mystérieuse qui semblait vouloir la diriger vers son ennemie.

Mauduit chercha alors à mettre la belette sur la voie de son futur repas, mais la très légère impulsion du bâton, actionné pourtant très doucement, n'aboutit qu'à une retraite fulgurante du petit carnassier qui lui, restait, en chassant, parfaitement éveillé à tous les risques d'autres potentiels prédateurs.

Mauduit n'eut pas le temps de réfléchir à son rôle de géant réglant les conflits de la création. En même temps que la partie de mortel cache-cache s'interrompait, l'essaim des petits enfants arriva bruyamment. Mauduit fut comme réveillé d'un rêve et quand il s'en rendit compte regarda autour de lui, souleva son sabot. La souris avait aussi disparu. Pour cette fois, elle avait évité les cruelles petites dents qui la poursuivaient pour la saigner.

Dans le ciel, trois buses planaient imperturbables : Petit Mauduit n'avait pas entendu arriver la dernière. Il se décida à aller au gué où les vaches iraient boire d'ici peu. Mauduit s'installa sous un arbre. Le léger courant donnait une agréable sensation de fraîcheur.

La mère vache donna le signal ; paisibles, respectant un ordre convenu, les bêtes se levèrent et se dirigèrent vers un trou creusé dans un coude de la rivière, juste après un gué. Les vaches préféraient se désaltérer là, plutôt que dans l'eau stagnante de la mare.

Un peu en amont Petit Mauduit observa une grenouille confondue avec une feuille de nénuphar. Elle se jeta à l'eau effrayée par l'arrivée des premières vaches.

Une vipère traversait la rivière en ondulant et se laissant porter par le courant.

Une guêpe bourdonnait furieusement en cherchant à trouver refuge sur la branche d'une souche qui affleurait. Elle s'épuisait à nager à contre-courant ; l'issue de ses efforts ne faisait guère de doute.

Petit Mauduit observa les mouvements d'une petite troupe de minuscules alevins dans un doigt d'eau réchauffé par le soleil, l'écrevisse cuirassée se déplaçant avec précaution pour trouver un nouveau gîte sous une autre pierre, l'araignée d'eau immobile à la surface d'un calme.

Un peu plus tard, une perche poursuivait un vairon affolé : par un saut prodigieux et désespéré, il se retrouva échoué sur la terre. La bestiole dérisoire se débattit quelques instants. Il faisait trop chaud pour se lever et la remettre à l'eau. Le petit poisson n'avait pas eu la chance du souriceau tout à l'heure. Le succès de sa fuite avait été aussi son trépas.

Plus tard, l'heure vint de rentrer les bêtes au village : les enfants firent semblant de s'agiter comme avant eux leurs parents et les parents de leurs parents. En jurant comme des grands, les plus petits donnèrent de toutes leurs forces des coups de badines sur le dos des bêtes. Celles-ci très placides se prêtaient au jeu, se levant et accélérant légèrement le pas. La Margot, après avoir tranquillement happé une dernière touffe d'herbe, se décida à prendre la direction du village. Arrivées là, les bêtes se dispersèrent, chacune rentrant d'elle-même dans sa propre étable. Demain, à l'aube, Petit Mauduit et ses petits amis repasseront dans la ruelle du village ; les portes des maisons seront ouvertes et les animaux rejoindront d'eux-mêmes le troupeau de la communauté.

En se couchant, Petit Mauduit se demanda s'il valait mieux être belette que souriceau, perche que vairon. Il s'endormit avant d'avoir trouvé la réponse. L'année prochaine, il ne garderait plus les vaches, il aiderait son père aux labours.

Quand ils étaient enfants et qu'ils se faisaient des devinettes, Petit Mauduit était un jeune veau pour Émilie, un jeune veau qui sort de l'étable au printemps et qui danse dans l'herbe fraîche du Jardin au Loup. Émilie, elle, était la petite chienne raisonnable gardienne de troupeaux. Aujourd'hui Émilie est loin et ne le connaît plus. Elle est comme un rêve passé, un pincement au cœur quand il la voit et qu'elle ne le voit plus. Pour autant, il ne lui en veut nullement et n'a aucune envie de la conquérir : ils vont maintenant chacun leur chemin et ne se rencontreront plus.

Avant de s'endormir, il pense à sa mère. Depuis que sa sœur, la Solange, est partie, la Mauduite a décidé de lui apprendre à lire et à écrire. Il avait complètement oublié les quelques leçons reçues en hiver auprès du maître d'école. Il se souvenait davantage des cuisants coups de baguette sur les doigts quand il se tenait mal ou quand il ne savait répéter la leçon de la veille. Pour son maître, sa seule différence avec un âne était que lui marchait sur ses deux pattes de derrière.

La Mauduite, elle, ne le frappe pas et lui dit que s'il savait lire, il pourrait peut-être un jour servir comme garde-chasse, le rêve de son père.

Le Parc aux Cerfs

Le petit enfant roi qui pleurait, il y a une vie, est devenu un homme fait. Ce soir il attend en sultan blasé la jeune esclave qui va satisfaire ses besoins de reproducteur ou, plutôt, ses pulsions de mâle. Sa femme s'est lassée de ses assauts animaux et lui refuse sa couche ; elle estime avoir fait son devoir de reine après avoir fourni dix enfants à la couronne.

Le roi n'est pas un sentimental et n'est plus amoureux dès que son désir est assouvi ; depuis que la reine lui refuse sa chambre, il a besoin d'une femme deux fois par semaine. Il y a eu les quatre sœurs de Nesle : des adultères incestueux, excusez du peu ! (doubles adultères pour celles qui étaient mariées, le roi l'étant de son côté ; incestueux quand après avoir couché avec une fille, on couche avec sa sœur).

Depuis quelque temps déjà, il s'ennuie de ses étreintes avec sa maîtresse en titre, la marquise de Pompadour : elles n'ont plus aucun parfum d'inattendu et n'excitent plus ses appétits. Les bizarreries prennent alors le relais de cet ennui et de cette satiété.

La marquise, dont le roi délaisse de plus en plus le corps (on se demande pourquoi ? car elle est encore belle cette femme !) veut garder son emprise sur le monarque et surtout son statut de favorite.

La marquise connaît son homme et a l'expérience du métier de courtisane. Sa mère exerçait déjà la profession et a bien éduqué sa fille. Elle-même est l'enfant naturel d'un de ses anciens clients, Pâris de Montmartel, un des grands financiers du temps avec ses frères. Elle n'a aucun penchant pour la jalousie ou les scènes de ménage : elle sait d'ailleurs que le roi ne les supporterait pas une seconde (il n'est pas comme son aïeul : lui avait pu supporter pendant des années les hurlements de la Montespan, sa tigresse de maîtresse, au moindre soupçon d'infidélité).

Si, au lit, la marquise ne lui convient plus, en revanche il n'est pas fâché avec elle. Comme il n'aime pas le changement, pourquoi changer de favorite ? Inutile de créer de désagréables et d'ennuyeuses intrigues, alors que l'on peut satisfaire par procuration les besoins physiques du roi et conserver son très rémunérateur statut de favorite. Aussi la marquise est très intéressée par les nouvelles petites filles du roi. Un joli corps, un beau minois, oui, donnons-lui du plaisir, mais peu de fond, de délicatesse ou d'esprit, aussi pas d'attachement. Une fois l'excitation de la nouveauté assouvie, le roi doit pouvoir dans un délai raisonnable oublier la fille dépucelée. Elle est remplaçable à tout moment par un nouveau jouet de la même espèce et tout neuf.

Madame de Pompadour n'est pas menacée aussi longtemps que les petites courtisanes se succèdent dans un défilé discret et continu. Elle reste enjouée et souriante et cela convient bien aussi au roi qui a horreur de la contrariété. Il l'aime pour sa conversation, son esprit, ses idées, pour la petite cour de ses amis. Cette situation est pleine d'avantages : le roi reste son ami et elle, la favorite en titre. Elle joue un rôle de véritable premier ministre en chambre, comme jadis la Maintenon.

Les filles ne sont jamais reçues à Versailles, et doivent rester des plaisirs d'alcôve. Un sérail est ouvert au Parc aux Cerfs, une résidence proche du château. C'est là que l'on dresse les jeunes pouliches avant de les amener au royal étalon.

Le Bel est le pourvoyeur de chair fraîche. Il prend conseil de Madame de Pompadour. Les instructions sont de trouver de jeunes corps frustes sans cervelle. Des grisettes ravissantes sorties tout droit du faubourg ou de la campagne. Ces filles, le roi les aime de plus en plus jeunes. Ses penchants sont par ailleurs encouragés.

— Le Bel, tâchez d'alterner les blondes et les brunes, les frisées et celles aux cheveux lisses. Toujours très jeunes !

Le Bel est anxieux comme tous les soirs où il introduit une nouvelle connaissance à son maître. Il est comme une maîtresse de maison qui inaugurerait une nouvelle recette à son menu de réception. La difficulté est que le plat soit gourmand, et qu'en même temps son hôte se lasse vite de sa petite sucrerie.

Le Bel est Premier Valet de chambre de Louis XV ; il connaît son maître depuis son enfance. Son père et son grand-père étaient déjà valets de chambre ordinaires de Louis XIV, et aussi concierges du château de Versailles. Lui a terminé l'ascension sociale commencée par sa famille il y a maintenant plus d'un siècle. Il fait partie des intimes du roi, celui qui couche à ses pieds dans sa chambre. Il a accès à tout moment au souverain et pour cela, malgré son emploi servile, il est redouté et respecté par les plus grands. Son office demande de la discrétion, de l'habileté. Sa mission particulière relative aux plaisirs nocturnes du roi exige encore plus de précautions.

Une condition est évidemment que la fille ne soit pas vérolée ; vérification faite du pucelage intact et après lessivage et habillage, le petit oiseau parfumé et poudré est livré à son royal rapace dans la cage dorée de l'appartement de son valet de chambre, un endroit secret où il peut se retirer quelques heures à son loisir.

Aux filles éduquées ou qui ont quelques ambitions déjà affichées, il préfère des filles du peuple pour lesquelles la rencontre avec le roi est déjà une affaire si considérable, si inouïe, qu'elles en sont déjà étourdies de surprise et n'ont pas l'occasion de penser à autre chose qu'à l'évènement de leur vie : une nuit elles auront été la fleur honorée par le butinage du Seigneur de la France. Un fait d'armes qu'elles pourront raconter à leurs petits-enfants. Inutile et superflu d'en demander davantage, de tenter de s'incruster dans le monde compliqué et dangereux de la Cour, auquel elles ne peuvent rien comprendre. D'ailleurs, la fille, vulgaire, ne sachant pas parler comme il faut, est imprésentable à la Cour.

Une fois leur faveur passée, il faut aussi s'occuper du futur de la demoiselle : une petite récompense, le mariage avec un nobliau désargenté ou un vieux bourgeois complaisant au fond d'une province reculée. Car le roi de France n'est pas le despote oriental qui fait noyer dans le Bosphore les odalisques tombées en disgrâce, et la Cour de Versailles n'a rien de ces pays italiens où une petite liqueur permet d'expédier les gêneurs ad patres !

Un choix délicat pour Le Bel, dans son rôle de maquereau royal. Les candidates ne manquent pas ! Elles lui sont présentées par d'autres sous-maquereaux. Ces derniers nourrissent le secret espoir de retombées inespérées si la petite friandise du roi se changeait durablement en plat du jour. Ils sont d'ailleurs toujours reconnaissants à Le Bel et le récompensent d'une petite commission pour chaque fille agréée par lui.

Il y a aussi la préparation de la belle : si en général il n'est pas nécessaire d'expliquer très longtemps de quoi il s'agit, certaines filles particulièrement niaises doivent être éduquées. Madame Le Bel entre pour beaucoup dans ces préparatifs intimes.

Le premier soir est un moment important et on ne sait comment cela peut tourner ; la petite qui n'a souvent guère plus de quinze ans (ou moins, Le Bel ne vérifie pas les registres paroissiaux) peut avoir peur, être effrayée.

Elle peut bien hurler, son appartement — le Trébuchet — où les rendez-vous sont pris, est discret et isolé.

Elle pourrait s'affoler et chercher à se défendre, et dans les pièces, il y a des objets dangereux et d'abord les couverts du repas. Alors pour prévenir les accidents, Le Bel a fait poser des glaces sans teint qui lui permettent de surveiller avec sa femme que tout va bien. Le roi ne connaît pas ce détail. Le saurait-il, quelle importance ? À vrai dire, il n'a guère de pudeur avec ses domestiques ; sa toilette, ses besoins, il les fait en compagnie, et la consommation du royal mariage est une cérémonie publique.

Le soir où une nouvelle est introduite, Le Bel observe si tout se passe bien, si le roi est satisfait, si la fille se comporte selon les instructions prescrites.

Une nouvelle fille était présentée ce soir au roi. Cette fille, une servante chez Monsieur de Charost, avait été remarquée pour ses yeux stupéfiants, et pourtant, elle les baissait les yeux, cette petite ! Elle avait un frère bizarre qu'il avait fallu amener avec elle au Parc aux Cerfs.

Cette petite-là en tout cas ne sera jamais un danger pour la marquise.

Une fille sortie du ruisseau (et un ruisseau putride, un vrai égout !) par un petit curé qui l'a cédée à un obscur gentilhomme de campagne chez qui elle a appris des rudiments de lecture et d'écriture. Son maître connaissait le duc de Charost. Celui-ci est tombé en pâmoison devant le visage de la fille et se l'est fait céder. La petite apparemment n'a pas très bien compris la signification de la rencontre de ce soir : étonnant quand on sait d'où elle vient.

La fille exige toujours la présence de son frère ; lui est une force de la nature, c'est un vrai dérangé et tout à fait imbécile d'esprit. Il est spadon[39] et la garde férocement comme un eunuque veille sur la virginité des filles du harem.

Drôle de tableau ! Ce soir la belle a été convaincue que son frère pouvait être éloigné ; elle sait qu'elle va voir le roi, et que celui-ci va être très tendre avec elle, et très généreux.

Mais que sait-elle au juste du sens du mot tendresse ? Sa présence au Trébuchet, ce soir, il l'a obtenue en la convainquant qu'avec l'argent que le roi lui offrirait, elle pourrait financer des leçons de musique et de chant à son frère. Il pourrait alors se trouver une situation à l'opéra ou dans une église. Ils peuvent rêver, mais à mon avis, il ne suffit pas d'avoir une voix ; d'abord, il faut avoir une tête !

Au secours ! Le roi nu poursuit la belle qui n'a rien compris dans les chambres de l'appartement. Le roi s'amuse de la fille qui pleure et se défend comme elle le peut. Elle va le mordre ! Le roi est excité, trop excité, trop rapide ; un coup pour rien.

Le roi est pourtant content et sourit. La fille est calmée. Tout va bien. Elle aura une belle bourse. Voudra-t-elle revenir ? Si le roi le désire, comment dire non ? En tout cas, moi, Le Bel, je dis oui pour elle. Elle aime trop son frère. Tout être humain peut être corrompu à condition de trouver le bon prix : pour elle c'est clair, c'est l'avenir de ce monstre de frère.

Combien de fois le roi voudra-t-il la voir ? À mon avis, avant quinze jours il aura fait le tour de ces yeux mystérieux. La fille qui, il est vrai, a de belles formes ne peut vivre dans le monde ; elle reste au secret dans la maison de la rue des Tournelles. Ses petites camarades grisettes se moquent d'elle et de son frère. Elle ne leur parle pas et d'ailleurs les ignore. Elle n'a aucune éducation, ne sait rien de Versailles, même si on prétend que depuis peu elle a servi de modèle à des peintres.

Plus tard, il faudra la marier loin d'ici. Ce ne sera pas difficile de trouver un gentilhomme ruiné, de peu d'envergure qui acceptera la fille et éventuellement un petit paquet bruyant et hurlant en plus. Pour lui, ce sera un honneur et une distinction ! Espérons qu'il ne sera pas violent avec elle et qu'il ne dilapidera pas trop vite sa dot.

39 - Eunuque

Mais lui trouver un nobliau de province éloignée pour cette petite, n'est-ce pas une perspective miraculeuse, si l'on considère d'où elle vient et quelles étaient ses espérances primitives?

Le roi demande sa fille dès le lendemain. Peste, quelle santé, quelle passion ! Rien de plus facile ! Il est vrai qu'hier nous n'avons eu que des prémisses et que l'œuvre est restée inachevée. La fille paraît moins nerveuse, plus sûre d'elle. Elle est nue sur le lit ; le roi approche nu lui aussi.

Dans une chambre à coucher, c'est un homme, comme un autre, un peu replet, un peu gauche, la bouche sans sourire, le visage impassible sans émotion, comme mécanique.

Les chandelles éclairent généreusement la chambre « nuptiale ». La belle se redresse et fixe le roi. Quelle audace ! Ses yeux brillent de haine et de fermeté : « tu me prends, tu as la force et le pouvoir, mais moi je te méprise et tu te damnes ! ». Le Bel est fasciné par les taches dans les yeux de Solange : elles brillent et reflètent les lumières des chandelles comme autant de petits foyers de l'enfer.

Le roi hésite, recule.

Le roi devant Solange est de nouveau le petit enfant qui regarde les mouches voler dans la chapelle des Tuileries. Le temps s'arrête. Les échos lointains d'un prône de Massillon remontent à son esprit.

— « ... *Un grand voluptueux est plus malheureux que le dernier et le plus vil d'entre le peuple : tout lui aide à assouvir son injuste passion, et tout ce qui l'assouvit la réveille ; ses désirs croissent avec ses crimes. Plus il se livre à ses penchants, plus il en devient le jouet et l'esclave... il se rassasie des plaisirs et sa satiété fait elle-même son supplice. Princes épuisés de s'être abandonnés aux plaisirs et avoir perdu la crainte de Dieu...* ».

Le roi sait depuis longtemps la signification du mot débauche. Les incantations de Massillon à Dieu « protecteur de l'enfance des rois » reviennent à sa mémoire :

— « .. *Gardez donc son innocence comme un trésor encore plus estimable que sa couronne... que son unique ambition soit de rendre ses sujets heureux, que son titre le plus chéri soit celui de roi bienfaisant et pacifique ! ... ainsi soit-il !* »

Le temps des paroles de l'aimable ecclésiastique s'est arrêté :

— « *Il faut au juste moins de plaisirs... tout est délassement pour un cœur innocent. Les plaisirs doux et permis qu'offre la nature sont fades et ennuyeux pour l'homme dissolu, mais conservent tout leur agrément pour l'homme de bien : il n'y a même que les plaisirs innocents qui laissent une joie pure dans l'âme ; tout ce qui la souille l'attriste et la noircit* »...

— ... « *Les saintes familiarités et les jeux chastes et pudiques d'Isaac et de Rébecca dans la cour du roi de Gerare suffisaient à ces âmes pures et fidèles.* »

Le roi sourit et son esprit s'égare ; il s'était longtemps demandé en quoi consistaient ces familiarités entre le fils d'Abraham et la sœur de Laban. Plus tard on lui avait expliqué que ces familiarités n'étaient pas si innocentes, car elles avaient convaincu Abimelech, le roi de Gerare, qu'Isaac et Rébecca n'étaient pas frère et sœur comme ils le prétendaient, mais mari et femme. Le bon Massillon était bien, pour ces sujets, un ignorant. Pourtant, certains courtisans bien intentionnés (ou n'était-ce pas ce franc vaurien de Richelieu ?) lui avaient laissé entendre, l'œil brillant, que le brave homme d'Église n'avait pas toujours été sage avec ses pénitentes.

Il caresse la poitrine formée de la fille. Ils se parlent, doucement. Il l'embrasse chastement ; elle grimace (le roi a très mauvaise haleine).

Il se rhabille. Il part. La scène a duré moins d'un quart d'heure.

— Vite, retrouvons-le, se dit Le Bel, tremblant de peur.

À chaque « invitée », il joue sa réputation, la confiance du roi, sa place.

— Alors Sire ?

— Tout va bien. En voilà une qui a du répondant et qui je pense va longtemps rester avec moi ! Quels yeux, quelle croupe !

Louis XV est revenu à lui.

Le lendemain, sans explication, Le Bel reçoit l'ordre de faire embarquer à Lorient Solange et son frère vers les Indes avec une bourse de 1000 livres. Elle devra épouser là-bas un petit noble exilé par sa famille. Elle a une lettre cachetée à son intention. Le mariage fait, ils recevront 1500 livres par an.

Incompréhensible, mais c'est le roi, et le roi commande et ses ordres n'ont pas à être compris.

Ce soir-là une autre fille a été préparée, sotte et très docile celle-là. Le roi ne parlera plus jamais de Solange.

2ème PARTIE :

VOYAGES AUX INDES

En route vers Pondichéry

Louis XV avait ordonné, Solange devait obéir. Elle ne s'était pas rendu compte sur le coup du risque qu'elle avait pris en défiant le roi. Avec le recul, elle était contente d'elle : elle avait su se défendre. Pour la première fois, elle avait un peu d'argent. Elle n'était plus dans la misère, elle n'était plus servante. Elle partait vers l'inconnu, mais elle y allait avec Jean. Et puis tout valait mieux que Beauvoir !

Solange avait décidé qu'elle ne pouvait laisser seul son frère. Elle était revenue à la réalité. Plus que jamais, elle se sentait trompée, manipulée, abandonnée par des adultes qui se moquaient bien de pauvres enfants comme elle. Si Jean devait un jour apprendre à chanter, ce serait plus tard : Jean était incapable de vivre par lui-même. À qui confier Jean et une bourse pour subvenir à ses besoins et garantir son apprentissage ? Personne évidemment à Beauvoir, Audenay les avait cédés, Charost était prêt à la prostituer, et à la Cour, on se débarrassait d'eux.

Le départ de Versailles vers Lorient ne traîna pas, et moins d'un mois après le rendez-vous au Parc aux Cerfs, Solange était sur le quai du port de Lorient, promise à un certain chevalier d'Entraigues, employé de la Compagnie des Indes à l'autre bout du monde.

Pour la première fois, Solange voyait la mer et après presque trois semaines de chaises de poste inconfortables et de chambres dans des auberges qui pour beaucoup, lui rappelaient le bouge ignoble de sa première enfance, elle était enivrée de vent frais, d'odeurs nouvelles et salées, des cris des mouettes, de l'agitation et du trafic entre les bateaux et les entrepôts.

C'est à ce moment, en découvrant l'horizon infini, qu'elle eut le vertige en comprenant ce que signifiait faire le tour de l'Afrique pour rejoindre le comptoir de Pondichéry. Si les mots Afrique ou Pondichéry n'avaient aucun sens pour elle, la simple idée de six mois de voyage en bateau pour une fille de quatorze ans portait une dimension d'éternité et de chute dans un gouffre abyssal, avec au bout un autre mystère, la rencontre avec un homme qui serait son mari.

Elle était chaperonnée par une bonne sœur. Cette femme regardait Solange avec mépris et dépit. Elle, fille vertueuse d'une bonne famille noble et pauvre, finançait sa traversée en servant de duègne à cette moins que rien, dont la récompense pour s'être prostituée était de se marier à un petit voyou qui aurait été pendu s'il n'avait été protégé par une autre putain, la favorite du roi. Plus humiliant encore, les vêtements simplement convenables qu'elle portait avaient été payés sur la bourse de Solange comme également la petite pension qu'elle avait obtenue pour ses vieux parents misérables.

Cette femme avait mal supporté le trajet en voiture, mais avait vite repris force et autorité. Elle était toute fière d'exhiber la lettre de Le Bel, pleine de sceaux épais et colorés, qui se terminait par la signature du Lieutenant de police. La vieille fille se rengorgeait, chaque fois qu'elle l'exhibait. Cette lettre fit en effet des miracles.

L'Écueil, un bâtiment de 38 canons devait partir dans deux jours vers les Indes. Son capitaine récrimina à l'idée d'embarquer ce trio bizarre. Les hostilités avec les Anglais rendaient le voyage dangereux, et en tout cas, obligeaient à sortir des routes habituelles et à rallonger le parcours pour éviter les vaisseaux ennemis. Rien n'y fit, et la duègne implacable rappela l'ordre de la lettre : « les porteurs de cette lettre s'embarqueront sur le premier navire en partance vers Pondichéry ».

L'Écueil mit les voiles le dix février, le jour des quatorze ans de Solange.

Elle partageait avec la bonne sœur une minuscule cabine attenante à celle du capitaine, et les charpentiers du navire avaient monté dans la coursive qui menait à cette cabine en cul-de-sac, une sorte de bat-flanc isolant un semblant de chambre pour Jean.

— Mon garçon, tu es maintenant la sentinelle de tes dames, lui dit en riant le capitaine ; et par la même occasion, tu seras également mon garde du corps.

Pendant les premiers jours, le vent souffla régulièrement. On dépassa le Golfe de Gascogne sans essuyer la moindre tempête.

— C'est particulièrement rare en cette saison, dit le capitaine ! Vous avez beaucoup de chance Mesdames, sinon vous auriez été sévèrement malades.

Elles étaient les deux seules femmes à bord.

Sèche, les lèvres pincées, la duègne fut vite repérée comme un bon remède contre l'amour : et celui qui aurait son pucelage n'attraperait certes pas la chaude-pisse, cependant au préalable, il aurait à débarrasser le passage de ses toiles d'araignée ! Solange et la sœur n'entendirent pas la substance de cette grosse plaisanterie, mais elles sursautèrent au grondement des rires qui parvinrent du pont jusqu'à elles.

Tous les hommes mangeaient Solange du regard. Ils restèrent prudents. Là encore, la bonne sœur avait sèchement marqué au capitaine que Solange et elle avaient droit au plus grand respect et à la plus grande courtoisie de la part des officiers et des matelots. Elle ajouta que le chevalier d'Entraigues, son futur mari, était connu comme tête brûlée et violent. Aussi, il ne serait guère prudent de batifoler avec cette jeune et belle fiancée, au risque de conséquences très fâcheuses à l'arrivée à Pondichéry.

Avec le capitaine, il y avait cinq officiers, un missionnaire et deux représentants de la Compagnie. Les officiers n'avaient pas eu besoin d'être mis en garde et mirent un point d'honneur à se comporter en vrais chevaliers servants : polis et prévenants.

Notamment, ils firent visiter aux enfants le bateau de fond en comble. Ceux-ci découvrirent les cales et les stocks de pain, les tonneaux d'eau, de vin et d'eau-de-vie. Ils découvrirent avec stupéfaction l'étable, la porcherie et la basse-cour : sept bœufs, trois vaches, quatre truies, douze cochons, une trentaine de dindes ; Jean recula devant les oies et les cinq cents poules (quel vacarme !). De quoi donner, tout au long de la traversée, de la nourriture fraîche à une douzaine de personnes.

— Seulement douze personnes ?

— Oui, les officiers et les passagers, et éventuellement les malades : les hommes d'équipage et les soldats en bonne santé se partagent le pain et les biscuits. Aux escales, ils peuvent se nourrir à terre.

Les enfants découvrirent la vie des marins. Ils ne furent étonnés ni par leur saleté repoussante (il n'était pas question de se laver entre deux escales), ni par leur nourriture infecte. Ils ne furent pas non plus apitoyés par le fait qu'ils partageaient à deux un hamac, à tour de rôle. Solange fit remarquer à Jean que sa « cabine » était un palais par rapport à l'espace confiné où les matelots s'entassaient pour dormir. Ils se dirent en riant que l'odeur était même plus forte que celle de la soue à Sermelles. La malheureuse duègne qui les suivait avec peine un mouchoir sur le nez regarda Solange avec de grands yeux. Elle avait cru s'évanouir dans la puanteur étouffante des corps, démultipliée par l'humidité et le confinement. En revanche, la simplicité de Solange et ses commentaires naturels et sans affectation lui attirèrent la sympathie et l'intérêt de leur guide. Elle fit remarquer qu'elle préférait nettement utiliser la « bouteille », les latrines réservées aux officiers :

— Pour moi avec ma robe, la « poulaine », les latrines en plein air des matelots, ça ne serait pas commode !

Le missionnaire entendit et sourit des remarques de Solange. C'était un Père Jésuite déjà âgé. Il disait avoir vécu des années durant en Chine et au Japon. Après un séjour de quelques mois à Pondichéry, il comptait retourner en Chine. Il apportait avec lui, outre des ouvrages éducatifs, des instruments scientifiques et des graines d'herbes et de fleurs, qu'il destinait à la cour du Grand Empereur.

C'est au large de l'Espagne qu'ils rencontrèrent le premier grain. Solange et Jean supportèrent très bien le tangage et le roulis incessants du bâtiment : ils continuèrent à faire honneur à l'excellente table du capitaine. Il n'en fut pas de même pour la bonne sœur qui, elle, « rendit tripes et boyaux ». Pendant trois jours, elle ne put avaler ni aliment ni boisson et l'odeur de vomi emplit la coursive, malgré les efforts de Solange qui, à chaque crise, nettoyait les vêtements de la malheureuse, son lit, et aussi le sol de leur chambre exigüe.

Solange soigna la sœur avec beaucoup de dévouement et de douceur. Le chirurgien déclara qu'il fallait que cela passe tout seul. Lorsque ce dernier eut tourné les talons, le capitaine opina gravement :

— Il vaut mieux en effet que cela passe tout seul et si jamais le chirurgien devait intervenir, il faudrait un prêtre à proximité.

La duègne ne fut pas saignée, tout le monde s'accordant à considérer que ce petit corps sec ne présentait ni liquide superflu ni sang trop épais.

Elle avait la peau grise et les yeux cernés, quand enfin le beau temps se remit et que la mer se calma ; elle recommença progressivement d'abord à boire un peu de vin noyé d'eau, puis à ingurgiter de la nourriture. Elle était très affaiblie.

Il lui fallut encore une semaine pour être sur pied ; à ce moment-là, l'Écueil croisait au large de Madère ; pendant tout ce temps, Solange s'était changée en mère soignante attentive. La bonne sœur n'avait jamais reçu beaucoup d'affection ou d'attention depuis sa naissance ; elle se trouva touchée. Somme toute, cette fille perdue était loin d'être l'écervelée et la dévergondée annoncée et en tout cas elle avait un bon fond.

Le Père Jésuite remarqua le dévouement de Solange. Il lui parla, la fit parler. Il lui proposa de compléter son éducation. Le terme « compléter » était fort diplomatique, car il avait pu rapidement évaluer le niveau de connaissance voisin de zéro des enfants : si elle voulait devenir une bonne chrétienne, il fallait commencer par créer des « lacunes dans son ignorance » et il avait de l'ouvrage devant lui !

Ce jésuite s'appelait le père Buffier et avait enseigné, il y avait fort longtemps au collège Louis le Grand. Quand Solange lui raconta sa vie, et qu'elle parla de Monsieur Audenay, il dit que ce nom lui évoquait celui d'un ancien élève, mais il n'arrivait pas à remettre un visage sur ce nom. En vérité, cela faisait presque trente ans qu'il avait quitté le collège, et il n'avait pas gardé le souvenir de tous ses petits disciples.

Il commença par l'apprentissage de la lecture et du calcul élémentaire. Les premiers rudiments reçus à Sermelles étaient oubliés, par manque de pratique, depuis le passage chez Charost. Il fallait tout reprendre. Jean était présent à ces leçons qui, les beaux jours, étaient dispensées sur le pont et les autres jours dans la cabine que l'officier de quart acceptait de céder.

Le père avait apporté dans ses bagages des livres, des ardoises pour ses enseignements futurs.

Le regard borné de Jean passait du livre ou de l'ardoise au visage de sa sœur : il regardait sa sœur avec admiration, presque dévotion. À chacun des compliments ou acquiescements de Buffier pour une réponse exacte, un large sourire éclairait son visage ; au contraire les difficultés rencontrées par sa sœur le faisaient grimacer, comme s'il souffrait d'une douleur intense. Enfin ses traits se détendaient aux explications, à la résolution du problème ou à la fin de la leçon.

Pour les passagers, un voyage aux Indes c'était dans le meilleur des cas des mois de navigation, sans rien faire ; bien sûr, il y a des messes à dire pour un ecclésiastique, un bréviaire à méditer, peut-être des ouvrages savants à lire, un livre de bord à écrire, mais après tout cela, il reste du temps, beaucoup de temps.

Pour Solange et Jean, tout le temps était à employer. Certes le spectacle sur le bateau est époustouflant, et nos jeunes héros le découvraient. La mer qui se forme, les risées, le vol et les cris des oiseaux, du moins tant que l'on reste proche de la côte. Il y a aussi les manœuvres, les envois des voiles, le ballet de l'équipage. Bientôt pour eux aussi les journées se déroulent lentes et répétées : des reflets aveuglants sur l'eau, les embruns qui vous saoulent, la beauté de l'immensité, tout ce qui vous avait enthousiasmés le premier jour se change à la longue en spectacle routinier. Et même si certains jours sont parfois ponctués d'évènements — une baleine dont la queue émerge dans le lointain et plonge avec grâce, ou un matelot qui se fait fouetter en public pour une faute — après l'excitation momentanée, l'ennui prend le dessus. Il y a aussi les interminables jours de pluie ou de brouillard, durant lesquels sortir sur le pont ne présente aucun autre intérêt que de vite rentrer trempé. Dans ces conditions les leçons du Jésuite devenaient une occupation non seulement utile, mais également délassante.

Buffier s'intéressa de plus en plus à Solange : malgré ses origines et son âge, il constatait qu'elle était une pâte propre à être encore modelée. Pour les études, elle se montrait bonne élève, attentionnée et appliquée. Il constata qu'elle ne supportait pas de ne pas comprendre. Ses questions précises et pertinentes prouvaient qu'elle était curieuse et vive. D'un jour à l'autre elle revoyait par elle-même ce qu'elle avait appris la veille. Elle montrait une opiniâtreté et un goût pour l'étude qui l'étonnèrent de telle manière que ses préjugés sur les femmes (étayés plus par des textes que par la pratique) furent remis en question. Elle progressait rapidement.

Ces séances firent passer sans impatience l'interminable pot au noir au large de la Guinée. Pendant des heures, Solange travaillait entre le Père et Jean qui restait muet, les yeux toujours rivés sur l'ouvrage que Solange avait devant elle.

On dépassa le tropique, puis l'équateur. Le passage de la ligne fut l'occasion d'une grande fête : une sorte de journée des fous, où les passagers et les matelots néophytes devaient se soumettre à des rites d'initiation, dans un grand chahut où les baquets d'eau de mer se déversaient généreusement sur les têtes. Le Père Buffier en dépit de sa situation et de son âge et qui avait déjà passé la ligne à de multiples reprises exigea de participer. Une journée où l'on but plus que de raison. Solange, Jean et la duègne comme les autres furent « baptisés » : ils furent plongés dans la piscine par un maître d'équipage déguisé en un Poséidon grotesque et effrayant à qui ils payèrent le passage. Cet argent, dit le Père Buffier, servirait plus tard à l'équipage à agrémenter une future escale. Ils durent boire aussi une bonne rincée d'eau de vie. La duègne ne fut pas épargnée. Finalement, tout le monde rit de bon cœur y compris Jean qui fit bonne figure. Pendant toute la cérémonie, les yeux révulsés, il avait gardé la main agrippée à celle de sa sœur. Il n'avait pas hurlé et avait surmonté sa peur panique de la foule.

Le lendemain, on reprit l'étude.

On commença à travailler l'histoire et la géographie dès que Solange eut à nouveau maîtrisé la lecture. Sur le livre devant servir de support à l'étude, Solange remarqua le nom de Buffier sur la couverture.

— Oui, dit-il, j'en suis l'auteur.

Solange le regarda bouche bée et remplie d'admiration. Le Père en souriant, expliqua ce qu'était une carte, montra la France, ses provinces. Solange apprit par cœur des chapitres entiers de questions et de réponses.

— *La première leçon concerna le pays de Solange : le Berry.*

— *Que firent de considérable, les habitants de ce pays au temps de César ?*

— *Ils arrêtèrent le progrès de ses armes ; et pour s'en venger, il ruina leur capitale qui est Bourges.*

— *Quel est le meilleur commerce dont le terroir est très propre à nourrir des troupeaux ?*

— *Les moutons et la laine en sont très recherchés, et y font un bon commerce.*
— *Quel titre a Bourges sa capitale, outre le titre d'archevêché ?*
— *Son archevêque se dit primat d'Aquitaine, mais l'archevêque de Bordeaux lui dispute ce titre. Issoudun est la seconde ville du Berry ; Châteauroux est à son sud-ouest, Sancerre est au nord de la province.*

Buffier apprit avec étonnement, lui qui avait tellement voyagé, que Solange n'avait jamais vu aucune de ces villes. Elle n'avait jamais été plus loin que quelques lieues autour de Beauvoir : Lignières, Mareuil ou Châteauneuf. Des destinations où l'on pouvait aller et revenir à pied dans la journée.

L'apprentissage devint plus précis et plus complet. Au-delà des formules toutes faites du livre, le Père racontait ses voyages, parlait de ses expériences. Les officiers ou les autres passagers assistaient parfois à ces cours, écoutant en silence Solange répéter ses leçons. Tel jour en géographie on parla de l'Afrique, un autre des Indes, du Royaume de Russie, de la Chine. Le Père Buffier aimait parler de ce dernier pays.

— *Qui a donné le nom à ce pays ?*
— *Un de ses rois, nommé Cinna, qui y régnait quarante-six ans avant la venue de Jésus-Christ.*
— *Nommez-nous ses bornes ?*
— *Au Septentrion, il est borné par une muraille longue de cinq cents lieues, qui le sépare de la Tartare à l'Orient par l'Occident Oriental : au midi par le même océan et le royaume de Tunquin : et à l'Occident par l'Inde delà le Gange.*
— ...
— *Quelles sont les mœurs des Chinois ?*
— *Ils sont fort spirituels, fins et adroits, surtout à tirer des javelots, ils sont aussi fort superstitieux...*

On reprit la carte des provinces de France et on fixa l'endroit précis où les enfants étaient nés et avaient vécu. On plaça Mareuil et l'Arnon sur la carte. Buffier parla du Berry, du Duc de Charost, de la famille d'Entraigues.

Le Père interrogea :

— Alors à Mareuil, savez-vous combien il y a de foyers, que cultive-t-on, élève-t-on plutôt des ouailles ou des vaches ? Quand le château de Mareuil fut-il construit ?

La bonne sœur restait présente à toutes les leçons : un homme reste un homme, n'est-ce pas ? Le Père Buffier avait dépassé l'âge des émois adolescents ; mais elle n'était pas sûre des effets des charmes juvéniles de Solange y compris sur un vieux Jésuite raisonnable et respectable. Et puis, elle n'avait rien d'autre à faire, alors, en les écoutant distraitement, elle brodait ou égrenait son chapelet. Elle constatait avec plaisir les progrès rapides de la jeune élève et la satisfaction de son maître.

À un moment, elle se mit également au parti de l'éducation : issue d'une famille modeste, elle n'en était pas moins noble et avait appris à Saint-Cyr les bonnes manières. Même si elle avait choisi, ou plutôt s'était fait imposer de quitter le monde, elle se souvenait de ses leçons à elle. Ainsi elle enseigna à Solange comment se tenir modestement à table, marcher comme il faut. Elle lui enseigna aussi les expressions convenables à utiliser et avec qui. Comment répondre à un Monsieur, une Dame. Solange d'une certaine manière devint son enfant qu'elle formait et Solange apprenait vite, ayant déjà été au contact de gens de qualité, quand elle était au service du duc.

Elle l'exerça à aplanir son langage, à lui faire abandonner les intonations campagnardes les plus marquées de son expression. Elle lui apprit la broderie, Solange n'ayant expérimenté jusque-là que le ravaudage.

On se servit du livre pour suivre le voyage, apprendre les pays, expliquer que la terre est ronde ; le père Buffier montra la latitude, la longitude. Il parla des découvertes de l'Amérique, du premier voyage autour de l'Afrique de Vasco de Gama. On expliqua les royaumes au large desquels on passait. Une nuit au large du continent, on entendit des tambours et des chants ; il n'y avait pas de vent et les sons portaient loin au large ; on vit aussi de très loin la faible lueur de feux sur la côte.

— Ces peuples nègres ont la musique et le chant dans le corps, c'est un don que Dieu leur a donné. Ce fait est déjà noté par le navigateur carthaginois Hannon qui souligne combien les sauvages de la côte occidentale de l'Afrique aimaient déjà passionnément la danse et les instruments de musique, il y deux mille ans. Demain Solange je te parlerai des Carthaginois et des guerres puniques.

Un autre jour, le Jésuite expliqua comment on achetait des hommes, des femmes et des enfants à Gao pour les revendre en Amérique. Le Jésuite expliqua la misère, la tristesse des familles démembrées, les châtiments corporels, la mortalité pendant le voyage. En même temps il expliqua que ce destin tragique assurait d'une certaine façon leur protection contre ceux qui les auraient autrement massacrés ou encore pire mangés. C'était grâce à ces laboureurs que la prospérité dans les îles d'Amérique étaient assurée, ainsi que la fourniture de cacao, d'indigo et de sucre de canne dans le Royaume.

Solange ne savait quoi trop penser de ces pratiques, elle qui était passée par une misère complète et qui avait connu la déchéance absolue ; par ailleurs, le spectacle des matelots, forçats volontaires mal nourris et vivant dans des conditions épouvantables, lui rendait difficile d'imaginer des conditions encore plus dures.

— Mais au moins, arrivés en Amérique, on fait de ces malheureux des chrétiens ; ces Nègres ont la chance de se voir offrir le Paradis éternel dans leur malheur, conclut le brave Jésuite.

— Cela signifie qu'ils sont libérés quand ils arrivent à destination ?

— Non, c'est quand ils seront morts en bons chrétiens, alors, ils vivront libres et heureux au Paradis.

On vit des dauphins suivre joyeusement le navire, on mangea des poissons volants qui se jetaient sur le pont ; on pêcha en quantité des bonites qui améliorèrent durablement l'ordinaire : l'excédent fut salé et mis en tonneaux.

On connut des journées accablantes de chaleur sans vent pendant lesquelles le bateau restait immobile ou pire marchait à rebours ; on essuya de nouveau des risées plus fraîches. On passa très au large du Cap de Bonne Espérance pour éviter de mauvaises rencontres :

— Un nid d'hérétiques, de huguenots français que les Hollandais ont installés ici, où ils ont fortifié la Côte et ont rendu leur port inexpugnable.

L'histoire sainte ne fut pas oubliée ; Solange avait d'ailleurs droit à double ration, devant aussi assister avec les matelots au catéchisme après la messe dominicale.

Tous les jours, même le dimanche, passaient à apprendre ; pour Solange l'apprentissage semblait générer l'envie de connaître. Sans cesse elle posait des questions, recherchait des approfondissements, bref s'ouvrait au monde. Jean restait muet auprès d'elle. Un jour, Solange s'adressa au Jésuite :

— Mon Père, l'autre jour, vous nous avez parlé des anciens Égyptiens en nous disant qu'ils tuaient tous les hommes roux qu'ils rencontraient. Jean m'a demandé si par malheur nous pourrions rencontrer de ces méchants païens en remontant vers la Mer Rouge.

Buffier se tourna vers Jean :

— Mais tu parles toi ?

Jean soudain pétrifié devint aussi écarlate que ses cheveux. Solange vint à son secours.

— Mon Père, oui il parle, il me parle à moi. Jean a toujours peur. Vous savez, dans notre village, il a toujours été maltraité, alors il essaie de se faire remarquer le moins possible. À défaut de devenir invisible, il s'est fait muet et idiot, ainsi personne ne fait plus attention à lui. Depuis, on l'ennuie moins. Mais notre Jean n'est ni muet ni idiot ; il est simplement timide et effacé.

— Mais il a retenu les leçons que je t'ai données ?

— Bien sûr il les retient et peut être mieux que moi pour certaines.

Buffier voulut en avoir le cœur net :

— Jean, peux-tu me parler de la Chine ?

Jean rougit à nouveau, regarda sa sœur qui lui sourit :

— Allez Jean, sois courageux, montre au Père Buffier !

Jean hésita d'abord, puis prit confiance et se lança d'une traite, d'une petite voix très aigüe.

Buffier était émerveillé. Tout à coup, il découvrait un autre enfant caché derrière le masque de l'idiot du village pitoyable. Une renaissance, une apparition. Il ne put s'empêcher de louer les merveilles que Dieu vous réserve dans ce monde plein d'horreurs et de bassesse.

— Quelle surprise, Jean, dit-il. Il va falloir aussi que je t'apprenne à lire et à écrire.

— Lire, il le sait déjà et je pense qu'écrire ira très vite.

Et en effet, Jean, qui avait toujours suivi syllabe après syllabe la lecture à voix haute de Solange et du Père sur le livre, savait lire.

L'apprentissage de la main fut rapide, en dépit du fait que Jean était gaucher. Le Père Buffier ne voulut pas contrarier cette particularité ; au bout d'un mois, Jean pouvait écrire correctement une lettre.

À partir de ces jours-là, Jean se mit à sourire, à rire. Il continuait à chanter tout seul, développant des mélodies sans fin, sans y penser, laissant passer tour à tour joie, nostalgie et tristesse, parfois des heures dans une rêverie éveillée où son regard se perdait dans la mer.

On remonta ensuite vers le Nord ; on fit halte à Madagascar, à l'île Bourbon. La chaleur redevint accablante. Chaque arrêt était l'occasion de rentrer des produits au bénéfice des officiers et des quelques passagers. Viande d'animaux fraîchement abattus, poissons, pourpiers et fruits.

Les matelots eux restaient au pain et au biscuit pendant toute la traversée ; avec de temps en temps une grande rasade d'eau-de-vie, pour leur redonner du courage, alors on parlait de « faire border l'artimon ». Quand ils pouvaient enfin aller à terre, ces malheureux affamés dont les dents se déchaussaient, se précipitaient sur les nourritures les plus diverses, sans s'occuper de savoir si elles étaient ou non vraiment comestibles. Personne n'aurait alors osé réfréner leur appétit.

— Pires que des bêtes, disait le capitaine. Ils sont prêts à se tuer pour ne plus avoir faim.

La mortalité augmenta entre l'île Bourbon et Ceylan.

L'éducation de Solange et Jean s'approfondit pendant les journées interminables du voyage.

Une caravane
entre Golconde et Pondichéry

Il a quitté la caravane. Son cheval l'a porté sur la colline. Là il observe le long ruban des buffles qui s'étire à perte de vue. Il ne supporte plus le pas lent des animaux chargés de ballots énormes. Mais il n'y a rien à faire : leur marche inexorable et interminable commande la vitesse du convoi.

Il a fui le bruit : le ronflement des naseaux, le martèlement des sabots, les cris des conducteurs. Il étouffe dans cette chaleur, dans cette poussière dont la seule alternative est la boue où l'on s'enfonce quand il pleut. Les odeurs aussi l'indisposent : le suint des animaux et des hommes, la puanteur de l'urine et de la bouse. Une caravane de deux mille buffles qui va de Visapour à Mazulipatam. Deux mille buffles à bâter chaque matin, à débâter et à entraver chaque soir. Deux mille buffles à nourrir, à abreuver, à garder. Deux mille buffles et l'armée de leurs gardiens, de leurs domestiques, des marchands, de leurs serviteurs. Une ville en route que rien n'arrête, sauf quand on croise une autre caravane sur un chemin trop étroit. Qui cédera le passage ? Qui perdra des heures à voir passer l'autre caravane ? Qui arrivera trop tard ce soir au caravansérail ?

Des discussions sans fin, des hurlements, des bagarres parfois.

La caravane est comme un énorme sablier dont chaque grain est une bête de somme. Quand elle passe, le temps devenu immobile s'étire à l'infini.

Lui le cavalier s'impatiente, piaffe comme son cheval.

Pondichéry est encore loin ; à ce rythme, encore au moins deux mois de voyage si tout va bien. Il paraît que c'est la guerre là-bas. C'est bien la première fois qu'il renonce à se ruer là où un combat l'appelle.

Lui, il doit rester ici, garder ses buffles. Il n'aime pas la caravane. Lui, l'oiseau de proie, l'officier, le chasseur, l'homme libre et sans contrainte, aujourd'hui, il est ravalé au rang de sentinelle immobile attendant un ennemi inconnu et imprévisible ; il est la proie. Quelle ironie pour un noble guerrier !

Certes, il a dérogé aux Indes orientales. Il trafique pour la Compagnie, et aussi pour son compte et celui d'Anandarangapoullé, un malin celui-là, ce marchand de Pondichéry. Il a appris son métier en l'accompagnant dans ses voyages et en l'observant négocier. Il s'amusait de ses manières avec les commerçants qu'il observait avec mépris et condescendance, cet état d'esprit si différent du sien : pas de violence, mais le compromis, pas de combat, mais le marchandage. Mettre en place des relations dans la durée. Tout le contraire de sa brusquerie de soldat, de ses principes de noble français. Au fond qu'était-il ici ? Rien : un exilé sans ressources et il fallait bien subsister !

Alors il avait appris à choisir les cafés à Surate, les épices à Mahé. Il savait estimer la qualité des étoffes de Brampour, différencier une toile peinte d'une toile imprimée. Il savait se procurer les précieuses et si fines toiles de Seronge pourtant réservées au Mogol, et destinées à couvrir la nudité de ses épouses sans la cacher.

Il avait expérimenté l'âpreté au gain des changeurs indiens, auprès desquels disait-on les Juifs n'étaient que des apprentis. Il avait appris à détecter les tromperies sur les étoffes de soie et les tapis, comme l'ajout de matières qui en augmentent le poids, ou les malfaçons dans le blanchiment des toiles.

Ce métier de courtier, il l'exerçait entre deux rixes, deux beuveries, deux aventures amoureuses. Il sillonnait les routes de l'Empire mogol, recherchant sans cesse des dangers renouvelés et excitants.

Mais son destin venait de changer à nouveau et ce n'était pas glorieux. Par manque de réflexion, il s'était asservi à l'argent. Un mauvais choix trop rapide. Et maintenant c'était trop tard ; il n'aurait pas dû secourir ce marchand ou du moins, il aurait dû, après l'avoir sauvé, ne pas le revoir. Depuis, il s'était condamné à veiller de près sur sa cargaison d'étoffes précieuses, d'épices et surtout de chaussures ; une fortune colossale qui dérangeait son esprit et sa manière d'être.

Il avait rencontré ce commerçant dans des circonstances dramatiques quelques jours auparavant. Il était ceinturé par deux hommes et un troisième le frappait. Un de ses serviteurs était à terre couvert de sang et agonisant. D'Entraigues n'avait pas réfléchi. Il avait tiré son fouet et tout de suite, un d'entre eux s'était enfui, celui qui paraissait être leur chef : un borgne horriblement balafré. Les deux autres avaient fait mine de se défendre, il les avait trucidés d'un coup d'épée. Pour le remercier, l'homme lui avait donné une petite pierre, un diamant.

Le même soir, il négociait la pierre avec le patron d'une maison de plaisir :

— Pour cette pierre, tu peux avoir toutes mes filles pour toute la nuit, avait-il dit en riant.

Une nuit de rêve, une nouvelle nuit de débauche. Sa dernière nuit de liberté.

Au matin, il avait pris la mesure de sa légèreté. Il s'était fait remarquer avec ce diamant ! L'aubergiste avait peut-être mis une bande d'assassins à ses trousses pour savoir d'où venait cette richesse : ce diamant était-il orphelin et fils unique, ou au contraire appartenait-il à une grande famille à saisir ?

Le lendemain, il avait revu l'homme qu'il avait sauvé. Celui-ci s'accrocha à lui comme un naufragé à une poutre qui flotte. Il s'appelait Joseph. Il était assez âgé et craintif comme tous les commerçants. Son père arménien trafiquant d'esclaves avait acheté sa mère juive. Plus tard, il l'avait épousée. Il était chrétien et avait repris la profession de son père.

Un Juif arménien ! Il y a quelques années, il ne l'aurait pas vu ; il ne lui serait même pas venu à l'idée de lui adresser la parole ; adresse-t-on la parole à un ver ou un cloporte ? Au mieux l'aurait-il insulté ou battu un soir de saoulerie.

Joseph lui avait raconté longuement son histoire. Il achetait des petites Géorgiennes à leurs parents et les revendait dans les harems des Turcs. Un marché traditionnel, pas très lucratif, en revanche sans grand risque. Il avait la pratique des villages de Circassie où il était bien accueilli : son prix d'achat était supérieur à la dot que les parents recevaient en cas de mariage sur place. Et les acheteurs turcs payaient un bon prix. Le seul risque était la maladie des filles et leur mort pendant le voyage.

Il était en Inde, car un client lui avait promis une fortune pour des jeunes femmes indiennes. Il voulait des Tamoules ou des Bengalies : des femmes minces à la peau foncée, aux cheveux noirs et aux yeux bleus.

À Hyderabad près de Golconde, il avait accepté de convoyer une cargaison vers Goa pour le compte d'un marchand vénitien de sa connaissance. Celui-ci mettait à sa disposition les buffles, les serviteurs et même un commis chargé de surveiller les ballots. Il prétextait d'autres obligations commerciales pour ne pas diriger lui-même le convoyage. Il devait les retrouver à Goa où ils livreraient les marchandises au provincial Jésuite. Il comptait sur sa connaissance des langues et surtout sur son honnêteté qui était connue pour garantir la bonne fin de l'entreprise. Joseph avait été un peu étonné, toutefois la rémunération était alléchante. Le début du voyage s'était passé sans incidents.

Le commis qui accompagnait l'expédition s'était confié à lui un soir : le voyage était beaucoup plus périlleux que Joseph pensait. La cargaison contenait des denrées précieuses volées et sorties en contrebande du royaume mogol comme d'autres petites principautés. Pour prouver ses dires, le commis lui montra une chaussure tirée d'un ballot de la cargaison : dans le talon étaient dissimulés quelques diamants.

— Et il y a dix ballots de chaussures comme celle-là !, avait-il ajouté.

Si le marchand vénitien s'était adressé à lui, c'était en vérité pour se protéger à travers un prête-nom. Tous les deux étaient en danger, car ce magot immense dont l'existence n'était plus secrète suscitait les convoitises de nombre de personnes sans scrupules. Il était sûr qu'ils étaient repérés et qu'ils avaient déjà à leurs trousses de multiples bandes. Pour semer les poursuivants, et échapper à la mort assurée, le commis le pressait de changer de route vers le Nord et de se noyer dans le flot d'une autre grande caravane. À Surate, on avait une chance de vendre discrètement les colis.

Joseph dans un premier temps avait été réticent : il trahissait la confiance de son ami le marchand vénitien. L'autre avait balayé ses objections.

— Est-ce vraiment ton ami ? Ne t'a-t-il pas caché la véritable nature de son trafic et son danger mortel ? Il s'est moqué de toi ! Et moi aussi il m'a trahi : c'est complètement par hasard que j'ai découvert ce trésor. D'ailleurs, si nous persistions à vouloir nous rendre à Goa et en supposant que nous y arrivions sains et saufs, je crains qu'il nous fasse un mauvais parti.

Ils n'avaient pas eu le temps de mettre leur projet à exécution et de changer de route : le lendemain de cette discussion, le commis était mort, massacré avec ses autres serviteurs. Lui, Joseph n'avait eu la vie sauve que par son absence miraculeuse au moment de l'attaque. Les cris des malheureuses victimes avaient alerté d'autres marchands qui étaient accourus et avaient chassé les voleurs. Et Joseph s'était retrouvé seul avec ses ballots, dix buffles et deux domestiques. Ces derniers ne souhaitaient qu'une chose : se faire payer leurs gages et chercher un autre maître moins dangereux pour ses employés.

Deux jours après, c'est-à-dire la veille, les assaillants étaient revenus à la charge (mais étaient-ce les mêmes ?) et d'Entraigues était intervenu. Aujourd'hui, Joseph paniqué par la peur se confiait à lui. Il était prêt à tout lui abandonner s'il le protégeait. Il se doutait qu'il était trop tard maintenant pour simplement s'enfuir : même sans la cargaison, il restait en danger. D'Entraigues se montra grand seigneur : il lui proposait de s'associer avec lui et reprendre le projet du commis. Avec un soldat comme lui qui n'avait peur de rien, on allait voir si on se ferait attaquer aussi facilement !

Associés ! Associé à un Juif arménien ! Le terme même le rendait honteux. Il atteignait le fond de l'abjection ! Pour la première fois de sa vie, il se dit que son père aurait raison cette fois de le maudire s'il apprenait cette ultime ignominie faite à son nom.

L'association fut de courte durée. Le soir même, Joseph était retrouvé étranglé dans sa tente avec ses deux serviteurs poignardés. D'Entraigues, pendant ce temps, avait dormi sur les ballots. Au moment où les meurtriers s'apprêtaient à s'en emparer, il avait déchargé sur eux à bout portant les pistolets à deux canons qu'il avait gardés près de lui. Quatre hommes avaient été tués sur le coup. Une nouvelle fois, les marchands assoupis dans les bivouacs voisins vinrent à sa rescousse. Trois autres bandits furent saisis et égorgés sans procès. Là encore le chef balafré parvint à se sauver. Cependant, d'Entraigues estimait avoir du répit, car maintenant l'homme était repéré et ses complices morts. Seul, il n'avait guère de chances de pouvoir surprendre sa vigilance et d'Entraigues espérait être tranquille le temps qu'il trouve du renfort et revienne à ses trousses.

D'Entraigues n'avait guère le choix que de poursuivre les plans esquissés avec Joseph. Il embaucha une nouvelle équipe de conducteurs, un chef de convoi. Il vendit une partie des marchandises, des buffles, en racheta d'autres, garda évidemment les chaussures, se dirigea vers Visapour d'où, il le savait, partait prochainement une caravane vers l'est. Il changea aussi de vêtements et se noircit la peau, se donna un autre nom et parla une autre langue. Il échangea son cheval contre un autre d'une robe différente.

Lui qui aimait l'aventure, l'imprévu, il était servi. Il y a quelques jours, il aurait tout abandonné pour rejoindre Dupleix assiégé par les Anglais à Pondichéry. Pourtant, aujourd'hui, cette perspective lui paraissait presque fade, voire mièvre. Là-bas, il fallait se défendre contre un adversaire connu, visible, dont les forces étaient mesurables, les actions largement prévisibles. Un adversaire de surcroît poli, prêt en général à des gestes d'honneur, civilisé, en particulier à l'égard des officiers comme lui.

Ici, c'était différent, l'ennemi était multiple, sournois, inattendu, sans pitié. Malgré toutes les précautions, il ne se faisait guère d'illusions. Il n'avait aucune certitude d'avoir coupé le lien entre la cargaison conduite par Joseph et la sienne.

Trois bandes au moins pouvaient participer à cette traque. Il y avait celle du nabab de Golconde qui cherchait à retrouver ses pierres subtilisées. Si le corps du gardien corrompu qui avait permis leur détournement pourrissait, empalé, en haut d'une tour de la forteresse de Golconde, ses sbires en fuite étaient prêts à tout pour se les approprier. Il y avait aussi évidemment celle du fourbe marchand vénitien.

Ce n'était pas tout : les Jésuites pouvaient également être à ses trousses, des féroces ceux-là, surtout si c'étaient eux qui avaient financé l'opération. Et il pouvait y en avoir d'autres : tous les pillards de tous ordres, tous les aventuriers qui avaient eu vent de l'affaire, dont le patron du bordel qu'il avait si bien payé. L'or a le même effet sur ces hommes que le sang pour les putois : quand ils l'ont senti, ils deviennent fous, et égorgent tout le poulailler.

Sur son cheval, d'Entraigues pensait à cette vie risquée, hasardeuse qu'il avait menée jusque-là. La vie, il la lui fallait toujours plus pimentée. Aujourd'hui, il jouait son va-tout. Et pourquoi faire ? Pourquoi tant de risques ? Pour l'argent ? Pour le plaisir ? Il n'avait aucune attache, aucune famille. Même s'il parvenait à garder une petite partie du chargement, il ne saurait quoi en faire. S'établir ? Une plaisanterie ! La débauche ? Ou plutôt un abonnement à des débauches quotidiennes, tristes et organisées. « Les matins, une esclave nettoierait le vomi dans lequel je me serais vautré la nuit. Après, une autre esclave me laverait et m'oindrait pour la fête du soir suivant. Avec la certitude ennuyeuse de mourir avant d'avoir tout dilapidé. Belle perspective ! »

Pour d'Entraigues, la vie était un théâtre où tout était à prendre et il saisissait tout ce qui était à portée : femmes, argent, émotions fortes. Sur cette scène ce qui est pris n'est pas à garder. L'argent doit être dépensé, la femme perd son charme aussitôt séduite. Le danger doit procurer une excitation subite, intense : une bouffée fugitive. Les mots « avenir », « mort », « vieillesse » s'adressent à d'autres, sont vides de sens.

Il s'en voulait de s'être laissé entraîner dans cette aventure où les menaces imprécises étaient lancinantes et faites pour durer. Certes, il l'avait choisie, comme toutes les autres dans lesquelles il s'était lancé, toutefois maintenant il n'en était plus le maître, et la date de son dénouement, quel qu'il soit, lui échappait.

Une perspective plausible était d'être assassiné traîtreusement. À tout moment il pouvait être transpercé dans le dos par une lame effilée et mourir comme un indigène avec sa peau noircie, abandonné au bord du chemin, mangé par des nuées de mouches et de vers, dans l'odeur douceâtre qui fait se cabrer les chevaux apeurés et donne des nausées aux hommes.

En même temps, il se demandait ce qu'il aurait pu faire de mieux pour ne pas rencontrer ce destin !

Plus tard, il regagna la colonne et rejoignit ses buffles, vérifia le débâtage des animaux, l'entreposage des marchandises. Le soir devant un grand feu, il était un commerçant ordinaire, discret.

Dans la caravane, il était bien protégé. Aucune troupe n'aurait attaqué un tel convoi aussi important et bien gardé. Son objectif était d'y rester fondu et oublié, le plus longtemps possible, puis, en fonction des nouvelles des hostilités, rejoindre Pondichéry dès qu'il le pourrait. Mais alors, séparé des autres commerçants, que Dieu le garde en sa protection !

Pondichéry

Ils arrivèrent à la fin de l'été à Pondichéry. Même en mer, avant de débarquer, l'air était étouffant ; le vent commençait à se mettre au nord, signe avant-coureur, selon le capitaine, des grandes pluies et des tempêtes de l'automne.

Le relief était uniformément plat et en remontant la côte, on distinguait les deltas de rivières et des bancs de sable endiguant leurs méandres ; on était dans la saison sèche et, sous le soleil, l'eau paresseuse ne semblait pas pressée d'atteindre la mer.

On descendit les chaloupes, on déchargea les bagages ; outre ses malles, le Père Buffier avait mené avec lui des caisses. D'autorité il avait indiqué que Solange, Jean et la duègne l'accompagneraient chez le Père Coeurdoux, le supérieur local des Jésuites.

On passa la barre. À l'arrivée sur la plage, Solange fut surprise par la foule qui attendait le bateau : des gens à la peau du noir le plus prononcé jusqu'au blanc le plus clair. Tous ces gens parlaient, interrogeaient les arrivants sur l'origine du navire, sa cargaison, le nom du capitaine, des passagers, ses précédentes escales. N'avaient-ils pas essuyé des combats avec les Anglais ?

L'Écueil était le premier bateau français à accoster à Pondichéry depuis plus d'un an. Les officiers et les passagers étaient fêtés par des habitants excités et très joyeux : après plusieurs mois de combats acharnés contre des forces beaucoup plus puissantes, le siège meurtrier de la ville venait juste d'être levé. Les Anglais avaient déguerpi, après avoir subi de lourdes pertes.

On demandait des nouvelles de la guerre en France.

— Bien sûr là-bas aussi le roi est victorieux ! N'est-ce pas ?

Une certitude accompagnée d'une pointe interrogative. Les yeux de celui qui s'exprimait fixant avec insistance son interlocuteur en attente d'une confirmation rassurante.

Les questions étaient aussi plus pratiques : avait-on apporté du vin de France ?

On félicitait l'habileté du capitaine dont la navigation avait permis d'éviter de rencontrer des bateaux anglais pendant le voyage : un vrai miracle !

Apercevant la robe noire de Buffier, un homme à peine vêtu détala vers la ville.

Solange commençait à ordonner ses idées dans ce brouhaha général et dans cette ivresse partagée : si sur la plage proprement dite les personnes étaient richement vêtues, à l'européenne ou comme des Malabars (Buffier lui avait décrit ces costumes plus tôt), un peu à l'écart se tenaient une multitude d'indigènes, très noirs de peau au corps largement nu ou couvert de haillons, apparemment craintifs. Des hommes faits pour obéir : à un ordre donné sèchement, un d'entre eux, ou un groupe, se détachait des autres et se précipitait pour porter de lourdes charges qui venaient d'être débarquées.

Bientôt, l'indigène parti à la vue de Buffier revint, accompagnant un palanquin duquel descendit prestement un prêtre également en robe noire : Buffier se précipita vers lui et ils se firent une accolade prolongée.

Coeurdoux s'assura du bon acheminement de leurs bagages, puis, Buffier, ses jeunes élèves et la duègne se rendirent à la mission.

En route, Solange fut surprise des destructions dans la ville. Coeurdoux lui dit que moins de deux semaines auparavant, il y avait là encore une vingtaine de navires anglais qui envoyaient chaque jour mille boulets et bombes sur la ville. Coeurdoux bénissait le ciel que l'escadre ait décampé vers Madras au Nord, sinon l'Écueil aurait sûrement été autrement accueilli.

Plus tard, ils prirent une collation dans une salle rafraîchie de la grande maison d'habitation des Jésuites, attenante au collège.

— Je vous ai apporté des livres d'étude, plusieurs caisses pleines.

— Merci, Buffier, ils nous seront précieux ; notre collège se développe rapidement avec la ville. Ces ouvrages et, particulièrement ceux qui traitent de géographie, n'intéressent pas que nos élèves : tous les habitants et notamment les commerçants de la ville en sont très friands, à tel point que nous devons les mettre sous clé pour éviter qu'ils disparaissent tous. Je ne parle pas des cartes que nous retirons systématiquement de la reliure. Autrement elles sont volées à tout coup au bout d'une semaine.

— Ah, chose importante, je suis venu avec des invités. Mademoiselle, présentez-vous, je vous prie.

Solange se leva et fit une modeste révérence sous les yeux approbateurs de la duègne :

— Mon Père, mon nom est Solange de Beauvoir, et voici mon frère Jean. Je suis à Pondichéry pour épouser le Chevalier d'Entraigues.

Coeurdoux, tout en souriant, fit une moue incrédule et regarda Solange avec une attention renouvelée :

— Le Chevalier d'Entraigues ? Et une jeune fille belle comme vous avez fait ce si long voyage pour lui ? Vous me paraissez si jeune ? Vous avez sans doute beaucoup à vous faire pardonner ! Mais pardon, le chevalier est parti de Pondichéry, il y a maintenant au moins six mois : il allait négocier des toiles et des étoffes pour la Compagnie. Aux dernières nouvelles, il était à Golconde après être passé à Bénarès, Agra, Dehly, Surate, Goa, Visapour ; nous le chargeons nous-mêmes de missions pour le compte de notre Société.

— La Compagnie, expliqua Buffier pour Solange, est la Compagnie des Indes, une société de commerce ayant acquis le monopole du trafic entre la France et Pondichéry. La Société, c'est la Société de Jésus, c'est à dire les Jésuites, l'ordre religieux fondé par Saint Ignace de Loyola auquel nous appartenons Coeurdoux et moi.

Le lendemain matin, ils étaient tous invités chez le Gouverneur ; auparavant, Coeurdoux leur fit faire un tour de la ville blanche ; ils commencèrent par l'église des Jésuites, Notre Dame de la Conception.

— Dans cette église, nous les Jésuites, recevons les chrétiens habillés en Malabars ; les Capucins eux donnent les sacrements aux chrétiens habillés en Européens.

Solange regardait avec intérêt une ligne tracée au milieu de l'église. Elle leva la tête vers Coeurdoux, interrogative.

— Il s'agit de la démarcation entre les Indiens de caste et les parias ; nous avons demandé cette séparation au Saint-Père, autrement nous n'avions aucun espoir de pouvoir convertir les uns ou les autres. Sa Sainteté Benoit XIV nous a accordé cette dérogation il y a trois ans.

— Les castes en Inde, ajouta Buffier, il y en a environ quatre-vingts ; c'est un peu comme les tribus d'Israël chez les Juifs.

— Il y en a moins à Pondichéry, une grosse vingtaine, précisa Coeurdoux. Elles sont représentatives des métiers, comme les tisserands, les batteurs et nettoyeurs de coton, les blanchisseurs, les orfèvres, les serruriers, les pêcheurs, les charpentiers, les cordonniers et j'en passe. Entre elles, il y a une hiérarchie très précise. Les membres des castes s'accordent tous dans leur horreur des parias, les hors-castes avec lesquels ils ne doivent surtout pas se mêler, tellement impurs qu'il est interdit de les toucher.

— Au Paradis quand ils seront morts, ils pourront tous vivre ensemble ? demanda ingénument Solange.

Coeurdoux et Buffier se regardèrent sans mot dire.

En sortant, Buffier déplora encore le nombre d'édifices qui avaient été détruits ou endommagés par les bombardements des Anglais. Il remarqua particulièrement un amoncellement de pierres et de gravas près de l'église :

— Votre église est bénie par Dieu de ne pas avoir été détruite, comme ce bâtiment qui apparemment lui était adossé.

— Non Buffier ! il s'agissait d'une très antique pagode d'idolâtres. Sa proximité immédiate avec notre église était une insulte au Christ : pendant nos offices, nous étions gênés par leurs cérémonies sacrilèges. Grâce aux efforts répétés de Madame Dupleix, nous avons obtenu, à l'occasion du siège, qu'elle soit détruite. D'ailleurs elle gênait la défense de la ville !

Solange se garda bien d'intervenir. L'éducation de Buffier commençait à faire son effet et émoussait sa spontanéité naturelle ; elle se demanda secrètement si les indigènes avaient accepté de gaieté de cœur, d'abord la construction d'une église attenante à leur pagode déjà existante, et si les cérémonies chrétiennes n'avaient pu les gêner eux aussi. Elle se fit en elle-même la réponse correcte : l'installation du vrai Dieu près des idoles démoniaques constituait au contraire pour les idolâtres une chance inespérée d'être sauvés.

— Mademoiselle, vous êtes donc la promise du chevalier d'Entraigues ?

Dupleix souriait d'un air dubitatif, pensant en lui-même :

— Bien tendre et apparemment peu pimentée pour ce garçon !

Il ajouta d'une voix énergique et autoritaire.

— Je l'ai envoyé il y a plus de six mois visiter les rois de Golconde et Tanjaour ; mes courriers m'annoncent son retour proche. Que m'aviez-vous dit Anandarangapoullé ? Il était arrivé à Négapatam la semaine dernière, après être passé voir Mousaferlingue à Adoui ?

Le dénommé Anandarangapoullé acquiesça. C'était un Malabar richement habillé aux traits fins et à la peau très noire. Jean, lui, ne put pas s'empêcher de rire en entendant ces noms bizarres qu'il était incapable de prononcer.

Dupleix, chef local de la Compagnie, avait poursuivi et amplifié le rapide développement du comptoir. Il avait réussi à attirer nombre de marchands qui étaient prêts à trafiquer avec les Français pourtant arrivés après les Portugais, les Hollandais et les Anglais.

Il était lui-même habillé en Malabar et ses vêtements étaient ceux attendus chez les Indiens d'importance. Son courage et sa ténacité lui avaient permis de faire face à l'escadre de l'amiral anglais Boscawen dont les troupes épuisées avaient dû rembarquer piteusement. Il était aujourd'hui le maître d'un vrai petit royaume promis, il en était sûr, à la prospérité et à l'agrandissement : l'anarchie qui régnait parmi les nababs depuis la mort, au début du siècle, d'Aureng Zeb le dernier grand Mogol, laissait le champ libre aux puissances européennes.

Selon Dupleix, avec le seul soutien de quelques troupes, en jouant sur les ambitions des petits potentats locaux, il était possible de remplacer le pouvoir politique des Mogols : ceux-ci étaient, comme les Européens, des étrangers, des envahisseurs musulmans relativement récents dans ce vieux pays. Mogol signifie blanc et l'Islam apparaissait comme une fragile greffe dans ce pays, incapable de s'imposer à la religion des Hindous. Le pouvoir mogol n'était que plaqué sur le peuple. Tout à coup il apparaissait fragile : les quelques troupes européennes avaient déjà montré une supériorité technique écrasante et pouvaient défaire des armées bien supérieures en nombre ; la question était alors de gagner des auxiliaires locaux pour conserver le pouvoir, développer le commerce et s'enrichir.

Jusqu'au début de la récente guerre, les relations avaient été bonnes avec les autres Européens et surtout les Anglais : la richesse des Indes était inouïe et la demande pour leurs produits semblait inextinguible en Europe. Il y avait de la place pour tout le monde. Les profits potentiels étaient immenses ; les périls aussi. Pour le matelot, le soldat, le marchand, le premier risque était la maladie, les corps venus d'Europe ayant du mal à s'accommoder de la chaleur, des fièvres et de la nourriture. En trois jours, un jeune homme ambitieux, plein d'espoirs, capable et bien portant, se retrouvait enterré dans le petit cimetière français près de l'Église des Capucins. Destins fulgurants, vies interrompues avant terme.

À l'arrivée des deux Jésuites et des deux enfants, Anandarangapoullé rappelait à Dupleix la réalisation de sa récente prédiction : les astres l'avaient averti de l'arrivée de bateaux français. Les dieux sans aucun doute continuaient à favoriser Monsieur le Gouverneur et souhaitaient son triomphe. Les Anglais, des lâches, s'étaient dérobés et avaient perdu la face devant tous les peuples. Dupleix acquiesçait.

Tous ceux qui étaient présents le regardaient avec déférence et en lui parlant, affectaient de le flatter. Tous aussi, voulaient avoir des nouvelles de France.

Il s'agissait aussi de profiter du navire nouvellement arrivé pour préparer le chargement de retour. Le capitaine de l'Écueil était là avec ses officiers et son écrivain[40]. Il y avait aussi Madame Dupleix, une

40 - Le responsable de la cargaison vis-à-vis de la Compagnie.

femme mince, décidée, qui n'hésitait pas à intervenir dans cette société d'hommes. Une femme que son mari regardait avec admiration et amour.

Solange apprit plus tard qu'elle était mulâtresse, et qu'avant de se marier avec Dupleix, elle était la veuve d'un représentant de la Compagnie, un Monsieur Vincens, à qui elle avait donné huit enfants dont sept filles. Profondément chrétienne, elle faisait tout pour imposer sa religion et soutenue par les Pères, elle poussait son mari à prendre des mesures visant à éradiquer les idolâtres, comme interdire leurs cérémonies païennes les dimanches ou jours de fêtes catholiques, leur imposer la discrétion les autres jours, ou, comme on l'avait vu récemment, obtenir la destruction de leurs pagodes. Son mari suivait ses demandes aussi longtemps que la résistance des indigènes se restreignait à la mauvaise humeur et la résignation et ne mettait pas en péril le commerce et son autorité. Les Indiens n'opposaient guère de résistance violente, contrairement aux musulmans.

En effet, pas question de toucher aux droits de ces derniers dont les réactions étaient, elles, brutales et incontrôlables.

Dans tous les cas la raison devait garder le pas sur les considérations religieuses et si des mesures menaçaient de provoquer l'exode des commerçants de la ville, alors elles étaient annulées ou non mises en pratique.

Madame Dupleix s'intéressa à Solange, lui demanda de manière un peu suspicieuse comment et par qui son mariage avait été décidé. Voyant sa protégée hésitante, Buffier vint à son secours :

— Solange est une jeune orpheline très honnête. Elle est issue d'une famille qui a eu de sévères revers de fortune. Comme vous le savez, la faillite de Monsieur Law a créé beaucoup de détresse en France. Heureusement elle a des soutiens puissants qui ont permis cette union avec la famille illustre du chevalier. De mon côté, j'ai pu juger la vertu et la sagesse de cette enfant au cours de notre voyage et je suis certain qu'elle apportera au chevalier le bonheur qu'il mérite. Elle est en mesure de fonder avec lui une belle maison.

Solange était restée ébahie. La réponse de Buffier ne contenait aucun mensonge. Néanmoins, tous les éléments propres à la déconsidérer en étaient exclus. Elle le regarda avec admiration.

Madame Dupleix sembla rassurée par la caution de Buffier : à l'époque, les filles de mauvaise vie étaient couramment envoyées peupler colonies et comptoirs.

— Il restera en effet à Mlle Solange à pacifier le caractère de son futur époux par son exemple et sa dévotion.

Monsieur Dupleix voulut rassurer Solange :

— Non, il ne faut pas exagérer : d'Entraigues est un homme d'action, ambitieux, mais droit. Je suis sûr que dès qu'il vous verra il tombera sous vos charmes.

Pendant les semaines qui suivirent leur arrivée, le Père Buffier compléta l'instruction de Solange et notamment sur le sujet de ses devoirs de chrétienne et d'épouse.

S'il habitait aussi à la Mission, Buffier était moins présent auprès des enfants que dans l'espace confiné de l'Écueil. Toutefois, malgré ses multiples occupations dans la ville et notamment au collège où il s'était mis à assurer certains cours, il s'efforçait de continuer à voir Solange tous les jours. Chaque soir ils dînaient ensemble avec le Père Coeurdoux.

Solange aimait se promener avec Jean et la duègne dans la ville blanche et aussi dans la ville indienne. De nombreuses maisons étaient en chantier et des milliers de coolies[41] réparaient toits et façades ; les innombrables boulets de canon lancés par les batteries anglaises pendant le siège étaient rassemblés en grands tas, puis réacheminés vers le fort. La mousson se faisait attendre, et on avait prévenu Solange que quand la pluie s'installerait, les sorties dans les rues transformées en bourbiers ou en vraies rivières deviendraient impossibles.

C'est au cours d'une de ses promenades avec Jean et la duègne qu'ils rencontrèrent Anandarangapoullé. Il leur proposa de leur faire visiter son magasin.

Anandarangapoullé était un homme riche et important qui avait toute la confiance de Dupleix. Il avait montré une parfaite loyauté pendant le siège : il était resté dans la ville avec toute sa famille, montrant l'exemple aux autres marchands. Il avait choisi le bon camp et en était maintenant récompensé. Cela faisait plusieurs années qu'il était déjà l'indispensable représentant d'un réseau de commerçants indiens

41- Coolies : des portefaix, des manoeuvres

avec des ramifications jusqu'à Dehli, et même Surate sur la côte ouest. Ses relations et ses correspondants dans une multitude de royaumes et de principautés, lui apportaient des informations précieuses sur les ambitions des nababs et les jeux de pouvoir entre les petits chefs qui rêvaient d'agrandir leurs possessions en s'appuyant sur la puissance des Européens : aujourd'hui avec leur victoire, les Français semblaient les plus à même de jouer ce rôle.

Anandarangapoullé était monté dans la hiérarchie des employés indigènes, s'était fait apprécier des prédécesseurs de Dupleix ; il avait vu grandir et prospérer Pondichéry. Son père, également marchand avait déjà servi Martin, le véritable fondateur de Pondichéry, et l'avait initié très tôt au métier de négociant. Il était la mémoire indispensable du comptoir et de son commerce.

Son magasin était un vaste espace où s'affairaient des dizaines d'employés qui transportaient d'énormes charges, sous lesquelles ils paraissaient devoir être écrasés. Très noirs, le visage émacié, la peau sur les os, ils marchaient de manière mécanique aux ordres mystérieux et gutturaux des contremaîtres tamouls. De fortes odeurs de corps, de jute, de toiles, d'épices se mélangeaient dans l'entrepôt. Une fine brume de poussière s'élevait en volutes dans les rais de lumière. Anandarangapoullé expliqua que ses magasins commençaient tout juste à se réapprovisionner et que pendant le siège, ils avaient grandement permis de nourrir la population. Il ajouta que s'il avait fait du bénéfice, il n'avait pas profité de la situation et le prix du riz était resté raisonnable pour les pauvres.

Son négoce ne se limitait pas aux seules denrées de première nécessité pour la population locale. Une bonne partie des chargements achetés par la Compagnie pour le commerce avec la France transitait par ses magasins. Il expliqua comment lui-même ou ses courtiers allaient dans les villes, à l'intérieur du pays, pour choisir les marchandises, principalement des toiles, des étoffes et des soies. Il décrivit les différentes étapes qui conduisaient à leur entreposage avant leur chargement pour la France. Pondichéry en effet était le principal port d'embarquement des denrées de la Compagnie des Indes. Toutes les marchandises ne venaient pas par terre : par exemple le poivre venait par mer de Mahé, le moka d'Arabie transitait par Surate.

Si les entrepôts étaient si vastes, c'était que certaines cargaisons devaient rester longtemps stockées pour être prêtes à être chargées dès l'arrivée des bateaux de la Compagnie qui ne pouvaient attendre. C'était le cas pour les marchandises en provenance de la côte de Malabar, située sur la côte ouest. Là les périodes propres à la navigation étaient différentes de celles de la côte est, ce qui imposait un transport anticipé et un entreposage prolongé à Pondichéry.

Ces contraintes nécessitaient des avances en capital pour financer l'immobilisation des marchandises. Elles justifiaient le paiement d'avance demandé par les marchands indiens.

Anandarangapoullé expliqua aussi les opérations effectuées dans les ateliers attenants aux magasins : le battage et le blanchiment des toiles, l'apprêt des étoffes, la constitution des ballots, leur vérification et leur emballage. Il semblait ravi d'expliquer son métier. Il apparaissait comme autoritaire et sûr de lui, un homme différent de celui de la veille, le courtier courtisan aux ordres. Il n'était plus l'indigène intimidé et obséquieux face à Dupleix. Il était flatté de la présence chez lui de ces jeunes Blancs et de l'intérêt qu'ils montraient à son activité.

Nul ne semblait faire attention au maître des lieux et à ses jeunes invités, et le négociant passait dans les allées, apparemment indifférent à l'activité. À un moment, il fit un signe à l'un des contremaîtres. Des yeux, il lui montra une pile de sacs ou du moins c'est ce que crut Solange. D'une voix douce, il articula deux syllabes. Et tout à coup, ce fut une explosion de cris de la part du contremaître vers une équipe de coolies. Ceux-ci déplacèrent des sacs et des ballots pesant largement leur poids, et les remirent en piles ordonnées à une autre extrémité du magasin. Solange pensa à des fourmis réparant leur fourmilière dérangée par un bâton ou un coup de pied. Plus tard, elle se demanda si Anandarangapoullé n'avait pas voulu impressionner ses hôtes par une mise en scène montrant son pouvoir sur le petit peuple de ses employés.

Au bout du magasin ils passèrent dans une cour, traversèrent un petit jardin et se trouvèrent dans sa maison où il appela son épouse et ses enfants. Des domestiques leur servirent des fruits frais et une boisson parfumée.

— Mademoiselle, dit-il, je suis heureux de vous accueillir dans ma demeure.

Solange et Jean s'assirent. Le bruit, la poussière et les odeurs étaient oubliés. Ils étaient dans une demi-pénombre dans une salle assez basse de plafond dont les ouvertures étaient fermées par des persiennes. Il y faisait agréablement frais. Anandarangapoullé poursuivit :

— Mademoiselle, j'ai eu ce matin des nouvelles de votre futur époux ; il devrait arriver d'ici une semaine. Apparemment, il a fait de bonnes affaires et a accompli avec succès les missions que lui a confiées Monsieur Dupleix.

— Monsieur Anandarangapoullé, vous semblez bien connaître le Chevalier d'Entraigues. Hélas je ne l'ai jamais vu et je n'ai aucune idée de qui il est, ce qu'il fait, est-ce un vieillard difforme ? Pouvez-vous me renseigner ?

Et comme pour excuser ces questions qu'elle jugeait stupides, elle ajouta :

— Savez-vous, dans mon pays il est courant que les jeunes filles épousent des hommes sans qu'elles les aient choisis.

— Mademoiselle, dans notre pays, l'usage exige que les époux ne se voient pour la première fois que le jour précis de la cérémonie de leur mariage : la surprise peut-être totale !
Cependant, je peux vous rassurer : votre fiancé est un beau jeune homme, trop beau peut-être, passionné et toujours prêt à s'enflammer. Il aime l'aventure et le danger. Pour lui l'argent doit être vite gagné, n'est pas fait pour être conservé, et doit servir à la gloire et au plaisir. Pour autant, ne craignez pas, car je vois votre sourire s'estomper, c'est aussi un homme d'honneur et, s'il vous épouse, il vous rendra heureuse : je le crois homme à tenir ses engagements. Si je n'avais pas confiance en lui, je ne lui aurais pas demandé de me représenter dans plusieurs affaires de négoce.

— Il me semble que tous ici le chargent de missions : ce doit être un homme très occupé !

— Rares sont les Européens qui s'aventurent à l'intérieur de l'Empire mogol qui, depuis la mort de l'empereur Aureng Zeb, est la proie des ambitions de ses héritiers et de ses feudataires. Monsieur d'Entraigues, depuis trois ans qu'il est arrivé en Inde, a appris le tamoul et le persan, effort que très peu d'Européens ont eu le courage d'entreprendre. Votre futur mari s'est beaucoup mêlé aux populations locales.

Anandarangapoullé parlait lentement et il prononça ces derniers mots en ayant l'air de les choisir avec soin, toujours en souriant.

Après l'avoir remercié et ayant pris congé de son hôte, Solange se rendit chez Madame Dupleix. Elle la reçut entourée de ses filles. Madame Dupleix était une femme non seulement très pieuse, mais aussi très exigeante sur le plan de la vertu et des convenances. Des crucifix étaient présents dans toutes les pièces de sa maison. Elle disposait d'une petite chapelle privée. Ses enfants et ses domestiques la craignaient visiblement et, en effet, elle pouvait être très dure et humiliante avec les uns et les autres. Le seul à qui elle parlait tendrement était son mari et, quand il entrait dans la salle où elle se tenait, l'atmosphère semblait se détendre immédiatement.

Madame Dupleix n'avait pas vu arriver Solange à Pondichéry avec plaisir. Certes, elle avait une aversion pour d'Entraigues qu'elle voyait comme un débauché, un aventurier. C'était un mauvais chrétien qui, on le savait, sortait facilement une arme pour régler ses comptes personnels. Il ne s'intéressait pas à sa propre vie, ou à celle des autres. On le savait emporté et dangereux; pour des raisons futiles, il était toujours prêt à provoquer un Européen en duel. Il traitait les indigènes avec mépris et sans ménagement. Pourtant au fond d'elle-même, elle aurait été flattée si une de ses filles l'avait épousé. Bien sûr, il était exilé, déshérité, mais il portait un beau nom; et comme le disait Monsieur Dupleix, qui l'aimait bien, s'il ne se faisait pas tuer trop tôt, il serait fort possible qu'un mariage l'assagisse, et alors toute son ardeur mise au service d'ambitions plus modérées et mieux encadrées, pourrait faire sa fortune.

Elle ne s'était pas contentée des paroles lénifiantes du Père Buffier sur Solange. En flattant la duègne qui ne savait ni mentir ni dissimuler, elle avait pu obtenir beaucoup d'informations complémentaires qui, même si elles ne remettaient pas en cause la moralité de Solange, pouvaient jeter un discrédit certain sur ses origines.

Court mariage à Pondichéry

C'est le lendemain que l'on annonça à Solange le retour du chevalier d'Entraigues. Il était arrivé avec une caravane de plusieurs centaines de bœufs. Heureusement pour lui, une bonne partie des marchands de la caravane, apprenant la levée du siège de Pondichéry, s'étaient convaincus de changer leur destination initiale, attendant de bonnes affaires dans une ville où on devait sûrement avoir besoin de se réapprovisionner. La fin du voyage avait été sans nouvelles alertes pour d'Entraigues, même s'il était toujours resté aux aguets. Ses veilles continuelles et la tension nerveuse tout au long de la route en étaient-elles la cause, en tout cas une violente fièvre s'était emparée de lui dès que ses marchandises eurent été déchargées dans les magasins d'Anandarangapoullé. Il se fit héberger chez un représentant de la Compagnie.

Solange alla le voir dès qu'elle le put. Il était allongé sur une natte dans une chambre où la chaleur était écrasante ; un enfant battait l'air autour de lui ; son visage était émacié, d'une sinistre couleur gris jaune. La sueur coulait dans ses cheveux et sur son cou.

— Monsieur, dit-elle, je suis votre future épouse qui vient vous aimer et vous soigner. Voici mon frère Jean. J'ai avec moi une lettre de Monsieur votre Père.

Il la regarda d'un œil absent. Il claquait des dents.

— Mon père m'a déshérité et m'a maudit : je n'attends rien de bon de lui.

Il posa la lettre sans l'ouvrir et se mit à délirer.

Son état s'aggravait. Pour le sauver, Solange lui chercha un apothicaire que lui avait conseillé le gouverneur. Elle paya des remèdes bizarres, des saignées censées rééquilibrer la circulation de son sang. Elle consulta des magiciens brahmanes. Anandarangapoullé lui envoya des mages étranges, dont les avis furent prononcés dans des langues incompréhensibles. Elle ignora les grimaces ou les moues dubitatives de tous ces médecins qui le considéraient comme perdu. Elle assura sa toilette, le déshabillant, le lavant de ses diarrhées sanglantes. Elle fit la lessive de ses vêtements souillés de sueur et de crasse. Elle s'occupa de sa nourriture, lui préparant des soupes, évitant les épices qui lavaient trop son estomac. Comme il n'avait plus la force de porter les aliments à sa bouche, elle lui donna la becquée.

Il alla mieux, il arrêta de délirer, il était sauvé. Il commença à recevoir des visites : des commerçants dont bien sûr Anandarangapoullé et M Dupleix. Tous l'interrogeaient sur le long périple qu'il venait d'achever, les visites aux nababs et chefs de principauté qu'il avait croisés, la situation politique et les opportunités commerciales. Madame Dupleix vint également accompagnée d'une de ses filles.

Il eut enfin assez de force pour lire la lettre que Solange avait portée avec elle.

Monsieur,
Cette lettre est pour vous dire que vous devez vous marier avec la personne qui portera ce pli. C'est le plaisir du roi et c'est donc votre devoir. J'ajoute que, sous ces conditions, vous obtenez la grâce de la condamnation temporelle de votre inconduite passée, et avez l'autorisation de remettre le pied sur le sol du Royaume. Cet engagement, vous le devez à votre cousin Charost qui semble vous considérer avec plus de commisération que de colère.
Mes sentiments à votre égard restent inchangés et je vous interdis de reparaître à mes yeux. Cette mésalliance, imposée par notre monarque, est une humiliation supplémentaire à la honte dont vous accablez notre nom.

J'ajoute que refuser ce mariage vous conduirait à être chassé de la Compagnie des Indes.

La lettre était signée :
*Le comte de *** qui ne s'enorgueillit pas d'être votre prétendu père.*

Le chevalier sourit méchamment en ajoutant : « Le mauvais homme ! »

Et en se tournant vers Solange :

— Mademoiselle, il paraît que nos exploits passés nous rapprochent et que nous devons nous marier ! Certes vous êtes le plus charmant garde-malade imaginable. Quant à moi, on ne m'achètera, ni par la tentation d'un retour dans un pays qui ne m'attire plus ni par la menace d'être chassé de mon emploi. Pour autant, et si la contrainte était telle que j'en sois réduit à cette extrémité, n'attendez de moi ni reconnaissance, ni amour, ni fidélité. Je n'ai jamais imaginé me marier avec une personne que je n'aurais pas choisie. J'ajoute que l'on m'a informé de vos origines : à part la couleur de votre peau, vous ne valez guère mieux que ces petites prostituées que l'on peut se procurer au marché.

Solange fut un court moment désorientée. Elle se ressaisit très vite.

— Je vois que l'on vous a dit du mal de moi et j'ai une petite idée de la bonne chrétienne qui vous a renseigné ; eh bien votre informatrice est loin de vous avoir tout dit ; moi qui serai votre femme, je vais tout vous dire !

Elle ne lui cacha rien de ses vies passées : de son enfance misérable auprès des charbonniers de Beauvoir, de ses destins inachevés de fille de ferme, de soubrette, de fille promise aux plaisirs du roi. Elle n'eut pas besoin de préciser que malgré toutes ses épreuves, elle était vertueuse et pure.

Le débit de son discours était froid, saccadé et ses yeux crachaient des flammes.

— Vous voyez Monsieur, moi je ne suis rien, mais je monte et vous, vous descendez, et je crois, pour vous avoir torché le cul, pour avoir épongé votre pisse nauséabonde, que vous n'êtes certainement pas beaucoup plus haut que moi. Votre naissance ne vous empêche pas d'être un criminel, un trafiquant. Je suis née avec un nom sale, mais moi je n'ai pas fait de mal. Votre nom peut être prestigieux, vous l'avez sali.

Cette pureté, cette transparence associées à cette violence et cette franchise firent oublier au chevalier son arrogance, son mépris passé pour les femmes, pour les gens du peuple. Lui qui jusqu'à présent ne voyait un cotillon sur une femme que comme une pièce de tissu à arracher pour découvrir des seins, un jupon comme un vêtement à trousser pour foutre, il était subjugué par ses yeux, sa douceur et sa détermination. Plus que l'amour, il découvrait le respect de la personne, un besoin de protéger, d'aimer.

Tout à coup, il se trouvait comme un jeune étalon débourré. Solange lui avait passé le licol et il était dompté.

Alors, il lui sourit, non pas avec le sourire cynique et dépravé du viveur blasé, mais avec les yeux candides de l'adolescent qui pour la première fois découvre l'amour. Il lui demanda pardon.

Il lui parla, il lui parla des heures entières, encore trop faible pour se lever.

Il lui raconta sa vie jusqu'à son arrivée aux Indes. Originaire de Saint-Domingue, il avait très peu connu sa mère. Son père, il le méprisait : il avait redoré son blason sur l'île à partir d'affaires très douteuses et à la mort de sa femme, était rapidement rentré en France. Il s'y était remarié. Une enfance de fils unique entouré de demi-sœurs et de femmes qui acquiesçaient à ses moindres désirs, un père prétentieux et buté, aux principes rigoureux qu'il n'appliquait pas à lui-même. Son entrée à seize ans, grâce à la protection d'Armand de Béthune duc de Charost, à la deuxième compagnie des gardes du Corps, où il avait rejoint son neveu.

Il se livra, lui avoua tout, dans le détail. L'orgueil d'appartenir à ce régiment illustre réservé à de jeunes nobles, catholiques bien sûr et devant présenter une taille d'au moins cinq pieds quatre pouces (lui mesurait plus de six pieds) ! Il lui décrivit l'uniforme, la veste et ses parements, la culotte et les bas rouges, le chapeau bardé d'argent. Monté sur un cheval gris, comme tous ses autres compagnons, il avait accompagné le Roi dans ses campagnes. L'armée, cela avait été aussi les fréquentations douteuses d'officiers désœuvrés en dehors des batailles, d'où des disputes, des duels provoqués par son caractère d'enfant capricieux, violent à qui on a toujours cédé. Il avait trucidé plus d'un jeune officier, aussi têtes brûlées que lui. Il ne lui cacha pas ses exploits amoureux, l'enlèvement dans la nuit d'oies blanches énamourées de sa vaine jactance. Il narra ses beuveries, ses orgies, ses trahisons des jeunes filles qu'il avait séduites, les assauts donnés, le fracas effrayant et grisant de la canonnade et de la mousqueterie, les compagnons qui tombent, les cris, les membres arrachés. Le soir, à l'auberge ou dans le salon d'une garnison, le jeu d'enfer qui fait vaciller la fortune familiale. Puis la lassitude de ses parents d'entendre leur fils déshonorer leur nom. Enfin l'ordre de s'exiler sous peine de se trouver embastillé : il avait été surpris dans le lit d'une belle, mariée à plus noble et plus influent que lui.

Depuis trois ans, la vie aux Indes orientales consistait pour lui à trafiquer des denrées précieuses. Il s'était découvert une vocation de commerçant aventurier. Négocier avec les Juifs et les Arméniens : une nouvelle occasion d'abaisser le nom de son père. Et sans jamais renoncer au pincement du plaisir et aux angoisses du danger : l'excitation de s'introduire la nuit dans les harems, tromper la vigilance des eunuques endormis, pour retrouver les yeux entre-aperçus le jour à travers des persiennes mi-closes, à l'occasion d'une visite à des princes.

Il lui relata ses périples, ses aventures folles et futiles, où chaque fois il risquait les pires supplices. Il décrivit les caravanes, les cités perdues dans la forêt, il parla de contrées aux noms magiques : Coromandel, Malabar. Il évoqua Golconde. Les yeux encore plus étincelants, il parla de ses fabuleuses mines de diamants exploitées déjà dans l'antiquité et desquelles étaient extraites les plus belles pierres du monde.

À sa stupéfaction, elle lui demanda :

— Golconde, la capitale du royaume d'Orixa ?

— Tu en as déjà entendu parler, demanda-t-il stupéfait ?

Elle récita par cœur la leçon de Buffier :

— « Cette ville est située au bas d'une montagne, sur laquelle on a bâti la forteresse dite Golconde. Le palais du roi y forme comme une troisième ville. Ce royaume est renommé par ses mines de diamants, dont on fait un grand commerce, aussi bien que du sel, du fer et de l'acier. Les habitants y sont riches, et le pays quoique très montagneux y produit beaucoup de riz. Le roi est mahométan de la secte des Perses.

On y construit la plus belle pagode qui soit dans toutes les Indes. »
Au fait, dit-elle, est-elle aujourd'hui achevée cette pagode ?

Il ne répondit pas : il était bouche bée, fasciné par cette jeune femme qui lui souriait. Il regarda profondément dans ses yeux, ses yeux d'eau et d'or. Il éclata de rire.

— As-tu entendu parler du Régent ?

Solange hocha la tête sans répondre.

— C'est le diamant que le Régent a acheté deux millions de livres aux Anglais et que le Roi portait le jour de la réception de l'ambassade du Grand Turc. Il venait de Golconde ; son origine est mystérieuse et plusieurs histoires courent sur la manière dont il est parvenu en possession de Thomas Pitt, alors gouverneur anglais de Madras. Certains parlent d'un matelot qui aurait tué l'esclave qui l'avait volé et caché dans un pansement. Pour d'autres, c'est un commerçant qui l'aurait dérobé et avalé, ayant trouvé le moyen qu'il ne cède pas à la purge imposée à tous, au départ de Golconde.
La pierre retaillée est grosse comme une reine-claude, entièrement blanche. Le Régent a considéré que de toutes les cours d'Europe, seul le roi de France était digne de la porter. Pourtant quelques années auparavant, Louis XIV l'avait refusée, effrayé par son prix exorbitant.
Sache cependant qu'il existe de bien plus belles pièces : le Grand Mogol, taillé, faisait deux fois la taille du Régent. Il avait la taille d'une moitié d'œuf de poule, son eau…

Solange l'interrompit et demanda où était ce dernier diamant maintenant. Le chevalier sembla hésiter et dit :

— Celui-là a disparu à la prise de Dehli en 1739.

Et il ajouta d'un air mystérieux :

— Beaucoup le cherchent ; celui qui le trouvera devra être très discret et très prudent pour négocier cette merveille. Le commerce des diamants en Inde est réglementé plus férocement que celui du sel en France.

Solange découvrait l'amour, elle était prête à se donner complètement, à s'abandonner. Pour la première fois de sa vie, elle se montra un peu distante avec Jean, plus impatiente. Lui s'en rendit compte, mais la voyant si rayonnante, si joyeuse, il n'en fut pas jaloux ; comprenant la nouvelle situation, il fit en sorte d'être plus indépendant, plus autonome.

La convalescence du chevalier fut rapide.

Lorsque d'Entraigues fut à nouveau sur pied, ils sortirent dans la ville. Ils visitèrent les échoppes : elle fut éblouie par les cramoisis des étoffes, enivrée par les odeurs entêtantes des épices. La duègne était avec eux. D'Entraigues plaisantait, avait l'air heureux ; son visage amaigri semblait retrouver animation et couleurs. Un instant, les deux femmes restèrent quelques pas en arrière pour admirer des tapis bigarrés. Ils entendirent un cri aigu ; ils se retournèrent : un singe piaffait de rage en ne pouvant atteindre une sucrerie que son maître refusait de lui donner. Les yeux du chevalier rencontrèrent le regard de l'homme, un homme habillé en Indien et à la peau très claire. Il avait un bandeau sur un œil qui ne parvenait pas à cacher l'horrible cicatrice d'une oreille qui avait été coupée. Ils se fixèrent ; le chevalier pâlit, et sans dire un mot se rua sur l'étranger et son singe. L'inconnu, beaucoup plus vif, disparut dans la foule et l'entrelacs des petites ruelles du marché.

Quand il revint, le chevalier était essoufflé et avait perdu sa bonne humeur. On rentra à la maison ; d'Entraigues regardait sans cesse derrière lui. Elle l'entendit marmonner entre ses dents quelque chose comme : « Il ne nous a pas vus ensemble, nous sommes tombés l'un sur l'autre par hasard..., mais maintenant il va tout faire pour me retrouver ».

Il rechuta ; on le crut perdu. Dans son sommeil fiévreux, il se mit à délirer. Il parlait de sang, de trahison, d'Arménien ou de Vénitien, de voleurs, de tueurs. Il avait la bave aux lèvres et remuait sans cesse dans l'agitation de son sommeil désordonné. Elle se coucha près de lui pour donner à ce pauvre corps décharné, à cet esprit à bout, l'envie de rester sur cette terre. Tel le vieux roi David, il se réchauffa et eut envie de reprendre des forces. Il se remit à manger, retomba dans la fièvre. En restant là en permanence, elle pouvait répondre à ses moindres désirs, le faire boire, le couvrir, ou au contraire le découvrir et le rafraîchir.

Ses cauchemars rendaient ses nuits épuisantes.

— *Poursuites effrénées dans les sombres labyrinthes de châteaux. Escaliers abyssaux, goulets où il faut ramper et au bout desquels je me trouve face à un précipice. Cris de mes poursuivants.*
Moi je ris du vertige, et pourtant j'ai du mal à courir avec ces hauts talons. Pourquoi ai-je mis des chaussures de femmes ? J'ai dans une main un poignard, dans l'autre des pierres précieuses que je sème au passage d'obstacles verticaux qu'il faut encore escalader. Je cours avec toujours mes mains fermées, il ne me reste plus qu'une pierre, mais quelle taille ! Je me fais rattraper, je frappe, je chute. Quelle chute, quelle profondeur ce puits ! Je me reçois mollement sur un sol pierreux ! Je ne ressens qu'un haut-le-cœur ! Je suis garrotté (on m'attendait donc à l'arrivée !) ; j'ai perdu mon sabre (je pensais que c'était un poignard, quelle importance ?), j'ai gardé la pierre enfermée dans ma main. Je suis face au chef des gardes. Il me regarde d'un œil méchant, il me parle doucereusement. Le borgne est à son côté, avec son singe sur l'épaule. As-tu vu ce qu'il est advenu du marchand arménien ? Oui je lui ai ouvert le ventre en le volant, il pensait qu'en avalant les pierres, il pourrait s'enfuir impunément (mais pourquoi lui dis-je cela ?). Regarde ! Il est devant toi, il est encore vivant, je l'ai raccommodé. Il était vide et n'avait rien à me dire. Joseph est face à moi, couvert de sang et grimace en se tortillant faiblement. Il est empalé. Avant que tu le voles, il m'a volé ; il est puni. Où est passée cette crapule de Vénitien ? Où sont les pierres ? Je me tais. En la fixant, je dénonce ma main fermée. Il la coupe en riant. Je ne sens rien et je ris. Les doigts ne s'ouvrent pas. Un vrai coffre hermétique, comme une boîte en acier. Il la disloque avec une énorme masse. Il n'y a plus rien dedans. Un Jésuite est là ; il me regarde et me dit d'un ton ferme : « Tu ne tueras point, ne fais pas aux autres ce que tu ne voudrais pas que l'on te fasse ; mon ami, dis-moi où sont les diamants ou je t'excommunie ». J'éclate d'un rire dément et me tais. Il me met pieds nus et m'enlève mes sabots de bois. Il me chauffe les pieds, j'éclate de rire. Très bien, comme tu veux, alors le pal pour toi aussi. Alors, je n'ai plus envie de rire et une terreur épouvantable s'empare de moi. Je hurle et me réveille, inondé de sueur. J'ai peur et je claque des dents. À côté de moi, un corps nu, doux, inquiet m'éponge. Qui est-elle ? Ah oui, ma future femme, comme une vierge à l'enfant. Je ne suis plus un enfant. Ai-je mérité un si bel ange ? Ma punition n'est-elle pas de la perdre ? Puis-je prendre la responsabilité de l'entraîner

dans les dangers auxquels je suis exposé ? Mon cœur qui battait à toute allure, dont le mouvement m'assourdissait, se calme lentement. Maintenant elle me parle, j'ai parlé dans mon sommeil. Elle me parle de diamants. Que lui ai-je dit hier, qu'ai-je dit de plus dans mon rêve. Elle paraît inquiète. Je la rassure. Non, tout va bien. Que pourrais-je lui dire ?

Que je suis perdu ? Que je pensais les avoir semés, mais que maintenant ils me savent ici ? Ils ne mettront pas longtemps à me retrouver. Je suis mort si je n'embarque pas dans les tous prochains jours. En attendant pour ne pas risquer qu'elle puisse être elle-même soupçonnée, mon mariage doit rester secret ; elle ne doit rien savoir. Si j'ai la chance d'embarquer, alors je lui dirai toute l'histoire, ma dernière aventure.

La duègne choquée par la conduite de Solange, mais touchée par son abnégation fit semblant d'ignorer les soins nocturnes de cette belle garde-malade. Il est vrai que ces deux-là étaient promis l'un à l'autre, et que Solange lui avait montré, à elle aussi, beaucoup de sollicitude quand elle était malade.

Le chevalier se remit lentement. Deux jours après, dès qu'il fut jugé tiré d'affaire, il fut décidé que le mariage serait célébré par le Père Jésuite. Le chevalier resta couché pour échanger les promesses avec Solange. Il restait nerveux, constamment inquiet. Lui qui jusque-là avait toujours ignoré le danger, et qui au contraire le recherchait, semblait maintenant le craindre.

— Méfie-toi de tout et de tous, ma Solange ; dans ces pays comme partout, les faibles sont des proies. Sache-le, je suis cerné d'ennemis qui sont prêts à tout pour me tuer, pour nous tuer dès lors que l'on saura qui tu es.

— Quand même, tu as des amis ici ; les Anglais sont chassés, Monsieur Dupleix te protège, cette maison est bien gardée.

— Détrompe-toi. Nul n'est à l'abri. En Asie, l'air du despotisme et la soif des richesses et des plaisirs infectent les meilleures consciences.

— Pas celle des religieux qui justement éradiquent les pensées sataniques des idolâtres !

D'Entraigues lui sourit :

— Méfie-toi des Capucins comme des Jésuites ; ils sont prêts à vendre leur âme au diable pour gagner des âmes ; tous les hommes, te dis-je, sont contaminés.

Il tenait à un mariage rapide, avant tout discret. Pas de fête, pas de publicité. D'ailleurs, il s'agissait d'un mariage de convenance ; s'il devenait un mariage d'amour, eh bien on s'en réjouirait plus tard, avait-il dit. Pour la sécurité de Solange, il fallait quitter au plus tôt ce climat néfaste. Il paraissait plus anxieux de partir que des préparatifs du mariage. En attendant le départ, il fallait qu'elle reste séparée de lui et qu'on ignore leur liaison, a fortiori leur mariage. Il lui expliquerait tout sur le bateau. Sa voix était ferme. Ses yeux brillaient, par un reste de fièvre, mais surtout par amour pour cette jeune femme, arrivée par miracle, et qui se dévouait corps et âme pour le sauver.

Un notaire était présent et un contrat fut signé entre les deux jeunes gens. La lettre signée d'un ministre lui fit grande impression ; la copie du certificat de baptême de Solange l'impressionna beaucoup moins : elle était particulièrement mal écrite et la seule chose à peu près lisible était qu'on y parlait d'une Solange de Beauvoir, fille d'un laboureur (le copiste par pitié n'avait pas voulu inscrire journalier ou charbonnier).

Préalablement à la cérémonie, les deux jeunes gens furent confessés par Buffier. La confession d'Entraigues fut très longue. Cela faisait bien longtemps qu'il avait souffert ce sacrement. À son issue, d'Entraigues paraissait très soulagé et, au contraire, Buffier très soucieux ou contrarié.

D'Entraigues établit un testament en faveur de son épouse, la faisant son héritière de tous ses biens, qui consistaient en quelques pièces d'or et une cargaison de ballots d'étoffes précieuses et de chaussures fabriquées en Inde.

Un évènement permit de rendre cette noce presque confidentielle comme le souhaitait d'Entraigues : le jour où les bans (raccourcis) furent publiés, un bateau français accosta. Il portait la nouvelle qu'une paix générale avait été signée à Aix-la-Chapelle.

Le chevalier, Solange et Buffier étaient présents à l'ouverture de la lettre apportée par le capitaine du vaisseau. Le gouverneur s'assit pour la lire à haute voix. Rapidement son visage s'assombrit. Il ne comprenait rien : la guerre se concluait sans aucun avantage. La France abandonnait les Pays-Bas autrichiens à Marie-Thérèse, qui recouvrait à travers son mari, l'empire d'Allemagne. Le seul gagnant en Europe, c'était Frédéric de Prusse qui avait, dès le début de la guerre, absorbé la Silésie et la gardait.

Cette guerre, c'était Louis XV qui l'avait provoquée en reniant sa parole et en tentant de mettre à la tête de l'Empire germanique l'électeur de Bavière à la place de Léopold, l'époux de Marie-Thérèse. Et maintenant, Louis XV prétendait la terminer en roi et non en commerçant. Du panache et de la vanité ! Cette guerre avait été faite pour rien. Elle avait coûté un million de morts à l'Europe, ruiné à nouveau la France et apporté son lot de souffrances et de détresses !

Dupleix était moyennement intéressé par les résultats européens de la guerre. En revanche, sa colère éclata quand il en vint au chapitre des Indes orientales : il fallait rendre Madras aux Anglais. Madras, le point de départ de l'incessante piraterie des bateaux anglais qui entravaient le commerce. Prise sans coup férir par la Bourdonnais arrivé de manière providentielle et dont l'escadre avait temporairement donné la supériorité navale sur les Anglais. Le combat le plus dur avait été de convaincre ce pleutre de La Bourdonnais d'attaquer le fort. Un beau fait d'armes : Madras s'était rendue presque sans combat. La Bourdonnais après avoir pillé la ville, était prêt à la rendre contre rançon. Dupleix avait compris l'importance stratégique de Madras. Il avait condamné les combines douteuses de l'amiral. Il avait dénoncé et interdit la restitution de Madras.

Avec Madras conquise, Karikal achetée récemment à un potentat local et Pondichéry, la France et la Compagnie possédaient sur la côte de Coromandel un territoire qui donnait un avantage décisif dans l'accès au commerce de l'arrière-pays.

Tous ses efforts passés et, surtout, le succès de la résistance héroïque et victorieuse de Pondichéry, avaient confirmé Dupleix, représentant de la première puissance européenne, comme protecteur primordial des petits feudataires indiens. Il se sentait maître du jeu.

Mais selon la lettre qu'il avait en main, le roi avait opté pour l'échange de Louisbourg au Canada, contre Madras. Quelle erreur ! On rendait aux Anglais un port et sa forteresse que l'on ne reprendrait certainement pas aussi facilement dans l'avenir. On permettait aux Anglais de se rétablir en Inde. La supériorité navale française avait été de courte durée et, du reste, juste après la prise de Madras, la flotte française avait été détruite ou dispersée par une tempête catastrophique. À la première occasion de conflit les Anglais pourraient disposer d'une base de première importance pour attaquer les bateaux français, et entreprendre un nouveau siège de Pondichéry. Tous ces efforts, tous ces morts pour rien ! Le plus grave était que les Français, en rendant Madras, perdaient la face vis-à-vis des nababs.

— Qu'en penses-tu Anandarangapoullé ?

Ce dernier commença par baisser la tête en silence en se demandant en lui-même ce que Monsieur voulait entendre ; puis, sans conviction, il ajouta que les astres selon lui restaient favorables à Monsieur. Dupleix fit la moue et se tourna vers d'Entraigues :

— La seule bonne nouvelle est que sauf traîtrise ou piraterie, votre retour en France devrait être facilité : pendant un temps, les corsaires anglais devraient être désarmés.

Il n'y eut pas de repas de noces, simplement un dîner chez le représentant de la Compagnie. Le chevalier déclina l'invitation au dernier moment, se déclarant encore trop faible. Il demanda à sa nouvelle épouse d'y aller et de le laisser :

— Solange, par vos soins, vous m'avez sauvé la vie ; par ce mariage et par votre amour pur et désintéressé, vous me donnez l'espoir d'une nouvelle vie pleine de vertu et de joies. Maintenant vous portez mon nom et je fais le serment que je ferai tout pour que vous en soyez fière. Je vous vois pâle et la mine fatiguée, je vous en supplie, allez un peu vous changer les idées. Moi pendant ce temps je resterai ici à me reposer encore. Nous partons très bientôt et alors, sur le bateau, je vous promets que nous serons vraiment mari et femme.

Ne craignez rien : deux serviteurs appartenant à notre hôte resteront pour veiller sur moi si je devais avoir encore un accès de fièvre. Ces dernières heures m'ont exténué et je sens que je vais certainement m'effondrer dans le plus profond sommeil dès que vous aurez tourné le dos.

Ils se sourirent et s'enlacèrent.

Le dîner fut gai même si Solange pensait à autre chose qu'aux conversations des convives. Elle regarda distraitement une jeune danseuse au sari coloré, dérouler ses bras chargés de bracelets, aux accents étranges d'une cithare dont les cordes étaient pincées par un tout jeune enfant. Elle apprit que la danseuse et le musicien étaient frère et sœur et avaient été achetés pour une misère par un représentant de la Compagnie. Leur hôte espérait très vite revendre le frère, faire un bon bénéfice, et garder la fille pour sa consommation personnelle. Solange pensa à la misère humaine, à la difficulté d'y remédier, et à leur propre situation à elle et à son frère. Elle se promit de demander à son nouveau mari s'il ne pourrait acheter ce couple d'enfants qui leur ressemblait et les emmener avec eux pour les sauver d'un triste avenir.

Quand ils rentrèrent, le chevalier gisait égorgé, avec près de lui le borgne, mort. Les bagages avaient été ouverts et les effets éparpillés dans sa chambre. Les serviteurs étaient introuvables. Le singe disparu.

On fouilla le borgne ; il avait au cou une croix. C'était donc un chrétien. On fit une enquête, on apprit que c'était l'agent d'un diamantaire vénitien. On n'en savait pas davantage. Solange ne parla pas de l'épisode du marché, ou des paroles du chevalier pendant son délire.

Après la courte cérémonie, elle retourna auprès de la natte de son mari, maintenant vide. Elle se coucha là, pleura sans retenue et s'endormit ; elle dormit un jour et une nuit.

On la réveilla pour la mener au cimetière près de l'église des Capucins où d'Entraigues était enterré. Entourée par le Père Jésuite, la duègne et Jean, elle était hébétée par le chagrin et le malheur.

Soudain elle se rendit compte de l'abîme dans lequel elle tombait et un vertige la prit.

Avec d'Entraigues, elle avait pensé trouver le bonheur et un sens à sa vie jusqu'alors erratique. Elle s'était sentie tout à coup protégée, en confiance avec cet homme pourtant si violent, si imprévisible. D'Entraigues, elle en était sûre, avait été sincère dans sa conversion. Il aurait été fidèle et tous les deux se seraient soutenus et auraient constitué un couple heureux. Hélas, les mystères et les périls de sa vie passée qu'il n'avait pu solder l'avaient rattrapé. Maintenant tout s'était effondré et elle se trouvait plus seule que jamais dans un pays où elle n'avait plus rien à faire.

Solange était désemparée. Buffier, le seul sur lequel elle pouvait s'appuyer, devait continuer sa route vers la Chine. Il lui avait dit emporter, outre des lunettes astronomiques, des graines de fleurs et d'arbres destinés à un botaniste qui vivait à la cour de l'Empereur. À

Pondichéry, Solange ne pouvait espérer aucun soutien. Malgré ses progrès et sa bonne volonté, Jean ne pouvait être d'aucune aide.

Devait-elle rentrer à Mareuil, le seul endroit qu'elle connaissait ? Malgré ses préventions vis-à-vis d'eux, reprendre du service chez le Duc de Charost ou à Sermelles chez Audenay ? Retourner en France ? Pour quoi faire ? Après les leçons du Père Buffier, elle ne s'imaginait plus servante de ferme, ni chambrière !

Elle avait dépensé une bonne partie de la bourse remise à son départ à Lorient et qui avait été sa dot. Le contrat de mariage et le testament la rendaient propriétaire des biens laissés par d'Entraigues. Il lui restait quelques centaines de livres, et cinquante ballots de marchandises - des indiennes, des vêtements et des chaussures — qu'elle voulait vendre en France, car son mari semblait beaucoup y tenir.

Elle ne pouvait décider seule. Elle se leva et alla voir le Père Buffier. À la réflexion, même s'il partait, il pourrait l'aider : il ne lui avait jusqu'à présent prodigué que de bons conseils, sans parler de tout ce qu'il lui avait appris. Les avertissements d'Entraigues sur les religieux ne pouvaient s'appliquer à Buffier. D'ailleurs ne s'était-il pas confessé à lui ?

Le Père Buffier commença par lui faire valoir qu'elle ne devait pas prendre de décision trop rapide et bien analyser sa situation. Veuve d'un chevalier, il était impossible qu'elle se replace comme servante. Il était vrai que les chances qu'elle puisse trouver asile dans la famille de son feu mari paraissaient irréalistes. Il était cependant d'accord que rester à Pondichéry n'était pas une option envisageable. Le mieux était alors de revenir en France. Pendant le long trajet de retour, il lui serait loisible de réfléchir à son avenir. Il essaya de la convaincre qu'il serait plus sage de vendre ses marchandises à Pondichéry. Même si elle devait en tirer moins cher qu'en France, c'était quand même prendre moins de risques. Une tempête pourrait tout gâter en noyant les ballots. Surtout, une jeune fille inexpérimentée comme elle était sûre de se faire voler en cherchant à les négocier toute seule. Ici, avec son aide pendant qu'il était encore là, ce serait quand même plus sûr et il ajouta :

— Qui sait d'ailleurs si ces marchandises ne sont pas à l'origine de ce meurtre affreux ? Et dans ce cas, en en gardant la possession, ne te mets-tu pas en danger ? Et ton frère avec toi !

En un éclair, le doute s'insinua en elle. Elle le regarda avec ses grands yeux clairs en semblant hésiter, et dit que, décidément non, elle préférait rapporter les marchandises en France. Son mari avant de mourir lui avait expliqué ses projets : aujourd'hui, elle se sentait obligée de tenter de les mener au bout.

Oui, maintenant sa décision était arrêtée !

Il fallait rentrer en France et vendre là-bas les marchandises. Après, ma foi, on verrait bien ! Ses deux dernières années n'avaient pour elle fait l'objet d'aucun plan et jamais elle n'aurait pu prévoir tout ce qui lui était arrivé depuis son départ de Beauvoir. Il fallait faire confiance à la Providence !

Le Jésuite la fixa un temps, comme pour l'interroger. Après un silence, il dit avec un bon sourire que c'était sans doute mieux comme ça.

Retour en France

L'Écueil repartait dans trois jours. Son capitaine avait apprécié le charme et la discrétion de Solange pendant le trajet vers Pondichéry. Il était au courant de son malheur. Il se dit prêt à l'accueillir, elle et Jean, pour le voyage de retour vers la France. Il accepta aussi de charger dans ses cales les marchandises qu'elle voulait emporter avec elle.

La sœur restait auprès du couvent des Ursulines qui avaient fondé une école. Les adieux avec Solange furent ceux d'une mère à une fille.

Curieusement, Buffier était à bord : il prétendait avoir reçu la directive de regagner Paris au plus vite.

— J'ai confié mes caisses et mes plants à Coeurdoux qui enverra un autre Jésuite à Pékin. Ce voyage retour sera alors l'occasion de parfaire votre éducation, dit-il en souriant.

Solange était à la fois contente et intriguée. Contente, car la présence paternelle de Buffier était rassurante ; intriguée, car elle ne comprenait pas comment une lettre partie après eux avait pu parvenir à Pondichéry, aucun navire n'étant arrivé à Pondichéry depuis celui qui avait apporté l'information de la paix d'Aix-la-Chapelle. Semblant deviner ses pensées, Buffier lui dit que, pour les Jésuites, le courrier pour l'Inde arrivait à Goa, possession portugaise sur la côte de l'Hindoustan, et que c'était par terre qu'il était ensuite réacheminé vers Pondichéry.

— N'oublie pas, dit-il, que l'Église en Inde est placée sous l'autorité du Portugal.

Le voyage de retour fut plus agité que l'aller. Il y eut d'abord une rencontre avec un brick anglais, un pirate ou, en tout cas, un navire qui ne savait pas, ou ne voulait pas savoir que la paix avait été signée. On échangea avec lui des salves de canons répétées. L'Écueil était un fort bâtiment, et l'Anglais ne persista pas, cependant les dégâts occasionnés ne furent pas négligeables. Des boulets défoncèrent la porcherie et la basse-cour où le carnage des animaux fut répugnant : les animaux blessés marchaient affolés dans leurs intestins répandus ; ils durent être abattus et jetés à la mer. L'odeur pestilentielle était insupportable. Deux matelots furent blessés : l'un eut la main arrachée, l'autre le pied écrasé. Le capitaine s'en voulut de ne pas avoir pris les mêmes précautions qu'à l'aller et choisi des routes plus longues, mais moins fréquentées :

— Pour les Anglais, peu importe que l'on soit en guerre ou en paix ! Arraisonner et piller des vaisseaux français, c'est plus fort qu'eux !

Il y eut aussi un ouragan qui causa beaucoup plus de mal au bateau que le combat naval. Les pompes eurent toutes les peines du monde à chasser l'eau qui avait inondé les cales, et les charpentiers furent à l'œuvre plusieurs jours pour colmater la coque. Beaucoup de nourriture fut perdue, ainsi que des barriques de vin. Il fallut jeter à l'eau des ballots de toiles et d'indiennes qui avaient baigné. Tout cela se faisait dans une très forte odeur d'épices : parmi la cargaison, il y avait des ballots de cannelle, de gingembre et de clous de girofle. Surtout, on se servait de poivre en vrac (de faible valeur) pour caler les caisses et les colis entre eux dans la cale.

À cette occasion, Solange se montra avisée en demandant à examiner ses ballots avant qu'ils ne soient passés par-dessus bord. Elle réussit à sauver les chaussures : les ballots qui les contenaient, placés en haut de la cale inondée avaient été à peine mouillés ; sous leur emballage de toile goudronnée, les chaussures étaient apparemment sèches. On mit à l'air l'ensemble et en quelques heures les dix paquets de chaussures étaient reficelés et à l'abri. En revanche, tout ce qui était étoffes et soieries avait beaucoup souffert.

Le Père Buffier qui aidait à la remise en ordre de la cargaison fit doucement remarquer à Solange qu'elle aurait dû suivre ses conseils et vendre le tout à Pondichéry. Solange ne répondit pas ; elle avait quand même perdu plus des deux tiers de ses ballots.

Le voyage se poursuivit dans la morosité. La perte d'une partie de la nourriture fraîche pour les officiers et les passagers était un réel désagrément : les menus étaient moins variés et il fallait restreindre la consommation de vin. Les discussions étaient devenues moins animées et plus tristes.

À la table du capitaine, un directeur de la compagnie et sa femme faisaient particulièrement grise mine. C'était comme une obsession : à chaque repas ils passaient en revue l'inventaire des pertes de la cargaison et se désolaient.

— C'était bien la peine d'avoir sauvé notre vie pendant ces bombardements épouvantables, d'avoir supporté toutes ces privations et ces dangers. Mon épouse et moi, nous sommes restés à Pondichéry quatre ans, nous avons enduré ce climat débilitant, ces chaleurs de l'enfer, le risque de mourir des fièvres dans des conditions abominables, loin de nos familles, et tout cela pour quoi ? Pour perdre en quelques heures une grande partie des bénéfices de nos efforts !

Solange s'étonna. Elle demanda à Buffier la raison de ce désespoir : finalement, les pertes concernaient d'abord directement la Compagnie, et pas son directeur personnellement. Buffier sourit.

— Détrompe-toi Solange, la Compagnie n'est pas seule à avoir beaucoup perdu, toutes les personnes présentes ici ont perdu. Chaque officier, chaque passager, comme toi d'ailleurs, et sans doute chaque matelot a embarqué pour son compte des marchandises en contrebande. On prétend que plus de la moitié des marchandises embarquées échappent au privilège de commerce exclusif de la Compagnie. Il en est également de ta propre cargaison : vis-à-vis de la Compagnie, tu es en fraude.

Ce directeur avait placé gros sur le bateau : d'autant qu'avec la guerre voilà plusieurs années qu'il n'y avait plus eu d'envois.

Si les officiers et les passagers étaient mécontents de la nourriture, pour les matelots, la situation était alarmante. Pains et biscuits étaient souvent moisis ; l'eau dans les tonneaux était devenue saumâtre et de mauvaise qualité.

Beaucoup de marins tombèrent malades. Certains moururent.

Le Père Jésuite continua à instruire Solange ; son frère, toujours présent, assurait le rôle de prosélyte assoiffé de connaissances. Pour ce voyage de retour, les sujets s'enrichirent : on parla de l'origine des lois, du droit civil. Le hasard des leçons les conduisit à parler du droit des femmes.

— Solange, tu dois comprendre ta chance d'être une femme en France. Dans la plupart des autres sociétés, les filles sont mariées à peine nubiles et sont les esclaves de leurs maris. À vingt ans si elles ne sont pas mortes, épuisées par leurs grossesses et le travail harassant auquel elles sont astreintes, elles sont répudiées. Ces enfants livrées trop tôt au caprice de leur mari n'ont ni l'esprit ni la capacité de leur résister. En France, rien de semblable. La place de la femme est en accord avec les Écritures : la femme est soumise à l'homme, celui-là lui devant le respect. Souviens-toi que dans la Genèse, il est dit qu'Eve fut modelée à partir d'une côte d'Adam, c'est-à-dire d'une partie noble de son corps.

— Elle n'aurait pas eu droit au respect si elle avait été créée à partir de son pied par exemple ? demanda Solange.

Buffier ne répondit pas directement :

— En tout cas, si Dieu avait voulu créer la femme à l'égal de l'homme, il l'aurait tirée de la tête d'Adam. Certains veulent d'ailleurs croire que la femme est inférieure à l'homme : elle aurait un cerveau plus petit.

— Mais mon Père, je ne vois guère en quoi un garçon serait supérieur à moi. Je protège mon grand frère, j'ai soigné mon mari malade.

— Ma petite, c'est ainsi : la femme est soumise à son mari, et avant son mariage à son père. Les femmes au regard du droit sont comme des enfants. Soumises, mais aussi protégées. La femme est en la puissance de son mari qui a l'administration de ses biens propres. Pour disposer de ses biens, une femme a besoin de l'autorisation de son mari. Il est inutile de chercher à se révolter. Sainte Monique disait aux dames de son temps que dès le moment qu'elles entendaient lire leur contrat de mariage, elles devaient le considérer comme un titre qui les rendait servantes de leurs maris. Et encore, sois heureuse que la douceur des lois chrétiennes ait modéré la puissance du mari.

— Je n'ai pas de père et je n'ai plus de mari. Je suis donc libre et peux vivre et disposer de mes biens comme il me semble !

Le vieil homme dévisagea Solange :

— Solange souviens-toi : qui étais-tu il y a moins de trois ans ? Quelles étaient tes perspectives ? C'est vrai, tu as surmonté beaucoup de périls à la fois moraux et physiques. Toi et ton frère, vous avez été bien protégés par une Providence vraiment généreuse. Pour autant penses-tu être aujourd'hui dans une situation idyllique ?

Une femme seule comme toi se trouve très exposée. Très jeune, très belle certes, mais avec peu d'argent et aucun soutien.

— Il me reste de l'argent du roi et puis il y a celui qui vient de mon mari.

— La belle affaire ! Ton mari t'a légué sa cargaison et sa bourse. Tout le reste, s'il y a quelque chose en France, revient à sa famille. Tu as déjà perdu une grande partie des colis que tu voulais vendre en arrivant en France. En supposant que le reliquat arrive en bon état à Lorient, penses-tu pouvoir en tirer son prix ? Te crois-tu de taille à tenir tête aux marchands qui n'auront aucune pitié pour toi et ton frère ? Une fois les marchandises négociées, où irez-vous ? Chez Charost qui était prêt à te prostituer ? Servante à la laiterie de Madame Audenay ? Chez les charbonniers ?

J'ajoute que le mariage n'a pas été consommé, n'est-ce pas Solange ? dit-il en levant les yeux vers elle. En conséquence, il est nul et peut être attaqué. Ton mari mort, ne compte pas non plus toucher ta pension annuelle du roi !

Solange baissa les yeux. Le Jésuite avait raison. Pendant un moment, ses forces l'abandonnèrent ; elle se mit à pleurer.

— Pourquoi me dites-vous cela ?

Buffier sourit doucement et détourna son visage.

— Mes enfants, il faut vraiment préparer votre retour. Cela ne sera pas si facile : pour ma part, je vais poursuivre mon ministère et nous allons nous séparer à Lorient. Avant je veux vous donner des conseils. Au préalable, pour qu'ils soient entendus et compris, je dois vous convaincre, même si cela est très désagréable, de la précarité de votre situation. Il faut éviter que vous vous lanciez trop vite dans des aventures hasardeuses, voire fatales. Nous en reparlerons. Pour l'instant, je vous propose que nous étudiions un peu la géographie des Indes occidentales.

Buffier cette nuit fit un rêve ; il était dans une église et il priait dans le chœur, agenouillé dans une stalle de bois bien ouvragée. Solange et Jean étaient en aube blanche ; ils jouaient dans la nef. Leurs cris restaient sourds (pourtant, ils les voyaient ouvrir largement la bouche et rire à gorge déployée) et leurs mouvements ne le dérangeaient pas. Lui entendit sa propre voix solennelle qui faisait les questions et les réponses :

— Tu es vieux mon ami et ton heure va bientôt venir. Ces deux-là, il faut les aider.

— Je les ai déjà bien instruits !

— Mais cela ne suffit pas : ils ont déjà beaucoup souffert et sans ton aide, tu le sais, ils sont perdus. Tu dois renoncer à les dépouiller et au contraire leur abandonner ces richesses.

— Ce ne sont pas mes richesses ! Elles appartiennent à la Société et elles doivent servir à christianiser les idolâtres et les incroyants ! D'Entraigues me les a confiées quand je l'ai confessé.

— Oui ! Il t'a confié son secret, il n'a jamais dit qu'il t'abandonnait la cargaison ! La Société est assez riche et tu as assez fait dans ta vie pour elle. En les aidant, tu ne la trahis pas, et tu fais le bien !

Il y a des rêves dont on se souvient ; le matin Buffier n'avait rien oublié.

Solange, de son côté, se réveilla au milieu de la nuit avec une grande angoisse : elle perdait ses pouvoirs. Toute jeune, elle avait un don, elle l'avait constaté et la vieille l'avait confirmée dans sa certitude. Quand elle rencontrait une difficulté, quand une personne lui voulait du mal, elle pouvait se concentrer très fort, fixer le malfaisant, et lâcher sur lui la foudre silencieuse de sa haine sauvage et inexpiable, et les choses s'arrangeaient, le méchant quand il n'était pas détruit pliait. Maintenant, et particulièrement depuis qu'elle avait rencontré le Jésuite, ce don semblait inopérant. Elle en avait parlé un jour au Père Buffier ; celui-ci l'avait regardée en riant :

— Tu veux me faire croire que tu es une sorcière ? Nous nous serions donné toute cette peine pour te former, t'éduquer pour que tu finisses au bûcher ? Non tu n'as jamais été une sorcière. En revanche pour sûr, tu étais très ignorante. Ton nouveau savoir et ta plus grande proximité avec Dieu te font trouver progressivement d'autres solutions à tes problèmes. Un raisonnement sain organise ta pensée, mobilise tes sens, éclaire tes actions. En cas de difficultés la prière doit se substituer à ce combat aveugle que tu menais : la réaction furieuse et incontrôlée du petit animal pris au piège et qui veut sauver sa vie.

Solange n'était pas rassurée. Oui, elle croyait en Dieu et en l'enseignement de Buffier. Pour autant, elle ne se sentait pas plus forte aujourd'hui et l'intervention de Dieu lui semblait abstraite, moins directe et efficace qu'hier, la force de sa seule volonté.

Le voyage se poursuivit, interminable, et Solange considérait moins urgent d'arriver en France.

On passa la ligne : pour Jean et Solange, c'était la quatrième fois.

Buffier commença à avoir la fièvre ; l'Écueil se trouvait immobilisé à nouveau dans les grands calmes au large de la Guinée. Il mangeait très peu et ne gardait rien dans le ventre. Il commença à maigrir. Il refusa les soins de l'apothicaire.

Il continua sans relâche à donner ses leçons à Solange.

Le médecin voulut le soigner, le saigner ; Buffier le renvoya par une pirouette :

— Je préfère mourir lentement et malade que vite et guéri !

En arrivant au Cap Vert, il n'eut pas la force de descendre à terre. Solange montra à nouveau sa sollicitude. Elle lui apporta des aliments frais, le veilla les nuits.

Un jour, il dit à Solange qu'il n'atteindrait pas Lorient vivant et qu'il avait des secrets à partager avec elle.

Il lui parla de la Société de Jésus, de sa fondation par Saint Ignace… :

— Notre Ordre a pour principal objet d'essayer de convertir les païens partout où ils se trouvent comme aux Indes, en Chine, au royaume de Pégu[42] et au Japon. Contrairement aux missionnaires ordinaires, qui cherchent à convertir immédiatement tous les habitants quels qu'ils soient c'est-à-dire en général pauvres et peu instruits, nous cherchons à attirer à la vraie foi les gouvernants de ces États. Pour cela notre Société envoie dans ces pays des représentants érudits et savants de la religion révélée. Ils apprennent les langues locales, adoptent les vêtements et coutumes des habitants. Par leur capacité à comprendre et à respecter le milieu dans lequel ils vivent et en surpassant par leurs connaissances scientifiques et leur vertu les prêtres des religions païennes, ils doivent donner envie aux souverains et à leurs courtisans de recevoir le baptême. Une fois la tête convertie, le peuple suit.

C'est pour soutenir notre mission que j'apportais de France des caisses remplies d'ouvrages ou d'appareils scientifiques, de plants et de graines. Il s'agit d'exciter la curiosité dans les domaines aussi variés que la médecine, l'astronomie, les relevés géographiques, les mathématiques, la médecine, ou encore la botanique. Nous sommes très actifs en Inde comme en Chine. La Chine que tu ne connais pas est un empire beaucoup plus puissant que l'Inde, et très fermé. Les Européens, qu'ils soient commerçants ou missionnaires, ne peuvent s'y introduire qu'avec une grande prudence.

Tout cela coûte beaucoup d'argent et pour obtenir les ressources impossibles à obtenir en Europe par les circuits financiers ordinaires, nous sommes amenés à faire nous-mêmes du commerce. Je dois te dire mon enfant que nous avons un petit réseau d'agents qui représentent notre Société à travers le monde.

Ton malheureux mari est par hasard entré en possession de ces ballots financés par notre argent. Il s'est confié à moi et m'a demandé de venir à ton aide s'il lui arrivait malheur. T'avait-il mise au courant de tout cela ?

Solange le regarda droit dans les yeux et dit :

— Non mon Père.

42 - Partie de la Birmanie actuelle.

Buffier la scruta avec attention. Elle ajouta d'une voix lasse :
— Il voulait le faire sur le bateau.

Il soupira.
— Quand je vous ai proposé de vendre directement ces marchandises à Pondichéry, c'était pour que notre Société en reprenne possession. Je vous aurais largement dédommagés. Devant votre refus, je me suis dit que je pourrais vous accompagner et vous mettre en contact avec notre représentant à Lorient. En effet le débarquement de tes ballots ne sera pas aisé. Pour être franc, même si ce commerce est fait pour de saintes raisons, il n'est pas accepté par la Compagnie des Indes qui, comme tu le sais, bénéficie d'un monopole absolu dans le commerce avec les Indes. Nous ne jouissons d'aucune exemption.
Je suis vieux et malade. Mon voyage s'arrêtera avant Lorient. Mes dernières forces seront pour vous aider. Vous en avez besoin, et je vais devoir commencer par vous faire peur. J'en suis désolé, car vous avez eu bien des malheurs et bien des émotions jusqu'à présent. Hélas, ce n'est pas fini !

Les deux jeunes se tournèrent l'un vers l'autre, effrayés. Tout à coup, ils se rendirent compte combien Buffier avait changé ces dernières semaines : il avait beaucoup maigri et semblait disparaître dans son manteau. Ses joues devenues caves présentaient un teint jaunâtre sinistre. À cet instant, ils pensèrent moins aux menaces inconnues et très abstraites qui pesaient sur eux qu'à la santé de leur maître.

— Ce que je vais vous dire doit rester un secret absolu. La cargaison n'est pas seulement dangereuse, car faite en contrebande ; surtout, elle contient un trésor fabuleux. La mort de ton mari est liée à ce commerce particulier. En étant son épouse déclarée et propriétaire des ballots, tu es en péril et ton frère avec toi ! Même si maintenant vous les jetiez à l'eau vous resteriez en grand danger !
Ne cédez en aucun cas les ballots de chaussures sans en avoir déterminé leur vraie valeur et compris pourquoi elles valent si cher : leur modèle a été conçu spécialement.

Buffier avait décidé de ne pas tout leur divulguer. Peut-être par ultime goût du secret. Sans doute aussi pour faire en sorte que le trésor soit vraiment le leur. En le découvrant eux-mêmes, pensait-il, ils se l'approprieraient, avec ses avantages, mais aussi son prix, c'est-à-dire le risque. Jusqu'à présent, ce danger, ils le subissaient déjà de manière accidentelle. Cependant dès lors qu'ils mettraient au jour le trésor par leurs propres moyens, ils deviendraient responsables de leur destin et de ce fait accepteraient toutes les conséquences liées à sa prise de possession, et notamment celle de rentrer dans le tourbillon maléfique des passions qu'il faisait naître.

— Des rapaces féroces savent l'existence de cette cargaison et cherchent à se l'accaparer à tout prix. Tous les moyens leur sont bons. La mort du chevalier est de leur fait. Vos vies sont déjà menacées, malgré les précautions prises par ton mari pour ne pas rendre public son mariage. Hélas, un secret de Polichinelle ! Tout Pondichéry sait que tu es la veuve d'Entraigues !
Si, en embarquant, vous avez échappé à certains de vos poursuivants, d'autres vont vous suivre en Europe.
Une fois en France, il va falloir disparaître. Couper le lien entre l'Inde et vous, entre d'Entraigues et vous. Vous devez être prudents, vous cacher. Vous devez vous séparer ton frère et toi ! Vous formez un couple trop singulier ! Il faut que pendant un temps assez long, vous vous fondiez dans la foule.
Quand vous aurez découvert la fortune contenue dans la cargaison, n'imaginez pas que vous pourrez librement en disposer. Vos seuls ennemis ne sont pas uniquement ceux qui connaissent l'existence du secret de la cargaison. Des enfants comme vous, privés de tout droit et d'appui, seront exposés à de nouveaux fauves au premier signe de votre nouvelle richesse. L'argent crée l'envie et l'appétit. Ne dépensez pas plus qu'il faut pour vivre décemment, ne laissez jamais penser que vous avez de l'argent.
Il faudra ne faire confiance à personne ! Qui que ce soit ! Comme tu as fait jusqu'à présent n'est-ce pas ?
Ce n'est pas la cargaison de chaussures qu'il faudra vendre, mais le trésor qu'elle recèle et que bien sûr, vous allez découvrir ! Monnayer progressivement le trésor, voilà la tâche la plus

délicate. Dans les semaines qui nous restent, je vous formerai à l'art des lettres de change.

Ces phrases, Buffier les avait prononcées d'un trait. Jusqu'à présent, il les avait habitués à articuler ses leçons en un rythme lent, les regardant tour à tour pour s'assurer que chaque mot était compris et imprégnait leur esprit. Aujourd'hui, il débitait ces phrases comme apprises par cœur, moins faites pour être retenues par eux que le rassurer, lui : il voulait être sûr de leur avoir dit au moins une fois la totalité de ce qu'ils devaient entendre. Comme si demain peut-être il ne serait plus là.

Après avoir découvert un Père Buffier malade, les enfants étaient confrontés à un homme inquiet, anxieux, voire énigmatique. De ce discours, les deux enfants n'avaient retenu qu'une chose : ils devraient se quitter. Il tenta de les rassurer.

— Il n'est pas question de vous séparer pour la vie. Pour Jean, je vais écrire une lettre de recommandation à un de mes amis qui doit prochainement aller à Rome et qui pourra te faire entrer dans une école prestigieuse de chant.
Pendant ce temps, Solange pourra être accueillie à Saint-Domingue par la famille maternelle du chevalier. Son grand-père, un fameux personnage celui-là ! Je pense que ton mari tenait beaucoup de lui, dit-il en riant.

Il ajouta qu'il en avait entendu parler par une connaissance à lui, un certain Père Cabady, qui officiait au Cap-Français.

Dans les jours qui suivirent, il fit tout pour continuer à les convaincre de la nécessité de cette séparation : apprendre un métier pour Jean, ne pas tomber dans la déchéance pour Solange. Deux enjeux qui furent plus entendus que celui du simple danger.

Si son état de santé ne s'améliorait pas, au contraire, il redevint le professeur patient, le conseiller apaisé et bon enfant qu'ils avaient toujours connu. Alors ses leçons concernèrent principalement les domaines du commerce et de la finance.

Il leur prépara aussi plusieurs lettres qu'il enferma dans une enveloppe scellée adressée à un Jacobin de sa connaissance, le Père Duroc, à qui il confiait la protection de ceux qu'il appelait ses pupilles. S'éloigner de la sphère des Jésuites était un moyen de couper le fil d'éventuelles recherches. Il sollicitait Duroc pour organiser le passage de Solange vers Cap-Français à Saint-Domingue, et de l'y faire rencontrer un Monsieur Godefroy, le grand-père maternel d'Entraigues. Les autres lettres, expliqua-t-il à Solange devaient servir pour les contacts futurs nécessaires.

— Quand vous serez à Lorient, faites remettre cette lettre à un négociant du nom de Mouillebec. Cet homme qui travaille pour la Compagnie des Indes est notre correspondant ; il nous permet le libre passage de nos marchandises. Il vous laissera débarquer les colis sans encombre. Toutefois attention, il ne connaît pas leur réelle valeur !

L'Écueil était à nouveau immobilisé dans le « pot au noir ». La chaleur était insupportable. Pour monter sur le pont et échapper à la chaleur étouffante de sa cabine, Buffier devait se faire porter. Pour ses ultimes leçons, il changea de sujet. Était-ce un dernier doute ? Une dernière inquiétude ?

Il était à bout de forces ; sa voix qui avait été jusqu'à présent claire se réduisait au filet de sons étouffés difficilement audibles d'un vieillard moribond.

— Mes enfants, la Providence ne vous a pas épargné les peines et les souffrances. Vous êtes hélas, loin d'en avoir terminé avec elles. Ne vous aveuglez pas ! Votre plus terrible adversaire n'est pas cette meute à vos trousses qui veut vous dévaliser. Non ! votre plus dangereux adversaire, c'est vous-mêmes. L'espoir de la nouvelle vie qui s'offre à vous, une fois écartés les dangers immédiats, présente un risque encore plus mortel : celui qui menace vos âmes. Jusqu'à présent, vous êtes restés purs. Solange, tu n'as jamais été infectée par le démon ; évidemment tu n'es pas une sorcière et toi, Jean, tu es l'innocence même. Cependant, votre pureté originelle, vous l'avez conservée en quelque sorte par défaut, par ignorance.

En revanche en entrant en possession du trésor, commencera pour vous la véritable épreuve des tentations : l'avarice — réduire votre vie à la conservation et à l'accroissement de votre bien — ou l'orgueil — vous pavaner fiers de vos nouvelles richesses, de votre nouvelle puissance.

Par pitié, n'oubliez jamais d'où vous venez ! N'en ayez jamais honte, même si vous ne pouvez pas en parler. Ayez un comportement de chrétien généreux et modeste. Évitez à tout prix les disputes entre vous, l'envie, la jalousie. Je vous en conjure ! Restez sages, que cet argent ne vous corrompe pas !

Solange le regarda avec un mélange de désarroi et de pitié.

— Mon Père, je ne comprends rien. Depuis deux ans et notre départ de Lorient, vous nous avez protégés et grâce à vous, nous avons accédé à la connaissance, notre esprit s'est ouvert aux merveilles du monde et à la vraie foi. Et maintenant, vous annoncez à la fois votre mort et vous nous mettez en garde contre des périls horribles, vous nous séparez, vous nous jetez dans l'inconnu. Nous allons donc nous retrouver seuls, à nouveau abandonnés avec pour perspective, la menace d'ennemis implacables et de tentations mortelles ? Il faut que vous viviez mon Père !

Les yeux du Jésuite ne rencontrèrent pas les siens : ils semblaient se perdre dans le ciel.

— Tu as raison Solange, tout cela n'est pas juste et je comprends ta question et à travers elle ton mécontentement. Crois bien que tout ce que j'ai fait pour vous depuis notre départ de Pondichéry, c'est dans l'espoir de vous sauver toi et ton frère, d'une situation qui m'échappe complètement. Vous êtes dans les mains de Dieu. Comme moi. La différence est que j'ai la certitude de quitter dans de brefs délais ce monde pour l'Autre où j'aurai à répondre de mes péchés lors de mon passage sur la terre. Votre espoir à vous est de continuer à traverser ce monde éphémère comme vous l'avez fait jusqu'à présent : sans tache.

Il était épuisé ; il se tut et s'assoupit. Le lendemain matin, il était mort.

Buffier était mort sans penser trahir la Société. Il avait utilisé à fond toutes les possibilités permises par la restriction mentale, cet exercice de casuistique qui permet de mentir sans fauter, en complétant par la pensée une phrase exprimée, mais inexacte, tout cela pour la bonne cause. Il avait voulu oublier les objectifs de sa mission véritable en Inde et en Chine pour se cantonner au sort des deux orphelins et à la préservation de leurs âmes, comme de leurs vies. Il avait interprété son rêve comme une intervention divine pour protéger les enfants. Dans les derniers jours de sa vie, sa pensée et son imagination s'étaient entièrement mobilisées pour leur sauvegarde et leur salut. En dépit de ses conseils et son aide prodigués avec la meilleure volonté et toute son expérience, il demeurait très pessimiste sur leur avenir.

Son corps, suivant l'usage, fut envoyé par le fond. La cérémonie fut très simple. Solange tenait Jean par la main. Ils baissaient la tête et regardaient leurs larmes tomber sur les planches du pont.

Plus tard, quand ils furent seuls, Solange et Jean cherchèrent à comprendre le sens des phrases énigmatiques de Buffier : « Ne cédez pas les ballots de chaussures sans en avoir déterminé leur vraie valeur et compris pourquoi elles valent si cher» et « Ce n'est pas la cargaison de chaussures qu'il faudra vendre, mais ce qu'elle recèle. »

Jean dit un soir à sa sœur : « c'est curieux ; ces chaussures, on en a vu des pareilles déjà au château du duc de Charost, qu'ont-elles de si particulier ? »

Solange regarda son frère avec étonnement.

— Tu as raison Jean. Pourrais-tu apporter discrètement un des ballots dans la cabine ?

Les enfants déballèrent le colis qui contenait plusieurs dizaines de paires de souliers en cuir à fort talon en bois. Le cuir était finement ouvragé et de bonne qualité. Rassurés, ils virent que la peau n'était nullement moisie. Ils examinèrent les sabots sous toutes leurs facettes.

Solange en chaussa une paire dans le but que la femme du directeur de la Compagnie les aperçoive à ses pieds. Elle avait pu remarquer que les femmes étaient à l'époque, en tout lieu et en toute situation, curieuses de toilettes et promptes à parler mode. Elle ne se trompait pas.

— Tiens vous portez ces chaussures ! J'en ai au moins cinq paires, avec exactement le même motif ouvragé sur le devant. C'est de la bonne qualité et elles font fureur à Paris et aussi en province. Leur haut talon met bien en valeur la cheville ; les vôtres se différencient des miennes par leur talon plus large ; elles doivent permettre de mieux garder l'équilibre.

Le capitaine intervint.

— On en envoie des milliers de paires comme celles-là en Europe. Vous savez ma jeune amie, malgré tous les efforts de Colbert pour les produire en France, c'est encore en Chine et en Inde qu'on peut acheter les plus belles étoffes que ce soient les cotonnades, les soies, les indiennes, les taffetas, les velours. Et ce qui est vrai pour les tissus l'est également pour les laques, les chaussures et la porcelaine. Imaginez-vous que malgré tous les frais de ce transport interminable et plein d'aléas et la prise en compte des marges énormes de nos commerçants, l'Europe est inondée de ces marchandises. Pas étonnant alors que nos métaux précieux et nos matières premières aillent se perdre en Inde et en Chine. Voilà où finit le pillage de l'Amérique par les Espagnols, les richesses fabuleuses permises par le commerce triangulaire. Si cela continue, lorsque l'or et l'argent seront épuisés en Europe, nous en viendrons, comme les Africains, à vendre nos enfants en esclavage pour que nos belles puissent s'exhiber aux Tuileries, le cou orné d'un châle de soie ! Et avec aux pieds, des souliers précieux !

Solange revint pensive à sa cabine. Elle enleva les chaussures, les posa et réfléchit en les scrutant. Elle en saisit une, la soupesa et la secoua : aucun effet. Elle continua à l'examiner en silence. Si ces chaussures avaient un prix élevé, elles n'avaient rien d'exceptionnel permettant de justifier les avertissements de Buffier, les crimes et les dangers qui les entouraient. Or le Jésuite avait dit que c'était ce qu'elles contenaient qui avait de la valeur.

Elle prit alors un couteau et commença à mettre une chaussure en morceaux. Bientôt il ne resta plus que des lambeaux de cuir déchirés et le talon en bois. Elle n'avait rien trouvé. Elle ne savait pas d'ailleurs ce qu'elle cherchait. Elle regarda le talon et s'aperçut qu'il n'était pas fait d'une seule pièce de bois, mais de deux collées l'une à l'autre. Elle chercha à séparer les deux parties, sans succès. Elle demanda à Jean s'il pouvait dénicher un outil propre à casser ou fendre le talon.

Jean eut tôt fait de revenir avec une petite hache et une masse. Le talon rendit son secret : une petite niche creusée à l'intérieur, où emballées dans du papier et de la toile, brillaient trois belles pierres précieuses. L'ensemble occupait complètement l'espace de la niche.

Les enfants se regardèrent ; tout de suite ils ouvrirent l'autre chaussure et même découverte ! Quatre pierres un peu plus petites étaient logées entre la semelle et le reste du talon.

Jean et Solange ne dirent pas un mot ; leurs yeux étincelaient comme les sept pierres qu'ils venaient de découvrir. Ils restèrent silencieux. Que faire ? D'abord ne rien laisser paraître. L'heure était venue de rejoindre la table du souper. Solange regarda Jean et mit son doigt sur la bouche. Jean acquiesça.

Après le repas, la nuit était tombée, et il n'était pas temps de s'agiter ou faire du bruit. Solange eut du mal à s'endormir : beaucoup d'idées se mélangeaient dans sa tête. Il faisait trop chaud, elle se tourna toute la nuit sur sa couchette.

Le lendemain avec Jean elle commença à ouvrir les autres chaussures du colis ; les cinquante paires contenues leur donnèrent cent cinquante-sept petits cailloux étincelants qu'ils mirent sans mot dire dans un bas de Solange. Les jours suivants, tous les colis furent explorés et ils avaient quatre bas rebondis, fermés avec des ficelles et bien calés au fond de la malle de voyage.

Les pierres étaient de grosseur respectable ; il y en avait une qui était sans commune mesure avec les autres ; grosse comme un abricot et, contrairement aux autres, elle était déjà taillée.

Jean faisait les voyages de la cale à leur cabine pour apporter les autres paquets. Aux marins interrogatifs sur leur manège, ils expliquèrent qu'ils devaient trier le contenu des ballots, car l'humidité avait fini par se mettre dedans et le cuir était moisi. Ils refusèrent les propositions de matelots, ou même d'officiers, de porter les paquets et de les défaire directement sur le pont et leur épargner la peine de ce transport.

Après examen, tous les ballots de chaussures furent jetés dans l'océan, non sans avoir été refermés au préalable.

Le capitaine était désolé pour Solange et Jean. Que leur restait-il ? De l'argent de la dot et de la bourse de son mari, une misère. Des cinq colis d'étoffes restants, il ne fallait pas attendre un miracle.

On arriva à Lorient. Le temps était venu de se dire adieu.

Le capitaine, brave homme dont Solange et Jean auraient pu être les enfants, était ému et demanda s'il pouvait faire quelque chose pour eux. La question tombait bien pour Solange :

— Monsieur, je vous remercie infiniment de la peine que vous avez prise à nous protéger mon frère et moi. Nous allons nous quitter, et oui, j'ai un service à vous demander. Dans la bourse de mon défunt mari, il y avait une petite pierre dont je ne connais pas l'origine. Si elle avait une quelconque valeur, elle nous permettrait de nous assurer des conditions convenables de retour dans mon pays. Nous ne sommes que des enfants et nous ne saurions négocier cette pierre sans risquer de nous faire voler. Je vous supplie de bien vouloir assurer ce service pour nous.

Le capitaine examina la pierre. Il dit que c'était un fort beau petit diamant.

— Comptez sur moi ! si cette pierre a une valeur je la négocierai comme pour moi.

— Je vous en rends grâce, et j'ai un autre service à vous demander : le Père Buffier a écrit une lettre pour un commerçant de ses connaissances à qui il demandait de faciliter le débarquement de nos colis. Vous serait-il possible de lui remettre ce pli ?

Le lendemain, le capitaine remit à Solange le montant exact du prix négocié soit quinze cents livres, avec deux cents livres supplémentaires pour les ballots de toiles rescapés de la traversée qu'il s'était spontanément proposé de vendre pour eux.

Les enfants, à ce moment, prirent conscience de la valeur immense des quatre bas qu'ils avaient serrés au fond de leur malle. De tous les diamants, celui qui avait été vendu était le plus petit.

Mais rien dans leur contenance ne permit de déceler la moindre émotion. Les leçons de Buffier avaient été bien entendues.

Le capitaine n'avait pas eu besoin de chercher le destinataire de la lettre préparée par Buffier. Le sieur Mouillebec était sur le quai à l'arrivée de l'Écueil. Il était le représentant de la Compagnie et à ce titre veillait au déchargement de la cargaison.

Mouillebec était le petit-fils de la vieille, celle qui s'était enfuie et avait caché et protégé la petite Geneviève quand la Denise avait été brûlée. Bien avant ce drame, le mari de la vieille, le grand-père de ce Mouillebec, avait été condamné comme faux-saunier aux galères. Sa peine purgée, il s'était engagé dans une plantation à Saint-Domingue pour trois ans. Autrement dit, esclave à temps limité. Il avait eu un enfant d'une quarteronne puis s'était installé comme planteur de tabac, à une époque où cette culture permettait encore de gagner de l'argent. Il avait refait sa vie.

Son fils l'avait d'abord aidé, puis s'était installé au Cap-Français comme commis aux écritures de la Compagnie des Indes qui venait de gagner dans les Iles sous le Vent les mêmes privilèges qu'elle avait dans les Indes orientales. À son tour il s'était marié avec une créole blanche et ils avaient eu plusieurs enfants, dont notre Mouillebec, employé à Lorient.

Ce dernier, enfant, s'était fait remarquer par les Jésuites qui, avec les Capucins, se partageaient les Paroisses de Saint-Domingue. Il passa par leur enseignement et fut envoyé pensionnaire à Paris au collège Louis le Grand. Comme Delort, il était destiné à devenir ecclésiastique, et contrairement à lui, il était révolté par sa situation de pauvre parmi les riches enfants. Il resta un enfant solitaire. Son emploi de syndic et donc de délateur de ses condisciples, il l'exerça sans états d'âme. On se méfiait de Mouillebec. Certains enfants créoles, comme lui, se moquèrent de ses origines, ce qui l'humilia encore davantage. Si sa peau était blanche, son nez droit, ses cheveux crépus trahissaient un métissage impossible à renier devant les impitoyables et méchants petits créoles qui connaissaient sa famille. Son caractère s'en ressentit. Il était intelligent, sans scrupules, mais peureux et donc dangereux. Les Jésuites, habiles à découvrir la personnalité des enfants, s'en rendirent compte. Ils renoncèrent à en faire un religieux. En revanche, ils le conservèrent dans leur réseau de relations. Ils firent en sorte de le faire employer par la Compagnie des Indes à Lorient où, à l'occasion, il travaillait à passer en contrebande des marchandises de la Société de Jésus. Bien sûr, il trafiquait aussi pour son compte.

Sa place lui permettait d'être au courant des différents trafics, corruptions et détournements au préjudice de la Compagnie. Comme beaucoup d'autres employés, il savait en tirer parti et ne pas dénoncer une irrégularité, en contrepartie d'une « petite gratification ». Dans ces conditions, très peu de fraudes étaient redressées. La situation financière de Mouillebec était florissante, étonnante en comparaison de son faible salaire.

Il avait aussi eu vent que parfois les saints trafics des Jésuites changeaient de dimension. Ainsi selon ses informations, quelques années auparavant, ils ne s'étaient pas contentés de faire passer en fraude des colis d'étoffes ou de vêtements : ils étaient parvenus à introduire des pierres précieuses dans des talons de chaussures !

À l'époque, il se souvenait avoir repéré et vu passer ces ballots de chaussures. Aujourd'hui, il s'en voulait encore d'avoir laissé échapper sa commission sur une aussi riche cargaison. Aussi, il surveillait toutes les arrivées des bateaux en provenance des Indes, avec l'idée fixe que tôt ou tard, un nouveau trésor dissimulé se présenterait, et qu'alors, il ne le raterait pas. Ce jour-là, il était particulièrement aux aguets, car du fait de la guerre avec les Anglais, l'Écueil était le premier navire en provenance de Pondichéry à se présenter à Lorient depuis fort longtemps.

Le capitaine en remettant la lettre du Père Buffier à Mouillebec lui expliqua en quelques mots l'histoire du voyage, des colis de Solange, la mort du Jésuite que la lettre d'ailleurs annonçait.

Mouillebec examina les livres de l'Écueil qui retraçait toutes les marchandises chargées, y compris les ballots de chaussures appartenant à Solange. Mouillebec, sans lui reprocher cette incartade au règlement, demanda au capitaine des détails. L'autre lui expliqua une affaire emberlificotée : les deux enfants, d'Entraigues et ses aventures, le mariage arrangé, la mort d'Entraigues.

Le lendemain, Solange et Jean partirent par le coche pour Paris. Dans le relais de poste, deux yeux observèrent avec beaucoup d'attention les passagers qui s'embarquaient, et surtout les deux enfants, que le capitaine de l'Écueil embrassait avec émotion.

C'était Mouillebec. Il resta à les fixer à distance pour marquer leur image dans sa tête ; ce n'était pas simple. Solange et Jean suivaient les conseils de Buffier : se fondre dans la foule. Ils étaient très sobrement habillés. Elle avait un fichu sur la tête et les cheveux flamboyants de Jean étaient cachés par un bonnet. Il vint vers eux, se présenta en disant qu'il était désolé de ce qui était arrivé à Buffier et aussi à leurs biens ; il dit être à leur disposition pour les aider. Solange avait décelé de la fourberie dans sa voix. Elle garda les yeux baissés, bredouilla tristement un remerciement et saisit Jean par la main pour monter dans le coche. Mouillebec avait remarqué qu'à part une malle de dimensions modestes, ils n'avaient guère de bagages.

Mouillebec avait été très étonné de ces ballots de chaussures ; mais outre que pour lui, les Jésuites étaient bien trop malins pour recommencer une expédition de pierres précieuses exactement dans les mêmes conditions que par le passé, jamais, il n'aurait pu imaginer que ces enfants abandonnés auraient pu être détenteurs des diamants.

Le lendemain, il apprit par hasard par un autre négociant que le capitaine lui avait vendu un diamant.

Avec un calme apparent, il réinterrogea le capitaine à l'occasion d'une « rencontre impromptue » dans un cabaret. Le patron de l'Écueil ne fit aucune difficulté à lui avouer que la vente de la pierre précieuse avait été faite pour le compte des enfants. Il apprit aussi d'autres épisodes : la décision imprévue du Jésuite Buffier (décidément, ce nom lui disait vaguement quelque chose) de renoncer à son voyage en Chine et de rentrer immédiatement en France à la mort d'Entraigues, les colis de chaussures jetés à la mer après avoir transité par la cabine des enfants — à la surprise d'ailleurs du capitaine («ces enfants avaient de drôles d'idées et se sont donné beaucoup de mal pour rien »). Mouillebec s'était fait son opinion et était fou de rage contenue : une nouvelle fois, une fortune lui échappait.

Mouillebec posa alors mille autres questions et parmi elles, il s'intéressa à la destination finale des enfants. Le capitaine, bien innocemment, lui rapporta qu'ils comptaient retourner dans le Berry, leur pays natal. Plusieurs fois, lors de leurs leçons avec Buffier, il les avait entendus parler d'une bourgade appelée Mareuil ou Mareil, il n'en était pas sûr, situé à égale distance entre deux bourgades appelées Lignières et Châteauneuf-sur-Cher.

Au nom de Mareuil, Mouillebec ne dit rien, mais un de ses sourcils se releva.

Deux jours après, un matin, le corps du capitaine était retrouvé flottant dans le port de Lorient. On considéra qu'il avait dû trébucher en revenant seul, un peu ivre, au milieu de la nuit dans son bateau ; il s'était alors assommé en heurtant le bord d'une barque de pêcheur et s'était noyé.

En route vers Saint-Domingue

À leur arrivée à Paris, les deux enfants avaient été hébergés par les Dominicains des Missions étrangères. Buffier avait jugé préférable de distendre les relations entre Solange et la Société de Jésus en profitant de ses amitiés parmi les autres congrégations.

Logés rue du Bac, ils avaient préparé l'avenir, conseillés par un homme d'Église aux yeux pétillants de malice et rond comme une barrique. Ce brave religieux s'appelait le Père Duroc. Il ne leur lut jamais précisément la lettre que Buffier lui avait écrite, mais Solange constata que tout ce qu'il proposait allait dans la droite ligne des préconisations du Jésuite sur le bateau.

Jean devait aller en Italie et Solange à Saint-Domingue, le temps de se faire oublier. Pour Jean, la destination était l'école de chant sacré de la Chapelle Sixtine à Rome. Plus tard, ce serait Venise pour se former à l'opéra italien qui commençait à faire fureur en France. Il faudrait compter au moins trois ans de séjour en Italie.

— Personne ne se moquera de ta voix, il y a plein de jeunes castrats dans cette école. Attends-toi à devoir travailler très dur : avant de commencer à chanter réellement, tu devras apprendre le solfège, contrôler ta respiration, vocaliser sur des voyelles, maîtriser les trilles et d'autres exercices, savoir prononcer, articuler les mots. Alors seulement tu pourras commencer à envisager de chanter : d'abord les madrigaux et les airs d'église, puis les cantates et enfin les airs de théâtre. Il faudra évidemment que tu apprennes aussi l'italien.

Jean, s'il était encore fragile, avait pris confiance en lui pendant les trois dernières années. Les voyages et les leçons de Buffier lui avaient ouvert l'esprit peut-être encore plus que Solange. Lui qui était hors du monde, qui s'était exclu du monde, y rentrait. Lui qui vivait accroché à sa sœur, il s'était fait à l'idée de vivre sans elle, et même d'une certaine manière, il le souhaitait. Quand Solange se dévoua corps et âme pour le chevalier. Il avait découvert une femme inconnue qui lui échappait et en avait conçu de la jalousie : il n'était plus l'objet exclusif de l'amour de cette sœur qui le protégeait et le maternait. Si d'Entraigues était mort, il ne pouvait douter qu'un jour elle s'attacherait à nouveau à un autre, et alors il le devinait, il deviendrait un poids pour elle et il ne le supporterait pas. Ce voyage à Rome était aussi le moyen d'assouvir sa passion pour la musique et le chant ! Alors cette séparation apparaissait moins intolérable.

Pour Solange, c'était beaucoup plus simple : elle irait dans la famille maternelle de son mari à Saint-Domingue.

Il fallait de l'argent. Le Père Duroc fut sur ce domaine d'une grande délicatesse.

— Le Père Buffier me dit dans sa lettre que vous disposez de quelques pierres précieuses. Il me demande de les négocier pour votre compte. Je vous propose donc de vendre ces pierres et de vous fournir des lettres de change dont vous serez les bénéficiaires et qui pourront être tirées chez nos correspondants à Saint-Domingue et en Italie. Au préalable, Il faudrait que vous me montriez ces diamants pour qu'on puisse les évaluer.

Solange rendit grâce à Buffier d'avoir pris le temps de lui expliquer la signification de ce charabia. Malgré la confiance que lui inspirait Duroc, elle suivit les strictes consignes de prudence du Jésuite : ne sachant pas ce que son interlocuteur connaissait de sa fortune, elle feignit l'inquiétude :

— Hélas, je ne suis pas sûre de disposer d'assez de pierres pour pouvoir régler toutes ces dépenses. Mon Père, à combien estimez-vous l'ensemble des sommes nécessaires pour régler notre entretien pendant ces années où nous serons séparés ?

À son grand soulagement, le Père Duroc ne chercha pas à être indiscret :

— Il faut au moins compter quinze mille livres pour Jean, beaucoup moins pour vous, peut-être cinq mille en comptant le voyage.

— J'espère que ces deux pierres seront suffisantes, car sinon, je ne sais comment nous ferons.

Il se trouva que les deux pierres furent achetées quarante-sept mille livres. Duroc négocia des traites chez Halbmeyer, rue Thibotodée et chez Judden rue Saint-Martin. Les lettres de change étaient de quinze cents livres chacune (il faut toujours éviter d'apparaître trop riche quand on est faible), tirables auprès de divers marchands ou banquiers de Bordeaux, Lyon, de Cap-Français et Léogane à Saint-Domingue, Rome et Venise en Italie. Le reliquat, soit plus de vingt mille livres, restait placé aux Missions et assurerait au retour de Solange et Jean un petit pécule. Le Père ne sembla ni surpris de la qualité des deux diamants vendus, ni ne s'intéressa à l'existence éventuelle d'autres pierres. La mine réjouie, il se contenta d'ajouter :

— Vous remarquerez que tous les tirés des lettres de change sont israélites. C'est un gage de sécurité : ils craignent trop l'Église pour faire défaut.

On s'occupa du voyage de Jean ; on lui présenta un séminariste qui devait se rendre avec lui à Rome ; pour la première fois, Jean se lia d'amitié. Outre le latin, le séminariste parlait aussi italien et au moins les premiers mois, il pourrait servir d'interprète. Il était prévu que Jean aurait une chambre particulière dans l'enceinte du séminaire français de Rome, situé non loin de son école de chant. Jean avait maintenant la fièvre du départ.

Il fut convenu avec son frère que Solange garderait l'intégralité des diamants en attendant leurs retrouvailles ; de toute façon, dans un avenir prévisible, il était exclu d'en faire quoi que ce soit, sauf de les dissimuler.

La séparation de Solange et Jean fut déchirante. Le séminariste jura à Solange qu'il veillerait sur Jean comme un frère. Il était prévu qu'ils échangeraient des lettres par l'intermédiaire du Père Duroc.

Le voyage vers Saint-Domingue surprit Solange par sa rapidité relative : moins d'un mois, rien à voir avec son précédent périple aux Indes Orientales.

Néanmoins, le temps sur mer lui avait paru fort long : elle avait laissé Jean à terre et son absence créait un vide et une douleur dont elle ne s'était pas imaginé la profondeur. Par ailleurs, elle ne bénéficiait plus pour s'occuper de l'enseignement du Père Buffier. Cette navigation ne présentait pas non plus l'excitation du premier voyage.

Dans le navire avait pris place une volée de jeunes filles qui revenaient de leur pensionnat en France. Ensemble, elles avaient quelque chose d'une basse-cour caquetante. Son âge aurait dû la rapprocher d'elles. Mais elles étaient insupportables. Des têtes de linotte, des pimbêches auxquelles tout était dû et qui épuisaient leurs gouvernantes par leurs caprices incessants et contradictoires.

Leurs conversations étaient d'un vide absolu. Elles pouffaient en évoquant le regard, selon le cas appuyé, moqueur ou languissant d'un garçon ou, mieux, d'un homme, et la façon d'y répondre : indifférence, impatience, colère ou alors laisser de l'espoir et créer l'intérêt ? Elles entamaient des gloses interminables sur le dernier colifichet à la mode, la qualité d'une poudre pour les joues, les couleurs de rubans ; leurs discussions décousues passaient ensuite sans transition à des souvenirs frivoles de Saint-Domingue ou à leur institution religieuse en France.

On ne pouvait pas dire qu'elles paraissaient méchantes, mais elles étaient d'une légèreté déconcertante. À un moment, elles évoquaient avec amusement le supplice infligé à tel de leurs esclaves pour une peccadille et, tout de suite après, se mettaient à sangloter sur la mort d'un petit chien.

Elles aguichaient et affolaient les matelots, espérant en secret qu'un de ces malheureux se perdrait pour l'une d'entre elles ; sans suite pour la fille, suffisamment pour condamner le coupable à une sévère punition qui apporterait un intérêt à cette traversée.

Non, Solange n'avait rien à leur dire et leur avait préféré la compagnie de personnes plus âgées.

Des officiers, des hommes d'Église, des propriétaires qui retournaient dans leurs plantations. Plus d'hommes que de femmes : ces dernières trop superficielles. Elle avait pris goût à l'acquisition de connaissances sérieuses, alors que le centre d'intérêt de la majeure partie de ces femmes se limitait à la détermination précise de la qualité et de la fortune de celui qui pourrait un jour prétendre épouser une de leurs filles. En vérité, le babillage des mères n'était que la continuation vieillie du caquetage de leur progéniture. En les observant, Solange se demandait parfois si la femme était bien l'égale de l'homme.

Solange avait décidé de rester extrêmement réservée. Quand à table, elle dit une fois qu'à Saint-Domingue, elle comptait aller chez Monsieur Godefroy, plusieurs montrèrent leur étonnement par un « Eh bien ! » et la fixèrent en silence avec un sourire dont Solange ne parvint pas à savoir s'il était d'admiration ou de crainte. À partir de ce jour, elle eut l'impression qu'on la regardait comme un animal curieux. Elle se fit encore plus distante.

Solange était comme souvent seule et pensive en ce dernier jour de traversée. Le bateau longeait la côte nord de Saint-Domingue.

Après les orages impressionnants de la soirée et de la première partie de la nuit, le ciel s'était calmé. Elle était restée sur le pont. La nuit avait découvert des milliers d'étoiles et, avec la lune, elles éclairaient la côte de la grande île qui apparaissait comme une muraille de montagnes sombres aux sommets irréguliers.

Elle avait connu le nom de cette île à travers la géographie de Buffier :

— *À qui est Saint-Domingue, la plus grande des Antilles, et qui a bien 400 lieues de circuit ?*

— *La plus grande partie est aux Espagnols ; elle a pour capitale Saint-Domingue, archevêché, le reste est aux Français.*
Elle porte beaucoup de sucre et de gingembre ; les animaux à quatre pieds qu'on y a portés d'Europe, s'y multiplient fort, et y ont comme détruit les autres espèces d'animaux.

— *Quel éclat jette les yeux d'une escarboucle qui s'y trouve ?*

— *Une lumière si éclatante dit-on, qu'elle suffit pour lire et pour écrire pendant la nuit.*

L'escarboucle : la pierre brillante, l'œil de la Vouivre, ce même serpent démoniaque qui poursuivait Solange et Jean dans des grottes abyssales. Cauchemars qui suivaient ces histoires terribles racontées le soir par la vieille, à la lueur tremblante des dernières flammes de l'âtre, à ces tout petits enfants ravis et épouvantés avant de se coucher.

Ce passé lui semblait une éternité ! Pourtant, il y a cinq ans, elle était encore à Beauvoir, et jamais alors elle n'aurait pu imaginer les aventures qu'elle avait menées depuis.

Aujourd'hui, ces quelques phrases de précis de géographie de Buffier sur Saint-Domingue ne lui avaient pas suffi ; et avant de partir, elle s'était procuré les récits de voyage du Père Charlevoix et du Père Labat. Elle avait acquis une connaissance approfondie des îles américaines. Mais inutile de faire la maligne et de montrer sa science.

Maintenant ses pensées vagabondes l'avaient amenée à réfléchir à son destin. Les autres peuvent rester à leur place, Solange elle, bouge sans cesse, empruntant un parcours secret. Elle n'est plus la même Solange.

Le Jésuite est mort, son mari est mort, comme a disparu la Solange qu'ils ont connue. Son destin est de se trouver seule à savoir qui elle est.

Pas question d'être découverte par les chasseurs de diamants, pas question non plus d'être reconnue par tous ces ricaneurs de Mareuil. Combien de temps faudra-t-il continuer ainsi ?

Il reste Jean, Jean qui est loin, qui ne peut être avec elle. Trop dangereux, trop voyant. Elle reste inquiète pour son frère et, à ce sentiment, se mêle la culpabilité de l'avoir laissé partir.

Aujourd'hui éduquée, dotée de moyens de subsistance assurés, était-elle en mesure de mieux maîtriser le cours futur de son existence ? Dieu l'avait éprouvée, Dieu lui avait proposé un destin singulier. Buffier dans ses leçons lui avait fait lire l'Ancien Testament : l'histoire de Job. Si Dieu décidait de la mettre à nouveau à l'épreuve, elle savait qu'elle avait en elle la force d'y répondre. Et s'il devait se désintéresser d'elle ? Qu'est-ce que cela voudrait dire, se désintéresser d'elle ? Lui laisser vivre une existence sereine ? Sans inquiétude, sans misère ? Fonder une famille ? Comment éviter de tomber sous la coupe d'un mari : la femme inférieure ou du moins subordonnée à l'homme. Solange n'a guère envie de rentrer dans le rang. Une nouvelle épreuve.

Le Père Buffier lui a bien expliqué combien la situation d'une femme est précaire. Elle se remémora ses leçons : éternelle mineure, d'abord de son père, puis de son mari. Sa destinée serait de se soumettre à l'homme ? Et pourquoi donc ? Parce qu'Eve aurait incité Adam à manger le fruit de l'Arbre de la Sagesse et à désobéir à Dieu ? Et il faudrait s'incliner devant ce grand nigaud d'Adam qui n'avait pas eu la jugeote de discuter ou le courage de dire non ? Ces théologiens qui décrètent leurs vérités sont des hommes. Quand on est le plus fort, on trouve toujours de bonnes raisons pour justifier l'injustice !

En attendant, si elle a semé ses dangereux poursuivants, si elle est bien une inconnue, elle reste seule et cela crée pour elle un nouveau danger. Pauvre ou riche, elle ne peut demeurer isolée, sans appui. Si jusqu'à présent certains pouvaient s'apitoyer sur sa situation de jeune orpheline, demain, femme non mariée, elle sera de plus en plus une tentation, une proie et sera d'autant moins soutenue par les gens honnêtes (ceux dont elle a le plus besoin !) : pour eux, sa situation apparaîtra comme suspecte, voire contre nature.

Pourtant Solange hésite à se mettre dans les rets d'un homme.

— Avant de me plier aux volontés d'un homme, il faudra que je l'aime et que je puisse l'admirer. Jusqu'à présent les hommes ne m'ont pas beaucoup impressionnée. Ceux à qui je reconnaissais de la valeur sont morts. Les autres : des lâches, des ivrognes, des veules, des incapables, des jouisseurs. Il y a bien mon pauvre Jean si courageux et qui a enduré plus d'épreuves que moi et que j'aime par-dessus tout, mais il ne sera jamais un homme. Il y a bien le curé Delort ; lui, il a renoncé à être un homme, ou au moins à avoir une vie dans le monde.

Ma fille, il te faut un protecteur, un homme qui sera fidèle et te donnera des enfants d'amour ! Un homme qui t'aime sincèrement, en qui tu puisses avoir une confiance aveugle, avec qui tu puisses converser simplement avec tes yeux sans ouvrir la bouche.

Ses idées passaient de la réflexion à la prière, ou plutôt à l'invocation de Dieu, de la Vierge : Buffier en lui apprenant à lire, l'avait convertie. Depuis et plus encore maintenant, elle Lui parlait, Lui demandait conseil, cherchait Son soutien.

Elle se souvint du jeune Audenay qui l'avait regardée à la quintaine d'une manière différente des autres jeunes. « Qui es-tu Solange ? », avait-il semblé dire. Dans ses yeux, elle avait lu l'amitié, la consolation, la charité. Il n'avait pas ce regard figé et stupide du taureau, qui pour tout préambule amoureux, approche son mufle du cul de la génisse qu'il croit chaude.

Mais ne se trompait-elle pas ? Était-il vraiment différent des autres ? En tout cas, il était bien loin d'elle aujourd'hui.

Pendant ses rêveries, à côté d'elle, un vieil officier, qui n'était pas de service, commentait le paysage au fil du lent passage du navire.

— Il faut rester un peu au large, il y a beaucoup de récifs près de la côte. Nous sommes encore face à la partie espagnole de l'île.

— On ne voit aucun feu ; n'est-elle pas habitée ?

— Très peu, cette région était très peuplée quand Christophe Colomb a découvert Hispaniola. L'appât du gain a poussé les Espagnols ailleurs dès qu'ils ont eu terminé de piller le pays et de massacrer les Indiens. Aujourd'hui il n'y a plus d'Indiens et il ne reste que quelques éleveurs qui vendent leur bétail aux habitants de la partie française. Il est frappant de constater la différence d'activité et de richesses entre les deux parties.

Le bateau poursuivait son cheminement paisible. Sous le clair de lune, on voyait parfois une écume blanche éclabousser les récifs dans un déferlement bruyant.

— Nous avons passé la baie de Mancenille, et la baie de Caracol. Nous sommes en face de la partie française de Saint-Domingue. Il y a cent ans, les Français n'étaient qu'une poignée et étaient établis sur l'île de la Tortue au large d'ici. Rien de bien brillant : des boucaniers, autant dire des chasseurs de bœufs sauvages qui écorchaient les bêtes et fumaient leur viande. Plus tard il y a eu les flibustiers : des brutes et des criminels pour lesquels aucun coup de main n'était trop audacieux. Monsieur Godefroy, chez qui vous vous rendez, est un témoin de ces équipées sauvages.

Les survivants des batailles se sont installés et se sont assagis. Ils se sont mis à cultiver du tabac, de l'indigo et, plus récemment du sucre. Établissements bien moins dangereux que la flibuste et sûrement plus lucratifs. Leurs enfants se sont bien alanguis ; ils se complaisent dans le confort et ont perdu le goût du combat. Ces délicates jeunes écervelées sur notre bateau sont les petites-filles de ces personnages hauts en couleur qui pillaient, violaient et massacraient et qui, quand ils survivaient à leurs assauts insensés, faisaient des orgies épouvantables et dilapidaient en une nuit les fortunes gagnées dans le sang.

De temps en temps, on distinguait des habitations isolées et parfois une lumière.

— Une sucrerie dit l'officier, on est en plein dans la saison de la production ; tout à l'heure si le vent est bien orienté, on sentira l'odeur suave de ce qui fait aujourd'hui la fortune et la folie de l'île. Nous dépassons le quartier Morin et la Petite Anse. Nous mouillerons avant le jour près du Cap-Français.

Au petit matin, une barque amena un pilote. Il prit la direction du bâtiment qui emprunta la Grande Passe, entre les récifs du Grand Mouton et Coquevieille.

Le vieil officier continuait son soliloque. Ou alors, s'adressait-il à Solange ?

— Coquevieille, ce nom rappelle l'épave d'un navire échoué dont le capitaine avait mal apprécié les hauts fonds. Ces récifs sont encore moins repérables depuis que les mangliers[43] qui les couvraient ont été abattus et que des habitants ont extrait la roche superficielle. Heureusement, les brisants ont été coiffés d'un pavillon rouge ; autrement ils ne seraient pas discernables à marée haute.

Une fois au mouillage, le capitaine descendit dans la chaloupe avec le pilote : la règle voulait qu'avant toute chose, il aille saluer le gouverneur et apporte la poste, c'est-à-dire le sac scellé qui contenait les lettres en provenance de France. Les passagers étaient très excités. Les jeunes filles semblaient piailler encore un ton plus haut que d'habitude ; ce matin elles avaient mis de belles toilettes à la place des vêtements plus rustiques qu'elles portaient pendant le voyage. La matinée était joyeuse et ensoleillée. On avait oublié le mal de mer et l'inconfort du voyage.

Solange était, elle, moins impatiente. Du bateau, elle voyait le port avec ses dizaines de navires, de chaloupes et de bâtiments de pêche.

43 - Arbre des côtes basses équatoriales, constituant principal des mangroves (palétuvier)

La ville s'étalait sous des collines dont les sommets étaient boisés. Les maisons en maçonnerie étaient couvertes d'ardoises.

— Il s'agit de pierres et d'ardoises venues de Nantes comme fret de retour. La maison des Jésuites est située à l'arrière et à gauche de l'Église.

C'est donc vers le presbytère de la paroisse du Cap que Solange se dirigea, une fois qu'elle eut mis pied à terre. À l'époque, le Cap-Français était la ville la plus importante de Saint-Domingue et son développement était rapide. Beaucoup de maisons ou de bâtiments étaient en construction ; des quais, des darses étaient en chantier. Elle fut frappée du nombre des ouvriers noirs qui s'activaient sur le port. Certains d'entre eux montraient un dos nu lacéré d'horribles cicatrices. Ils étaient commandés par des contremaîtres également noirs ou mulâtres, habillés de manière voyante avec un ample chapeau surmonté d'une plume bigarrée. Solange n'observa pas longtemps le quai : aidée par un religieux, qui avait fait le voyage avec elle et qui allait dans la même direction, elle héla une charrette tirée par un mulet qui attendait et demanda à se rendre à la maison des Jésuites.

Là, Solange demanda à voir le Père Cabady. Après s'être présentée, elle lui présenta la lettre écrite sur l'Écueil par Buffier à son ami et qui avait été insérée dans l'enveloppe remise à Duroc :

Cher ami,

Avant de remettre mon âme dans les mains du Sauveur, je me permets de vous confier Solange, une orpheline dont la jeune vie a déjà été terriblement éprouvée. Ses souffrances et ses épreuves, elle a su y faire face avec courage, abnégation et charité. Elle a été mariée avec le chevalier d'Entraigues, petit-fils de Monsieur Godefroy, aux Indes orientales. Hélas, son mariage a été aussi court que la mort du Chevalier fut subite. Les maladies à Pondichéry comme à Saint-Domingue fauchent la jeunesse la plus prometteuse ! Elle est ainsi contrainte de rejoindre sa famille maternelle. Je vous demande de tout faire pour la protéger des assauts de nombreux prédateurs qui auraient tôt fait de s'intéresser à cette enfant vertueuse, mais désarmée face au monde. Elle mérite cette aide. Il me semble qu'il serait judicieux de faire disparaître toute trace du mariage qui n'a pas été consommé. Je vous laisse juge également de pouvoir vérifier si Solange n'est pas née à Saint-Domingue vers 1733.

Je vous en remercie d'avance et je vous demande comme grâce ultime de ne pas faire état de cette lettre à quiconque.

Le Père lut la lettre de Buffier et leva des yeux pleins d'affection pour Solange.

— Mademoiselle, je vous souhaite la bienvenue. Mon ami Buffier vous envoie ici. Sachez que sa confiance est bien placée et vous serez, pour moi, l'occasion de restituer un peu ce que ce grand homme m'a apporté. Il me dit que vous êtes de la famille de Monsieur Godefroy qui est un des bienfaiteurs de la paroisse. Je lui dois une visite après-demain. Je vous propose de vous joindre à moi. En attendant, vous serez logée chez les sœurs de la Charité.

Solange à Saint-Domingue

Godefroy décacheta le pli que lui avait remis Solange, le lut rapidement et la dévisagea.

— Ainsi vous êtes Solange ? Tu es Solange ?

Il était intrigué par cette fille. Selon la lettre écrite par Buffier, elle était de sa famille. Il la fixa avec insistance. Il examina l'acte de mariage qui était joint. Avec le Père Duroc, il avait été convenu qu'il n'était pas utile de mentionner la lettre royale organisant le mariage.

— Tu n'as pas d'enfant et pas de dot ; je comprends que tu n'intéresses pas du tout le père de ton mari !

— Non, Monsieur, le père a déshérité son fils, ce n'est pas pour accueillir sa veuve.

Il sourit, d'un sourire peu rassurant.

Godefroy avait les joues creuses, le visage couturé de cicatrices ; une balafre allait de l'œil à la bouche et lui donnait un rictus effrayant. On imaginait aisément que celui qui avait tenu la lame n'était plus de ce monde aujourd'hui. L'homme était âgé, mais robuste et encore souple. Son regard insistant l'évaluait, la jaugeait. Solange ne baissa pas les yeux. Pendant un instant, l'un et l'autre furent silencieux, se mesurant.

Un ancien flibustier, voilà chez qui elle avait été envoyée par Buffier. Un homme qui aurait à se justifier dans l'autre monde de nombre de crimes : équipages jetés par-dessus bord, femmes égorgées après avoir subi les derniers outrages, pillages d'églises. Un homme qui, s'il avait été capturé jadis par les Espagnols, aurait été pendu sur le champ sans jugement et sans rémission, heureux encore de ne pas être torturé avant.

Mais la flibuste, c'était terminé. Comme l'avait expliqué le vieil officier la veille de l'arrivée à Cap-Français, les temps devenaient un peu efféminés. Oui, ces auxiliaires brutaux, qui féroces montaient à l'assaut à un contre dix, avaient plusieurs fois sauvé la colonie. Mais, aujourd'hui, on voulait la paix avec les Anglais et les Espagnols pour bénéficier des immenses profits permis par les plantations. Les récits des horreurs pratiquées par les pirates étaient passés de mode et on n'était plus disposé à fermer les yeux devant leurs exactions.

Les troubles, qui avaient accompagné les protestations liées aux privilèges de la traite des Noirs accordés à la Compagnie des Indes vers 1720, avaient constitué les derniers soubresauts de cette population turbulente. Impossible de maintenir l'ordre et d'établir une colonie tant que subsisterait cet esprit indépendant si violent et si imprévisible des anciens pirates.

Ceux qui avaient survécu aux combats, à la vérole, au rhum et aux fièvres, s'étaient progressivement installés. La plupart dans la misère, après avoir dilapidé l'argent de leurs prises dans les tavernes et les bordels. Godefroy, qui avait participé au sac de Carthagène, avait conservé sa fortune et vivait du négoce. Contrairement à d'autres, il n'avait pas investi dans des sucreries. Pour lui, devenir entrepreneur sucrier conduisait à se fixer, à se corrompre. Ancien frère de la côte — une sorte de république formée de marins-citoyens de toutes couleurs et de toutes origines —, il ne se voyait pas devenir garde-chiourme de dizaines d'esclaves noirs. Et peu importe si, dans ses expéditions passées, un de ses buts de guerre avait été de voler des esclaves pour les revendre ensuite !

Il avait épousé une Créole de la Martinique. Leurs trois enfants n'avaient jamais enduré la faim ou les privations. Ils ne savaient pas la vraie signification du mot souffrance et, pour Godefroy, ils manquaient d'appétit et d'ambition. Chose surprenante, cet homme, si violent dans sa vie passée d'aventurier, était un mouton docile dans sa famille et passait tous leurs caprices à sa femme et ses enfants.

Ses deux fils n'avaient jamais pris un bateau à l'abordage. Pire, ils avaient le mal de mer ! Ces terriens, malgré ses objections, s'étaient laissé entraîner par leur mère et leurs femmes à la folie du moment : la culture du sucre. En dépit de ses préventions, assailli par les demandes réitérées de ses fils et de leurs épouses et craignant des disputes familiales, il s'était résigné à leur apporter les capitaux nécessaires au démarrage de sucreries : achat des esclaves (près de trois cents en tout), du bois et des machines, des cuves et des matières, ainsi que les fonds permettant le défrichement, la construction des bâtiments et des moulins, l'acquisition des ustensiles et puis, pendant deux ans, en attente de la première récolte, la nourriture et l'entretien des ouvriers. Il n'en n'était pas fier et voulait oublier cette capitulation.

Il avait marié sa fille à un administrateur des colonies, un comte désargenté pour qui une belle dot pouvait redorer le blason. Cet homme avait réussi à tourner la tête de sa fille adorée en parlant de son titre, de ses ancêtres glorieux, du monde merveilleux de Versailles, de ses ors et de ses fêtes. Plus tard on avait appris qu'il n'avait jamais eu accès à ce milieu, mais qui pouvait le contredire à l'époque ?

Ce gendre était un flibustier d'une nouvelle espèce, adaptée à son statut d'administrateur, de commis de la Compagnie. Tous les moyens étaient bons comme la prévarication, la captation de péages, le détournement de sommes d'argent réservées à la construction d'ouvrages publics, la dénonciation abusive de contrats d'affermage, la corruption d'arpenteurs en vue de récupérer tout ou partie de propriétés concédées. Il s'était allié à d'autres, aussi peu scrupuleux et tout à fait déterminés à se soutenir mutuellement pour s'enrichir le plus vite possible. Objectif facile à atteindre quand juges, police et affairistes agissent de concert. Sans risque physique et dans l'impunité.

Sa fille s'était vite désenchantée de son mari. Elle lui reprochait ses pratiques douteuses, honteuse des confidences de ses amies qui se plaignaient auprès d'elle. Lui la méprisait comme si elle avait été une indigène. Il avait commencé à l'insulter, lui reprochant ses origines : sa grand-mère n'était qu'une fille publique de Saint-Malo embarquée de force et vendue comme une esclave à l'île de la Tortue ! Il commença à la frapper devant sa domesticité. Godefroy eut vent de la chose et vint chez lui. Les esclaves n'entendirent que des mots épars de leur discussion à voix basse ; en tout cas, quand son beau-père fut parti, le comte était fort pâle et à partir de ce jour, il parla à sa femme avec respect.

Cette période ne dura guère, car elle eut le bon goût de mourir de fièvre dans l'année qui suivit. Veuf, son temps à la colonie était achevé. Son magot rassemblé, il était reparti fortune faite avec son fils, le chevalier d'Entraigues, alors un petit enfant. Il n'avait pas été regretté.

— Ainsi, dit Godefroy, mon petit-fils, votre mari est mort. Parlez-moi de lui. Quand il est parti en France, c'était un vrai diable qui exaspérait son père (il sourit) ; un vrai petit flibustier.

Solange était sobrement habillée, ses habits de deuil rendaient sa peau plus blanche ; sa taille affermie dans une robe cintrée d'étoffe bleu très sombre laissait deviner les formes d'une gorge maintenant prospère. À son cou, un diamant de taille modeste était accroché à une fine chaîne en argent.

Solange parla du chevalier. Elle conta tout ce qu'il avait pu lui dire de ses aventures aux Indes et avant : sa vie désordonnée, ses duels, son exil, ses voyages, ses missions, ses conquêtes amoureuses, les dangers auxquels il avait toujours aimé se trouver confronté.

Godefroy écoutait et dévorait des yeux la jeune fille. Une larme coulait de temps en temps des yeux du vieil homme : larmes de vieillard, larmes d'émotion ? Solange prit le parti de narrer l'intégralité de son histoire depuis son enfance jusqu'aux circonstances de son mariage avec d'Entraigues : si elle devait vivre sous son toit, il ne fallait rien lui cacher. Plus tard, elle se félicita de cette décision : cette confession complète lui avait permis de gagner immédiatement la confiance de Godefroy qui ne lui posa jamais plus de questions sur son passé.

Elle parla du retour d'Entraigues à Pondichéry, de sa maladie, de son assassinat, des chaussures, de leur contenu secret. Elle parla des diamants, de Buffier.

Godefroy était très ému. Il découvrait dans cette très jeune femme une personne d'une trempe exceptionnelle, bien différente de ses belles-filles ou, a fortiori, de ses petites filles, de jeunes évaporées, petites capricieuses sans colonne vertébrale, héritières dégénérées et avilies.

Il se livra à son tour, et lui confia des secrets qu'il avait toujours gardés pour lui. Mousse à huit ans sur le bateau de Michel le Basque. De tous les enfants embarqués à cette époque, il était le seul encore vivant, ayant résisté aux sévices, aux privations, aux combats. Spectateur et vite acteur d'abominations sans nom. Les assauts à un contre dix, les pratiques barbares. Un jour, pour récupérer des matelots prisonniers des Espagnols, il avait envoyé cinq têtes de soldats capturés, menaçant de tuer tous les autres. Il lui parla de naufrages, de semaines passées dans des barques à dériver et à mourir de soif, de longues marches exténuantes dans des marais infestés de bestioles répugnantes. Là, des camarades rendus fous préféraient agoniser, abandonnés sur le chemin, mais conserver jusqu'au dernier instant de vie leur mortel fardeau d'or.

Lui aussi avait un trésor caché : un magot, produit de quinze ans de pillages de bateaux de toutes nationalités, et également de quelques villes. Une fois promu chef de bande, il avait toujours respecté les règles de partage de la flibuste. Il s'était ainsi assuré la confiance de ses équipages, prêts à le suivre dans les plus folles équipées, sachant que même s'ils mouraient, leurs femmes et leurs enfants ne seraient pas oubliés et recevraient rigoureusement la part qui restait leur revenir.

À la différence de beaucoup de ses hommes, son lot, il ne l'avait pas flambé la nuit même de la rentrée au port. Eux, dans des bouges douteux, ils se laissaient dévaliser par des petits escrocs sans muscles à des tables de jeux louches. Puis des filles de mauvaise vie consolaient de leurs pertes ces brutes saoules, en épongeant leurs derniers doublons de huit et en leur refilant la vérole.

— Non ! Pas question de gaspiller ces richesses acquises au péril de ma vie et rendre sans violence leur argent aux frères et aux sœurs de ceux que j'avais dépouillés !

Il avait gardé, dissimulé dans un endroit connu de lui seul, de quoi vivre pendant plusieurs générations. Il s'était aussi acheté des biens en France : des terres et des immeubles. Le vieux flibustier s'était rangé et était devenu prudent avec l'âge.

— Non décidément, l'esclavage ce n'est pas pour moi !

Il avait compris que les temps changeaient, que le pouvoir royal s'établissait inexorablement, et que la machine administrative, comme un poulpe géant, commençait à enserrer de ses tentacules la joyeuse anarchie de sa jeunesse. En cinquante ans, le campement de l'île de la Tortue, point de départ des expéditions des pirates, avait disparu. De nombreux émigrants avaient colonisé la partie ouest de Saint-Domingue, juste en face de la Tortue. Malgré les expéditions des Espagnols et les maladies qui tuaient les nouveaux arrivants comme des mouches, les établissements côtiers se transformaient en bourgs et en villes. De nouveaux villages étaient créés dans les mornes, reconnus bientôt comme de nouvelles paroisses. Partout, de nouvelles concessions étaient octroyées : la folie du sucre de canne faisait miroiter l'or. Des profits extraordinaires étaient à la portée de celui qui avait quelques capitaux.

Godefroy avait calmé les ardeurs des plus excités des habitants lors des émeutes qui avaient suivi l'implantation forcée de la Compagnie dans le commerce de la colonie. Sans avoir le moindre pouvoir effectif, son âge et sa connaissance de l'histoire de l'île et des hommes qui la composaient faisaient de lui un homme respecté. Le Gouverneur Général et l'Intendant recherchaient volontiers son avis et ses conseils, l'un quand il s'agissait de fortifications des ports et l'autre sur certains arrêts concernant la police des villes ou des campagnes. Il faisait partie du Conseil Supérieur du Cap, une sorte de parlement.

Il s'était aussi fait un devoir de faire des donations charitables et notamment pour l'hôpital : un moyen peut-être de faire pardonner ses terribles péchés de jeunesse pour le jour où il aurait à affronter le Juge suprême.

Solange apprit plus tard qu'il était aussi membre de la loge Saint-Jean de Jérusalem d'Écosse, première loge fondée à Saint-Domingue par Monsieur Trutier, sous l'instigation de commerçants bordelais.

— La flibuste, c'est bien terminé !

Comme Solange, il ne voulait pas montrer qu'il avait de l'argent, beaucoup d'argent. À sa différence, lui était établi et ne se sentait nullement isolé et sans capacité de se défendre.

Solange expliqua le plan de Buffier pour les sauver : pour elle, aller à Saint-Domingue en la mettant d'abord sous la protection du Père Cabady, puis sous sa protection à lui Godefroy.

— Je ne connais pas le Père Buffier, mais j'apprécie le Père Cabady ; on peut compter sur lui. Maintenant, tu resteras avec moi. Tu es ma petite fille et je te reconnais comme telle.

C'est ainsi que Solange s'installa chez Godefroy.

Il vivait frugalement et, contrairement aux autres habitants riches, avec peu de serviteurs, et tous des noirs affranchis par lui et bien payés. Il n'était guère exigeant, ayant conservé de sa vie passée des habitudes très simples. Suivant la tradition de la flibuste, il s'assurait auprès de ses domestiques une fidélité aveugle et un dévouement sans limites. Leur intérêt était que Godefroy vive le plus longtemps possible, leur situation privilégiée étant précaire et entièrement dépendante de l'existence de Godefroy. Une fois mort, ses héritiers, préférant la main-d'œuvre servile, les enverraient à la rue.

Peu après le décès de son épouse, dix ans auparavant, il s'était mis en ménage avec Antoinette, une ancienne esclave. Dans la maison, c'était elle la patronne. Elle veillait à la cuisine et à l'accomplissement des tâches ménagères. Sa corpulence et son autorité n'étaient pas sans rappeler à Solange Madame Audenay à Sermelles, à la différence près qu'on entendait Antoinette arriver de loin, non pas accompagnée par un cliquetis de clés, mais par le chuintement feutré de ses pieds nus traînant sur le sol. Les domestiques aimaient Antoinette.

Antoinette et Godefroy étaient bien accordés ensemble et leur relation faite de tendresse et d'amour.

Pouvait-on d'ailleurs ne pas aimer Antoinette ? Pendant les années qu'elle passa chez Godefroy, Solange et elles devinrent de grandes amies. La vie n'avait pas non plus été facile pour elle. Elle était Danda ce qui signifiait qu'elle était née en Afrique, sur la Côte du Congo. Ses parents ne pouvaient plus la nourrir elle et ses frères. La petite fille avait été vendue : si elle était trop petite pour être mariée, le produit de la vente équivalait à un cadeau de mariage. Elle fut toujours très discrète sur l'horreur que furent la traversée (Solange sut simplement qu'un esclave sur huit était mort et les corps jetés à l'eau) et les années qui suivirent. Elle était toujours paisible avec des yeux doucement souriants.

Ce couple singulier restait le plus souvent reclus dans sa maison. Il ne se montrait pas à l'église ou sur les promenades du Cap. Tous deux s'étaient lassés des regards offusqués ou des paroles, au mieux maladroites, qui accompagnaient leurs sorties. Godefroy avait passé l'âge d'être agressif et elle, depuis longtemps, avait renoncé à faire preuve d'amour-propre. Pas question non plus de se faire inviter dans les salons du Gouverneur ou des gros planteurs. Godefroy acceptait toutefois de se rendre aux réunions de sa loge. Là, pour lui, si Antoinette n'était pas la bienvenue, c'était, il voulait s'en convaincre, d'abord au titre de femme, et non de Négresse.

Les relations entre Godefroy et Antoinette étaient objet de scandale pour ses fils et encore plus pour ses belles-filles. Celles-ci refusaient souvent de venir visiter le patriarche au motif qu'il leur « fallait supporter à leur table la présence de cette créature ». Pourtant, en même temps, le maintien de la faveur d'Antoinette dans le cœur du vieil homme les rassurait. En cas de mort de Godefroy, il était exclu qu'une Négresse, même affranchie, puisse prétendre à la moindre miette de la succession.

L'arrivée de Solange, cette jeune et belle jeune femme changea complètement les perspectives :

— Notre beau-père devient gâteux et présume de ses forces en s'attachant cette aventurière débarquée de nulle part !

Solange chercha à rester en bons termes avec tous. Elle savait que son séjour à Saint-Domingue devait durer quelques années et il fallait éviter de susciter d'inutiles frictions avec la famille de Godefroy. La condition était de rendre soutenable et acceptable son existence sous le toit du vieil homme, puis être rassurante par son comportement dans le temps.

La situation personnelle de Solange passait par la « mise à jour » de son identité. Cela avait été une des dernières inquiétudes de Buffier avant sa mort : un moyen décisif pour couper les liens de Solange et de Beauvoir, comme de Solange et de Pondichéry. Une solution simple qui amusait le vieux pirate et qu'il aurait volontiers retenue aurait été d'en faire la fille d'un de ses enfants naturels (et il en avait). Outre que ce scénario aurait conduit tout droit à une guerre avec les fils de Godefroy, cette proposition n'était pas du goût de Solange. Il y renonça.

Il fut convenu qu'elle était sa filleule, la petite fille d'un ancien lieutenant de Godefroy tué dans un combat. Ses parents étaient retournés en France peu après sa naissance. Avant de mourir, sa mère avait confié Solange, devenue orpheline, à la protection de Godefroy.

Rédiger et valider un acte de naissance ne se révéla pas difficile : les archives qui n'avaient pas brûlé en 1734 dans le grand incendie de Cap-Français étaient réduites en bouillie par l'action conjuguée de l'humidité et des vers. Les registres paroissiaux subsistants étaient transformés en blocs de feuilles dentelées et soudées par la colle des excréments des bestioles. Il avait récemment été décidé de les réécrire. Le religieux affecté à cette tâche fastidieuse ne fit pas de difficulté à inscrire, en la présence muette et doucement autoritaire de Cabady, un acte de naissance à partir des données fournies avec conviction par Godefroy.

Solange se trouva vieillie de deux ans en un jour, son nouvel acte de baptême précisant qu'elle était née en 1733 au Cap-Français. Elle était toujours orpheline de père et de mère, mais, maintenant, elle était créole. Elle s'appelait Solange Touflé. Le père Cabady n'avait pas eu à mentir, Godefroy offrant avec aplomb toutes les garanties et les témoins nécessaires. La vérité oblige à dire que l'œil de Cabady fut moins critique que d'habitude et c'est en souriant de manière bonhomme qu'il signa le registre tout neuf.

Jean fut passé sous silence. Une nouvelle occasion pour Solange d'éprouver le déchirement d'abandonner, voire de renier son frère. Cabady comme Godefroy confirmèrent la nécessité de cette séparation voulue par Buffier. Cette nouvelle identité pour la seule Solange était protectrice pour Jean. Le jour où ils se retrouveraient, ce serait sans lien fraternel déclaré.

Le mariage de Solange, connu des seuls Cabady et Godefroy, fut oublié. Solange fit disparaître tous les actes le concernant. Enfin sur la suggestion de Solange, Godefroy écrivit son testament. À la surprise et au contentement de ses beaux-frères, Solange était ignorée. Elle était censée avoir des ressources suffisantes du côté de sa mère. Dès lors qu'elle ne venait pas en concurrence avec eux, la famille de Godefroy ne se montra pas intéressée par les origines de cette « filleule ».

La seule attache de Solange à son ancien univers berrichon restait son prénom, plutôt exotique à Saint-Domingue. Elle n'avait pas voulu en changer. Parfois elle devait s'en expliquer, laissant entendre que sa mère était originaire de Bourges et que Sainte Solange était la patronne du Berry. Dans les îles, les familles les mieux établies cachaient inévitablement des femmes de mauvaise vie ou des galériens parmi leurs ancêtres ; être trop curieux sur les aïeux de votre voisin, vous mettait en posture de devoir assez vite avouer que votre propre grand-mère, putain, avait été raflée dans l'hôpital du port de Bordeaux et vendue à son arrivée à Saint-Domingue à votre grand-père. Le grand-père, lui, se révélait être un ancien « engagé » : avant d'être un habitant aisé, comme d'autres, il avait dû payer son passage de France en travaillant comme esclave pendant trois ans chez un cultivateur de tabac.

Un effet inattendu de l'arrivée de Solange fut que les enfants vinrent beaucoup plus souvent au Cap, remplis d'un amour filial soudain pour leur père. En effet, l'existence de Solange changeait les perspectives pour la famille de Godefroy. Que ne pouvait-elle craindre ? Même si rien ne laissait transparaître une quelconque liaison, cette belle jeune femme constituait « une tentation permanente pour le vieux sanglier », et elle restait une dangereuse rivale, même si elle n'était pas couchée sur le testament du vieil homme. Antoinette, la « guenon », pouvait être méprisée : par la loi elle ne pourrait jamais rien obtenir de Godefroy à sa mort. Désormais, il devenait nécessaire d'être présent pour surveiller la jeune personne vivant sous le toit du « vieux bouc ». Dans ces conditions, ils étaient prêts à ignorer Antoinette, et sacrifier au scandale pour éviter de voir s'envoler leur héritage. Un revirement concernant le testament était toujours possible : il fallait amadouer et se garder de provoquer l'irascible vieil homme aux réactions imprévisibles, rester souriant et aimable avec la nouvelle intruse.

Solange apporta à la propriété de Godefroy des aménagements et des embellissements qui avaient été négligés depuis des décennies. Lui restait brusque, souvent ronchon, mais ravi de sa jeunesse et de l'animation qu'elle faisait régner autour de lui. Antoinette laissa faire Solange et apprécia que la jeune femme lui laisse la main sur la chose domestique à l'intérieur du logis. Solange s'occupa du jardin qui fut planté de fleurs et notamment de rosiers ; dès la seconde année, ils embaumaient la terrasse après les orages de l'après-midi.

Solange en dehors de la demeure de Godefroy était très active dans la Paroisse et notamment auprès de l'école animée par les religieuses de Notre-Dame. Présentée par le curé, elle fut rapidement appréciée par l'aide qu'elle apportait à l'enseignement des petites filles : ses connaissances étaient plus étendues que celles des sœurs et elle ne rechignait jamais à remplacer une enseignante malade, ce qui arrivait fréquemment. Les élèves étaient réparties en trois classes. Au bout de trois ans, les jeunes filles étaient censées savoir lire, écrire et compter, soit l'intégralité de leur science pour toute leur vie, si elles n'allaient pas en France compléter leur culture.

Elle fut frappée du caractère excité de ces petits enfants, et de leur violence vis-à-vis de leurs petits domestiques noirs qui supportaient sans sourciller leurs moindres caprices et parfois leurs coups. Les sœurs avaient renoncé à leur enseigner les sentiments d'humanité exigés ailleurs de petites chrétiennes. On rassura Solange ; à la ville, les petits noirs avaient toutes les bonnes raisons d'accepter leur sort. Une vie bien plus confortable qu'à la plantation.

Visite d'Antoine Audenay dans la plantation d'un fils de Godefroy

— Monsieur Trutier a bien fait de vous envoyer ici. Mon père lui aussi fait partie de la Loge. Comment ! Vous ne le connaissez pas ? C'est un personnage qui compte à Saint-Domingue. Dans sa jeunesse, il était flibustier ; il reste à ce jour un des rares survivants de cette corporation. Ses traits et son caractère témoignent de son passé. Il faudra absolument que vous le rencontriez. C'est grâce à lui que nous avons pu acheter cette plantation.

Antoine Audenay avait voyagé dans toute l'Europe et résidé en Angleterre où il avait pu étudier à loisir les progrès des techniques agricoles. Entré en loge comme son père Jean-Baptiste, il profitait de la générosité des fraternités pour se faire recommander d'une place à l'autre. Ses correspondants étaient toujours prêts à l'accueillir et prendre le temps de l'instruire des meilleures pratiques locales. Son long périple, commencé plusieurs années auparavant, se terminait par Saint-Domingue. Là disait-on, on pouvait faire des fortunes avec la culture et le commerce du sucre. Aujourd'hui, son hôte était le fils aîné de Godefroy : l'homme pouvait avoir une cinquantaine d'années, avait le visage un peu poupin, très différent de celui de son père. Avenant et souriant, il était fier de faire les honneurs de sa plantation à son jeune invité venu de France.

— L'exploitation elle-même comporte quarante carrés de quatre cents pieds de côté, donc 80 arpents. Il faut ajouter une surface équivalente pour les habitations des maîtres et des ouvriers, leurs jardins respectifs, les bâtiments pour sécher le sucre, le moulin, les chemins d'accès. Je ne parle pas non plus des pacages pour les bêtes.

Nous avons des terres neuves et grasses ; elles peuvent supporter les souches de cannes vingt ans et plus. On coupe les cannes tous les ans, même si elles peuvent se conserver jusqu'à deux ans sur pied. Une fois récoltées, on mène les tiges au moulin où l'on presse le sucre. La contrainte est que la canne une fois coupée se gâte au bout de vingt-quatre heures. Cette impossibilité de stocker la canne coupée induit une organisation très précise.

Les deux hommes arrivèrent à la rivière et au bief qui desservait le moulin. Audenay appréciait son guide : il aimait visiblement son métier et n'était pas avare de son temps pour le décrire dans le plus petit détail. Antoine se demandait s'il était aussi loquace avec tous ses visiteurs ou si leur appartenance commune à la franc-maçonnerie était déterminante dans l'accueil qu'il recevait.

— Avec les plantations, les moulins se multiplient, ce qui crée des problèmes entre voisins : il y a ceux qui gardent l'eau pour irriguer et assèchent les rivières et ceux qui creusent de nouveaux canaux pour alimenter un moulin au détriment de l'alimentation d'un autre. Avant de s'installer, il faut absolument arpenter et étudier la police qui a été instituée entre les bénéficiaires des concessions.

Comme vous le voyez, notre moulin est droit avec une roue à godets. Le broyeur est servi par cinq ouvrières qui introduisent les cannes coupées dans les tambours actionnés par la roue ; de l'autre côté sort le jus. On a du mal à imaginer la puissance du mécanisme et son inertie quand il faut le stopper !

Le suc, une fois tiré du moulin, va passer par plusieurs chaudières où il va être purifié pour obtenir le sucre. Ici, il y a six chaudières : la grande Chaudière, la Propre, la Lessive, le

Flambeau, le Sirop, la Batterie. Chaque passage par une chaudière correspond à une intensité de feu différente et à l'ajout d'ingrédients adaptés comme de la chaux et de la cendre par exemple. L'écume qui contient les impuretés est retirée et le suc des cannes se purifie, se cuit, se réduit progressivement. Ainsi, la Batterie est plus d'un tiers plus petite que la grande Chaudière.

À l'issue des opérations de filtrage dans les différentes chaudières, le sirop de sucre est placé dans des formes en terre où il s'égoutte et sèche. Après, il est mis en tonneau où il finit de se purger, avant de passer par les dernières opérations de raffinage et de blanchissage. La dernière opération est l'étuvage qui peut durer dix jours. Enfin, on pile le sucre et on l'enfutaille dans des barriques qui ont été préalablement pesées et numérotées.

— Dites-moi, c'est une opération longue et délicate que la fabrication du sucre !

— Oui, cela demande du savoir-faire et le raffineur est l'ouvrier le plus important dans la plantation. C'est un travail en continu, très dur et qui exige une grande précision et une surveillance de tous les instants. Pour les ouvriers, les journées sont longues et il faut éviter les accidents. Une ouvrière a vite fait de se prendre la main ou le bras dans les presses du moulin, ce qui fait perdre du temps et exige d'arrêter le moulin pour le nettoyer ; d'autres peuvent facilement se brûler avec les chaudières. On se demande parfois s'ils ne le font pas exprès pour moins travailler ! Il faut sans cesse être présent, surveiller et punir, autrement il est inutile de faire ce métier !

En entendant son hôte, Antoine se souvenait de son père et ses discours : lui aussi voulait être présent dans les champs pour s'assurer de la qualité du travail, lui aussi se plaignait de la médiocrité de ses ouvriers. Le fils Godefroy poursuivit :

— En fonction de la qualité et de la finesse du travail, il se fait dix sortes de sucres différents : le sucre brut, la cassonade grise, la cassonade blanche, le sucre raffiné pilé ou en pain, le sucre royal, le sucre tapé, le sucre candi, le sucre en sirop fin, le sucre de gros sirop, le sucre d'écume.

Avec les sirops, on fabrique de l'eau-de-vie et du tafia. Tout à l'heure, je vous montrerai les comptes. Vous comprendrez pourquoi il se crée sans cesse de nouvelles plantations. L'important est de disposer d'une bonne mise de départ qui permette de financer les premiers investissements : main-d'œuvre, moulin, bâtiments, ustensiles et puis les dépenses des premières années, quand la canne ne peut être récoltée. Il est vrai que pour le démarrage d'une exploitation, le tabac ou le cacao sont moins exigeants en capitaux; mais le prix du tabac est beaucoup trop bas, quant aux cacaoyers, on hésite à se relancer dans la culture depuis que tous les arbres sont morts, il y a maintenant une trentaine d'années.

— Je ne vois que des ouvriers noirs sur la plantation.

— Oui, les Blancs sont trop délicats pour supporter ce travail. Même les engagés, ces Blancs qui payent leur passage dans les îles de l'Amérique par trois ans de servitude. On ne peut rien en faire ! À leur arrivée, ils sont déjà arrogants et ont des prétentions, alors imaginez après ! Ils sont beaucoup trop chers et désobéissants. Non ! rien ne vaut les esclaves noirs, dès lors que l'on sait les tenir, c'est-à-dire s'en faire respecter. Vous qui venez de France, si vous vous installez, il faudra oublier toute sentimentalité à leur égard.

— Bien sûr, je comprends. Comment peut-on acquérir des ouvriers ?

— Auprès des bateaux qui assurent la traite. Ils viennent de la Côte d'Afrique. Le commerce en est libre et heureusement, la Compagnie des Indes en a perdu le monopole. Si à l'époque cela avait fait du remue-ménage, aujourd'hui les choses sont calmées.

Avec le développement de cette industrie du sucre, la demande de main-d'œuvre dans les îles augmente sans cesse et il y a pénurie en Afrique : les pays côtiers ont été dépeuplés et maintenant les caravanes viennent de toujours plus loin à l'intérieur des terres. Le coût d'achat sur place ne varie guère : environ 100 livres pour un jeune Nègre entre 18 et 30 ans. En revanche la distance accroît les frais de transport, comme l'immobilisation du capital, et aussi le déchet : la marche vers les ports d'embarquement épuise la marchandise. Et il y a d'autres causes de pertes : pendant le trajet, nombre de captifs sont rendus fous par des rumeurs auxquelles leur esprit simple a envie de croire, par exemple, qu'ils sont destinés à être mangés. Alors, ces païens, désespérés de leur destin, non retenus par la crainte salutaire de notre Dieu, tentent de mettre fin à leurs jours : certains se laissent mourir de faim, d'autres que l'on n'a pas entravés correctement se noient en sautant dans l'océan pendant leur promenade sur le pont. Toutes ces raisons expliquent que le prix des Nègres augmente chaque année : livré à Saint-Domingue, il sera difficile de se procurer notre jeune Nègre à moins de 600 livres.

— Au moins une fois la plantation peuplée de ses ouvriers, vous n'avez plus recours à de nouveaux achats. N'y a-t-il pas même un bénéfice à la revente du croît ?

— Non, détrompez-vous ! Il est toujours nécessaire d'acheter de nouveaux ouvriers : les Négresses ne font pas beaucoup d'enfants à Saint-Domingue. Ces drôlesses semblent tout faire pour éviter de procréer. Par ailleurs, la mortalité est importante sur une plantation.

Antoine avait l'air surpris. Le jeune Godefroy poursuivit ses explications :

— Certains planteurs prétendent choisir la voie de maintenir la population des ouvriers, en allégeant le travail des esclaves, en promettant des récompenses aux mères de famille nombreuse. Les résultats sont loin d'être probants : la conséquence d'un traitement plus humain de nos esclaves, c'est l'indolence, la paresse et la perte de la discipline. C'est pourquoi moi, je préfère les pousser le plus possible au travail. Dans ces conditions, la mortalité est significative et je dois en permanence renouveler mon stock : un Nègre sur huit de la plantation par an, soit, soit environ une quinzaine pour environ cent trente ouvriers. Quand je fais mes comptes, et malgré l'augmentation des prix, je m'y retrouve : je n'ai pas à entretenir des malades et des vieillards.
Et puis, les Nègres créoles sont plus éduqués, parlent français, ne sont pas comme hébétés par le déracinement comme l'étaient leurs parents fraîchement débarqués. Ils perdent progressivement la connaissance de leurs anciennes langues, les

liens avec leurs anciennes tribus et leurs croyances païennes. Ils ont de l'assurance et deviennent aussi sournois que les paysans de vos campagnes. La religion chrétienne est dangereuse et leur donne de mauvaises idées d'égalité. Ils constituent une population d'esclaves moins obéissants, moins malléables, en deux mots plus dangereux. Ils ne valent pas mieux que les engagés blancs pour le travail à la plantation. Il ne faut pas qu'il y ait trop d'esclaves créoles comme simples ouvriers dans une plantation. Aussi, à ceux qui me paraissent les plus éveillés, je leur apprends un métier : maçon, tonnelier. Ils en sont très fiers et travaillent avec beaucoup plus d'application que les Blancs et... bien meilleur marché ! Parmi eux également je choisis mon contremaître qu'ici on appelle le Commandeur : c'est lui qui dirige les ouvriers et qui règle la discipline et l'application de la bonne organisation. On ne peut trouver plus fidèle auxiliaire. Ses coups de trique sont plus cinglants et plus efficaces.

— Alors, vous et votre famille êtes les seuls Blancs sur la plantation ?

— Non, il y a un raffineur. Lui est Allemand. Cette fonction-là est cruciale ; on ne peut la confier qu'à un spécialiste expérimenté : c'est lui qui permet de garantir la bonne qualité du produit fini et donc le prix de vente.

Dîner chez Godefroy

Avant l'arrivée de Solange, pour la société de Cap-Français, accepter une invitation de Godefroy était impossible au risque de se fâcher avec ses fils et ses belles-filles. Avec Antoinette assise près de lui, sa table était infréquentable.

Quand Solange, peu après son arrivée, proposa à son nouveau protecteur d'organiser un premier dîner avec ses fils et des connaissances, le vieil ours l'avait laissée faire. Il avait précisé que sa seule condition était qu'Antoinette figure en bonne place. Pour Solange qui aimait cette femme, cela paraissait évident. Godefroy sourit : il ne se faisait aucune illusion et selon lui, le dîner n'aurait pas lieu faute d'invités.

Mais Godefroy n'avait pas anticipé que la nouvelle présence de ses enfants, même obtenue à contrecœur, rendait désormais possible la fréquentation de sa maison.

La gentillesse et la vivacité d'esprit de Solange furent rapidement appréciées comme ses repas soignés, agrémentés par des recettes préparées par Antoinette. Godefroy était un hôte singulier, jamais à court d'anecdotes brutales et palpitantes du temps de la course. Autant d'arguments pour se rendre avec plaisir aux dîners donnés par le vieux flibustier. On y vit des ecclésiastiques, des représentants de la Compagnie, des planteurs, des médecins, et des notables, membres ou pas de Loges. Du reste, à ces dîners, la franc-maçonnerie était hors sujet, et les signes convenus n'étaient pas de mise.

Ce soir-là, la discussion portait sur l'esclavage.

— La semaine dernière j'ai assisté à la pendaison d'un nègre qui avait porté la main sur un des enfants de la veuve Dumaine à Petit Goave ; avant on lui a coupé la main.

— Oui, il a été condamné comme parricide !

— Ces Noirs sont des monstres répugnants : ils s'attaquent même aux enfants ! oublions l'odeur forte et désagréable de leur sueur, hors cela ils ont des appétits sexuels insatiables qui d'ailleurs consomment toutes leurs forces et les rendent indolents et paresseux.

— En épuisant en même temps leurs déjà faibles capacités intellectuelles !

— On dit que les Négresses préfèrent le Nègre au Blanc, ce dernier n'étant paraît-il qu'un chétif concurrent.

Dans un brouhaha, une phrase incongrue peut passer inaperçue au soulagement de celui qui l'a prononcée trop hâtivement. Parfois, elle est lâchée au milieu d'un silence et là au contraire, elle se trouve curieusement faire l'objet d'une attention particulière. Ce fut le cas de cette intervention prononcée par le notaire sans doute déjà grisé par l'alcool. On se tourna vers cet homme en général plutôt sévère et réservé.

Antoinette jusque-là n'avait rien dit. Là, elle éclata de rire en regardant Godefroy. L'assistance médusée attendit la réaction de ce dernier. Celui-ci fixa d'abord le visage de sa compagne, puis détourna la tête, la baissa, prit une moue amusée et souffla à mi-voix :

— Cette nouvelle est intéressante. Mon ami, confiez-moi votre femme. Elle sera j'en suis sûr bon juge.

Et sans laisser le temps de répondre au notaire interloqué ou à sa femme qui avait rougi comme une pivoine jusqu'au bout des oreilles, il ajouta :

— Et le médecin, qu'en pense-t-il ?

— Les Nègres sans aucun doute, sont une espèce humaine, mais tellement différente de la nôtre ! Leur cerveau est d'une substance noirâtre, leur pigmentation en fait une race bien à part.... .

Il ferma les yeux, s'interrompit un instant comme s'il cherchait l'inspiration, puis reprit :

— La chaleur de l'Afrique rend ses habitants lascifs. Le sang réagit au climat : plus on va dans les pays chauds, moins bien se fait l'action du cœur et des extrémités. Le sang est moins déterminé vers le cœur et réciproquement, le cœur a moins de puissance. Cette faiblesse occasionne le manque de courage et de hardiesse de l'âme. De là, un certain abattement de l'esprit : les inclinations deviennent passives, on perd l'idée même du sentiment généreux. La paresse y devient le bonheur. Ici, on aime l'amour pour lui-même ; il est la cause unique du bonheur, il est la vie. Cette action du climat sur le sang explique alors ces dépravations, cette sensualité propre aux pays chauds.

Un autre convive, administrateur fraîchement arrivé, crut bon d'intervenir :

— Ce que vous dites vaut aussi pour les Blancs. Beaucoup prétendent en France que la richesse, la facilité de la vie font perdre aux Créoles le goût du risque, de l'aventure.

L'assemblée sembla ne pas entendre la maladresse de ce blanc-bec. Godefroy gardait un léger sourire figé. Un Monsieur Belin coupa le silence.

— En fait je crois qu'il faudrait adoucir un peu la vie de nos serviteurs. Il n'est pas normal que nous soyons incapables d'assurer le maintien de la population d'une plantation simplement par les naissances : les Noirs en Afrique ont une prodigieuse fertilité, mais ici, leurs femmes font tout pour ne pas enfanter, certaines étouffent leurs nouveau-nés pour les soustraire à un destin sans espoir. Pourquoi ne pas encourager les naissances en promettant la liberté aux mères de cinq négrillons élevés jusqu'à six ans ? Nous pourrions alors peupler nos îles de travailleurs à bien meilleur prix. Et avec moins de souffrances !

— Qu'en pensez-vous mon Père ?

— L'Ancien et le Nouveau Testament, le Coran n'interdisent pas l'esclavage, mais demandent de l'humanité dans la relation maître-esclave.

Pour l'Église catholique, les Nègres sont des êtres humains et à ce titre, ils ont droit au baptême, néanmoins j'ai des scrupules à trop leur inculquer les bienfaits de l'Évangile. Comment leur faire redouter l'Enfer si sur terre ils ont à déjà supporter la dernière misère et les plus terribles châtiments ?

— Pourtant, mon Père, ce sont les descendants de Caïn et ils sont marqués à jamais de la malédiction de Dieu. À quoi bon essayer de les sauver ? se hasarda une femme.

— Une race faite pour la servitude ! ajouta une autre.

— Où avez-vous lu dans la Bible que Caïn était noir ? Au risque de vous déplaire, je vous dirai que l'on trouve plus facilement dans les Écritures une justification de la soumission de la femme à l'homme que de l'asservissement du Noir au Blanc.

Les deux femmes qui avaient parlé piquèrent un fard : on ne les entendit plus de tout le repas. Les messieurs en face d'elles les regardaient goguenards : Cabady ne donnait pas dans la diplomatie dès qu'un laïc s'avisait à se mêler d'Écritures saintes ! L'un d'entre eux l'apostropha :

— Mon Père, j'ai remarqué que le clergé qui a exercé un long temps dans les îles a une approche différente de celles des prêtres qui ne font qu'arriver et qui souvent ont des faiblesses pour les souffrances de ces malheureux. La première chose qu'ils voient ce sont les marchés aux esclaves où l'on sépare les hommes des femmes. Ils méconnaissent que ce sont souvent des condamnés, des voleurs, des fauteurs de troubles qui sont vendus. En France, ils ne s'apitoient pas sur le sort des galériens ; ici, ils veulent plaindre les châtiments imposés aux coupables et aux criminels.

— Oui, ils sont comme tous ces nouveaux arrivants pleins de théories toutes faites qu'ils abandonnent au bout de quelques mois de séjour dans les îles.

Des regards ironiques s'attachèrent à éviter celui du jeune administrateur qui avait émis tout à l'heure ses idées concernant les Créoles. Cabady reprit la parole :

— Ici les Jésuites, comme les Capucins possèdent des plantations de canne. C'est à partir de leurs profits qu'ils peuvent se nourrir et financer leurs actions charitables. Celles-ci d'ailleurs intéressent les Noirs eux-mêmes. Dans les colonies, le clergé ne bénéficie pas de la dîme. Nous essayons d'être humains avec nos ouvriers. Évidemment, on est contraint d'être juste, mais sévère dans la punition, autrement elle n'apporte aucune exemplarité, aucun frein à la récidive chez le coupable ou ses frères.

> « *Fais travailler ton esclave, tu trouveras le repos,*
> *laisse-lui les mains libres, il cherchera la liberté.*
> ...
> *Mets-le à l'ouvrage pour qu'il ne reste pas oisif,*
> *car l'oisiveté enseigne tous les mauvais tours.* »[44]

— Mais mon Père demanda le notaire en souriant, la Bible ne dit-elle pas que l'esclave hébreu doit être libéré la septième année de sa servitude ? Une fois baptisé, le Nègre n'aurait-il pas droit aussi à sa libération après six ans de servitude ?
— L'affranchissement n'est pas une solution. Que signifie le mot « liberté » pour des gens ayant connu la servitude toute leur vie ? Et ces Négresses affranchies, quelle serait leur occupation ? Il faudrait leur payer un salaire. Et pourquoi alors leur donner un travail qu'une autre ferait gratuitement ?

Un autre planteur intervint :
— Et puis elles n'accepteraient plus le labeur très pénible de la plantation que, Dieu merci, on peut imposer à un esclave.

Le notaire reprit la parole :
— C'est bien pour cela que dans le Code Noir, l'affranchissement doit rester exceptionnel. Il nécessite l'accord préalable et au cas par cas du Conseil Supérieur. Le généraliser, ce serait à coup sûr mettre en péril la prospérité de la colonie et, du même coup, appauvrir le royaume qui s'enrichit aussi beaucoup du commerce du sucre.
— Nous n'aurions plus les moyens de nourrir les Nègres pauvres et soigner les malades sur Saint-Domingue.

44 - Ecclésiastique 33, 26.

Pendant tout ce temps, Solange écoutait, regardant les femmes noires servir en silence. Elle se souvenait de temps, pas si anciens, où c'était elle la servante transparente, condamnée à tout subir, à tout entendre, à faire semblant de ne rien comprendre et à toujours sourire.

Fournier, un représentant de la Compagnie intervint :

— Vous savez, l'esclavage, dans le monde et dans l'histoire, est plutôt la règle. En dehors de l'Europe, l'esclavage reste un fondement de la société en Afrique et en Asie. Aujourd'hui, il se maintient en Pologne et en Russie.
L'esclave est un objet de droit : comme un meuble, un enfant mineur… il ne se définit pas à l'origine par sa race, mais par sa situation : il est acheté, vendu, peut être puni. Le punir trop durement, c'est aussi lui faire perdre de sa valeur marchande. La situation de l'esclave n'est pas au fond très différente de celle des enfants et des femmes au regard de leur soumission au chef de famille.

L'assistance muette acquiesçait aux paroles de Fournier qui poursuivit :

— L'esclavage a disparu dans nos pays d'Europe à une époque très récente, quand les petites exploitations organisées autour du foyer familial sont devenues plus rentables pour le seigneur que de grandes exploitations utilisant une main-d'œuvre servile.
Auparavant, l'esclavage, comme le servage, était comme aujourd'hui un ordre dans la société. Il résultait de la loi du plus fort. À l'effondrement de l'Empire romain, pour les tribus germaniques, un Franc valait deux Romains. Ou alors, l'esclavage pouvait avoir pour origine une affaire de droit civil : le débiteur insolvable était vendu avec sa famille par ses créanciers pour rembourser ses dettes.
L'instauration du commerce d'êtres humains entre l'Afrique et l'Amérique, d'abord pour le travail dans les mines, puis dans les plantations, a été une réponse à une double question. D'abord la dépopulation de l'Amérique. Les Espagnols ont tari la ressource locale : en moins de cent ans, la population des six cent mille Indiens de Saint-Domingue au débarquement de Christophe Colomb a été anéantie.

Ensuite la pénibilité du travail : aucun travailleur européen n'accepte les conditions imposées dans les colonies, on voit d'ailleurs la difficulté de faire venir des colons.

En écoutant cette voix professorale, Solange crut reconnaître les accents de ce Monsieur Renauldon qui avait récité un cours de droit jadis à Mareuil. Fournier poursuivait :

— L'assiente[45] et la généralisation de la traite vers l'Amérique n'ont constitué qu'un nouveau flux s'ajoutant à ceux existants : depuis des siècles, des caravanes de milliers d'esclaves aboutissaient au Caire en Égypte pour être vendus ensuite en Asie Mineure par exemple. L'achat d'un Noir à d'autres Noirs a de tout temps été une transaction banale. Les risques de pertes pesant sur la cargaison comme suicides, maladies ou attaques par des pirates, sont pris en compte pour déterminer la marge finale.
Du reste, ce n'est pas la première fois que dans l'histoire, la Traite des Nègres a servi à régler un problème démographique. Après la Grande Peste au Moyen Âge, le Portugal a été repeuplé par des esclaves noirs. En se mariant et en procréant avec les Blancs survivants ils se sont complètement fondus dans la population.

Les hôtes de Godefroy semblaient satisfaits par ces paroles de bon sens. On se garda d'épiloguer sur la monstruosité de l'exemple portugais. À Saint-Domingue, il fallait tout faire pour éviter de mêler les races ; le Code Noir n'allait pas assez loin ! Godefroy brisa cette unanimité d'une voix tranchante :

— Moi, ce que j'observe depuis cinquante ans, c'est que la canne à sucre fait perdre la tête aux colons. Elle fait venir pour leur malheur des marées de Nègres. La canne a corrompu les nouvelles générations. Elles sont amollies, dégénérées. On ne pense qu'au plaisir, mais en même temps, on s'ennuie. Les habitants ne rêvent qu'à retourner en France fortune faite, comme tous ceux qui viennent ici : pas question de s'installer durablement. La colonie se vide de ses meilleurs éléments. Les milices s'étiolent et manquent de soldats. On peut craindre pour nos petits-enfants la même destinée funeste arrivée à d'autres peuples

45 - Terme espagnol : droit d'importer des esclaves dans les colonies.

devenus trop gras, hostiles à l'effort et incapables de se défendre par eux-mêmes.

Et ne comptez pas sur la France pour protéger vos biens ! La marine royale est bien affaiblie et paraît de plus en plus incapable d'assurer la sécurité des convois qui acheminent les marchandises vers le continent. Les Anglais sont en revanche plus forts chaque jour et une guerre avec eux provoquerait au mieux l'isolement de Saint-Domingue et le blocus du commerce, au pire son invasion et son lot de destructions catastrophiques. Croyez-moi, Saint-Domingue est en danger et les îles anglaises ont grand intérêt à détruire un foyer de concurrence à leurs propres entreprises.

Certains se regardèrent sans parler. Le vieil homme radotait maintenant ! Il rêvait toujours combats : et au fond aurait-on besoin de se défendre si les Anglais devaient attaquer ? Ce serait le commerce du sucre qui les intéresserait et non les plantations. Leurs propriétaires resteraient en place. Leurs impôts, ils les payeraient aux Anglais, voilà tout !

Le repas terminé, le Père Cabady proposa à Solange de visiter sa plantation.

Lettre d'Antoine Audenay à son père Jean-Baptiste

Cher Père, j'ai fini par me remettre de cette traversée longue et inconfortable (je crains de ne jamais pouvoir supporter la mer et être un indécrottable terrien). Je remercie encore la Providence de m'avoir épargné une tempête, ou la rencontre avec un bateau hostile.

Dans ma précédente lettre, je vous ai décrit l'île, son paysage, son climat et sa végétation ; je continue à être surpris par ces jours et ces nuits d'égale longueur, la faible amplitude des variations de la chaleur et enfin, l'humidité ambiante qui pourrit tout.

Les habitants de Saint-Domingue sont hospitaliers et bien serviables. Si la lettre de recommandation de la Parfaite Loge de Saint-Jean de Jérusalem de Bordeaux m'a été utile, elle n'était pas nécessaire. Depuis mon arrivée, j'ai été invité tous les jours. Chacun ici est prêt à me renseigner, à m'accueillir et à me faire visiter sa plantation.

J'ai pu interroger beaucoup d'habitants sur l'économie, le négoce et la police, l'agriculture et les activités de l'île. J'ai également pu rencontrer Messieurs de Vaudreuil et Laporte Lalanne, le premier étant le Gouverneur, l'autre l'Intendant de Saint-Domingue. Ils se partagent les pouvoirs qui leur ont été délégués par le roi.

Cap-Français n'était rien il y a cinquante ans. Aujourd'hui c'est un port très prospère. Les quais s'agrandissent, des entrepôts, de nouvelles maisons de maître s'édifient toujours plus belles, toujours plus grandes. Dans le pays, des routes se créent ou s'élargissent, des canaux se creusent pour alimenter des moulins ou irriguer des plantations nouvellement concédées.

Les terrains sont octroyés gratuitement, sous réserve d'être cultivés dans les trois ans. Ici, pas de fiefs ou de droits féodaux. La noblesse n'a que des droits honorifiques. Elle paye des impôts comme le clergé, au même titre que les autres habitants. Le système fiscal est clair et équitable : on paye en proportion de la richesse mesurée au nombre de têtes de Nègres que l'on possède.

Pour un homme travailleur, actif et possédant une bonne mise de départ, la canne à sucre promet des bénéfices substantiels, sans commune mesure avec les rendements de nos contrées berrichonnes.

Il y a quelques années, un Père Jacobin du nom de Labat a retranscrit dans un livre ses observations et ses réflexions de son séjour aux îles de l'Amérique. Selon son ouvrage, une plantation de 60 arpents de cannes servies par 120 esclaves doit rapporter chaque année 10 000 livres nettes de toutes dépenses, après prise en compte des dépenses d'entretien du maître et de sa famille. Le rapport au montant placé peut facilement dépasser quinze pour cent et atteindre jusqu'à vingt-cinq pour cent !

J'ai pu m'assurer auprès d'un planteur que ces chiffres restaient vérifiés aujourd'hui, en dépit de surcoûts multiples. Notamment les marchandises en provenance ou à destination de l'île doivent passer par un port français, les taxes prélevées sur les marchandises à l'embarquement mettent à la charge du planteur le risque du naufrage. Il y a aussi une taxe de dix livres par tête de Nègre débarqué, due à la Compagnie des Indes. Mais, Dieu merci, la Compagnie n'a pas le privilège du commerce, comme aux Indes orientales et cette dernière taxe est le prix payé par Saint-Domingue pour échapper à son emprise calamiteuse !

En revanche, l'île doit financer sur ses propres ressources son administration qui, il faut le dire, se développe comme un cancer. Il y a un an a été créé un poste d'inspecteur des chemins et des routes ; deux mois après, on l'affublait d'un adjoint. Tout va à l'avenant ; elle n'est pas seulement pléthorique, elle devient aussi de plus en plus corrompue. Greffiers, arpenteurs, étalonneurs, huissiers, receveurs d'octroi se multiplient et, en s'entendant entre eux et avec l'aide des juges et de la maréchaussée, créent des petites principautés bien fructueuses. Il y a quelques années, un octroi exceptionnel a été imposé pour cinq ans en vue de renforcer les défenses de l'île : on attend toujours les travaux et la taxe vient d'être reconduite. On se demande où est passé l'argent.

Toutes ces taxes et toutes ces entraves n'empêchent par le développement prodigieux de la production et du commerce du sucre. Les autres productions (coton, indigo, cacao) apparaissent comme secondaires. La demande de sucre en Europe augmente sans cesse.

Je suis bien tenté de me lancer dans cette culture si lucrative et employer les fonds que vous et vos associés avez bien voulu me confier. Pourtant, j'hésite encore, en considérant les risques sur longue durée. Un souci que vous m'avez inculqué, vous le planteur de chênes !

Un danger immédiat réside dans la violence des éléments. Ouragans, tremblements de terre sont très courants et peuvent détruire en une heure les efforts d'une vie. Ce risque peut toutefois être atténué si l'on garde des réserves pécuniaires pour rebâtir : la générosité de la nature est à la hauteur de sa brutalité pour rétablir rapidement les effets d'un désastre.

Si dans ce pays, la nature vierge porte depuis des siècles ses phénomènes cataclysmiques propres, il n'est pas sûr que l'homme, en abattant les forêts et en bouleversant les paysages pour établir une culture unique, ne s'attire pas de sa part de terribles vengeances, aux effets plus subtils, mais non moins graves et plus durables.

Le défrichage de la forêt entraîne le lessivage des sols. À chaque grosse pluie, les rivières charrient des quantités de bonne terre qui vient combler les estuaires sur la côte. La canne elle-même est exigeante et appauvrit le sol par sa culture répétée. Au-delà de quelques années, les rendements décroissent.

Certains anciens prétendent témoigner que la déforestation massive change le climat : ils disent observer des périodes de sécheresse plus longues, plus prononcées et plus rapprochées entre elles, alternant avec de vrais déluges de pluie facteurs d'inondations calamiteuses.

La généralisation d'une même culture rend plus difficile la lutte contre la contagion d'une peste. On ne peut exclure pour la canne l'apparition d'une maladie ou d'un parasite qui anéantisse durablement les plantations. Les cultures de cacao hier très prospères ne se sont toujours pas remises à ce jour d'un tel épisode.

Mais le risque le plus important réside dans l'évolution de la société même. Son succès, sa prospérité inouïe se fondent sur le déséquilibre entre la communauté des Blancs libres et celle des Noirs esclaves. On peut craindre qu'un jour, la multitude exaspérée de son asservissement se soulève, écrase la minorité des propriétaires et détruise Saint-Domingue.

Le mode de production des plantations et des sucreries est en effet entièrement dépendant de l'esclavage. Le processus de fabrication d'un sucre de qualité se divise en opérations élémentaires délicates et se succédant selon un tempo précis et dans un délai resserré (par exemple, le traitement de la canne une fois coupée ne souffre aucun retard). Tout cela nécessite une discipline implacable et le travail servile. Seul l'esclavage peut permettre les prix de revient bas et les profits toujours en hausse.

L'assimilation des esclaves dans l'île après leur affranchissement pourrait être un moyen de donner un espoir à ces malheureux asservis. C'est inenvisageable ici : si l'on veut la prospérité et le progrès de la colonie, c'est un contresens. Tous les habitants de l'île y compris les frères de la loge avec qui j'ai pu échanger m'ont confirmé ce point.

La différence est complète avec la partie espagnole de Saint-Domingue : elle vit de l'élevage des bœufs sauvages, pauvre en main-d'œuvre. Là, souvent, les Blancs prévoient dans leurs testaments la libération de leurs rares domestiques noirs. Mais cette partie espagnole, il est vrai bien paisible, stagne dans la pauvreté !

Pour la partie française, l'affranchissement à grande échelle conduirait à une raréfaction de la ressource humaine disponible sur place, à l'augmentation de la traite et au renchérissement du prix de la tête de Nègre.

Des principes d'humanité sont certes contenus par le Code Noir édicté par Colbert : il impose le baptême des esclaves, et interdit leur maltraitance inutile. En même temps il met des barrières à l'affranchissement soumis à de lourdes autorisations administratives préalables. Il interdit aussi mariage et concubinage entre Blancs et Noirs esclaves, les enfants de couples mixtes étant des candidats naturels à l'émancipation.

L'acquisition de la liberté n'est pas non plus la porte du bonheur pour les nouveaux affranchis. Il leur est difficile de s'employer, étant en concurrence avec leurs frères de race qui ne sont pas payés. Il leur est interdit l'accès à certaines professions et offices. Soit dit en passant, la main-d'œuvre à bas coût des esclaves tend à mettre également une barrière à l'émigration de paysans ou d'artisans blancs libres, ce qui accroît d'autant les déséquilibres démographiques.

Une affranchie n'a guère d'autres moyens de subsister que de se prostituer ; pour les hommes, c'est la pêche ou les milices d'hommes de couleur ou de nègres libres pour chasser le nègre marron.

Les mariages mixtes entre libres sont pénalisés (les Blancs mariés à des femmes noires ne peuvent plus être officiers). On met d'autres freins légaux à l'affranchissement et notamment pour les testaments. Privée de perspectives, la condition d'affranchi peut devenir un passeport pour la misère qui à rebours justifie le maintien de l'esclavage.

Toutes ces raisons expliquent le mur établi entre les races, contrairement à la partie espagnole de Saint-Domingue.

La disproportion entre populations blanches et noires esclaves s'accroît sans cesse. Malgré toutes les précautions prises pour assurer la sécurité, et les mesures les plus brutales pour réprimer la moindre menace de rébellion, une révolte généralisée des esclaves est possible. Les milices et les forces armées sur l'île seraient alors insuffisantes pour y faire face. Son issue serait incertaine et en attendant l'arrivée hypothétique de renforts de France, elle aurait le temps de provoquer des dommages considérables aux plantations. Assurément, le danger d'une telle explosion ne paraît pas imminent. Toutefois, on note de nombreux cas de fuites d'esclaves qui marronnent, et qui s'installent dans les collines, à cheval entre partie française et espagnole, d'où la maréchaussée et la milice paraissent incapables de les débusquer et les déloger.

Monsieur Godefroy qui appartient à la Loge de Saint-Jean m'a alerté sur ce danger. C'est un ancien flibustier, un des derniers à avoir connu les féroces combats de la fin du siècle dernier avec les Espagnols. Il m'a dit ne pas vouloir se risquer dans cette activité des plantations et m'a bien déconseillé de la faire. Faut-il le croire ? Ce vieil homme n'est pas sans contradictions et, si lui-même n'a ni sucrerie ni esclave, il a généreusement financé leurs plantations à ses fils. Il est vrai qu'on le prétend si riche que ces placements seraient pour lui sans conséquence s'ils venaient à être perdus.

La crainte inconsciente de la fragilité du système esclavagiste de l'île peut expliquer au moins en partie pourquoi le nombre d'habitants blancs reste si faible. En vérité beaucoup de propriétaires de plantations sont repartis en France, en laissant sur place un régisseur.

J'ajoute que le succès de la canne empêche toute autre activité commerciale à Saint-Domingue : si l'on excepte le manioc destiné à la nourriture des esclaves, tous les autres produits de nécessité sont importés des colonies du Canada ou de France. Pour éviter de dissiper des ressources et la main-d'œuvre, l'exploitation des mines a été interdite. La canne a chassé le tabac dont le prix trop bas a découragé la production et qui pourtant pouvait permettre à de petits colons blancs de s'installer.

Pour ceux qui ont déjà créé une plantation, il est évidemment hors de question de modifier le système et ils pèsent de tout leur poids pour le maintenir.

Pour nous, une solution pourrait être de créer une plantation pour une durée de 10 à 15 ans, de faire un bon bénéfice, puis de la revendre. En attendant de prendre une décision, je continue mes investigations et mes visites ; ce Monsieur Godefroy m'a invité chez lui et je dois le revoir dès ce soir à l'occasion d'une réception chez le gouverneur.

Je ne manquerai pas de vous faire part de l'avancement de mes réflexions.

En attendant, je vous envoie, à vous et à ma mère, mes sentiments les plus affectueux. Je vous demande également d'embrasser pour moi ma petite sœur Émilie dans son couvent.

Visite de Solange à la plantation du Père Cabady

Les champs de canne étaient disposés en carrés autour des bâtiments de la sucrerie, séparés par des chemins permettant l'accès aux charrettes. On était un dimanche, un jour de repos. L'aire d'entreposage était vide. La coupe recommencerait très tôt lundi pour alimenter au plus vite le moulin. Le maître raffineur les accompagnait.

Le moulin était actionné par une grande roue entraînée par le courant du bief de la rivière. Le Père Cabady lui montra le circuit du jus des cannes vers les différentes chaudières disposées sur des fourneaux.

Solange était étonnée par l'importance de la plantation. Cabady et le raffineur semblaient ravis de lui décrire son fonctionnement dans son plus petit détail. Elle se trouva vite étourdie par la litanie des termes techniques assénés avec enthousiasme par ses hôtes, passant en revue, sans en omettre, tous les noms des outils, ustensiles, chaudières, pour finir avec les différents types de sucre.

Elle fut beaucoup plus intéressée quand ils lui expliquèrent comment les femmes enfournaient les cannes toute la journée et étaient relayées la nuit, car l'installation fonctionnait en continu six jours sur sept pendant les périodes où la canne était bonne à couper.

Elle remarqua une serpe accrochée en évidence près du mécanisme de la roue du moulin. Elle se demanda pourquoi c'était le seul outil ainsi rangé, alors qu'on lui avait dit que plusieurs femmes servaient ensemble le moulin.

— Les plus grosses cannes doivent être recoupées ?

— Non ! cette serpe ne sert qu'en cas d'accident — il hésita — euh, si une ouvrière se fait prendre la main dans le mécanisme, le mouvement du moulin ne peut être arrêté immédiatement, aussi la serpe permet de sectionner le membre prisonnier et d'éviter que le corps ne soit entièrement écrasé... .

— Quelle horreur ! et cela est-il déjà arrivé ?

— Non pas dans cette sucrerie, Dieu merci, mais ailleurs oui. Les esclaves peuvent finir par s'assoupir. La machine, elle, ne s'endort pas et est sans pitié.

Le raffineur intervint :

— On dit que les Anglais ont fait de la presse du moulin un instrument de châtiment des Noirs pour les plus grands crimes. Ils passent le criminel tout entier dans le mécanisme.

— Je ne suis pas sûr que ce soit vrai : on médit volontiers des voisins que l'on envie.

Ici en tout cas, il y a peu d'accidents. Mon troupeau de Noirs, je le ménage. Pas plus de dix-sept heures de travail par jour ; ils peuvent se reposer et dormir. Au retour dans leurs cases, les femmes trouvent le dîner déjà préparé, et les enfants prêts à être couchés. J'applique à la lettre les préconisations du Père Labat. Quoique non-Jésuite c'était un esprit curieux de tout et avait de très bons principes d'économie... et aussi de charité chrétienne.

— Je l'ai lu aussi son ouvrage : il n'aimait guère les Créoles !

— C'est vrai, il prétend que nous serions indolents et insolents, paresseux et vains.

— Ces gens qui viennent de France croient tout savoir et tout régenter. Son livre s'il est intéressant, a ses limites. Ce n'est pas parce qu'il a connu trois bonnes récoltes avec de bons prix que tous ses préceptes sont bons : il a eu beaucoup de chance, voilà tout.

Solange n'écoutait plus l'échange entre les deux hommes. Elle pensait à l'acier froid s'emparant de sa proie.

Elle pensait à la femme exténuée, moins attentive pendant la seconde fatidique où l'esprit demande grâce et s'échappe subrepticement de son corps. Le rappel soudain à la réalité, à la conscience… trop tard ! Les deux premiers doigts pris dans l'engrenage fatal, le bruit intérieur des os écrasés. Les hurlements, l'affolement et le choc brutal de la serpe. Le sang, le pansement sommaire, la nausée. N'est-ce pas elle, Solange, qui a la nausée ? La victime à peine délivrée sera-t-elle battue pour avoir fait perdre du temps à l'escouade chargée d'enfourner la canne ? Son sang n'a-t-il pas souillé une partie du précieux vesou[46] ?

Solange s'efforce de revenir au présent : la serpe ici n'a pas eu à servir. Elle n'a donc jamais été lavée ; sa lame n'a pas eu à être débarrassée de la peau ou des bouts d'os qui s'y seraient collés.

Son regard fixe la serpe patiente, imperturbable, accrochée à son clou, comme la buse sur le poteau attend la souris ou le petit gibier qui finira par passer à sa portée. Elle semble pencher vers la roue du moulin, son piège, qui comme le collet tendu par le braconnier étranglera son lapin. Sa lame incurvée semble lui sourire.

Vertige de la victime : Solange ne s'en sort pas ! Mais le grand changement est que ce n'est plus elle la victime : elle a changé de camp. Sa commisération, à quoi sert-elle ?

Ces malheureux, elle ne peut rien pour eux; pas plus à Saint-Domingue qu'à Beauvoir vis-à-vis des petits au ventre gonflé.

Ici, les petits esclaves sont, il est vrai, correctement nourris ; cependant tous les propriétaires ne raisonnent pas comme Cabady qui cherche à préserver ou augmenter son cheptel par le croît naturel. Eux trouvent plus rentable de faire des économies sur les dépenses quotidiennes d'entretien des esclaves et remplacer les victimes de l'épuisement et de la malnutrition par l'achat de nouveaux ouvriers. Alors dans leurs plantations, pas de sentiment : les grands volent leurs rations aux petits plus faibles.

Certains enfants, fraîchement arrivés sans famille d'Afrique, ne supportent pas leur condition. Solange en a rencontré un, la semaine passée, les yeux et un visage douloureux, terreux, sans haine. Allongé sur le sol, l'enfant ne parle pas, ne crie pas. Le visage gris, les yeux sont ailleurs. On ne s'occupe plus de lui. Il meurt au bord du chemin. Il

46 - Le vesou est le liquide qui sort de la canne à sucre quand on l'écrase.

a tout enduré : son enlèvement quand il gardait le troupeau, loin du village, le long voyage à pied, la tête sous un sac pour ne pas voir où il allait, le froid du bateau, les coups et les punitions injustes. Il ne comprend pas et n'en peut plus. Alors il a mangé de la terre. Il n'a pas mal au ventre et son âme, pleine d'espoir et souriante, s'apprête à rentrer au pays pour retrouver l'image perdue de son frère et de sa mère. Il se fondra dans l'esprit adoré par sa tribu.

Ce jour-là, la peine de Solange était au-delà de la révolte. Pourtant elle était restée impassible. Que faire ici ? Que fallait-il faire à Beauvoir pour éviter que les enfants meurent de faim ? Un chrétien, une chrétienne, peuvent-ils accepter cela ? Et elle ? Pourquoi Dieu tolère-t-il ces horreurs ?

La visite se poursuit avec l'étuve où l'on finit de blanchir le sucre, les magasins où on entrepose les formes qui finissent de sécher dans des récipients faits de terre absorbante de Rouen. Les tonneaux de sucre sont numérotés et leur poids est écrit sur le bois.

Solange passe dans la tonnellerie puis dans d'autres magasins annexes à la sucrerie. On y trouve notamment stockés les produits ajoutés lors de la purification du sucre. Il y a aussi des réserves alimentaires comme les barils de viande séchée de bœuf pour les esclaves : il paraît que parfois on y trouve de la viande de cheval avec les sabots tout ferrés ! Il est vrai que la tromperie est omniprésente : des raffineurs mettent du plâtre pour mieux blanchir le sucre, d'autres falsifient les poids des balances, ou trichent sur la tare des tonneaux.

Cabady la mène aux parcs et à la savane où paissent les bœufs qui seront attelés aux carrioles, les chevaux, et aussi les chèvres, les moutons. Là Solange retrouve les animaux de son pays. Ils terminent leur tour par le jardin où pousse le manioc, la nourriture quotidienne des esclaves.

On croise un Noir qui porte à sa ceinture une grappe de rats piégés, attachés ensemble par les pattes de derrière. Cabady donne quelque menue monnaie pour chaque rat tué. Il exige la totalité du corps (y compris la queue et la tête) pour la faire brûler immédiatement. À défaut, explique-t-il, on peut être sûr que le piégeur repartira monnayer à nouveau son tableau de chasse dans une autre plantation.

— La fraude est partout. Il faut sans cesse être en éveil, car dès que le maître relâche la surveillance, les esclaves en prennent à leur aise !

Le lendemain quand Solange se réveilla, très tôt, la plantation était déjà en effervescence. Restant dans son lit, elle entendit et reconstitua la scène : dans un carré, les Noirs coupaient les longues tiges ; elles étaient jetées le long du chemin et ramassées par une carriole tirée par quatre bœufs.

Le moulin tournait déjà et des femmes chantaient en enfournant les cannes dans sa mâchoire vorace. Les chants sont joyeux et rythmés ; ce n'est pas le matin que les moulins se nourrissent de chair humaine.

Les fourneaux brûlaient de la bagasse[47], des herbes sèches et du bois. Les chaudières bouillonnaient ; les ordres, les encouragements, les réprimandes, les hurlements d'enfants, toujours les chants, tout cela se mêlait.

En allant à la fenêtre, Solange vérifia d'un coup d'œil ce que son imagination avait reconstitué des bruits alentour. La plantation était comme une ruche en pleine activité. Les esclaves s'affairaient, chacun à sa place, sous l'œil exigeant d'un grand Noir plutôt bien habillé et qui visiblement prenait à cœur ses responsabilités : le fameux Commandeur que Cabady lui avait présenté hier et qui semblait très fier de sa fonction.

La nuit suivante, elle s'endormit au son régulier et humide du mouvement de la roue du moulin, du crépitement régulier de la pluie sur le toit et sur les feuilles des arbres. Ces instruments accompagnaient les chants lancinants et assourdis des esclaves qui travaillaient tard dans la nuit. Dans son sommeil, elle entendit des phrases entendues dans la journée :

— Pour mieux surveiller les ouvriers, il vaut mieux que l'habitation du maître soit à proximité des ateliers.

— Pour les tenir éveillés et éviter les accidents, laissons-les chanter !

Solange se réveilla dans l'obscurité. Une serpe luisante flottait dans sa chambre. Sa lame brillait des rayons de la lune. Elle frappait d'un coup sec les madriers des murs et les poutres de la charpente et à chaque coup, elle détachait un copeau, faisant apparaître alors une partie plus claire du bois. Elle voletait, légère et aucunement menaçante, presque joyeuse. La serpe avait faim de frapper.

Solange se leva engourdie et chercha une bougie éteinte dans le tiroir de sa table de nuit. Curieusement sa main se trouva coincée et

47 - La bagasse est le résidu de la canne à sucre issu du broyage de celle-ci une fois extrait le jus.

elle sentit son bras lentement aspiré dans le vide du meuble. Elle fut prise d'un haut-le-cœur. Ne pas attirer son attention et surtout ne pas crier ! La serpe devina sa détresse et, tout en continuant à battre les poutres et les madriers à rythme régulier, elle s'approcha d'elle, souriante, et en même temps menaçante et inexorable.

Solange voulut hurler. La peur et l'horreur étouffèrent ses cris comme si elle était bâillonnée. Elle était épouvantée ; la serpe la frappa d'un coup sec et brutal. Elle ne souffrit pas sur le coup. Elle vit un flot de sang jaillir de son bras coupé et la main morte tomber doucement par terre, bizarrement décoincée.

Elle se retrouva, cette fois bien réveillée, assise sur son lit, étouffant, sa main droite agrippée à son bras gauche coupé qu'elle ne sentait plus. Affolée, elle mit plusieurs secondes à se persuader qu'il était toujours là, étranger, ankylosé, ayant pris sans doute une mauvaise position pendant son sommeil.

Le matin en passant à la sucrerie, la serpe posée sur son clou continuait à lui sourire.

Solange lui parla :

— L'esclavage est une horreur. Je ne serai jamais maîtresse d'une plantation et je n'aurai jamais affaire à toi !

Nègres marrons dans les mornes

Godefroy avait accueilli pour quelques jours, Josépha, une de ses brus. Elle était venue à Port-François avec sa fille Madeleine et ses domestiques. Parmi celles-ci il y avait une petite fille, Nicolette, d'environ onze ans, qui servait de demoiselle de compagnie à sa très jeune maîtresse. Demoiselle de compagnie ou plutôt poupée, mascotte qui devait supporter sans broncher les incessantes sautes d'humeur de Madeleine. Celle-ci avait sept ans et avait eu l'habitude d'être obéie toute sa courte vie. Elle avait compris très tôt que la moindre plainte vis-à-vis d'un esclave se traduisait par un châtiment corporel ou le renvoi aux cannes à sucre (une punition bien dissuasive, le service domestique étant beaucoup moins dur que celui de la sucrerie) ; aussi les esclaves faisaient tout pour qu'elle soit toujours satisfaite, même dans ses caprices les plus puérils.

Ce jour-là, Madeleine était mal lunée, et c'est Nicolette qui en faisait les frais sous les yeux attendris de sa mère, mais aussi des femmes esclaves. Pour un motif futile, elle se mit à houspiller l'enfant ; bientôt, à ses hurlements, elle ajouta les voies de fait et se mit à la frapper avec une badine, comme elle avait vu faire un contremaître avec un ouvrier à la plantation. Elle commençait à avoir de la force et ses coups portaient. À un moment, Nicolette se recula et, en voulant l'atteindre,

Madeleine trébucha et heurta de la tête une chaise. La petite s'ouvrit l'arcade sourcilière : du sang, du spectacle, rien de grave.

Mais pour Madeleine et sa mère, il s'agissait d'une tentative d'assassinat ; aux braillements de douleur et de peur succédèrent les cris de colère et d'appel à la punition. Josépha exigea de son beau-père un châtiment exemplaire que celui-ci, très calme et souriant, refusa :

— Nicolette n'a rien fait de répréhensible et sous mon toit on ne la maltraitera pas : elle est déjà assez malheureuse d'être le souffre-douleur de ma petite fille !

La fureur de Madeleine augmenta à ces mots, elle tapa du pied, hurla de plus belle, se roula par terre. Sa mère, effrayée, la prit dans ses bras. Elle prétendit ne plus vouloir supporter Nicolette une seconde de plus.

— Tu vas retourner immédiatement à la plantation de sucre où on va te mettre au travail. Je ne vais pas te laisser assassiner ma fille comme ça ! Votre petite fille !

Indignée, elle fixa son beau-père comme s'il était complice d'un crime abominable. Elle se tourna vers Solange comme pour la prendre à témoin. Elle poursuivit sa colère :

— D'ailleurs, tu es grande, bien trop gâtée, déjà paresseuse. En plus, on m'a dit que tu étais une sorcière. Tu vas voir, couper les cannes et les enfourner, cela va te calmer, ma petite !

Solange avait observé la scène en silence. Nicolette restait impassible. Elle était comme elle, il y a quelques années à Beauvoir ou à Sermelles : seule et désarmée. Elle ne pouvait espérer aucune aide : Godefroy pouvait bien lui épargner la punition dans sa maison, en dehors, il ne pourrait la protéger d'une correction bien plus terrible encore. À la plantation, tous les esclaves, pour plaire à leur maîtresse et éviter pour eux-mêmes le bâton, seraient prêts à martyriser la petite sans arrière-pensée !

Elle eut un pincement au cœur. Elle se souvint soudain du couple d'enfants, qu'elle avait abandonnés à leur sort à Pondichéry. Elle eut une idée.

Solange devait se rendre le lendemain à la plantation de l'autre belle-fille de Godefroy, voisine de celle de Josépha. Les deux sucreries étaient adjacentes, ayant été concédées en même temps sur un grand terrain qui avait été divisé. Elles se situaient sur la rivière Jeannante, au-delà de Maribarrou.

— Si tu veux, j'emmènerai Nicolette avec moi en allant chez ta belle-sœur, je ferai un crochet par ta plantation où je proposerai à ton mari de la racheter ; je cherche une petite domestique depuis que je suis installée à Saint-Domingue.

Madeleine regarda Solange longuement et haussa les épaules.

— Méfie-toi Solange, tu viens de France, et tu ne connais pas ces petites misérables : si tu ne les frappes pas, elles te manquent de respect. Tu vas perdre ton temps et ton argent !

Le lendemain, Solange partit vers les plantations des fils de Godefroy : celui-ci lui avait fourni une escorte de deux hommes. Ils avaient trois chevaux et deux mules. Nicolette les accompagnait ; elle se tenait à l'écart et ne disait mot. Le Père Cabady était leur guide. Il avait prévu, après les avoir conduits, d'aller rencontrer le curé de l'église de Port Dauphin, sur la côte. Il était entendu qu'à l'issue de son séjour, les enfants de Godefroy raccompagneraient Solange à Port Dauphin. De là elle reviendrait en bateau au Cap-Français avec Cabady.

Le chemin était long pour la plantation ; il y avait des mornes à gravir ou à contourner et plusieurs rivières à traverser dont certaines gonflées par les gros orages. Ils avaient quitté Godefroy de bon matin. Les orages de la veille s'étaient dissipés et le ciel était immaculé. Des brumes semblaient s'accrocher aux sommets comme de légères mantilles.

Le Jésuite commença à décrire la route. Cet homme âgé, au-delà de sa vocation d'évangéliser les esclaves et exploiter sa plantation, était passionné de sciences naturelles.

On traversa la Petite Anse, la rivière Sainte-Rose, Limonade, Caracol, et l'on arriva dans l'après-midi dans la plantation Belin, où ils resteraient pour la nuit. Monsieur Belin leur avait déjà fait visiter sa plantation quand il se remit à pleuvoir. À l'abri, il continua avec Cabady à parler des innovations qu'il mettait en pratique pour améliorer la qualité du sucre raffiné. La conversation se poursuivit pendant le souper.

Solange observait, songeuse, une inscription gravée sur le manteau de la cheminée.

« L'homme actif a les biens, l'homme oisif a les maux,
Tout travail a sa récompense
Et la plus douce ici compense
L'amertume de nos travaux ».

Cabady la troubla dans ses rêves.

— Solange, Monsieur Belin est un savant et un homme de bien. Ses esclaves sont fiers de le servir. C'est un des rares propriétaires qui s'intéresse à leur éducation. Certains Nègres sont même capables de déchiffrer ce petit poème édifiant.

Monsieur Belin ajouta :

— Un problème bien délicat de savoir quelle éducation adéquate donner aux enfants esclaves, tant au physique qu'au moral, pour les rendre aptes à servir au mieux quand ils auront atteint l'âge adulte.

— Et en même temps, en rendant ces services pour lesquels ils sont faits, de jouir de toute la somme de bonheur que leur état d'esclavage peut comporter ! conclut Cabady.

Le lendemain, ils reprirent leur route. La mule et les chevaux avaient été nourris et soignés ; Nicolette et les domestiques s'étaient éclipsés discrètement la veille. Avaient-ils couché dans une case ? Dans l'écurie ? Ce matin, ils étaient là comme s'ils n'avaient pas bougé de la nuit. Solange avait connu la vie de servante. Elle devinait d'expérience qu'après s'être occupés de leurs montures, les serviteurs avaient dû faire leur propre cuisine, trouver l'eau et préparer leur couchage. Le matin, ils s'étaient levés bien avant elle pour harnacher les bêtes après les avoir à nouveau nourries et abreuvées, puis avaient cherché et chargé les bagages. Des tâches cachées, dont le maître ou le patron ne s'aperçoivent que lorsqu'elles ne sont pas effectuées.

— Le chemin sera plus difficile aujourd'hui, dit Cabady, mais aussi plus sauvage et plus intéressant.

Et effectivement, la route imposait d'escalader une succession de collines séparées par des vallées parcourues de rivières tumultueuses.

Plus on rentrait à l'intérieur de l'île et plus le sol devenait glissant et les descentes des ravines hasardeuses ; les montures s'épuisaient. Il fallut descendre de cheval.

Le Jésuite était moins intéressé par les difficultés du trajet que par la richesse de la forêt ; il se plaisait à décrire à Solange les diverses sortes d'arbres rencontrés : les arbres chandelles au bois réputé imputrescible, des pins propres à la mâture, les acajous, le morus tinctoria recherché pour sa teinture jaune. Il lui montra les arbres étrangleurs, ces lianes dont la graine est apportée par un oiseau au sommet d'un arbre et qui inexorablement, au bout de cinquante ou cent ans, finit par le recouvrir et l'étouffer.

— Un crime patient, inexorable, mais sans malice, dit-il.

Solange le regarda de l'air interrogatif que le Jésuite attendait.

— Si la graine est posée sur un rocher, c'est le rocher qui sera recouvert un siècle après.

Après la botanique, Cabany en vint à la zoologie :

— Les cochons que nous voyons, ce sont les Espagnols qui les ont introduits sur l'île et, depuis, ils se sont multipliés merveilleusement : ils fournissent de la viande fraîche. »

Puis il y eut une description d'autres espèces rencontrées : des pintades, des perroquets aux couleurs de feu… .

Ils s'attardèrent à observer le vol pétulant des colibris, ces petites boules de plumes moirées aux couleurs d'éclats de rubis, de topazes, de saphirs ou d'émeraudes, virevoltant, puis s'immobilisant en vol sans jamais se poser et aspirer le suc de la corolle d'une fleur d'hibiscus.

Dans le tintamare de la forêt, le Jésuite tenta d'isoler les chants des merles, des bouvreuils, des évêques, des pivoinets, des pailles en cul.

Ces explications firent oublier pour partie la difficulté de la progression, mais ne l'accélérèrent pas. Le Jésuite, emporté par sa passion de faire partager sa connaissance de la nature, voulut faire un petit détour pour présenter à Solange un spécimen énorme de fromager qu'il avait repéré en face de la colline où ils cheminaient.

On ne trouva pas l'arbre et l'on se perdit. On était arrivé au milieu de l'après-midi. Le ciel qui parfois perçait sous le feuillage était couvert ;

les oiseaux bientôt se turent et à la place de leurs chants on entendit enfler un roulement régulier.

Il se mit à pleuvoir. D'abord, ce furent quelques gouttes qui frappèrent bruyamment les feuilles. L'orage était là. Des éclairs terrifiants semblaient devoir tomber sur eux avec le fracas de bombardement du tonnerre. Bientôt se fut un déluge. Un mur d'eau ; rejoindre le chemin s'avéra impossible. L'urgence devenait maintenant de s'abriter. Le chemin n'était plus qu'un sentier inégal tracé par des animaux sauvages. Les branches fouettaient leurs visages à chaque pas, les pieds s'enfonçaient dans la boue. Des rigoles se formaient et bientôt il fallut quitter le bord d'une ravine, car la rivière, tout à l'heure un ruisseau, grossissait à chaque instant et inondait la sente. Remonter sur le morne, hors du chemin exigea de se frayer la route à la machette. Le Jésuite, entre deux coups de tonnerre, hurla qu'il y avait des grottes dans le morne et qu'il fallait tenter de les trouver. En attendant, l'orage s'amplifiait, le coup de vent devenait ouragan et, semblant se conjuguer avec la violence des éléments, la terre se mit à trembler. Des arbres tombèrent dans un vacarme déchirant. Les chevaux et la mule, affolés, devaient être retenus pour ne pas s'enfuir : les yeux exorbités, les bêtes ne reconnaissaient plus leur maître.

Le temps sembla s'arrêter. Assourdis, épuisés, ils commencèrent à ressentir le froid de la pluie. Avancer devenait toujours plus pénible. À tout moment, ils pouvaient être foudroyés. Au paroxysme de la tempête, ils aperçurent un trou sous un rocher. Le Jésuite cria de toutes ses forces :

— Une grotte, Dieu merci, protégeons-nous !

Ils se précipitèrent. À peine avaient-ils fait dix pas que Solange vit que le boyau de l'entrée de la grotte s'élargissait en une cavité beaucoup plus importante. Au milieu était un feu. Et autour il y avait une dizaine de Noirs en train de faire rôtir un cochon. Immédiatement le Jésuite fit mine de vouloir faire demi-tour. Trop tard ! Les Nègres marrons les cernaient.

Un des hommes se détacha du groupe. Il était plutôt plus petit que les autres, presque fluet. Il lui manquait une main. Il donnait une impression d'autorité et son regard nerveux dégageait une énergie brutale.

Comme un fauve, il dévisagea les nouveaux entrants tour à tour. Devant lui, les domestiques de Godefroy, pourtant de solides gaillards paraissaient subjugués, comme tétanisés par la puissance de ses yeux.

C'est le Jésuite qui l'interpela :

— Tu es Macandal, n'est-ce pas, un Nègre marron de l'habitation de Monsieur le Normand ? Je te reconnais à ton moignon de main. On dit que tu terrorises les Nègres des plantations et que tu les empoisonnes. Tu n'as pas retenu les leçons de ton baptême !

La voix de Cabady était forte. En même temps, Solange le sentit, elle partait de plus bas que d'habitude, manquait de fermeté et d'assurance. Le timbre contenait quelque chose d'étouffé, un manque de maîtrise qui laissait transparaître la crainte.

— Tu es le Père Cabady ?

Sa voix à lui était claire, sûre d'elle. Le Père opina de la tête.

— Au moins tu as la réputation d'être un homme juste. Et vous qui êtes-vous ?

— Nous sommes domestiques de Monsieur Godefroy ; nous accompagnons Mademoiselle Solange, sa pupille, à l'habitation d'un de ses fils.

— Si vous êtes chez Godefroy, vous n'êtes pas esclaves ; et la petite ici ?

— Elle est esclave à la plantation d'un des fils de Monsieur Godefroy, sur la Jeannante.

— Quel est ton nom ?

— Nicolette.

— Et d'où viens-tu ?

— J'appartiens à la tribu des Aradas. Mon grand frère et moi avons été enlevés il y a environ cinq ans en Afrique par des Ajouas. J'étais toute petite. On nous a mis des sacs sur la tête et nous avons marché longtemps. Puis, dans un port on nous a vendus à un capitaine blanc.

La fille pleurait en racontant son histoire.

— Ensuite, on nous a embarqués sur un bateau ; nous étions quasiment nus, quel froid, quelle humidité ! Nous avons cru que nous allions mourir de froid, puis de faim, enfin que nous allions être mangés. Certains, dans la cale, sont morts de maladie ; d'autres se sont noyés en sautant dans l'océan quand on sortait pour prendre un peu l'air et la lumière du jour. Et puis nous avons à nouveau été vendus et j'ai été séparée de mon frère. Je ne l'ai jamais revu depuis.

— Quel âge as-tu et quel âge avait-il ?

— Moi j'ai onze ans et lui doit avoir vingt ans, car il en avait quinze quand nous avons été capturés.

Macandal la regarda longuement. Son visage s'illumina :

— Le bateau s'appelait le Duc de Noailles et son capitaine Mesnard ! Tu es ma sœur !

Elle était éberluée.

Ils s'enlacèrent et s'embrassèrent longuement en pleurant.

Solange repensa aussi au petit agonisant vu l'autre jour, enlevé de la même manière que ces deux-là. Décidément, se dit-elle, on ne pouvait pas prétendre que tous les esclaves venant d'Afrique étaient des repris de justice ou des bandits. Ses yeux aussi étaient mouillés.

Macandal se tourna vers Solange, les dents serrées, l'air meurtrier.

— Et alors, celle-là, c'est ta maîtresse ? J'espère qu'elle n'est pas malfaisante.

— Non elle n'est pas méchante : elle m'a défendue et a empêché que je me fasse battre. Si nous sommes passés par ici, c'était qu'elle voulait me racheter et me sortir des griffes de mes mauvais maîtres.

Macandal se détourna sans mot dire et leur fit visiter la grotte.

— Nous avons découvert cette caverne par hasard en chassant. Elle est située entre les parties espagnoles et françaises. Les seuls Français qui s'aventurent ici sont ceux de la maréchaussée quand ils courent après nous pour empocher les primes liées à notre capture. Les Espagnols, eux, nous laissent tranquilles. Nous venons dans ces mornes pour tuer des bestiaux sauvages, boucaner la viande et préparer des fêtes et des cérémonies. Comme ce soir.

Solange observa qu'au-dessus du feu, haut dans la voûte, il y avait une ouverture qui servait de cheminée à la fumée. Pendant l'orage en tout cas, la fumée avait du mal à s'échapper et stagnait dans la grotte. Ses yeux piquaient. Solange pensa aux charbonniers dans la forêt de Chœur et aux maisons de Beauvoir.

Macandal montra à Cabady des restes de poteries et des fétiches.

— Tu vois là ce qui reste du peuple disparu des Indiens qui vivaient ici il y a cent ans.

Il montra aussi une boite en bois recouverte d'un enduit écaillé avec des dessins en ocre et en rouge. Il l'ouvrit : elle contenait une tête humaine parcheminée avec un chignon de cheveux et, dans les orbites des yeux, des galets peints qui lui donnaient un inquiétant regard.

— Demain, des Blancs, il ne restera plus que quelques objets de tout ce qui faisait leurs villes et leurs villages : une croix, une statue en pierre. Les Blancs aussi disparaîtront et nous mettrons leurs plus belles têtes dans des boites comme celle-là !

Il partit d'un rire dément et jovial.

— Je verrai demain ce que je ferai de vous. Mais ce soir, nous avons une cérémonie. Je pense que le Père Cabady ne sera pas content, à moins qu'il se convertisse !

Son rire tonitruant résonna à nouveau dans la cave.

— Il faut vous écarter du feu !

Il leur indiqua un coin de la grotte situé à une trentaine de pas du foyer et leur dit, d'un ton qui n'admettait pas la contradiction, de s'asseoir là.

Cérémonie dans la grotte — Vaudou

La grotte s'animait. Par dizaines, des nouveaux venus avaient trouvé le chemin de ce lieu supposé inconnu et perdu au milieu de la forêt. Ils arrivaient en silence. Un autre mystère : eux ne semblaient avoir été affectés ni par la pluie ni par la difficulté du chemin.

Tous des Noirs et de tous les types, et beaucoup de femmes, des jeunes, des plus âgées, des femmes rondes aussi : habillées pour des jours de fête ; Solange se rappela que l'on était samedi soir et que les esclaves avaient congé.

Tout à coup dans la grotte, un tambour se fit entendre, puis un deuxième. L'assemblée se réunit face au feu.

Solange vit deux musiciens à califourchon sur les tambours : des tronçons de bois creusés avec, à une extrémité, une peau de chèvre tendue. Ils les frappaient successivement du poignet et des doigts, l'un avec lenteur et l'autre plus rapidement. Elle reconnut des bamboulas, ces tambours courts, fabriqués avec un gros bambou.

Le son monotone et sourd emplit toute la caverne et lui donna la vie. L'assemblée s'élargit encore et deux autres feux furent allumés.

Des danseurs et des danseuses se firent face ; des femmes tapaient dans leurs mains, des hommes agitaient des calebasses qui chacune crissait sur un ton différent. Plus tard, Solange apprit que leur son variait selon qu'elles étaient remplies de sable, de petits cailloux ou de grains de maïs.

Un dialogue se fit entre deux chanteuses à la voix aigüe et celles qui battaient des mains. Des mouvements s'esquissèrent entre les danseurs, hommes et femmes. Le danseur tournait autour de la danseuse, en pivotant sur lui-même et en agitant un mouchoir rouge. Chacun tapant du pied en mesure, alternativement avec la pointe du pied, puis du talon. Une fois le mouvement accompli, le premier groupe de couples se retirait puis était remplacé par un autre.

Le bruit devint vacarme. Les danseurs étaient sans cesse plus nombreux. Un violon s'inséra dans le rythme général, suivi de deux benzas, sorte de violons primitifs. Des ombres fantastiques accompagnaient les participants et Solange constata combien la grotte paraissait vaste et semblait toujours s'agrandir.

Infatigables, les Noirs dansaient et, peu à peu, les déhanchements syncopés des corps se fondirent dans un mouvement plus gracieux, plus souple. Chaque acteur prenait sa place sans bousculer son voisin. Pas de poussière sur ce sol de sable grossier, la chaleur étouffante semblait devenir plus supportable. Les corps se rapprochaient, s'effleuraient, les yeux des couples se fixaient avec des sourires de plus en plus explicites.

Pendant les heures que dura la danse, l'oreille finit par s'habituer au bruit infernal de la musique. Solange put parler à ses voisins sans s'égosiller.

Des récipients furent apportés ; de l'alcool de canne, du tafia dans de grandes jarres, chacun se servant à l'aide de gobelets de bambous.

Nicolette se leva et se mit elle aussi à danser. Son corps juvénile sembla s'étoffer, son visage enfantin s'anima puis, progressivement, prit une vraie férocité. Les orbites de ses yeux parurent plus proéminentes, semblant vouloir s'envoler de sa tête. Elle retrouvait les mêmes mouvements, les mêmes sensations que jadis en Afrique quand elle dansait avec sa mère et les autres femmes. Et sans doute aujourd'hui, sa danse était plus appliquée, plus passionnée, plus furieuse.

Macandal se leva à son tour et se retira un instant. Quand il revint, il était habillé de rouge et était accompagné d'une autre femme opulente également habillée de rouge. Il avait près de lui un panier en herbes tressées.

Les deux se placèrent devant les feux. Brusquement le silence se fit. Les assistants se mirent à genoux. Macandal ouvrit le panier et son contenu tomba dans une cage : c'était une énorme couleuvre qui s'y lova doucement. Solange, pourtant éloignée du serpent, discerna ses yeux clairs à travers les barreaux.

Macandal d'une voix lente et solennelle s'adressa à ses fidèles. Sa voix était changée et les mots se détachaient fortement dans la caverne.

Macandal balaya lentement l'assemblée de son regard, le menton légèrement levé. Pas un bruit, pas un mouvement de l'assistance très recueillie.

— Ce soir, toujours plus nombreux, vous êtes venus adorer, supplier, offrir vos présents au Vaudou. La couleuvre sacrée va vous parler à travers la bouche de la Grande Prêtresse. Elle va prédire l'avenir, répondre à vos questions et satisfaire vos demandes.

Puis Macandal et son officiante articulèrent une longue prière, les participants reprenant à leur suite et en cœur chaque formule ; il y était question d'obéissance aveugle à la couleuvre et à ses grands prêtres, de châtiments inouïs et immédiats pour ceux qui imagineraient seulement trahir leur confiance et divulguer les secrets. Comme pour illustrer le danger de trahir, un chevreau fut amené. Macandal l'égorgea ; le sang fut recueilli dans une calebasse et avec la Grande Prêtresse, il passa parmi les rangs des assistants et, comme pour les unir tous dans leur serment, les aspergea de son sang. On n'entendait nul bruit autre que les pas de Macandal et de la femme sur le sable.

Le Père Cabady pendant ce temps s'était retiré dans un réduit de la grotte et le dos aux feux, priait et pleurait. Solange, elle, était fascinée par le spectacle : elle revoyait des cérémonies auxquelles elle pensait avoir assisté jadis en rêve aux carroirs[48].

À chaque parole, Macandal se dressait droit, noble. Il semblait grandir. Ses fidèles le fixaient hypnotisés, pénétrés de ses incantations ; à cet instant leur volonté était anéantie, et, marrons ou échappés de la plantation pour un soir, ils rentraient librement en esclavage.

Cet esclavage-là leur promettait du bonheur, ou au moins un espoir, une perspective de bonheur et de soulagement à leurs souffrances.

La cérémonie prit alors une autre tournure et les adorateurs du Vaudou vinrent faire leurs supplications à la Grande Prêtresse. Guérir

48 - Un carrefour, notamment dans la forêt ; là, suivant les traditions pouvaient se tenir le sabbat des sorciers.

un proche, calmer et adoucir un contremaître trop brutal, et puis donner ou rendre l'amour : réponse positive d'un aimé, affection ou retour d'un mari volage. Des demandes simples, modestes, pour des résultats immédiats.

Le suppliant déposait un cadeau caché sous un chapeau. La prêtresse alors se levait ; ses yeux révulsés semblaient scruter un autre monde dont la vue restait interdite à tous les autres. Elle répondait d'une voix grave et étrange en le rassurant. À certains, elle ordonnait de se munir de telle amulette ou tel sachet que Macandal alors lui remettait.

La procession sembla interminable. À un moment, toutes les demandes ayant été exaucées, le tambour, la danse, les chants reprirent sur un rythme encore plus fou. L'exaltation, les transes, l'hystérie atteignirent leur paroxysme. Des danseurs et des danseuses roulaient par terre, inconscients, agités par des tressaillements et des spasmes, puis étaient portés à l'air libre au dehors de la grotte pour reprendre leurs esprits.

Maintenant le déhanchement des femmes, leur sourire lascif, le rapprochement des corps des hommes, le battement des tambours et des mains en phase avec les battements du cœur ouvraient l'accès au monde du Vaudou. Solange, fascinée, eut elle aussi envie de se lever. Les domestiques noirs de Godefroy s'étaient depuis longtemps joints à l'assemblée. Cabady s'était rapproché et avait pris la main de Solange.

— C'est le diable, c'est abominable ! Et dire qu'ils sont tous baptisés ! Mon Dieu, pardonnez-leur ces blasphèmes, cette prostitution, cette orgie. Mon Dieu, pardonnez à votre pauvre pasteur incapable !

Il ne sanglotait plus. Il semblait penser à tout le travail à faire pour remettre son troupeau dans le droit chemin.

Solange resta assise et bercée ou plutôt envoûtée par les chants, épuisée de sommeil, finit par s'endormir.

Longtemps après, elle se réveilla. Les feux étaient éteints et l'obscurité régnait. La grotte était à nouveau vide et silencieuse ; elle avait repris sa taille initiale. Il ne restait rien de la cérémonie et des danses de la nuit.

Près d'elle, il y avait Macandal et Nicolette, les deux domestiques et Cabady qui semblait n'avoir pas bougé.

Ils sortirent de la grotte. L'air était frais, le ciel pur et, au loin, la mer immense étalait à l'infini un bleu profond.

Macandal parla d'une voix sourde et nerveuse.

— Il faut tuer tous les Blancs, et les Noirs qui ne veulent pas obéir au Vaudou ou qui trahissent leurs frères. Pour tuer un Noir, c'est facile : il suffit de lui dire qu'il est empoisonné ou qu'un sort a été jeté contre lui pour qu'il dépérisse.

Cabady l'interrompit :

— Les Blancs sont trop puissants, et tu te damnes en organisant ces cérémonies.

— À Saint-Domingue, il y a dix Nègres pour un Blanc. Les Blancs partent et les Nègres restent et continuent à arriver. Au train où vont les choses, dans trente ans, dans la foule à Saint-Domingue, on cherchera les Blancs. Déjà, ils manquent de soldats et sont obligés de se servir d'auxiliaires noirs. Quand les Noirs seront décidés à se soulever, il n'y aura pas de résistance.

— Oui, mais en attendant quelles perspectives ? Rester dans les collines ?

— Oui en attendant.

— Et si tu te fais prendre ?

— La maréchaussée n'est pas prête de me capturer : je suis sans cesse en voyage et aucun Noir ne me trahira : ils ont trop peur. Si j'étais pris, je n'ai aucune pitié à attendre : au mieux la corde, au pire la roue ou le bûcher. Mais je ne crains rien, l'Esprit est avec moi et peut-on enchaîner une mouche ? Au moment du supplice, je m'envolerai et narguerai mes bourreaux. Son regard se perdit alors dans le ciel, semblant accompagner le vol invisible d'un esprit protecteur.

Le lendemain, Macandal raccompagna Solange près de l'habitation de Josépha. Nicolette préféra rester avec son frère, malgré les protestations et les promesses de Solange, les conseils paternels de Cabady.

— Pourquoi vas-tu marronner ? Tu risques ta vie à rester avec ton frère.

— Justement.

Elle ne dit pas un mot de plus. Elle embrassa Solange et sortit de la grotte.

Macandal a fait jurer à ses prisonniers de ne jamais raconter ce qu'ils ont vu et surtout de ne pas divulguer l'emplacement de la grotte. Par mesure de précaution, ils furent raccompagnés par un autre chemin en faisant un grand détour pour finalement se retrouver près des plantations des enfants Godefroy. Toute cette route, ils la firent un sac sur la tête.

Avant d'arriver à la plantation, Solange demanda à Cabady pourquoi Macandal les avait libérés alors qu'il prétendait tuer tous les Blancs. C'est un domestique qui lui répondit.

— Il voulait tous nous tuer ! Je lui ai dit que nous étions sous la protection de Godefroy et que s'il touchait un seul de nos cheveux, Monsieur battrait toute l'île, le trouverait, l'attraperait et lui ferait subir le supplice des petits morceaux, et Nicolette avec elle.

Au regard interrogatif de Solange, il répondit :

— C'est un supplice de flibustier. Il s'agit de couper des morceaux du corps tout en gardant la victime vivante le plus longtemps possible : on commence par la première phalange du pouce du pied. Cela peut durer des jours entiers. C'était un supplice des flibustiers pour ceux qui ne voulaient pas avouer où se trouvait leur magot.

— Il aurait été capable de faire cela ?

Le Noir éclata de rire :

— Oui bien sûr !, et puis en voyant son visage défait, il se reprit, et bredouilla : euh, non bien sûr ! En tout cas Macandal l'a cru !

Solange dubitative pensa au visage couturé de son grand beau-père. Pendant le trajet de retour, elle eut le temps de réfléchir à ces évènements récents et à sa situation.

Elle n'a pas eu peur, elle ne peut pas avoir peur de Macandal : tous les deux viennent du même monde.

Mais, elle a changé de camp : hier elle était avec les charbonniers. Elle avait des idées simples : manger, se protéger et protéger Jean. Comme Macandal, ses moyens de défense consistaient en la puissance de son regard. Il avait un étrange pouvoir. Elle avait utilisé le sien en de multiples reprises de situations d'extrême danger. La peur qu'il inspirait compensait toutes ses faiblesses.

Malgré ce qu'en disait Buffier, ce don, elle l'avait possédé, et maintenant, elle l'avait perdu : plus elle avait gagné en éducation, moins elle avait eu à employer le magnétisme de ses yeux. Le temps avait agi. Devant ses orbites, il y avait comme un prisme qui diffractait le faisceau dur et étincelant de son regard désormais inoffensif. Elle avait perdu l'accès à ses pulsions animales, aux forces mystérieuses qui s'agitaient en elle et lui transmettaient sa puissance spontanée et sa violence salvatrice.

Ces forces, elle les avait vues aussi agir dans Macandal. Pour elle, entrée désormais dans un monde plus douillet et plus sûr, beaucoup plus instruite et animée par une foi en Dieu plus structurée et approfondie, elles s'étiolaient. Elle constatait même leur vanité et leur échec assuré.

Les esclaves de Saint-Domingue, ou les paysans de la forêt de Chœur, également ignorants, pouvaient s'épouvanter des sorts qui leur étaient jetés et mourir ; les uns persuadés d'être empoisonnés, les autres d'avoir été saisis par le diable parce qu'un voisin malfaisant leur avait pincé le bras d'une certaine manière.

Solange appartenait maintenant à la société de Buffier, celle du savoir et de la foi. Là, les traits de la sorcellerie qui perçaient toutes les cuirasses perdent toute efficacité. Ne plus croire en ces chimères la rendait aussi plus fragile, moins sûre d'elle.

Sa plus grande victoire, à Versailles au Trébuchet, elle en était venue même à la remettre en doute. À la réflexion, avoir été épargnée et respectée par le roi n'avait pas été dû aux ondes mystérieuses et maléfiques qui émanaient de ses yeux. Il était beaucoup plus probable qu'il avait reculé à la posséder, moins par la peur de sa résistance et ses supposées conséquences que par la surprise et le dépit liés à une entorse au programme prévu : les jeunes femmes mises à sa disposition étaient toujours consentantes.

La maréchaussée à la poursuite des Nègres marrons et des primes

— Les mornes ne sont plus dans les nuages ! Mais quel feu d'artifice hier soir et cette nuit, quels éclairs ! Ne traînons pas et mettons-nous en route !

Il était très tôt quand ils s'étaient rassemblés. Mouillebec se tourna vers un des archers du détachement, un Nègre libre du nom de Gustave.

Ce Mouillebec était un autre petit-fils du faux-saunier de Beauvoir qui jadis avait été envoyé aux galères, un frère du Mouillebec employé à Lorient.

— Les rivières seront gonflées et j'espère que nous pourrons monter. Aujourd'hui dimanche, je serais bien étonné si nous n'en capturions pas ; la chasse devrait être bonne.

Mouillebec était un exempt de la maréchaussée du Cap et commandait un détachement qui comprenait un brigadier et quatre archers.

La chasse aux Nègres était un bon moyen d'arrondir leurs appointements. Mouillebec aimait particulièrement s'aventurer aux confins de la partie espagnole. Le prévôt, son chef, était trop vieux et trop gras pour marcher dans la forêt et arpenter les mauvais chemins tracés par les bœufs et les cochons sauvages. Il ne s'intéressait pas à sa manière de chasser, se contentant d'empocher sa part des primes octroyées pour la capture des fugitifs.

Ce jour-là, ils étaient partis avec un nouvel archer, un mulâtre libre du nom de Tancrède. « Celui-là, il va falloir l'éduquer pour qu'il marche avec nous », pensa Mouillebec. Il n'était pas inquiet, les autres formaient un groupe très soudé et efficace.

— Alors Tancrède, tu connais le montant des primes : 100 livres pour un marron récupéré du côté de la frontière des Espagnols, 60 pour ceux pris dans les doubles montagnes, 30 livres pour ceux arrêtés sans billet hors de leur paroisse et 12 pour ceux arrêtés sans billet dans leur paroisse.
Toi, ta solde d'archer, c'est 300 livres par an. Aussi, notre chasse demain doit être fructueuse si tu veux nourrir tes enfants !

Les autres opinèrent en chœur.

— Alors, écoute-moi, ajouta Mouillebec, tu débutes, donc tu obéis et tu ne discutes jamais nos ordres ! La chasse est dangereuse et nécessite une grande prudence et une grande discrétion : tu ne dois parler sous aucun prétexte de notre manière de faire.

Ils marchaient dans une zone relativement plate et dégagée. La patrouille rencontra sur le chemin un Noir avec deux grands cabas bien remplis. Le dimanche, après avoir assisté à la messe et munis de l'autorisation de leurs maîtres, les esclaves étaient libérés de leurs obligations quotidiennes et pouvaient aller au marché en ville vendre le surplus de production de leurs jardins. Il n'y avait personne aux environs. Mouillebec l'arrêta. Un des archers renversa un des paniers.

— Tu es esclave de quelle plantation ?

— Je suis de la plantation Galifet et j'ai un billet de mon maître ! Je vais vendre mes fruits et mes légumes au marché.

— Montre-moi ton billet de permission.

Mouillebec déchira le papier sans le regarder et dit d'un ton sans réplique au Noir terrorisé :

— C'est bien ce que je pensais : ton billet ne vaut rien ! Bon, je n'ai pas le temps de te ramener au Cap et te mettre à l'amende. Je garde un de tes cabas. Tu as de la chance. La prochaine fois, sois en règle, je ne serai pas aussi généreux.

Ils continuèrent leur chemin en se partageant leur butin. Mouillebec fut satisfait de constater que le nouveau mangeait, comme les autres, les fruits confisqués et n'avait rien dit. Tancrède était très impressionné par l'autorité de son chef. Pourtant il demanda s'il n'y avait pas danger que le Noir, parti tout tremblant et déconfit, ne se plaigne à la ville. Mouillebec éclata de rire.

— Il ne s'y risquera pas : nous sommes six ici à pouvoir témoigner que son billet n'était pas en règle. Et s'il persistait, nous serions six à dire qu'il nous a manqué de respect, ce qui pour le moins lui vaudra quelques coups de trique. Il ne s'y risquera pas.

— Tancrède ne répondit pas. Il était admiratif : le fruit qu'il mangeait était bien sucré, et même s'il ne savait pas comment témoigner pourquoi le billet n'était pas en règle (il ne savait pas lire), il se dit qu'il pouvait avoir une confiance aveugle dans ce chef qui lui garantissait une meilleure pitance future pour lui et ses enfants. Ils s'enfoncèrent dans la forêt et Mouillebec poursuivit l'apprentissage de Tancrède.

Tu vois Tancrède, les primes sont plus importantes quand le Nègre marron est capturé dans les collines éloignées du Cap. Si nous capturons un Nègre près de la ville et le ramenons vivant au Cap, nous perdons notre temps. Nous ne pouvons pas nous disperser et la première prise, si elle est faite trop tôt dans la journée, peut gâter la chasse.

Les fugitifs sont tous dangereux et la crainte de la punition les rend prêts à tout pour ne pas se faire prendre. Aussi quand nous en voyons un, dès lors qu'il fait mine de s'enfuir ou de se défendre, nous l'abattons ; s'il est marqué au fer, alors on l'enterre sur place après avoir détaché l'étampe[49] qui servira de preuve pour obtenir la prime. S'il n'a pas d'étampe, alors on laisse le corps sur place et on le charge à la fin de la chasse sur le cheval. Dans tous les cas, on témoigne que le Nègre a été attrapé loin du Cap. Comme je te l'ai dit, la prime liée à sa capture est

49 - Marque au fer rouge indiquant le propriétaire.

plus avantageuse et donc ta part plus importante à la fin de la chasse.
Les propriétaires ne posent pas de question. Les esclaves fugitifs n'ont pas en général bon esprit et ne sont pas de bons ouvriers ; récupérés vivants et lourdement châtiés, ils ne travaillent pas mieux qu'avant. S'ils sont tués pendant le marronnage, leurs maîtres sont bien indemnisés par la Caisse des Nègres suppliciés. Je vais même te dire que certains propriétaires m'ont demandé de traiter comme des esclaves fugitifs de vieux esclaves surâgés qu'ils avaient transportés impotents dans les collines… .

Les autres s'esclaffèrent et Tancrède rit avec eux.

Vers le milieu de l'après-midi, ils rencontrèrent la trace des pas de Solange et du Père Cabady et la suivirent.

Quelle identité pour Solange ?

Solange se regardait songeuse dans le miroir de sa chambre. Elle était arrivée à Saint-Domingue depuis maintenant plus de deux ans.

A dix-huit ans, Solange avait déjà connu six vies : enfant abandonnée, soutien de famille, domestique dans plusieurs maisons, peu ou prou la maîtresse du roi, veuve d'un aventurier déclassé, actuellement gouvernante du grand-père de feu son mari.

Elle avait fait deux fois le tour de l'Afrique, avait abordé à Pondichéry et habitait maintenant Saint-Domingue. Cinq ans auparavant, elle ignorait même l'existence de la mer !

Elle s'était décidée à ne pas se contenter de l'éducation dispensée par Buffier. Aux heures les plus chaudes de la journée, quand les autres allaient dormir, elle dévorait les livres qu'elle recevait de Bordeaux.

À son jeune âge, et au-delà de ses connaissances livresques, Solange avait acquis une expérience de la vie incomparable et avait pu découvrir la multiplicité des pays et des peuples qui vivaient sur terre.

Elle avait connu la misère des orphelins des campagnes. Elle avait observé l'exploitation modèle d'un nobliau paysan. Elle avait servi dans le château d'un duc et pair de France. Elle avait couché dans un lit royal.

Elle avait navigué au loin, observé un combat naval et essuyé des ouragans. Elle avait pu constater les effets de la guerre dans Pondichéry dévastée.

Elle avait vu fonctionner des plantations dans les îles d'Amérique, assisté à des ventes d'êtres humains, à la séparation déchirante de familles, à des châtiments cruels. Elle avait pu comparer les misères : ces malheureux esclaves étaient-ils plus à plaindre que les paysans sans terres de Beauvoir ?

Elle avait connu le froid coupant des hivers berrichons, l'humidité perçante des risées marines, la chaleur plombée du pot au noir et la moiteur accompagnatrice de fièvres des Indes Orientales ou des îles.

Solange était passée à travers toutes ces épreuves sans avoir conscience de nuire à quiconque. Sans savoir si cela était un titre de gloire, elle avait aussi conservé sa virginité (ce n'était pas le moindre miracle !). Elle était à la tête d'une fortune immense, mais sans emploi.

Et cela s'était fait d'une certaine manière tout seul : des occasions s'étaient présentées et elle ne les avait pas gâchées, voilà tout. Rien n'était venu d'une quelconque ambition, d'une soif de reconnaissance ou d'obtention de richesses.

Elle se mettait même à douter. Était-elle la même Solange que la petite fille en haillons et perdue que le brave curé Delort avait tiré de la fange ? Était-elle encore la petite servante que Monsieur Audenay voulait déflorer ? La jeune favorite d'un soir qui avait fait reculer le roi, l'aide-soignante de sa duègne, puis de son mari agonisant et impuissant, la jeune fille sage éduquée par le Jésuite ? Qui était-elle aujourd'hui ?

Solange continuait à se regarder dans le miroir. Il y a cinq ans, elle n'avait jamais vu l'image de son visage !

Elle avait changé de nom et son instinct de conservation, encore amplifié par les conseils du Jésuite, lui dictait de garder le plus grand secret sur ses vies passées. Il lui fallait toujours dissimuler : la Solange de Beauvoir, la petite-fille de la sorcière qui avait été brûlée, surtout, son mariage avec le chevalier qui lui avait apporté sa fortune et qui en même temps les avait mis, elle et son frère, en danger mortel.

Se cacher n'était pas difficile : nul dans ce monde ne pourrait imaginer les multiples étapes de sa vie, dont chacune correspondait à des vêtements, une coiffure, des parures différentes, mais aussi un port, une attitude, une manière de parler toujours modifiés. Dans le bal masqué de l'existence, la même personne peut jouer tour à tour une souillon, une soubrette, une maîtresse, une fille noble, voire une reine sans être reconnue dans son passage d'une vie à une autre. À chaque nouveau rôle, le regard des autres change et s'adapte à son nouveau déguisement. Indifférent pour la souillon, concupiscent pour la jolie soubrette, respectueux pour la reine.

Une partie de cache-cache où Solange n'est pas découverte. Et cela malgré son prénom qu'elle avait toujours refusé de changer et ses yeux inoubliables, francs, innocents, interrogatifs, et en cas de nécessité des armes. Quand on menaçait d'abuser d'elle ou de faire du mal à son frère, ses yeux alors fixaient l'ennemi, pleins de colère, avec un masque de haine et de passion propres à faire reculer les plus dangereux des prédateurs. Yeux de vipère, d'oiseau de proie, effrayants. Le chasseur de jupon, tout à coup confronté à des terreurs ancestrales, se métamorphose à son tour en proie, ou plutôt se trouve dompté, tel un chiot agressif fait une retraite piteuse, la queue entre les jambes et les oreilles rabattues, quand son maître agacé lui hurle après. Toujours face au miroir, elle se rassura : non ! Son don n'était pas perdu : dans sa vie récente, plus confortable et moins dangereuse, il n'avait simplement pas eu à s'employer. Ses yeux, si la situation l'exigeait, elle saurait bien à nouveau les mobiliser. En attendant, en les gardant modestement baissés, ils devenaient plus ternes, moins lumineux, plus ordinaires, complétant ainsi ses déguisements.

Combien de temps sa vie continuerait-elle ainsi ? Si l'influence de ses actions délibérées avait été dérisoire dans cet enchaînement d'évènements qui l'avait conduite des charbonniers de Beauvoir au Cap-Français dans la maison de Godefroy, la part de la Providence était, elle, tout à fait essentielle. Solange en tirait un sentiment d'impuissance grandissant et une grande inquiétude pour l'avenir : tout n'allait-il pas se retourner pour le pire ? N'avait-elle pas épuisé les bienfaits que semblaient vouloir lui octroyer Dieu ?

Sa conversion sincère à la religion de Buffier, l'acquisition de connaissances étendues et d'un mode de raisonnement logique s'étaient substituées à son animisme et à son ignorance.

Pour autant, Dieu lui paraissait éloigné et peu commode à mobiliser. Dans son monde d'hier, les esprits malins, même si aujourd'hui, ils se révélaient factices, pouvaient être appelés à toute heure et avaient été au rendez-vous.

Dans son enfance, elle était persuadée d'appartenir à une sous-race de paysans ou de serviteurs inférieure en tout. Comme les parias qu'elle avait plus tard rencontrés à Pondichéry. Ce sentiment avait changé. Les représentants de ce monde extérieur à Beauvoir, hier inaccessible, ne l'impressionnaient plus guère et elle les apparentait à des familles peu glorieuses : les bouffis d'orgueil, les faussement savants, les aveuglés par les préjugés, les cupides ou jouisseurs, les méchants ou sadiques, les stupides ou paresseux. Avec le temps, elle se surprenait à considérer que si elle aimait Godefroy ou son défunt petit-fils pour leur force vitale, leur générosité, ils restaient des enfants brutaux au jugement trop rapide, les reliques d'un temps dépassé. Seuls échappaient à ce jugement le Père Buffier à qui elle vouait une admiration et une reconnaissance sans bornes et le curé Delort pour sa vraie modestie et sa profonde honnêteté.

Ses forces avaient désormais changé de nature : elles pouvaient être fondées sur sa compréhension du milieu, sa capacité à anticiper les dangers ou à résoudre des difficultés. Pour autant, toutes ses nouvelles facultés nourrissaient son inquiétude : ses connaissances, son expérience de la vie, son discernement, sa méfiance au regard des autres humains agissaient maintenant sur elle comme des freins à sa spontanéité naturelle, inhibaient son aptitude passée à prendre des décisions dictées par l'intuition.

Malgré les progrès de sa situation matérielle, les nouveaux atouts intellectuels dont elle disposait, elle demeurait plus vulnérable qu'avant. Elle en venait presque à regretter les menaces du passé : moins nombreuses et plus prévisibles, moins redoutables et moins complexes aussi.

Elle restait seule, sans famille. Elle ne pouvait compter que sur elle-même. Elle avait à concevoir des échéances et à se préparer un avenir. Mais était-elle en mesure de prendre son destin en main ?

Plus que jamais, elle comprenait ce qu'elle n'avait pas voulu admettre de Buffier : son état de femme rendait sa position plus précaire.

Godefroy était un homme âgé qui pouvait mourir à tout moment et dans ce cas, elle serait chassée de la maison avec Antoinette. Alors, elle se retrouvait femme mineure sans tuteur, dans un milieu qui aurait beau jeu de la spolier et de la détruire.

La question de son frère la taraudait toutes les nuits. Elle recevait ses lettres pleines d'entrain, insistant sur ses progrès à l'école de chant, sur le fait qu'il maîtrisait couramment l'italien. Maintenant, il était à Venise qu'il évoquait avec émotion et enthousiasme. Il entamait l'étude de l'opéra italien. Tout semblait aller pour le mieux. Cependant, il restait pour elle cet enfant dépendant d'elle qu'elle avait abandonné.

Qu'allait-il devenir ? En tout cas, il semblait tout à fait exclu, en supposant qu'un jour ils puissent se réunir à nouveau, qu'il devienne son protecteur, son soutien à elle.

Elle avait un autre motif de désarroi quand elle pensait à Jean. Certes, ce n'était pas pour l'argent qu'elle l'avait abandonné ! Non, elle avait été persuadée par Buffier que rester ensemble au retour de Pondichéry équivalait à un arrêt de mort pour les deux. Quand cette terrible sentence serait-elle levée ? Solange était prête à échanger tout son argent pour récupérer son Jean et vivre avec lui sans danger. Arrêter de se cacher !

Le trésor restait virtuel, et sa fortune supposée demeurait une vanité dangereuse, un mirage impalpable : des cailloux brillants cachés dans des bas. Un trésor impossible à monnayer au-delà des quelques traites négociées par les Pères des Missions étrangères avant son départ pour Saint-Domingue.

Enfin, elle se rendait compte qu'elle ne supportait plus la misère. Pour elle et pour les autres.

Dans le temps, vivre à Beauvoir dans des conditions de dénuement absolu avait pu être enduré : elle n'avait connu que ce monde. Là, elle participait à la douleur, aux privations de tous les autres habitants ; c'était un quotidien naturel sans perspective. Solange savait qu'elle ne pourrait accepter de retomber dans la déchéance des gens de Beauvoir.

En même temps, la misère des autres lui était en horreur, comme la bêtise ou la mort. Son impuissance devant l'esclavage, qu'elle considérait comme la perversion absolue, la mettait en rage. La posture de Godefroy de refuser l'esclavage en n'ayant pas d'esclaves ne lui paraissait pas suffisante. Pire encore, avoir financé les plantations de ses fils médiocres, révélait une faiblesse méprisable. Cette dernière pensée, elle en avait honte et essayait, en vain, de la combattre.

Sa rencontre avec Macandal et la leçon reçue de Nicolette qui, elle, n'avait pas abandonné son frère, l'avaient convaincue qu'elle ne pourrait vivre durablement à Saint-Domingue. Croiser des esclaves dans les rues de Port-François suffisait à lui faire honte, lui était physiquement insupportable. Elle devinait leur haine, la comprenait, en venait même à la souhaiter et en même temps, elle en avait peur. Elle ne ferait jamais partie de leur camp, non parce qu'elle n'en avait pas envie, mais parce qu'eux ne l'accepteraient jamais.

Et puis au bout de deux ans, elle se lassait de la chaleur, de l'humidité, de cette végétation trop riche. Le manque de contraste des saisons, ces forêts toujours vertes. Parfois elle avait la nostalgie des collines adoucies de Beauvoir, des arbres qui bordaient la capricieuse Arnon.

Il fallait partir. Pour où, pour quoi faire ? Le miroir restait muet.

Bal chez le gouverneur

Il y avait bal chez le Gouverneur ce mardi. En entrant avec Godefroy et ses enfants dans le palais, Solange s'était trouvée mal à l'aise sans qu'elle comprenne tout d'abord pourquoi. Il régnait une atmosphère étrange. Et puis elle saisit : elle se trouvait dans une assemblée où l'écrasante majorité des participants étaient des Blancs. Blancs évidemment tous les invités (Godefroy, pour accompagner Solange, avait abandonné Antoinette qui le lui avait proposé), blancs les soldats qui faisaient les honneurs et la plupart des valets qui remplissaient les coupes et offraient des rafraîchissements.

Dans les habitations que Solange avait fréquentées, certes les maîtres étaient blancs, mais la domesticité noire était omniprésente. Elle se dit que dans les cuisines, les écuries du palais du gouverneur, la situation devait être très différente. Ce soir-là dans la salle de réception, les Noirs étaient rares ; elle aurait presque pu se croire en France.

Elle n'eut pas le temps de continuer à penser à la singularité de cette réception. Dès son arrivée, Solange fut très entourée : le récit de son aventure avait fait le tour de l'île et elle était considérée comme une miraculée. Sa beauté, sa jeunesse rendaient particulièrement excitante sa rencontre avec Macandal, ce sorcier meurtrier. L'évocation même des cérémonies sacrilèges et orgiaques de ce Belzébuth noir mettait le feu à l'imagination des habitants présents et encore plus de leurs épouses et de leurs filles.

— C'est un vrai prodige que vous soyez parmi nous ce soir !

— Vous étiez véritablement tombée dans la gueule du loup !

— Et vous n'avez pas eu peur !

— Il vous a menacé, violenté ? Comment est-il, ce monstre ?

Elles étaient nombreuses autour d'elle voulant avoir des détails et éprouver le frisson elles aussi.

En effet, les domestiques de Godefroy n'avaient pu tenir leur parole de garder secrète leur aventure et, de toute façon, il avait fallu expliquer la disparition de Nicolette. Solange s'efforçait de minimiser l'évènement et restait très discrète sur cette nuit dans la caverne. Comme Cabady qui au fond de lui-même regrettait de ne pas avoir été tué dans le Morne : il n'avait pas joué son rôle de missionnaire et de martyr. Il avait été lâche et aurait dû se lever et jeter la couleuvre dans le feu plutôt que de prier et de pleurnicher. Il s'en voulait aussi d'avoir ralenti la marche du groupe par son envie d'herboriser et de faire partager sa passion pour les plantes et les fleurs : il avait mis en danger la vie de Solange et des autres !

Josépha, pour la dixième fois reprenait, cette fois sur le ton du glapissement, ce refrain qu'elle servait à Solange depuis son retour chez Godefroy :

— Je t'avais dit que c'était une folie de vouloir t'occuper de ce petit monstre de Nicolette : et maintenant, on apprend que son frère est sorcier ! elle aussi est sorcière, j'en suis sûre ! Si on l'attrape celle-là, pas de pitié ! Les petits serpents venimeux, il faut les écraser dans leur nid !

Un Monsieur Le Normand l'interrompit :

— Macandal, il était dans ma plantation. Un jeune esclave plutôt doux et soumis. Pour le punir d'une faute vénielle, il avait été mis au chargement du moulin à cannes, un travail de femme. J'avais préféré ce châtiment au fouet, par humanité. Mal m'en a pris. Il s'est senti tellement humilié que la fureur et la révolte ont envahi son esprit. Il a perdu toute raison et, aveuglé par la rage, il a oublié le danger du mécanisme. Au bout d'une heure, sa main était broyée dans la presse. Dès qu'il a été guéri, il a maronné sans jamais être repris et depuis ce temps il terrorise les mornes.

Godefroy poursuivit, en s'adressant à Solange :

— Il a été prudent de ne pas te faire de mal. Je pense qu'il n'est pas si bête et qu'il savait à quoi s'attendre, s'il avait touché un seul de tes cheveux, ou également de Cabady ou de mes hommes.

Il n'exprima pas la suite de sa pensée. Son œil était mauvais, inquiétant. Solange se rappela la remarque du domestique. Godefroy resterait toute sa vie le flibustier dangereux de sa jeunesse.

Ils n'étaient pas loin d'un autre groupe agglutiné. En son centre trônait le marquis de Vaudreuil, un homme dont le physique ne payait pas de mine, mais dont les fonctions de véritable vice-roi de Saint-Domingue lui permettaient de briller en société. Autour de lui se pressaient nombre d'invités qui voulaient se faire remarquer par le représentant du monarque dans l'île. Parmi eux, Solange reconnut quelques-unes des très jeunes femmes qui l'avaient accompagnée sur le bateau venant de France. Habillées avec soin, poudrées et coiffées, l'urgence pour ces grandes poupées était de montrer leur fragile beauté avant qu'elle ne se fane.

Timides pour la plupart, les nouveaux arrivants fraîchement débarqués tentaient de s'approcher et de se présenter au Gouverneur : un passeport indispensable pour être reçu par la société du Cap-Français.

Le diamant que Solange avait fait monter sur une fine chaîne en or pendant son court passage à Bordeaux détournait les regards des hommes de son visage lumineux.

Personne n'aurait pu reconnaître en Solange, la fille sortie il y a moins de cinq ans de la fange la plus répugnante. Le sauvageon maigrelet était devenu le porte-greffe d'un arbre délicat aux fleurs éclatantes dont on pouvait attendre avec intérêt les fruits généreux. Hier incapable de lire ou d'écrire et sans aucune éducation, aujourd'hui, elle apparaissait sous les lustres du salon du palais du gouverneur comme une jeune femme cultivée, s'exprimant avec grâce et à l'aise.

Le jeune homme fut troublé. Il ne put faire immédiatement le rapprochement avec la fille, pieds nus et en haillons, qu'il avait entrevue avec son frère idiot et châtré à la quintaine, il y avait maintenant des années, ou même celle, à peine plus civilisée à qui il avait appris à

Sermelles quelques rudiments de lecture. Il était persuadé de l'avoir déjà croisée quelque part ! Pendant qu'il s'interrogeait, Vaudreuil s'adressa à elle :

— Vous êtes donc notre belle héroïne. Eh bien ! on peut dire que vous l'avez échappé belle : sortir vivante des mains de cet empoisonneur, de ce criminel ! Mais on va finir par le capturer et lui régler son compte. La maréchaussée l'a raté de peu cet après-midi. Pour autant, je viens tout juste d'apprendre que l'on a réussi à tuer un de ses complices et une petite négrite fugitive qui l'accompagnait. C'était la petite esclave qui vous accompagnait quand vous avez été capturés. On peut se demander d'ailleurs si ce n'est pas elle qui vous a guidés sournoisement vers Macandal qui, on le sait maintenant, était son frère. J'ai fait donner une bonne prime aux chasseurs et les ai encouragés à poursuivre leur traque.

Solange baissa la tête. La fuite de Nicolette aurait été courte, comme sa vie. Solange voulait pleurer, pourtant à quoi bon marquer son chagrin ou sa colère et Solange a appris à rester discrète. Elle se tut. Tous se félicitaient de ces deux morts, de la disparition de Nicolette, sauf le Père Cabady qui demanda où était son corps, car il voulait l'enterrer. Selon le Jésuite, la petite n'était pour rien dans leur capture. C'était une gentille enfant : si elle avait maronné, c'était d'abord pour rester avec son frère, et sans doute également pour éviter de rester en servitude, même avec Solange comme nouvelle maîtresse. À vrai dire, on pouvait aussi comprendre ce manque de confiance !

Les personnes qui l'entendirent ne prirent pas la peine de lui répondre : leur silence valait incompréhension et mépris pour un homme, un prêtre qui plus est, qui osait prendre la défense de cette esclave marron que l'on avait vue danser le vaudou. De la graine de sorcière !

Solange pensa à Jean : Nicolette avait refusé la séparation d'avec son frère. Elle se dit maintenant qu'au sortir de Beauvoir, elle n'aurait jamais abandonné Jean. Pour elle, Solange, les circonstances avaient évolué : la raison, l'éducation et la sagesse lui avaient imposé la rupture du lien fraternel. Tout cela du fait de la cupidité humaine et de la peur.

Triste, elle leva la tête, son regard balayant lentement la profondeur de l'assemblée. Il s'immobilisa soudain. Elle avait reconnu Antoine Audenay.

En le fixant, elle permit aux yeux d'Antoine Audenay de rejoindre les siens. Aussitôt, il revit les couleurs claires de ses iris et aussi cette petite tache rouge dans le blanc de l'œil gauche qu'il avait distinguées jadis le jour de la quintaine à Mareuil.

Pour eux deux, le temps s'arrêta. Ils étaient seuls dans ce grand salon où les pampilles des lustres tremblaient avec les flammes des bougies. Tous leurs sens se concentraient dans l'échange silencieux des faisceaux de leurs yeux.

— Je retrouve ma bien-aimée,
Ses yeux verts et jaunes m'ont souri.
Ensorcèle-moi belle Solange !
Tu seras mon guide, mon épouse.

— Je découvre mon bien-aimé
Je suis dans la lumière et j'exulte.
Viens vers moi, Antoine !
Tu seras mon futur, mon époux.

Godefroy témoin de cette rencontre fulgurante, les regardait avec indulgence et envie.

Le marquis de Vaudreuil interrompit leur dialogue muet.

— Mademoiselle, je vous présente Antoine Audenay, originaire du Berry, où son père possède une seigneurie. Il est arrivé à Saint-Domingue il y a quelques jours pour étudier le négoce et la culture de la canne à sucre.

Solange se réveilla de son rêve. Elle rougit, baissa les yeux et fit une gracieuse révérence. Godefroy poursuivit les présentations.

— Monsieur Audenay, Solange est ma pupille. Je suis heureux de vous accueillir dans ma demeure pendant votre séjour. Solange, Monsieur de Sermelles m'a été recommandé par des commerçants de Bordeaux.

Quelques jours plus tôt, pendant l'absence de Solange, Antoine s'était présenté à Godefroy avec la lettre du Grand Maître de la loge mère de Bordeaux. Sans lui laisser le temps de réagir, Godefroy poursuivit :

— Vos bagages ont déjà été transportés chez moi ! Votre chambre est préparée.

Promesse de moments délicieux.

Comme s'enlacent des arbres jumeaux,
Dont les troncs s'enroulent ensemble en une tresse soudée,
Nos corps se confondront dans les liens de nos bras,
Mes doigts dans ses cheveux, les siens sur ma poitrine.
Nous dormirons paisibles dans les nuits répétées.

Cette nuit-là, ils se revirent donc dans la chambre de Solange. Chez l'ancien flibustier, chez Antoinette, les convenances ou la bienséance n'avaient pas leur place pour des amoureux.

Étreintes lentes et paisibles, redoublées aussi.

« Comme le lys entre les chardons
Telle est ma bien-aimée entre les jeunes femmes. »

« Comme le pommier parmi les arbres d'un verger,
Ainsi mon bien aimé parmi les jeunes hommes. » [50]

Ils évoquèrent leur avenir. Antoine expliqua qu'il envisageait de s'installer comme planteur de cannes à sucre à Saint-Domingue. Solange répliqua avec douceur et fermeté que cette vie ne serait pas pour elle.

Leur discussion à voix basse se poursuivit une grande partie de la nuit. Le matin, Antoine était convaincu et heureux de rentrer en France.

Solange Touflé, créole de Saint-Domingue désargentée acceptait de prendre le risque d'accompagner son futur mari pour s'installer à Sermelles.

Dans le matin clair, accompagnés par le chant des oiseaux rassurés par le jour et par le retour du beau temps après l'orage de la veille, ils allèrent voir Godefroy et Antoinette. Avant même qu'ils disent un mot, Godefroy parla.

— Vous allez bientôt vous marier ! C'est bien et nous vous bénissons.
Solange, tu as égayé ces dernières années ; tu nous as apporté ton charme et ton naturel. Ta place n'est plus parmi nous. Antoinette et moi, nous sommes vieux et nous allons bientôt

50 - Cantique des Cantiques 2 V1 et 2

mourir. Depuis longtemps, ce pays n'est plus le mien ; il ne sera jamais le tien. Partez d'ici sans arrière-pensée. Rentrez en France et soyez heureux.

Solange tourna la tête vers Antoinette. Celle-ci sourit doucement :

— Je saurai soigner tes rosiers et leurs parfums nous feront penser à toi. Comme je ferai moins de cuisine dans l'avenir, j'aurai plus de temps pour les fleurs.

Godefroy ajouta :

— Si je meurs le premier, Antoinette aura de quoi vivre dans une petite maison. Je me suis arrangé avec Cabady pour qu'elle reçoive discrètement pendant toute sa vie une rente. Mes fils auront toute ma fortune connue.

Leur départ eut lieu un mois plus tard. Entre-temps, il l'avait vue en secret, et lui avait indiqué précisément où était enfoui son trésor à lui.

3ème PARTIE :

RETOUR À SERMELLES

Le cabaretier de Mareuil

À l'hôtel du Lion d'Or, on reçoit les passagers de la poste. Ils peuvent dormir, manger et boire.

L'hôtel est situé à la sortie de Mareuil, sur la route d'Issoudun. C'est un établissement avec ses écuries, un bâtiment long à deux étages contenant les dortoirs et des chambres, le logement des maîtres et ceux des domestiques. Il y a aussi des granges et une basse-cour.

Là, dans une grande salle, les artisans se retrouvent tous les jours pour boire un pichet autour de tables faites de larges planches posées sur des tréteaux. Les dimanches et les jours de fête, ils sont rejoints par les laboureurs après la messe. On y fait des affaires, après s'être échauffé. Le vin n'est ni bon ni fort, mais pour un buveur occasionnel, à petite dose, il fait son effet ; a fortiori quand on en boit beaucoup et souvent.

Au cabaret, on croise les fainéants du village. À part les servantes et la patronne, il n'y a pas de femmes, sauf les voyageuses, en général très discrètes, et cela vaut mieux pour elles.

Outre les gens du pays et les passagers des diligences, on y reçoit toutes sortes de personnes, certaines peu fréquentables : des charbonniers, grands escogriffes à peau noire et aux yeux rouges à l'occasion d'un changement de quartier, des colporteurs bien chargés en transit entre deux foires ou deux fêtes seigneuriales. Difficile de distinguer le brave mercier craintif du faux-saunier méfiant et menacé des galères, ou encore du simple coupe-jarret prêt à égorger à la première occasion pour quelques pièces.

Tous les voyageurs qui ne sont pas du pays sont des clients suspects ; il faut montrer son argent avant de prendre pension et on paye d'avance. Une exception pour les domestiques qui viennent de la Marche[51] pour se faire embaucher pour les moissons : on les connaît, car ils reviennent d'une année sur l'autre.

Le cabaretier Mouillebec, lui-même n'est pas du pays, même s'il prétend y avoir de la famille. Un beau jour, il y a trois ans environ, il est venu d'on ne sait où. Ami d'un notaire de Bourges, à ce qu'il disait, il avait appris la mise en vente du relais de poste et il l'avait acheté. Achat comptant et sans discuter. Au début, il avait été discret, poli, voire obséquieux avec les personnalités établies du village. Il avait tenté de montrer qu'il était éduqué. Rien n'y fit et à sa grande frustration, les notables ne l'ont jamais accepté parmi eux, alors qu'il s'estimait bien leur égal. Beau parleur, raisonneur, il organisa bientôt son propre cercle avec ceux qui comme lui se sentaient injustement méprisés et n'avaient pas accès à la société du château.

Au cabaret, il y a toujours un peu d'animation. C'est l'effervescence les jours de foire ou quand s'arrête la poste et qu'il faut accueillir les voyageurs et s'occuper des attelages.

Le dimanche ou le matin des jours de fête, la salle est tranquille, car beaucoup sont à l'église. Le patron fait ses Pâques, uniquement ses Pâques. C'est le minimum requis, à défaut c'est l'excommunication qui, certes serait fâcheuse pour le commerce. En revanche, les dimanches ordinaires, tous les autres dimanches, il s'abstient d'Église. À un auditoire bien choisi, il dit en souriant d'un air entendu pour justifier son assiduité réduite aux offices :

— J'ai un contrat particulier avec le Bon Dieu !

Il reste toutefois peu disert sur ce sujet, car on ne sait pas à qui on a affaire, et il n'a pas très envie que ce discours légèrement blasphématoire remonte aux oreilles du curé et qu'il soit évoqué à confesse.

Au confessionnal justement, donc une seule fois par an, avant Pâques, il redevient le petit garçon timide et cauteleux de jadis. Là, il bredouille quelques propos insignifiants qui valent un tarif minimum pour la pénitence. Au préalable, il a fait le vide dans sa tête pour

51 - Ancienne Province au sud du Berry couvrant le nord du Limousin

oublier tout ce qu'il aurait été gênant d'avouer. Comme le curé lui reproche ses absences répétées à la messe, il s'embrouille en disant qu'il ne peut laisser les fourneaux sans surveillance, qu'il voudrait bien y aller, mais que... ce n'est pas possible. Moins on en dit, moins on ment.

Sans rire, il prétend se sacrifier lui-même en autorisant ses servantes et ses commis à aller à l'office ; cette libéralité le contraint de rester pour maintenir le cabaret ouvert pendant ce temps. Il est ému et va presque lui-même croire en sa grandeur d'âme.

Le curé lui rappelle avec patience la priorité d'aller à la messe, de prier, de choisir entre le salut éternel futur et l'argent immédiat des clients. Le cabaretier opine dans le noir du confessionnal. Il sort dégagé et ravi de s'en être tiré à bon compte. Il se sent purifié et satisfait comme un paysan qui pense avoir bien vendu une vache à la foire.

S'il ne va pas à la messe, il assiste encore moins aux processions. Et quand elles passent, il reste discrètement à l'intérieur : il ne sort pas sur le devant de sa boutique pour regarder passer d'un air narquois les petites transhumances des ouailles.

S'il a du dépit à être toisé de haut par le « château », il ne se gêne pas pour tourner en ridicule ces bêtes de paysans qui triment toute la journée, se cassent le dos et éreintent leurs membres pour subsister. Dans l'enfance, la glèbe leur colle au cul, plus tard elle les aspire dans les sillons et, à la fin, les accueille en son sein. Des vers de terre : voilà comment il les appelle.

Mouillebec n'était pas arrivé à Mareuil par hasard.

Cette nouvelle affaire de chaussures importées par les Jésuites avait obsédé ses nuits. Après le départ des enfants de Lorient, il avait poursuivi son enquête auprès des membres de l'équipage et des officiers de l'Écueil. Il était persuadé que la cargaison, ou plutôt la partie cachée et précieuse de la cargaison n'était pas au fond de la mer.

Ce couple bizarre formé par Solange et Jean s'était évaporé dès son arrivée à Paris. Ses correspondants avaient perdu leurs traces. Très réservés par ailleurs, ils avaient dit trop fort qu'ils allaient à Bourges. Ils mentaient. Mouillebec avait la certitude que les enfants n'étaient pas partis vers le Berry. Cette vente du diamant par le capitaine lui donnait des frissons rétrospectifs. Le magot lui échappait à nouveau ! Il était furieux de ne pas avoir pu les suivre lui-même : à l'époque, il devait répondre de certaines accusations de malversations vis-à-vis de la Compagnie. Partir brusquement, et sans explications, aurait été vu comme une fuite révélatrice de sa culpabilité.

Ses démarches pour les retrouver n'avaient pas abouti. Tout ce qu'il savait, c'était que tous deux étaient originaires d'une bourgade appelée Mareuil au plus profond du Berry.

Craignant de finir par se faire pincer pour ses combines à Lorient et ayant le vague espoir qu'un jour il pourrait dénouer cette affaire à son avantage et empocher une énorme fortune, il décida de chercher la première occasion de s'exiler dans cette campagne perdue. On ne sait jamais : les enfants pourraient réapparaître un jour dans leur pays natal.

Mouillebec n'était pas étranger au Berry ; il avait repris contact avec certains cousins charbonniers ; certains savaient écrire. C'est par eux qu'il avait appris la possibilité d'acquérir l'auberge. Il ne laissa pas passer sa chance quand le relais du Lion d'Or fut à vendre. Il déménagea un jour sans tambour ni trompette avec sa femme et sa fille après avoir réalisé son patrimoine et assuré son immunité. Personne ne chercha à le poursuivre : homme habile, il avait su compromettre ses patrons dans ses combines.

Depuis lors, il était donc cabaretier à Mareuil avec sa femme, faisant ses affaires, pas toujours honnêtes et n'hésitant pas par exemple à financer des opérations de faux-sauniers, prêtant à usure ou prostituant quelque naïve fille de ferme auprès de collègues cabaretiers de la ville. Malgré les interdictions, on jouait aussi au Lion d'Or, et pour de l'argent.

Comme l'araignée attend patiemment l'arrivée de son repas sur sa toile, il ne perdait jamais de vue son objectif primordial, son rêve : mettre la main sur le trésor des Jésuites.

En attendant, il fait fructifier son fonds de commerce qui se compose d'abord des artisans du village, avant les paysans. Il y a le cordonnier Lejau, le corroyeur Chippault, Mirepied le maréchal-ferrant. On y voit aussi les employés de la vieille forge qui ont besoin d'étancher leur soif après une journée épuisante passée à proximité des fours. L'animation et les cris du cabaret leur paraissent un souffle discret par rapport aux coups assourdissants du martinet qu'ils ont endurés pendant des heures.

C'est là aussi que traînassent les bons à rien de la paroisse qui finissent leur existence, abrutis d'eau-de-vie, parfois en abandonnant à la misère une femme et des enfants : les Machecroute, les Auray, les Bavouzet qui font la honte de leur famille réduite à la charité publique.

Il y a quelques tables où l'on boit et une grande table d'hôtes où les passagers de la poste peuvent se restaurer.

On ne voit jamais chez lui le curé ou le vicaire de la paroisse. Ceux-là dans leurs prêches stigmatisent ceux qui perdent leur temps et leur argent dans son établissement. Si parfois il accueille un religieux ou un curé en voyage, celui-ci reste en retrait des conversations et des beuveries.

On n'y rencontre pas non plus Monsieur de Sermelles, ses fermiers ou son garde-chasse.

On n'y voit pas davantage le médecin qui peste contre ceux qui détruisent leur santé en ce lieu.

Au Lion d'Or, les discussions se font à haute voix; on n'a pas peur de s'exprimer, on n'est pas au confessionnal. Le cabaretier est un caractère : il sait lire, il lit et rapporte ce qu'il lit. Sur tout, il a un avis péremptoire. Son auditoire, beaucoup moins instruit que lui, il sait toujours le convaincre. À Lorient, il faisait ses affaires en sous-main, dans la discrétion qui convenait à son emploi et à ses relations compliquées au sein de la Compagnie, comme avec les Jésuites. À Mareuil, il se trouve coq de village, comme libéré; un petit seigneur entouré de sa cour d'ivrognes.

Le cabaretier se méfie du curé. Il le devine, il en sait beaucoup plus sur son compte que lui, Mouillebec, n'en avoue au confessionnal. Surtout, il cherche à lui enlever ses clients. Mais être vu comme un ennemi et non simplement perçu comme une créature inférieure ou infréquentable, c'est déjà une marque d'honneur dont Mouillebec tire une certaine fierté.

Il en veut particulièrement au médecin qui le méprise ostensiblement. Il le lui rend bien : « il n'est rien de plus qu'un excrément d'Esculape ». Cette expression impressionne beaucoup quand il jure ainsi ! Le médecin, cet incapable qui n'a pas pu guérir sa fille. Ah ! il aurait beaucoup mieux fait de la confier aux herbes de la Mauduite ! Et tant pis si elle est une sorcière ! En tout cas, elle en a guéri plus que notre médecin, et pour bien moins cher !

Les voyageurs, il les traite avec rudesse et leur fait payer le prix fort le privilège de dormir et de manger chez lui. Mouillebec est une grande gueule, avec ses plaisanteries douteuses cent fois répétées. « Vous êtes dégoûtés par mes lieux d'aisance ? On y patauge dans la merde ? Ils sentent mauvais ? Allez donc dans le jardin, vous engraisserez mes navets ! Si vous avez des envies de pisser la nuit, je vous vendrai une chandelle, mais attention aux loups-garous ! » Et les joyeux buveurs familiers du lieu d'éclater de rire bruyamment devant le voyageur intimidé, fatigué et résigné.

« Vous n'aimez pas mon ragoût ? Eh bien tant pis pour vous. Il est trop cher ? Il faudra quand même payer mon cher ! »

L'homme d'esprit a auprès de lui le soir un cénacle choisi, notamment le meunier Tabuteau. De lui, on dit qu'il s'enrichit trop vite : il tricherait sur les poids. Il y a aussi Lenoir, un « artiste vétérinaire », Baicgrau un régisseur de domaine. Ce dernier, depuis son arrivée, se vante d'avoir gagné plus d'argent que son maître. Celui-ci, installé bien loin à la ville, lui laisse les coudées franches et le paye mal.

Ceux-là ont aussi des choses à dire contre le seigneur et le curé.

Tabuteau peste contre la dernière quintaine, cette joute nautique où il a dû encore se ridiculiser.

— Se mettre quasiment tout nu, aller sur une barque et tâcher d'atteindre la cible avec une perche. Avec toutes les chances de tomber à l'eau et devoir payer l'amende sous les quolibets de la foule. Ils n'ont que cela à faire ? En plus, c'est aux meuniers de fournir les perches ? Et pourquoi donc ? Parce que c'est la coutume ? Quelle coutume ? Comment peut-on ainsi encore s'humilier devant le seigneur ? Car le seigneur est toujours présent et est le premier à rire quand on tombe à l'eau. Et son rire, on n'entend que lui sur tout le mail ! En outre ; il a le front de prétendre que mon moulin est mal tenu et que mes mesures sont fausses et frauduleuses !

Tout le monde acquiesce et tout le monde sait aussi que le seigneur a conseillé aux paysans de payer les droits de banalité en argent et non en nature pour ne pas se faire gruger par Tabuteau. Il les a aussi incités à exiger que le moulin soit à point rond. Le point carré permet en effet au meunier de conserver un peu de farine supplémentaire.

— Je serais un voleur ? Encore faut-il avoir des preuves avant d'accuser quelqu'un. En tout cas, je ne suis pas plus malhonnête que les autres, que tous les autres. Par rapport à mes confrères, on peut dire que les paroissiens ont beaucoup de chance.

Ah il est bien gentil avec ses paysans le seigneur, seulement qu'il ne se mêle pas de ma petite gratte ! Il faut bien que je mange moi aussi, et ce n'est pas avec l'affermage qu'il m'impose que je peux nourrir mes enfants !
Est-on d'ailleurs bien sûr qu'il les a bien les titres de la banalité ? Mon père me disait qu'avant la guerre de Cent Ans, il n'y avait pas de moulin à Mareuil et que les gens allaient moudre soit à Chezal, soit à l'abbaye de la Prée. Quand les Anglais ont détruit ces deux moulins, ce sont les paysans et les bourgeois de Mareuil qui ont construit le moulin actuel, et le seigneur du moment se l'est approprié avec les droits de mouture qui vont avec.
Mais comment va-t-on plaider cela ? À Issoudun ? Et avec quel argent ? Et qui va juger ? Le seigneur ?

Mouillebec surenchérit :
— Ces droits féodaux exorbitants, j'en crève aussi avec mon cabaret. La semaine prochaine à l'église sera publié le banvin. Le seigneur sera seul à vendre son vin sur Mareuil : le château devient l'unique cabaret licite et les autres cabarets ne peuvent plus vendre de vin ou alors soixante sols d'amende ! Le Seigneur liquide son stock de mauvaise piquette de l'année écoulée et fait de la place dans ses caves ! Mais c'est au mois d'août qu'on boit et pas au mois de février ! Comme s'il avait besoin de cet argent ! Comment je vis, moi, pendant ce temps-là ? Et, j'en suis sûr, il outrepasse ses droits et il fait venir du vin du dehors. On n'en finit jamais de percer les tonneaux des vignes du seigneur. Les noces de Cana, c'était rien par rapport à tout le vin qu'il nous sort de sa petite vigne !
— Mais tu ne peux pas dire qu'il n'est pas honnête, notre seigneur ?
— Honnête, oui il l'est pour défendre ses intérêts ; il défend strictement et honnêtement ses intérêts, les droits que ses ancêtres ont jadis volés. Écoute un peu : ces droits dont ils disposent, ces droits qui nous écorchent et vous écorchent, ils ne sont pas apparus par une opération du Saint-Esprit. En supposant qu'ils soient véritables, écrits et vérifiés, ses ancêtres les ont pris par force à d'autres seigneurs plus faibles ou aux enfants des seigneurs partis aux croisades. On ne pleurera pas non plus le sort

de ces enfants dépossédés, car leurs parents avaient aussi des mœurs de loups.

— Mais Audenay, au moins, tu sais bien qu'il n'a rien volé, lui, puisque son grand-père était laboureur comme ton père !

— Oui bien sûr, cependant n'est-il pas un voleur celui qui achète en le sachant une chose volée ? Et puis d'où vient l'argent de son achat ? Quand il était régisseur des Charost, ils n'ont pas dû s'enrichir les Charost, en tout cas pas sur leurs terres de Mareuil. Ces régisseurs ! On sait tous comment ils vivent, je ne dis pas cela pour toi, Baicgrau !

L'autre qui s'était levé l'air indigné, se rassit.

— Et sais-tu une chose ? Depuis qu'il est devenu noble, ton honnête Audenay, tu payes la taille que lui payait ! Car l'impôt de la Paroisse n'a pas diminué, et lui, depuis qu'il est anobli, il n'en paye plus !

Ils passent en revue tous leurs griefs. À défaut de jurer contre le curé, ils s'en prennent aux Jésuites que parfois, au milieu de leurs délires avinés, ils appellent des Juifs ! Saigneurs des laboureurs et du bon peuple !

— Depuis qu'ils ont assassiné Henry III et Henry IV, les Jésuites sont confesseurs des rois, tellement ceux-ci ont peur d'eux : tu parles, dans leurs théories, si le roi désobéit au Pape, alors on est en droit de l'assassiner ! Comme ils ont besoin d'être certains qu'il soit obéissant, ils veulent savoir précisément ce que le roi pense au-delà même de ce qu'il fait, alors notre pauvre roi, il est forcé d'avoir un Jésuite comme confesseur. Ils ne sont même pas Français, mais Espagnols, Italiens et en tout cas vendus au Pape à qui ils ont juré obéissance. C'est l'armée du Pape ; leur chef, il se nomme Général et il n'est pas Français. Quand nous avions notre roi Louis XIV, on n'avait pas grand-chose à craindre ; maintenant, avec ce roi si fragile qui est resté si longtemps sous la coupe de cardinaux et d'abbés, comment imaginer qu'il puisse leur résister ? D'ailleurs, on voit bien ce que cela a donné : après avoir gagné toutes les batailles, pris des provinces, des places fortes, il fait une paix dite magnanime, une paix blanche. Tu parles oui ! Il rend tout ! A-t-on déjà vu cela : toute l'Europe se moque de nous ! Voilà à quoi cela sert d'avoir des étrangers comme confesseurs, ils servent la politique de l'étranger. Alors nos soldats vaillants se font tuer pour le roi, et lui, dans le secret du confessionnal, à genoux devant un Jésuite bien gras, vautré dans un fauteuil trop mou, il rend comme un petit garçon puni les justes fruits que nos ennemis ont perdus sur les champs de bataille. On a fait la guerre pour le roi de Prusse !

Les autres le regardent, admiratifs, un peu effrayés de ses paroles, lorgnant l'assistance en espérant qu'il n'y ait pas un mouchard. Lui, debout, content de ses paroles, se rengorge et se ressert un verre de sa bouteille de vin cachetée.

Les paysans présents ne comprennent rien à son discours, mais sont subjugués.

Ce jour-là, les nouvelles sont mauvaises : la maréchaussée a intercepté des faux-sauniers qui traversaient la forêt.

Mouillebec est furieux, car des mules lui appartenant ont été prises et confisquées. Heureusement, les gabelous ne savent pas qu'il en était le propriétaire, et il se gardera bien d'aller les réclamer. Il est assez habile pour ne pas être soupçonné, néanmoins avec les bêtes et la mise d'argent pour monter le transport et le profit, voilà une belle somme de perdue. Il ne décolère pas, et il a beaucoup bu. Il n'y a pas encore de voyageurs ce jour-là, sa parole s'abandonne.

— Il n'y a plus rien à faire avec ce régime pourri. Le sel est produit 1, le petit peuple est forcé de l'acheter 5 pour des quantités imposées. Il est temps que tout cela se termine et cela se terminera mal, je vous le prédis. L'oppression, la corruption, cela ne peut plus durer. Les pauvres accablés de tributs n'ont plus envie de travailler ; pourquoi travailler quand on arrache leur nourriture de la bouche de ses enfants ? Et pourquoi ? Pour construire les palais de ces messieurs, acheter des perles à leurs catins, engraisser des armées toujours plus nombreuses et plus inutiles depuis qu'il n'y a plus danger d'être envahi !

Et s'il n'y avait que le roi ! Mais il y a aussi les fermiers des impôts ; ceux-là aussi se servent au passage, sans doute aussi bien que le roi. Qui nous débarrassera de ces sangsues ? Qui égorgera ces pourceaux qui se vautrent dans leur luxe et leurs orgies répugnantes ?

Leurs rêves à toutes ces fripouilles, c'est nous réduire en esclavage comme les nègres des colonies ; ils finiront par nous vendre à l'encan, à séparer les familles, à trafiquer la vertu de nos filles, à corrompre nos fils. Le seigneur qui veut planter de la forêt à la place de ses champs vendra ses paysans en surnombre à la manufacture ou à l'exploitation qui a besoin de bras.

Tout à coup les têtes se tournent à un bruit brutal : une servante a laissé tomber maladroitement une assiette et son contenu par terre. L'assiette se casse. La petite demande pardon en prétendant que l'assiette lui a glissé des mains.

— Mais petite garce, où tu te crois ? Tu t'imagines que je te paye à rien faire qu'à casser ma vaisselle et à engraisser le parquet de mes repas ?

Il la soufflette sans retenir sa main.

— Ah oui, ici on n'est pas à la ville où les femmes font la loi, où elles prétendent être l'égale de l'homme ! Tu te crois où ? Tu n'es pas contente ?

La petite pleure.

— Oui tu peux pleurnicher tant que tu veux, ça ne réparera pas mon assiette ; elle te sera retenue sur tes gages.

Les autres rient. La fille sanglote piteusement : les têtes se détournent ; Mouillebec poursuit son soliloque. À cet instant l'attention de l'assemblée fut interrompue par un bruit de chevaux : l'arrivée de la poste.

De la grosse berline sortirent des personnes épuisées par le voyage et qui, après un mauvais repas et une exécrable nuit, poursuivraient leur périple.

Parmi les voyageurs, on reconnut le jeune Antoine Audenay qui était parti de Mareuil depuis plusieurs années. Il était accompagné d'une très belle jeune femme que personne ne connaissait. Le couple fit également décharger plusieurs grosses malles. Ils se dirigèrent à pied vers le château de Mareuil, laissant leurs bagages aux bons soins de Mouillebec, en attendant que des domestiques viennent les chercher de Sermelles. Le cabaretier, tout en courbettes serviles devant

Antoine Audenay et Solange, leur dit que c'était pour lui un honneur de les garder à l'abri et qu'elles ne pouvaient pas être mieux en sécurité que dans son auberge.

L'étoile des merciers

Les deux merciers ne se connaissaient pas avant d'arriver au Lion d'Or. Tous deux venaient pour la foire du lendemain, un mercredi, sous la halle couverte à la place du château.

Ils s'étaient donc rencontrés en posant leurs lourds sacs dans le dortoir commun de l'auberge, une sorte d'étable pour êtres humains, qu'ils partageaient avec d'autres camelots. Une servante leur avait servi dans une écuelle une louche pleine d'un fricot sorti d'un chaudron où mijotaient des racines dans une épaisse bouillie de céréales. De quoi peser dans le ventre et oublier la faim. S'il y avait des morceaux de viande, ils s'étaient dissous dans la masse de ce plat baptisé pompeusement ragoût de bœuf.

On ne décrira pas leur visage et leur apparence, sauf que l'un et l'autre, comme tous les petits colporteurs, étaient chargés comme les mules d'une caravane. Bien sûr des étoffes, des rubans, des modèles de dentelle pour des coiffes, et aussi du fil, des petits ciseaux, des couteaux, des écritoires, des cartes à jouer, des dés, des livres à la couverture bleue… .

Ils avaient fini par sympathiser et à discuter de leurs affaires. L'un venait de Saint-Amand, l'autre ne parlait pas le patois berrichon. D'un français hésitant teinté d'un fort accent étranger, il avait demandé à l'aubergiste si le seigneur de Sermelles serait présent en son château le lendemain.

L'aubergiste répondit de manière à être entendu par toute la salle :

— Vous venez de loin et avez sans doute rendez-vous avec Monseigneur pour une affaire importante ?

Des têtes se levèrent :

— Peut-être, dit l'autre en trébuchant sur des mots. J'ai tenté de le voir cet après-midi et l'on m'a dit qu'il n'était pas présent.

Mouillebec haussa les épaules :

— Je ne suis pas le chambellan de Monsieur le Comte de Sermelles et ne connais l'heure de ses audiences privées.

Un gras éclat de rire repris par une assistance gouailleuse accompagna ce fin trait d'esprit. L'étranger n'insista pas et dit à mi-voix à son nouveau compagnon : « Il faut quand même que je le vois ; pour cela j'ai fait un grand détour ».

La salle commune où s'entassaient les voyageurs ordinaires pour se restaurer était crasseuse, aveugle, surchauffée après une chaude journée d'été. Les odeurs les plus diverses émanaient des corps et des habits non lavés depuis un bail ; des insectes couraient dans tous les sens sur les murs et les paillasses. Les latrines étaient un tel spectacle d'abomination que nos deux colporteurs préférèrent se soulager dans un jardin attenant à l'auberge, toilettes champêtres dont ils constatèrent vite que ce n'étaient pas eux qui les avaient inaugurées !

Le grand grenier qui servait de dortoir avait été loti de quelques chambres privatives dont les cloisons de séparation tenaient davantage du rideau que du mur. Dans ces chambres avaient été attirés les voyageurs de la poste ; pour les hommes seuls, des servantes aux âges et embonpoints variables et à l'hygiène toujours déplorable se proposaient, moyennant finance, de les consoler de leurs insomnies assurées.

Sur leurs paillasses, nos deux merciers eurent du mal à trouver le sommeil au milieu des ronflements, gémissements et divers grincements de parquets et de portes. Couchés l'un à côté de l'autre, ils chuchotaient :

— Je ne t'ai pas vu à la foire à la Vieille à la Mi-Carême, et d'ailleurs es-tu déjà venu par ici ?

— Non. La foire à la Vieille, de quoi s'agit-il ?
— À l'occasion de la Mi-Carême, les enfants chassent la Mort du village et en profitent pour se moquer des vieilles femmes.
— En Italie, on a des fêtes identiques, dit-il.

Le premier apprit au second que sa visite au seigneur de Sermelles était pour lui livrer un paquet qui venait de Venise, son pays d'origine. Ce paquet, il avait reçu l'ordre de le livrer en mains propres à son destinataire. En échange, il devait obtenir un reçu qui, à son retour, lui permettrait de recevoir le prix de son voyage.

Le mot « Venise » eut un effet merveilleux sur le second mercier ; il lui posa mille questions sur cette cité. L'autre ne se fit pas prier pour décrire la ville qui flotte sur les flots, ses fêtes, sa richesse. Les églises, les palais somptueux où l'on accède à partir de bateaux décorés de statues dorées ; il parla du carnaval pendant lequel les habitants, aux visages cachés par des loups, changent d'identité. Alors, les pauvres deviennent des rois, des reines et des ducs, les riches se parent de haillons en soie moirée dans des mascarades durant plusieurs jours. Il décrivit la féérie des feux d'artifice, des opéras où les princes et les riches commerçants se précipitent pour écouter des musiques composées au Paradis et chantées par des anges dont on n'est pas capable de savoir si ce sont des garçons ou des filles.

Le mercier français n'avait guère voyagé en dehors de son pays. Il était bouche bée et demanda s'il était possible de faire des affaires dans ce pays de cocagne ; l'autre devint plus sérieux et indiqua que tout ce qui était beau était déjà fabriqué à Venise ou à Murano à l'exception des articles importés des Indes ou de Chine.

— À Venise, on vient pour apprendre ou, si l'on veut faire du commerce, on achète !, Et les marchandises sont très précieuses et très chères ! Quant à apprendre, tu sais, j'ai connu un petit Français là-bas, il était à l'école des petits chanteurs et logeait chez un confrère de l'apothicaire qui m'emploie. J'y pense d'ailleurs, il devait être originaire d'un pays qui n'est pas loin d'ici. Le pauvre garçon, il avait eu un accident quand il était petit, un cochon lui avait croqué les parties ; chez nous, c'est plutôt le barbier qui est commis à cet office. Il était sans famille, sauf disait-il une sœur qui était loin et qu'il semblait adorer. Il voulait se faire engager dans le chœur d'une chapelle. Plus tard il voulait rejoindre sa sœur.

La matinée suivante, ils firent leurs affaires à la halle, le seigneur de Sermelles étant toujours absent ; en revanche, en discutant avec des chalands du village, ils apprirent qu'il serait présent le lendemain à la procession de la Saint Marc à la chapelle de Chœurs, dans la forêt de Bommiers. De fait, cette assemblée qui attirait un peuple innombrable était l'occasion d'une foire. Nos deux amis se décidèrent très vite à faire le trajet, quitte, du fait du poids des marchandises qu'ils transportaient à dormir en route à la belle étoile.

Ils partirent en fin d'après-midi malgré les avis de certains qui leur dirent que le chemin était risqué la nuit et la forêt mal fréquentée.

Certains autres qui avaient pu entendre leur conversation les suivirent avec des yeux de prédateurs.

On ne les vit pas à la foire de la chapelle.

Leurs corps ensanglantés furent retrouvés sous un tas de feuilles plusieurs jours plus tard. Ils avaient été frappés à coups de hache et leurs ballots pillés.

L'enquête permit de déterminer, à partir des livres d'heures et des chapelets trouvés dans leurs besaces, que les deux merciers étaient chrétiens ; l'un d'entre eux s'appelait Jacques, quant à l'autre on ne put connaître son nom. Leurs agresseurs ne furent jamais retrouvés. Les dépouilles de ces malheureux furent inhumées au cimetière du bourg voisin de Dampierre.

Le procureur du roi fut appelé pour enquête. Il prescrivit aux curés des paroisses entourant la forêt de Chœur d'ordonner à leurs paroissiens de dénoncer tout ce qu'ils pouvaient savoir sur ces merciers et sur cette affaire. Furent interrogées les personnes qui avaient été vues au cabaret le jour de passage des merciers, et notamment trois charbonniers qui travaillaient à la forêt. Mais ils furent disculpés, car, ivres morts ils étaient restés au cabaret la nuit fatale. Les monitoires[52] ne donnèrent aucun résultat.

L'enquête fut vite expédiée : on parla d'une bande inconnue de faux-sauniers et de vagabonds qui s'était évaporée. Si l'horreur du crime était intolérable, les victimes étaient des étrangers au pays, sans

52 - Injonction faite pendant l'office à l'Eglise de révéler au juge séculier des faits criminels.

famille connue. Il n'y aurait personne pour payer les frais de l'enquête. L'émotion tomba vite.

Après leur enterrement chrétien, une croix en pierre fut posée en pleine forêt, là où les corps furent trouvés. C'est la croix des merciers qui aujourd'hui existe encore.

Pour la femme et les enfants de ces malheureux, l'attente du retour de leur mari et père s'est tristement prolongée cette année-là. L'assassinat de ces pauvres gens s'est traduit par la détresse de leurs proches qui sont tombés dans le dénuement complet. Les misérables qui les ont massacrés n'en ont pas profité pour autant : le trésor de pièces d'or ou de bijoux qu'ils imaginaient n'existait pas ; le paquet précieux transporté n'était qu'une fiole de Thériaque de Venise qui d'ailleurs fut cassée dans la bataille.

Le curé Delort hésita longtemps avant d'ensevelir et dire les prières à celui des deux inconnus qui avait l'accent : s'il avait bien avec lui un livre de prières bien chrétien, on avait découvert en faisant sa dernière toilette qu'il était circoncis. Se pouvait-il qu'il fût infidèle ? Delort consulta le rituel. Il ne trouva aucune contre-indication à une inhumation ; il est vrai qu'il ne regarda pas trop les détails.

Les insomnies du Curé Delort

Miasmes de confessionnal

— Mon Dieu, dans quel monde vivons-nous ? Tous ces habitants paraissent des fauves prêts à mordre, à déchirer. Malheur à celui qui baisse la garde, laisse deviner sa faiblesse. Aucune morale, aucun scrupule. La loi du plus fort ou celle du plus malin triomphent.

Le meunier va essayer de tromper sur la qualité du blé, sur la forme de la meule, sur les mesures qu'il utilisera.

Les pauvres ne manqueront pas une occasion de tricher : celui qui a le droit de ramasser du bois mort pour son seul chauffage va mettre de côté des quantités pour les revendre. Le pauvre glaneur n'attendra pas la fin de la moisson pour couper du blé sur pied. Bien sûr, j'oubliais aussi celui qui va soustraire une gerbe à la dîme ecclésiastique.

C'est le seigneur qui inventera des droits inexistants pour spolier le censitaire illettré, incapable de se défendre auprès d'une juridiction trop éloignée pour lui. C'est le même qui n'utilisera pas les mercuriales[53] légales pour valoriser un cens.

53 - Registre des prix du grain.

C'est le tuteur qui va détourner à son profit les biens du mineur dont il a la charge.
Chaque membre d'une communauté va chercher à bénéficier de plus que la part qui lui est attribuée. Piller la collectivité se fait alors en bonne conscience et de manière accélérée : chacun voyant qu'un autre triche veut se dépêcher d'engranger un surplus, de peur qu'un autre ne se l'approprie.
C'est le village qui va passer pour plus pauvre qu'il n'est pour diminuer l'assiette de son impôt et la faire supporter au bourg d'à côté.
C'est le frère affamé qui va voler son pain à sa jeune sœur plus faible.
Le seigneur, encore lui, ne va pas donner l'exemple ; ses aïeux ont commencé par usurper les héritages que les rois ne leur avaient confiés que de manière précaire. L'aîné de la famille, par l'ancestral droit de substitution, va pouvoir ruiner les créanciers de son père qu'il ne remboursera pas et s'arroger une part léonine dans la succession.
Chacun est tour à tour gibier ou chasseur : « pendant que le seigneur dort, le vassal veille ». Une générosité octroyée deux ans de suite devient un droit inaliénable, à l'inverse un avantage non exercé par pudeur ou par pitié finit par se perdre. Les seigneurs sont absents, n'exploitent pas directement leurs domaines : on s'ennuie à la campagne. Si on y demeure, c'est qu'on est exilé et on est mort au monde. Aussi le domaine est confié à un intendant. Une fois que ce dernier a versé les montants convenus, il a les coudées franches pour extorquer tout ce qu'il peut pendant le temps de son mandat. Et avec l'appui de la force publique.

Pour calmer les ardeurs carnassières de chacun, le Roi fait tout pour mettre en avant l'équité et le bien public : les lois, les règlements existent et se multiplient pour imposer une société plus chrétienne et harmonieuse. Mais que peut le Roi ?
Les lois sont pleines de bons sentiments. En théorie il faut protéger le faible et les officiers royaux sont supposés observer la plus grande probité, les notaires doivent établir les terriers[54] de

54 - Registres seigneuriaux.

manière fidèle et sincère, des procédures détaillées sont censées garantir la justice.
En vérité, tout réside dans l'application des lois et dans l'esprit de ceux devant les faire respecter. Juges, commis, officiers peuvent être en toute impunité des loups féroces et cyniques ! Tout s'achète par l'argent, ou alors par des amabilités intéressées, par des patronages, des passe-droits dont on attend des retours lucratifs. Le garde-chasse ou le sergent, ces sentinelles du seigneur, vont fermer les yeux et regarder ailleurs, quand ils n'accusent pas faussement un innocent étranger pour exonérer de sa faute un parent ou un ami. Les seigneurs hauts justiciers ne voient dans la justice qu'un coût à minimiser : alors, en avant pour des juges ignorants dans le meilleur des cas, et corrompus dans le pire ! Les charges peuvent être vendues sans égard à la compétence de celui qui les achète et plus tard de l'enfant à qui ce dernier les transmettra.
Malheur alors à celui qui est faible et qui n'a pas de protecteurs. La ruine et la misère sont proches ; vienne une mauvaise année et la famine pointe pour sa famille.

Delort se remémora le psaume :

« *Ne crains pas quand l'homme s'enrichit,*
Quand s'accroît la gloire de sa maison.
À sa mort, il n'en peut rien emporter,
Avec lui ne descend pas sa gloire ;
...
L'homme dans son luxe ne comprend pas,
Il ressemble au bétail qu'on abat. »[55]

Il s'endormit.

55 - Psaume 49 V 17 et s

Réflexions sur un vieux chêne

Une rage de dents

Le regard de Jean-Baptiste s'arrêta devant le grand chêne en bordure de la rivière. Un véritable immeuble dans le pré : entouré d'eau pendant les crues d'hiver, abri des bœufs pendant les grandes chaleurs de l'été. Une boule de feuillage accueillante pour les oiseaux grands et petits.

Il pouvait avoir trois cents ans ; il serait grand temps d'en faire de la charpente, car après deux cents ans, la qualité du bois tend à diminuer pour cet usage, pensa-t-il. En même temps, il avait un faible pour cet arbre qu'il avait toujours vu là et qui semblait ne plus grossir, ne plus grandir, figé dans la vie du temps.

Le gland avait dû germer pendant la guerre de Cent Ans. Avait-il été transporté et oublié par une corneille, une pie, voire un écureuil ? Ou bien était-ce un serf qui, à l'occasion d'une corvée seigneuriale visant à stabiliser les rives de l'Arnon, avait fait un trou au bord de la rivière pour planter un jeune baliveau ou mis cinq ou six glands ensemble dont l'un avait germé plus vite, avait étouffé les autres pousses et était resté seul comme le coucou dans son nid ?

Trois cents ans ! Abattu aujourd'hui, ce chêne pourrait donner des charpentes qui dureraient sans encombre au moins un demi-millénaire.

Comme on est loin des perspectives de la vie humaine la plus longue ! Ces philosophes qui prêchent pour la liberté individuelle d'entreprendre, parce qu'elle serait plus efficace pour assurer la richesse des peuples, prennent-ils en compte la durée dans leurs théories ? Évidemment, la préférence pour un gain rapide ira toujours vers l'emblavement en blé plutôt que la plantation d'une futaie dont les fruits ne sont pas à attendre avant soixante ans : deux vies moyennes pour le bois de chauffage ! L'abattage d'une chênaie pour construire bateaux ou poutres squelettes de cathédrale ne peut être envisagé avant sept vies ! Un horizon qui dépasse la raison pour le paysan moyen.

Pour les êtres humains ordinaires, petits nains, il faut défricher pour assurer le pain de l'année prochaine, il faut scier les taillis au plus vite pour se chauffer cet hiver. Et pourquoi faire une distinction entre chablis[56] et bois encore sur pied ?

Les forêts, domaine public et fragile, ne peuvent être exploitées n'importe comment : l'ordonnance de Colbert impose des réserves de futaies, fixe les modes de coupes des taillis.

Quand on est voisin d'une grande forêt et qu'il gèle à pierre fendre, va-t-on hésiter à s'emparer du bois qui n'est pas à soi ? Laisserai-je ma famille mourir de froid alors que les officiers royaux, intendants du seigneur, clergé, violent chaque jour les règles pourtant très précises des coupes des bois qui visent à préserver sur le long terme l'approvisionnement ?

Tout le monde complice pour tricher, pour saigner à blanc forêts royales, seigneuriales et communaux, ce bien public qui devrait être protégé. Les grandes coupes claires s'ajoutent aux petits larcins ; les troupeaux empêchent le recépage[57]. Le paysan finaud a ses remèdes pour créer le bois mort qu'il est autorisé à emporter : les arbres charmés (le paysan a mis le feu au pied) ou les arsins (il les a dépouillés de leur écorce) pour les tuer.

Il se demanda si les arbres souffraient. La pourriture, les vers qui les rongeaient leur occasionnaient-ils des souffrances ? Que sentaient-ils quand on les étêtait, quand les hérons les dépouillaient de leurs jeunes rameaux pour construire leurs nids ?

Jean-Baptiste, si solide, qui prétendait vieillir comme ces arbres, avait pour la première fois de sa vie éprouvé la souffrance physique.

56 - Chablis : du bois tombé, du bois mort. Les paysans en général pouvaient ramasser ce bois.

57 - Le recépage, c'est permettre à une souche d'un arbre fraichement coupé de repartir en donnant des rejets.

Depuis le milieu de la nuit, il avait eu une rage de dents. La douleur s'était insinuée, d'abord discrète, comme sourde, au sein d'une molaire, puis lentement avait irradié les dents voisines puis toute la mâchoire ; tout à fait tolérable au début, la souffrance ne l'avait pas empêché de s'endormir, mais au milieu de la nuit, elle l'avait réveillé. Alors tout son être s'était focalisé sur la dent malade où, tout à coup, son cœur semblait battre et remonter des flux de sang vers son œil.

Jusqu'au lever du jour, les minutes s'étaient égrenées, terriblement longues. Il avait découvert que la nuit, les cloches pouvaient sonner. Tourner et remuer dans son lit n'avait rien changé ; il avait interrompu plusieurs fois le ronflement de Madame Audenay qui, en grondant, lui avait demandé de se tenir tranquille. Finalement, il s'était résolu à se lever et à chercher dans ses livres des recettes propres à interrompre ces élancements intenables.

Dès le matin, il sortit dans le jardin et arracha quelques tiges de chélidoine, l'herbe aux hirondelles, et il laissa tomber sur la dent quelques gouttes du jus d'un jaune d'or soutenu. Le goût était affreux, mais le soulagement fut certain et la dent malade tomba toute seule.

Dans la journée, il gardait encore en tête le souvenir cuisant de cette nuit désastreuse où sa pensée ne lui appartenait plus. Le manque de sommeil lui donnait des yeux fatigués, un vague mal à la tête subsistait, ou plutôt la sensation que son cerveau naviguait dans une sorte d'ouate qui gélifiait sa conscience et en même temps amplifiait la perception de la lumière et des sons.

Jean-Baptiste était inquiet : c'était la première dent qu'il perdait depuis l'enfance. Était-ce le début de la décrépitude ? Une dent : un appendice secondaire de l'organisme, certes ! Cependant cet épisode n'était-il pas annonciateur de son vieillissement inexorable ? Celui-ci s'accompagnerait-il nécessairement d'autres douleurs, sur d'autres organes ? Se pouvait-il que cette souffrance physique qu'il avait ressentie comme insupportable ne soit que légère en comparaison de celles qu'il aurait plus tard à endurer ?

Il se promit d'interroger Monsieur Hecquet sur l'origine des douleurs.

Il n'en avait pas fini avec ses pensées moroses. Son esprit l'entraina vers sa fille. Depuis plus de cinq ans, Emilie se morfondait au couvent. Si elle se disait heureuse, il n'en croyait rien. Comme lui dans sa jeunesse, elle avait été attirée par la haute aristocratie. Cette petite était tombée amoureuse du jeune chevalier de Charost ; si lui aussi semblait l'aimer, il n'eut pas le courage de résister aux pressions de sa famille. La noblesse d'Audenay était beaucoup trop récente ! Il eut à essuyer des humiliations d'autant plus vexantes qu'elles touchaient sa fille et venaient de celui qu'il croyait son ami. Le duc de Charost fut inflexible. Émilie enceinte fit une fausse couche qui détermina son retrait du monde.

Le jeune homme de son côté était mort sous les ordres de Belle-Isle à la bataille d'Assietta. Une glorieuse boucherie. Belle-Isle et ses officiers s'étaient mis à la tête d'une colonne, sans attendre le reste de l'armée, et avaient attaqué la forteresse à découvert. Une furie héroïque, un carnage glorieux, un vrai suicide !

Émilie se persuada (peut-être n'avait-elle pas tort) que, désespéré de ne plus pouvoir la voir, il s'était résolu à aller à la mort. Depuis, Émilie avait remplacé son aimé idéalisé par le Christ et était entrée dans les ordres. Comme une pénitente de la Légende Dorée, elle mortifiait sa chair et son esprit dans des délires de culpabilité. Si ce n'était pas suffisant, elle rendait sa mère encore plus folle et celle-ci saisie par la goutte et se déplaçant avec peine, était plus désagréable que jamais.

Heureusement il y avait Solange !

Il passa à des pensées plus joyeuses : le retour de son fils et sa jeune épouse. Antoine avait brusquement abandonné l'idée de se fixer à Saint-Domingue et était revenu à Sermelles avec une jeune Créole. Jean-Baptiste n'avait pas fait de difficulté à accepter le mariage de son fils.

Solange était orpheline et n'apportait pas avec elle de dot. Elle n'était pas noble non plus. Mais sa bru était superbe, souriante et enjouée. Son fils avait réussi là où il avait échoué. Un mariage heureux. Il en arrivait à être jaloux. Tout le monde semblait aimer Solange à Sermelles, même Madame Audenay. On ne pouvait lui reprocher qu'une chose, un caprice : elle refusait obstinément de toucher les produits des îles et en particulier le sucre de canne ! De ce fait, elle ne mangeait pas non plus de confitures. Drôle d'idée ! Tant qu'elle ne nous empêchait pas d'en manger !

C'était elle, apparemment, qui avait décidé Antoine à renoncer à acheter une plantation à Saint-Domingue. Il s'en félicitait : elle lui permettait de revoir ce fils qui s'intéressait maintenant à la métallurgie. Il saurait le convaincre de s'installer définitivement ici et fonder une forge. Il y avait à Mareuil tout ce qu'il fallait : du minerai de fer, de l'eau et du bois (grâce à lui).

Il était satisfait : l'avenir de son fils était bien préparé.

Un seigneur qui voit loin

La république des araignées

Au pays, Jean-Baptiste Audenay passait pour un original. Sa vie quotidienne sur ses terres tranchait avec celle des autres grands propriétaires. Eux ne résidaient à la campagne que quelques semaines ou mois par an, préférant le séjour plus confortable et convenable de la ville. Quand ils venaient, c'était pour rester dans leur château, se recevoir entre voisins et chasser.

Audenay ne s'en remettait pas comme eux à un régisseur plus ou moins honnête pour gérer ses biens et encaisser les rentes. On le voyait sans cesse arpenter champs, prés, forêts et vacheries. Il était habillé d'une longue biaude[58] et d'un chapeau à large bord comme un paysan et s'appuyait comme eux sur son bâton en bois d'orme. Il n'hésitait pas à discuter avec ses métayers, à leur prodiguer ordres et recommandations. Alors oui, cette présence permanente était rassurante, parfois aussi considérée comme pesante : à Mareuil, on était honoré de l'intérêt du seigneur de Sermelles pour la campagne, mais on aurait souhaité qu'il reste plus mesuré.

Audenay cherchait à améliorer les rendements. Il était pointilleux sur l'épandage des fumiers, sur la qualité de toutes les opérations de culture.

58 - Longue blouse portée par les paysans et les éleveurs.

Fort de la lecture d'ouvrages d'agronomie, il expérimentait des idées qui allaient bien au-delà du simple respect des règles connues et n'hésitait pas à remettre en cause les équilibres des exploitations actuelles. Il exprimait ses velléités de s'affranchir de la vaine pâture. Il était féru de machinisme ; les laboureurs savaient qu'Audenay envisageait l'achat d'une machine anglaise qui battait le grain et qui, en étant actionnée par un cheval ou un moulin à vent, donnait treize cents coups à la minute, c'est-à-dire autant que trente-trois hommes vigoureux.

Avec Madame Audenay tournée vers les affaires domestiques proches du château, très compétente et active elle aussi, les domaines rendaient bien.

Depuis trente ans et son retour à Sermelles, son capital avait bien crû. De nouveaux bâtiments, de nouvelles granges, de nouvelles étables avaient été construits.

Un nouveau manoir s'était substitué à l'ancien château. Il était spacieux et confortable, comprenant de grandes fenêtres qui laissaient entrer le jour, une salle d'eau où l'on pouvait prendre un bain et même des cabinets d'aisances raccordés directement à une fosse. Le manoir s'ouvrait sur une terrasse qui dominait l'Arnon et était entouré d'un parc et d'un jardin clos de murs.

Par ses relations et avec l'aide du Duc de Charost, il avait réussi à faire déplacer la grande route, ce qui permettait de diminuer le temps de transport des blés vers Bourges ou Vierzon.

Très souvent, il visitait ses plantations et gare alors s'il tombait sur des paysans en train de faire pacager leurs ouailles sur ses terres, ou aux simples passants qui, prétextant prendre un raccourci, étaient trouvés à traîner dans ses bois. Il faisait dresser procès-verbal et l'on savait dans la région que cet homme plutôt accommodant devenait alors impitoyable dans ses exigences d'amendes et de dédommagements.

Il avait replanté en futaie près de mille arpents de taillis usés, de chétifs bois ou même de landes qu'il avait achetés pour une bouchée de pain.

On avait pu alors s'étonner de sa vision économique très patiente : en créant une chênaie, il immobilisait des capitaux importants sans espérance de gain avant au moins un siècle pour les premiers sujets à couper. Il avait fait le pari très simple que la pénurie de bois, déjà notable, s'accentuerait avec le temps. Il semblait impossible de faire observer les réglementations de Colbert en vigueur relatives à l'exploitation et la protection des forêts, et lui, Audenay, était sûr que l'augmentation du prix du bois se poursuivrait, assurant in fine le meilleur rendement possible à cet argent placé aujourd'hui pour rien.

Dans le but de garantir des ressources en bois, il avait également quinze cents arpents de bois taillis qu'il avait divisés en quinze parties et dont l'exploitation pourrait tourner sur une durée de quinze ans. Il se félicitait aussi de ce placement qui tombait à pic dans la perspective de la prochaine construction d'une forge par son fils.

Dernièrement, il s'était lancé dans le renouvellement de ses terriers, c'est-à-dire dans la confirmation des droits de seigneurie de ses terres, une mise à jour très lourde. Son notaire devait compulser de très anciens titres de propriété, les archives relatives aux tenanciers successifs. Il s'agissait de suivre, sur ces documents parfois difficilement lisibles, datant souvent de plusieurs siècles, les successions, héritages, partages et modifications de baux et de quotité de cens. Prendre en compte aussi les particularités des différentes coutumes applicables : telle terre pouvant relever de celle d'Issoudun, telle autre de Blois. Les recollements s'annonçaient ardus et coûteux : cet exercice n'avait pas été effectué depuis plus de cent cinquante ans. Jean-Baptiste était décidé à ne rien lâcher et le disait haut et fort : une fois ses droits établis et reconnus sur des bases justes, il les ferait respecter.

En cette fin d'après-midi, il s'était assis à la terrasse de son manoir. Devant lui s'étendait son jardin. Il l'avait fait planter en même temps qu'il avait reconstruit Sermelles. Fleurs, potager et arbres fruitiers ou plutôt : arbres fruitiers, potager et fleurs. Le tout séparé en carrés réguliers et bien entretenus. Les plantes paraissaient épuisées de soleil. Les jardiniers allaient commencer à arroser.

Le ciel était immaculé, à part quelques nuages très isolés et immobiles. Les grands saules le long de l'Arnon respiraient doucement au gré de douces et régulières rafales de vent ; les fuseaux des branches se balançaient et la silhouette des arbres gonflait puis rétrécissait. Dans la rivière, pensa-t-il, les algues dans les petits remous du courant sont agitées d'un mouvement similaire. L'énergie tirée des racines ne donne-t-elle pas à tous ces végétaux prisonniers du sol la liberté de se mouvoir, les uns dans l'air, les autres dans l'eau ?

Cernant le jardin, de grands murs étaient palissés de poiriers, pommiers et figuiers. Des charmilles variées cloisonnaient les carrés de légumes ou d'autres fruitiers comme pruniers, pêchers et abricotiers.

Assis à la terrasse de son manoir, Audenay feuilletait la « Médecine des Pauvres », livre dans lequel Hecquet donnait des remèdes simples à l'usage des sœurs soignantes. Curieusement, les paysans n'étaient pas cités dans cet ouvrage dans la liste des maladies spécifiques à chaque métier. Pourtant pensait-il, les paysans eux aussi ne contractaient-ils pas des maladies ?

Il se laissait envahir par une légère langueur. Son esprit passait de son livre à des pensées cousines ou plus éloignées. C'est alors qu'il perçut un bruit d'abord insignifiant qui sembla s'amplifier. Il s'agissait d'un piaillement presque continu dans la charmille qui courait le long de son jardin, un joyeux charivari qui enflait et diminuait. Ce pépiement restait à la même place sans que les petits animaux qui le provoquaient se montrent. Intrigué, il se leva, descendit les cinq marches de la terrasse et s'approcha de la source de cette excitation aigüe. Dans un premier temps il scruta les profondeurs sombres de la petite haie sans en découvrir le secret. Puis, à un moment, une sorte de boule de petits oiseaux, des moineaux, s'échappa de cette fausse prison et rentra quelques pas plus loin dans la même haie où leurs disputes ou leurs jeux reprirent de plus belle. Ils étaient nombreux et leur vol assuré. Ce n'était donc pas une même nichée qui aurait alors fêté son départ du nid. On aurait pu penser plutôt à la sortie d'une petite classe d'enfants gardés trop longtemps attentifs à leurs bancs par des maîtres ennuyeux et qui une fois le cours terminé, se défoulent à la récréation. Il lui revint l'image de son collège rue Saint-Jacques. La petite nuée de volatiles s'éclipsa plus loin, le bruit s'estompa, puis disparut. Sans avoir eu de réponse à la cause de cette agitation, il se remit à sa lecture. Puis son esprit reprit paisiblement ses divagations.

Plus tard, il leva le nez de son livre et son attention fut attirée cette fois par une couleur grisâtre sur les feuilles d'une charmille. Il se dit en même temps qu'une dernière taille devrait être opérée avant l'automne, car quelques pousses commençaient à dépasser, ce qui faisait un peu négligé. Pendant que son regard restait fixé sur la surface de la haie, le soleil se cacha derrière un des petits nuages dispersés dans le ciel, et aussitôt, sous l'effet de l'orientation différente de la lumière, la petite tache se transforma en une sorte de grand voile qui semblait recouvrir l'ensemble de la charmille. En y regardant de plus près, il s'agissait plutôt d'une superposition d'une myriade de petits mouchoirs faits de la plus légère gaze.

C'étaient des toiles d'araignées, des centaines, des milliers de toiles d'araignées qui avaient posé leurs filets mortels. Le même type de piège utilisé plus au sud par les chasseurs de palombes. Il se leva et s'approcha : les petits mouchoirs couvraient bien tout le sommet de la charmille et d'autres toiles parsemaient de manière moins dense ses flancs. Les toiles s'étageaient en plusieurs couches, la plus haute s'appuyant sur les petits rameaux qui s'étaient développés depuis la dernière coupe. Les gazes du dessus débordaient très légèrement celles du niveau inférieur. Le dispositif organisé laissait peu d'espoir de survie au moucheron ou à la bestiole volante qui s'aventurerait à s'envoler du bosquet ou à y pénétrer. L'ensemble préparait un sinistre suaire pour les petits insectes volants.

Audenay se demanda comment s'organisait cette gigantesque chasse et s'émerveilla de constater la parfaite disposition des pièges individuels les uns par rapport aux autres. Y avait-il une république des araignées qui s'était établie dans la charmille, ou alors était-ce un monarque à huit pattes qui imposait les places où chacun pouvait exercer son activité ? En tout cas, n'était visible aucune trace de rivalités de territoire ou de tentative d'empiètements d'un voisin attiré par un couloir plus prometteur d'envol du gibier. Les intérêts individuels étaient subordonnés à l'intérêt collectif. Audenay se demanda si par hasard, ces araignées étaient parentes et si un quelconque code de la famille régissait leur instinct ; y aurait-il chez les araignées une organisation qui s'apparenterait à celle des ruches ou des fourmilières ?

Il lui revint à l'esprit cette étude de ce Bon de Saint-Hilaire, premier Président au Parlement de Montpellier qui proposait d'élever les araignées comme on élève les vers à soie. Selon cet auteur, cet élevage pourrait être très lucratif. Il proposait également de fabriquer un médicament équivalent aux « Gouttes d'Angleterre » à partir d'une distillation des fils constituant l'enveloppe du nid contenant les œufs des araignées. Il s'était à l'époque intéressé à ce projet et se souvint aussi que l'étude de Bon avait vite été anéantie par celle de Réaumur membre, lui, de l'Académie Royale : très poli, mais implacable, Réaumur soulignait l'impossibilité d'élever les araignées, car elles se mangeaient entre elles. Pourtant, à considérer cette colonie imposante dont les individus semblaient vivre en bonne intelligence, Audenay se demandait s'il ne serait pas intéressant de creuser l'idée de Bon.

Il pensa également que dans les guérets, d'autres araignées étaient arrivées, annonçant que les labours des jachères de l'année pouvaient commencer. Son esprit vadrouillant se remémora également quelques remèdes à base d'araignées contenus dans son vieux livre de médecine.

Une voix rappela Audenay à la réalité.

— Monsieur le Comte bonjour, je passais par là ; je ne vous dérange pas ?

Mauduit chapeau bas avait gravi sans bruit l'escalier qui montait à la terrasse.

— Ah, c'est toi Mauduit ? Tu es le bienvenu. La porte du jardin était ouverte ?

De fait, Mauduit n'était pas le bienvenu et Audenay était mécontent d'être éveillé au beau milieu de ses méditations. Qu'allait lui demander ?, car évidemment, il ne venait pas par hasard.

— Oui je me suis permis d'entrer par là, ce qui m'évite de faire le détour. Votre jardin est bien joli et vos jardiniers font merveille.

Après ce court compliment introductif, le naturel prit le dessus et Mauduit se mit à passer en revue les plantations du jardin, détaillant pour chacune leurs imperfections et leurs problèmes. Selon l'usage des paysans harcelés depuis des générations par les collecteurs de taille à la recherche de tout signe de prospérité pour taxer davantage, il s'agit de montrer que tout va mal : les poiriers sont touchés, les pruniers ont gelé, les pommes ont le ver et les limaces règnent dans les rangs de salades. Cette litanie désespérante n'avait pas pour origine une quelconque jalousie, ni une maladroite impolitesse, mais au contraire une certaine solidarité paysanne avec Audenay : Mauduit en usait de même pour lui. Les paysans dénigrent leur production ou parlent de ce qui ne va pas ou pourrait aller mal. Une récolte exceptionnelle est une récolte moyenne, une récolte moyenne est une mauvaise récolte, annonciatrice de disette. Il ne faut pas faire envie et au contraire tenter d'apitoyer le collecteur de taxes !

Audenay était plus amusé qu'indisposé par ces critiques rituelles. Il faut prendre le temps pour laisser passer les prémisses civilisées de la visite. Après quelques nouvelles digressions et silences, Mauduit en vint au sujet de sa venue :

— Que de dégâts Monsieur le Comte, les lapins dévorent les légumes. Il n'y a plus que des trognons pour que votre cuisinière fasse votre soupe aux choux ! et puis vos pelouses et vos parterres sont gâchés par les taupinières.

— Tu as raison. J'organiserai une petite chasse ; quant aux taupes, certes, elles travaillent dans les gazons. Qu'y faire ? Il faut aussi vivre avec les vivants !

— Si vous voulez, je pourrais les chasser avec des petites branches de sureau ou alors des écrevisses mortes que je mettrais dans leurs trous.

— Non, laisse ! Je ne veux pas que tu empuantisses le jardin !

— Je dois également dire à Monsieur le Comte que j'ai vu un renard en allant au labour ce matin, et la semaine dernière un blaireau ; là encore je pourrais les piéger.

— Tu es bon Mauduit, mais pour cela, j'ai un garde-chasse.

— Je le sais bien, Monsieur le Comte. ... Peut-être qu'un jour, Robert sera-t-il trop vieux pour assurer la loi dans vos propriétés ? On voit déjà beaucoup de puants par ces temps. Je ne parle pas des braconniers. En attendant qu'il parte, je pourrais l'aider.

Audenay écoutait impassible la démarche tortueuse et maladroite de son métayer Mauduit qui avait la gorge serrée et la voix hésitante. Il le savait bien : le fidèle Robert n'y voyait plus guère depuis déjà des lustres et avait des difficultés pour arpenter les champs et les bois. Audenay se prit à regretter d'avoir confié à Mauduit depuis déjà plusieurs années la préparation des pipées : le pauvre garçon s'était mis à rêver.

— Écoute Mauduit, répondit Audenay : je t'aime bien, tu es travailleur, tu connais la campagne et les animaux et tu es un bon cultivateur. Sais-tu lire ou écrire ?

Silence de Mauduit.

— Comment ferais-tu alors pour écrire les procès-verbaux quand tu rencontreras quelque braconnier ou paysan qui vole du bois ?

— Je pourrais apprendre : la Mauduite sait lire et écrire elle !

— Oui, elle est bien maligne ton épouse, cependant quand bien même tu y arriverais, cela ne te suffirait pas pour faire un bon garde-chasse, du moins sur mes terres. Bien sûr tu es capable de piéger, de pister, d'éliminer les nuisibles, mais tu es trop du pays pour te faire respecter. Verbaliserais-tu ton frère ? ton cousin ? Ici tous les paysans sont cousins entre eux et chacun est prêt à tricher dès qu'il croit qu'il ne sera pas vu, ou, s'il est vu, qu'il ne sera pas puni. Non c'est hors de question !

Mauduit se tut puis, plein de confusion, balbutia d'une voix étranglée :

— Justement, rapport à ce que tout le monde peut savoir sur tout le monde, je pensais que par rapport à ce qui est arrivé à ma petite Solange…

Audenay l'interrompit. Il ne voulait surtout pas être mené sur ce sujet.

— Qu'elle ait couché avec tous mes garçons de ferme et eu un enfant mort-né, ce qui l'a rendue folle après, n'est pas de ma faute dit-il sèchement. Ta fille, on peut le dire manquait de jugeote et de caractère. Et pourtant tu le sais bien je l'ai gardée à mon service. Beaucoup de maîtres auraient agi autrement.

Et sans laisser le temps à Mauduit de répliquer, il ajouta :

— Et puis si on veut finir sur ce chapitre, je ne jetterai pas la pierre au pécheur, mais à ce qu'on dit ta fille n'était pas vierge, la première fois qu'un garçon l'a culbutée dans la grange.

Audenay se redressa, leva les yeux vers Mauduit. Il parla lentement, un peu plus fort aussi, les mots bien détachés :

— Et puis méfie-toi Mauduit, je suis bon garçon, mais comme tu le dis, on sait tout sur tout le monde : « je sais qu'au moment des amours, tous les printemps, les carpes perdent le sens du danger et qu'elles nagent dans un rien d'eau ; les prendre à ce moment-là quand on n'est pas leur propriétaire est un vol qui peut conduire aux galères. Quelqu'un qui veut être garde-chasse doit le savoir ».

Rouge de honte, Mauduit bredouilla quelques mots :

— Merci Monsieur le Comte ; j'espère que Monsieur le Comte me garde sa confiance.

— Mais oui, Mauduit, mais pas comme garde-chasse.

Mauduit tourna le dos et repartit chez lui, abattu, en colère contre lui, en rage contre Audenay et effrayé du compte-rendu qu'il allait devoir faire à la Mauduite.

— Arrivé à Fontaire, sa femme lui demanda :

— Alors tu lui as parlé ?

— Oui, mais il ne veut pas.

— Et pourquoi ?

— J'ai été vu ramasser les carpes au printemps.

— Le méchant homme ! Et le chien qui t'a dénoncé ! Celui-là mériterait bien qu'on lui jette un sort !

L'élixir de longue vie

Madame Audenay était partie visiter une terre à elle du côté de Saint-Christophe ; il était décidé qu'elle resterait dormir chez une cousine.

Jean-Baptiste en avait profité pour inviter le Curé Delort à dîner. Il appréciait ses tête-à-tête avec l'homme d'Église. Depuis son enfance, il s'était toujours senti à l'aise avec lui, un peu supérieur, un peu plus intelligent ou astucieux. Son discret protecteur aussi. Il ne lui avait jamais parlé de son intervention, jadis, à Aubigny pour le faire nommer curé de Mareuil et ce n'était pas nécessaire, Delort se comportant naturellement comme son obligé. Il respectait le curé, sa foi simple, ses scrupules et son honnêteté.

Avec lui, il pouvait prendre le temps pour développer une argumentation sans crainte d'être interrompu. En présence de Madame Audenay, cela était impossible : dès le début d'un exposé, celle-ci péremptoire et méprisante, le coupait, prenant un malin plaisir à prendre le contrepied de ses idées, et se moquant de ses « prétentions à philosopher ».

Avec ses autres interlocuteurs, c'était la même chose. Les uns, trop peu éduqués, et en premier lieu les paysans, étaient incapables de le comprendre et le regardaient d'un air bovin. Les autres, comme le médecin ou l'avocat, s'estimant plus savants que lui, l'écoutaient goguenards, affichaient un sourire supérieur et ne se cachaient pas pour le montrer. Dans tous les cas, il perdait ses moyens pour exposer, expliquer et persuader. Avec Delort, il ne réfrénait jamais son discours ou ses idées, appréciait la liberté de ses échanges avec lui, le seul avec qui il montrait toujours aisance et facilité d'élocution.

Ce soir-là, il était décidé à s'ouvrir auprès du curé sur un des secrets de sa vie. Après avoir longtemps tergiversé, il se dévoila :

— Et pourquoi Monsieur le Curé la science ne pourrait-elle pas aussi viser à prolonger nos existences ? À chaque instant la vie humaine est menacée. Parmi les fragiles nouveau-nés, combien sont encore en vie après cinq ans ? Trois sur dix ? Et hélas, pas seulement chez les pauvres qui, on le sait trop, sont négligents ou ne sont pas capables de les nourrir ou les soigner.
Des survivants à ce moderne massacre des innocents, combien en restent encore au bout de trente ans ? A cet âge, beaucoup de jeunes nobles, inconscients du danger, partis à la guerre l'âme légère ont eu la cervelle brûlée par une salve de mousquets ou les boyaux emportés par un boulet de canon. Nombre de paysans ont été enterrés, épuisés par le travail ou tués dans des accidents. Combien de femmes sont-elles mortes moins de dix jours après avoir accouché ?
Trente ans, c'est la fin d'une première vie pour ceux qui ont échappé à cette hécatombe. Pour la plupart, ils en sont à rechercher un deuxième époux ou épouse. Ces rescapés entament un deuxième âge, lui aussi chargé d'incertitudes et de fragilités.
En général un homme riche de 50 ans est un vieillard rattrapé par la goutte, aux gestes ralentis par l'embonpoint gagné par des nourritures trop riches et le manque d'exercice. Sa perspective est de mourir d'apoplexie avant 60 ans. À cet âge les paysans ou artisans sont, eux, perclus de rhumatismes : leurs mains sont affreusement déformées, ils sont bossus et souffrent le martyre au lever. Ils sont secoués de tremblements incontrôlés ; leurs enfants les regardent en se demandant combien de temps encore l'aïeul, maintenant inutile et improductif, va prétendre vouloir faire la loi dans la maison et continuer à manger l'héritage de la famille.

Un troisième âge après 60 ans tient alors de l'exception voire du miracle : voyez les vieillesses heureuses de Fontenelle ou du cardinal Fleury. Fontenelle qui tombant de tout son long à 94 ans pour ramasser un bouquet perdu par une jeune femme, se relève et fait le galant en minaudant : « Ah Madame que n'ai-je encore 80 ans ! »

Le cardinal Fleury quant à lui commença à gouverner la France à près de 80 ans pour mourir à plus de 95 ans. À 89 ans, il intriguait pour devenir Pape.

Pour ce qui me concerne, ma première vie a été au collège Louis le Grand puis à la Cour à Paris. J'y ai appris à côtoyer mes semblables, à considérer la vanité des choses et des hommes. Ma seconde vie m'a amené à Sermelles, avec l'objectif de faire fructifier mes affaires. J'ai beaucoup étudié pendant toutes ces années.

Maintenant, je suis à la fin de ma deuxième vie, j'ai l'ambition de poursuivre le plus longtemps possible mon existence sur cette terre.

— Cher ami, la Providence fixe notre destin et il est vain d'imaginer concurrencer son œuvre.

— J'entends bien, mais la durée de vie est aujourd'hui ridiculement courte : pour autant que les maladies ne l'arrachent pas plus tôt de la Terre, l'homme ne peut guère escompter vivre au-delà de quatre-vingts ans, et encore est-ce le plus souvent dans un état qui lui fait espérer son rappel à Dieu plutôt que le craindre.

— Tous les humains doivent mourir ! Et Dieu, quand il chassa Adam du jardin d'Eden pour cultiver le sol dont il avait été tiré, lui interdit aussi l'accès à l'arbre de vie et à l'éternité : « Il posta les chérubins et la flamme du glaive fulgurant pour garder le chemin de l'arbre de vie ». L'homme est condamné à retourner à la glaise d'où il a été tiré.

— Oui, oui !, je connais aussi la Genèse, certes moins bien que vous. Et pourtant, la Bible n'interdit pas des vies prolongées au-delà de notre imagination d'aujourd'hui. On peut penser qu'à certains moments, les chérubins ont fait preuve de négligence ou d'étourderie dans leur mission. Comme vous le savez, la Genèse cite l'âge extraordinaire des Patriarches descendants de Caïn : Seth vécut 912 ans, Enosh 905 ans, Qenan 910 ans. Il me semble qu'il n'y aurait ni fantaisie ni blasphème à chercher à les imiter !

— Vous connaissez les Écritures ! J'ajoute qu'Adam vécut 930 ans et Mathusalem, le dernier des Patriarches avant le Déluge, 969 ans. Cependant tous les Patriarches finirent par mourir. Par ailleurs la Bible précise aussi que ces hommes remarquables n'eurent leur premier enfant que fort tard : Seth était plus que centenaire quand il engendra Enosh. Dans ces conditions, peut-on garantir que la notion d'année chez les Hébreux n'était pas plus courte que la nôtre aujourd'hui ? Au même titre qu'aujourd'hui, comme vous le savez, l'appréciation d'une lieue ou d'un boisseau peut varier selon la province. En tout état de cause, les Écritures ne donnent ni indication, ni a fortiori une recette pour expliquer cette longévité apparente.

Il y eut un moment de silence. Audenay prit son verre et avala une bonne gorgée de vin de Bordeaux. Il prit son souffle et dit plus bas et en détachant les mots, sans lever les yeux de son assiette.

— Et si un élixir de longue vie existait ? Et si j'en détenais le secret, qu'en penseriez-vous ?

Il redressa la tête.

— Je penserais que vous êtes fou et que vous vous êtes fait abuser par quelque charlatan, ce qui m'étonnerait soit dit en passant, car je vous crois à la fois sensé et méfiant !

Jean-Baptiste resservit encore de ce bon vin de Bordeaux dont ce soir-là, avec son hôte, ils avaient déjà bu deux bouteilles.

— Cher curé, que pensez-vous de cela ?

Il se dirigea vers son meuble-bibliothèque qu'il ouvrit avec une des rares clés que sa femme ne possédait pas dans son trousseau. Il en sortit un vieux livre recouvert de cuir noir.

D'un air secret, il présenta le livre à Delort.

— Monsieur le Curé, considérez que nous sommes en confession ! Je vous demande la plus grande discrétion sur ceci. C'est mon père qui est rentré en possession de ce livre qu'il a trouvé dans la maison de la Denise, une femme qui a été tuée le soir de la grande catastrophe du champ de foire, il y a maintenant bientôt soixante ans. Elle était sage-femme et la veuve d'un médecin originaire d'Issoudun. Mon père est arrivé trop tard pour la sauver des ivrognes qui avaient décidé qu'elle était une sorcière. Il n'a pu sauver que sa petite fille et quelques livres dont celui-ci.

— Je connais cette horrible histoire. La Marie au presbytère est la petite-fille de cette Denise.

L'ouvrage était composé de pages de parchemin, manuscrites et numérotées. Sur la page de garde était écrit : « Ce livre de médecine est une propriété de la famille des Monteret de Charlieu, héritage tombé dans la famille Vadon de Charlieu. Il date de plus de 200 ans ».

Sur la page opposée figuraient des dates et d'autres noms dont Gacon Curé 1653 et Philibert Carrare 1594 avec cette autre inscription : « Livre des remèdes pour toutes les maladies qui arrivent au corps humain».

Une table des matières montrait, à ses écritures différentes, que l'ouvrage n'avait pas été rédigé d'une seule traite, mais plutôt était l'assemblage de recettes qui avaient été ajoutées par les détenteurs successifs du livre.

Il feuilleta rapidement les premières pages où pêle-mêle étaient proposés des remèdes pour la surdité, la colique venteuse, pour avoir des enfants, pour les maux de mamelle, etc. .

— Ah voilà ce que je voulais vous montrer !

À la page cinquante, d'une écriture fine, figurait la « Recette de l'élixir de longue vie ». Celui qui avait transcrit la recette du remède indiquait « qu'il avait été trouvé dans les papiers du docteur Genest médecin suédois, après sa mort arrivée à l'âge de cent quatre ans par une chute de cheval; le secret était depuis plusieurs siècles dans sa famille. Son aïeul a vécu cent trente ans, son père cent douze et sa mère cent sept par l'usage journalier de sept ou neuf gouttes matin et soir dans le double de vin. »

Le curé sourit :

— Les résultats présentés, s'ils sont exacts, restent loin des performances des Patriarches. Et quelle est la formule de cet élixir ?

— Et bien il suffit de lire : de l'aloès, de l'agaric blanc, de la gentiane du Levant, de la bétoine officinale et de la Thériaque de Venise, le tout dissout dans de l'alcool dans les proportions prescrites. Vous voyez je me suis constitué une pharmacopée personnelle, dit-il en retournant ouvrir l'autre battant de son armoire.

Sur une étagère étaient posés différents pots en grès blancs ouvragés de guirlandes et sur lesquels des noms de simples et de potions étaient indiqués. Plusieurs bouteilles marquées « élixir » étaient fermées par un bouchon recouvert de cire. Une bouteille entamée présentait un bouchon décacheté.

— À mes heures perdues, j'assemble l'élixir.

— Vous composez vous-même la Thériaque ? demanda le Curé.

— Non, ce serait trop compliqué, la préparation est très délicate et précise. Comme vous le savez, elle comprend plus de 60 ingrédients, dont de l'opium et surtout des vipères. Je la commande au meilleur fabricant de Venise ; j'en ai constitué une réserve confortable, car les dates de livraison sont aléatoires, et parfois même les courriers qui les transportent n'arrivent pas à bon port.

Le Curé continua à feuilleter les recettes hétéroclites du livre dont certaines proposaient de tirer l'esprit de sel[59], de faire fondre le marbre, d'autres de guérir de la lassitude ou de la chaude-pisse.

— Et donc, depuis combien de temps prenez-vous cette drogue ? Pensez-vous au moins qu'elle vous fait du bien ?

— Je la prends depuis bientôt cinq ans et je dois dire que je me sens rajeuni ou tout au moins en parfaite bonne santé. Pas de fièvre, de mal particulier. Avec cette boisson, curieusement, j'ai perdu l'appétit pour les viandes aux sauces épaisses, aux gibiers et au contraire je me suis mis à aimer les racines et les fruits : j'ai perdu de l'embonpoint, j'arpente mes propriétés avec beaucoup de plaisir et sans fatigue. Je ne devrais pas vous le dire, mais mes capacités au lit se sont trouvées renforcées.

Le curé ne cilla pas à cette dernière confidence pour laquelle il avait déjà quelque idée.

59 - Acide chlorhydrique : au Moyen-Age, le produit entrait dans les recettes visant à obtenir la pierre philosophale.

— Mais cet élixir, le partagez-vous ?
— Le partager ?
— Mais oui, avec votre épouse, vos enfants, vos proches. Vieillir ensemble, avec elle, avec eux.
— Je vous dirais, mon Père, que je ne voudrais pas prendre le risque d'empoisonner mon épouse et que si je lui proposais de boire cette liqueur, elle la refuserait de toute façon et me traiterait de fou. Au fond en ne la lui proposant pas, nous nous évitons une dispute supplémentaire inutile. Et puisque nous sommes entre nous et que je ne veux rien vous cacher, je vais vous faire un aveu : cet élixir est pour moi l'occasion de pouvoir me donner la certitude d'être veuf sans faire de mal à mon épouse, de refaire ma vie chrétiennement avec une autre femme aimante, celle-là, et non de prolonger une relation qui ne me donne aucun plaisir (le curé resta impassible et ne posa pas de question sur l'intimité conjugale du seigneur de Sermelles). Ce que je veux au fond c'est la possibilité de vies supplémentaires pendant lesquelles je pourrai faire fructifier mes affaires dans la durée : par exemple, pouvoir planter une futaie avec la perspective d'en recueillir moi-même les fruits. J'aspire également à fonder une nouvelle famille après avoir pris le temps de trouver ma nouvelle épouse. Enrichi par mon expérience, j'espère trouver la douce jeune femme, aimante et soumise, qui fera mon bonheur et assurera l'éducation de mes nouveaux enfants avec le sourire maternel des vierges des tableaux de Raphaël.
C'est avec elle que je partagerai alors l'élixir.
J'attendrai pour faire découvrir à mes enfants ce breuvage qu'ils soient définitivement établis et aient acquis la sagesse d'adultes mûrs.

Audenay n'osa pas ajouter « après le décès de Madame Audenay ». Il était satisfait de son discours, comme libéré. Il était assez content de sa référence à Raphaël qui lui était venue spontanément. Il fut très surpris de la réaction du curé qui l'avait laissé parler. Celui-ci explosa :
— Mais vous êtes non seulement insensé, mais aussi monstrueux ! En vérité, vous aspirez dans vos rêves délirants à obtenir sur cette terre le paradis des musulmans et jouir en permanence de vierges consentantes ?

Le curé reprit son souffle et parla d'une voix ferme :

— Pour tout vous dire, ce livre me paraît être la somme de formules de charlatans, de remèdes de bonne femme. Je pense d'ailleurs qu'il ne faudrait pas chercher très loin pour y trouver les relents de recettes de sorcier.

Vous voir, vous, homme intelligent et lettré, prêter crédit à ces stupides fariboles me déçoit. Pendant que vous y êtes, lisez le Grand Albert, vous pourrez y déchiffrer votre avenir !

Audenay, souriant intérieurement, préféra ne pas dire qu'il lisait aussi le Grand Albert et que cet homme d'Église, ce maître de Saint Thomas d'Aquin était un saint personnage et un grand savant : la place Maubert à Paris était d'ailleurs un hommage respectueux à son nom déformé.

Audenay n'en avait pas fini avec Delort.

— Comment pouvez-vous à la fois croire à ces balivernes dont l'origine est douteuse et vanter le système de médecine cohérent et éprouvé du docteur Hecquet dont vous m'avez prêté l'ouvrage et qui est si intéressant ?

— Ce n'est pas du tout incompatible, et les deux ouvrages prennent leur origine dans la médecine des anciens ; si la médecine du docteur Hecquet fournit des remèdes adaptés à beaucoup de maladies notamment à partir de son explication de la circulation du sang, elle est insuffisante pour garantir une bonne santé durable. Il est notamment incapable d'expliquer la décrépitude du corps qui conduit inexorablement à la mort. Malgré toutes les saignées et autres remèdes prescrits, il ne parvient pas à éviter l'ultime déséquilibre, fatal celui-là. Bien plus, l'origine de certaines maladies comme le cancer par exemple, reste inconnue et Hecquet s'avoue impuissant à les soigner. Dans ces conditions, je ne vois aucune contradiction à considérer à la fois les connaissances les plus récentes de Hecquet et le remède du médecin suédois, dont d'ailleurs les ingrédients correspondent à ceux proposés par Hecquet, mais en dosage et combinaison différents.

— La vérité est que vous êtes à l'âge où en l'absence de graves maladies, le corps dans sa course vers la vieillesse peut trouver une période de répit. Le nouveau régime dont vous parlez peut d'ailleurs être à l'origine de votre nouvelle vigueur, sans le secours de vos gouttes. C'est un régime qui est conseillé par les meilleures sommités médicales comme justement le docteur Hecquet.

Delort fixa un moment Audenay, comme s'il hésitait à poursuivre :

— J'ai remarqué que depuis quelques jours vous avez perdu une dent. Si ce n'est pas un accident alors ne devez-vous pas vous interroger sur l'efficacité réelle de cette potion ?

Audenay ne répondit pas et pensa à sa cuisante rage de dents de la semaine passée. Delort renchérit sur son réquisitoire :

— Par ailleurs, et c'est le plus important selon moi, il est honteux à un homme de découvrir un secret utile à l'humanité et de le garder pour lui, alors qu'en le diffusant avec générosité, vous pourriez vous dire avec fierté : ces hommes et ces femmes qui marchent auprès de moi me sont redevables de leur bonne santé.

— Ce serait de l'orgueil autant que de la fierté et vous pourriez encore me le reprocher.

— Mieux vaut l'orgueil né d'une bonne action que la modestie hypocrite née d'une infamie !

Mais ce n'est pas le plus grave : non seulement vous vous comportez en quasi criminel en abandonnant à la mort celle avec qui vous vous êtes engagé pour la vie, mais encore vous osez défier la Providence en voulant forcer le terme naturel que le Très-Haut a fixé à votre séjour en ce monde. Je ne saurais trop vous inciter à changer d'intentions !

Êtes — vous sûr que l'âge vous apporte sagesse, richesse et félicité, simplement parce que vous seriez en bonne santé ? Les vies prolongées sont-elles vraiment propices au renouvellement des idées, à la fortune, au mieux-être ? Regardez le règne glorieux de Louis XIV gâché par les 15 dernières années de son règne, c'est-à-dire pendant cette vie supplémentaire à laquelle vous prétendez. Avant : gloire, succès, lumière. Après : une guerre ruineuse à l'issue plus qu'incertaine, la banqueroute, des famines, une famille royale décimée et pour finir une succession mal établie, avec un petit roi de cinq ans. Celui-ci peut espérer régner

encore plus longtemps que son arrière-grand-père. Croyez-vous qu'il soit bon pour la France de connaître deux monarques en un siècle et demi ? Et encore, si Louis XV n'ingurgite pas votre élixir !
Les lettres de votre ami d'Argenson, que vous avez eu la bonté de me lire, peuvent nous faire penser que ce roi a été très mal préparé du fait même du règne interminable de son arrière-grand-père. Le renouvellement des générations est nécessaire à l'équilibre de l'humanité. Il en serait de même pour votre patrimoine.
Prendre une gamine pour femme quand vous aurez cent ans ? Oui et vous vous imaginez garder à tout jamais une épouse jeune et belle que le temps ne flétrira pas. Certes, en supposant que votre élixir vous prodigue tous les effets que vous en attendez, vous pouvez espérer être en mesure de répondre à ses passions juvéniles, en revanche vous accommoderez-vous de son esprit malhabile et inexpérimenté, vous qui auriez tout appris, tout vu, tout compris ? Auriez-vous la patience d'être son mentor quotidien ? Imaginez-vous qu'aussi bonne et soumise soit-elle, elle pourrait supporter votre sagesse ? Ne risquez-vous pas d'être perçu comme un alerte vieux barbon ? Ne craignez-vous pas qu'un freluquet certes moins riche, moins sage, mais plus gai, plus spontané ne prenne votre place dans les passions de son âme trop fragile ? Pourrez-vous supporter ses enfantillages à longueur de journée ?
Quand vous irez au bal et que vous rencontrerez l'arrière-petite-fille de celle avec qui vous avez jadis dansé il y a soixante-dix ans, comment vous présenterez vous ? Que direz-vous au vieillard cacochyme, avec qui vous avez joué dans la cour du collège Louis le Grand, quand perclus de rhumatismes, il vous saluera de sa voix chevrotante, l'œil hagard surprenant dans le vôtre la vie qui s'enfuit de son corps à lui ? : « Bonjour camarade, avec moi, vous êtes le dernier survivant de notre cour de récréation ». Vous escorterez alors d'un pas allègre votre jeune femme resplendissante à l'opéra. Pensez-vous alors que vous jouirez vraiment de votre privilège de vivre ? Serez-vous fier de vous ? Si ce camarade, c'est moi (à Dieu ne plaise), soutiendrez-vous mon regard ?

Bientôt vous n'aurez plus personne avec qui partager les souvenirs de votre première vie, et ils s'enfouiront dans votre esprit comme un cadavre dans sa tombe. Ils n'intéresseront plus personne et, si vous vous acharnez à les rappeler en public, vous passerez pour un radoteur ennuyeux.
Et puis, si je comprends bien et si je voulais être sévère, je vous dirais que dans vos rêves chimériques, vous recherchez une seconde chance pour tout ce que vous avez raté dans la vie. Vous pensez que Dieu permet cela ? La vie est courte ou longue : l'homme meurt dans l'enfance ou dans le grand âge ; il ne vit pas deux fois. Sa vie est riche ou pauvre d'évènements, mais elle s'étend sur une durée finie. Vos talents, vos projets, vos qualités et vos vices, sont à mettre en scène dans une seule pièce, pas dans deux. Ce n'est pas à vous de revendiquer le bénéfice d'une seconde chance, d'une nouvelle ardoise vierge sur laquelle vous pourriez réécrire votre histoire.

Pendant sa diatribe, Delort avait insensiblement élevé la voix ; maintenant il parlait très fort ; déjà échauffé par le vin et la nourriture, il se rendait compte qu'il se laissait emporter par la passion de son sermon. Il sentait qu'il devenait rouge et vraiment en colère. Il se dit qu'il devait se calmer.

À ses derniers mots, Audenay regarda Delort avec insistance. Il était surpris, voire effrayé par sa véhémence. Il avait cherché un appui auprès d'un prêtre à qui il pensait pouvoir se confier. Secrètement il avait pensé que Delort, homme humble et effacé, l'aurait compris ou même l'aurait admiré et envié. Il s'était trompé : derrière cette façade d'humilité, il y avait le roc farouche de la conviction religieuse et le pauvre curé un peu falot devenait même éloquent dans son prêche. Il sembla hésiter et lentement lui sourit.

— Mon cher curé, rassurez-vous, je suis content de vous et de votre discours. Bien entendu je plaisantais en vous parlant de cet élixir. Certes, cette formule existe et me fait rêver, mais j'avoue vous avoir abusé. L'« élixir » dans ces bouteilles est une excellente eau-de-vie de mirabelle que je fais venir de Lorraine. Voulez-vous en goûter mon ami ?

Il lui en versa un verre, c'était bien de la mirabelle.

— Cependant, laissez-moi rêver Delort : l'espérance de vivre encore longtemps donne un tel entrain, un tel enthousiasme, un appétit, et conserve l'ambition ! Ignorer l'heure et le moment de sa mort confère une espèce d'immortalité. Les condamnés par les juges et les médecins sont si tristes ! Ceux qui ignorent devoir mourir le lendemain de mort subite sont si gais ! Avec l'âge, le temps permis pour l'exécution des projets diminue et l'âme s'assombrit, tend à dénigrer le présent, ignorer le futur et embellir le passé.

Delort ne chercha pas à aller plus loin dans cette discussion. Il félicita Audenay pour la qualité de la liqueur ; ils parlèrent longtemps ensemble de la qualité des fruits nécessaires à l'élaboration des eaux-de-vie.

C'est bien plus tard que Delort rejoignit son presbytère. Il avait d'autres soucis qui pouvaient aussi expliquer son énervement. Plusieurs semaines après, se remémorant cet épisode, il pensa aux ingrédients de l'armoire ; à quoi servaient-ils, s'il n'y avait pas d'élixir ? Il est vrai ce jour-là, sa question n'avait plus d'importance.

Audenay se félicita d'avoir mis de la bonne mirabelle comme adjuvant à son élixir. Ayant écouté le prêtre, il était un peu ébranlé et un peu honteux, mais décida de poursuivre comme auparavant. Pourtant, il en voulait à Delort, moins finalement pour sa critique enflammée et implacable, que pour avoir évoqué la question de la dent perdue : elle jetait un doute sur l'efficacité de l'élixir.

Il se demanda aussi pourquoi il s'était laissé aller à parler ainsi à Delort. La réponse était simple : il était terriblement seul et il n'avait personne à qui parler, à qui se confier.

Naissance d'une idée fixe

À l'arrivée du Curé Delort, la Marie avait atteint l'âge canonique : elle avait plus de cinquante ans. Il fut étonné d'apprendre qu'elle avait passé presque toute sa vie au service de son prédécesseur. Beaucoup de paroissiens ne manquèrent pas d'évoquer malicieusement en sa présence ses formes girondes, ses attraits passés. Du reste, à son âge, la Marie n'était pas désagréable à regarder. Mais ses ouailles ne le taquinèrent pas longtemps sur ce sujet : sa foi, des lectures édifiantes et le temps l'avaient délivré de l'idée même des tentations charnelles. Il considérait les femmes comme des êtres asexués, comme lui. Aussi, il ne lui était pas difficile d'ignorer les sourires en coin et les ragots sur les relations supposées de Marie avec l'ancien curé et, pourquoi pas, avec lui.

Il avait été très surpris de voir Marie chargée de s'occuper de la destruction des ornements, linges et autres choses bénites ayant perdu leur bénédiction. Pourtant, il ne se pressa pas pour redresser les incartades aux règles que son prédécesseur avait instituées. Il avait trop à faire. Pourquoi alourdir son quotidien et surtout risquer d'indisposer cette femme vaillante ? Et certes, le jour où il se déciderait à reprendre cette activité, il faudrait être bien diplomate pour ne pas la vexer en lui retirant cette charge de confiance.

Ses premières semaines à Mareuil l'avaient convaincu en effet : Marie était une perle. Bonne dévote, infatigable, efficace, économe, ne se plaignant jamais et ne disant jamais du mal de quiconque.

Elle lui préparait de bons petits plats. Elle lui proposait aussi des habits sacerdotaux et des linges lavés et repassés impeccables. Côté domestique, aucun souci : un grand soulagement, alors même qu'au séminaire, il avait été copieusement alerté sur les dangers d'une trop grande complicité entre le pasteur et ses brebis et, en particulier avec la bonne affectée au presbytère. Discrète, respectueuse, elle le regardait avec les yeux francs et innocents du bon chien de berger. Et quelle bonne cuisinière ! Il avait vérifié ses comptes, quelle honnêteté ! Marie tenait le « ménage » de la cure pour très peu ; grâce à elle, il n'avait pas de mal à dégager un surplus à redistribuer pour soulager les familles misérables ou aider ses neveux et nièces de Saint-Loup des Chaumes.

Elle lui avait facilité son arrivée à Mareuil par sa connaissance des familles, leur histoire. Elle lui évita ainsi bien des impairs dans ses premiers contacts avec ses ouailles. Le sacrement de pénitence prit bien sûr le relais des premiers renseignements fournis par Marie ; il put vérifier leur pertinence.

La confession est une source précieuse pour appréhender les problèmes secrets du village. Au-delà du rôle primordial de lessivage des âmes souillées, le sacrement contribue à la mission du bon pasteur d'organiser l'harmonie au sein de la paroisse. Il s'agira de diminuer les tensions entre deux familles, favoriser tel ou tel mariage, faire cesser tel ou tel scandale, porter assistance à des détresses cachées. Ces informations peuvent être collectées indirectement puis vérifiées auprès des intéressés : en effet si les brebis sont moins spontanément disertes sur leurs propres fautes, elles peuvent être plus bavardes sur celles des autres. Une pieuse dénonciation est aussi un moyen d'alléger sa conscience. Une libération très aisée avec le scrupuleux curé Delort pour qui le secret de la confession était absolu. Dans le confessionnal, sa voix était tellement basse que l'on devait tendre l'oreille pour entendre l'énoncé de sa pénitence, et en dehors, Delort ne laissait jamais transparaître la moindre bribe de la confidence reçue pendant le sacrement. Quand il croisait le plus abominable des pécheurs, il lui parlait et lui souriait comme au plus pur et au plus innocent des enfants du catéchisme.

Rapidement, il avait su un grand nombre des secrets de la communauté et notamment les origines de Marie.

Il avait appris l'histoire de l'orage meurtrier au marché qui avait été suivi par l'assassinat de Denise, soupçonnée d'avoir été une sorcière ; puis, la découverte de Pierrette par le vieil Audenay dans les ruines de la locature, son mariage et la naissance de ses trois filles.

Mais, parmi toutes ces histoires qu'un curé est amené à connaître, il est parfois difficile, même par des recoupements, de démêler le vrai du faux. Les sous-entendus, les phrases mal construites par des paysans ignorants qui peuvent aussi chercher à l'égarer, voire à le manipuler, peuvent finir par troubler un homme isolé et sensible.

Au fil des mois et des années, au travers d'allusions qu'il ne comprenait pas au début, il a commencé à soupçonner que sa bonne et ses deux sœurs pouvaient ne pas être aussi transparentes et parfaites qu'il le croyait. Certes, il lui fallait faire la part des choses : parmi les accusateurs, il y avait des jaloux de la position acquise par les trois sœurs. Dans un premier temps, elles gardèrent toute sa confiance.

Peu à peu, le doute s'insinue dans son esprit sans qu'il en tire la moindre conclusion. On lui parle à mots couverts de réunions interdites dans la forêt, de cérémonies impies près de chapelles isolées. Pendant longtemps, il ne veut pas croire à ces sornettes.

Un jour, il voit par hasard Marie laisser échapper un linge alors qu'elle sort du presbytère. Il ramasse le linge et s'aperçoit qu'il s'agit d'un surplis usé qu'il lui avait confié pour le brûler sur place. Il l'interroge ; il lui semble qu'elle se trouble. Marie reprend très vite de l'assurance. Ce linge peut encore servir, elle pensait le ravauder et auparavant elle allait le blanchir au lavoir.

Un autre jour, en se promenant, il entend de l'autre côté d'une haie des sortes de psalmodies enfantines ponctuées d'éclats de rire ; en cherchant à écouter, il s'aperçoit que des petits gamins s'amusent à dire la messe. Il passe la tête et commence à gronder les mioches qui s'enfuient comme une volée d'étourneaux ; sur le sol, abandonné, il découvre un manipule[60]. Parmi les garçonnets, il a reconnu un enfant de chœur qu'il va voir chez lui et lui explique combien il est grave de s'adonner à de telles pratiques. Il lui demande impatienté où il a trouvé le linge et celui-ci tout rouge de panique et de honte bredouille :

60 - Bande d'étoffe portée par le prêtre pendant la célébration de la messe.

— Je n'ai rien fait de mal Monsieur le Curé ; je l'ai trouvé l'autre jour près du carroir de la Pierre qui Danse.

La Marie, à qui il montre le linge, répond sans se démonter que le petit chenapan a dû le dérober dans la sacristie et a raconté n'importe quoi pour ne pas être soupçonné.

Le curé Delort fait son enquête : sa bonne détruit-elle effectivement les ornements usagés et ne subtilise-t-elle pas les cotons utilisés aux sacrements et qui sont pleins d'huiles sacrées ? Tout à coup, horrifié, il se remémore les histoires de danses sacrilèges évoquées par des paroissiens. À l'époque, il avait jugé qu'il s'agissait de rêves éveillés de personnes un peu dérangées, auxquels il n'avait pas prêté attention. Le poison commence à lentement s'insinuer dans son cerveau. Ces sabbats ne seraient-ils pas une réalité et Marie pourrait-elle y prendre part ?

Avant Pâques, Mouillebec, le cabaretier, un drôle d'oiseau qui vient se confesser une fois par an et qui en général n'a rien à dire, lui souffle à l'oreille qu'il a vu les deux sœurs et la Mauduite sortir ensemble du village et se diriger vers la forêt le soir du grand orage de la fin de l'été dernier. Lui, Delort, se souvenait de cette nuit d'éclairs et de tonnerre : Marie s'était absentée, prétextant aller voir sa sœur malade.

Insensiblement, il devient beaucoup plus froid à l'égard de Marie, lui fait des remarques désagréables. Brusquement et sans s'expliquer, car c'est un timide, il lui interdit de toucher aux linges sacrés. Soumise et silencieuse, elle baisse la tête et reste muette ; ce silence lui fait plus peur que si elle s'était mise en colère et s'était mise à invoquer sur le champ Astaroth ou autres Belzébuth. C'est alors qu'elle lui aurait donné des raisons véritables pour la renvoyer !

Elle continue à lui préparer les bons petits plats.

Comment renvoyer Marie à qui il ne peut reprocher que des fautes supposées, nées de sa propre inconséquence d'avoir toléré une infraction au Rituel ? Il n'a aucune preuve, et le petit enfant de chœur a pu mentir et simplement dérober le linge pour un jeu stupide, sacrilège, mais puéril.

Le curé est très troublé. Il se réveille cette nuit-là avec un doute horrible : Marie sait où est la clé du tabernacle. Elle peut y accéder et voler des hosties consacrées. Il la confesse sans avoir de résultats ; de même Jeanne et la Mauduite ne disent rien.

À partir de ces jours-là, Marie lui fait peur. Il se met à compter les hosties consacrées restant dans le tabernacle.

Peu à peu, les trois femmes deviennent pour lui des ennemies implacables à qui il faut retirer l'influence néfaste qu'elles exercent dans le village.

Il va chercher à remplacer Jeanne comme sage-femme par le chirurgien fraîchement arrivé à Mareuil. Il est contredit par le médecin d'Issoudun qui lui explique tout le mal qu'il pense de cette solution.

— Vous mon Père, vous voulez un homme accoucheur ? Ce n'est pas une bonne idée. Ce métier d'accoucheur est une profession nouvelle et sans autorité ; je vous dirais même qu'il s'agit à mon sens d'une usurpation fondée sur la timidité des femmes et la crédulité des maris. Il n'y a que dans les cas exceptionnels, où l'enfant est mort dans le corps de la mère et qu'il faut le découper pour l'extraire, que l'intervention d'un homme est nécessaire, et alors, ce n'est pas d'un accoucheur dont on a besoin, mais d'un médecin. L'antiquité avait en horreur cette idée même d'un accoucheur, et le mot même n'existait pas dans notre langue il y a seulement quelques années. Non ! et puis, quelle indécence ! Mon Père, envisagez-vous vraiment de livrer des chrétiennes aux mains d'un accoucheur ? Prendre le risque qu'elles prennent goût à ses attouchements ? Une fille peut cesser d'être vierge par le cœur, même si son corps est encore chaste. Je vous conseille la lecture de Monsieur Hecquet qui a écrit sur le sujet : vous y verrez aussi que l'Ancien Testament comme les Pères de l'Église réservent ce métier d'accoucheuse aux femmes. Dieu n'a pas fait les femmes ignorantes ; si elles doivent se soumettre à l'homme, c'est pour d'autres raisons. Pour peu qu'elle soit un peu instruite et probe, la sage-femme convient parfaitement pour accoucher les femmes. Et autant que je sache, la Jeanne fait parfaitement l'affaire à Mareuil. Croyez-moi, vous n'avez rien à attendre de plus d'un accoucheur, bien au contraire !

Delort se souvint que dans la Genèse, Rachel et Thamar avaient été accouchées par des femmes. Il n'insista pas après avoir lu l'intéressant l'ouvrage de Hecquet que le médecin avait parfaitement résumé.

En revanche, il trouva dans ce livre des arguments pour l'allaitement maternel et contre l'allaitement mercenaire ; il les utilisa quand il monta en chaire avec la ferme intention d'interdire à la Mauduite d'allaiter des enfants qui n'étaient pas les siens :

— Mes frères, arrêtez de confier vos enfants à des seins étrangers. Le lait de la mère correspond précisément aux besoins de son enfant ; donner son enfant à une nourrice, c'est comme transplanter un jeune arbre dans un autre terrain où il risque de périr ou de végéter. Et puis on sait que la Vierge a allaité l'Enfant Jésus... .

Mais ses objurgations s'adressaient aux paysannes de Mareuil qui avaient toutes leurs enfants au sein et non aux femmes des villes qui faisaient appel aux nourrices ; il ne put utiliser directement les arguments de Hecquet relatifs à la mollesse, voire à la l'infidélité des femmes (bien souvent des courtisanes) qui n'allaitaient pas leurs enfants. Menacer les nourrices d'être complices des péchés des femmes des villes ne portait guère dans sa paroisse. Il se rendit compte que tous les arguments d'Hecquet ne valaient que pour les clientes des nourrices ; la Mauduite continua à allaiter de nouveaux nourrissons.

Au bout du compte, rien ne changea : Mauduite resta nourrice, Jeanne sage-femme ; Marie demeura au presbytère et, sans le savoir, continua à terroriser le pauvre Delort.

Devant ses échecs répétés, Delort trouva un exutoire à son inquiétude dans des prônes de plus en plus violents. Lui si doux, si réservé se mit à parler plus fort, à exhorter les paroissiens de s'écarter du diable et de la magie noire ; il rappela les bûchers et les tortures promis aux sorciers sur terre, tourments bien doux par rapport aux souffrances perpétuelles en enfer !

Les villageois étaient surpris du changement dans l'attitude du prêtre et de ses sermons de plus en plus durs. Ils oublièrent leurs petites jalousies et leurs craintes inconscientes à l'égard des trois sœurs. Ils prirent leur parti. Pour la première fois, le curé sentit une animosité à son égard. Il ne comprenait rien : tout en restant toujours aussi généreux, on vint à lui reprocher une plus grande ladrerie dans la collecte de la dîme.

Il se replia davantage sur lui-même, devint plus exigeant, encore plus irritable.

Il se mit à maigrir. Ses nuits se virent remplies de cauchemars épouvantables.

Danses dans la nuit profonde

Ce soir-là, Marie était absente. Elle devait se rendre au chevet de sa sœur malade, avait-elle prétendu. Elle avait préparé en avance un repas pour le curé et était partie avant la fin de l'après-midi, craignant d'être prise dans l'orage qui grondait déjà vers l'Arnon.

Le curé Delort s'est couché tôt, seul dans son presbytère.

Les lourdes et menaçantes formations de nuages qui bourgeonnaient dans le crépuscule ont envahi tout le ciel et caché les premières étoiles de la nuit. Une obscurité complète a maintenant englouti la forêt silencieuse qui retient son souffle.

Le vol lourd et ouaté du grand-duc épouvante les animaux furtifs. Le cri de la chouette effraie déclenche un premier éclair et déchire les squelettes des arbres muets.

Les éclairs griffent le ciel et allument des fanaux éphémères. Au fin fond des buissons, cachée dans les ronces, la biche frémissante se rapproche encore de son faon prostré.

Une première bourrasque annonce le vent de la tempête. Les feuilles tressaillent et les grands arbres s'extraient du sol. Ils se groupent et tournoient en des rondes organisées. Les chênes dansent.

À l'Étoile du Chêne qui Danse, le temps du sabbat des sorciers et des sorcières est venu.

Dans l'île aux fées, d'étranges habitants font la fête. Les menhirs de la forêt se sont rassemblés et s'enlacent ; des hêtres les frappent de leurs branches souples comme d'énormes tambours. Les lichens qui les couvrent et qui jadis se sont nourris du sang des sacrifices se hérissent et se détachent. Ces jours de grandes tempêtes, les cris désolés des antiques victimes font écho aux souffrances des temps présents.

Oui ce sont bien eux, ils existent comme les loups-garous, les Georgeons et les esprits mauvais qui rôdent dans les marais. Ils grimacent, bavent et éructent ; on les voit nus, furieux et invoquant éperdus les puissances infernales qui ne les récompensent guère. Ce sont les voisins de misère, haïs autant que craints. Ces visions vous réveillent aussi la nuit ?

Plus tard, le calme revenu sur l'île aux fées, de fines silhouettes s'animent avec grâce au bruissement amplifié de l'eau par l'orage. Elles escaladent les clochettes des muguets roses qui tintent au frôlement de leurs pieds menus. Elles non plus ne sont pas inoffensives ; malheur au paysan égaré qui croiserait leurs yeux irisés et rieurs. Aussitôt leurs prunelles deviendraient braise et ambre pour tuer d'effroi l'imprudent spectateur.

On ne voyage pas dans la forêt la nuit. S'il n'y avait que les loups et les bandits ! Hélas, il y a aussi ces formes répugnantes et maléfiques que Dieu n'a pas pu imaginer et n'a pas pu encore éliminer.

Derrière les murs fragiles de la pauvre masure, jeunes, vieux et animaux, les uns sur les autres, sont éveillés ; un bébé braille. L'air est étouffant et aigre. Ici on est rassuré d'être de bons chrétiens et de pouvoir invoquer d'anciens saints protecteurs.

Il y a aussi un crucifix et le diable ne se risquera pas cette nuit dans la cheminée. Le diable est occupé ailleurs.

Au carroir du Chêne qui Danse, la nuée est passée et les nuages se sont dissipés. Les ombres s'affairent dans la boue. Il y a trois femmes entièrement dévêtues dont les silhouettes se détachent à la lumière de la pleine lune. Sur la pierre ont été dépliées des étoffes blanches. Un des spectres déballe un paquet de chair sanguinolente, un enfant qui vient de naître, et le dépose sur la grosse pierre plate.

Marie est entourée de ses deux sœurs. Ses yeux sont rouges comme le feu. Sa voix douce est méconnaissable : c'est un long cri à la fois rauque et suraigu. Elle hurle son pacte avec la Bête, le dragon à dix cornes, dont chacune des sept têtes est surmontée d'un diadème :

— La Bête vomit le feu et exige ce sacrifice pour assurer la prospérité. Que le diable libéré de ses chaînes après mille ans de prison revienne pour mille deux cent soixante jours ! Elle, la grande prostituée s'est donnée au Démon !

Dans une auge grouillent des serpents : ils ont été conçus à partir des cheveux d'une femme qui avait ses règles ; enfouis pendant l'hiver sous de la terre grasse avec du fumier. Au commencement du printemps ou de l'été, échauffés par la chaleur du soleil, ils ont engendré un serpent dont la semence en a fécondé une multitude.

D'autres paroles inintelligibles sont prononcées. Des yeux brillent. Un couteau est brandi. La boule sanglante est découpée en petits morceaux.

Sous la pierre, un feu préparé dans l'après-midi a été allumé et les étoffes, les ornements, les rebus de l'église, sont brûlés.

Les trois sœurs ne sont pas seules : elles président une grande assemblée où se retrouvent tous les bons chrétiens de la paroisse. Ils sont là à genoux, vociférant devant Satan. Le Sabbat se poursuit et Delort est impuissant et terrorisé. Maintenant, ils défilent en procession : Mouillebec porte en guise de calice une énorme marmite remplie d'un breuvage sacrilège, Marie distribue en guise d'hostie des fragments du nourrisson découpé, Audenay tient levé au-dessus de la tête le « Grand Albert » comme s'il s'agissait du Saint Evangile.

Delort ne peut supporter ces abominations et s'évanouit.

Plus tard, il reprend connaissance au bord d'un champ ; la messe noire se termine, la Jeanne et la Mauduite partent chacune à l'extrémité d'un sillon et enfouissent des ossements, les sinistres reliques d'une jeune vie interrompue.

Les trois femmes sont maintenant seules, hébétées par l'ivresse de leurs philtres.

Épuisées, elles s'habillent avec des gestes lents, avant que le soleil se lève et efface l'horreur de la nuit. Elles rentrent chacune chez elle.

Marie rentre au presbytère où elle a la surprise de constater que le curé est encore au lit ; il grelotte de fièvre.

Il marmonne avoir fait des cauchemars épouvantables ; toutefois il n'ose pas préciser qu'ils étaient habités de monstres, de fêtes impudiques et de damnations.

Elle, elle parle d'une voix apaisée, trop apaisée selon lui.

— Ma sœur va mieux.

Et sa voix, il la trouve bizarrement enrouée, comme quelqu'un qui aurait crié trop fort trop longtemps, pas comme une garde-malade silencieuse.

— Mais vous êtes en nage ! Je vais vous faire une tisane !

Il tressaille, désespéré en l'entendant. Va-t-elle tenter de l'empoisonner maintenant ?

Exercer seul son sacerdoce

Delort prit son courage à deux mains. Il avait demandé audience à Monseigneur de La Rochefoucauld. Ce dernier, assis derrière un bureau richement orné dans le palais de l'archevêché à Bourges, lui fit signe de s'asseoir sur un tabouret face à lui et lui proposa un petit verre de liqueur pour calmer son agitation.

— Comment va notre ami Sermelles ? Dites-moi, vous êtes pâle et avez les traits tirés. Seriez-vous malade ?

Delort tremblait, persuadé de porter la turpitude du monde. Il inspira un grand coup en fermant les yeux, soupira :

— Monseigneur, il faut que je vous informe de faits très graves. Malgré tous nos efforts, j'ai la conviction que dans ma paroisse, des assemblées de sorciers invoquent régulièrement Satan et ses œuvres et entraînent nos brebis dans des sabbats répugnants. Je suis écrasé par la honte de devoir vous avouer cela.

Le sourire de l'archevêque s'estompa, mais sans perdre sa bonhommie. Il le laissa poursuivre.

— À plusieurs reprises, des paroissiens, sous le sceau du secret de la confession m'ont alerté sur des cérémonies monstrueuses pratiquées dans des carroirs ou à proximité de chapelles éloignées du village.

— On sait que l'usage de ces chapelles isolées ne doit point trop être encouragé.

— Oui Monseigneur, et sur ce point vos instructions sont bien respectées : je limite au maximum leur usage ; j'en ai même fermé deux récemment.

— Voilà qui est bien ! répliqua l'évêque qui voulait rassurer son pasteur.

— Jusqu'à présent ces dires n'étaient que des bruits proférés par des paroissiens qui me juraient ne pas avoir participé eux-mêmes à ces dérives coupables ; aussi je leur donnais peu de foi tout en demeurant vigilant.

— Vous faisiez bien, il ne faut pas prêter l'oreille à la calomnie et à l'hystérie !

— Oui, mais dernièrement, de nouveaux faits m'ont alerté et me forcent à venir vers vous pour vous demander à la fois lumière et pardon.

— Vous savez que je suis là pour cela.

— Il s'agit de Marie, ma servante que j'ai reprise à mon prédécesseur (Delort eut honte de cette lâche précision qui permettait de souligner que ce n'était pas lui qui l'avait choisie). Selon les confidences d'un paroissien, Marie et ses deux sœurs feraient des choses défendues certains soirs de pleine lune. Mis en éveil, j'ai remarqué que la pleine lune qui a suivi cette confession, Marie s'est absentée au motif qu'elle voulait venir en aide à sa sœur malade. Le lendemain à son retour, elle avait les yeux rougis et la mine défaite. Je lui ai demandé en riant si elle avait fait encore un sabbat cette nuit-là avec le diable.

— Alors, dit l'Évêque, a-t-elle avoué ?

— Non Monseigneur. Néanmoins ma question l'a visiblement troublée et j'ai le sentiment qu'elle m'a menti.

L'évêque respira rassuré.

— Et puis Monseigneur, je fais des rêves épouvantables et répétés sur ces cérémonies ignobles.

— Des pressentiments, des cauchemars ne sont pas des visions ! Heureusement vous n'êtes pas un devin ! Par ailleurs il n'est pas tout à fait étonnant qu'une servante de curé soit désorientée si, même en plaisantant, son maître l'accuse d'être une sorcière.

Cela ne fit pas sourire Delort.

— Mes rêves sont très clairs, répétés, comme des avertissements !
— Avez-vous interrogé les deux autres sœurs ?
— Oui, je les ai même confessées.
— Et alors ?
— Elles ne m'ont rien avoué.
— Ce bon paroissien qui les accuse, est-il un homme sérieux, bon pratiquant, un homme sensé, respecté, équilibré ?

Delort ne répondit pas et n'osa pas dire que c'était Mouillebec et encore moins qui il était. Le cabaretier en riait encore avec ses amis : ne sachant quoi dire à confession, il avait imaginé d'évoquer un vague bruit sur des faits étranges au carroir. Le pauvre curé s'était trouvé saisi. Il l'avait interrogé de manière si insistante, qu'il n'avait pas su résister à l'envie d'emmener le pauvre homme dans des histoires folles de sabbat impliquant la Marie « cette grenouille de bénitier » et ses deux inquiétantes sœurs, ces deux « punaises de sacristie ». Mouillebec en profitait pour se venger de la Mauduite qui interdisait la fréquentation de son établissement à son benêt de mari.

— Bon ! Et avez-vous eu d'un autre paroissien une quelconque confirmation de ces pratiques ?
— Non Dieu merci !

L'évêque se détendit et sourit à nouveau.

— Mon cher Delort, je crois qu'il ne faut pas donner trop d'importance à ces élucubrations de paysans incultes et illuminés. Vous avez bien fait de venir me voir. Mon avis est qu'il faut oublier cet épisode. Jusqu'au siècle dernier, l'Église a cherché à extirper les sorciers des campagnes. La poursuite de ces énergumènes a occasionné bien des désordres et bien des erreurs. Elle a été le moyen pour beaucoup de solder de petites rancunes en accusant son voisin ou sa voisine des pires méfaits. S'en sont suivies de nouvelles haines et vengeances. Faire périr des hérétiques sur le bûcher crée de nouvelles vocations chez les âmes fragiles.

Aujourd'hui, l'Église ne peut continuer à admettre qu'au bout de quinze cents ans, elle n'a pas réussi à abattre dans le Royaume de France les manifestations les plus abjectes et les plus caricaturales du démon.

Du reste, l'action pernicieuse du diable prend de nos jours des voies plus subtiles ; elle est dans la religion prétendue réformée et dans le poison lent et triste du jansénisme. Voilà le champ de bataille de l'Église Catholique aujourd'hui. Intenter de nouveaux procès de sorcellerie, c'est prendre le risque d'encourager de prétendus philosophes à critiquer encore notre supposé obscurantisme.

Dans nos campagnes reculées, pour certains faibles d'esprit, les sacrements de l'Église et les bénédictions du curé sont utiles, mais insuffisants. Leur instinct animal leur fait préférer la survie immédiate à la vie éternelle. Pour eux, tous les moyens sont bons, y compris les moins avouables pour conjurer la grêle, la gelée tardive, toutes les pestes ou malheurs possibles qui ruinent la récolte ou dépeuplent la communauté. Plutôt être damné que voir ses enfants mourir de faim !

Leurs rites sacrilèges dérivent de pratiques païennes millénaires. Ils ont eu beau être condamnés et combattus par l'Église depuis toujours, ils n'ont été ni complètement éradiqués, ni oubliés. Les cérémonies étranges et morbides dictées par leurs soi-disant divinités n'intéressent plus l'Église et il est inutile d'intervenir tellement elles sont grotesques et heurtent les êtres raisonnables. En vérité, les sorciers, officiants et autres participants à ces sabbats, tant qu'ils restent discrets et inoffensifs vis-à-vis des autres paroissiens, se damnent tout seuls et seront condamnés à l'enfer éternel le jour du Jugement Dernier.

— Mais alors que dois-je faire ?

— Rien ou plutôt si. Si vous êtes certain de vos soupçons, cherchez une autre servante. Ne chassez pas cette femme contre laquelle vous n'avez aucune preuve. Séparez-vous d'elle et donnez-lui une petite rente, en disant qu'elle est malade ou trop vieille pour vous aider !

Je vais vous faire une confidence : elle concerne votre prédécesseur. Lors de mes visites pastorales, à plusieurs reprises, certains m'ont laissé entendre que ses relations avec votre Marie qui était alors jeune et gironde étaient en infraction avec le cadre autorisé par le Rituel : en deux mots, il aurait été trop familier avec sa servante. Marie était encore loin d'avoir l'âge canonique prescrit. Eh bien ! Je n'ai rien voulu faire, j'ai simplement encouragé le prêtre à la vertu et à la retenue, car je ne voulais pas troubler une communauté fragile : toute action de ma part se serait retournée contre l'Église.

— Monseigneur, j'avais encore voulu me confesser auprès de vous pour une faute concernant le Rituel.

Les yeux de Monseigneur s'étaient détachés de ceux de Delort. Les siens cherchaient désespérément son regard. L'esprit de l'Archevêque était ailleurs, son sourire s'était dissipé. Sans montrer le moindre agacement, il dit d'une voix toujours douce, mais plus distante.

— Delort, vous êtes un homme de scrupule et un bon pasteur. Mon vicaire vous apprécie et vous aime ; il m'a confirmé tout le bien que je pense de vous. Je n'ai pas le temps d'entendre cette confession d'un péché qui ne peut être, vous connaissant, que véniel. Je vous pardonne d'avance et je vous bénis, car je sais que vous faites l'impossible pour faire triompher le bien et le juste dans votre paroisse. Partez rasséréné. À défaut d'être parfait, continuez à vouloir toujours être meilleur.
Transmettez aussi ma bénédiction à Sermelles, je ne l'ai pas vu depuis au moins dix ans ; je suis beaucoup moins présent dans mon diocèse depuis que je suis cardinal.

Il se dit qu'une des dernières fois qu'il avait rencontré Audenay, c'était à Aubigny-sur-Nère ; une idée lui traversa l'esprit, et il demanda un peu hésitant :

— Dites-moi Delort, vous n'avez jamais été franc-maçon ?

Delort regarda son évêque interloqué, pensant à la charpente de son presbytère qui mériterait une rénovation.

— Un franc-maçon ? De quoi s'agit-il ?

— Il s'agit d'une société secrète. Elle se développe depuis plusieurs dizaines d'années et mêle des gens de toutes les origines et toutes les religions chrétiennes sous des prétextes mal connus et dans le plus grand secret. Pour ces raisons notamment, notre

Souverain Pontife vient de confirmer l'excommunication de ses membres faite par son prédécesseur.

Il ajouta qu'il était peu probable qu'il y ait des francs-maçons à Mareuil, s'agissant d'une société qui sévissait dans les villes.

Le brave curé Delort, qui était entré bien penaud et bien tremblant dans le palais épiscopal, ressortit libéré ; il remarqua comme le soleil brillait et comme son cœur était soulagé. Il n'aurait pas à expliquer pourquoi et comment sa servante avait abusé de sa confiance pour faire Dieu sait quel sacrilège de ses ornements ecclésiastiques usagés.

Il entra dans la cathédrale et remercia Dieu de sa bonté ; il jura que dorénavant, il ne permettrait plus jamais à quiconque de s'occuper des tâches ancillaires relatives aux objets sacerdotaux. Il se donna sa propre pénitence : il descendrait de la carriole à Châteauneuf et marcherait le reste du trajet en lisant son bréviaire. À chaque pas, ses orteils fragiles dans ses chaussures trop raides le rappelleraient à la souffrance du monde et à la vigilance nécessaire dans la lutte interminable contre la tentation du démon. Il se promettait également de faire la chasse aux francs-maçons s'il apparaissait que cette nouvelle hérésie s'était introduite dans sa paroisse.

Plus tard en arrivant à la porte de son logis, il souffrait le martyre et était fourbu. En même temps il se sentait délivré : sa pénitence était sa rédemption. Il était rempli de joie à la perspective de soulager ses pieds ensanglantés dans une bassine d'eau glacée.

En entrant, il aperçut la silhouette de Marie penchée auprès de l'âtre pour y poser une bûche. Son cœur se mit à battre plus fort ; il se troubla et sentit de nouveau une lourde oppression dans son ventre ; il avait la chair de poule.

D'une voix faible, il lui demanda d'aller lui tirer de l'eau au puits et lui préparer un bain de pieds.

Lettre du Marquis d'Argenson à Jean-Baptiste Audenay

Cher ami,

Le roi avait refusé mes propositions de paix pour la Conférence de Bréda ; pourtant les conditions de la Paix d'Aix-la-Chapelle, négociées après mon départ et quelques morts de plus, sont moins intéressantes. La France n'a tiré aucun avantage de ses succès militaires. Le roi a prétendu vouloir agir en roi et non en marchand. Il aurait mieux valu pour le roi ne pas commencer la guerre !

Au moins a-t-on la paix ! Mais on dit désormais « Bête comme la paix ». Tout le monde en est mécontent et elle risque de se révéler éphémère. La France ne veut pas en finir avec ses rodomontades et n'a pas renoncé à intervenir en Italie et en Allemagne. Dans ces conditions, l'alliance contre nature entre Hollande et Angleterre semble devoir durer, une catastrophe pour notre commerce maritime.

J'espérais que la fin de la guerre aurait été l'occasion de rétablir les finances de la France, reconstituer la marine, réformer enfin ! Je caressais des chimères ! Notre monarque voyage de résidence de plaisirs en relais de chasse, se lance dans des constructions ruineuses et fragiles. Nos bâtiments royaux ne sont le plus souvent que des châteaux de cartes, des trous à rats.

Pendant ce temps, nos campagnes, faute de capitaux, sont ruinées. L'argent du revenu des terres va à Paris et y reste : la France est transformée en araignée avec pour tête Paris. La Cour détruit la nation, comme les frelons la ruche en mangeant son miel sans travailler. Mon cher ami, vous semblez être le seul à voir vos affaires prospérer en province.

Le roi est de plus en plus impopulaire ; l'arrestation de jeunes bourgeois a provoqué des émeutes. On laisse entendre que le roi se baigne dans le sang de ses sujets. Celui-ci est maintenu ignorant de l'hostilité du peuple à son égard. Et pour lui éviter d'affronter la foule en colère sur le chemin de Versailles à Compiègne, on construit une route pavée qui évite Paris.

J'étais hier au collège Louis le Grand où Voltaire présentait pour la première fois sa nouvelle tragédie « Rome sauvée ou Catilina ». Il y jouait Cicéron. Je nous ai revus dans l'assistance quand nous-mêmes nous étions acteurs aux pièces édifiantes du Père Porée. Rien n'a vraiment changé. Voltaire était magnifique dans ce rôle qu'il a composé pour lui. Sa pièce a eu beaucoup de succès, et il a obtenu un triomphe quand, devant un parterre de grands seigneurs comblés de leurs honneurs et de leurs charges héréditaires, à Catilina qui lui disait :

Quoi! C'est ce plébéien dont Rome a fait son maître !

Il a répondu :

Faut-il des noms à Rome ? Il lui faut des vertus.
Ma gloire (et) je la dois à ces vertus sévères
Est de ne rien tenir de la gloire de mes pères.
Mon nom commence en moi : de votre honneur jaloux,
Tremblez que votre nom ne finisse dans vous.

En écrivant ces vers, Voltaire s'est certainement rappelé son aventure avec le chevalier de Rohan, il y a maintenant près de vingt-cinq ans (mon Dieu que le temps passe vite !).

Oui, je vieillis et chaque jour, je me convaincs davantage que seules des réformes radicales peuvent maintenir ce régime de plus en plus déconsidéré. Un nouvel équilibre des pouvoirs doit s'établir entre le roi et ses sujets, comme cela s'est fait en Angleterre. Plaise au ciel que, contrairement à ce qui s'est passé là, la transition se fasse sans effusion de sang.

Je rêve à un monarque, gouverneur de cinq cents départements de cent à deux cents paroisses chacune ; ces départements obtiendraient progressivement les attributions d'un véritable état local. Le roi serait lors garant de l'égalité entre les citoyens. Il faut tendre vers ce but d'égalité où il n'y a pas d'autres distinctions entre les hommes que le mérite personnel. Je suis pour la suppression de la noblesse héréditaire et de la survivance des charges, l'abolition du droit d'aînesse, l'abrogation par rachat progressif des droits féodaux.

Le roi, lui, resterait héréditaire et garantirait la paix et la stabilité du pays. Je ne crois pas à la république : la monarchie est capable de se perfectionner, alors que la république, elle, est constamment agitée par les factions, les cabales, la rivalité des nobles et des plébéiens, et des nobles entre eux. À Rome jadis et, plus récemment en Hollande, on constate que la république est un état précaire qui rapidement tend à la prise de pouvoir par un despote.

Au-delà de cette réforme politique, il faudrait une réforme fiscale et mettre en place la taxation de la possession des terres au-delà de 100 arpents. Je verrais aussi à liquider les colonies, qui ne rapportent rien.

Certes, ces mesures nécessaires occasionneraient une vive opposition. Aussi il faudrait un premier ministre ferme et de quelque capacité, à l'abri des caprices de la favorite et des dénigrements de la Cour. Dans cette optique, il faut moins de gouvernement, dissoudre la Cour, rapprocher de son peuple le roi qui résiderait à Paris.

En même temps, pour lui permettre d'agir dans une plus grande sérénité, il faut dissiper les causes inutiles de dissension et de querelles. La priorité serait de simplifier la religion et la purger de ses mystères dont l'interprétation, par définition impossible, mobilise et oppose les esprits les plus fins du royaume dans des débats vides de sens, mais toujours passionnés.

Enfin, il est inutile d'imaginer faire évoluer le régime politique sans ramener la prospérité. Pour cela d'abord faire des économies : réduire l'armée en temps de paix, arrêter la construction de nouveaux palais, assurer la liberté des grains et plus généralement du commerce.

Je garde toujours espoir que notre roi finisse par écouter la raison. Il en est capable et c'est à lui de provoquer la réaction nécessaire à la renaissance de notre nation.

En attendant, croyez bien que je reste votre fidèle F***.

Lettre de Voltaire
à Jean-Baptiste Audenay de Berlin

Cher ami, j'ai bien reçu votre lettre et ma santé est la cause de cette réponse trop tardive. Il me semble que la décrépitude de l'âge m'accable : je suis torturé par un érysipèle et je viens de perdre mes dernières dents.

Je meurs en détail et je me défie des médecins. Je ne sais comment vous faites pour vous maintenir toujours en bonne santé, vous qui ne parlez jamais de maux, de fièvre, d'indisposition. Peut-être est-ce l'effet du climat des campagnes reculées du Boischaut. Je rêve de votre bon air et de votre vie équilibrée sans les tourments de mille personnes qui me veulent du mal : mais celui qui prend la plume semble condamné à n'avoir que des ennemis.

Depuis que je suis à Berlin, je prends une drogue que m'a fournie le roi. Pourtant les gouttes de Stahl, ce royal remède, ne m'ont pas empêché d'être aujourd'hui édenté. Leur seul succès est de ne pas m'avoir pris la vie. Une bonne drogue est comme un bon médecin : si elle ne vous guérit pas, elle vous laisse mourir sans vous tuer.

Quand nous reverrons-nous donc ?

Depuis la perte de Madame du Châtelet, j'ai fui Paris, ses intrigues, les jaloux. J'ai répondu à l'invitation du grand roi poète Frédéric qui depuis des années prétendait m'attendre comme le peuple élu attendait le Messie. À Berlin, j'ai été fait chambellan, je reçois vingt mille livres de pension, je jouis d'une liberté totale, suis logé dans des appartements fort confortables et ai accès tous les soirs à Sa Majesté avec laquelle nous travaillons ensemble plusieurs heures.

Sa Cour est comme la Cour de Versailles avec ses envieux. Frédéric est un grand roi. Je me demande cependant si ce souverain n'est pas une grande coquette qui, pour conserver plusieurs amants, n'en rend aucun heureux ; je me prends alors à m'imaginer comme ces cocus qui ne veulent pas voir l'évidence qu'ils sont trompés.

Et certains jours, je crains que son vrai caractère soit de jeter l'orange dont il a pressé le jus.

En attendant, je suis un peu dans la situation de celui qui tombait du haut d'un clocher, et qui, se trouvant fort mollement dans l'air, disait : « Bon, pourvu que cela dure ».

En effet, si j'ai peur d'une disgrâce à Berlin, je ne me résous pas à rentrer en France où mes affaires s'arrangent. Tous mes amis me conjurent de revenir. Le duc de Richelieu a fait jouer mon « Mahomet » avec succès. Néanmoins, je ne peux oublier comment il fut accueilli, il y a moins de cinq ans ; le parti dévot, sans même avoir lu la pièce, menaçait de brûler cette « œuvre scélérate ». J'ai dû la retirer. Pour la rendre acceptable, il ne fallut pas moins que le Pape à qui je la dédicaçai me dise « qu'il avait lu avec un très grand plaisir cette admirable pièce », et ce bon Pape Benoit XIV m'envoya même sa bénédiction apostolique !

Sur ce sujet de l'économie des îles, je partage votre avis et celui de votre fils. Je crois que nous pourrions vendre les parts que je possède avec vous.

Notre ami le marquis d'Argenson est actuellement plein d'idées radicales concernant le pays ; je crains qu'il n'ait pas digéré son éviction du Conseil. Il en veut à tous et à toutes. Son ressentiment le pousse à vouloir tout réformer. Toutefois il oublie, un peu trop à mon sens, qui il est et d'où il tire sa fortune. Supprimer la noblesse, lui qui continue à vouloir signer de Voyer d'Argenson comme si la noblesse de sa famille n'était pas purement de robe ! Supprimer l'hérédité des charges, lui qui si jeune profita de la transmission de celles de son père ! Lui, intendant du Hainaut avant vingt-cinq ans et qui maintenant veut réformer l'organisation de l'administration royale ! Il est un peu désabusé, notre ami ; comme un convive gavé qui, à la fin du repas, prône l'abstinence et le jeûne ! Qu'il laisse un peu de nourriture aux hôtes affamés qui ont envie d'accéder à la table !

Je continue à travailler au « Siècle de Louis XV » et également à une tragédie : « Rome sauvée ou Catilina» ; il est plus facile d'écrire ce type d'ouvrage à l'étranger. Pour le « Siècle de Louis XV », le plus étonnant est que j'ai plus de chance de voir cet ouvrage interdit en France pour des phrases mal interprétées sur les querelles de Jansénistes, les illusions mystiques, voire les fureurs des Calvinistes, que dans les pays étrangers comme la Prusse, l'Autriche ou la Hollande que j'éreinte pourtant beaucoup plus sérieusement.

Croyez-en l'éternelle amitié de votre ancien condisciple.

Lettre du Marquis d'Argenson à Jean-Baptiste Audenay

Cher ami,

J'étais hier à un souper où plastronnaient la plupart de nos ministres. Un tableau édifiant. Je n'ai rencontré qu'entêtement et présomption. Comment ces vieux libertins épuisés dans les délices de Paris pourraient trouver l'énergie et la constance propres à remédier aux maux du royaume ? Têtus et courts de pensée, la vanité de leurs pouvoirs et de leurs richesses leur fait perdre le sens du bien public.

Je ne vous lasserai pas davantage sur les nouvelles dépenses somptuaires du roi, en bijoux, bâtiments, jeu, sérail. Je désespère de le voir se réformer.

Une fête a été donnée pour la naissance du duc de Berry, le fils du dauphin, le petit frère du duc de Bourgogne : on a compté 8000 bougies dans la galerie de Versailles. Mais le cœur n'y est plus et les fusées partaient trop haut, les visages des femmes apparaissaient vieillis. Le peuple continue à murmurer, comme d'ailleurs le Parlement, la noblesse et le clergé. La moindre réforme crée des mouvements d'hostilité. Le roi sans courage refuse de s'embarrasser de la moindre contrariété. Aussi toute protestation provoque son recul.

Machault a quitté les finances et est passé à la marine : c'est une disgrâce qui ne dit pas son nom. Il devra composer avec des ressources toujours diminuées, la marine n'étant pas, hélas, une priorité de l'État. Il aura échoué à faire payer des impôts au clergé autrement que sous la forme de « dons gratuits », donc non réguliers. Il aura échoué à rendre la taille universelle pour l'appliquer aux deux premiers ordres. Sa seule réussite est d'avoir fait l'unanimité contre lui.

Le roi s'est dégoûté des critiques continuelles vis-à-vis de son ministre. La Cour, se sentant menacée dans ses intérêts immédiats, s'est acharnée contre Machault. Tous les moyens ont été bons pour l'abaisser y compris celui de laisser entendre qu'il pouvait avoir des origines juives. Une bien mauvaise cabale, car ses aïeux ont occupé depuis des générations des emplois de noblesse de robe. Mais les bruits courent et persistent comme celui de la mention « Judaeus nomine Machault », à Paris sur le Petit Pont. Une inscription disparue lors de l'incendie de 1718. Les mauvaises langues, évidemment sans preuves, prétendent que cette destruction arrivée alors que le père de Machault était lieutenant de police n'était pas un hasard et lui avait rendu bien service.

Plutôt que s'attacher aux problèmes structurels, les sujets soumis à la sagacité du gouvernement ne sont que frivoles ou ridicules : le conflit avec le Parlement se cristallise autour des billets de confession. Pour les derniers moments d'un chrétien, les dévots cherchent à imposer un confesseur à leur solde dans le seul but d'éviter que les Jansénistes se sauvent entre eux. Le Parlement se rebelle contre cette pratique et veut punir les prêtres réfractaires, c'est-à-dire qui refusent de donner l'absolution aux Jansénistes. Toutes les fureurs et toute l'énergie de la Cour et du Parlement sont focalisées sur le sujet.

Ces futilités font oublier la question fondamentale de la réforme du commerce du blé. Mes différentes enquêtes ou études m'ont convaincu de la nécessité de libérer toutes les entraves actuelles : interdiction de stockage, de cumuls de métiers, de transport entre provinces à l'intérieur du royaume ou d'exportation à l'étranger. Le blé comme le sang dans le corps doit pouvoir circuler sans contrainte.

Aujourd'hui, je ne vois pas d'autre issue qu'une révolution, les réformes étant impossibles. Je pense ma disgrâce éternelle : avec notre monarque, il n'est pas d'exemple d'un ministre rappelé après avoir été renvoyé.

Notre ami Voltaire a fini par se fâcher avec le roi Frédéric ; certains prétendent que le souverain n'aurait pas apprécié ses spéculations à Berlin. Nous avons, il est vrai, toujours connu notre grand poète à cheval sur le Parnasse et la rue Quincampoix. Pour d'autres, son amour-propre, une fois de plus, l'a aveuglé et lui a fait oublier sa place auprès de son maître.

Il n'est pourtant pas un homme dangereux, comme d'autres philosophes qui voudraient tout bouleverser. Son rêve reste limité à accéder à l'intimité des rois et des princes et à voir son talent toujours reconnu et récompensé par eux. Il ne veut rien changer et n'imagine les améliorations dans le monde qu'au regard de l'augmentation de sa propre prospérité. Au fond, l'intolérance ne le gêne que pour autant qu'elle menace l'édition de ses écrits… et leur vente. Il s'accommode parfaitement du despotisme des monarques dès lors que ceux-ci l'admirent et considèrent son génie. Et sur ce dernier point, il a les mêmes exigences que les grandes courtisanes pour leurs appâts.

Mais il est vrai que c'est un génie et sa dernière pièce, « L'orphelin de la Chine », a eu beaucoup de succès.

Pour moi, je vous imagine toujours comme vous étiez quand nous nous sommes vus pour la dernière fois, il y a maintenant plus de trente ans : un jeune homme dans la force de l'âge et un vrai frère à qui j'envoie mon souvenir le plus fidèle.

Des diamants dans l'Arnon

Solange avait trouvé bizarre de retrouver en maîtresse le manoir de Sermelles. Elle croisait ces visages rieurs qui jadis l'avaient scrutée quand nue, elle était récurée des pieds à la tête avec son frère. Elle n'avait aucune envie de leur rappeler cet épisode douloureux. D'autres n'étaient plus là ; elle ne chercha pas à demander ce qu'ils étaient devenus. Ce n'est que dans les mois, les années suivantes qu'au détour d'une remarque, d'une conversation à laquelle elle était étrangère, elle put reconstituer leur destin : les uns mariés et ayant fondé une famille dans telle locature, les autres partis du pays ; beaucoup étaient morts aussi.

À Sermelles, Solange n'avait pas été reconnue. La raison rendait impossible le rapprochement entre la Solange servante d'hier, insignifiante et depuis longtemps oubliée, et la Solange d'aujourd'hui. Sa contenance, son parler, sa voix, son rire, tout était différent. Elle avait grandi et le port de chaussures la grandissait encore. Et puis, il y avait les toilettes, la coiffure, le petit diamant au cou surplombant son sage décolleté. Le feu de ses yeux, son signe caractéristique, était comme domestiqué, elle avait appris à ne plus se servir de son regard comme d'une arme et à ne plus fixer ses interlocuteurs comme une cible.

Lors de son premier passage à Sermelles, elle avait toujours su garder ses distances et s'était isolée avec son frère, aussi personne ne s'était lié à elle ou ne l'avait même regardée, sauf peut-être Madame Audenay. Elle avait ressenti de sa part de la considération, et cette femme mal-aimée et tyrannique avait été la seule à avoir marqué son dépit quand elle avait été engagée par Charost. Madame Audenay ne l'avait pas identifiée même si, comme au premier jour en arrivant de Beauvoir, elle l'avait examinée, elle, sa nouvelle bru des pieds à la tête, semblant la jauger, l'évaluer. Il faudrait qu'elle se fasse à nouveau apprécier, mais pour d'autres raisons cette fois, pensa-t-elle.

En arrivant par la poste, elle était tombée sur Mouillebec, l'ancien employé de la Compagnie à Lorient, correspondant de Buffier ; en le voyant, elle ressentit un violent pincement au cœur. Elle parvint à contenir une grimace. Que faisait-il ici ? Ne se jetait-elle pas dans la gueule du loup en revenant au pays ? Pour ne pas lui donner l'occasion de l'observer davantage, elle se lova dans les bras de son mari en le pressant de partir au château, prétextant la fatigue du voyage. Elle jeta un coup d'œil à la dérobée et fut rassurée : Mouillebec ne semblait aucunement s'intéresser à elle. En tout cas, il n'avait pas attaché son regard sur elle comme à Lorient. Comment était-il arrivé là et dans quel but ?

Cette rencontre inattendue était une raison supplémentaire pour être prudente. Pas question de laisser imaginer qu'elle était riche, de parler de Pondichéry. Il était exclu de renouer avec les charbonniers. Éviter de remettre en cause tout son parcours, tous les sacrifices de ces dernières années. Mauvais souvenir de ses origines, honte de ses origines, danger de ses origines. Si elle devait aider ces misérables, ce serait cachée, incognito, via le curé Delort par exemple. Elle les avait revues, ces femmes de Beauvoir un jour de foire, aussi sales que par le passé, voire encore plus repoussantes. À l'une un goitre avait poussé à la gorge, à l'autre une tumeur qui la défigurait affreusement. En parlant à des villageois, et par recoupements, elle avait compris que celles-là n'étaient pas les mères, mais les filles trop vite vieillies et enlaidies avec qui elle avait joué et avec qui elle s'était battue pour un quignon de pain, dix ans auparavant.

Comme ils avaient été prudents, la sœur et le frère ! Ils avaient scrupuleusement suivi les conseils du Père Buffier. Ils étaient loin d'avoir épuisé l'argent des traites négociées très discrètement par le Père Duroc à Paris. Depuis, il n'y avait eu aucune vente de diamants. Ils avaient vécu de manière simple, habillés sans ostentation. Jusqu'à leur séparation définitive, ils avaient été rarement ensemble et jamais présentés comme frère et sœur. L'infirmité de Jean avait été dissimulée, au moins tant qu'il était resté en France. Ils ne correspondaient pas directement depuis qu'ils étaient séparés ; ils envoyaient leurs lettres sous des noms d'emprunt aux bons soins des Missions étrangères qui les réexpédiaient.

Solange avait réinventé son enfance, s'était trouvé de nouveaux parents, un autre nom garanti par des documents irréprochables. Pour éviter toute question embarrassante et également pour éviter de prêter le flanc à la moindre contradiction, elle en disait le moins possible. Elle savait par expérience que Jean de son côté était également muet sur son passé.

Plus d'un an après son arrivée à Sermelles, Solange avait appris la nouvelle : Jean était mort, assassiné. Égorgé après avoir été battu, son corps abandonné dans la rue une nuit entière.

Depuis, et cela faisait trois mois, à longueur de nuit elle sanglotait, imaginant ses cris, ses appels de détresse vers celle qui l'avait toujours secouru quand il était malheureux ou malade, celle qui l'avait soutenu tout au long de sa vie misérable.

L'aubergiste chez qui Jean vivait, avait trouvé sa dernière lettre dans sa chambre, et l'avait envoyée aux Missions étrangères en l'accompagnant d'un mot :

— « Je suis au regret de vous annoncer que le corps de l'expéditeur de cette lettre a été retrouvé sans vie la nuit de jeudi à vendredi dans la rue Mauconseil. Avant de s'absenter pour aller à l'opéra, il m'avait remis ce pli à faire parvenir à votre Congrégation. Le prévôt a été chargé de l'enquête, mais il est peu probable que l'on retrouve ses agresseurs, car, à l'heure avancée à laquelle il a été attaqué, il était seul. »

Cette lettre, elle l'avait encore relue ce soir avant de s'endormir.

— *« Ma chère petite Solange, je t'envoie cette lettre pour te dire que je suis enfin revenu en France. Mon apprentissage en Italie est terminé. J'ai la chance d'avoir pu chanter en l'église Santa Maria Assunta le merveilleux « Stabat Mater » de Pergolèse. J'ai été remarqué par le*

grand Caffarelli qui m'a proposé de l'accompagner pour interpréter avec lui « La Serva Padronna ». J'espère pouvoir bientôt te serrer contre mon cœur et te retrouver enfin après cette trop longue période d'éloignement.
Ton frère qui t'aime et qui ce soir va penser à toi sur la scène de l'opéra »

Solange était désespérée. Il n'y avait pas que l'immense chagrin de la mort de Jean. Depuis son enfance, la vie de Jean n'avait jamais été bien assurée. Elle le savait de constitution fragile et une fièvre en emportait tous les jours de bien plus solides que lui ; en outre, son esprit distrait le rendait susceptible à tout moment de se faire renverser par une voiture à cheval ou de se casser le cou du haut d'un escalier.

Non, à la tristesse du deuil s'ajoutait la pesante sensation de l'échec et de la culpabilité.

Elle s'était laissée convaincre que leur survie passait par leur éloignement. La mort de Jean constituait la faillite de cette séparation.

Et plus tard dans la nuit, enfin endormie, une fois de plus, Solange s'est réveillée en sursaut, horrifiée par la vision répugnante d'un cadavre noirâtre et gluant se relever de son cercueil. Malgré les traits gommés par la putréfaction, elle a tout de suite reconnu le visage de Jean. Ce frère qu'elle avait juré de protéger, ce frère infirme et désarmé devant l'existence. Ce frère qui l'adorait et qui aurait mille fois donné sa vie pour elle. C'est son frère mort qu'elle n'avait pas embrassé suffisamment, dont elle n'avait pas pris le temps de fixer les traits pour ne plus les oublier quand il était parti d'abord vers Rome, puis vers Venise. « Suis-je condamnée à porter jour et nuit le remords de mon frère disparu ? ».

Elle l'avait renié en quelque sorte, par peur, comme Pierre avait renié Jésus ou plutôt comme Judas avait trahi Jésus. Des diamants, trente deniers ! Quelle honte !

Il lui était impossible de se rendormir.

Il était mort assassiné, seul. Elle était sûre que, même s'il avait été torturé, il n'avait rien dit. Solange se sentait en sécurité ; un lien entre Jean et elle était impossible à établir. Elle était rassurée, et en même temps elle en avait honte. Il avait été enterré dans le cimetière des Missions ; elle n'avait pas encore visité sa tombe.

Elle aurait toujours un doute : Jean avait-il été tué par un assassin commandité par ceux qui avaient tué d'Entraigues ? Sa trace avait-elle été retrouvée ? Si Mouillebec faisait partie de leurs indicateurs, réclamer le corps ou simplement se manifester au cimetière équivalait pour elle à une dénonciation et un arrêt de mort.

Nicolette, elle, n'avait pas renoncé à son frère, et en restant avec Macandal, elle avait préféré le danger. Elle en était morte. Solange en sueur eut une nouvelle bouffée de chaleur, l'enfer de la honte s'emparait d'elle.

Ses soi-disant qualités d'hier : innocence, pureté et courage n'étaient que les attributs singuliers de son ignorance et de sa misère d'alors. Depuis qu'elle avait quelque chose à défendre et savait apprécier la situation, la peur avait réussi à s'insinuer en elle et elle était devenue calculatrice. Elle se souvint des dernières paroles de Buffier sur le danger de s'attacher aux richesses terrestres.

Voilà déjà trois mois qu'elle languissait, minée par le chagrin et par le repentir ; tout le monde autour d'elle se demandait pourquoi elle dépérissait, toujours triste, sans appétit, sans entrain. Trois mois qu'elle faisait ce type de rêve obsédant.

Elle se leva et regarda à la fenêtre. Au-dessus de la rivière en bas de la colline, la pleine lune éclairait la campagne, créant des ombres magiques. Antoine dormait profondément à ses côtés. Elle l'aimait trop pour lui faire partager cette affreuse angoisse.

Elle se décida et prit les quatre bas cachés qu'elle avait gardés au fond de sa malle pendant toutes ces années. Elle les fourra dans une cassette en métal.

Elle sortit du manoir sans bruit. Les chiens n'aboyèrent pas ; l'un d'entre eux gémit ; elle le détacha et il vint avec elle. C'est pieds nus qu'elle traversa la cour puis s'enfonça dans le bois et longea la rivière. Cela faisait une éternité qu'elle n'avait marché sans chaussures, et au début elle s'en rendit compte, mais Solange avait un but. Sur l'île aux fées, la grande table de pierre était toujours là, immuable.

Elle monta dessus et s'assit. Elle ouvrit la cassette, en sortit un bas. Elle prit une poignée de brillants : aux rayons de la lune, ils étincelaient comme les étoiles du ciel. En silence, elle les jeta dans l'Arnon : les pierres tombèrent dans l'eau comme de grosses gouttes tombant de branches secouées par un silencieux souffle de vent après un orage. Elle prit une seconde poignée et la jeta de même.

Dans un des bas se trouvait le diamant énorme qu'ils avaient découvert avec son frère parmi les autres. Elle le regarda un instant. C'était, elle en était sûre, le fameux Grand Mogol. D'Entraigues ne lui avait pas dit comment il avait acquis ce trésor. Nul doute que cette pierre, promesse de richesses infinies, était aussi génératrice d'une malédiction sinistre, et, plus encore que les autres diamants, faisait converger toutes les envies. Elle jeta la pierre à la rivière. Elle fit un bruit plus sourd.

Lorsque deux bas furent vides, elle les rangea avec les autres sacs dans la cassette. Une première décision avait été prise. Conserver la part de son frère mort était un fardeau trop lourd. Ses diamants dans la rivière, elle se sentait plus légère, plus libre. Certes, dans l'eau peu profonde, on en voyait certains scintiller, mais à la première montée des eaux, ils seraient emportés par le flot et éparpillés.

Avec ses mains, elle fit un trou sous la table et enfouit le petit coffre. Elle se releva, après s'être rincé les mains, se rassit et se remit à pleurer : son deuil serait toujours solitaire.

Combien de temps devrait-elle renier ses précédentes vies ? À faire semblant de ne pas connaître les siens, les témoins de son passé ? Elle pleura longuement, s'attendrissant sur elle-même et sur Jean, se rappelant tous les pires moments de leurs existences errantes et malheureuses. Pourquoi Dieu les avait-il tellement aidés pour finir par les maltraiter ? La statue généreuse et souriante de la Vierge dans l'Église n'était-elle pas là pour lui rappeler qu'elle aussi avait droit au bonheur. Elle s'estimait innocente. Pourquoi était-elle si terriblement punie ?

Jean était mort, on ne pouvait éternellement remâcher cette idée. Elle avait fait de son mieux, ce qu'elle avait cru bon pour lui. Ces dernières années avaient été pour lui un apprentissage pendant lequel il avait progressé dans son métier, celui qu'il avait choisi, pour lequel il était doué. Il devait être heureux de venir l'exercer à Paris et briller, lui qui avait subi tant d'humiliations. La mort avait été brutale, inattendue.

Que leur serait-il arrivé s'ils ne s'étaient pas séparés ? Pour la millième fois, elle devait se persuader du caractère pernicieux et diabolique du piège dans lequel ils étaient tombés. Pour leurs ennemis, il suffisait de croire qu'ils étaient les détenteurs des diamants, quand bien même, eux les enfants, en ignoraient l'existence. Le danger était né au moment même où, promise à d'Entraigues, elle avait posé le pied à Pondichéry. S'ils étaient restés ensemble, avec ou sans les diamants, sans doute seraient-ils déjà morts depuis longtemps et… tous les deux !

Tout à coup elle vit une lumière : il fallait prendre son destin en main.

Continuer de se donner de nouveaux projets, stopper cet énervement, cette fuite en avant. Assez d'aventures, de risques. Solange vit son avenir : fonder une famille, avoir des enfants, oublier le passé ; démarrer une nouvelle vie, sa dernière vie ? En tout cas une vie longue, tranquille, sans angoisse ni inquiétude.

Antoine était le compagnon de sa future vie : ils s'aimaient passionnément.

Alors, pourquoi s'attacher à une fortune illusoire, chimérique, dont on ne peut jouir sans se condamner aussitôt ? Elle eut envie de reprendre la cassette et de lancer le reste de son contenu dans la rivière. Elle se retint pourtant : on ne sait jamais ! Ces précieux brillants pourraient un jour être encore utiles, cachés ici dans son pays, car c'était et cela resterait désormais son pays. Elle était une femme, elle l'avait appris, un être subordonné aux hommes. Si son futur mari n'était pas le bon mari qu'elle imaginait, s'il venait à mourir trop tôt et que sa famille fasse main basse sur sa fortune ? Non il fallait garder caché ce trésor pour les mauvais jours s'ils devaient arriver. Les pierres mises à l'eau, c'était la part de Jean : il était exclu qu'elle puisse en tirer le moindre bénéfice. Pour le reste, c'était différent, et il n'y avait pas de raison que tous ses sacrifices aient été vains.

Dans l'île aux fées, tout reposait. Le vent, les oiseaux de nuit étaient silencieux. Les génies regardaient en souriant cette petite qu'il aurait été vain et cruel de tenter d'effrayer. Les bons génies qui aiment la pureté garderont farouchement le trésor. Ils étaient émus par l'offrande de ces pierres désormais mêlées au sable et au gravier. Les mauvais génies qui connaissent ses parentes la protègeront aussi. Elle s'endormit sur la pierre. Son sommeil, bercé par le doux refrain de l'onde dans la nuit douce, fut paisible et profond. Le chien se coucha à ses pieds.

Elle se réveilla à l'aube, vidée de ses larmes et de son chagrin, libérée de sa mauvaise conscience. Elle revint au manoir et réintégra sa chambre, les idées claires et le cœur plus serein. Personne ne l'avait vue. Antoine dormait toujours d'un sommeil profond.

Il se réveilla, leurs regards se confondirent et se remplirent de bonheur.

Comme tous les matins, ils se firent le serment d'être l'un à l'autre, de s'aimer et de se respecter toute leur vie. Il la remplirait de sa vie et leurs enfants seraient les enfants de l'amour. Elle le guiderait et éclairerait ses actions.

Elle mangea goulûment et avec le sourire. Ses pieds pourtant écorchés ne la faisaient pas souffrir.

Quelques jours après avoir parlé avec Antoine, ils partaient pour Paris. Ils prièrent ensemble sur la tombe de Jean Mouillebec.

Lettre de Voltaire à Jean-Baptiste Audenay

Aux Délices

Cher ami, je vous remercie pour votre « Maison Rustique » ; cet ouvrage nous est de la plus grande aide, à Madame Denis et moi.

Après avoir été poète et tragédien, m'être essayé à la philosophie, avoir approfondi Newton avec Emilie, je deviens architecte, maçon, menuisier et peintre dans notre cabane. Madame Denis devient jardinière et fermière. Votre encyclopédie du savoir de la campagne nous instruit et nous ravit.

Dans mes nouvelles activités, je ne risque pas les foudres des jaloux, les calomnies des envieux et des dévots. En revanche, je suis aux prises avec des artisans qui veulent me voler. Le remède est simple : être sans cesse présent pour éviter de trop grandes tricheries sur les quantités et les qualités de matières et les heures des ouvriers.

Mille mercis aussi pour votre élixir de longue vie : depuis que je prends la posologie prescrite, je ne perds plus de dents ; il est vrai que je les ai déjà toutes perdues ou peu s'en faut. Plus sérieusement, je me sens beaucoup mieux et je peux vous écrire aujourd'hui de ma propre main. Bien plus, votre potion m'a dénoué l'aiguillette et je regarde à nouveau les femmes comme jadis, quand nous allions ensemble dans les salons de Monsieur de Sully. Si je ne vous connaissais pas, j'aurais peur de vos accointances avec les sorciers berrichons : celui qui est capable de lever un sort est bien sûr en mesure de le jeter.

J'attends votre prochain envoi comme le mourant attend le dernier secours des saintes huiles. Mais pour moi la mort peut attendre grâce à cette merveilleuse potion. Si j'osais, je vous en demanderais la formule, car il me pèse d'être à la merci des caprices de la poste.

En prolongeant ma vie, vous me donnez le temps de construire un assez beau tombeau et d'y apporter tous les agréments. Il est doux d'avoir le privilège de mettre des coussins dans la barque de Charon pour rendre plus confortable la traversée du Styx.

Le chantier des Délices avance. Certes, il reste beaucoup à faire pour rendre habitable cette maison avant d'y recevoir mes amis. La terrasse est maintenant agrandie et offre un large panorama sur le lac de Genève et la vallée du Rhône.

Votre fils prodigue est donc revenu s'installer à Sermelles auprès de vous ! Vous et Madame Audenay devez être ravis de le revoir après tant d'années. En tout cas, ses voyages en Europe et en Amérique en ont fait un négociant averti. Je comprends ses arguments de ne pas vouloir placer de l'argent dans des plantations dans nos îles d'Amérique. Et je me trouve très satisfait d'avoir obéi à ses conseils. Suivant son avis, j'ai cédé il y a maintenant deux ans mes actions de la Compagnie des Indes à 1885 livres. Depuis, leur cours n'a pas cessé de baisser et elles n'ont plus distribué aucun dividende. Je les avais achetées, toujours sur ses conseils, 1262 livres juste au début de la guerre de succession d'Autriche. Le produit de leur vente me permet de faire face à mes très chers artisans pour financer les travaux des Délices.

Selon la rumeur parvenue en Helvétie, votre fils aurait aussi rapporté de Saint-Domingue un trésor de femme. Il paraît que le charme de son esprit ne cède en rien à ses attraits. Votre demeure doit être enchantée de jeunesse et de gaieté !

Ces mots ne sauraient s'appliquer à notre pauvre ami le marquis d'Argenson. Il continue à se morfondre dans sa disgrâce ; il désespère être un jour à nouveau appelé à de hautes destinées. Il n'a pas pris à son compte le vers de Caton : « Ah ! Qui sert son pays sert souvent un ingrat ». Il rabâche toujours les mêmes critiques sur notre monarchie. Il s'aigrit à être réduit à servir de factotum à son frère cadet qui, lui, a su rester ministre. Il échafaude des plans de réformes toujours plus utopiques et fantaisistes qu'il sait d'ailleurs inapplicables et qu'il serait le premier à combattre si, d'aventure, elles venaient à devoir se mettre en place.

Par bonheur, depuis trente ans j'ai renoncé à me mêler des affaires de gouvernement. Si j'ai quelque génie, il est fait pour distraire, voire aider à penser, mais :

Le ciel ne m'a point fait pour régir des États,
Pour conseiller les rois, pour enseigner les sages.

J'ai appris la béatification du jeune Anderl von Rinn. Notre excellent pape Benoit était plus inspiré quand il a donné l'imprimatur aux ouvrages de Galilée. Que ce malheureux enfant ait été tué par un Juif c'est possible : parmi ce peuple, il est des crapules, des escrocs et même des assassins. Cependant, soupçonner là un crime rituel, c'est rentrer dans des rêves de sorcellerie et dans l'obscurantisme du Moyen Âge. Et béatifier ce petit enfant et donc considérer sa vie éphémère comme édifiante et sa mort cruelle comme un martyre me paraît une nouvelle extravagance de notre Église ! C'est un appel à la haine et au fanatisme ! Hier, dans une église de province, un petit bébé qui dormait sous un baptistère est mort écrasé par sa chute accidentelle ; aurait-on l'idée de chercher la canonisation de la jeune victime ? Même dans la Légende Dorée, on ne trouve pas pareille sottise ! Pourrez-vous exposer ce délicat problème à notre ami Delort qui doit toujours bénir les moissons de vos terres ?

Le vieux hibou des Alpes reste dans l'attente de votre viatique et de vos nouvelles. La meilleure serait que vous acceptiez de quitter votre thébaïde pour ma pauvre masure. Je pourrais profiter de votre expérience d'agronome et nous pourrions évoquer ensemble les temps heureux de l'Allée Noire.

L'immortalité interrompue

Jean-Baptiste se sentait heureux dans la chaude atmosphère de la nuit. Il se promenait dans son jardin, près du carré des herbes d'apothicairerie. Entourés de buis, les sauges, les lavandes, les romarins et autres menthes échangeaient des arômes libérés par les fortes pluies de l'orage récent.

Il faisait bon, la lune se laissait admirer dans le ciel maintenant dégagé. Les ombres des charmilles paraissaient accueillantes. L'air pur amplifiait le moindre bruissement du vent dans les branches.

Il n'avait pas entendu ce jour-là les hurlements de Mandrin[61] qui subissait son supplice ; insaisissable longtemps, il avait été trahi par un de ses complices. Il avait été roué en place de grève. Les plaintes lointaines de Macandal n'étaient pas non plus arrivées jusqu'à ses oreilles ; lui aussi, il avait été dénoncé par un de ses compagnons et pris ivre mort à l'issue d'une calenda. Il avait pu s'échapper un temps du bûcher, mais hélas pas comme une mouche et il avait été rattrapé et solidement attaché cette fois. Destins courts et denses, vies concentrées et fulgurantes.

Audenay se sentait bon, riche et juste. Il avait les sentiments généreux et doux de celui qui a goûté sans excès une cuisine raffinée et a passé une soirée intéressante avec ses amis. Une fois encore, on avait

61 - Contrebandier célèbre longtemps insaisissable.

bâti une nouvelle société meilleure et possible. Le mérite récompensé, l'initiative encouragée. Tout cela rendu possible par des hommes intelligents, pondérés qui, en ces moments, oublient les différences de statut social. Les uns prêts à abandonner leurs privilèges ou avantages inutiles, les autres à aider avec mesure les misérables autour d'eux.

Sa vie, il mettait tout en œuvre pour la rendre agréable dans la durée en multipliant ses jours.

Ses affaires allaient bon train. Grâce à son autorité bienveillante, des métayers respectueux, point trop voleurs, écoutaient ses avis agronomiques et commençaient eux aussi à s'enrichir ou du moins à être moins pauvres ; ils se stimulaient même en cherchant à améliorer les pratiques qu'il leur conseillait. Les récoltes de ces dernières années avaient été plutôt bonnes, les bêtes engraissaient. Les arbres de ses plantations croissaient régulièrement et étaient correctement entretenus.

Moi, je marche en ma perfection,
Je m'appuie sur Yahvé et ne dévie pas.[62]

— Merci mon Dieu, voilà ce que c'est que d'être juste, de respecter son prochain, de pratiquer les commandements prescrits dans la Bible.

Il pensait à ce psaume de David :

Je le crois, je verrai la bonté de Yahvé
Sur la terre des vivants.[63]

En même temps, son esprit apaisé s'échappait vers ces souvenirs de l'Allée Noire évoquée encore hier par l'ami Voltaire. Ah, elles étaient loin, les peurs, les émotions fortes d'alors ! Avec l'âge, ses sens étaient comme émoussés : évanouies les odeurs subtiles de terre tiède des printemps de sa jeunesse, les parfums légers de plantes délicates, les senteurs un peu passées des vieilles maisons, fusion de vapeurs humides de boiseries et de vieux tapis. Oubliés, ou plutôt abandonnés, laissés là-bas il y a cinquante ans, dans les jardins et les couloirs. Comme s'estompaient aujourd'hui ses émois à la vue d'une jeune fille.

---

62 - Psaume 26 V 1
63 - Psaume 27 – V 13

Lui-même se sentait différent, chaque jour plus étranger, plus détaché. De plus en plus indifférent aux autres, qu'il voyait toujours davantage comme des ombres se déplaçant autour de lui plutôt que des frères à combattre, à aider ou à plaindre.

Mais l'ombre, n'était-ce pas plutôt lui ? L'élixir était-il vraiment efficace ? Ces pensées morbides n'étaient-elles pas véritablement une alerte de la vieillesse qui s'approchait, de la mort qui s'annonçait ?

Bien sûr, ses affaires à Mareuil étaient florissantes, mais pour quoi faire ? Il se sentait seul : sa femme continuait ses tournées domestiques avec un caractère de plus en plus exécrable. Le bonheur de son fils le rendait jaloux. Et puis, il y avait Émilie qui avait prononcé des vœux et était cloîtrée.

Il avait d'autres raisons de se sentir déprimé. Montesquieu était mort depuis plusieurs années déjà. Voilà bien longtemps qu'il n'avait pas participé à la tenue d'une loge. Lennox, le duc de Richmond était mort lui aussi il y avait bien cinq ans et du reste, toutes ces dernières années, il ne venait plus à Aubigny. Là encore, ses espoirs de renouer avec la noblesse qui comptait à Paris s'étaient éteints. Epernon devenu d'Antin était mort ; sa place de Grand Maître avait été prise par le Comte de Clermont, fils du duc de Bourbon Condé. La Rochefoucauld qui venait de mourir lui aussi s'était détaché de la franc-maçonnerie. Clément XII avait prononcé l'excommunication des francs-maçons ; puis Benoit XIV l'avait confirmée. Cela n'avait pas eu d'effet véritable pour les laïcs, le roi n'ayant pas entériné cette interdiction papale. Au moins, les évêques et en premier lieu La Rochefoucauld ne fréquentaient plus les Loges.

Aujourd'hui, ses seuls liens avec l'extérieur étaient les lettres qu'il recevait à intervalles grandissants de Voltaire et d'Argenson. Celles-ci se réduisaient désormais aux formules polies, convenues, envoyées par devoir à une connaissance lointaine jugée inférieure. Quel sens donner à ces relations conservées trente ans durant sans se voir ? Du reste, les échanges épistolaires avec le marquis étaient terminés : il venait d'apprendre la disparition brutale d'Argenson. Ce dernier ne s'était jamais relevé de sa disgrâce.

Audenay ne voulait pas se sentir envahi par la morosité. Il était fier de son fils. Depuis son retour, le manoir était sorti de sa routine, s'était animé d'une activité nouvelle. Il se passionnait maintenant pour les projets d'Antoine. Il y avait tout ce qu'il fallait pour réussir son projet de forge : du minerai, de la pierre pour faire fondre le minerai, l'eau pour activer le moulin. Il avait l'argent aussi pour construire tous les bâtiments, beaucoup d'argent apparemment. Il avait bien fait fructifier le petit pécule qu'il lui avait confié quand, quelques années plus tôt, Antoine avait quitté Sermelles ; peut-être mieux encore que lui-même au temps de sa jeunesse. Heureusement qu'Antoine avait de l'argent, car Solange n'avait rien apporté au ménage.

Tout le manoir avait été conquis par la jeunesse et la beauté de Solange. Même Madame Audenay s'était adoucie, elle, qui les premiers jours avait fait la grimace devant « une de ces pécores des colonies dont tout le monde sait que ce sont des filles de rien, paresseuses et évaporées ». Elle était devenue miel après que Solange eut accouché d'une belle petite fille toute rousse et ronde baptisée Juliette par le curé Delort. Un premier héritier et peut-être bientôt un garçon : Solange avait à nouveau des espérances.

Son esprit continua à divaguer dans la tiédeur du soir.

Le coup était mortel.

Jean-Baptiste Audenay eut tout juste le temps de percevoir le courant d'air provoqué par la masse qui s'abattait sur sa tête. Il ressentit aussitôt l'émiettement de sa calotte crânienne. Bruit assourdissant de cosse de noix écrasée. Fracas du tonnerre et lumière aveuglante. La douleur sourde, la nausée, la bouillie de sa cervelle. Les yeux qui semblent sortir de leur orbite, le sang qui s'échappe des oreilles et du nez.

Soudain, le temps s'arrêta et son esprit dans la seconde se fixa sur le quoi, le qui et le pourquoi.

Il eut l'intuition de l'arme qui le frappait. C'était le bâton de son grand-père. Il crut distinguer l'empreinte de la forme qui surmontait le gourdin qui défonçait sa tête, ce visage grossièrement sculpté et patiné par la main de l'aïeul.

Il vit le défilé de tous ceux qu'il avait desservis ou qui pouvaient lui en vouloir. Les visages impassibles ou hostiles. La main de l'un d'entre eux tenait le bâton.

Qui tenait le manche de l'arme qui le tuait ? Quelle haine animait son meurtrier ? Lui qui pensait n'avoir autour de lui que des amis ou tout au moins que des gens qui le respectaient ! Lui qui avait l'orgueil de penser qu'il était juste. Risible cette idée !

Pendant qu'il tombait la tête fracassée, il s'interrogeait encore. En un éclair de lucidité, il vit tous ses ennemis, ses assassins potentiels.

Curieusement, il pensa d'abord à Delort ; était-ce le curé ? Le pauvre homme était bien trop doux pour faire du mal à une mouche ; il avait pourtant l'air bien agité ces derniers temps. Un fermier saisi ? Un homme marié qui venait de découvrir l'honneur perdu de sa femme ? Une de ses anciennes servantes abusées ? Le meunier dont il avait dénoncé l'usage de mauvais poids ? Des charbonniers qui avaient osé couper du bois dans ses plantations et qu'il menaçait des galères ? Un censitaire inquiet de devoir augmenter ses redevances avec arrérages à la suite du renouvellement du terrier ? Sa femme qui le hait et qui a peur d'être dépossédée ? Des faux-sauniers ? Un braconnier qu'il a fait fouetter en public ? Mauduit éconduit comme garde-chasse ? Des voleurs de grand chemin attirés par les richesses supposées de son cabinet secret ? Ses enfants qui le voient vieillir trop lentement ? Des associés indélicats ou des affairistes s'estimant mal traités dans leur commerce avec lui ?

Ce coup, ne pouvait-il être celui d'un franc-maçon qui l'aurait soupçonné d'avoir divulgué les secrets ? Cependant n'avait-il pas été parfaitement discret sur ce sujet ? Il avait été prévenu des terribles châtiments qui l'attendaient s'il parlait ! Mais nul papier, nulle confidence y compris à sa femme ou à sa fille. Le meurtre d'Adonhiram par Hoben avec un levier n'était-il pas qu'un simulacre ? Il se remémora alors cette cérémonie sinistre où il avait été reçu Élu des Quinze.

Étonné, interrogatif, il s'affaissa. Il n'aurait guère profité de sa vie éternelle, et n'aurait guère avancé ses projets brillants au long cours. Il avait imaginé façonner sa vie dans la longueur et dans sa lenteur. En vérité, elle aurait été courte et ratée. Trop tard pour avoir des regrets, et avait-il les moyens d'espérer mieux ?

Cette fin subite n'était pas dans ses plans. Il pensa à cette inscription latine près de l'horloge du collège Louis le Grand. À l'époque, il n'y avait pas prêté garde. Aujourd'hui, elle apparaissait comme la vérité ultime de son existence : « Comme l'ombre de mon aiguille, la vie passe ainsi tout en semblant immobile ».

Et tout à coup, avant de passer la porte, il eut une angoisse pire que le pire des cauchemars.

— Qu'as-tu fait de ta vie, Audenay ?

Dans cette seconde où la foudre terrasse, il repassait l'inutilité de ces années, son égoïsme, son petit intérêt pour des petits plaisirs, sa soif mesquine d'argent et de reconnaissance. La femme qu'il n'avait pas su aimer. Des enfants qu'il avait laissés s'échapper. Au fond, il n'y avait jamais eu d'amour en lui, d'envie de s'abandonner, de tout accepter ; de déceler les pensées de l'être aimé dans ses yeux et de prévenir ses souhaits, ses paroles, en sachant satisfaire ses demandes avant qu'elles ne s'expriment. Fusion des corps et des esprits, retour au sein maternel. C'était trop tard !

Tous ces gens qui auraient pu le tuer, c'étaient d'abord des personnes à qui demander pardon. Et dans ce défilé de mécontents, il y avait des gens connus, et la foule des autres, ceux à qui il n'avait jamais fait de mal, mais à qui il n'avait pas fait de bien non plus.

Avec cette confession précipitée, déjà le remords et l'angoisse de la mort s'estompaient.

Déçu de devoir partir si vite, mais curieux et un peu amusé, il profita avec bonheur de cette nouvelle et dernière seconde d'éternité, il entra dans la nuit, la nuit profonde comme dans un jeu de colin-maillard.

— Mon Dieu, me voilà, pardonne-moi si tu le veux et montre-moi la route maintenant !

Mais déjà il mélangeait tout dans son chemin vers une obscurité paisible.

— Avant de partir, souffle la bougie !

En ce moment ultime, il pensa à cet instant magique et symétrique à celui-ci, quand dans la Genèse Dieu ordonne à la lumière d'être.

Son grand frère, petit enfant, était là qui lui prenait la main.

Le lendemain, une servante surprit son maître en train de sommeiller dans les plates-bandes du parc et souriant doucement, un pétale de rose rouge cramoisi sur le front. Quand elle vit une grosse mouche noire sortir de sa narine, elle hurla au secours.

Un assassinat d'un notable au pays, voilà une belle occasion d'émotions !

Deux jours plus tard, le cabaretier Mouillebec et sa femme mouraient dans d'affreuses souffrances après avoir mangé une omelette aux champignons des bois. Dans leur chambre on reconnut le gourdin d'Audenay.

Cette double mort et la découverte de cette pièce à conviction tombaient bien. Elles permirent d'expliquer le meurtre d'Audenay et de clore l'enquête.

L'escalier de la vie

Solange gravit l'escalier qui se perd dans les nuages, ses pieds légers passent d'une marche à l'autre. Elle est toujours en mouvement, insouciante et déterminée. Elle n'a pas le vertige. Elle ne voit pas tomber les corps de ceux qui trébuchent : d'autres Solanges, son frère, les Macandal. Elle n'entend pas leurs cris. Il y a aussi ceux qui sont restés tout en bas, pour qui la première marche était déjà trop haute : les enfants mort-nés, les habitants de Beauvoir, les coolies de Pondichéry, les esclaves des îles aux Vents. Des êtres morts ou vivants, fondus dans une même foule indifférenciée, des corps sans substance condamnés au néant avant même de naître.

Solange grimpe. Elle ne s'arrête pas aux paliers où d'autres font des pauses, essoufflés par leur effort ou apeurés par le vide.

Les Audenay, les habitants enrichis, ceux dont le rêve est de se maintenir là où ils sont arrivés se sont retournés et sont satisfaits du point de vue.

Chaque marche est comme une nouvelle vie avec une perspective différente sur le paysage changeant.

Elle dépasse des nains, trop petits pour enjamber les contremarches, ou des malheureux chargés de fardeaux qui les épuisent et leur interdisent de se mouvoir ; d'autres ont une tête démesurée (est-ce de l'hydropisie ?) qui les déséquilibre et les embarque vers le vide.

Ceux-là font des grimaces ignobles, hurlent des jurons obscènes : elle reconnaît des Mouillebec, ses cousins.

Et l'escalier bouge, se déforme, vacille : les marches s'agrandissent ici, se rétrécissent là. À d'autres étages, le vent balaye les corps restés accroupis, la foudre frappe sans raison et au hasard d'autres téméraires qui modestes et le cœur pur comme Solange continuaient à monter. Et ils tombent à leur tour.

Le feu du ciel n'épargne pas des femmes ou des hommes qui, immobiles et s'agrippant aux rambardes, se croyaient à l'abri ; mais aussi des enfants arrivés là sur les épaules de leurs parents ou de leurs grands-parents, des innocents et des coupables.

Solange poursuit de son pas souple ; elle se joue miraculeusement des pièges et des dangers. Le faîte de l'escalier reste invisible et Solange se demande s'il y a une fin. Elle croise beaucoup moins de monde. Elle se dit qu'il est impossible de savoir si, comme elle, d'autres sont soutenus par la grâce et défient la pesanteur.

Solange aime et se sent aimée par son mari. Ensemble et avec leurs enfants, ils feront de grandes choses, et puis quand l'heure sera venue, ils quitteront ce monde. Tout cela est une autre histoire. Ils se le sont juré, quand le dernier mourra, il rejoindra l'autre dans son cercueil pour y dormir éternellement. Ainsi ils n'auront pas à se chercher le jour du Jugement Dernier quand ils se réveilleront.

Elle est confiante et sereine dans sa certitude qu'elle aussi finira par tomber. Mais du plus haut possible et le plus tard possible.

En attendant continue à monter, belle Solange et prie Dieu, le Paradis approche !

Épilogue

Je descends aujourd'hui au Jardin au Loup. C'est le printemps. J'ai l'ivresse vague de celui qui a passé une trop grande partie de sa journée à lire. Il est temps de prendre l'air.

Mon cerveau est embrumé par une histoire du Berry, d'un certain Thaumas de la Thaumassière, avocat en Parlement au XVIIe siècle.

Dans cet ouvrage, il parle des Seigneurs de Bourges, Déols, Issoudun.

Avant l'an 1000, Léger surnommé Taillefer fut le premier Prince d'Issoudun ; lui succédèrent Evenon en 984 sous Lothaire ; et puis il y eut des Eudes, des Raoul, des Geoffroy. Ils étaient seigneurs d'Issoudun, de Mareuil, de Châteauneuf. Certains sont partis en croisade, d'autres sont morts sans postérité masculine. Des dizaines de pages de généalogies, de construction d'églises et d'abbayes. Des récits remplis de luttes de pouvoir, de guerres entre châtelains rivaux, d'un partage de fiefs imposé par Philippe Auguste, de l'affranchissement de villes (mais pas des campagnes). Plus tard, de nouvelles guerres, de religion celles-là. Plus tard encore, la prise de possession de ces terres par les ducs de Béthune (Sully) et les Colbert.

Des serfs, petits animaux à deux pattes qui égratignaient la terre à qui ils appartenaient, on a parfois une évocation fugace et vague : un homme serf fut donné par Giraud, sire de Lignières à l'Abbaye de

Chezal-Benoist en 1094 ; Jean 1er également seigneur de Lignières donna une femme serve à la même abbaye en 1113.

Un acte de générosité pour le seigneur certainement, mais on ne connaît pas le nom de leur cadeau. Des meubles anonymes, sans étiquette.

Ces esclaves sont-ils les ancêtres des futurs Mouillebec, Mauduit, Audenay ? Leur sang ne s'est-il pas mêlé à celui de leurs maîtres ?

Suis-je descendant de ces seigneurs, de ces esclaves, des Moché ? Sans doute de tous ? Des Solanges défilent dans mon esprit confus.

Suis-je en mesure ou en droit de condamner sans rémission les uns et me vautrer dans le souvenir douloureux des autres ? À quel camp dois-je me rattacher ? Le bien-penser m'engage à me placer aujourd'hui dans le camp des victimes ! Pour les fautes et les crimes collectifs passés, dénoncés et jugés aujourd'hui (et qui souvent n'en étaient pas hier), dois-je m'instituer en procureur ? Au bout de combien de générations y a-t-il prescription ?

Il me semble que dans notre monde athée, les hommes éprouvent le besoin de se substituer au Dieu du Jugement Dernier, de décider à l'aune de leur savoir et de leur ignorance ce qui était crime ou faute dans les siècles passés, et de condamner. Un droit rétrospectif dont l'histoire se moque.

Des hérons s'envolent lentement et sans conviction. Je les effraie moins que je ne les dérange. Le vieux chêne épargné par Audenay n'a toujours pas été coupé. Il est mutilé par ces grands oiseaux qui y bâtissent leurs nids et cassent tous ses rameaux. Il attend avec patience une peste aviaire qui pourra diminuer le nombre de ses hôtes encombrants.

Les ragondins trop nombreux ont épuisé la nourriture dans la rivière. Peu farouches, ils broutent l'herbe des prés et pataudes ne s'enfuient que tardivement à mon approche.

Un chat sauvage court au loin. Une vision rare.

Les génisses mises récemment au pré galopent et foncent sur moi. Il ne faut pas courir. Elles s'arrêtent. Je surveille du coin de l'œil le taureau qui regarde ses demoiselles s'ébrouer dans l'herbe fraîche ; il est paisible et ne gronde pas ; nous faisons semblant de nous ignorer.

Plus loin, après le coude de la rivière, le domaine de Forge Neuve tombe en ruine.

La campagne est vide d'hommes, son passé et son histoire s'estompent. Je suis le dernier à connaître le nom du Jardin au Loup : le nouveau cadastre a fusionné ce pré avec le Pré Mamin et le recense désormais à l'aide d'une nomenclature alphanumérique.

Acquérir cette terre n'est plus l'idée fixe des Mauduit ; ils se sont égaillés depuis un siècle dans des banlieues périurbaines et ouvriraient de grands yeux incrédules si on leur offrait un poste de garde-chasse.

Il y a trop d'eau pour pêcher au Jardin au Loup : la vitesse du courant empêche la cuiller de bien travailler.

Je passe une barrière en barbelés qui sépare le Jardin au Loup d'un petit bois qu'on appelait le « Désert » ; je suis salué par les clochetons muets des fritillaires. Bientôt leur succéderont, les anémones, les renoncules, le muguet et les jacinthes sauvages. Puis l'ombre des chênes interdira les fleurs et la vie du sous-bois ne renaîtra que plus tard avec les champignons et leur course éperdue : croître et prendre de vitesse les voraces limaces orange.

Plus tard, au ruisseau, j'ai tenté ma chance ; à l'aval de la petite embouchure, il y a un calme et j'ai attrapé un beau brochet ; je l'ai remis à l'eau : trop gros, nous n'avons pas d'invités pour le manger et puis… la pêche est fermée.

J'ai replié ma canne à lancer et j'ai poursuivi ma promenade.

Solitaire, j'ai longé l'Arnon. J'ai rencontré et salué le martin-pêcheur, la flèche bleue qui rase l'eau. Je me suis aventuré dans la Forêt de Bois Fermier, pour chercher toujours avec espoir, mais sans illusion, l'île où les fées continuent à veiller sur le muguet rose.

Un privilège inestimable !

GÉNÉALOGIE

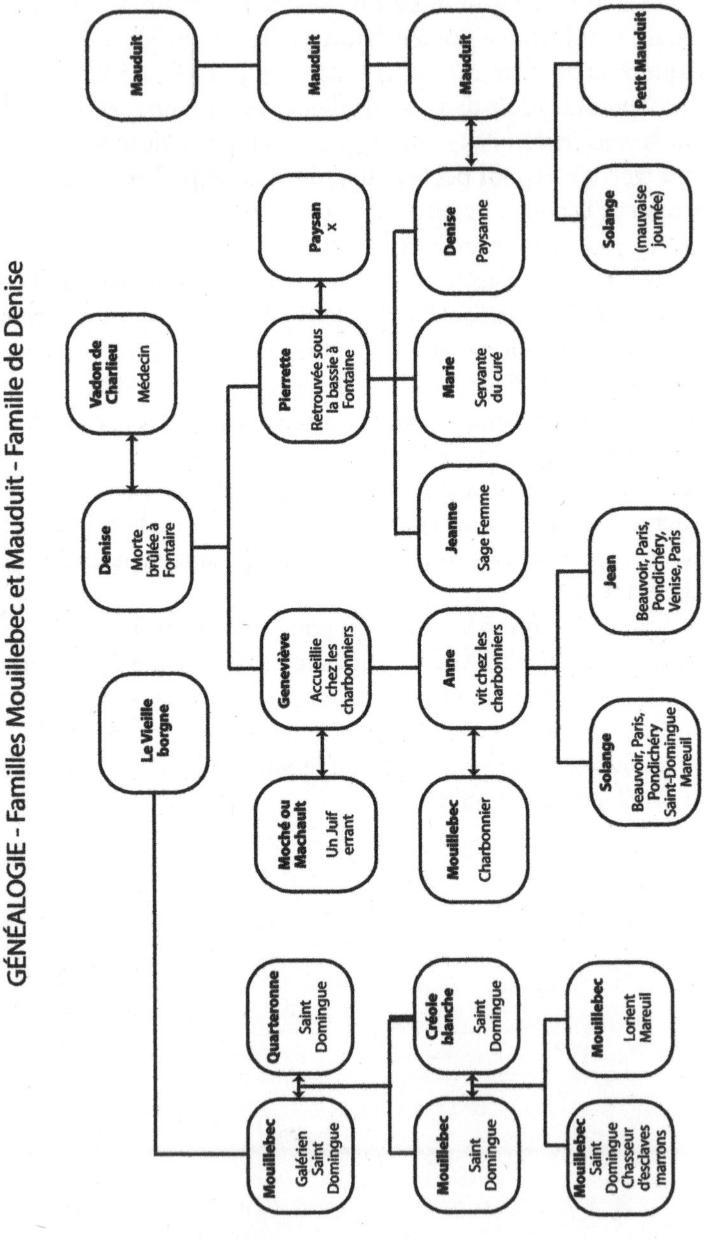
GÉNÉALOGIE - Familles Mouillebec et Mauduit - Famille de Denise
Mauduit
Mauduit
Mauduit
Petit Mauduit
Solange (mauvaise journée)
Denise Paysanne
Paysan x
Pierrette Retrouvée sous la bassie à Fontaine
Marie Servante du curé
Jeanne Sage Femme
Vadon de Charlieu Médecin
Denise Morte brûlée à Fontaire
Geneviève Accueillie chez les charbonniers
Anne vit chez les charbonniers
Jean Beauvoir, Paris, Pondichéry, Venise, Paris
Solange Beauvoir, Paris, Pondichéry Saint-Domingue Mareuil
Le Vieille borgne
Moché ou Machault Un Juif errant
Mouillebec Charbonnier
Quarteronne Saint Domingue
Créole blanche Saint Domingue
Mouillebec Lorient Mareuil
Mouillebec Galérien Saint Domingue
Mouillebec Saint Domingue
Mouillebec Saint Domingue Chasseur d'esclaves marrons

GÉNÉALOGIE

GÉNÉALOGIE - Famille Audenay

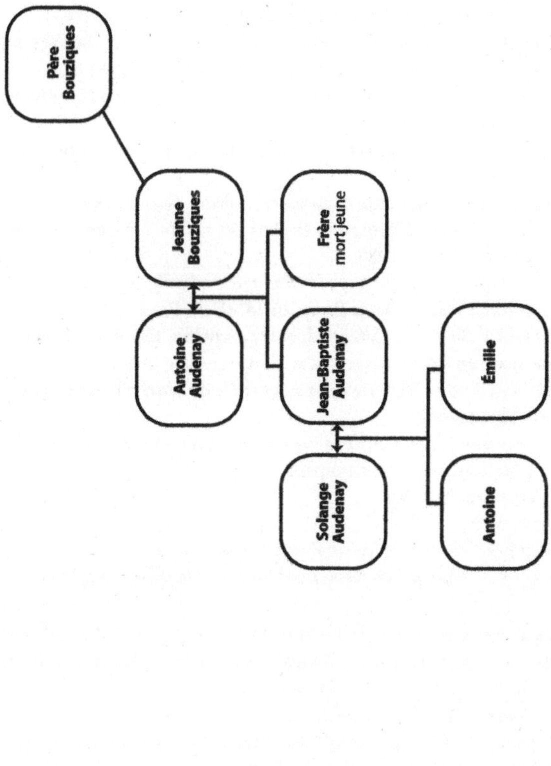

BIBLIOGRAPHIE

Ouvrages sur la campagne au 18e siècle (coutumes, vie quotidienne, sorcellerie)

Marc Bloch, ***L'individualisme agraire dans la France au 18e siècle***, Gérard Monfort, 1978
Abbé PD Bernier, ***Étude sur le Tiers État rural (ou les paysans de Basse-Normandie)***, Gérard Monfort 1984
Gaston Roupnel, ***Histoire de la campagne française***, Terre Humaine Plon, 1981
Arthur Young, ***Voyages en France en 1787 1788 et 1789 – Les classiques de la Révolution française***, Armand Colin, 1931.
Philippe Alfonsi et Patrick Pénot, ***L'œil du Sorcier***, Éditions de Borée
Pierre Surreau, ***Au temps des « sociétés ». Confréries, bachelleries, fêtes, loges maçonniques en Bas Berry au XVIIIe siècle***, Librairie Édition Guénégaud, 2000
Laisnel de La Salle, S***ouvenirs du vieux temps — Le Berry mœurs et coutumes***, J Maisonneuve Editeur 1900
Divers Auteurs, ***Contes populaires et légendes du Berry et de la Sologne***, Les presses de la Renaissance, 1978.
Michel Vernus, ***Le presbytère et la chaumière***, Édition Togirix, 1986
La vie quotidienne avant la Révolution en Berry et en Poitou, ***L'enfant et la femme sous l'ancien Régime***, Bernard Royer, 1985
J. G. Frazer, The Golden Bough. ***A study in magic and religion***, Papermac 1987
Anne Marie Aubin, ***Criminalité en Berry au 18e siècle***, Royer 2003
Marcelle Bouteiller, ***Sorciers et jeteurs de sort ; enquêtes, témoignages et procès de sorcellerie du 16e au 20e siècle en Berry***, Nivernais et Sologne, Alice Lyner, 2010
L. Cartier de Saint André, ***Histoire de la seigneurie de Mareuil***, Alice Lyner, 2009
Thaumas de la Thaumassière
- ***Nouveaux commentaires sur les coutumes des pays et duché de Berri***, Jean Jacques Cristo à Bourges, 1701.
- ***Histoire du Berry***

Rétif de la Bretonne
La Vie de mon père — Chez la Veuve Duchesse à Paris
Le paysan et la paysanne pervertis ou les dangers de la ville. Chez Esprit 1776

Ouvrages sur l'histoire de l'ancien régime : politique, éducation, droit, gastronomie, religion, franc-maçonnerie, droit, médecine, etc.

François Bluche, ***Louis XV***, Livre de Poche Perrin
Saint Simon, ***Mémoires***, Bibliothèque de la Pléiade.
Argenson, ***Mémoires et journal inédit du Marquis d'Argenson ministre des Affaires étrangères sous Louis XV***, Paris chez P Jannet, 1858
Mémoires du duc de Richelieu, Mame et Delaunay, Vallée, Libraires, 1829
Joseph Renaudon, ***Traité historique et pratique des droits seigneuriaux***, 1765
Vauban, ***La dîme royale***, Librairie de la bibliothèque nationale Paris, 1897
Auteur anonyme, ***Institution du Droit romain***, Jean Guignard
Beccaria, ***Traité des délits et des peines***
Rituel du diocèse de Bourges, Publié par l'autorité de Mgr Jérosme de Roye de La Rochefoucauld, 1746

Massillon, ***Petit Carême***, Pierre Didot à Paris 1801
Jacques de Voragine, ***La légende dorée***, Perrin 1910
Ligier, ***La nouvelle maison rustique ou économie générale de tous les biens de campagne***, Savoye, 1762
Herbert, ***Essai sur la police générale des grains, sur leurs prix et sur les effets sur l'agriculture***, Berlin 1755.
Steven L Kaplan, ***Bread Politics and political economy in the reign of Louis XV***, Martinus Nijhoff, The Hague 1988
Dupuy de la Serra, ***L'art des lettres de change***, Frères Périsse, Lyon, 1783
Philippe Hecquet
- ***La Médecine, la Chirurgie et la Pharmacie des pauvres.*** 1749
- ***De l'indécence aux hommes d'accoucher les femmes*** 1744
- ***De l'obligation aux mères de nourrir leurs enfants***

Les dons de Comus ou les délices de la table, À Paris, chez Prault, fils, Quai de Conti, 1739
Desalleurs l'aîné, ***Lettre d'un pâtissier anglais au nouveau cuisinier français.***
Les secrets admirables du Grand Albert, Édition collationnée à partir de l'édition latine, 1651, Paris.
J. Letaconnoux, ***Les voies de communication en France au 18e siècle***, 1909
Michel Deveze, ***La crise forestière en France dans la première moitié du XVIIIe siècle in « La forêt et les communautés rurales — XVIe — XVIIe siècles »***, Publications de la Sorbonne 1982.
Bon de Saint-Hilaire, ***Dissertation sur les araignées***, 1710
Réaumur, ***Examen de la soie des araignées***, Mémoire de l'Académie Royale
G. Dupont Ferrier, ***Du collège de Clermont-Ferrand au lycée Louis le Grand (1563 - 1762)***, Éditions de Boccard Paris, 1921
H. Beaune, ***Voltaire au collège — Sa famille, ses études, ses premiers amis, Amyot Paris***, 1867
Alexis Pierron, ***Voltaire et ses maîtres***, Paris, 1866
Jean Orieux, ***Voltaire ou la Royauté de l'esprit***, Flammarion, 1966
Montesquieu, ***Œuvres complètes***, Chez Firmin Didot Frères, 1857
- ***Les Lettres Persanes***
- ***Le Temple de Gnide***
- ***Considérations sur les causes de la grandeur des Romains et de leur décadence.***
- ***De l'Esprit des Lois***

Voltaire :
- ***Correspondance, années 1714 à 1757, Boudouin frères, 1830 (tomes 1 à 9)***
- ***Le siècle de Louis XIV, 1751***
- ***Précis du siècle de Louis XV***
- ***Lettres philosophiques (lettres anglaises)***
- ***Contes philosophiques et théâtre jusqu'en 1755***

J. Churton Collins, ***Voltaire, Montesquieu and Rousseau in England — London***, Eveleigh Nash Fawside House 1908
Grimm — ***Correspondance littéraire, philosophique et critique de Grimm et de Diderot de 1753 à 1756***, A Paris chez Furne et Ladrange
Père Buffier de la compagnie de Jésus, ***Géographie universelle, Pierre*** — François Giffart, 1739
Mathieu da Vinha, ***Les valets de chambre de Louis XIV***, Perrin, 2004
L'***almanach royal pour les années 1747, 1744, 1749 et 1754.***
Recueil précieux de la maçonnerie adonhiramite, À Philadelphie, chez Phidarethe, rue de l'Équerre à l'Aplomb, 1786
Sébastien Mercier, ***Epître dédicatoire à l'année 244***0, Londres, 1781

Pierre Chevallier, ***Les ducs sous l'acacia ou les premiers pas de la franc-maçonnerie française, Éditions Slatkine Genève, 1994*** [64]
Le monde maçonnique des Lumières, ***Dictionnaire prosopographique***, Éditions Champion
Francs-maçons des loges d'Amérique 1770 – 1850
Roland Narboux, ***Les débuts de la franc-maçonnerie à Bourges.***

Récits de voyages et ouvrages sur les Indes occidentales et orientales

Code Noir, ***Recueil d'édits déclarations et arrêts de Sa Majesté concernant l'administration de la justice***, 1744
Abbé Raynal, ***Histoire philosophique et politique des établissements et du commerce dans les deux Indes.***
- ***Indes orientales***
- ***Indes occidentales — Iles d'Amérique***

Les six voyages de JB Tavernier, À Paris, 1712
- ***Tome 1 Perse et Turquie***
- ***Tome 2 Indes***

Moreau de Saint Méry
- ***Description topographique, physique, civile, politique et historique de l'isle de Saint-Domingue***, À Philadelphie 1797
- ***Lois et constitution des colonies françaises de l'Amérique française sous le vent 1724 à 1758***

Père Labat, ***Mémoire des nouveaux voyages faits aux îles françaises de l'Amérique contenant l'histoire naturelle de ces pays, l'origine, les mœurs, la religion***, A La Haye 1724
De Challes, ***Journal d'un voyage fait aux Indes Orientales 1690-1691***, chez Jean-Baptiste Machuel à Rouen, 1721.
Julien Vinson, ***Les Français dans l'Inde. Extrait du Journal d'Anandarangapoullé (1736-1748)***, Ernest Leroux éditeur, 1894

64 - Je remercie particulièrement le conservateur du Musée de la franc-maçonnerie d'avoir généreusement ouvert l'accès de sa bibliothèque à un profane.

Table des matières

ISBN : 978-2-81220-231-5
222, Boulevard Pereire - 75017 Paris
www.ramsay.fr

Réalisation : Ramsay Médias, Romorantin (41)
Imprimé en France par CPI (162743)
Dépôt légal à parution